盐城工学院学术著作基金资助

# 两宋休闲词研究

张翠爱 著

琅然，清圜，谁弹？响空山，无言，惟翁醉中知其天。月明风露娟娟，人未眠。荷蕢过山前，曰有心也哉此贤！醉翁啸咏，声和流泉。醉翁去后，空有朝吟夜怨。山有时而童巅，水有时而回川，思翁无岁年。翁今为飞仙，此意在人间，试听徽外两三弦。

——苏轼《醉翁操》

中国社会科学出版社

**图书在版编目(CIP)数据**

两宋休闲词研究/张翠爱著. —北京：中国社会科学出版社，
2015.12
ISBN 978 - 7 - 5161 - 7425 - 8

Ⅰ.①两… Ⅱ.①张… Ⅲ.①宋词—诗词研究 Ⅳ.①I207.23

中国版本图书馆 CIP 数据核字(2015)第 309478 号

---

| | | |
|---|---|---|
| 出 版 人 | 赵剑英 |
| 责任编辑 | 郭晓鸿 |
| 特约编辑 | 席建海 |
| 责任校对 | 郝阳洋 |
| 责任印制 | 戴 宽 |

---

| | | |
|---|---|---|
| 出　　版 | 中国社会科学出版社 |
| 社　　址 | 北京鼓楼西大街甲 158 号 |
| 邮　　编 | 100720 |
| 网　　址 | http://www.csspw.cn |
| 发 行 部 | 010 - 84083685 |
| 门 市 部 | 010 - 84029450 |
| 经　　销 | 新华书店及其他书店 |

---

| | | |
|---|---|---|
| 印　　刷 | 北京君升印刷有限公司 |
| 装　　订 | 廊坊市广阳区广增装订厂 |
| 版　　次 | 2015 年 12 月第 1 版 |
| 印　　次 | 2015 年 12 月第 1 次印刷 |

---

| | | |
|---|---|---|
| 开　　本 | 710×1000　1/16 |
| 印　　张 | 27.5 |
| 插　　页 | 2 |
| 字　　数 | 426 千字 |
| 定　　价 | 99.00 元 |

---

# 目　录

# 序

  时至 21 世纪，科技和经济得到了空前发展，人们的思想观念和精神状态也随之发生了很大的变化。一方面，人们越来越敢于解放思想、有所创新；另一方面，则在许多人身上产生了"活得很累"的精神疲倦和困顿。因此，2006 年张翠爱与我商议其论文选题时，便伤感地谈起当代人在现实生活中所面临的诸般无奈，想从唐宋词中寻觅疗治心理疾病的精神养料，从而提升当代人的生活质量。我很赞同她的这个看法。《两宋休闲词研究》便是基于这种考虑而确定下来的题目。

  应该说，唐宋词中本无所谓"休闲词"。但是，当我们用现代的观念重新考察和审视唐宋词苑，便可发现那里确实存在着大量描写休闲生活，抒写休闲情趣的作品，因此，我们不妨就把它们径直命名为"休闲词"。而在以往，人们往往小视这类作品，以为它们只是吟风弄月、游山玩水，无关人生大事。但若深入研究，即可发现它们不但包含着许多有益于身心健康的思想养料，而且可以用以帮助匡正今人的某些错误休闲观念，有助于提升人类的生存状态和生命质量。从这个意义上说，本书可谓首次把休闲词提高到了一个全新的思想高度来加以认识和诠释。而且，本书不仅仅局限于就宋词而论宋词，更把两宋休闲词与中国古代博大且渊深的休闲思想传统（如庄子、陶渊明、白居易等人的思想）联系起来论述，从而揭示了两宋休闲词的深刻思想渊源。接着又以晏殊、苏轼等为代表，剖析和揭示了宋人的休闲心态和休闲思想，这就起到了以点窥面的作用。在此基础上再对两宋休闲词展开分类考察，这就使其思想内涵更加丰满和充实。而且更为难得的是，本书还对宋代休闲词所具有的现代意义进行了阐发，揭示其所蕴含的有益于今人的养生思想，并以此来匡正当代某些错误的休闲观念，在一定程度上具有古为今用的作用。

　　本书的研究立足于细读原著，显得比较踏实和朴实，有些地方还显露了作者独到的见解。当然，本书也存在着某些不足和缺点，尚待进一步改进和完善。学海无涯勤为舟，希望作者以此为起点，对这一课题展开更加深入和更加细密的研究，以期取得新的成绩。

杨海明

2013 年 6 月 12 日

# 绪　论

大自然赋予人以智慧，亦赋予人以欲望。而人的欲望则是无止境的，如果没有休闲的心态，人类欲壑难填必将给自然、社会与自我造成无尽的灾难，最终导致人不但不能诗意地生活于大地之上，而且会直接危及人类的生存。而类别多样的两宋休闲词反映了宋人的悠闲生活方式和生活态度，再现了宋人面临种种困惑、劫难却始终能泰然处之的休闲心态，可以让我们目睹宋人曾经诗意地栖居于大地的风采。以往，由于思想意识的局限，休闲词的价值一直被人们忽视甚至贬低。但当我们的思想意识发展到21世纪的当代，已经意识到休闲的重要，于是便对宋词中的休闲词有了重新的认识。故而本书以两宋休闲词作为研究对象，剖析其中的休闲精神和价值情趣，并揭示其有益于当代人的现代意义，就是一个既具学术价值又具现实意义的研究课题。

## 第一节　两宋休闲词研究的现实背景

现代社会，从自然、社会到自我皆出现一系列不和谐状况，它们严重影响社会的进步，如果任其发展将危及人类的生存。

自然是人和社会存在的物质条件，人与自然应该是一个整体，人类文明与进步不应该以破坏自然为代价。我国古代圣贤们早就主张"天人合一"。《老子·第二十五章》云："人法地，地法天，天法道，道法自然。""有物混成，先天地生，寂兮寥兮，独立而不改，周行而不殆，可以为天下母。吾不知其名，强字之曰'道'，强为之名曰'大'。大曰逝，逝曰远，远曰反。"老子的道是先天地生的，为天下之母，即是日月星辰、宇宙万物之母。庄子亦主张"天人合一"，其《大宗师》云："其一也一，其不一也一。其一与天为徒，其不一与人为徒。天与人不相胜也，是之谓真人。"① 也就是说，不管人喜好或不喜好、认为或不认为，天和人都是合一的。若认为天和人是合一的就和自然同类，认为天和人是不合一的就和人同类，把天和人看作不是相互对立的人就叫作真人。持有"天人合一"思想的人不会不爱大自然，更不会破坏大自然。恩格斯说："我们连同我们的肉、血和头脑都属于自然界。"② 人类靠自然界而生活，故马克思把自然界比作人类的"身体"："人靠自然界生活。这就是说，自然界是人为了不致死亡而必须与之不断交往的、人的身体。所谓人的肉体生活和精神生活同自然界相联系，也就等于说自然界同自身相联系，因为人是自然界的一部分。"③

　　而人类当前与自然的关系又如何呢？

　　长久置身钢筋水泥和玻璃铸造的高楼大厦且处于快节奏、强竞争氛围中的人们，已经越来越意识到自然对于人类身心健康的重要。但当他们走向现实自然环境，又发现人类几乎丢失了自己美丽的家园。随着科技的进步和对自然界的征服，人类的经济实力、工业化水平大大增长，人们的生活水平亦大幅度提高。但在取得现代文明的同时，却也造成了人与自然的严重对立，人类正逐步远离自然，脱离自然，带来了一系列的问题：非典疫情、禽流感、艾滋病等疾病蔓延；天空不再蔚蓝，河水不再清澈；食品不再卫生；水资源在枯竭，物种在减少……这就是我们人类所处的环境，人类已处于不良的生存状态。环境污染、气象异常、自然资源枯竭、物种灭绝、植被破坏、人口膨胀等生态问题的严重性和坚迫性已为国际社会所普遍认同，成为至关重要的世界性课题和重大国际会议所关注的焦点。破坏生态平衡的因素有自然因素和人为因素。自然因素如水灾、旱灾、地震、台风、山崩、海啸等；而人为因素则是造成生态平衡失调的另一个不

---

① （清）王先谦集解，方勇校点：《庄子》，上海古籍出版社 2013 年版，第 72 页。
② ［德］恩格斯：《自然辩证法》，人民出版社 1984 年版，第 159 页。
③ ［德］马克思、恩格斯：《马克思恩格斯全集》第 42 卷，人民出版社 2001 年版，第 95 页。

容忽视的原因，如瑞典研究显示滥捕鱼类或者向海洋排放污染物可能导致赤潮，它会造成大量的海洋生物死亡，破坏生态平衡，对自然环境有着严重威胁。据中国科学院测算，目前由环境污染和生态破坏造成的损失已占到中国 GDP 总值的 15%，这意味着一边是 9% 的经济增长，一边是 15% 的损失率。环境问题，已不仅仅是中国可持续发展的问题，已成为阻碍经济发展的绊脚石。

很多事实和数据表明，当今人类生存状况是：生态严重破坏，人与自然关系恶化，失去了"天人合一"的和谐局面。人类发展与环境保护要相互协调，人类的生产活动如果再自由地发展，留给自己的则只有荒漠。如果人类的需要长期停留在物质享受上，就会产生恶性消费和恶性发展，从而破坏生态环境，也将摧毁人类自身。我们一定要牢记先贤哲人语重心长的教诲，在征服、改造自然和发展文明的同时，更应善待自然，多一些厚道，少一些糟践。

人与自然关系恶化的实质源于社会的失衡。生态问题虽然出现得很早，但却是在近代发达国家掠夺式生产方式和生活、消费方式在全世界范围内普遍化的结果。这一普遍化把发达国家生产的逻辑扩大到了全球，从而使生态危机演变成了全球性的危机。当今，西方发达国家一方面呼吁重视、解决生态问题；另一方面却采取转嫁危机、移祸他人的自私做法，将工业废料、高耗能与高污染的工业转给发展中国家，加剧了落后国家和地区的生态问题。这表明西方国家只有可能解决本国或局部的问题，而不可能解决全球生态问题。人和自然的关系是以社会为中介的，因此，基于人与人之间不同的关系所组成的社会，对人同自然的关系就不能不起着强有力的制约作用。为了个人的经济利益，部分人不顾他人的健康安全，制造假冒伪劣产品，例如在牛奶、奶粉中加入危害人体健康的三聚氰胺（三聚氰胺是一种重要的化工原料。其含氮量高达 66.6%，白色无味，要采用"高效液相色谱"这种高科技才能检测出，是理想的蛋白质冒充物），导致只吃配方奶粉的婴儿患肾结石、膀胱结石，严重的甚至死亡。还有在养殖饲料里添加化学成分，促使家禽快速生长且产蛋多，猪崽 3 个月便可养肥养壮，鱼虾产量亦猛增。养殖者收入增加了，但却让人们吃出了病。如此，食品安全不是与农药、化肥、化工就是与转基因有关联，为什么摆脱贫困的人们又面临诸般的无奈？这样做的后果不仅仅是人们对乳业、蛋业、肉业、渔业失去信心，尤其严重的是人们对社会、对他人失去了信任，带来了人与人之间、人与社会之间的不和谐，从而导致了人与自然、社会与自然的对立。

当前国际形势继续发生复杂而深刻的变化。和平与发展仍然是当今时代的主题，谋和平、求合作、促发展是各国人民的共同愿望。越来越多的国家主张国际关系民主化，提倡多边主义和发展模式多样化。经济全球化和区域合作深入发展，给各国经济社会发展提供了更多机会和更大空间。但是，不稳定和不确定因素增多。传统与非传统安全问题相互交织，严重威胁世界的和平与发展。地区热点问题错综复杂，局部冲突时起时伏。南北差距继续扩大，贸易纠纷和摩擦增加，资源、能源问题突出。个体为了自身的财富和幸福，造成了人与人之间、国与国之间的恶性竞争。如果我们不改变人与人之间的社会关系，就不可能改变人与自然之间的关系。而要改变人与人之间的关系，关键还得从每一个自我开始改变。而每一个自我的生存状况又如何呢？

当前社会财富总量已大大增加，这是有目共睹的事实，但人们的快乐总量却没有同步递增。究其原因，卫生部首席健康教育专家洪昭光教授分析道：

> 当今社会，经济高速发展，物质越来越丰富，但生活的压力也与日俱增，人们浮躁、急躁，心里并不轻松。许多国家的研究表明：与20世纪50年代相比，尽管经济收入明显提高，但人们的幸福度却没有多少改变，人们并不觉得更快乐。这是为什么呢？有人说，这是发展的代价，因为发展需要付出，即鱼与熊掌不能兼得。一位哲学家说过："领先需要代价，但从长远的观点看，落后的代价更大。"因此，在今天一日千里的社会发展中，人人都想领先，人人都怕落后，自我加压，被迫加压，节奏加快，竞争激烈。人体生物节律被破坏，膳食规律被打乱，快餐饱餐，吸烟酗酒，运动减少了，失眠增多了，于是

一系列由紧张、压力、不良生活习惯所造成的身心疾病如高血压、高血脂、冠心病、溃疡病、糖尿病、癌症应运而生，慢性病发病率增高、发病年龄提前已成为不可阻挡的趋势。据卫生部 2002 年全国营养与健康状况调查，我国已有高血压 1.6 亿人，高血脂 1.6 亿人，体重超重 2 亿人，糖尿病 4000 万人，健康形势十分严峻。高科技，你究竟是利还是弊？新世纪，你将把人们带到哪里去，是更幸福还是更痛苦？①

高科技本身没有错，它是可以给人们带来愉悦、幸福的，但由于生活在财富猛增的快节奏社会里的人们的心理存在问题，从而导致了他们身心健康出现问题，而且其程度极其严重：

许多人年纪轻轻就提前过劳死了，本该活到 100 岁却平均只有 70 岁，许多聪明的白领、骨干、精英们本该活得更健康，更潇洒，却反而纷纷成了"白骨精"。上海社科院最新公布的"知识分子健康调查"显示，在知识分子最集中的北京，知识分子的平均寿命从 10 年前的 59 岁降到调查时的 53 岁，这比 1964 年第二次全国人口普查时北京人均寿命 75.85 岁低了 20 岁。

什么原因呢？最根本的是压力过大。美国哈里斯调查中心指出：60%—90% 的疾病与压力有关，而且都市里有近一半的人感到压力使他们的健康状况越来越糟。另外，压力可造成包括从心脑血管病、溃疡病、糖尿病、癌症、心理障碍到头痛、背痛、腰痛、失眠等至少100 种以上的疾病。

人类在压力下，生物钟被打乱，日夜节律颠倒，抽烟酗酒，通宵达旦，大吃大喝，花天酒地，下了餐桌又上麻桌，加上城市的高楼郁闷，空气污浊，自然就产生一系列生活方式疾病。……有人认为事业要成功就必须放弃健康，那就大错而特错了，用世界卫生组织前总干

---

① 洪昭光：《40 岁登上健康快车》，漓江出版社 2006 年版，第 9 页。

事中岛宏博士的话来说就是"死于无知，死于愚昧"了。事业和健康是骨肉相连的亲兄弟，是风雨同舟的好朋友，而绝非一对冤家。①

当今社会虽然财富在不断增加，而且节假日占一年的1/3，但是由于人们缺乏正确的休闲观念，不少民众闲暇时间的利用存在质量较低的问题，导致身心的诸多疾病；而另一部分社会的高薪阶层、强势群体，有的为了充分实现自我的人生价值，有的为了自己的名、利、权，有假不休，有时超负荷连续工作三四十个小时，导致身心诸多疾病，甚至猝死。可见，当每一个自我出现了身心受损、健康恶化的不良状况，个体的健康、快乐指数就会下降。

综合以上分析可知，当今社会，从自然、社会到自我皆出现不和谐的混乱状况。仔细分析便可发现，生态危机包含着社会危机，社会危机源于个体生命的异化。无止境地获取财富是人对自然破坏性开采、自然界动态平衡破坏和自我净化调节功能减弱的根本性原因，是国与国之间、人与人之间根本矛盾所在。只有让每一个自我拥有休闲的理念，获得自我的发展，才能从根本上解决生态和环境问题，从而实现人与自然的和谐、人与人之间的和谐。否则，自然与人失去了和谐共存之趣，人类失去了自然的关爱，即便拥有了充分的物质财富和充裕的闲暇，而污染的空气使人呼吸难以畅通，污染的水质使人难以下咽，个体的心无论如何宁静和安闲，而将要衰竭的身体怎么享受人生？生存已成了问题，面临着毁灭命运的个体无论怎样富有，必将不可能享受休闲的诗意生活了。由此看来，"休闲"是一剂济世和益人的良药。休闲活动、休闲精神乃是人类达到追求快乐幸福的终极目的之重要手段。所以，当今世界对于休闲理论、休闲消费乃至休闲经济的关注日益高涨，但休闲文学研究在我国研究的基础还比较薄弱，尤其是两宋休闲词方面的研究，少之又少。在论著方面，杨海明先生的《唐宋词与人生》下编"诗意消遣：两宋词人的高情雅趣和'雅玩'词篇"有专门章节论述了"休闲生活与园池词"，给予人们极大的启发，可

6

---

① 洪昭光：《40岁登上健康快车》，漓江出版社2006年版，第14—15页。

谓开启了学术界有关休闲词研究的先河；李立《看似逍遥的生命情怀——诗词与休闲》一文涉及两宋的诗词很少，让人们领略不到宋词的休闲情趣；刘尊明先生等编著的《休闲宋词鉴赏辞典》分为注释和赏析两部分，文字通俗浅近，但未能系统地从理论层面去挖掘宋词的休闲意蕴。

本书正是在以上文化背景下促发的，是在借鉴相关研究成果的基础上，尤其受到《唐宋词与人生》和《看似逍遥的生命情怀——诗词与休闲》的启发而着手研究的，力求从休闲的角度，以唐圭璋《全宋词》为底本，对两宋词进行全面、系统而深入的探析，以弥补学术界有关两宋休闲词研究的空白。重新诠释和挖掘两宋休闲词，对当今人们正确的休闲观念的形成、休闲素养的养成皆有有益的帮助，也有助于我们整个人类的生存状态和生命质量的提升，从而希望能从根本上消除当今世人生活的无奈之苦。故本书是一个很有意味且很有价值的研究课题，值得深入探讨。

## 第二节　古今中外文化中的休闲思想

"休"在《说文解字》中解释为："息止也，从人依木。"《尔雅》解释为："休，息也。"《易·大有》曰："顺天休命。"郑注："美也。"即人能在树荫下休息，暂时获得摆脱劳作的自由，也是让人愉悦的美事。从字义考察"休"，可见"休"无论作名词、动词、形容词还是副词，多趋向指人们生命处于一种美好的状态或有向此状态转变的可能。

休闲之"闲"，《说文解字》作"閒"，释云："隙也。"且注云："隙者，壁际也。引申之，凡有两边有中者，皆谓之隙。隙谓之间。间者，门开则中为际。凡罅缝皆曰间，其为有两有中一也。……间者，稍暇也，故曰'閒'暇。今人分别其音为户闲切，或以闲代之。间者，隙之可寻者也，故曰间厕，曰间迭，曰间隔，曰间谍，今人分别其音为古苋切。……从门月，会意也，门开而月入，门有缝而月光可入，皆其意也。"[①] 由此注解可以看出，"閒"一通"闲"，一俗作"间"，原意是指门的缝隙、空

---

① （东汉）许慎：《说文解字》，（清）段玉裁注，上海古籍出版社 1988 年版，第 589 页。

隙。而与"闲"并列的"閒",在《说文解字》中注云:"閒,阑也。"从字义考察"闲",可见"闲"无论作名词、动词还是形容词,皆不是指人类为了基本生存的物质生命活动,而是指精神生命活动,而且偏向指能让人类个体生命达到一种酣畅淋漓的自由状态,当然,这种自由是有自我约束、限制的。

从词源学来看,"休"与"闲"本是两个词,它们自产生时起就已经被赋予了与人的美好生存状态相关的内涵。因此,我们今天将它们连起来使用,如果不脱离其原来的词意,则休闲应当指人的符合道德、法度的幸福、美好的生活。"休闲"一词在我国古汉语中虽然早已存在,据上海人民出版社文渊阁四库全书电子版检索结果显示,有216卷共222处与"休闲"匹配。如《毛诗古音考》卷二曹植"吁嗟篇"云:"吁嗟此转蓬,居世何独然。长去本根逝,夙夜无休闲。"《魏书》卷八十三云:"又自夸文章,从姨兄常景笑而不许。每休闲之际,恒闭门读书……"《东坡全集》卷三十一云:"休闲等一味,妄想生愧腼。"《十五家词》(卷十八)之清陆求可《月湄词》(上)中的《惜分飞(春半)》云:"燕燕莺莺,啼向我满院柳眠花舚,昼夜寻花卧,春光一半休闲过。"等等。但是,把它作为一门学问进行研究,"却是一件非常晚近的事情,是当代科学技术高度发达的产物,是人类文明真正走向反省自我,达到人的自律性发展的重要标志之一,是文明社会高度发展的必然选择"①。下面分别来看休闲观念在东西方的发展概况。

## 一　古代休闲思想

我国的休闲研究起步较晚,但是,我国传统文化中有着丰富的休闲思想内涵,由对休闲辞源的考察即可洞悉古人对休闲有着独特而深邃的体悟,而且,回顾中国文学的历程,从《诗经》《楚辞》、汉赋、唐诗、宋词、元曲到明清文人小品,其中就出现过大量关于休闲的作品,蕴含着丰富的休闲思想和休闲情趣,无不体现出中国文化对休闲

---

① 成素梅:《休闲学研究的内在本质》,《自然辩证法研究》2004年第10期。

的体验、理解和思考。

"朝吟风雅颂，暮唱赋比兴；秋看鱼虫乐，春观草木情。"古人如此概括《诗经》，可见休闲思想在其中占有重要的位置。《小雅·六月》云："比物四骊，闲之维则。维此六月，既成我服。"① 《国风·汉广》云："南有乔木，不可休思。"② 南朝的钟嵘云："气之动物，物之感人，故摇荡性情，形诸舞咏。"（《诗品》）《国风》中的许多诗篇，就是从自然现象的景物或景象开始咏叹，然后进入对人的生活事件与内心世界的咏叹，人们在与自然世界的相互交融中获得了劳作之余的休闲。《诗经》除了在赞美自然、讴歌生活的诗歌中表达了大量的休闲思想、休闲文化和休闲方式外，尤其值得今人关注的是周朝的大夫们在向周王进谏时亦认为休闲是治国安邦的重要谋略和准则。《大雅·民劳》云："民亦劳止，汔可小康。惠此中国，以绥四方。……以定我王……以为王休……以近有德……国无有残。"③ 直接阐述了休闲对于百姓的小康、对于国家安定兴盛的重要性。《商颂·长发》云："受小球大球，为下国缀旒，何天之休。不竞不绿，不刚不柔。敷政优优。百禄是遒。"④ 殷商帝王祭天的颂词所祈求的吉庆、美善和福禄，只有在不相争不急躁、不强硬不柔软的休闲心境中才可获得。《小雅·十月之交》云："民莫不逸，我独不敢休。天命不彻，我不敢效我友自逸。"⑤ 这体现了统治者关心人民的休闲。经过时光的沉淀，涤尽尘埃，穿过苍苍兼葭，我们似乎仍然隐约可见远古人们的那一份休闲的雅致与美好。

《周易·说卦》云："是以立天之道，曰阴与阳；立地之道，曰柔与刚；立人之道，曰仁与义。兼三才而两之，故《易》六画而成卦……"⑥ "三才"指天、地、人。大意是构成天、地、人的都是两种相互对立的因素，而"卦"，是《周易》中象征自然现象和人事变化的一系列符号，以

---

① 程俊英译注：《诗经译注》，上海古籍出版社 1985 年版，第 325 页。
② 同上书，第 16 页。
③ 同上书，第 550—552 页。
④ 同上书，第 681 页。
⑤ 同上书，第 374—375 页。
⑥ 郭彧译注：《周易》，中华书局 2006 年版，第 403 页。

阳爻、阴爻相配合而成，三个爻组成一个卦。《周易》最早系统而明确地提出了"天、地、人三才之道"的伟大学说。这个学说早就深入中华民族之心，贯穿于中华民族的人伦日用之中，牢固地培育了中华民族乐于与天地合一、与自然和谐的精神，对天地与自然持有极其虔诚的敬爱之心。精读《周易》，重在领悟它的思维方式，理解"天人合一""三才之道""生生之谓易""变动不居""唯变所适"等思想以及其静态配置与动态运作的规律，理解《周易》智慧中万物蕴含的道以及道的变化规律。此便是人类与天地和谐相处的大智慧，它对于改进、调整、理顺、整合、协调人与天地即自然环境的平衡和谐发展的关系，以及人与社会、人心与人身的平衡和谐发展的关系（即使生态、世态、心态的三态都得到同步平衡和谐发展），对确立科学的休闲观，对实现世界和平与发展，对创造人类更美好的明天，必将具有巨大的启迪。

孔子有云："一箪食，一瓢饮，在陋巷。人不堪其忧，回也不改其乐。贤哉！回也。"（《论语·雍也第六》）其意义在于即便在物质相对匮乏的环境中，人依然能够泰然处之，不以贫困为苦，而以获得精神的平静和安宁为快乐，在有限的生涯中追求无限的生命价值。《先进第十一》云：

> 子路、曾皙、冉有、公西华侍坐。……鼓瑟希，铿尔，舍瑟而作，对曰："异乎三子者之撰。"子曰："何伤乎？亦各言其志也。"曰："莫春者，春服既成，冠者五六人，童子六七人，浴乎沂，风乎舞雩，咏而归。"夫子喟然叹曰："吾与点也！"①

孔子是仁义道德的奉行者，有"修齐治平"积极用世的抱负，但他最终赞同的却是曾皙的观点，这到底是为什么呢？我们先看一下曾皙所描绘的生活情景：晚春时节，穿上新做好的春装，约上几个青年、儿童一起去沂水洗浴，然后在舞雩台上享受清风的吹拂，尽兴后唱着歌谣返

10

---

① 张燕婴译注：《论语》，中华书局 2006 年版，第 165—166 页。

回家中——这是一幅理想的社会生活图景，在这样的社会中，我们看不到法律、战争、犯罪、贫困、专制，人们自由、平等、幸福、无拘无束地生活着。这是一个真正休闲、人人休闲的社会。孔子一生"知其不可为而为之"的动力便是对这种理想社会的不懈追求，是其在困顿挫折面前永不放弃的精神支柱。

《庄子》是体现道家休闲思想的经典之作，对后世产生了深远的影响。《庄子·齐物论》云："大知闲闲，小知间间；大言炎炎，小言詹詹。"① 言具有大知大言的人心胸广博，气度不凡，进退有度，身心从容。《庄子·天地》云："天下有道，则与物皆昌；天下无道，则修德就闲。"②《庄子·天道》："夫虚静恬淡寂寞无为者，天地之平而道德之至，故帝王圣人休焉。休则虚，虚则实，实则伦矣。虚则静，静则动，动则得矣。……以此退居而闲游，则江海山林之士服。"③《庄子·刻意》云："就薮泽，处闲旷，钓鱼闲处，无为而已矣；此江湖之士，避世之人，闲暇者之所好也。"④《人间世》云："颜回曰：敢问心斋？仲尼曰：若一志；无听之以耳，而听之以心；无听之以心，而听之以气；听止于耳，心止于符。气也者，虚而待物者也，唯道集虚，虚者心斋也。"⑤ 庄子提出了"心斋"的重要概念。"心斋"指人的心志专一，不用耳去听而用心去体会，并进一步做到不用心去体会而用气去感应，达到如此空明的心境，自然便可与道相合。庄子哲学中蕴含着追求精神自由的休闲思想。

西汉时期统治者皆实行休养生息政策，使得社会安定，经济空前繁荣，人们的休闲意识亦随之产生。《史记·司马相如列传》称司马相如"称病闲居，不慕官爵"⑥。休闲意识已植根于文人的心间。《后汉书·严光传》载："严光字子陵，一名遵，会稽余姚人也。少有高名，与光武同游学。及光武即位，乃变名姓，隐身不见。帝思其贤，乃令以物

---

① （清）王先谦集解，方勇校点：《庄子》，上海古籍出版社 2013 年版，第 14 页。

② 同上书，第 137 页。

③ 同上书，第 150 页。

④ 同上书，第 176 页。

⑤ 同上书，第 43 页。

⑥ （西汉）司马迁：《史记》卷一百一十七，中华书局 2006 年版。

色访之。……除为谏议大夫,不屈,乃耕于富春山,后人名其钓处为
严陵濑焉。"①博学能干的严光与皇帝同学且"帝思其贤"而再三请他辅
佐其政,严光有机遇、有能力实现"治国平天下"之所有读书人的梦想,
但是视富贵如浮云的严光拒绝了皇帝的聘请而归隐垂钓。他这种不趋世
俗、坚守节操而固守自我真性的超然性情是向庄子休闲思想的彻底回归。

陶渊明是魏晋隐逸文化的代表人物,其休闲思想体现在《归去来兮
辞》《饮酒》《桃花源记》等作品中(第二章将详述之)。唐宋为中国封建
社会最为兴盛的历史时期,中国的经济、文化在这一时期皆呈现出生机勃
勃的发展趋势,在其基础上亦形成了灿若星河的休闲文化。唐诗中体现士
大夫们闲适从容、淡泊名利的休闲心境的诗篇比比皆是:"闲中好,尽日
松为侣。此趣人不知,轻风度僧语。""闲中好,尘务不萦心。做对当窗
木,看移三面阴。""闲中好,幽磬度声迟。卷上论题肇,画中僧姓支。"②
词以应歌的文体特征,决定词从产生时起便以享乐文学、休闲文学的面貌
出现。唐宋的大量词论表述了词体娱宾遣兴的休闲文化功能,如欧阳炯
《花间集序》云其集目的在于"绣幌佳人……举纤纤之玉指,拍按香檀。
不无清绝之词,用助妖娆之态";"西园英哲……用资羽盖之欢";陈世修
《阳春集序》云:"公(冯延巳)以金陵盛时,内外无事,朋僚亲旧,或当
燕集,多运藻思,为乐府新词,俾歌者倚丝竹而歌之,所以娱宾而遣兴者
也";欧阳修《西湖念语》云:"虽美景良辰,固多于高会。而清风明月,
幸属于闲人。……因翻旧阕之辞,写以新声之调,敢陈薄伎,聊佐清欢。"
原本诞生于花间尊前私生活环境之中的词,以个人娱乐、消遣为主要目
的,在其发展过程中又有许多文化精英、才智之士在词中投注了有关休闲
的人生智慧,映现了他们热爱生命、热爱自然以及在逆境中犹能保持泰然
心境的休闲精神和休闲情趣,很值得我们玩味和借鉴。两宋是中国古代文
化最为繁荣的时代,尤其宋词的辉煌成就是有目共睹的。宋代词人们深深
体悟到休闲的妙处:"素月分辉,明河共影,表里俱澄澈。悠然心会,妙

① (南朝)范晔:《后汉书》,中华书局1965年版,第2763页。
② 郑符、段成式、张希复:《游长安诸寺联句·永安坊永寿寺·闲中好》,彭定求等编《全
唐诗》卷七九二,中华书局1960年版,第8925页。

处难与君说。"（张孝祥《念奴娇·过洞庭》）可见，两宋休闲词中蕴含了现代休闲理念的广泛内容，我们徜徉于两宋休闲词，觉得在坎坷的人生旅途中，每一个人都应该关爱自己，善待生命，享受休闲的生活。

　　明清的小说开始描写人物细腻的内心世界和人们的处世态度，体现多样、娴雅的生活情趣，而在其他的文学样式中，如笔记、小品文、戏曲等亦时有休闲思想体现。如洪应明《菜根谭》云："此身常放在闲处，荣辱得失谁能差遣我？此心常安在静中，是非利害谁能瞒昧我？"[①] "宠辱不惊，闲看庭前花开花落；去留无意，漫随天外云卷云舒。"[②] 人的心灵在宁静的时候，思路就会变得开阔，思想就会变得通透，而且世事的是非曲直、利害得失亦能够了然于心，它们亦如花开花谢、云卷云舒一样自然。有如此超俗之心境，人自然活得休闲自在。清人张潮《幽梦影》云："人莫若于闲，非无所事事之谓也。闲则能读书，闲则能游名胜，闲则能交友，闲则能饮酒，闲则能著书，天下之乐，孰大于是。"[③] 美哉，生命中的休闲之乐！明末清初戏曲理论家李渔是自唐宋以来有意识地从理论层面探讨并论述休闲活动的第一人，其代表作《闲情偶寄》是当时最负盛名的畅销书。作者在该书卷首《凡例七则·四期三戒》中自述道："风俗之靡，犹于人心之坏，正俗必先正心。近日人情喜读闲书，畏听庄论，有心劝世者正告则不足，旁引曲譬则有余。是集也，纯以劝惩为心，而又不标劝惩之目，名曰《闲情偶寄》者，虑人目为庄论而避之也。……劝惩之意，绝不明言，或假草木昆虫之微，或借活命养生之大以寓之者，即所谓正告不足，旁引曲譬则有余也。"[④] 李渔的著作文章在当时已经受到某些人的指责。李渔的友人余澹心（怀）在为《闲情偶寄》作序时就说："而世之腐儒，犹谓李子不为经国之大业，而为破道之小言者。"[⑤] 所以，李渔预先就表白此书虽名为"闲情"，可并不是胡扯，也无半点"犯规"行为；表面上说的虽是些戏曲、园林、饮食、男女，但里面所包含的是微言大义，有益"世

13

---

①　（明）洪应明著，闫盼印编著：《菜根谭》，蓝天出版社 2006 年版，第 254 页。

②　同上书，第 267 页。

③　（清）张潮：《幽梦影》，见《明清清言小品》，湖北辞书出版社 1993 年版，第 324 页。

④　（清）李渔著，李竹君等注释：《闲情偶寄》，华夏出版社 2006 年版，第 9 页。

⑤　同上书，第 1 页。

道人心"。其中，"居室部""器玩部""饮馔部""种植部""颐养部"等分别论述休闲环境、休闲活动和休闲方法等问题，"声容部"则阐述了女性休闲观，强调女性的内在美、气质美、自然美可通过休闲来培养。李渔的休闲思想和今天的休闲理论基本一致。

五四运动后，我国产生了一批提倡闲适生活小品文的作家，其中林语堂是第一位从哲学角度研讨休闲的文人。他于1919年赴美国哈佛大学留学，而后游学欧洲。面对西方发达的物质文明带来的畸形的精神文明，林语堂觉得保持人的灵性的重要，他试图以道家积极的人生态度和审美理想去拯救西方因物质主义、科学主义而渐趋不健康的人类。他的散文集《生活的艺术》、专著《老子的智慧》，以及长篇小说《京华烟云》《风声鹤唳》《唐人街》等作品，皆起到了弘扬老庄哲学思想的作用。其《生活的艺术·序》云：

> 我在写这本书时，有一群温厚和蔼的天才和我合作；我希望他们喜欢我，跟我喜欢他们一样。因为，在一种很真实的意义上说来，这些神灵是与我同在的，他们和我有着精神上的交通，这是我所认为真实的交通方式——两个不同时代的人想着同样的思想，具有同样的感觉，彼此完全互相了解。我在著作这本书的时候，有一些朋友曾用他们的贡献和忠告，给我以特殊的帮助：第八世纪的白居易，十一世纪的苏东坡，以及十六、十七两世纪间那一大群独出心裁的人物——浪漫风流、口若悬河的屠赤水；戏谑诙谐、独出心裁的袁中郎；深刻沉着、堂皇伟大的李卓吾；锐敏、熟悉世故的张潮；美食家的李笠翁；快活有趣的老快乐主义者袁子才；谈笑风生、热情洋溢的金圣叹——这些都是脱略形骸不拘小节的人，这些人因为胸蕴太多的独特见解，对事物具有太深的情感，因此不能得到正统派批评家的称许，这些人太好了，所以不能循规蹈矩，因为太有道德了，所以在儒家看来便是不"好"的。……这些人物也许有几个在本书内不曾述及，可是他们的精神确是同在这部著作里边的。我想他们在中国总有一天会占到重要的地位，那不过是时间问题而已……还有一些人物，

14

虽然比较晦暗无闻，但是他们恰当的言论是我所欢迎的，因为他们将我的意见表现得那么好。我称他们为中国的爱弥尔（Amiel——瑞士作家，1821 年至 1881 年）——他们说的话并不多，但说得总是那么近情，我佩服他们的晓事。此外更有中外古今的不朽哲人，他们好像是伟大人物的无名祖宗一般，在心灵感应的当儿，在不知不觉之间说出一些至理名言；最后还有一些更伟大的人物；我不当他们做我精神上的同志，而当他们是我的先生，他们那清朗的理解是那么入情入理，又那么超凡入圣，他们的智慧已成自然，因此表现出来很容易，丝毫不用费力。庄子和陶渊明就是这么一类人物，他们精神的简朴纯正，非渺小的人所能望其项背。在本书里，我有时加以相当声明，让他们直接对读者讲话；有时则竟代他们说话，虽然表面上好像是我自己的话一般。我和他们的友谊维持得越久，我的思想也就越受他们的影响，我在他们的熏陶下，我的思想就倾向于通俗不拘礼节，无从捉摸，无影无形的类型；正如做父亲的对施予良好的家教所产生的影响一样。①

《生活的艺术》（1937）是林语堂谈论休闲的重要著作，在出版次年便高居美国畅销书排行榜榜首长达 52 周。以道家哲学精神为核心的自然自适的休闲人生观流露于其作品的字里行间，且渐渐为西方人所接受。

## 二　当代休闲观念

在当代，提出休闲研究的学者、经济学家于光远院士，早在 1983 年就指出："我国对体育竞赛是很重视的，但体育之外的竞赛和游戏研究得很不够。在中国的高等院校中没有一门研究游戏的课程，没有一个研究游戏的学者。这不是什么优点而是弱点。"他又指出："玩是人类基本需要之一，要玩得有文化，要有玩的文化，要研究玩的学术，要掌握玩的技术，要发展玩的艺术。"② 1996 年，他在《论普遍有闲的社会》一文中以战略思想家的眼光论述了休闲与社会进步的关系，深刻地指出："争

15

---

① 林语堂：《生活的艺术·自序》，越裔汉译，陕西师范大学出版社 2003 年版，第 4—6 页。
② 于光远：《论普遍有闲的社会》，中国经济出版社 2005 年版，第 112 页。

取有闲是生产的根本目的之一。闲暇时间的长短与人类文明的发展是同步的。从现在看将来，如果闲的时间能够随着生产力的发展进一步增加，闲的地位还可以进一步提高。这是未来社会高速发展的道路。"① 在他的倡导下，1995 年成立了北京六合休闲文化研究策划中心，使我国的休闲文化和休闲哲学方面的理论研究逐步走向深入，并引起了社会各界的关注和重视。

陈鲁直说："'闲'是马克思主义的一个基本思想——使人可以充分地利用可自由支配的时间发展自己。"② 马惠娣说："从根本上说，休闲是对生命意义和快乐的探索。休闲是人类共同的精神家园。"③ 她述其所著的《休闲：人类美丽的精神家园》核心思想是："休闲在人类文明进化的历史中具有重要的文化价值；休闲是人类精神家园的一种境界；休闲是人类自省与沉思的产物，是探索人的本质、生活目的的一把'钥匙'。"④ 龚育之指出："休闲，从少数人的消磨光阴，到多数人的生活方式，进而演变为一种研究对象，形成一门休闲学问。"⑤ 韩德乾指出："从生命科学的角度看，休闲是生命物质运动中不可缺少的一种形态。人类为了生产与再生产、为了发展体力和智力，必然要进行休息、休养和休整。人类文明发展到今天，展望明天，人类必然要求更高质量、更高品味、更加有效的休闲，这既是休养生息和获取充沛精力和更高智商、能商的需要，也是人类发展进步和创造更加美好的未来的需要。"张景安指出："休闲不仅是一个经济问题、科学问题和哲学问题，而且是一个社会文明的问题。国家竞争力背后的支撑力量是体制、资源、文化等。文化质量决定国家的质量。人的素质、文化素养是 21 世纪国家核心竞争力的基础。休闲质量的高低对人的影响甚大。"⑥ 全国一大批有识之士已加入休闲研究的行列，而且都提出

---

① 于光远：《论普遍有闲的社会》，中国经济出版社 2005 年版，第 2 页。

② 宗璞：《学人呼吁休闲：重视休闲问题　加强休闲研究——"中国学人休闲研究丛书出版座谈会"纪要》，《自然辩证法研究》2005 年第 5 期。

③ 马惠娣：《休闲：人类美丽的精神家园》，中国经济出版社 2004 年版，第 98 页。

④ 于光远：《论普遍有闲的社会·序二》，中国经济出版社 2005 年版，第 6 页。

⑤ 同上。

⑥ 同上书，第 7 页。

了自己精辟的见解。

下面再看一下西方休闲观念的演进，便于了解东西方休闲观念的异同及其相互作用。

在英文中"休闲"一词通常用"leisure"来表示，意指当一个人从工作和责任中暂时解放出来的自由状态。"leisure"一词来源于法语，法语来源于希腊语和拉丁语。"休闲"，在希腊语中为"skloe"，拉丁语为"scola"，意为休闲和教育，即发展娱乐，从中得益，并与文化水平的提高相辅相成。这种含义以一定的受教育程度为前提，并将有社会价值的娱乐区别于其他娱乐。可见英文中的"leisure"休息成分很少，消遣成分也不大，主要是指"必要劳动之余的自我发展"。表明了"休闲"一词所具有的独特的文化精神和底蕴。①

在西方，对休闲的认识有着悠久的历史，最早可追溯到古希腊的亚里士多德，他对休闲进行定义：摆脱必然性是终身的事情，它不是远离工作或任何必需性事务的短暂间歇。② 他认为，休闲本身可以产生快乐、幸福和对生活的享受，只有合乎本性的行动才最有可能产生快乐。③ 而且，他把休闲誉为一切事物环绕的中心，是科学和哲学诞生的基本条件之一。④ 此后，很多哲学家对休闲做出过解释。马克思在 1862 年完成的《剩余价值理论》中讲道："'可以自由支配的时间'，也就是真正的财富，这种时间不被直接生产劳动所吸收，而是用于娱乐和休息，从而为自由活动和发展开辟广阔天地。时间是发展才能等等的广阔天地……'财富就是可以自由支配的时间，如此而已'……自由时间，可以支配的时间，就是财富本身……"⑤ 马克思还提出，一个国家真正富裕的标志是劳动时间的减少，闲暇时间的增多。恩格斯亦引用拉甫罗夫文章的内容强调指出："人不仅为生存而斗争，而且为享受，为增加自己的享受而斗争……准备为取得高

---

① ［法］罗歇·苏：《休闲》，商务印书馆 1996 年版，第 18 页。
② 亚里士多德：《尼各马可伦理学》，转引自约翰·凯利《走向自由——休闲社会学新论》，成素梅、马惠娣、季兵等译，云南人民出版社 2000 年版，第 6 页。
③ 同上书，第 250 页。
④ 马惠娣、刘耳：《西方休闲学研究述评》，《自然辩证法研究》2001 年 5 月。
⑤ ［德］马克思、恩格斯：《马克思恩格斯全集》第 26 卷，人民出版社 2001 年版。

级的享受而放弃低级的享受。"① 而休闲正是高级享受的重要内容。

只是近一百年来，人们才把休闲放在学术的层面加以考察和研究，并形成了学科体系。美国学者认为，休闲研究在美国的诞生是以 1899 年索尔斯坦·凡勃伦发表的《有闲阶级论》为标志。凡勃伦试图从经济学家的视角分析和证明休闲与消费是如何联系在一起的，但他又十分敏锐地注意到：资产阶级新权贵在获得物质享受的同时，已开始追求精神生活的丰富和享乐。他在该书中提出，休闲已成为一种社会建制，成为人的一种生活方式和行为方式。继其之后，许多学者加入休闲研究的行列，大批严肃的休闲学研究著作相继问世。下面结合马惠娣和刘耳教授合著的《西方休闲学研究述评》中的内容加以概要的介绍。

瑞典天主教哲学家皮普尔的《休闲：文化的基础》，被誉为西方休闲学研究的经典之作，它自 1952 年问世以来，不仅对西方休闲学研究产生了深远的影响，而且也成为西方休闲哲学思想的一面旗帜。皮普尔以深刻而精辟的语言阐述了休闲作为文化基础的价值意义，指出：休闲是人的一种思想和精神态度，它不是外部因素作用的结果，也不是空闲时间所决定，更不是游手好闲的产物。他论述了休闲的三个特征：第一，休闲是"一种理智的态度，是灵魂的一种状态……休闲意味着一种静观的、内在平静的、安宁的状态；意味着从容不迫地允许事情发生"。第二，休闲是一种敏锐沉思状态，是为了使自己沉浸在"整个创造过程中"的机会和能力；这是"沉思式的庆典态度"，是人们肯定上帝的劳动和自己的劳动的需要。第三，既然休闲是一种庆典，那么"它就与'努力'直接相反，与作为社会职责的劳动的独特观念相对立"②。皮普尔认为，人有了休闲并不是就拥有了驾驭世界的力量，而是由于心态的平和使你感到生命的快乐。否则，我们将毁灭自己。

美国心理学家奇客森特米哈伊（M. Csikszentmihalyi）在 1983 年发表的论文《建立最佳体验的心理学》的基础上，于 1990 年发表了对休闲心理

---

① ［德］马克思、恩格斯：《马克思恩格斯全集》第 34 卷，人民出版社 2001 年版。

② ［美］托马斯·古德尔、杰弗瑞·戈比：《人类思想史中的休闲》，成素梅等译，云南人民出版社 2000 年版，第 70 页。

学影响深远的专著《畅：最佳体验心理学》，从心理学的角度对休闲体验的性质做了研究。他认为：休闲从根本上说，是一种有益于个人健康发展的内心体验，而不用什么外界标准界定的具体活动；体验"畅"的能力使人能超越"工作—休闲"的断然划分，这样，不论是工作还是在闲暇活动中都能更积极地去寻求最佳的心灵体验。①

荷兰著名学者约翰·赫伊津哈所著的《游戏的人》，同样是西方休闲学研究的一份重要文献。该书从游戏的角度阐述了游戏与人的文化进化的相关性。他认为，游戏作为文化的本质和意义对现代文明有着重要的价值，人只有在游戏中才最自由、最本真、最具有创造力，游戏是一个阳光灿烂的世界。

美国哲学家查理斯·波瑞特比尔的《挑战休闲》和《以休闲为中心的教育》两部著作，是被西方公认的休闲研究力作。他指出，随着人的自由时间的增多，我们社会不安定因素也越来越多。我们只注意到工作的伦理，却没有思考如何发展休闲的伦理。因此，他提出以休闲为中心的教育。作者认为，只要我们勇于改变当下的价值观，我们就不仅能以欣然的心态去欣赏休闲，而且也能为有意义地享受休闲去设计生活的蓝图。

除以上诸位学者的休闲学研究著作显示了休闲研究的成果外，1968年，国际社会学会建立了国际休闲研究中心；1970年，联合国在布鲁塞尔召开国际闲暇会议，并通过了著名的《休闲宪章》，将休闲研究不断推向深入。近几十年来，在西方国家的大学教育体系中，几乎都有相关的专业设计，比如美国的大学，有独立的休闲研究系、学院、研究生院。还有众多的学术团体、研究机构，在这个研究领域产生的学术大师，每年都有许多严肃的学术著作出版。

云南人民出版社推出的《西方休闲研究译丛》五本书是近二三十年来在休闲研究方面脱颖而出的优秀力作。其中，《人类思想史中的休闲》（托马斯·古德尔、杰弗瑞·戈比）通过对西方的休闲从雅典城邦的出现直到它在当代的发展状况的考察，探索了休闲在人类思想史中的演变及其价值

19

---

① 马惠娣：《休闲：人类美丽的精神家园》，中国经济出版社 2004 年版，第 87—88 页。

问题，提出了"探索与思考衡量人类进步的标准和人类生存的真正目标的问题"。作者同时指出"当休闲变成放纵的行为时，它就必须得到限制或取消"，"自由时间是自由的、随意的，也是检验道德和伦理判断的基础"。《走向自由——休闲社会学新论》（约翰·凯利）一书中的重要观点是：休闲应被理解为一种"成为人"的过程，是一个完成个人与社会发展任务的主要存在空间，是人的一生中一个持久的、重要的发展舞台。《女性休闲：女性主义的视角》（卡拉·亨德森、黛博拉·拜尔列席基、苏珊·萧等）从女性主义的视角研究女性休闲的问题，主要采用社会心理学的研究方法，同时也借鉴了更广泛的社会学和文化学的方法，揭示了女性与休闲的关系，涉及女性休闲的多个方面与层面。《21世纪的休闲与休闲服务》（杰弗瑞·戈比）分析了当今世界不断变化的时代特点，预见到在之后的10年，休闲的中心地位会得到加强，人的休闲概念将会发生本质的变化，新的价值观意味着人对自然的改变，将逐步转变为人对自身的改变。《你生命中的休闲》（杰弗瑞·戈比）指出休闲行为不仅是寻找快乐，也是寻找生命的意义，休闲从时间的消磨成为生活的目标。作者在考察人们从时间、活动、存在方式和心态的角度对休闲做出的不同定义后，又指出了它们各自所存在的问题，同时展示出自己关于休闲的定义：

> 休闲是从文化环境和物质环境的外在压力中解脱出来的一种相对自由的生活，它使个体能够以自己所喜爱的、本能地感到有价值的方式，在内心之爱的驱动下行动，并为信仰提供一个基础。①

**三　本书休闲概念及两宋休闲词概念的界定**

综上所述，东西方文化中都有自己关于休闲的阐述，而且不同的人有不同的见解，亦都有其合理的成分。我国传统的休闲理念主"静"重"养"，而西方国家的休闲理念则主"动"重"畅"，但二者之间有着异曲

---

① ［美］杰弗瑞·戈比：《你生命中的休闲》，康筝译，云南人民出版社2000年版，第14页。

同工之处，即是对快乐休闲境界的追求以及与对方休闲理念的互补交融。

　　综合以上休闲理念，本书所界定的休闲概念有两个层面：一是人们摆脱了日常劳作和生活的外界压力的自由时间内，在以娱乐性为目的、以追求身心自由愉悦为目标的日常生活中所形成的纯真心态；二是由此纯真心态促发和为了达到这种心态所产生的行为方式与活动。

　　两宋休闲词即两宋词人摆脱了日常劳作和生活的外界压力的自由时间内，以娱乐性为目的，以追求身心自由愉悦为目标而作的流露纯真心态的词。

# 第一章 两宋休闲词兴盛的政治经济背景

公元 960 年，后周归德军节度使检校太尉、殿前都点检赵匡胤，"黄袍加身"，结束了五代的连年战乱，建立了统一的北宋王朝。休闲词在宋代发展到了一个前所未有的高度，这是由经济、政治、自然环境、思想意识传统及词的文体特征等多方面因素决定的。这里着重阐述其政治经济因素。

## 第一节 宋代商业经济的繁荣与宋代休闲文化的兴盛

关于词的起源问题历来争论不休，已有的说法有汉魏说、六朝说、先秦说和隋唐说等。但关于词的兴盛时期说法却始终如一：词鼎盛于宋。清人叶燮云："夫天有四时，四时有春秋。春气滋生，秋气肃杀。滋生则敷荣，肃杀则衰飒。气之候不同，非气有优劣也。"① 那么，宋之"气候"为何足以让词"滋生""敷荣"呢？马克思主义认为，物质决定意识，经济基础决定上层建筑。而宋朝繁荣的商业经济便是两宋休闲词兴盛的经济基础。综合多方面的资料，可知宋代商业经济繁荣的原因如下：

首先，北宋王朝统一全国以后，求和避战的外交政策使得社会相对和平稳定。农民得到比较安定的环境从事生产劳动，全国农业生产恢复较快；朝廷也采取一些减轻徭赋的措施，有利于农业生产的发展。加之农具的改良，优良稻种的推广，不但使当时国内荒地大量开辟，农作物的单位

---

① （清）叶燮：《原诗》（外篇）卷下，人民文学出版社 1979 年版。

面积产量也有所提高。随着农业生产的迅速恢复和发展，城市商业和手工业也欣欣向荣。这样的情况在张择端的《清明上河图》里就有生动、形象的反映。

其次，城市人口的增长，促进了商业经济的繁荣。工商业的发展，促进了都市的繁荣，从而形成广大的市民阶层。市民阶层的扩大，造就了大都市的发达。北宋以前的城市，一般都是住宅区与商业区严格分开，即"市""坊"严格分开。北宋时，随着商品经济的发展和越来越多的人聚居到城市，彻底打破了"市""坊"的界线，"市""坊"之间的墙壁也都拆除了。商人开店可以随意选择地点。如当时最繁华的城市——首都东京，市内手工业作坊很多，街道两旁商店、客栈、货摊林立，熙熙攘攘，十分热闹。营业时间不受限制，有白市、夜市和晓市。许多交易数额巨大，"动即千万"（《东京梦华录》卷二）。城内还有固定市场和定期集市，有娱乐场所"瓦舍"。"瓦舍"内有小的演出场所——勾栏；北宋初期四川地区出现了最早的纸币——交子，南宋时，交子、会子逐渐在南方流行。可见当时商业的兴盛。

最后，宋朝政府财政入不敷出，使得各级官府扮演商人的角色，推动了商业经济的发展。宋朝政府在各项支出中尤以四个方面的支出最为突出，即宋元时代著名学者马端临所云："大概［国计］其所以疲惫者曰养兵也、宗奉也、冗官也、郊赉也。"[1] 宋真宗至道三年扬州知州王禹偁奏疏曰："……其后尽取东南数国，又平河东，土地财富可谓广矣，国用转急。……减冗兵、并冗官……艰难选举……沙汰僧尼……"[2] 其中他提出了有关改革的建议。而在削减军兵、官吏、宗室及郊祀等支出的努力失败以后，宋朝统治者就转而实施增加税收、增加禁榷以外的营利性经营的收入、发行钞引楮币等措施，致使商业经济的发展超过前代而得以兴盛。

商业的兴盛迎来了城镇的繁华。歌楼舞榭，盛极一时。到了徽宗时代，这种情况更为显著。孟元老《东京梦华录》序云：

23

---

[1] （元）马瑞临：《文献通考》卷24《国用考·历代国用》按语。
[2] （宋）李焘：《续资治通鉴长编》卷四二，中华书局1979年版。

仆从先人，宦游南北，崇宁癸未到京师，卜居于州西金梁桥西夹道之南。渐次长立，正当辇毂之下，太平日久，人物繁阜。垂髫之童，但习鼓舞，班白之老，不识干戈，时节相次，各有观赏。灯宵月夕，雪际花时；乞巧登高，教池游苑。举目则青楼画阁，绣户珠帘。雕车竞驻于天街，宝马争驰于御路，金翠耀目，罗绮飘香。新声巧笑于柳陌花衢，按管调弦于茶坊酒肆。八荒争凑，万国咸通。集四海之珍奇，皆归市易；会寰区之异味，悉在庖厨。花光满路，何限春游；箫鼓喧空，几家夜宴。伎巧则惊人耳目，侈奢则长人精神。①

这些文字明显地反映出当时工商业的盛况、发达的城市经济和繁华的城市生活，汴京的繁华热闹景象在这里被描写得淋漓尽致。我们从中亦可领略宋人于太平盛世畅享欢乐的休闲时光。陆游曾写诗道："西湖为贾区，山僧多市人。"② 西湖周围山上的和尚都做买卖，诗里诗外透露出浓郁的商业气息。诗人又曰："近坊灯火如昼明，十里东风吹市声。"③ 可想当时商业经济之繁盛。

商业经济的繁华推动了休闲文化的兴盛。宋代 70 余个大大小小的时序性节日、宗教性节日、政治性节日，莫不以赏心乐事的娱乐项目为主。每逢岁时节庆，都人不论贫富，倾城而出。"（西湖）岸上游人，店舍盈满。路边搭盖浮棚，卖酒食也无坐处，又于赏茶处借坐饮酒。南北高峰诸山寺院僧堂佛殿，游人俱满。""公子王孙，富室骄民，踏青游赏城西，店舍经纪，辐凑湖上，开张赶趁。"④ 可见，西湖周围当时便是热闹的居民区、繁荣商业区、昌盛的游乐区。城市的富庶与山水的秀美诱导着士大夫文人在世俗生活和自然环境中获得雅俗两类休闲情趣。《东京梦华录》记载了北

24

---

① （宋）孟元老著，伊永文笺注：《东京梦华录笺注》，中华书局 2006 年版，第 1 页。
② （宋）陆游：《剑南诗稿》卷十七《夜泛西湖示桑甥世昌》，四库全书本，（台北）商务印书馆 1986 年版。
③ （宋）陆游：《剑南诗稿》卷二十一《夜归砖街巷书事》，四库全书本，（台北）商务印书馆 1986 年版。
④ （宋）孟元老等著，周峰点校：《西湖老人繁盛录》，《东京梦华录》（外四种），文化艺术出版社 1998 年版，第 101 页。

宋汴京的繁华热闹景象。而《武林旧事》卷三《西湖游幸》则记载了南宋都城临安府旁西湖的繁华美丽："西湖天下景，朝昏晴雨，四序总宜。杭人亦无时而不游，而春游特盛焉……日糜金钱，靡有纪极。故杭谚有'销金锅儿'之号，此语不为过也。"① 淳熙年间，孝宗常常陪太上皇即高宗游幸西湖。据《武林旧事》卷三《西湖游幸》载，"御舟四垂珠帘锦幕，悬挂七宝珠翠"；宫姬韶部即教坊乐部，"俨如神仙，天香浓郁，花柳避妍"。一次孝宗经断桥，见桥旁一爿小酒店十分雅洁。店中素屏书有太学生俞国宝"醉笔"《风入松》词："一春长费买花钱，日日醉湖边。玉骢惯识西泠路，骄嘶过、沽酒楼前。红杏香中歌舞，绿杨影里秋千。东风十里丽人天，花压鬓云偏。画船载取春归去，余情在，湖水湖烟。明日再携残酒，来寻陌上花钿。"孝宗观赏后说："此词甚好，但末句未免儒酸。"建议把"明日再携残酒"改为"明日重扶残醉"②。俞国宝因此升官走运，可以说是他于世俗生活中获得的休闲情趣使他获得了"好运气"。宋末学者吴自牧《梦粱录》卷一二《西湖》也描述："湖山四时景色最奇者有十，曰苏堤春晓、平湖秋月、断桥残雪、柳浪闻莺、花港观鱼、雷峰夕照、两峰插云、南屏晚钟、三潭印月。春则花柳争艳，夏则荷榴竞放，秋则桂子飘香，冬则梅花破玉，瑞雪飞瑶。四时之景不同，而赏心乐事者与之无穷矣。"③ 苏轼《怀西湖寄晁美叔同年》云："西湖天下景，游者无愚贤；浅深随所得，谁能识其全。"这"愚贤""浅深"是雅俗之意，即西湖的美可以感动所有人。而它尤其能感动士大夫文人，他们在此尽兴游玩，还经常于此结社唱酬。《梦粱录》卷十九"社会"条载：

> 文士有西湖诗社，此乃行都（指杭州）搢绅之士及四方之流寓儒士，寄兴适情赋咏，脍炙人口，流传四方，非其他社集之比。④

---

① （宋）周密：《武林旧事》卷三，中国商业出版社1982年版，第43页。
② 同上书，第42—43页。
③ （宋）吴自牧：《梦粱录》，中国商业出版社1982年版，第96—97页。
④ 同上书，第167页。

除了"西湖诗社"之外，另外还有许多比较松散的文学社团，它们定期或不定期地召集一些文人，分题赋咏，相互唱酬。宋朝商业经济的发展为宋人的休闲生活提供了优裕的物质基础，休闲文化由此得以兴盛。

## 第二节 宋代文官的优厚待遇与宋代词人的休闲生活

宋太祖赵匡胤和宋太宗赵匡义花了近二十年的时间结束了五代十国的混乱局面，建立了统一的赵宋王朝。赵宋王朝统治者鉴于唐朝藩镇割据、军阀拥兵自重的历史教训，对读书人非常优待。其主要表现为以下几点。

### 一　采取尚文抑武的政策

宰相用文人，军队里掌管实权的官职也由文人担任。据《宋史·宰相表》，可知北宋大概有90%的宰相是科举出身，依靠门第登上相位者寥寥无几。宋太祖曾明示："向者登科名级，多为势家所取，致塞孤寒之路，甚无谓也。今朕躬亲临试，以可否进退，尽革畴昔之弊矣。"[①] 宋太祖还使保护文吏的政策以家法的形式制度化："艺祖有誓约藏之太庙，不杀大臣及言事官，违者不祥。"[②] 不轻易责难文人的法令制度，使得宋代文吏大胆进言，且积极参与治理国家的各项事务。宋代还进一步完善科举制度，大力举荐寒门子弟通过科举取士进入朝廷任职，使下层知识分子获得新的出路。

### 二　给予士大夫优裕的俸禄

《宋史·职官志·俸禄制》载："诸称请受者，谓衣粮、料钱，余并为添给。"即宋代官员的正式俸禄是俸钱、衣赐为主，辅以禄粟等食物津贴。除此之外，还有以钱币形态存在的各种津贴，如添支钱与职钱、临时性添支钱、厨钱、食钱、折食钱、帖职钱、茶汤钱、宅钱等；有以粮米形态表现的各种津贴，如差遣添支粮与帖职添支粮、厨料米面、特支米、职田租等；还有按年或按月发给不同数量的羊酒茶盐薪炭纸刍藁等

---

① （宋）李涛：《续资治通鉴长编》卷十六，中华书局1979年版。
② （元）脱脱：《宋史》三百七十九卷《曹勋传》，中华书局1977年版，第11700页。

实物。① 名目繁多，不一而足。清人赵翼云："其待士大夫可谓厚矣。惟其给赐优裕，故入仕者不复以身家为虑……然给赐过优，究与国计易耗。恩逮于百官者唯恐其不足……"②

宋代的士大夫多指集官僚、文人等身份于一身的人。宋太祖为了自己中央集权的高枕无忧，对士大夫们曰："人生如白驹之过隙，所为好富贵者，不过欲多积金银，厚自娱乐，使子孙无贫乏耳。汝曹何不释去兵权，出守大藩，择便好田宅市之，为子孙立永远不可动之业。多置歌儿舞女，日饮酒相欢，以终其天年。我且与尔曹约为婚姻，君臣之间，两无猜疑，上下相安，不亦善乎？"③ 于是导致了官宦人家"无一日不宴饮"④ 的奢靡风气。晏殊云："一曲新词酒一杯。"（《浣溪沙》）寇准云："更尽一杯酒，歌一阕。叹人生，最难欢聚易离别。且莫辞沉醉，听取阳关彻。"（《阳关引》）柳永云："忍把浮名，换了浅斟低唱。"周邦彦《少年游》曰：

> 并刀如水，吴盐胜雪，纤手破新橙。锦幄初温，兽烟不断，相对坐调笙。　低声问向谁行宿，城上已三更。马滑霜浓，不如休去，直是少人行。

关于这首词的创作，南宋张瑞义《贵耳集》卷下载："道君（指宋徽宗）幸李师师家，偶周邦彦先在焉，知道君至，遂匿于床下。道君自携新橙一颗，云'江南初进来'，遂与师师谑语。邦彦悉闻之，隐括成《少年游》云（略），师师因歌此词，道君问谁作，师师奏云周邦彦词，道君大怒……"这个故事也许出自宋人的附会，但考察宋代杂史小说等多记载宋徽宗游娼狎妓之事，可见关于周邦彦此词的创作并非完全无中生有。总之，上自帝王，次及重臣，下至文人举子皆沉溺于朱唇皓齿之间，一并迷恋于艳歌美酒的氛围之中。

27

---

① 汪圣铎：《宋代社会生活研究》，人民出版社2007年版，第173—187页。
② （清）赵翼：《廿二史札记·宋制禄之厚》卷25，中华书局2001年版。
③ （宋）李涛：《续资治通鉴长编》卷二，中华书局1979年版。
④ （宋）叶梦得：《避暑录话》卷上，《丛刊集成》初编本。

对前代文人（如庄子、陶渊明、白居易等人）休闲思想传统的接受和对于自身生命的体悟及反思，亦促使宋代士大夫文人自觉地进行休闲活动。无论宋朝统治者怎样重用文臣、优待文官，宋代始终没有出现盛唐那样强盛的气势，因为它实属多事之秋。北宋围绕庆历新政、熙宁变法，新旧党争此起彼伏，南宋则围绕宗弼南侵、张俊北伐、完颜亮南侵、韩侂胄北伐，主战派、主和派斗争连绵不断。宋代官吏所受优遇虽属史上罕见，但由于以上原因他们在政治旋涡中难以自持，有人成了政治的牺牲品，甚至丢掉了性命，多数人都遭遇了迁谪贬居的命运，因此多数文人畏惧仕途。欧阳修《寄圣俞》慨言："何况仕路如天梯。"① 苏舜钦亦曰："昨在京师官时，不敢犯颜色，不敢议论时事，随众上下，心态蟠屈不开固亦极矣。"② 徐积《渔父·君不悟》词曰："一酌村醪一曲歌。回看尘世足风波。忧患大，是非多。纵得荣华有几何。"寥寥数语，士大夫文人们于仕途如履薄冰的心态毕现。因此，宋人普遍热爱、追求隐逸，渴望过上休闲的生活，这种追求和渴望便强烈地体现在他们的词作中。

这样，宋代优待文吏的政策和君臣一气的享乐观念为士大夫适意休闲提供了制度保证和思想、物质基础。

词自身便是享乐文学、休闲文学。唐宋的大量词论表述了词体娱宾遣兴的休闲文化功能，除了绪论中提及的，还有如铜阳居士《复雅歌词序》云："吾宋之兴，宗工巨儒，文力妙天下者，犹祖其遗风，荡而不知所止，脱于芒端，而四方传唱，敏若风雨，人人歆艳咀味于朋游樽俎之间，以是相乐也。"③ 岳珂《桯史》载："稼轩以词名，每宴必命侍妓歌其所作"，得意之处则"使妓迭歌，益自击节"。④ 黄大舆《梅苑序》云："莫不抽毫遣滞，劈彩舒聚，召楚云以兴歌，命燕玉以按节。"⑤ 黄昇云：

---

① （宋）欧阳修：《欧阳修全集》，中国书店出版社 1986 年版，第 34 页。
② （宋）苏舜钦：《苏舜钦集》，上海古籍出版社 1981 年版，第 109 页。
③ （宋）铜阳居士：《复雅歌词序》，金启华等编《唐宋词集序跋汇编》，江苏教育出版社 1990 年版，第 364 页。
④ （宋）岳珂：《桯史》，上海古籍出版社本社编《宋元笔记小说大观》，上海古籍出版社 2001 年版，第 4358 页。
⑤ （宋）黄大舆：《梅苑序》，金启华等编《唐宋词集序跋汇编》，江苏教育出版社 1990 年版，第 355 页。

"花前月底，举杯清唱，合以紫箫，节以红牙，飘飘然作骑鹤扬州之想，信可乐也！"① 由此可见，士大夫文人们借词娱宾遣兴，享受生活，过着自由愉悦的休闲生活。甚至皇上单独饮宴，兴来还要急召词臣奉奏。据吴处厚《青箱杂记》卷五载：

> 景德中，夏公（竦）初授馆职，时方早秋，上夕宴后庭，酒酣，遽命中使诣公索新词。公问："上在何处？"中使曰："在拱宸殿按舞。"公即抒思，立进《喜迁莺》，词云："霞散绮，月沉钩。帘卷未央楼。夜凉河汉截天流。宫阙锁清秋。瑶阶曙。金盘露。凤髓香和烟雾。三千珠翠拥宸游。水殿按凉州。"中使入奏，上大悦。②

于五代便已成熟的曲子词，在宋初朝廷这种文恬武嬉、欢歌醉舞的世俗文化风习中，继续承担起娱宾遣兴的文化功能，而且由于各阶层的加入而表现出更为鲜活、旺盛的生命力。而其他社会阶层以词娱乐的情景前人亦多有记述。欧阳炯在《花间集序》中所描绘的是"家家之香径春风，宁寻越艳；处处之红楼月夜，自锁嫦娥"的歌词盛况，不但出现在晚唐五代，亦盛行于两宋。如《梦粱录》卷二十"妓乐"条云：

> 街市有乐人三五为队，擎一二女童舞旋，唱小词，专沿街赶趁。元夕放灯、三春园馆赏玩，及游湖看潮之时，或于酒楼，或花衢柳巷妓馆家祗应。③

29

在《东京梦华录》《武林旧事》中皆有关于以词娱乐的记载，还记述了勾栏瓦舍、酒肆茶楼等民间固定的娱乐场所的唱词表演往往通宵达旦。由此可知，两宋朝廷上下饮宴游乐之风盛行，给宋词娱宾遣兴的休闲功能

---

① 黄昇：《花庵绝妙词选序》，金启华等编《唐宋词集序跋汇编》，江苏教育出版社 1990 年版，第 359 页。
② （宋）吴处厚：《青箱杂记》卷五，中华书局 1985 年版。
③ （宋）吴自牧：《梦粱录》，中国商业出版社 1982 年版，第 117 页。

提供了广阔的空间，吸引了庞大的词人群体参与宋词创作、欣赏，从而促进了宋代休闲词的兴盛。

综合以上分析，便可看出宋代休闲词的兴盛是一种必然的社会文化现象。虽然宋代大多数文人置身官场和市民大潮涌动的社会里，但熙熙攘攘的追名逐利之风并未扰乱他们的心性，他们以独特的休闲思维方式、生存方式保持一方洁净安宁的身心居所。宋代词人们热爱生命、尊重生命，平日的饮酒、歌舞、郊游、品茶、赏花、登临、雅集等题材，事无巨细，尽数入词，他们用词再现了宋人休闲的生命。

# 第二章　两宋休闲词的思想渊源与文化传承

两宋休闲词的兴盛，除了政治经济等因素之外，还与其思想渊源与文化传承不可分离。"如果切断了传统文化的根脉，尽管有可能在现代化的世间获取自我意义的欲望满足，却同时成了无根的飘萍。"① 在此探究两宋休闲词的思想渊源与文化传承，不但可以获知两宋休闲词之所以兴盛的另一可能性，而且还可以获得对待文化前贤和诸多经典的正确态度，懂得文学的传承、超越的必然性。

这里选取两宋之前有代表性的战国的庄子、魏晋的陶渊明、唐朝的白居易。这三位对现实不满且富有智慧和才华的前贤，他们的思想既有相同点，又有不同点。他们相同的思想有浓重的生命意识、安时处顺的人生态度、追求身心自由的生命状态等。他们的不同点有很多，这里重点探讨他们人生理想的不同与超越。庄子的人生理想是追求无待、无累、无欲、无患的精神的绝对自由。"《庄子》对后世的影响，更多地集中在魏晋南北朝、唐代安史之乱等乱离之世，就文人群落观之，其对后世文学的影响又表现在那些报国无门、救世无路、命运多蹇、仕途坎坷、孤傲清高、不随世俗的文人身上。此种现象发生，主要在于《庄子》所内蕴的哲学思想，往往被乱世之人和命运多蹇之人视为自己应对乱世的生存法则或独善其身的精神支柱。"② 陶渊明深受庄子这种人生境界的影响，但是他的人生理想不再是不可企及的。陶渊明也像庄子那样力求摆脱荣辱祸福的束缚，但他

---

① 杨匡汉：《中华文化母题与海外华文文学》（第二章），长江文艺出版社 2008 年版。
② 陶德宗：《陶渊明诗文与〈庄子〉的关系思辨》，《重庆交通大学学报》（社会科学版）2010 年第 2 期。

不像庄子那样只注重精神世界的逍遥游，他的人生态度有更多的现实色彩。在陶渊明看来，他的归隐田园并不是人生的不幸，而是终于挣脱了枷锁，走向新的自由理想境界。他抛弃外在的轩冕荣华、功名利禄，田园生活的劳役之苦在他眼里俨然是一种艺术，读书、作诗、弹琴、饮酒、劳作成了他在现实世界所能拥有的快乐。庄子与陶渊明的人生理想只是精神世界的一服安慰剂，是远离现实的。白居易所表现出的人生理想则又是对庄子、陶渊明的传承与超越。

白居易精神世界的建构和解脱深受《庄子》影响，其诗歌创作便可说明问题，如：

形骸委顺动，方寸付空虚。(《松斋自题》)①
不学坐忘心，寂寞安可过。(《冬夜》)②
穷通不由己，欢戚不由天。命即无奈何，心可使泰然。(《咏怀》)③
心适复何为？一咏逍遥篇。(《犬鸢》)④
梦游信意宁殊蝶？心乐身闲便是鱼。(《池上闲吟二首》其二)⑤
若问乐天忧病否？乐天知命了无忧。(《病中诗十五首》其二)⑥

此类诗句不胜枚举，体现白居易接受了《庄子》顺任自然、安时处顺的时命观。而陶渊明对白居易心态的塑造、性格的熏陶亦有着深刻的影响。当代学者李剑锋先生根据顾学颉先生校点的《白居易集》统计："白居易现存诗词共2892首，其中明显有陶渊明印记的至少有150首，约占1/19，其受陶影响作品在唐代诗人中数量最多。"⑦ 晚年白居易索性以"异世陶元亮"⑧自比。其作于开成三年（838）的《醉吟先生传》曰：

---

① 谢思炜：《白居易诗集校注》闲适诗卷五，中华书局2006年版，第468页。
② 谢思炜：《白居易诗集校注》闲适诗卷六，中华书局2006年版，第555页。
③ 谢思炜：《白居易诗集校注》闲适诗卷七，中华书局2006年版，第645页。
④ 谢思炜：《白居易诗集校注》格诗歌行杂体卷二十九，中华书局2006年版，第2317页。
⑤ 谢思炜：《白居易诗集校注》律诗卷三十一，中华书局2006年版，第2398页。
⑥ 谢思炜：《白居易诗集校注》律诗卷三十五，中华书局2006年版，第2629页。
⑦ 李剑锋：《元前陶渊明接受史》，齐鲁书社2002年版，第184页。
⑧ 谢思炜：《白居易诗集校注》，中华书局2006年版，第4页。

　　醉吟先生者，忘其姓字、乡里、官爵，忽忽不知吾为谁也。宦游三十载，将老，退居洛下……性嗜酒，耽琴，淫诗。凡酒徒、琴侣、诗客，多与之游。游之外，栖心释氏……洛城内外六七十里间，凡观寺、丘墅，有泉石花竹者，靡不游；人家有美酒、鸣琴者，靡不过；有图书、歌舞者，靡不观。自居守洛川洎布衣家，以宴游召者，亦时时往。……乃自援琴，操官声，弄《秋思》一遍。若兴发，命家僮调法部丝竹，合奏《霓裳羽衣》一曲。若欢甚，又命小妓歌《杨柳枝》新词十数章。放情自娱，酩酊而后已。往往乘兴，履及邻，杖于乡，骑游都邑，肩舁适野。舁中置一琴一枕，陶、谢诗数卷……如此者凡十年，其间日赋诗约千余首，岁酿酒约数百斛，而十年前后赋酿者不与焉。……余何求哉？若舍吾好，何以送老？因自吟《咏怀》诗云："抱琴荣启乐，纵酒刘伶达。放眼看青山，任头生白发。不知天地内，更得几年活。从此到终身，尽为闲日月。"吟罢自哂，揭瓮拨醅，又引数杯，兀然而醉。既而醉复醒，醒复吟，吟复饮，饮复醉。醉吟相仍，若循环然。由是得以梦身世，云富贵，幕席天地，瞬息百年，陶陶然，昏昏然，不知老之将至，古所谓得全于酒者，故自号为醉吟先生。①

　　白居易"效陶潜《五柳先生传》作《醉吟先生传》以自况"②的这篇文字便体现了白居易诗、酒、琴、书之乐，其足可见白居易受陶渊明影响是何等深刻。而"庄周、陶渊明一生很少在官场，他们面对的主要是物质生活的困难和理想事业的失落感，他们在人格方面的典范意义，是如何在穷困失意中自我解脱"③。白居易浸润了庄子、陶渊明的精华后，他在人格方面的典范意在如何既获得物质生活的享受，又体验精神生活的逍遥自由。物质和精神二者的和谐统一而获得的身心自由才是现实的理想人生，是最理想的休闲，也才是人类价值的终极取向。此种将成为人类终极价值取向的最理想的休闲更是宋人极其仰慕、积极追求的目标。

33

---

①　朱金城：《白居易集笺校》卷七十，上海古籍出版社 1988 年版，第 3782—3783 页。
②　（后晋）刘昫等：《旧唐书·白居易传》卷一百六十六，中华书局 1975 年版，第 4355 页。
③　张仲谋：《兼济与独善》，东方出版社 1998 年版，第 302 页。

　　在君主绝对集权的赵宋王朝，士大夫文人虽然生活相对安逸、富裕，也有闲暇、从容的时间，但由于特殊的政治、经济等因素，宋代从宰相到普通的士人都既有着积极的入仕思想，又有着"功成身退"的退隐念头。故而，《庄子》的逍遥、陶渊明的归耕、白居易的中隐等思想在宋代被广泛地接受，因为它们为宋代士大夫文人处理退隐与入仕之间的矛盾提供了理论依据和行为范式。本章便拟以这三者作为宋代文人所写休闲词的思想渊源，且从他们如何超脱自然的、社会的、自我的诸多矛盾三个方面加以阐述、探讨它们对两宋休闲词思想的影响。为了行文清晰、方便，本章拟北宋以苏轼为代表，南宋以辛弃疾为代表，同时兼及其他词人进行论述。

## 第一节　庄子对两宋休闲词的思想影响

　　为了巩固自己的集权统治，赵宋王朝采取了权力制衡、文官政府、厚禄养士等政策，由此形成了特有的"宋型文化"。中国台湾学者傅乐成教授在1972年发表的《唐型文化和宋型文化》① 一文说："到宋，各派思想主流如佛、道、儒诸家，已趋融合，渐成一统之局，遂有民族本位文化的理学产生，其文化精神及动态亦转趋单纯与收敛。"据《宋史》载，宋真宗、宋仁宗在位时都大力推崇道教，宋徽宗上台后更将崇道热流推向高潮。政和三年（1113）十一月，宋徽宗自称梦见老君，老君对徽宗说："汝以宿命，当兴吾教。"② 宋徽宗即封庄子为"微妙元通真君"。重和元年（1118）八月宋徽宗下诏建道学，诏云："自今学道之士，许入州县学教养；所习经以《黄帝内经》《道德经》为大经，《庄子》《列子》列为小经外，兼通儒书，俾合为一道。"③ 即把《庄子》作为明经考试的内容之一。北宋统治者对道教组织加以整顿，重设道官，恢复道家制度，将道教纳入官方祭祀宗教的轨道，发挥其诱化人心、稳定社会的基本功能。

34

---

① 傅乐成：《唐型文化和宋型文化》，《国立编译馆馆刊》第一卷第4期。
② （清）毕沅：《续资治通鉴》卷九十一，中华书局1999年版。
③ （清）毕沅：《续资治通鉴》卷九十三，中华书局1999年版。

　　在北宋统治者的直接组织下，道经得以重加编纂。北宋政府曾 10 次校勘道经，其中第一次是对道家经典的全面校正；第二次为校勘《道德经》；第三次则是校《庄子》。宋朝统治者对《庄子》的高度重视，使注《庄子》、解《庄子》之风大盛，出现了很多注家。据严灵峰先生《周秦汉魏诸子知见书目》① 记载，主要有：张昭《庄子补注》10 卷，崔颐正《说庄子》一篇，孙奭、杜镐、邢昺《校正庄子释文》3 卷，刘得一《庄子注》，王旦《庄子发题》，王曙《庄子旨归》3 篇、《南华真经提纲》1 卷，徐端方《庄子章句》，马遵《庄子内篇解》，孙伯温《庄子辞令》，王安石《庄子解》4 卷、《庄周论两篇》，王雱《庄子注》10 卷、《南华真经传》20 卷、《南华真经新传拾遗》1 卷，吴俦《庄子注》，吕惠卿《庄子解》10 卷，陈景元《南华经章句音义》14 卷、《南华真经章句余事》1 卷、《庄子阙误》1 卷、《南华总章》1 卷、《南华真经余事杂录》2 卷、《庄子注》，贾善翔《南华真经直音》1 卷，黄介南《庄子解》，陈祥道《庄子注》，林自《庄子解》，萧之美《庄子寓言类要》1 卷，张焆《庄子通真论》3 卷、《南华真经篇目义》3 卷，林豫《庄子注解》，程俱《庄子论》5 篇，洪兴祖《庄子本旨》、《庄子统略》3 卷、《南华真经统论》、《庄子内要》1 卷、《庄子四家注》15 卷，林光朝《庄子注》，赵汝谈《庄子注》，洪迈《庄子法语》，林亦之《庄子注》，何坦《南华要旨》，林维屏《庄子内篇》3 卷、《庄子奥解》2 卷，陈藻《庄子解》5 卷，詹体仁《庄子解》，王德明《手钞庄子》，李纯甫《庄子解》，赵秉文《南华略释》1 卷，洪咨夔《庄子注》，高子凤《庄子注》，范应元《庄子讲语》，赵以夫《庄子内篇注》，黄泲《南华真经义》，林希逸《庄子口义》32 卷，《庄子释音》1 卷，褚伯秀《南华南经义海纂微》106 卷，宇文居镒《庄周气决解》1 卷，赫经《删注庄子》，马廷鸾《读庄笔记》，刘辰翁《庄子点校》33 篇，王应麟《庄子逸篇》，雷思齐《庄子注》《庄子学记》，吴澄《南华内篇订正》2 卷，瞻思《庄子精诣》，罗勉道《南华真经循本》30 卷。另外在《别录书目》中还有苏轼的《广成子解》1 卷。而在文学创作方面，宋人也广泛接

① 严灵峰：《周秦汉魏诸子知见书目》，中华书局 1993 年版。

受了庄子的影响，如张三夕先生曾做过统计：《集注分类东坡先生诗》中共收苏诗 2024 首，而其注引《庄子》竟达 400 多次。① 由于体裁的限制，苏词引用《庄子》虽然没有苏诗、苏文来得多，但其中《庄子》的典故和语汇也是随处可见的。另如辛弃疾词共 620 余首，据笔者统计，其中使用《庄子》典故也达 90 次之多。由此可见，庄子对宋代词人的思想沾溉是十分深广的。

庄子生活在公元前 369 年到公元前 286 年，那时正是我国奴隶制解体和封建制确立的战国中期。统治者争城夺地，战争连绵，不仅残害着生命，也恶化了社会政治环境：统治集团内部荒淫无道；儒墨等各家到处游说，百家争鸣，社会思想混乱；人们追名逐利，人心大坏。庄子在这样动荡的"人间世"，由贵族而被抛到了社会的底层，以织履为生，靠借粮度日，穷困潦倒，形容枯槁。庄子安于自己的不幸，却为世人创设了一片奇异的乐土，在这片乐土中人们悟透生死，齐同万物，忘却荣辱得失，超然自乐，悠闲放达——这便是《庄子》。

庄子理论主体包括自然哲学、人生哲学、社会哲学等。而人生哲学则是庄子思想的核心部分，它"立足于个人生存中的'困境'"②，"它的主要理论导向是引导身处危世和险境的人如何免害全身；是教导身处困境和逆境中的人，如何能够解脱出来，保持精神上的独立，拥有一份安宁恬静的心理，以至逍遥恬静的精神状态"③。庄子理论中包含大量如上述的休闲观念，如《庄子·刻意》④ 曰：

> 故曰：夫恬淡寂寞，虚无无为，此天地之平而道德之质也。故曰：圣人休休焉则平易矣。平易则恬淡矣。平易恬淡，则忧患不能入，邪气不能袭，故其德全而神不亏。⑤
>
> 故曰：形劳而不休则弊，精用而不已则劳，劳则竭。水之性，不

---

① 王渭清：《〈庄子〉对苏轼文学创作的影响》，《社科纵横》2005 年第 4 期。
② 崔大华：《庄学研究》，人民文学出版社 1992 年版，第 142 页。
③ 褚斌杰：《白居易的人生观》，《文学遗产》1995 年第 5 期。
④ 为了行文方便，以下所引《庄子》只注篇名。
⑤ （清）王先谦集解，方勇校点：《庄子》，上海古籍出版社 2013 年版，第 176 页。

杂则清，莫动则平；郁闭而不流，亦不能清；天德之象也。故曰：纯粹而不杂，静一而不变，淡而无为，动而以天行，此养神之道也。夫有干越之剑者，柙而藏之，不敢用也，宝之至也。精神四达并流，无所不极，上际于天，下蟠于地，化育万物，不可为象，其名为同帝。纯素之道，唯神是守。守而勿失，与神为一。一之精通，合于天伦。野语有之曰："众人重利，廉士重名，贤士尚志，圣人贵精。"故素也者，谓其无所与杂也；纯也者，谓其不亏其神也。能体纯素，谓之真人。①

　　庄子主张养护生命首先心态要虚静恬淡。虚静专一而不变动，恬淡而无为，行动而循顺自然，这是圣人静心的"养神"之道，而不损精神、能体悟"纯素"乃是真人的"贵精"之道。"养神""贵精"的本质便是要保持心态宁静恬淡，精神的绝对自由。这种自由要"不刻意而高""无江海而闲"。② 庄子说："圣人之静也，非曰静也善，故静也；万物无足以铙心者，故静也。"（《天道》）③ 这宁静恬淡是顺其自然而不是刻意去求得或伪装出来的。其次，养护生命要形神并重。形体劳累不止就会疲惫，精力不停使用就会枯竭。形体是生命的具体表象，做任何事都应该先考虑一下身体的承受能力。《达生》曰："豹养其内而虎食其外，毅养其外而病攻其内，此二者皆不鞭其后者也。"④ 单豹、张毅各有偏废，都没能养护好生命。《达生》中通过养斗鸡说明形、神并重而取得"异鸡不敢应，见者反走矣"的效果。《达生》中又讲了东野稷舆马的寓言故事，"其马力竭矣。而犹求焉，故曰败。"⑤ 说明耗形劳神过度而必败的道理。《庄子》中大量养护生命的道理可让人获得真正意义上的休闲。而这些养护生命的休闲观念，是处于两难人生困境的宋代文人们所急需的。在这种情况下，宋朝统治者对《庄子》的重视，使寻找身心自由的宋代政治家、理学家、文学家等知识分

37

---

① （清）王先谦集解，方勇校点：《庄子》，上海古籍出版社 2013 年版，第 177 页。
② 同上书，第 176 页。
③ 同上书，第 150 页。
④ 同上书，第 214 页。
⑤ 同上书，第 220 页。

子广泛地展开如上所述的对《庄子》的阐释与接受。下面笔者主要探讨《庄子》对宋代休闲词的影响及其在词中的表现。如前所述，两宋休闲词即宋代词人摆脱了日常劳作和生活的外界压力的自由时间内，以娱乐性为目的，以追求身心自由愉悦为目标而作的流露纯真心态的词。《庄子》通过自身逍遥之境的休闲思想帮助宋代词人从两难的人生困境中超脱出来，写出了大量的休闲词。以下依次从自然、社会、自我这三个角度加以阐述。

## 一 顺任自然

庄子所说的"自然"，既指"自然界"之自然，也指"自然而然"的"自然"。本文的"自然"亦兼指此二者。人是自然界的万物之一，庄子所谓"号物之数谓之万，人处一焉"（《秋水》）[1]。面对生生不息的自然，人类世代都在奋斗着，努力摆脱自然赋予人类自身的困惑与苦恼。

"天地有大美而不言，四时有明法而不议，万物有成理而不说。"（《知北游》）[2] "安时而处顺，哀乐不能入也。此古之所谓县解。"（《大宗师》）[3] 面对自然的无限、永恒、自由以及不言不辩、无是无非、无善无恶的朴素大美，庄子认为人应该安心适时而顺应自然，缘此，哀乐的情绪就不能侵入人心，人就达到古来所说的解除倒悬的束缚。故而，人不能逆自然而行，不能"以人助天"（《大宗师》），也不能"以人入天"（《徐无鬼》），更不能"以人灭天"（《秋水》），而只能顺任自然之性。顺任自然是庄子人生哲学的重要内容，也是他超脱自然束缚的关键。下面具体分析庄子超脱自然束缚的思想对两宋休闲词的影响。

（一）人生苦短、浮生若梦

《知北游》曰："人生天地之间，若白驹之过隙，忽然而已。注然勃然，莫不出焉；油然漻然，莫不入焉。已而化生，又化而死，生物哀之，人类悲之。"[4] 庄子对大限的必然到来和对生的眷念油然而生人生苦短的深

---

① （清）王先谦集解，方勇校点：《庄子》，上海古籍出版社 2013 年版，第 184 页。
② 同上书，第 251 页。
③ 同上书，第 82 页。
④ 同上书，第 256 页。

情悲哀，此种生命意识的觉醒到宋词之域得到了更幽深的发扬。但庄子却又以"梦"来解脱这种烦恼，如其《刻意》篇曰："其生若浮，其死若休。"《齐物论》则曰：

> 梦饮酒者，旦而哭泣；梦哭泣者，旦而田猎。方其梦也，不知其梦也。梦之中又占其梦焉，觉而后知其梦也。且有大觉而后知此其大梦也。而愚者自以为觉，窃窃然知之。君乎，牧乎，固哉！丘也与女，皆梦也；予谓女梦，亦梦也。是其言也，其名为吊诡。万世之后而一遇大圣，知其解者，是旦暮遇之也。①

总之，《庄子》"浮生若梦"的思想包含如下两层意思：（1）人生短暂若梦。（2）因为人生若梦，人就应该跳出"梦"境，自由而快活地度过今生。但这后一层思想却往往被人所忽视。而宋词则在这两方面都继承了《庄子》。

1. 咏叹人生短暂若梦

我们翻开《全宋词》，即可发现很多词人在词中直接表述人生苦短的情绪。如：

> 人生都无百岁。少痴騃、老成尪悴。只有中间、些子少年，忍把浮名牵系？一品与千金，问白发，如何回避？（范仲淹《剔银灯》）②
> 百年似梦，一身如寄，南北去留皆可。（李弥逊《永遇乐·初夏独坐西山钓台新亭》）
> 五十劳生，紫髯霜换，白日驹过。（李弥逊《永遇乐》）
> 人生百岁，七十稀少。更除十年孩童小，又十年昏老。都来五十载，一半被睡魔分了。那二十五载之中，宁无些个烦恼？（王观《红芍药》）
> 叹隙中驹，石中火，梦中身。（苏轼《行香子》）

---

① （清）王先谦集解，方勇校点：《庄子》，上海古籍出版社 2013 年版，第 31 页。
② 文中所引宋词皆出自唐圭璋编《全宋词》，中华书局 1965 年版。

上古八千岁，才是一春秋。不应此日，刚把七十寿君侯。（辛弃疾《水调歌头·寿韩南涧七十》）

即使北宋盛时的"太平宰相"晏殊也感叹道："一向年光有限身，等闲离别易销魂。"（《浣溪沙》）由此可见，庄子的"白驹过隙"已经引起宋代词人的广泛共鸣。生命的短暂性、断灭性和一次性，使得"唐宋词人几乎是集体性地咏叹着'人生苦短'和'浮生若梦'"[①]。这种慨叹也可以说与庄子有着密切的思想渊源关系。

庄子渴望着"万世之后而一遇大圣"，而到了宋代，就出现了无数引庄子为知音的词人。随录一些写梦词如下：

笑劳生一梦，羁旅三年，又还重九。（苏轼《醉蓬莱》）

君臣一梦，今古空名。（苏轼《行香子》）

休言万事转头空，未转头时皆梦。（苏轼《西江月》）

世事一场大梦，人生几度秋凉，夜来风叶已鸣廊。（苏轼《西江月》）

世事短如春梦，人情薄似秋云。（朱敦儒《西江月》）

更看一杯酒，梦觉大槐官。（辛弃疾《水调歌头》）

无心再续笙歌梦。（张炎《高阳台》）

据笔者统计，晏几道词中写"梦"达六十余次，而苏轼的记梦词也有二十多首，其中不少词篇便是庄子之梦的表述。这就可证，庄子的"浮生若梦"简直已演化成了宋代词人的普遍性喟叹。

2. 庄子不仅认为"浮生若梦"，他更从"梦"中醒悟过来，参透了世间得失成败

时至今日，科学研究告诉我们梦是人睡眠时局部大脑皮层还没有完全停止活动而引起的脑的表象活动。智慧的庄子在那么远古的时代，通过梦与觉的客观转换，就认识到"死生存亡、穷达富贵、贤与不肖、毁誉、饥

---

① 杨海明：《唐宋词与人生》，河北人民出版社 2002 年版，第 29 页。

渴寒暑，是事之变、命之行也。日夜相代乎前，而不知规乎其始者也。"
（《德充符》）① 意谓世上一切矛盾对立的双方都是相对的，就像昼夜的转
换一般，而人的知见则不能窥见它们的起始。什么君君臣臣，真是浅陋至
极，只有非常清醒的人才知道人生不过像一场大梦。庄子的"梦"实际上
是强调梦之短、梦之可变和梦之自由，而不仅是说梦之空幻与梦之虚假。
如果拥有了如此辩证的思想对待人生的一切遭遇，人就该活得自由愉悦，
也才有可能获得真正的休闲。以往人们一直视"人生苦短""浮生若梦"
为消极的悲凉之叹，如此则我们不但误读了宋词，更误读了庄子。不可否
认，唐宋词中少数词人的写梦词是面对美好往事成泡影而发出的悲凉愁
绪，如早在五代时期李煜的《浪淘沙令》就如此写道：

> 帘外雨潺潺，春意阑珊。罗衾不耐五更寒。梦里不知身是客，一
> 晌贪欢。　　独自莫凭栏，无限江山。别时容易见时难。流水落花春
> 去也，天上人间。

词人是"梦饮酒者，旦而哭泣"，睡梦里好像忘记自己身为俘虏，还
在自己昔日华丽的宫殿里饮酒唱词作乐，而梦醒后，"想得玉楼瑶殿影，
空照秦淮"（《浪淘沙》），面对帘外残春中的淅沥春雨，他不仅要怨问苍
天："春花秋月何时了，往事知多少？"（《虞美人》）词人长叹水流花落，
春去人逝，天上人间似乎都充塞着人所不能承受的愁："问君能有几多愁，
恰似一江春水向东流。"（《虞美人》）词人的亡国之痛使他的如梦人生成
了一场无法醒来的噩梦，人生似乎就意味着无法穷尽的悲愁苦恨。《西清
诗话》载："南唐李后主归朝后，每怀江国，且念嫔妾散落，郁郁不自聊，
尝作长短句云：'帘外雨潺潺……'含思凄惋，未几下世。"② 李煜的词是
人们公认的人间绝唱，但他绝对不是庄子的知音。他若能把昔日的荣华像
梦一样挥去，顺任自然，接受作为俘虏的新生活，才真正是"有大觉而后

*41*

---

① （清）王先谦集解，方勇校点：《庄子》，上海古籍出版社 2013 年版，第 66 页。
② 张伯伟编：《稀见本宋人诗话四种》之一：蔡绦《西清诗话》，南京大学域外汉籍研究所
专刊江苏古籍出版社 2002 年版。

知此其大梦"之人。但其他的多数词人则因为《庄子》"浮生若梦"的思想而使自己从悲观意念（人生短暂）中超脱出来，用休闲的思想来调剂自己的身心，例如苏轼。

苏轼首次遇祸于元丰二年（1079），正值壮年有为和能为之际，他却被指控"指斥乘舆""包藏祸心"，以致在知湖州任上突被逮捕，投入监狱。经受数月折磨，侥幸获释，编管黄州。贬谪生活是窘困的，在《东坡八首并叙》① 中，苏轼就述说了自己幅巾芒履、躬耕东坡的情形，但闲暇时间，他又诗兴、词兴大发。故人马正卿帮他借了十多亩荒地，他作诗曰："马生本穷士，从我二十年。日夜望我贵，求分买山钱。我今反累君，借耕辍兹田。刮毛龟背上，何时得成毡。可怜马生痴，至今夸我贤。众笑终不悔，施一当获千。"② 诗中洋溢着苏轼式的幽默诙谐，还流露出些许被友人崇敬的自足以至自适。元丰六年（1083）秋，苏轼在黄州作《十拍子》：

> 白酒新开九酝，黄花已过重阳。身外傥来都似梦，醉里无何即是乡。东坡日月长。　玉粉旋烹茶乳，金薤新捣橙香。强染霜髭扶翠袖，莫道狂夫不解狂。狂夫老更狂。

词中"傥来"和"无何乡"之语即源于庄子。《庄子·缮性》篇云："轩冕在身，非性命也，物之傥来，寄者也。寄之，其来不可圉，其去不可止。"③ 苏轼在词中没有念念不忘自己昔日的荣华高位，而视为"身外傥来"之物，即偶然得来的寄身之物，苏轼把它们作为梦一样轻轻挥去。苏轼在黄州困苦的劳作之余，喝酒、饮茶、品橙香、填词吟诗，如置身庄子文中至人所拥有的无何乡，表现出了他旷适的自由。词人就是借庄子之梦和庄子的逍遥解脱了自己。在《念奴娇·赤壁怀古》中又云："故国神游，多情应笑我，早生华发。人生如梦，一尊还酹江月。"也可视为词人表达

---

① 后文将引其序。
② （清）王文诰编注，孔凡礼点校：《苏轼诗集》卷二十一，中华书局1982年版，第1084页。
③ （清）王先谦集解，方勇校点：《庄子》，上海古籍出版社2013年版，第181页。

自己通透的超脱，甚至有一份悟透苍茫人生的窃喜，不应仅视词人在宣泄愁闷。《永遇乐·明月如霜》则云："燕子楼空，佳人何在？空锁楼中燕。古今如梦，何曾梦觉，但有旧欢新怨。异时对，黄楼夜景，为余浩叹。"词人"以燕子楼的人去楼空，徒存其名说起，推衍出这样一番人生道理：古往今来无数代的离合遭遇和悲欢之情，说穿了不过是一连串旋生又旋灭的梦境。可叹世人不明此理，因此只如大梦未醒；然而既然是'梦醒'之我，今日在此动情赋词、抒发浩叹，在后人看来，也岂非是'新梦'一场或'梦中说梦'？"① 苏轼正是用词的形式表述了《庄子·齐物论》关于梦和梦醒的思想，而不是机械地模仿。苏轼以庄子为知音，庄子若地下有知或许也该在花中蝶舞时认可千年之后"知其解者"的苏轼为其知音吧。因此，苏轼不仅倾倒了马生，后世多少文人也像苏轼倾迷于庄子般倾慕苏轼的人格魅力。

宋词中"人生苦短"之词是词人们对生命之短的体悟。咏叹"浮生若梦"之词实是词人们爱惜生命的另一种方式，是他们对人生苦短的自然顺任，它使词人们珍惜生命的同时，看淡生命以外的事物，从而使词人们的心灵得以慰藉，精神得到了些许积极超脱。

（二）体悟"天乐"，淡然"物化"

大量的"人生苦短"之词反映了宋代词人生命意识的觉醒，而"浮生若梦"只能给珍惜生命的词人们些许的精神超脱，并不能从根本上解决他们的终极问题。生死相随，这是自然界的规律，也是人类与生俱来的宿命。由于人们把死亡看成一种无可回避的结束与终点，因此悦生恶死，且对死亡持有本能的恐惧。如张继先的《沁园春》云："细算人生，能有几时？任万般千种风流好，奈一朝生死，不免抛离。蓦地思量，死生事大，使我心如刀剑挥。"《庄子·德充符》曰："仲尼曰：'死生亦大矣，而不得与之变……'"② 庄子借孔子之口回答常季提出的为什么断了脚的王骀行不言之教使跟他求学的人空虚而来却能满载而归的疑问，是因为死生这样大

43

---

① 杨海明：《唐宋词与人生》，河北人民出版社 2002 年版，第 92 页。

② （清）王先谦集解，方勇校点：《庄子》，上海古籍出版社 2013 年版，第 60 页。

的事都不能影响他。《庄子·齐物论》曰："死生无变乎己，而况利害之端乎？"① 在庄子看来，死生是人生一大问题，若能从容待之，那么消解其他的人生困惑便成易事，人也因此有了无穷的人格魅力。同时，人也只有超脱生死的束缚才能获得真正的休闲。而《庄子》超脱人生短暂、死亡的思想法宝则又是：体悟"天乐"，顺应自然，淡然"物化"。

庄子也是极爱生的，为了使生命在自然万化中得到安顿，他苦苦思索："天地与我并生，而万物与我为一"（《齐物论》）②，"以死生为一条"（《德充符》）③，"死生存亡之一体"（《大宗师》）④。庄子物我为一的自然观和死生一体的人生观使人的终极意识得到了关怀。"夫大块载我以形，劳我以生，佚我以老，息我以死。故善吾生者，乃所以善吾死也。"⑤ 庄子认为人应生时养生，死时安死，顺应自然。"予恶乎知恶死之非弱丧而不知归者邪？"（《齐物论》）⑥ 悦生恶死就像自幼迷途的小孩，他怎知家的方向？怎能不对陌生的去处充满恐惧？庄子认为死亡不是终结，是归家，是另一种"天乐"形式的"生"。"与天和者，谓之天乐。"⑦ "知天乐者，其生也天行，其死也物化。……故知天乐者，无天怨，无人非，无鬼责。"⑧ 体会"天乐"的人，他存在时便顺自然而行，他死亡时便和外物融合。

庄子死生一体的人生观和物我为一的自然观，集中体现在寓言"庄周梦为蝴蝶"中：

> 昔者庄周梦为胡蝶，栩栩然胡蝶也，自喻适志与！不知周也。俄然觉，则蘧蘧然周也。不知周之梦为胡蝶与，胡蝶之梦为周与？周与胡蝶则必有分矣，此之谓物化。（《齐物论》）⑨

---

① （清）王先谦集解，方勇校点：《庄子》，上海古籍出版社 2013 年版，第 28 页。
② 同上书，第 24 页。
③ 同上书，第 64 页。
④ 同上书，第 81 页。
⑤ 同上书，第 82 页。
⑥ 同上书，第 30 页。
⑦ 同上书，第 150 页。
⑧ 同上书，第 151 页。
⑨ 同上书，第 35 页。

　　"物化"使人自然而生，从容而死，它消解或至少减轻了人对于死亡的恐惧，使宋代词人犹如得到天际的灵光。敏感多情的词人们面对四季更替中物色的盛衰，不仅只写下"春花秋草，只是催人老"（晏殊《清平乐》），"清明过了，残红无处、对此泪洒尊前"（苏轼《雨中花》）之类表达"人生苦短"况味的词，而且也写下了很多淡然"物化"，体悟"天乐"的词篇，使生命得到了最自由的美的舒放。下面即对词人及其词进行探讨，看人的心灵在宋词之域所达到的一次顶级的"悬解"。

　　苏轼元丰六年（1083）谪居黄州时作《鹧鸪天》云：

　　　　林断山明竹隐墙，乱蝉衰草小池塘。翻空白鸟时时现，照水红蕖细细香。　　　村舍外，古城旁。杖藜徐步转斜阳。殷勤昨夜三更雨，又得浮生一日凉。

　　此词可与苏轼于熙宁八年在密州的《西斋》诗映衬来读。诗曰："杖藜观物化，亦以观我生。万物各得时，我生日皇皇。"[1] 词人于日暮时分杖藜村外古城旁，观看林、山、竹、墙、蝉、草、池塘、白鸟、荷花之自然万物，已不再"皇皇"不知何往，几经沉浮，人之常情的愤怒、尖酸甚至对死亡的恐惧，已在自然"万物各得时"的物化中淡然消解，词人适性而为，顺任自然地享受酷暑雨后的一日清凉，安闲自适，乐在其中。

　　《宋史·苏轼传》载："（苏）既而读庄子，叹曰：'吾昔有见，口未能言，今见是书，得吾心矣。'"[2] 《庄子》对苏轼影响极大。这从苏轼的《送文与可出守陵州》诗中的"清诗建笔何足数，逍遥齐物追庄周"两句可证。《庄子》的物化思维加速且促成了苏轼的超脱，亦促使他在最沮丧的时候，写出了最好的诗词。

　　辛弃疾对庄子的仰慕则可从下列词句中得到证明，如《感皇恩·读〈庄子〉，闻朱晦庵即世》曰："案上数编书，非庄即老。"《念奴娇·和赵录国兴韵》曰："怎得身似庄周，梦中蝴蝶，花底人间似。"《哨遍·秋水

45

---

① （清）王文诰编注，孔凡礼点校：《苏轼诗集》卷十三，中华书局1982年版，第630页。
② （元）脱脱等：《宋史》卷三百三十四，中华书局1985年版，第10801页。

观》曰："谁与齐万物？庄周吾梦见之。"又如淳熙十四年（1187），词人48岁，在上饶家中作《水调歌头·寿韩南涧七十》曰："看取垂天云翼，九万里风在下，与造物同游。君欲计岁月，当试问庄周。"绍熙三年（1192）前作《沁园春·有美人兮》曰："物化苍茫，神游仿佛，春与猿吟秋鹤飞。"以上这些都反映了词人接受庄子思想的深广程度。而最能体现出他体悟"天乐"，引庄子为"知己"的思想境界之词，则数其作于嘉泰元年（1201）的《贺新郎》：

> 甚矣吾衰矣。怅平生、交游零落，只今余几。白发空垂三千丈，一笑人间万事。问何物、能令公喜。我见青山多妩媚，料青山、见我应如是。情与貌，略相似。　　一尊搔首东窗里。想渊明、《停云》诗就，此时风味。江左沉酣求名者，岂识浊醪妙理。回首叫、云飞风起。不恨古人吾不见，恨古人、不见吾狂耳。知我者，二三子。

此时，词人自叹"白发多时故人少"（《感皇恩》），生命即将委于尘土；但词人却坦然以一笑了之。何能如此？因为故人虽少，但还有青山可做永久的朋友。我看青山越看越美，青山看我谅也如此。辛弃疾就把青山当作了他的知音朋友："一生不负溪山债"（《鹧鸪天·老病那堪岁月浸》），"万壑千岩归健笔"（《念奴娇·妙龄秀发》），"一松一竹真朋友，山鸟山花好弟兄"（《鹧鸪天·不向长安路上行》），"何人半夜推山去，四面浮云猜是汝。常时相对两三峰，走遍溪头无觅处"（《玉楼春·戏赋云山》，化用《庄子·大宗师》云："夜半有力者负之而走。"），"台倚崩崖玉灭瘢，青山却作捧心颦"（化用《庄子·天运》中西施捧心颦眉的典故）。词人笔下，山水似乎和人一样有思想，有个性，有情感，有灵气，人与山水神交默契。这是因为词人解脱了生死、世俗的羁绊，所以便想高歌"大风起兮云飞扬"①。词人真正遗憾的不是古人没见到他的舒适狂放，而是古往今来见过和没见过的人中没有几个能真正理解他，只有青山和陶

① （汉）刘邦《大风歌》有"大风起兮云飞扬"的句子。

渊明，而"独与天地精神往来，而不敖倪于万物，不谴是非，以与世俗处"（《天下》）①的庄子也该算一位，此词中的"我"实际已与庄子的情与貌都相似。辛弃疾退职闲居时，虽不时流露出愤懑不平，但始终能以平和的心境移情于自然，庄子"物化"的思想起了很大的作用。

面对"人生短暂"的自然规律，宋代词人因接受了《庄子》"浮生若梦"的思想而看淡了世间的得失与成败，由此，宋人便快乐地休闲着，他们宴游、交友、赏花……这些休闲生活丰富而生动地反映在词中，如：

　　一曲新词酒一杯，去年天气旧亭台。夕阳西下几时回。　　无可奈何花落去，似曾相识燕归来。小园香径独徘徊。（晏殊《浣溪沙》）

　　乐秋天。晚荷花缀露珠圆。风日好，数行新雁贴寒烟。银簧调脆管，琼柱拨清弦。捧觥船。一声声、齐唱太平年。　　人生百岁，离别易，会逢难。无事日，剩呼宾友启芳筵。星霜催绿鬓，风露损朱颜。惜清欢。又何妨、沈醉玉尊前。（晏殊《拂霓裳》）

　　群芳过后西湖好，狼藉残红，飞絮濛濛，垂柳阑干尽日风。笙歌散尽游人去，始觉春空，垂下帘栊，双燕归来细雨中。（欧阳修十首《采桑子》之四）

　　少年不管。流光如箭。因循不觉韶光换。至如今，始惜月满、花满、酒满。　　扁舟欲解垂杨岸。尚同欢宴。日斜歌阁将分散。倚栏栊，望水远、天远、人远。（宋祁《浪淘沙近》）

　　数家茅屋闲临水，轻衫短帽垂杨里。今日是何朝？看余度石桥。梢梢新月偃，午醉醒来晚。何物最关情？黄鹂一两声。（王安石《菩萨蛮》）

　　百亩中庭半是苔。门前白道水萦回。爱闲能有几人来。　　小院回廊春寂寂，山桃溪杏两三栽。为谁零落为谁开。（王安石《浣溪沙》）

　　月在碧虚中住，人向乱荷中去。花气杂风凉，满船香。　　云被

---

① （清）王先谦集解，方勇校点：《庄子》，上海古籍出版社 2013 年版，第 403 页。

47

歌声摇动，酒被诗情掇送。醉里卧花心，拥红衾。（张镃（《昭君怨园池夜泛》）

清夜无尘，月色如银，酒斟时，须满十分。浮名浮利，虚苦劳神。叹隙中驹，石中火，梦中身。　　虽抱文章，开口谁亲。且陶陶，乐尽天真。几时归去，作个闲人。对一张琴，一壶酒，一溪云。（苏轼《行香子·清夜无尘》）

翠屏围昼锦。正柳织烟绡，花易春镜。层阑几回凭。看六桥莺晓，两堤鸥暝。晴岚隐隐。映金碧、楼台远近。谩曾夸、万幅丹青，画笔画应难尽。　　那更。波涵月彩，露裛莲妆，水描梅影。调朱弄粉，凭谁写，四时景。问玉奁西子，山眉波盼，多少浓施浅晕。算何如、付与吟翁，缓评细品。（周密《瑞鹤仙》）

以上这类寄情园池山水与沉迷宴饮的休闲词，从表象上看只是描写宋代词人的娱乐、休闲生活，而其思想底蕴实是摆脱外界的压力和追求身心的自由；而面对死亡的恐惧，宋代词人则又因为《庄子》淡然"物化"、顺应自然的思想而"谈笑于死生之际"①，并使其超脱生死束缚的思想洋溢于休闲词篇中。

## 二　安时处顺

死生，命也：其有夜旦之常，天也：人之有所不得与，皆物之情也。（《大宗师》）

死生存亡，穷达贫富，贤与不肖，毁誉，饥渴寒暑，是事之变，命之行也。（《德充符》）

不知吾所以然而然，命也。（《达生》）

庄子思想中的"命"既指决定人们生死的自然规律，也指不以人的

48

---

① （宋）苏轼：《与李公择》，《苏东坡全集》，中国书店1986年版。

意志为转移的社会发展规律。"在庄子的人生哲学中，还有一个和'命'具有相近内涵和相同作用的外在必然性的概念，'时'。"① 庄子借孔子之口说：

> 来，吾语女。我讳穷久矣而不免，命也；求通久矣而不得，时也。当尧舜而天下无穷人，非知得也；当桀纣而天下无通人，非知失也；时势适然。（《秋水》）②

《庄子》中还有一则故事：

> 庄子衣大布而补之，正緳系履而过魏王。魏王曰："何先生之惫邪？"庄子曰："贫也，非惫也。士有道德不能行，惫也；衣弊履穿，贫也，非惫也；此所谓非遭时也。王独不见夫腾猿乎？其得楠梓豫章也，揽蔓其枝而王长其间，虽羿、蓬蒙不能眄睨也。及其得柘棘枳枸之间也，危行侧视，振动悼栗；此筋骨非有加急而不柔也，处势不便，未足以逞其能也。今处昏上乱相之间，而欲无惫，奚可得邪？此比干之见剖心征也夫。"③

从以上两段引文，我们可以认识到："时"在《庄子》中主要指社会规律对人的束缚。

对于"时""命"约束人的规定性，孔子认为应当"畏天命"（《论语·季氏》），采取敬畏的态度；墨子则主张"非命"，否定"命"，采取与"命"彻底对抗的态度；庄子则认为不必否定自己的"命"，无"命"还何"我"之有？人也不可能根本改变自己的"命"，但也不必惧怕或诅咒自己的"命"。庄子提倡的是"安命"哲学，他不是要人们凡事不努力，一切听天由命，悲观失望，不思进取，期待好的命运，或等待不如意的命运，他看到了

49

① 崔大华：《庄学研究》，人民出版社 1992 年版，第 145 页。
② （清）王先谦集解，方勇校点：《庄子》，上海古籍出版社 2013 年版，第 194 页。
③ 同上书，第 231—232 页。

人事也是"命"重要的一环，即"事之变"，人要在自己能力范围之内，做出最大的努力，而在无法改变的情况下，则要端正自己的心态，"知不可奈何而安之若命"（《德充符》）。"安时而处顺，哀乐不能入也，古者谓之悬解。"（《养生主》《大宗师》）庄子要人们安心适时，顺应变化，对命运、时势不可固执地抗争，而要承认、顺从的目的是要"安其性命之情"（《在宥》），要安顿人们的"命"，使人们回到生命的本真状态。

宋代词人所处的社会环境比庄子时代更复杂了。庄子所处战国时代，因学术自由而出现庄子所激烈批评的"百家争鸣"。而在形成了特有的"宋型文化"的宋代，并非什么政治观点都可以无所顾忌地自由表达。苏轼便因为自己的诗文而被罗织罪名，差点丧命于"乌台诗案"。此外如辛弃疾、陆游等人一片热心没有得到君主的回应，却也被栽上各种罪名而被贬……下面我们要探讨的是庄子安时处顺的思想是如何使宋代词人的"性命之情"在复杂的社会环境中得以安顿的。拟从摆脱是非心、挣脱名利网两方面加以阐述。

（一）摆脱是非心

《齐物论》曰："夫随其成心而师之，谁独且无师乎？……未成乎心而有是非，是今日适越而昔至也。"[1] 如果依照自己的成见作为判断是非的标准，那么谁没有一个标准呢？如果说没有成见就已经有是非，那就好比今日到越国去而昨天就已经到了。又曰："物无非彼，物无非是。……是以圣人不由，而照之于天，亦因是也。是亦彼也，彼亦是也。彼亦一是非，此亦一是非。……是亦一无穷，非亦一无穷也，故曰莫若以明。"[2] 彼、此是相对的，而且各有自己的没有穷尽的是非，即物与物之间、人与物之间、人与人之间的是非都各有其是，也各有其非，出发点不同，是非也就变了。为此庄子对人们提出了"照之于天"（即观照事物本然的认识态度）及"以明"（即用明静的心境去观照事物实况）的认识方法。而圣人"和之以是非，而休乎天钧，是之谓两行"[3]。不执着是非的争论而保持事理的

---

[1] （清）王先谦集解，方勇校点：《庄子》，上海古籍出版社 2013 年版，第 15 页。

[2] 同上书，第 18 页。

[3] 同上书，第 20 页。

自然均衡，物我、人我便能各得其所，自然发展。可见，庄子提出"齐是非"观点的前提是人的"成心"不能作为判断是非的标准。"因是已。已而不知其然谓之道。"①了无是非，顺着自然的路径行走而不知其所以然的"道"才是判断是非的标准。这种观点，对苏轼等人影响很深。

首先来看苏轼词中齐是非之意：

> 莫听穿林打叶声，何妨吟啸且徐行。竹杖芒鞋轻胜马，谁怕，一蓑烟雨任平生。　　料峭春风吹酒醒，微冷，山头斜照却相迎。回首向来萧瑟处，归去，也无风雨也无晴。（《定风波》）

其词作于元丰五年（1082），词人当时被贬黄州。对于政治打击之是非，苏轼并不计较，他认为犹如有雨就有晴，有晴就有雨那样，世人因雨落而忧"狼狈"，因雨晴而庆幸，都是不必要的。"回首向来萧瑟处，归去，也无风雨也无晴"，既是一种无是非、无物我对待的自然心态，又如同年所作《哨遍》上阕曰："云出无心，鸟倦知还，本非有意。"苏轼认为自己的出仕与隐居像云出鸟还一样，都是顺其自然的事。下阕则曰："此生天命更何疑，且乘流遇坎还止。"因了齐是非的观念，词人坦然坚定地接受自己的命运，就像江流遇坑便停，不争进退。

苏轼齐是非的观念可以说是深受庄子思想的影响。如作于元丰六年（1083）的《临江仙》曰："长恨此身非我有，何时忘却营营。夜阑风静縠纹平。小舟从此逝，江海寄余生。""长恨此生非我有"化用《庄子·知北游》："舜问乎丞曰：'道可得而有乎？'曰：'汝身非汝有也，汝何得有夫道？'舜曰：'吾身非吾有也，孰之有哉？'曰：'是天地之委形也。'"词中体现了词人被是非世事缠缚的郁闷。"何时忘却营营"化用《庄子·庚桑楚》："全汝形，抱汝生，无使汝思虑营营。"乃体现了词人欲摆脱是非之心，"小舟从此逝，江海寄余生"，他要将自己有限的生命融化在无限的大自然中，回到生命的本真。

---

① （清）王先谦集解，方勇校点：《庄子》，上海古籍出版社 2013 年版，第 20 页。

了无是非的苏轼能宽容待人，甚至宽恕迫害他的人。"苏子瞻泛爱天下士，无贤不肖，欢如也。尝自言：'上可以陪玉皇大帝，下可以陪卑田乞儿。'子由晦默少许可，尝戒子瞻择交，子瞻曰：'吾眼前见天下无一个不好人，此乃一病。'"①此即庄子无"穷达富贵、贤与不肖、毁誉"的齐是非观念的直接体现。对此可资宋朝王明清《挥麈后录》卷之七有关高俅的资料为证：

> 高俅者，本东坡先生小史，笔札颇工。东坡自翰苑出帅中山，留以予曾文肃（曾布），文肃以史令已多，辞之；东坡以属王晋卿。元符末，晋卿为枢密都承旨时，祐陵（宋徽宗）为端王，在潜邸日，已自好文，故与晋卿善。在殿庐待班，邂逅。（端）王云："今日偶忘带篦刀子来，欲假以掠鬓，可乎？"晋卿从腰间取之，（端）王云，"此样甚新可爱。"晋卿言："近创造二副，一犹未用，少刻当以驰内。"至晚，遣（高）俅赍往。值（端）王在园中蹴鞠，俅候报之际，睥睨不已，王呼来前，询曰："汝亦解此技邪？"俅曰："能之。"漫令对蹴，遂惬王之意，大喜，呼隶辈云："可往传语都尉：既谢篦刀之况，并所送人皆辍留矣。"由是日见亲信。逾月，王登宝位。上优宠之，眷渥甚厚，不次迁拜，其侪类援以祈恩，上云："汝曹争如彼好脚迹邪！"数年间建节，循至使相，遍历三衙者二十年，领殿前司职事，自俅始也。父敦复，复为节度使。兄伸，自言业进士，直赴殿试，后登八坐。子侄皆为郎。潜延阁恩幸无比，极其富贵。然不忘苏氏，每其子弟入都，则给养问候甚勤。靖康初，祐陵南下，俅从驾至临淮，以疾为解，辞归京师。当时待行如童贯、梁师成辈皆坐诛，而俅独死于牖下。②

其中明确记载高俅出自苏门，而且写有一手好字，其因踢球发迹与《水

---

① （元）陶宗仪：《辍耕录》卷二十，中华书局 2004 年版。

② 上海古籍出版社本社编：《宋元笔记小说大观》，上海古籍出版社 2001 年版，第 3714—3715 页。

浒传》中所述相仿。因得力于苏轼的举荐才有高俅家族鸡犬升天的至极荣耀。高俅飞黄腾达之日，正是苏轼遭遇灭顶之灾之时。但高俅颇念旧恩，在苏门子弟不能生存之时"给养问候甚勤"，救了他们的命，不能否定其非得益于苏轼"眼前见天下无一个不好人"，对谁都以诚相待，才使得政敌也为他的旷达襟怀所感动，而高俅能"独死于牖下"（意指非遭诛杀而能自然死亡），也许亦得力于苏轼了无是非观的感化而获得的自然之命。

当风烛残年的苏轼从海南岛儋州贬所北归途经润州（镇江）时，在金山寺看到李公麟所画东坡像，回顾一生，感慨万千，作《自题金山画像》：

> 心如枯死之木，身如不系之舟。问汝平生功业，黄州惠州儋州。①

此诗化用了《庄子·齐物论》中的典故：面对南郭子綦进入忘我境界的静坐，颜成子游问：

> "何居乎？形固可使如槁木，而心固可使如死灰乎？"子綦曰："偃，不亦善乎，而问之也！今者吾丧我，汝知之乎？"（《齐物论》）②

苏轼真正达到了"吾丧我"的境界，去除了是非"成心"，扬弃了自然生命中一切不自然的东西。"为善无近名，为恶无近刑。缘督以为经。可以保身，可以全生，可以养亲，可以尽年。"③苏轼"无近名"，却无法"无近刑"；但也因为齐是非的观念使他把"近刑"也看成自然的命的一部分，这才使他在"又何须抵死，说短论长"（《满庭芳》）的"大辩不言"（《齐物论》）④中得以"保身""全身""养亲"，并使他没有身死南荒而如愿地"终老"山清水秀的阳羡。

再看词人张元干（1091—1161）于绍兴四年（1134）所写的《蝶

---

① （清）王文诰编注，孔凡礼点校：《苏轼诗集》卷四十八，中华书局1982年版，第2641页。
② 同上书，第12页。
③ 同上书，第36页。
④ 同上书，第25页。

恋花》：

> 燕去莺来春又到。花落花开，几度池塘草。歌舞筵中人易老，闭
> 门打坐安闲好。　　　败意常多如意少。著甚来由，入闹寻烦恼。千古
> 是非浑忘了，有时独自掀髯笑。

词人也是一位积极主张抗金光复、反对苟且偷安的爱国志士，但遭到了秦桧的排斥、打击。他于绍兴四年作此词，词中感慨时光的流逝，悲叹人生在世"败意常多如意少""歌舞筵中人易老"，明白没有必要"入闹寻烦恼"，即要摆脱尘世的是非。故而面对千古是非，词人"有时独自掀髯笑"，深觉"闭门打坐安闲好"。

再看辛弃疾。宋人洪迈的《稼轩记》载："（稼轩）赤手领五十骑，缚取（张）于五万众中，如挟毚兔，束马衔枚，间关西奏淮，至通昼夜不粒食。壮声英概，儒士为之兴起，圣天子一见三叹息。"[①] 朱熹说："辛弃疾颇谙晓兵事。"[②] 可见辛弃疾是位有雄才大略的抗战英雄。而当他不但未能实现收复中原的愿望，却遭受一连串的诬陷打击时，他的词在表现坚决抗金的爱国思想、战斗精神和抒写民族危难的悲愤、抨击苟且偷安的投降派的呐喊声中渐渐流露出了无是非的观念。

淳熙八年（1181）辛弃疾第一次被贬，第二年（1182）他闲居上饶时作《水调歌头·再用韵答李子永提干》下阕云："断吾生，左持蟹，右持杯。买山自种云树，山下斸烟莱。百炼都成绕指，万事直须称好，人世几舆台。刘郎更堪笑，刚赋看花回。"词人不愿像刘禹锡那样疾恶如仇，讥讽朝政，他更不愿像那些"万事直须称好"的趋炎附势之徒，像化为绕指柔的百炼钢般听从权贵的驱使而"春风得意"。生活的经历使词人懂得"处昏上乱相之间"（《庄子·山木》），世事并不会因为你的个人意见或一己努力变得更坏或更好，相反只会使自己处境更糟甚至招致杀身之祸，而为了"保身""全身"，只能遵循庄子的训导："大辩不言。"词人决意脱

---

① （宋）祝穆：《古今事文类聚》卷三十六，《稼轩记》，文渊阁四库全书本。
② （宋）黎靖德编，王星贤点校：《朱子语类》卷一百一十《论兵》，中华书局1986年版。

离官场回归大自然，过着买山种田、放旷杯酒的悠闲生活。辛弃疾在同一时期所作《丑奴儿·书博山道中壁》二首云：

　　　　少年不识愁滋味，爱上层楼。爱上层楼，为赋新词强说愁。
　　　而今识尽愁滋味，欲说还休。欲说还休，却道："天凉好个秋！"
　　　　此生自断天休问，独倚危楼。独倚危楼，不信人间别有愁。
　　　君来正是眠时节，君且归休。君且归休，说与西风一任秋。

　　对于前一首，卓人月评曰："前是强说，后是强不说。"① 词人的是非观念是清晰的，心中的愁、恨是强烈的，但他在努力摆脱它们。如他在第二次被贬时所作《丑奴儿》云："近来愁似天来大，谁解相怜？谁解相怜，又把愁来做个天。"谁解相怜？"说与西风一任秋"，"一松一竹真朋友，山鸟山花好弟兄"（《鹧鸪天·博山寺作》）。词人只与西风说，与青山说，它们才是他的知音。在自然的怀抱中体悟世事，辛弃疾的内心激愤确实化解了很多，也流露出他对是非之心的了悟而欲摆脱的情绪。对此，可看辛弃疾的《兰陵王》：

　　　　恨之极，恨极销磨不得。苌弘事，人道后来，其血三年化为碧。郑人缓也泣："吾父，攻儒助墨。十年梦，沉痛化余，秋柏之间既为实。"　　相思重相忆。被怨结中肠，潜动精魄。望夫江上岩岩立。嗟一念中变，后期长绝。君看启母愤所激。又俄顷为石。　　难敌。最多力。甚一忿沈渊，精气为物。依然困斗牛磨角。便影入山骨，至今雕琢。寻思人世，只合化，梦中蝶。

　　辛弃疾在序中说其词"取古之怨愤变化异物等事"。现着重分析其出自《庄子》的典故，《外物》曰：

55

_____

① （明）卓人月：《古今词统》卷四，徐士俊参评，谷辉之校点，辽宁教育出版社 2000 年版。

外物不可必，故龙逢诛，比干戮，箕子狂，恶来死，桀纣亡。人主莫不欲其臣之忠，而忠未必信，故伍员流于江，苌弘死于蜀，藏其血，三年而化为碧。人亲莫不欲其子孝，而孝未必爱，故孝己忧而曾参悲。①

庄子认为外在的事物没有定准，若一切以国君的意愿作为是非的标准，那么所有的臣子忠信于国君是对的，同样，父母认为子女孝顺他是对的，而问题的关键是此是非的标准由谁掌握呢？而纲常已规定此是非标准乃由国君、父母掌握，所以"忠未必信""孝未必爱"，于是发生了很多悲剧。苌弘是周灵王的贤臣，被放归蜀，刳肠而死，传说他的血三年后化为碧玉。词中的"郑人缓也泣"出自《庄子·列御寇》：

郑人缓也，呻吟于裘氏之地。只三年而缓为儒，河润九里，泽及三族，使其弟墨。儒、墨相与辩，其父助翟，十年而缓自杀。其父梦之，曰："使而子为墨者，予也。阖胡尝视其良（垠）？既为秋柏之实矣！"夫造物者之报人也，不报其人而报其人之天。彼故使彼。……自是，有德者以不知也，而况有道者乎！古者谓之遁天之刑。

圣人安其所安，不安其所不安；众人安其所不安，不安其所安。

庄子曰"知道易，勿言难。知而不言，所以之天也；知而言之，所以之人也；古之至人，天而不人。"②

对于"忠""孝"的是非标准，庄子认为要安于自然才能避免悲剧发生。郑人缓聪明好学，三年便成儒者，施惠九里，泽及三族，且为父分忧，让弟弟翟学有所成，成了墨家。其父不偏爱于才德兼备的孝子郑人缓，而在儒、墨之争中帮助了弟弟翟，争战十年郑人缓自杀而化为坟上的秋柏。故郑人缓责怨父亲，死后仍在父亲的梦中哭诉。庄子则认为郑人缓很不明智，他所做的乃是他能做的分内事。"为善无近名"，尽忠尽孝后，而若内心想得到别人的肯定，便是有求名之心，如苌弘、郑人缓，庄子认

① （清）王先谦集解，方勇校点：《庄子》，上海古籍出版社 2013 年版，第 324 页。
② 同上书，第 380 页。

为他们是自以为是，是"遁天之刑"，即违避自然的刑法，而无己的至人则安时处顺，完全合于自然的刑法。

有铁胆忠心、雄才大略的辛弃疾对"古之怨愤变化异物"的人事，并没有怨愤着他们的怨愤而发泄自己的愤恨，他已接受庄子齐是非的观念，扬弃了"古之怨愤变化异物"的一系列人事，他在词中表述了近于至人的思想境界："寻思人世，只合化，梦中蝶。"词人决意如庄周梦蝶般任之自然，随机而化，齐物逍遥。辛弃疾词中的齐是非观念是在一片激愤中逐渐表露，逐渐形成，细心揣摩，便发现它是"恶之花"①。

在积贫积弱的宋朝，士人们于"达"不能兼济天下，"穷"有时也不能独善其身时，庄子齐是非的观念可算是一帖治疗他们心灵的良药，尤其对于多情多思的词人们来说，更使他们拥有了一席宁静安适的精神家园，酿造出有益于后世的无数优美词篇。

（二）挣脱名利网

对于名利，庄子首先认为它是"残生伤性"的。《骈拇》曰：

> 小人则以身殉利，士则以身殉名，大夫则以身殉家，圣人则以身殉天下。故此数子者，事业不同，名声异号，其于伤性以身为殉，一也。……伯夷死名于首阳之下，盗跖死利于东陵之上。二人者，所死不同，其于残生伤性，均也。②

庄子说无论是谁，为名为利而累而死，都远离了人之生命的自然状态，如伯夷为名、盗跖为利，二者死去的原因虽然不同，但都属于非自然死亡，其"残生伤性"的结果是相同的，他们之间没有所谓的君子、小人之别。庄子在《让王》等篇里赞赏尧、舜、许由、善卷、子州之父、石户三农等不以天下大器易生，不以国伤生的人。庄子自己也"宁生而曳尾于涂中"而不愿"死为留骨而贵"（《秋水》）③。《列御寇》云：

57

---

① ［法］波特莱尔：《恶之花》（诗集），上海译文出版社 2009 年版。
② （清）王先谦集解，方勇校点：《庄子》，上海古籍出版社 2013 年版，第 102 页。
③ 同上书，第 197 页。

宋人有曹商者，为宋王使秦。其往也，得车数乘。王说之，益车百乘。反于宋，见庄子，曰："夫处穷闾阨巷，因窘织屦，槁项黄馘者，商之所短也；一悟万乘之主而从车百乘者，商人之所长也。"庄子曰："秦王有病召医。破痈溃痤者得车一乘，舐痔者得车五乘，所治愈下，得车愈多。子岂治其痔邪？何得车之多也？子行矣。"①

他宁愿靠编织草鞋过清贫的生活，也不愿像曹商那样卑己求禄。

其次，庄子并不排斥名利，他认为对于名利应自然任之。"三为令尹而不荣华，三去之而无忧色"的孙叔敖曰："吾何以过人哉！吾以其来不可却也，其去不可止也。吾以为得之非我也，而无忧色而已矣。"（《田子方》)②对于生活中的荣辱、得失、穷达应该如孙叔敖般去除患得患失的心态，这样便能享受"无天灾、无物累、无人非、无鬼责"（《天道》)③的"天乐"。否则如"比干剖心，子胥抉眼，忠之祸也"（《盗跖》)④。在统治者喜怒哀乐反复无常、"仅免刑焉"（《人间世》)、"窃钩者诛，窃国者为诸侯"（《秋水》)的社会，求名之辈需谨言慎行、言合忠信、行合礼义而搏万世之名耀，此必为名所累，而稍有闪失、疏忽便不免成为刀下之魂。

庄子看透名利的思想在宋词中大量呈现。

北宋有名的"太平宰相""富贵闲人"晏殊一生也有三次被贬官降职、迁徙外任的经历。他对宦海风波的险恶认识在词中有所表露：

三月暖风，开却好花无限了。当年丛下花纷纷，最愁人。

长安多少利名身。若有一杯香桂酒，莫辞花下醉芳茵，且留春。（《酒泉子》)

花不尽，柳无穷，应与我情同。觥船一棹百分空，何处不相逢？

朱弦悄，知音少，天若有情亦老。劝君看取利名场，今古梦茫

---

① （清）王先谦集解，方勇校点：《庄子》，上海古籍出版社 2013 年版，第 383—384 页。
② 同上书，第 247 页。
③ 同上书，第 151 页。
④ 同上书，第 359 页。

茫。（《喜迁莺》）①

　　人生苦短，好景更短，而人却在名利场中奔竞追逐，起落倾轧，如梦幻般变化无常。一人之下万人之上、拥有名利的宰相晏殊，"富贵优游五十年，始终明哲保身全"（欧阳修《晏元献公挽词》）②，词中蕴含着被名利缠缚的难言情绪。

　　王安石（1021—1086）是堪称一代风云人物的政治家，曾两度为相。晁公武《郡斋读书志》和赵希弁《附志》著录王安石曾著《庄子解》4卷，任地方官时还著写了《庄周论》。王安石的词，如"忽忆故人今总老。贪梦好。茫然忘了邯郸道"（《渔家傲》），"若有一厄芳酒，逍遥自在无妨"（《清平乐》），"兴王只在笑谈中。直至如今千载后，谁与争功！"（《浪淘沙令》）等词，也明显受到了庄子影响。他晚年所作《千秋岁引》云：

　　　　别馆寒砧，孤城画角，一派秋声入寥廓。东归燕从海上去，南来雁向沙头落。楚台风，庾楼月，宛如昨。　　无奈被些名利缚，无奈被他情担阁，可惜风流总闲却。当初谩留华表语，而今误我秦楼约。梦阑时，酒醒后，思量着。

　　"介甫有游仙之意，悟矣。必待'梦阑''酒醒''思量着'，又何迟也。"（沈际飞《草堂诗余正集》卷一）"迟"的原因即是风华正茂之时"无奈被些名利缚"，时光飞逝，到了故人都老己也老的暮年，回首峥嵘往昔，幡然醒悟：所有必须用闲情适意作筹码的美好岁月中的美好人事，却都因奔忙于名利而失之交臂，假如当初便"忘了邯郸道"，逍遥地生活在"时时自有春风扫"（《渔家傲》）的山水之间，那么此生才不枉活。

　　苏轼对名利的超脱下文将详细论述，此处仅看苏轼于元丰五年（1082）作于黄州的一首《满庭芳》：

---

①　此词又作杜安世词。
②　（宋）欧阳修：《欧阳修集》卷五十六，四部备要本，中国书店出版社1986年版。

59

蜗角虚名，蝇头微利。算来着甚干忙。事皆前定，谁弱又谁强。且趁闲身未老，须放我、些子疏狂。百年里，浑教是醉，三万六千场。　　思量，能几许？忧愁风雨，一半相妨。又何须、抵死说短论长。幸对清风皓月，苔茵展、云幕高涨。江南好，千钟美酒，一曲《满庭芳》。

元代陈秀明《东坡诗话录》载《玉林词选》云："东坡《满庭芳》词一阕，碑刻遍传海内，使功名竞进之徒读之可以解体，达观恬淡之士歌之可以娱生。"①《庄子·则阳》曰："有国于蜗之左角者，曰触氏；有国于蜗之右角者，曰蛮氏。时相与争地而战，伏尸数万，逐北旬有五日而后反。"人如能立于无穷宇宙去俯视两国间争城夺地的场面，岂不像立于路旁观蜗牛两触角相斗吗？而芸芸众生间的争名夺利，在苏轼看来恰似"蜗角虚名，蝇头微利"，为它们忙劳一辈子可谓"干忙"，而人生有限，今古风物总成往昔，还不如在清风皓月、云幕高涨、苔茵绿展的美丽江南，高歌一曲《满庭芳》。可见身已不自由的苏轼努力摆脱是非心，挣脱名利网，他的心灵始得以舒放，所以他才能承受以后生活中的一连串打击。

辛弃疾于庆元五年（1199）所作《哨遍·秋水观》中亦云："蜗角斗争，左触右蛮，一战连千里。君试思、方寸此心微。总虚空、并包无际。喻此理。何言泰山毫末，从来天地一稊米。……贵贱随时，连城才换一羊皮。谁与齐物，庄周吾梦见之。"此词也化用了《庄子·则阳》的蜗角争斗的寓言故事，表明词人反对为了各自利益进行争战，肯定了庄子安时处顺的齐是非、齐贵贱的思想，认为人没有必要在短暂的一生中为名为利而争斗不已。辛弃疾看重拯救国家、人民于水火的"事功"，但对于功名利禄则持淡然的态度。在《鹧鸪天·送廊之秋试》曰："鹏北海，凤朝阳，又携书剑路茫茫。明年此日青云去，却笑人间举子忙。"词人借庄子《逍遥游》中从北海飞往南海的大鹏鸟比喻闲居后的自己，吹奏"凤朝阳"曲子，带着书剑到处逍遥，而那位忙于应试的廊之则实在令人好笑。他的

---

① 邹同庆、王宗堂：《苏轼词编年校注》，中华书局 2002 年版，第 461 页。

《卜算子·用（庄）语》云：

> 一以我为牛，一以我为马。人与之名不辞，善学庄周者。　　江海任虚舟，风雨从飘瓦。醉者乘车坠不伤，全得于天也。

"圣人无名"（《逍遥游》）。"无名"之人不在乎社会对他的称呼，"一以己为马，一以己为牛"（《应帝王》）①，被呼作马、呼作牛都无所谓，更何况是非、善恶、智愚、君臣等名分？辛弃疾认为庄子不接受别人所授的相位是值得世人学习的。"江海任虚舟"用《山木》典故，"风雨从飘瓦"用《达生》典故，辛弃疾对待名利自然任之的态度明显得益于庄子。再如《鹧鸪天·博山寺作》云：

> 不向长安路上行，却教山寺厌逢迎。味无味处求吾乐，材不材间过此生。　　宁作我，岂其卿。人间走遍却归耕。一松一竹真朋友，山鸟山花好弟兄。

语出老子语"为无为，事无事，味无味"及庄子语"周将处乎材与不材之间"（《山木》）②。词人离开官场，要在无味即无名中寻求至乐，他说，"贵不如贱者长存。由来至乐，总属闲人"（《行香子·博山戏简昌文·仲止》），要无忧无劳则需"无誉无訾"③，既没有美誉也没有毁辱，与松竹为友，与山鸟山花为亲，顺任自然，则"物物不物于物，则胡可得而累邪！"（《山木》）④

辛弃疾还有很多淡泊名利的词篇，如：

> 富贵何时休问，离别中年堪恨，憔悴鬓成霜。（《水调歌头·折尽

61

---

① （清）王先谦集解，方勇校点：《庄子》，上海古籍出版社 2013 年版，第 92 页。
② 同上书，第 224 页。
③ 同上。
④ 同上。

武昌柳》)

吾衰矣，须富贵何时，富贵是危机。(《最高楼·吾衰矣》)

富贵非吾事，归于白鸥盟。(《水调歌头·长恨复长恨》)

富贵非吾愿，皇皇欲何之。(《哨遍·一壑自传》)

待说与穷达，不须疑着。古来贤者，进亦乐，退亦乐。(《兰陵王·赋一丘一壑》)

不必再一一列举所有摆脱是非心、挣脱名利网的词人和词篇，仅从上文所涉的词人、词篇看，庄子安时处顺的思想确实有助于宋代多数词人摆脱社会无形巨手的束缚，使他们在当时显得残酷的社会中仍然能逍遥于天地之间，从而亦使他们的性命之情得以安顿。

### 三 斋以静心

庄子认为，要达到真正的逍遥境界，除了要摆脱生死的自然束缚和时命的社会束缚外，"还有一重自我设置的障碍——哀乐之情和利害之欲"[1]。

人之生也，与忧俱生。(《至乐》)

哀乐之来，吾不能御；其去，弗能止。(《知北游》)

人卒未有不兴名就利者。(《盗跖》)

庄子认为哀乐之情与利害之欲是人与生俱来的本性。《庚桑楚》曰：

撤志之勃，解心之谬，去德之累，达道之塞。贵、富、显、严、名、利六者，勃志也；容、动、色、理、气、意六者，谬心也；恶、欲、喜、怒、哀、乐六者，累德也；去、就、取、与、知、能六者，塞道也。此四六者不荡，胸中则正，正则静，静则明，明则虚，虚则无为而无不为也。[2]

62

---

① 崔大华：《庄学研究》，人民出版社 1992 年版，第 146 页。

② （清）王先谦集解，方勇校点：《庄子》，上海古籍出版社 2013 年版，第 279 页。

庄子分类列举出扰乱人心的 24 种因素，从中可知人的哀乐之情、利害之欲是人不能摆脱前述的自然与社会束缚的关键所在，人的心灵有这些沉重的负累便不能达到庄子无待、无累、无患逍遥之境的休闲。那么如何使"四六者不荡"而成为庄子所谓的虚、静、明的无不为的至德之人而获得逍遥之境的休闲呢？为此，庄子提出了"斋以静心"的"忘形""忘情"的观念：

> 臣将为镶，未尝敢以耗气也，必斋以静心。斋三日，而不敢怀庆赏爵禄；斋五日，不敢怀非誉巧拙；斋七日，辄然忘吾有四肢形体也。当是时也，无公朝，其巧专而外滑消，然后入山林，观天性；形躯至矣，然后成见镶，然后加乎焉；不然则已。则以天合天，器之所以疑神者，其由是与！[1]（《达生》）

其中道出了梓庆能做出鬼斧神工般的镶的奥秘即在于"斋以静心"，"斋"即忘掉扰乱主体内心的欲、情、惑、杂等"四六者"，甚至忘掉自己的形体。庄子的"忘形""忘情"的静心观念，是通过"心斋""坐忘"的功夫来实现的：

> 回曰："敢问心斋？"仲尼曰："若一志，无听之以耳而听之以心，无听之以心而听之以气。听止于耳，心止于符。气也者，虚而待物者也。唯道集虚。虚者，心斋也。"颜回曰："回之未始得使，实自回也；得使之也，未始有回也。可谓虚乎？"（《人间世》）[2]
>
> 仲尼蹴然曰："何谓坐忘？"颜回曰："堕肢体，黜聪明，离形去知，同于大道，此谓坐忘。"
>
> 仲尼曰："同则无好也，化则无常也。而果其贤乎！丘也请从而后也。"（《大宗师》）[3]

63

---

[1] （清）王先谦集解，方勇校点：《庄子》，上海古籍出版社 2013 年版，第 219 页。

[2] 同上书，第 43 页。

[3] 同上书，第 90 页。

上面两段对话，庄子都托喻于孔、颜师徒的问答。"心斋"即空明的心境。心斋的"未始有回"，坐忘的"堕肢体，黜聪明"都是"无己"，即忘情、忘形。"所谓'忘形'，就是物我俱化，死生同一；所谓'忘情'，就是不存在宠辱、贵贱、好恶、是非。反映精神状态的'忘形''忘情'，便是庄子'德'的全部内容。"① 下面便从忘情之乐、忘形之适来看庄子"斋以静心"对休闲词人及其词的影响。

（一）忘情之乐

忘情绝不是无情，而是将内心的炽热真情融化在恬淡的心境。

惠子对庄子曰："人而无情，何以谓之人？""既谓之人，恶得无情？"（《德充符》）② 人不同于其他动物处即有意识、有感情。《诗经·隰有苌楚》云："夭之沃沃，乐子之无知。"钱锺书先生解曰："苌楚乃无心之物，遂能沃沃茂盛。相对而言，人有身为患，有待为烦，形役神劳，唯忧用老，不能长保朱颜青鬓，故睹草木而生羡也。"③ 惠子认为人非无心无情的草木，怎能无情？庄子说："是非吾所谓无情也。吾所谓无情者，言人之不以好恶内伤其身，常因自然而不益生也。"（《德充符》）庄子无情之"无"不是表示没有，而是要忘，他并非泯灭人情之人，也不否认惠子所说的"人情"存在，而是要人们忘记那些损害人的自然本性的"好恶之情"（如因物的得失而起的哀乐之情，对死亡的恐惧之情等）。"圣人忘情，最下不及情，情之所钟，正在我辈。"④ 圣人之忘情，即有情却不为情牵，不为情困，不让感情成为自己的奴隶，自己也不做感情的奴隶，所以庄子妻死"鼓盆而歌"，庄子并非无情，庄子曰："是其始死也，我独何能无概然！……而我嗷嗷然随而哭之，自以为不通乎命，故止也。"（《至乐》）⑤ 庄子是圣人，怎能"最下"而对情一片号啕、全无抑制？庄子把对妻子的深情转化、升华为"忘情"的超然物外的境界。

首先来看词人苏轼。苏轼在其诗词文论中表达欲超脱贫富得失、祸福

---

① 云起译注：《庄子》，黄山书社 2005 年版，第 58 页。
② （清）王先谦集解，方勇校点：《庄子》，上海古籍出版社 2013 年版，第 69 页。
③ 钱锺书：《管锥编》（全五册），中华书局 1999 年版，第 128 页。
④ （南朝宋）刘义庆：《世说新语·伤逝》，中华书局 1984 年版，第 349 页。
⑤ （清）王先谦集解，方勇校点：《庄子》，上海古籍出版社 2013 年版，第 202 页。

荣辱等一切世俗功利对其心灵的束缚，以获得宁静高远的心境为最大的快乐："了无丝发挂心，置之不足复道也。"（《与陈季常第十六首》）① "还从世俗去，永与世俗忘。"（《游惠山》）② "绝弃世故，身心俱安。"（《与王定国第四十首》）③ "归去来兮，我今忘我兼忘世。"（《哨遍》）"乌台诗案"后，苏轼谪居黄州，其在《黄州安国寺记》云："至黄，舍馆粗定，衣食稍给，闭门却扫，收招魂魄，退伏思念，求所以自新之方……深自省察，则物我两忘，身心皆空，求罪垢所从生而不可得，一念清净，染污自落，表里翛然，无所附丽。私窃乐之，旦往而暮还者，五年于此矣。"苏轼以"物我两忘、身心皆空"及"一念清净"为乐，因为他摆脱了一己的哀乐之情和世俗的利害之欲，获得了庄子的恬淡无为的人生。

元祐六年（1091），苏轼"离杭至润，别张弼秉道"，作《临江仙》云：

> 我劝髯张归去好，从来自己忘情。尘心消尽道心平。江南与塞北，何处不堪行。　　俎豆庚桑真过矣，凭君说与南荣。愿闻吴越报丰登。君王如有问，结袜赖王生。

其中忘情之乐便在于排除、忘掉"尘心"而拥有一颗平静的"道心"，因此行至江南抑或塞北都表里翛然而乐之。词的下阕便化用庄子《庚桑楚》中的两个人物为典来表达。庚桑楚是独得老聃之道的弟子，他因用自然无为的方式率领畏垒山民自由积极劳作，三年便使畏垒丰收。畏垒的人民便欲举他为主。

> 庚桑子闻之，南面而不释然。弟子异之。庚桑子曰："弟子何异于予？夫春气发而百草生，正得秋而万宝成。夫春与秋，岂无得而然哉？天道已行矣！吾闻至人，尸居环堵之室，而百姓猖狂不知所如往。今以畏垒之细民而窃窃焉欲俎豆予于贤人之间，我其杓之人邪！

---

① （宋）苏轼：《苏轼文集》（卷五十三），中华书局1986年版，第1570页。
② （宋）苏轼：《苏轼文集》（卷十八），中华书局1986年版，第944页。
③ （宋）苏轼：《苏轼文集》（卷五十二），中华书局1986年版，第1531页。

吾是以不释老聃之言。"①

苏轼极推崇庚桑子不愿南面为君的"功成弗居""去功与名而还于众人""纯纯常常"(《山木》)的"无功""无名"(《逍遥游》)而保持正常心的风范。平常心就是自然，自然就是"道"。得道的庚桑子自谦自己才能小，不能回答弟子南荣趎的如何养护生命的问题。南荣趎得到庚桑子的推荐，担着粮食向南行走七天七夜，去向老聃请教。老聃认为外物的束缚要靠人内心检束才能抵御，内心的困扰要借杜绝外在的诱惑才能免除，而内外都受束缚的人，即使有道德的人也不能自持，何况是学道的人呢？老聃曰：

> 儿子终日嗥而嗌不嗄，和之至也；终日握手而手不掜，共其德也；终日视而目不瞚，偏不在外也。行不知所之，居不知所为，与物委蛇，而同其波。是卫生之经已。……未也。吾固告汝曰："能儿子乎？"儿子动不知所为，行不知所之，身若槁木之枝而心若死灰。若是者，祸亦不至，福亦不来。祸福无有，恶有人灾也！"（《庚桑楚》）②

要像婴儿一样行动时自由自在，安居时无挂无碍，顺物自然。而至人在此基础上让自己的智慧"发乎天光"。求食于地与天同乐，不以人物利害而受搅扰，不立怪异，不图谋虑，不务俗事，这样便没有祸福，便无人为的灾害。这就是养护生命的道理。"乌台诗案"让苏轼深深体味人为灾难的危害，上文所述《临江仙》便体现了苏轼深获庄子"忘情"的养护生命之道。元祐六年他任吏部尚书，他希望以自己"忘情"的平静之心去造福于吴越人民，去过平静而自然的生活。同年正月初七，苏轼作"送钱穆文"《临江仙》云：

---

① （清）王先谦集解，方勇校点：《庄子》，上海古籍出版社2013年版，第265页。
② 同上书，第267页。

　　一别都门三改火，天涯踏尽红尘。依然一笑作春温。无波真古井，有节是秋筠。　　惆怅孤帆连夜发，送行淡月微云。樽前不用翠眉颦。人生如逆旅，我亦是行人。

　　《庄子·知北游》曰："世人直为逆旅耳！"① 其词也流露出词人深得庄子"心斋"的韵味，对红尘曲折世事一笑了之，了悟人生，万物逆旅，忘情世俗，体味得失两忘、万物齐一的人生之乐。

　　金赵秉文《滏水集·书〈四达斋铭〉》曰："东坡先生，人中麟凤也。其文似《战国策》，间之以谈道，如庄周……观其胸中，空洞无物，亦如此斋廓焉四达。独有忠义，数百年气象，引笔著纸，与心俱化，不自知其所以然而然。岂非得古人之大全也耶！"② 苏轼因对物欲的超脱、对生死的超脱而获忘情之乐，才获得了世人对他如此的敬仰和如此的高度评价。

　　再看辛弃疾。辛弃疾的人生观以积极入世的儒家思想为主，但在退居闲职，特别是他的晚年，因抗金理想不能实现，喜欢出入老庄，以空静的思想看待自身与万物，在词中表现空静无我的意绪，也深得忘情之乐。如"身世酒杯中，万事皆空"（《浪淘沙》），"老佛更堪笑，谈妙说虚空"（《水调歌头》）等，其《江神子·闻蝉蛙戏作》云：

　　　　簟铺湘竹帐垂纱。醉眠些。梦天涯。一枕惊回，水底沸鸣蛙。借问喧天成鼓吹，良自苦，为官哪。　　心空喧静不争多。病维摩。意云何。扫地烧香，且看散天花。斜日绿阴枝上噪，还又问，是蝉么。

　　词的上片"一枕惊回"五句，典出《晋书·惠帝纪》，用晋惠帝闻蛙事戏谑。不能忘情于世俗而为物、为官、为名所累的人何异于鸣蛙之鼓噪？下片表达心空万物亦空的思想，只要心静，蝉噪也显得清晰悦耳。作于庆元五年（1199）的《哨遍·用前韵》下阕云：

---

① （清）王先谦集解，方勇校点：《庄子》，上海古籍出版社 2013 年版，第 263 页。
② 《东坡事类》卷二十一，（清）梁廷楠编，暨南大学出版社 1992 年岭南丛书本。

嘻，物讳穷时。丰孤文豹罪因皮。富贵非吾愿，皇皇乎欲何之。正万籁都沉，月明中夜，心弥万里清如水。却自觉神游，归来坐对，依稀淮岸江浚。看一时鱼鸟忘情喜。曾我已忘机更忘己。又何会我相视。非会濠梁遗意，要是吾非子。但教河伯、休惭海若，大小均为水耳。世间喜愠更何其。笑先生三仕三已。

词人心灵清静如水，在万籁俱寂的月明之夜坐对江水云天，因自己忘机忘己，物我两忘，便觉"鱼鸟忘情喜"，他深切体悟庄子在濠梁知鱼之乐的闲趣。结尾化用《庄子·田子方》中孙叔敖不因利害得失而变乎己的故事：

> 肩吾问于孙叔敖曰："子三为令尹而不荣华，三去之而无忧色。吾始也疑子，今视子之鼻间栩栩然，子之用心独奈何？"孙叔敖曰："吾何以过人哉！吾以其来不可却也，其去不可止也。吾以为得失之非我也，而无忧色而已矣。我何以过人哉！且不知其在彼乎？其在我乎？其在彼邪？亡乎我。在我邪？亡乎彼。方将踌躇，方将四顾，何暇至乎人贵人贱哉！"仲尼闻之曰："古之真人，知者不得说，美人不得滥，盗人不得劫，伏戏、黄帝不得友。死生亦大矣，而无变乎己，况爵禄乎！若然者，其神，经乎大山而无介，入乎渊泉而不濡，处卑细而不惫，充满天地，既以与人，己愈有"。（《田子方》）[1]

孙叔敖对三仕三已"鼻间栩栩然"，表现出无情无欲，孔子听说后便赞誉他为"经乎大山而无介，入乎渊泉而不濡，处卑细而不惫"的真人。辛弃疾从南归到逝世的45年，也曾三被罢官、三度闲居，他虽然为不能光复中原而心意难平，但对于"三仕三已"亦能宠辱不惊，他说："待说与穷达，不须疑着。古来贤者，进亦乐，退亦乐。"（《兰陵王·赋一丘一壑》），忘情之乐已达如此境界。

还有如词人张抡的《阮郎归》：

---

[1] （清）王先谦集解，方勇校点：《庄子》，上海古籍出版社2013年版，第247页。

寒来暑往几时休？光阴逐水流。浮云身世两悠悠，何劳身外求！
天上月，水边楼，须将一醉酬。陶然无喜亦无忧，人生且自由！

词人面对无穷岁月、短促人生和浮云身世而深深思索：何必去追求
本属身外之物的富贵功名？因为忘情，词人超脱了自然、社会和自我的
束缚，才能在"天上月、水边楼"的自然环境里，陶然无喜无忧、自由
自在地生活。

忘情的范围是广义的，当然也包括男女的爱情在内。有很多宋词描写
爱情的离合，因为"多情"的锻造，使得爱情成为永世的冰雕百合。如柳
永的"多情自古伤离别，更那堪、冷落清秋节。今宵酒醒何处，杨柳岸、
晓风残月"（《雨霖铃》），李之仪的《卜算子》："我住长江头，君住长江
尾。日日思君不见君，共饮长江水。　此水几时休，此恨何时已。只愿
君心似我心，定不负相思意。"此等词作已变成了千古传诵的爱情名句。
蒋捷却又说："悲欢离合总无情，一任阶前、点滴到天明。"（《虞美人·听
雨》）苏轼也说："人有悲欢离合，月有阴晴圆缺，此事古难全。"（《水调
歌头》）爱情有时因为离合而使人倍生惆怅，此时却必须以"但愿人长久，
千里共婵娟"的"忘情"方式记住对方。爱情、友情等的本质是"多情"
（即有情），但必须"忘情"才能自拔。如苏轼的《江城子》云：

十年生死两茫茫。不思量，自难忘。千里孤坟，无处话凄凉。
纵使相逢应不识，尘满面，鬓如霜。　夜来幽梦忽还乡。小轩
窗，正梳妆。相顾无言，惟有泪千行。料得年年断肠处，明月夜，
短松冈。

词人对亡妻王弗的深情充满词篇，"不思量，自难忘。"但苏轼只能以
"忘情"的方式记住亡妻，生死相隔，但仍有明月将生者、死者两相映照。
否则，永远地"此情无计可消除，才下眉头，却上心头"（李清照《一剪
梅》），会使人郁闷窒息，使得"才子佳人空自悲"（晁补之《鹧鸪天》），
只会使爱情之花凋谢。

69

（二）忘形之适

为了强调忘形之适，庄子想象出一系列外貌奇丑或形体残缺不全的人，如《德充符》中断足的王骀、申徒嘉、叔山无趾以及跛脚、驼背、缺嘴的人等，他们虽然形体残缺而德行生辉，故使上至国君下至臣民都对之爱戴备至。《让王》曰："故养志者忘形，养形者忘利，致道者忘心矣。"庄子的忘形就是要人们把形体层面的东西从心灵中驱逐出去，放弃"形"，则名缰自解，利锁自脱，人的身心便轻松自在，便如庄子在《达生》篇云："忘足，履之适也；忘腰，带之适也；忘是非，心之适也；不内变，不外从，事会之适。始乎适而未尝不适者，忘适之适也。"① 《篇海类编·人事类·部》："适，安便也，又自得也。"庄子所谓适，便指主体心理的安便、自在、舒畅、自得。但如何才能如此俱得而俱适、无往而不适呢？答案便是要"忘形"。

人何以忘形？《庄子·让王》中，中山公子牟谓瞻子曰："身在江海之上，心居乎魏阙之下，奈何？"② 人的形体虽在江海之上，但心里却惦念着宫廷的荣华，这便不能重生轻利，不是真正的"忘形"。能做到"不刻意而高，无仁义而修，无功名而治，无江海而闲，不道引而寿，无不忘也，无不有也，澹然无极，而众美从之。此天地之道，圣人之德也。"③ 无所不忘，无所不有，恬淡无极而众美会聚，这才是"独与天地精神往来而不敖倪于万物"④ 的真正的忘形，也是真正的休闲。

宋代词人们深得斋以静心而获得忘形之适。

苏轼在《江子静字序》中云：

> 夫人之动，以静为主。神以静舍，心以静充，志以静宁，虑以静明。其静有道，得己则静，逐物则动。……故君子学以辨道，道以求性，正则静，静则定，定则虚，虚则明，物之来也，吾无所增，物之

---

① （清）王先谦集解，方勇校点：《庄子》，上海古籍出版社 2013 年版，第 221 页。
② 同上书，第 351 页。
③ 同上书，第 176 页。
④ 同上书，第 403 页。

去也，吾无所亏，岂复为之欣喜爱恶而累其真欤。君齿少才锐，学以待仕，方且出而应物，所谓静以存性，不可不念也。能得悟性不失其在己，则何往而不适哉。①

苏轼对庄子"心斋""坐忘"所体现的虚、静、明的观念深切了悟，他以"无心""无待"来追求内心的安静与自由。其《哨遍·春词》曰："君看今古悠悠，浮宦人间世。这些百岁，光阴几日，三万六千而已。醉乡路稳不妨行，但人生、要适情耳。"后文还将详细展示苏轼面对一连串的政治风波打击而能一切顺应自然、处顺安命、随遇而安，这都是因为他能体悟忘形之适，有着一颗得益于庄子的淡然、旷达、虚静的闲适之心。

辛弃疾亦在大量山水乡村词中抒写忘形之适。如"书咄咄，且休休。一丘一壑也风流"（《鹧鸪天·鹅湖归，病起作》），"一丘一壑吾事，一斗一石皆醉，风月几千场"（《水调歌头·高马勿捶面》），"一丘一壑，轻衫短帽。白发多时故人少"（《感皇恩》），"君看庄生达者，犹对山林皋壤，哀乐未忘怀。我老尚能赋，风月追陪"（《水调歌头·题张晋英提举玉峰楼》，《庄子·知北游》曰："山林欤！皋壤欤！使我欣然而乐欤！"）等，都表明了词人忘形于山水、与天地往来的闲适意趣。《清平乐·村居》："大儿锄豆溪东，中儿正织鸡笼。最喜小儿无赖，溪头卧剥莲蓬。"描绘了江南农村一个五口之家淳朴温馨的生活，流露出词人对于农村生活闲适的向往。《清平乐·检校山园书所见》则云："连云松竹，万事从今足。拄杖东家分社肉，白酒床头初熟。　　西风梨，枣山园，儿童偷把长竿。莫遣旁人惊去，老夫静处闲看。"悠闲的老人拄杖静静地观赏儿童偷梨偷枣，物我两忘的闲适形态跃然纸上。

宋词中还有大量抒写山水风月、花鸟虫鱼、乡村风物等自然万物的词篇，都是词人忘形之适在词中的体现。还有很多词人则直抒其忘形之适的人生意绪，如："生忘形。死忘名。谁论二豪，初不数刘伶。"（贺

71

---

① （清）孔凡礼点校：《苏轼文集》（卷十），中华书局1986年版。

铸《将进酒·小梅花》）"松醪常与野人期，忘形共说清闲话。"（张抡《踏莎行·山居》）"日和风软欲开梅。公方结客寻佳景，我亦忘形趁杯酒。"（范纯仁《鹧鸪天·和持国》）"玉友。平生旧。相与忘形偏耐久。醉乡径到无何有。"（曾慥《调笑·玉友酒》）《德充符》曰："故德有所长而形有所忘，人不忘其所忘，而忘其所不忘，此谓诚忘。"① 诚忘就是记住了不需要记住的，忘记了不应该忘记的。庄子主张忘，是要求人们遗忘那些应该遗忘的，记住应该记住的。"忘情""忘形"使两宋休闲词人得以拥有纯任自然、平易恬淡的宁静心灵，在有所忘、有所不忘中保持人的自然本性，从而使宋代词人们摆脱了自我束缚。《列御寇》曰：

> 庄子将死，弟子欲厚葬之。庄子曰："吾以天地为棺椁，以日月为连璧，星辰为珠玑，万物为赍送。吾葬具岂不备邪？何以加此！"弟子曰："吾恐乌鸢之食夫子也。"庄子曰："在上为乌鸢食，在下为蝼蚁食，夺彼与此，何其偏也！"②

结合这段对话，再综上所述，可知庄子已摆脱了人类学意义上的生命，他已站在哲学高度来看待生命。他看到了死之必然和死之自然，甚至让我们体悟到死亡的壮美，但他又那么热爱生，他用自己的智慧创立了齐生死、等万物的理论，努力让自己和世人活得自由和自适。"庄子的动机虽然在全生避害，但其体验工夫之所至，则因忘己而超出于利害荣辱之外，把世俗之所谓利害荣辱，在'道'的境界中，亦即在艺术精神的境界中化掉了，所以，'举世誉之而不加劝，举世非之而不加沮'。"（《逍遥游》）③ 个体存在必然受到自然、社会等不同层面的威胁、诱惑，人便觉得人世间缺少自由，而庄子则引领我们去挖掘一个偌大的自由矿藏：人的自我心灵有渴求自由、释放自由的本能。庄子让个体生命摆脱来自自然、社会、自我的重重束缚，让每一个生命的花朵都自由地绽放。庄子用诙诡谲

---

① （清）王先谦集解，方勇校点：《庄子》，上海古籍出版社 2013 年版，第 69 页。

② 同上书，第 390 页。

③ 徐复观：《中国艺术精神》，广西师范大学出版社 2007 年版，第 81 页。

怪、汪洋恣肆、辞趣华深、正言若反等独特的文字厚葬了自己——他将自己埋藏在了《庄子》里，而他也活在了《庄子》里。

宋代词人们沐浴在《庄子》里，他们用自己清澈、智慧的心灵，营造出了爱惜生命、悟透生命、养护生命的休闲词苑，让自己摆脱了生欲、物欲、情欲等诸多困扰，营造了一方犹如花园般的休闲净地，词人们一如庄周般将自己化作美丽的蝶儿在花丛中飞舞。现今，《庄子》时代、休闲宋词时代虽已灰飞烟灭，但《庄子》和休闲宋词却是我们民族取之不竭的精神源流，正如庄子所云："指穷于为薪，火传也，不知其尽也。"（《养生主》）①

## 第二节　陶渊明对两宋休闲词的思想影响

终宋一代，文坛一直倡导平淡自然的文风。如诗文革新运动的主帅欧阳修曾大力宣扬自己的文学观点："纷华暂时好，俯仰浮云散；淡泊味愈长，始终殊不变。"（欧阳修《读书》）而被后人尊为宋诗开山之祖的梅尧臣则认为："作诗无古今，唯造平淡难。"（梅尧臣《读邵不疑学士诗卷》）"因吟适情性，稍欲到平淡。"（梅尧臣《依韵和晏相公》）苏轼也曰："凡文字，少小时须令气象峥嵘，彩色绚烂，渐老渐熟，乃造平淡。其实不是平淡，绚烂之极也。"（苏轼《与二郎侄书》）"大略如行云流水，初无定质，但常行于所当行，常止于所不可不止。文理自然，姿态横生。"（苏轼《答谢民师书》）此外，葛立方曰："大抵欲造语平淡，当自组丽中来，落其华芬，然后可造平淡之境。"（葛立方《韵语阳秋》）吴可曰："凡文章先华丽而后平淡，如四时之序，方春则华丽、夏则茂实、秋冬则收敛，若外枯中膏者是也，盖华丽茂实已在其中矣。"（吴可《藏海诗话》）达至出于绚烂之平淡的路途，如王安石曰："看似寻常最奇崛，成如容易却艰辛。"（王安石《题张司业诗》）这些言论无不表明宋代文坛尚平淡自然的文风。

73

---

① （清）王先谦集解，方勇校点：《庄子》，上海古籍出版社 2013 年版，第 40 页。

在如此的文学背景下，陶渊明及其诗文作品当然备受宋代知识分子青睐，受到他们普遍一致的推崇。而对陶渊明的研究与接受也在南北朝、隋唐五代的基础之上步入了它的高潮期。纵目骋望宋代文坛，几乎没有倾向平淡自然文风的文人对陶渊明诗文的平淡自然的风格不倾心仰慕的。如林逋曰："陶渊明无功德以及人，而名节与功臣、义士等，何耶？盖颜子以退为进，宁武子愚不可及之徒欤。"（林逋《省心录》）① 徐铉曰："陶彭泽古之逸民也，犹曰：'聊欲弦歌以为三径之资。'是知清真之才，高尚其事，唯安民利物可以易其志，仁之业也。"（徐铉《徐公文集》卷二十四，《四部丛刊》影印校宋钞本）② 欧阳修曰："吾见陶靖节，爱酒又爱闲，二者人所欲，不问愚与贤。"（欧阳修《欧阳文忠公文集》卷五十四，《四部丛刊》影印元刊本）③ 苏轼曰："所贵于枯淡者，谓其外枯而中膏，似淡而实美，渊明、子厚之流是也。"（《东坡题跋》）④ 曾纮曰："余尝评陶公诗语造平淡而寓意深远，外若枯槁，中实敷腴，真诗人之冠冕。"（李公涣《笺注陶渊明集》卷四）⑤ 陈善曰："乍读渊明诗，颇似枯淡，久久有味。……此无他，韵胜而已。"（陈善《扪虱新话》，《儒学警悟》本，上集卷一）⑥ 陆游曰："学诗当学陶，学书当学颜。"（陆游《自勉》）⑦ 杨万里曰："五言古诗句雅淡而味深长者，陶渊明、柳子厚也。"（杨万里《诚斋集》一百十四）⑧ 真德秀曰："渊明之作，宜自为一编，以附于《三百篇》、楚辞之后，为诗根本准则。"（李公涣《笺注陶渊明集》卷首《总论》⑨）现知最早的陶集刊本是北宋本，现知最早的陶集注本是南宋本，陶集版本、宋代编刻十七种以上。⑩ 对陶渊明的喜爱，贯穿宋朝始末，文字

---

① 北京大学北京师范大学中文系、北京大学中文系文学史教研室编：《陶渊明资料汇编》，中华书局 1962 年版，第 23 页。

② 同上。

③ 同上书，第 25 页。

④ 同上书，第 30 页。

⑤ 同上书，第 50 页。

⑥ 同上书，第 60 页。

⑦ 同上书，第 70 页。

⑧ 同上书，第 73 页。

⑨ 同上书，第 104 页。

⑩ 钟优民：《陶学发展史》，吉林教育出版社 2000 年版，第 95 页。

上论及陶渊明仅本书所引的《陶渊明资料汇编》所录就有 85 家,他们尊陶,赞陶,学陶诗,和陶诗,对陶诗研究视野缘此便大大拓宽。苏轼在《与程秀才》书中云:"流转海外,如逃空谷,既无与晤语者,又书籍常无有,惟陶渊明一集,柳子厚诗文数策,常置左右,目为二友。"① 他十分钟爱《陶渊明集》,"每体中不佳,辄取读不过一篇,唯恐读尽后无以自遣。"② 苏轼还创作和陶诗,他曰:"古之诗人,有拟古之作矣,未有追和古人者也;追和古人,则始于吾。吾于诗人,无所甚好,独好渊明之诗。渊明作诗不多,然其诗质而实绮,癯而实腴,自曹、刘、鲍、谢、李、杜诸人,皆莫及也。吾则前后和其诗凡一百有九篇,至其得意,自谓不甚愧渊明。"③ 钱锺书先生曰:"北宋已还,推崇陶潜为屈原后杜甫前一人。"④ "渊明文名,至宋而极。永叔推《归去来兮辞》为晋文独一;东坡和陶,称为曹、刘、鲍、谢、李、杜所不及。自是厥后,说诗者几于万口同声,翕然无间。"⑤ 现存苏轼"和陶诗"124 首,对陶诗几乎和遍。梅尧臣诗歌中与陶渊明有关的作品有多首,还有几首拟陶作,分别是《拟陶潜止酒》《拟陶体三首》等。在辛弃疾 600 多首词中也有 70 多首涉及陶渊明,占辛词 11.7%。用《国学宝典》的新版《全宋词》进行检索,发现全宋词中直接用到"渊明"137 处,"陶渊"23 处,"元亮"17 处,"陶令"35 处,"靖节"12 处,再加上以为官地和生活地代指陶渊明的"澎泽"32 处,"柴桑"26 处,"栗里"3 处,共 285 处,平均每百首宋词即出现 1.4 余次陶渊明意象⑥。陶诗中的酒、菊、鸟、东篱等意象在宋代诗词中使用数量众多,仅"东篱"就用了 156 次之多。⑦ 此外宋代刊行的繁盛的史著、

75

---

① 孔凡礼点校:《苏轼文集》卷五十五(《与程秀才十二首》之十一),中华书局 1986 年版,第 1627 页。

② 孔凡礼点校:《苏轼文集》卷六十七(《书渊明羲农去我文诗》),中华书局 1986 年版,第 2113 页。

③ 北京大学北京师范大学中文系、北京大学中文系文学史考研室编:《陶渊明资料汇编》,中华书局 1962 年版,第 35 页。

④ 钱锺书:《管锥编》(第 4 册),中华书局 1979 年版,第 1220 页。

⑤ 钱锺书:《谈艺录》(订补本),中华书局 1984 年版,第 88 页。

⑥ 周期政:《论宋词中的陶渊明意象》,《安徽教育学院学报》2003 年第 21 卷第 4 期。

⑦ 同上。

诗文、诗话、笔记、画论中涉及陶渊明及其作品也十分广泛，等等不一而足。

陶渊明（352—427）①，字元亮，或名潜，号五柳先生，谥号靖节先生，晋大司马陶侃曾孙。其祖父和父亲都曾任太守一类的官职，陶渊明8岁时丧父，20岁时家道便中落。29岁时陶渊明赴为州祭酒，因不堪吏职，少日自解归。后又先后在桓公、刘毅、刘敬宣手下任职，直到54岁任彭泽令，到任不足3个月，"郡遣督邮至，县吏白应束带见之，潜叹曰：'我不能为五斗米折腰向乡里小人。'即日解印绶去职"（沈约《陶潜传》）②。此后，对朝廷的征召启用，陶渊明都予以拒绝，坚决归耕田园，间以诗文自娱。

一生中大部分时间处于生活困顿中的陶渊明，他所作126首诗和12篇文中，呈现给世人的是他身心自由的生命状态。他即事而适，遇事而乐。其所拥有的生命自由状态的生活，即古今人们所追求的最理想的休闲生活。在他的诗文里频频出现"称心、称情、纵心、委心、肆志"等一类与"休闲"密切相关的诗句：

> 人亦有言，称心易足，挥兹一觞，陶然自乐。（《时运》）③
> 迁化或夷险，肆志无窊隆。（《五月旦作和戴主簿》）④
> 静念园林好，人间良可辞，当年讵有几，纵心复何疑？（《庚子岁五月中从都还阻风于规林二首》之二）⑤
> 何以称我情，浊酒且自陶。（《己酉岁九月九日》）⑥
> 虽留身后名，一生亦枯槁，化去何所知，称心固为好。（《饮酒二十首》之十一）⑦

---

① 袁行霈：《陶渊明集笺注》，中华书局2003年版。
② 同上书，第607页。
③ 同上书，第8页。
④ 同上书，第121页。
⑤ 同上书，第187页。
⑥ 同上书，第223页。
⑦ 同上书，第261页。

居止次城邑，逍遥自闲止。（《止酒》）①

已笑乎，寓形宇内复几时？曷不委心任去留，胡为乎遑遑欲何之？（《归去来兮辞》）②

如果说博大精深的《庄子》属于哲学理论范畴，那么陶渊明便是此种理论的实践者，他从生活的角度使游于"无何有之乡"的精神逍遥游得以在贫困辛苦的农村生活的"人境"中实现。他的"复得返自然""纵浪大化中"，使他虽然贫困却也在"逍遥"中度过了美好的一生。下文试图从休闲的角度来探讨陶渊明诗文对两宋休闲词人的影响及其在词中的表现。现在先看在面对来自自然、社会、自我等诸多矛盾时，陶渊明及宋代词人是如何铸成自己身心自由的独立人格的。

## 一　不求来世长生，看重今生欢乐

魏晋时代政治极端黑暗，党同伐异的斗争异常残酷，士人多不得善终，"天下多故，名士少有全者"（《晋书·阮籍传》），以孔融、杨修、嵇康、二陆、二谢、鲍照为代表的大批士人或因直接参与上层的权力争夺或因不与统治者合作而被残酷杀害，百姓则更加遭受离乱之苦，"白骨露于野，千里无鸡鸣"（曹操《蒿里行》），生命犹如草芥。这使魏晋文人们对人生无常和短暂的认识达到了前所未有的强度，他们内心对死亡的忧惧、恐慌溢于诗篇：

对酒当歌，人生几何？譬如朝露，去日苦多。（曹操《短歌行》）

其物如故，其人不存。（曹丕《短歌行》）

存者忽复过，亡殁身自衰。人生处一世，去若朝露晞。（曹植《赠白马王彪》）

人往有返岁，我行无归年。（陆机《挽歌三首》其三）

生命辰安在？忧戚涕沾襟。（阮籍《咏怀八十二首》之二十七）

77

---

① 袁行霈：《陶渊明集笺注》，中华书局 2003 年版，第 286 页。
② 同上书，第 460 页。

终年履薄冰，谁知我心焦！（阮籍《咏怀八十二首》之三十三）

魏晋时代，变化无常的外部世界已完全成为随时可能危及个体生存的异己力量，以致"终年履薄冰"成了当时文人们的内心写照。经历了桓公篡位，刘裕、刘毅起兵讨伐桓公等重大的历史事件，生活于这个生命意识全面觉醒的时代，热爱人生、热爱生命有着敏感诗心的陶渊明，对生命的脆弱、消亡便更为敏感，他的诗文中就有二十余篇涉及生死问题，且举数例：

人生若寄，憔悴有时。（《荣木》）①

草木得常理，霜露荣悴之。谓人最灵智，独复不如兹。（《形赠影》）②

日入室中暗，荆薪代明烛。欢来苦夕短，已复至天旭。（《归田园居》）③

悲日月之遂往，悼吾年之不留。（《游斜川》首序）④

既来孰不去，人理固有终。（《五月旦作和戴主簿》）⑤

运生会归尽，终古谓之然。（《连雨独饮》）⑥

流幻百年中，寒暑日相推。常恐大化尽，气力不及衰。（《还旧居》）⑦

人生无根蒂，飘如陌上尘。分散逐风转，此已非常身。（《杂诗》）⑧

日月有环周，我去不再阳。（《杂诗》）⑨

---

① 袁行霈：《陶渊明集笺注》，中华书局 2003 年版，第 13 页。
② 同上书，第 59 页。
③ 同上书，第 89 页。
④ 同上书，第 91 页。
⑤ 同上书，第 121 页。
⑥ 同上书，第 125 页。
⑦ 同上书，第 216 页。
⑧ 同上书，第 338 页。
⑨ 同上书，第 344 页。

气力渐衰损，转觉日不如。……古人惜寸阴，念此使人惧（《杂诗》）①

日月不肯迟，四时相催迫。寒风拂枯条，落叶掩长陌。……家为逆旅舍，我如当去客。去去欲何之？南山有旧宅。（《杂诗》）②

自古皆有没，何人得灵长。（《读山海经》）③

有生必有死，早终非命促。（《拟挽歌辞三首》之一）④

天地赋命，生必有死。自古贤圣，谁独能免？（《与子俨等疏》)⑤

陶渊明在体认短暂的个体生命之时，同普通人一样，对时光的飞逝和岁月的更替发出许多感慨，有时甚至到了恐惧的极限："古人惜寸阴，念此使人惧。""身没名亦尽，念之五情热。"（《影答形》)⑥ "念之动中怀，及辰为兹游。"（《游斜川》)⑦ "从古皆有没，念之心中焦。"⑧（《己酉岁九月九日》）"眷眷往昔时，忆此断人肠。"（《杂诗》)⑨

在生命意识得到觉醒与张扬后，对死亡的恐惧、对生命历程的留恋便成为魏晋的时代呼声。魏晋时代，无神论和有神论对生死问题展开了针锋相对的大辩论，士大夫们多向佛、道中寻找答案。佛教主张精神不灭、三世轮回，道教主张求仙、长寿。道教与本土的鬼神迷信相配合，便出现发明各种炼丹术和修炼成仙的秘方和举措。"在那个极度珍视个体生命的时代，科学尚不够发达，这些长生不老之术迎合了各阶层的心理，对上层统治者和下层平民都具有很强的吸引力，以至于像嵇康一类的文人都经不住诱惑。"⑩ 甚至，"梁武帝萧衍以帝王之尊四次舍身佛门为奴……乃至一般

79

---

① 袁行霈：《陶渊明集笺注》，中华书局 2003 年版，第 347 页。
② 同上书，第 352 页。
③ 同上书，第 407 页。
④ 同上书，第 420 页。
⑤ 同上书，第 529 页。
⑥ 同上书，第 64 页。
⑦ 同上书，第 91 页。
⑧ 同上书，第 224 页。
⑨ 同上书，第 344 页。
⑩ 王凯：《自然的神韵——道家精神与山水田园诗》，人民出版社 2006 年版，第 296 页。

民众，难免趋之若鹜。"① 从皇帝、士族到老百姓都用不同的方式来追求生命的延长和继续，佛、道、玄思想于是盛行一时。

但是陶渊明却对当时流行的佛、道、玄，甚至对传统的儒家等思想表示了怀疑乃至否定。在生死的哲学观上，陶渊明并不同意佛教的精神不灭、三世轮回报应之说。其《形影神》便因名僧慧远的《形尽神不灭论》的触动而感发，他在此文中阐明自己的观点："贵贱贤愚，莫不营营以惜生，斯甚惑焉。"他认为形尽神亦尽："我无腾化术，必尔不复疑"（《形赠影》)②，"存生不可言"（《影答形》)③。同时面对自己所崇敬的有道之士及自己亲人的消逝无踪，陶渊明也对因果报应的功利之说加以怀疑乃至否定：

　　翳然乘化去，终天不复形。（《悲从弟仲德》)④

　　积善云有报，夷叔在西山。善恶苟不应，何事空立言？［《饮酒》（二）]⑤

　　惜哉！仁者必寿，岂斯言之谬乎！（《晋故征西大将军长史孟府君传》)⑥

　　我闻为善，庆自己蹈。彼苍何偏，而不斯报。（《祭程氏妹文》)⑦

　　曰"仁者寿"，窃独信之，如何斯言，徒能见欺。年甫过立，奄与世辞，长归蒿里，邈无还期。（《祭从弟敬远文》)⑧

文章中说：多做好事必然有好报，可是伯夷叔齐乃积善之人，为何饿死在首阳山？与自己情同手足的从弟仲德、敬远及程氏妹都是心地善良的有德之人，却为何年纪轻轻就都与世长辞、魂魄永无回归的日期？再如令

① 乔力、郑训佐主编：《中国文学史》(2)，太白文艺出版社 2004 年版，第 122 页。
② 袁行霈：《陶渊明集笺注》，中华书局 2003 年版，第 59 页。
③ 同上书，第 64 页。
④ 同上书，第 175 页。
⑤ 同上书，第 240 页。
⑥ 同上书，第 492 页。
⑦ 同上书，第 541 页。
⑧ 同上书，第 547 页。

80

陶渊明深感敬仰的外祖父孟嘉品貌超群，身在官场而清操自守，"始自总发，至于知命，行不苟合，言无夸矜，未尝有喜愠之容"①，是位真正的仁者，可年仅51岁。另外，孔子在《论语》中谈到仁的地方多达158次，在《论语·雍也》中明确说："知者乐，仁者寿。"陶渊明对这传统的儒家经典思想也提出了疑问："岂斯言之谬乎？"他本来一度十分信奉这种说法，可现实却又使他断定："徒能见欺。""仁者寿"是不确切的，有时甚至是错误的，自己被它欺骗了。他在《感士不遇赋》中细述曰："承前王之清诲，曰天道之无亲；澄得一以作鉴，恒辅善而佑仁。夷投老以长饥，回早夭而又贫；伤请车以备椁，悲茹薇而殒身。虽好学而行义，何死生之苦辛！疑报德之若兹，惧斯言之虚陈。"② 面对以立善（即立德、立功、立言）为人生宗旨的伯夷老来忍饥挨饿，颜回一生贫困而早死，他们的生、死都如此艰难，陶渊明对苍天总是辅助善行保佑仁人之说、"天道无亲"（《老子》七十九章）之语提出了质疑。陶渊明既对"仁者寿"的功利传统儒学坚决否定，那么对佛教的轮回报应之说必然不会加以接受，他说："立善有遗爱，胡为不自竭！"（《影答形》)③ 在《神释》中他对此加以否定："立善常所欣，谁当为汝誉？"④

陶渊明也不赞同道教的服食、求仙等长生不老术，面对日常生活中人人必死这一客观规律，他清醒地认识到个体生命的存在是有限的，人的肉体既不能成仙也不能永生：

> 借问采薪者，此人皆焉如？薪者向我言，死没无复余。……人生似幻化，终当归空无。（《归园田居》)⑤
>
> 彭祖寿永年，欲留不得住。（《形影神·神释》)⑥

---

① 袁行霈：《陶渊明集笺注》，中华书局2003年版，第492页。
② 同上书，第432页。
③ 同上书，第64页。
④ 同上书，第67页。
⑤ 同上书，第86页。
⑥ 同上书，第67页。

即事如已高，何必升华嵩？（《五月旦作和戴主簿》）①

运生会归尽，终古谓之然。世间有松乔，于今定何间。（《连雨独饮》）②

自古皆有没，何人得灵长？不死复不老，万岁如平常。（《读山海经十三首》）③

帝乡不可期。（《归去来兮辞》）④

人终归一死，任何幻想永生、成仙的想法都是无稽之谈。

在反思历史、批判传统的过程中，崇尚老庄的玄学于魏晋应运而生，它使魏晋人领悟到生命个体的存在价值，他们不再像两汉人那样热衷追求外在的功名利禄，而是格外关注生命本身。陶渊明也受玄学思想影响，"所以贵我身，岂不在一生。一生复能几，倏如流电惊。"（《饮酒》）⑤ 他追求精神自由，重视个体生命的存在。但大多数魏晋文人名士，因笼罩于恶劣败坏的政治气候中，在生活中也出现了一些匪夷所思的现象，他们服药成癖，饮酒成风，试图以此荒诞的方式追求精神的逍遥。《世说新语·任诞》载：

陈留阮籍、谯国嵇康、河内山涛三人年皆相比，康年少亚之。预此契者，沛国刘伶、陈留阮咸、河内向秀、琅邪王戎。七人常集于竹林之下，肆意酣畅，故世谓"竹林七贤"。

刘伶恒纵酒放达，或脱衣裸形在屋中。人见讥之，伶曰："我以天地为栋宇，屋室为裈衣，诸君何为入我裈中？"

毕茂世云："一手持蟹螯，一手持酒杯，拍浮酒池中，便足了一生。"⑥

---

① 袁行霈：《陶渊明集笺注》，中华书局2003年版，第121页。
② 同上书，第125页。
③ 同上书，第407页。
④ 同上书，第461页。
⑤ 同上书，第243页。
⑥ 刘义庆：《世说新语·任诞》（第二十三），张万起、刘尚慈译注，中华书局2006年版。

他们大多行为放荡、我行我素、唯我独尊，甚而伪善作假、沽名钓誉，他们因关注个体的生命而以荒诞的方式与恶势力抗衡，如此则不但不能保护个体的生命，反而摧残自己的身心。此种"益生"，在本质上已丧失了本真的自我，并非真正意义上的休闲。故而陶渊明反对玄学的非理性的狂放行为，他彻底放弃名利，宁可忍受饥寒而坚决地回归田园，终老田园，终于获得了身心的绝对自由，也获得了真正意义上的休闲。

魏晋时期各家都提出了如上所述的解脱生死的路径，但陶渊明解脱生死、追求自得自适的精神世界和寻找本真自我的方式与佛、道、玄三者皆不同。陶渊明接受了《庄子》顺任自然、归于自然的"物化"思想。他在《神释》中曰："甚念伤吾生，正宜委运去。纵浪大化中，不喜亦不惧。"[①]在陶渊明的诗文中反复出现"委运任化"的思想：

> 人生似幻化，终当归空无。(《归园田居》)[②]
>
> 迁化或夷险，肆志无窊隆。(《五月旦作和戴主簿》)[③]
>
> 穷通靡攸虑，憔悴由化迁。(《岁暮和张常侍》)[④]
>
> 形骸久已化，心在复何言。(《连雨独饮》)[⑤]
>
> 目送回舟远，情随万化遗。(《于王抚军座送客》)[⑥]
>
> 翳然乘化去，终天不复形。(《悲从弟仲德》)[⑦]
>
> 聊且凭化迁，终返班生庐。(《始作镇军参军经曲阿》)[⑧]
>
> 常恐大化尽，气力不及衰。(《还旧居》)[⑨]
>
> 形迹凭化往，灵府长独闲。(《戊申岁六月中遇火》)[⑩]

*83*

---

① 袁行霈：《陶渊明集笺注》，中华书局 2003 年版，第 67 页。
② 同上书，第 86 页。
③ 同上书，第 121 页。
④ 同上书，第 167 页。
⑤ 同上书，第 125 页。
⑥ 同上书，第 151 页。
⑦ 同上书，第 175 页。
⑧ 同上书，第 180 页。
⑨ 同上书，第 216 页。
⑩ 同上书，第 219 页。

万化相寻绎，人生岂不劳。(《己酉岁九月九日》)①

同物既无虑，化去不复悔。(《读山海经十三首》)②

聊乘化以归尽，乐夫天命复奚疑。(《归去来兮辞》)③

诗人也惜生惧死，反复地思考着这人类共同忧虑的、也似乎是人类唯一无法解决的难题。他既不去深山老林、孤庙古寺——远离尘世去等候轮回报应，也不去祈求成仙，更不愿去装疯卖傻做出一些离奇古怪、沽名钓誉的狂放行为，有了归于自然的"物化"思想，他回归自然的田园，还幽默打趣地为自己写了《拟挽歌辞三首》，又用凝重的笔调写了《自祭文》，对自己的一生做了清醒、公允的评价，真正做到了"纵浪大化中，不喜亦不惧。应尽便须尽，无复独多虑"，"死去何所道，托体同山阿。"(《拟挽歌辞》)坦然而死。

陶渊明正是在安顿好生的基础上才如此安顿好死的。他首先沟通物我，在自我与自然融合的基础上，在日常生活中创设出无尽的今生欢乐，然后其乐无穷地体悟、享受这些欢乐。陶渊明诗文中用"欢"27次，用"乐"28次。略举数句：

且极今朝乐，明日非所求。(《游斜川》)④

感彼柏下人，安得不为欢。(《诸人共游周家墓柏下》)⑤

今我不为乐，知有来岁不？(《酬刘柴桑》)⑥

且共欢此饮，吾驾不可回。(《饮酒》)⑦

得欢当作乐，斗酒聚比邻。(《杂诗》)⑧

84

① 袁行霈：《陶渊明集笺注》，中华书局 2003 年版，第 224 页。
② 同上书，第 410 页。
③ 同上书，第 461 页。
④ 同上书，第 91 页。
⑤ 同上书，第 106 页。
⑥ 同上书，第 142 页。
⑦ 同上书，第 256 页。
⑧ 同上书，第 338 页。

缓带尽欢娱，起晚眠常早。(《杂诗》)①

　　陶渊明极其看重今生的欢乐。这便与充满享乐性文化大气候中的宋代文人们一拍即合，"会享人天清福，休把两眉轻蹙。"(张镃《昭君怨》)"一向年光有限身，等闲离别易销魂，酒筵歌席莫辞频。"(晏殊《浣溪沙》)"帝里风光好，当年少日，暮宴朝欢。"(柳咏《戚氏》)等等。当然陶渊明的"且极今朝乐"的休闲有别于放纵自己的及时行乐式的庸俗休闲，不是贵族们的那种富贵优游的、庸俗享乐式的休闲，而是植根于生生不息的田园之上，是在物质匮乏、辛苦劳作中获取的无限欢乐，是获得身心自由的高级休闲，此便是他的与众不同处，也是陶诗备受人们青睐的根本原因。下文再让我们在分享这些欢乐的过程中仔细洞察陶渊明的休闲世界观、人生观对两宋休闲词人及其词的影响。

　　(一) 物我情融之乐

　　陶渊明对儿子们述说自己少年时："见树木交荫，时鸟变声，亦复欢然有喜。常言：五六月中，北窗下卧，遇凉风暂至，自谓是羲皇上人。"(《与子俨等疏》)② 故乡优美的田园、山水中的一切，滋养了陶渊明年少的心，也养就了他热爱自然的天性："少无适俗韵，性本爱丘山。"(《归园田居》)③ 当他离开家乡去外地做官时，面对混乱恶浊的官场，"归去来"这一心中的田园时刻安抚他、呼唤他："投策命晨装，暂与田园疏。"(《始作镇军参军经曲阿》)④ "静念园林好，人间良可辞。"(《庚子岁五月中从都还阻风于规林》)⑤ "诗书敦宿好，林园无俗情。如何舍此去，遥遥至西荆。"(《辛丑岁七月赴假还江陵夜行涂口》)⑥ "园田日梦想，安得久离析！"(《乙巳岁三月为建威参军使都经钱溪》)⑦ 陶诗将自我情志浑化无痕

---

① 袁行霈：《陶渊明集笺注》，中华书局 2003 年版，第 346 页。
② 同上书，第 529 页。
③ 同上书，第 76 页。
④ 同上书，第 180 页。
⑤ 同上书，第 187 页。
⑥ 同上书，第 193 页。
⑦ 同上书，第 210 页。

地融注到自然万物中，宋代施德操在《北窗炙课录》中曰："渊明随其所见，指点成诗，见花即道花，遇竹即说竹，更无一毫作伪。"① 自然界的山水风云、花草树木就像是陶渊明自身血液的一部分，二者融为一体——人既变得才思敏捷、情思舒畅，物也成了有灵气、有个性的生机盎然之物。而后人目触陶诗，其诗中的鸟菊竹兰、风霜雨露便在人们的心中生根发芽，挥之不去。下文且择陶诗中竹、兰两种意象看其对宋词的影响。

1. 竹

竹，属禾本科竹亚科常绿木本植物，杆笔直而有节，被古人喻为正直有节操的君子。晋朝的竹林七贤便常在竹林下面相聚清谈，放言高论。陶渊明关于竹子的诗有：

> 徘徊丘垄间，依依昔人居。井灶有遗处，桑竹残朽株。(《归园田居》)②
>
> 寒竹被荒蹊，地为罕人远。是以植杖翁，悠然不复返。(《癸卯岁始春怀古田舍二首》)③
>
> 相命肆农耕，日入从所憩。桑竹垂余荫，菽稷随时艺。(《桃花源诗》)④

青青翠竹傲然挺立于荒芜的村野或良田美池的桃花源，随遇而适且始终保持着君子之风。

苏轼甚爱竹。他的《于潜僧绿筠轩》曰："宁可食无肉，不可居无竹。无肉令人瘦，无竹令人俗。人瘦尚可肥，士俗不可医。"⑤ 苏轼认为清新高雅的竹能使人超凡脱俗。苏轼与陶渊明一样将自己融于自然之中，深切体悟物我情融之乐。苏轼于元丰五年（1082）七月六日所作《定风波·集古

---

① 北京大学北京师范大学中文系、北京大学中文系文学史教研室编：《陶渊明资料汇编》，中华书局 1962 年版，第 56 页。

② 袁行霈：《陶渊明集笺注》，中华书局 2003 年版，第 86 页。

③ 同上书，第 200 页。

④ 同上书，第 480 页。

⑤ （清）王文诰编注，孔凡礼点校：《苏轼诗集》卷九，中华书局 1982 年版，第 448 页。

句作墨竹词》曰：

> 雨洗娟娟嫩叶光，风吹细细绿筠香。秀色乱侵书帙晚。帘卷。清
> 阴微过酒尊凉。　　人画竹身肥臃肿。何用。先生落笔胜萧郎。记得
> 小轩岑寂夜。廊下，月和疏影上东墙。

被贬黄州的苏轼在王文甫家饮酒读书，月明竹影漫上东墙，有竹香、竹
色、竹影陪伴，他的贬谪生活便变得甚为惬意，词人和竹一样随遇而安。

张炎的《南乡子·竹居》则曰：

> 爱此碧相依，卜筑西园隐逸时。三径成阴门可款，幽栖。苍雪纷
> 纷冷不飞。　　青眼旧心知。瘦节终看岁晚期。人在清风来往处，吟
> 诗。更好梅花著一枝。

此词描写张炎的隐居之处——竹居。张炎特别喜爱竹子，上阕写自己
选择隐居西园时便种下竹林，如今自己已与成荫的竹林相依为伴。"三径"
指隐居处，化用了陶渊明"三径就荒，松菊犹存"（《归去来兮辞》）的诗
句。词人把竹和陶渊明看成自己"青眼"[①]所看重的故旧知交，它的挺拔
身姿愈到严冬岁晚尤其大雪纷纷之时愈加突出。在竹林清风吹拂的西园，
张炎吟诗抒情，他与竹和陶渊明在意念上已融为一体，都变成了高洁雅致
的君子。

2. 兰

兰花，别名"兰草"，属兰科多年生草本植物，叶态细长优美，花朵
清雅香幽，无意与百花争春，文人誉之为"君子"。陶渊明亦喜兰花：

> 幽兰生前庭，含薰待清风。清风脱然至，见别萧艾中。（《饮酒》
> 二十首之十七）[②]

87

---

[①]　《晋书·阮籍传》阮籍能为青白眼，对尊重之人用青眼，对看不起之人用白眼。
[②]　袁行霈：《陶渊明集笺注》，中华书局2003年版，第274页。

荣荣窗下兰，密密堂前柳。初与君别时，不谓行当久。（《拟古九首》）①

坦至公而无猜，卒蒙耻以受谤。虽怀琼而握兰，徒芳洁而谁亮？（《感士不遇赋》）②

他把高洁之士喻为幽兰，而鄙俗之人则被喻为萧艾，在清正的世风中，二者即可辨别清楚。诗人把有德行的朋友以及"坦至公而无猜"的士、君子都比喻为兰花。而宋代写兰的诗也很多，如：

春兰如美人，不采羞自献。时闻风露香，蓬艾深不见。丹青写真色，欲补《离骚》传。对之如灵均，冠佩不敢燕。（苏轼《题杨公次春兰》）

兰生幽谷无人识，客种东轩遗我香。知有清芬能解秽，更怜细叶巧凌霜。（苏辙《种兰》）

楚泽多兰人未辩，尽以清香为比拟。萧茅杜若亦莫分，唯取芳馨袭衣美。（梅尧臣《兰》）

南岩路最近，饭已时散策。香来知有兰，遽求乃弗获。生世本幽谷，岂愿为世娱？无心托阶庭，当门任君锄。（陆游《兰》）

光风浮碧涧，兰枯日猗猗。竟岁无人采，含薰只自知。（朱熹《兰涧》）

幽人非爱山，出山将何之？山居种兰蕙，岁寒久当知。（杨万里《题蕙花初开》）

灵均堕荒寒，采采纫兰手。九畹不留客，高丘一回首。（范成大《次韵温伯种兰》）

宋诗中写兰的意趣与陶诗十分相似，诗人们从兰花的外形、姿态、生存环境、内在气质等方面赋予兰以德行高雅、坚持操守、淡泊自足、独立

88

---

① 袁行霈：《陶渊明集笺注》，中华书局 2003 年版，第 315 页。
② 同上书，第 432 页。

不迁的理想人格，从而自觉地塑造、升华自身的人格与胸怀。写兰的宋词亦如此，如辛弃疾的《卜算子》曰：

> 修竹翠罗寒，迟日江山暮。幽径无人独自芳，此恨知无数。
> 只共梅花语，懒逐游丝去。着意寻春不肯香，香在无寻处。

"迟日江山暮"是描绘兰生存的自然环境，同时也喻指词人所生活的南宋政治环境。词人通过写兰之不愿像游丝般随波逐流，而只愿与高洁的梅花为伴、只肯在大好春光中绽放，来表达自己在腐败的南宋王朝独自抗金复国的高洁品质与独立不迁的精神。

张炎的《国香·赋兰》曰：

> 空谷幽人。曳冰簪雾带，古意生春。结根倦随萧艾，独抱孤贞。自分生涯淡薄，隐蓬蒿、甘老山林。风烟伴憔悴，冷落吴宫，草暗花深。　雾痕消冻雪，向崖阴饮露，应是知心。所思何处，愁满楚水湘云，肯信遗芳千古，尚依依、泽畔行吟。香痕已成梦，短操谁弹，月冷瑶琴。

上阕写空谷中的兰之不幸遭遇，喻指着宋元之际有志文人的艰难处境。下阕写风雪后天气晴朗之时，兰依然饮露于山崖背阳处，寻找知音。"泽畔行吟"①，表明张炎所思念的知音乃是如兰一般流芳千古的楚国大夫屈原。诗人在南宋亡国后借兰花宣泄其伤痛之情，同时又借兰花折射出自己的人格形象，从而获得了心灵的宁静，此不失为休闲的一种好方法。

竹、兰等本无所谓喜怒哀乐的情感，但由于诗人、词人们情融自然，与自然和谐共存，亦即辛弃疾所谓"一松一竹真朋友，山鸟山花好弟兄"（《鹧鸪天》），他们由此便进入了物我情融的佳境，并获得了真正的身心自由，此乃休闲的最高境界。

89

---

① 《楚辞·渔父》："屈原既放，游于江潭，行吟泽畔，颜色憔悴，形容枯槁。"

（二）归耕田园之乐

陶渊明既在山水、田园中畅享物我情融之乐，同时又在亲自躬耕的辛苦实践中，真切地体悟到自给自足的归耕田园的自由之乐。

他于晋义熙元年乙巳（405）十一月所作《归去来兮辞》曰："归去来兮，田园将芜胡不归！既自以心为形役，奚惆怅而独悲！悟已往之不谏，知来者之可追；实迷途其未远，觉今是而昨非。"① 陶渊明觉得当初踏入仕途是"不谏"的错误，从此便使自己的"心"被形体所役使，如今决心归耕田园，这才使身心获得了完全的自由。"舟遥遥以轻飏，风飘飘而吹衣。"② 请看他决意归田时，其心情是何等欢悦！归田第二年，他又作了《归园田居》五首、《归鸟》《读山海经十三首》等，描写了恬静平淡的自然风光以及自由、自在、自足的生活和心境。

少无适俗韵，性本爱丘山。误落尘网中，一去三十年。羁鸟恋旧林，池鱼思故渊。开荒南野际，守拙归园田。方宅十余亩，草屋八九间。……暧暧远人村，依依墟里烟。狗吠深巷中，鸡鸣桑树颠。户庭无尘杂，虚室有余闲。久在樊笼里，复得返自然。[《归园田居》（一）]③

晨兴理荒秽，带月荷锄归。[《归园田居》（二）]④

山涧清且浅，遇以濯吾足。……欢来苦夕短，已复至天旭。（《归园田居》）⑤

欢然酌春酒，摘我园中蔬。（《读山海经十三首》其一）⑥

岂思天路，欣反旧楼。虽无昔侣，众声每谐。日夕气清，悠然其怀。（《归鸟》）⑦

---

① 袁行霈：《陶渊明集笺注》，中华书局 2003 年版，第 460 页。
② 同上。
③ 同上书，第 76 页。
④ 同上书，第 85 页。
⑤ 同上书，第 89 页。
⑥ 同上书，第 393 页。
⑦ 同上书，第 53 页。

他于晋安帝义熙六年（410）所作《庚戌岁九月中于西田获早稻》又曰：

> 人生归有道，衣食固其端。孰是都不营，而以求自安？开春理常业，岁功聊可观。晨出肆微勤，日入负禾还。山中饶霜露，风气亦先寒。田家岂不苦？弗获辞此难！四体诚乃疲，庶无异患干。盥濯息檐下，斗酒散襟颜。遥遥沮溺心，千载乃相关，但愿长如此，躬耕非所叹。①

诗人认为只有通过自己的劳动而解决衣食之生存问题才是人生的正道。他描写自己从春到秋早出晚归，经受霜露风寒，终于有了可观的收获。劳动是辛苦的，但安全、自由，较少有人为和意外的灾祸纠缠。诗人在劳动之余歇息檐下、洗手濯足，然后开怀畅饮、舒展容颜，其乐无穷。他引千载以前的长沮、桀溺等躬耕隐者为自己的知己，愿意在远离污浊丑恶官场的纯净自然的田园中度过一生。陶渊明此愿已了，他于《自祭文》中遂坦然曰："勤靡余劳，心有常闲。乐天委分，以至百年。"②

喜爱陶渊明的宋代词人把描写的笔触从"花间""尊前"转向乡村风物、田园生活，很多词人还表达了欲归耕田园的强烈欲望，这里亦以苏轼、辛弃疾为例，看宋代词人如何深受陶渊明的影响。

宋神宗元丰元年（1078）春天，苏轼在徐州任太守，因春旱无雨，他便率领吏民至徐州城东 20 里远的徐门石潭去祈雨，后普降春雨，夏初时节，在农作物的一片生机中苏轼又率领吏民前去"谢雨"③，途中作了五首《浣溪沙》。且看其中两首：

91

> 麻叶层层苘叶光，谁家煮茧一村香！隔篱娇语络丝娘。　　垂白杖藜抬醉眼，捋青捣麨软饥肠，问言豆叶几时黄？

---

① 袁行霈：《陶渊明集笺注》，中华书局 2003 年版，第 227 页。
② 同上书，第 556 页。
③ 据《浣溪沙》五首词前序。

软草平莎过雨新，轻沙走马路无尘。何时收拾耦耕身？　　日暖桑麻光似泼，风来蒿艾气如薰。使君原是此中人！

面对美好田园中的淳朴农民，词人向往地问"原是此中人"的自己："何时收拾耦耕身？"后因"乌台诗案"，苏轼一贬再贬后，诗词中归耕的愿望就更为强烈，后文将详细叙述，这里且看他在黄州时的躬耕田园生活。元丰五年（1082）所作《江神子》序曰："陶渊明以正月五日游斜川，临流班坐，顾瞻南阜，爱曾城之独秀，乃作斜川诗，至今使人想见其处。元丰壬戌之春，余躬耕于东坡，筑雪堂居之。南挹四望亭之后丘，西控北山之微泉，慨然而叹，此亦斜川之游也。"词曰：

梦中了了醉中醒。只渊明。是前生。走遍人间，依旧却躬耕。昨夜东坡春雨足，乌鹊喜，报新晴。　　雪堂西畔暗泉鸣。北山倾。小溪横，南望亭丘，孤秀耸曾城。都是斜川当日境，吾老矣，寄余龄。

他在梦中、醉中都始终明白：亲身躬耕乃是超越人间酸甜苦辣的唯一出路。风调雨顺使词人心情分外欢悦，而泉水叮咚的雪堂也与当日陶渊明的斜川一样美丽，词人极愿在此度过余生。苏轼同年所作《哨遍》序则曰："陶渊明赋归去来，有其词而无其声。余既治东坡，筑雪堂于上，人俱笑其陋。独鄱阳董毅夫过而悦之，有卜邻之意。乃取《归去来辞》稍加隐括，使就声律，以遗毅夫。使家僮歌之，时相从于东坡，释耒而和之，扣牛角而为之节，不亦乐乎？"作为贬谪之人，身虽已失去自由，但因其内心的自适从而使其灾难生活充满欢乐、诗意："村舍外，古城旁，杖藜随步转斜阳。殷勤昨夜三更雨，又得浮生一日凉。"（《鹧鸪天》）心的自由带来身的闲适，词人与六百多年前的诗人多么神似："策扶老以流憩，时矫首而遐观。云无心以出岫，鸟倦飞而知还。"（《归去来兮辞》）①

①　袁行霈：《陶渊明集笺注》，中华书局 2003 年版，第 461 页。

　　再说辛弃疾。据袁行霈先生统计，《稼轩词编年笺注》存 626 首词中，吟咏或提及陶渊明者、明引暗用陶诗陶文者共 60 首，占十分之一，其中带湖、瓢泉隐居期间共 46 首，占绝大部分①。他还以陶诗《停云》名其堂，可见在近二十年的乡居生活中，辛弃疾对陶渊明及其诗文怀有何等浓厚的兴趣。

　　辛弃疾虽没有像陶渊明、苏轼那样亲自躬耕，但他同样创作了很多田园词，描写了农村的自然风光、农民生活的剪影以及词人自己的乡居生活等。现略举数例："春日平原荠菜花，新耕雨后落群鸦。多情白发春无奈，晚日青帘酒易赊。　闲意态，细生涯，牛栏西畔有桑麻。青裙缟袂谁家女，去趁蚕生看外家。"（《鹧鸪天·游鹅湖醉书酒家壁》）"陌生柔桑破嫩芽，东邻蚕种已生些。平冈细草鸣黄犊，斜日寒林点暮鸦。"（《鹧鸪天·代人赋》）"东家娶妇，西家归女，灯火门前笑语。酿成千顷稻花香，夜夜费、一天风露。"（《鹊桥仙·己酉山行书所见》）"父老争言雨水匀，眉头不似去年颦。殷勤谢却甑中尘。"（《浣溪沙》）"北陇田高踏水频，西溪禾早已尝新。隔墙沽酒煮纤鳞。"（《浣溪沙·常山道中即事》）"茅檐低小，溪上青青草。醉里吴音相媚好，白发谁家翁媪？"（《清平乐·村居》）现简略分析其《鹧鸪天·戏题村壁》：

　　　鸡鸭成群晚不收，桑麻长过屋山头。有何不可吾方羡，要底都无饱便休。　新柳树，旧沙洲，去年溪打那边流。自言此地生儿女，不嫁金家即聘周。

　　词描绘出乡村生活的宁静、淳朴和自由。山村中的成群鸡鸭，夜晚便自由地在露天过宿，词人更羡慕的是这里村民们的自由：六畜兴旺，五谷丰登，他们吃饱了便休息而别无他求，与陶渊明"饥者欢初饱"（《丙辰岁八月中于下潠田舍获》）②一样淳朴知足。这里的村民不与外界交往，世代生活于此，"新柳树，旧沙洲"，与陶渊明"土地平旷，屋舍俨然，有良

---

① 袁行霈：《辛词与陶诗》，《文学遗产》1992 年第 1 期。
② 袁行霈：《陶渊明集笺注》，中华书局 2003 年版，第 231 页。

田、美池、桑竹之属"① 的 "桃花源" 何其相似？辛弃疾热爱乡村生活和对现实政治的不满便同时蕴含于词中。

其他词人反映乡村田园的词如："江国多寒农事晚，村北村南，谷雨才耕遍。"（范成大《蝶恋花》）"十里西畴熟稻香，槿花篱落竹丝长。垂垂山果挂青黄。"（范成大《浣溪沙·江村道中》）"社近东皋农务急，催耕，又见菖蒲出水清。"（王炎《南乡子·甲戌正月》）"蓑笠朝朝出，沟塍处处通。人间辛苦是三农，要得一犁水足，望年丰。"（王炎《南柯子》）"扶犁野老田东睡，插花山女田西醉。"（程垓《菩萨蛮》）"风斜雨细，麦欲黄时寒又至。馌妇耕夫，画作今年稔岁图。"（卢炳《减字木兰花》）它们与陶渊明《劝农》中的 "桑妇宵兴，农夫野宿"② 的农忙景象十分相似。由此可知宋词中大量的农村田园词都在相当程度上接受了陶渊明归耕田园之诗文的影响。看似辛苦而能使身舒展、使心自由的乡村田园乃是休闲的好去处，它使两宋休闲词内容更加丰富，也使宋代词人的情感寄托多了一方温馨的港湾。

（三）亲情、友情、爱情之乐

《易经》中的《家人》卦曰："闲有家，悔亡。"《说文解字》："闲，阑也。从门，中有木。"意为家庭像栅栏一样对人类进行保护、约束，怨恨与不满的心情即可因家而化解。家为人们的休闲提供了保证，由于人是有感情的动物，所以当人们投身以家为坐标原点的亲情、友情、爱情等和谐温馨的感情 "安乐窝" 里，便可忘却心灵的疲惫，获得身心的舒展，因此亲情、友情、爱情亦为休闲的内容之一。

1. 亲情之乐

陶渊明极重亲情。在诗文中，其描写对于母亲、儿子、弟弟、妹妹的亲情的作品有很多篇，感人肺腑。如其《归去来兮辞》序中曰："余家贫，耕植不足以自给，幼稚盈室；瓶无储粟，生生所资，未见其术，亲故多劝余为长吏，脱然有怀，求之靡途。会有四方之事，诸侯以惠爱为德，家叔以余贫苦，遂见用为小邑。"③ 为了老母和幼子，诗人违背 "性本爱丘山"

**94**

---

① 袁行霈：《陶渊明集笺注》，中华书局 2003 年版，第 479 页。
② 同上书，第 34 页。
③ 同上书，第 460 页。

的素志，"违己交病"地去做自己不愿做的事情。而当他终于回归田园之时，他终于兴奋地"携幼入室""悦亲戚之情话"（《归去来兮辞》）①尽享亲情之乐。长子俨出生时他写了《命子》诗："名汝曰俨，字汝求思。……厉夜生子，遽而求火。凡百有心，奚特于我？"②诗中写出了自己对于儿子的期望。又如："亲戚共一处，子孙还相保。觞弦肆朝日，樽中酒不燥。缓带尽欢娱，起晚眠常早。"（《杂诗》）③诗人祝愿亲人不要受到意外灾祸的干扰，得以畅享亲情和安享天年。再如《和郭主簿》中曰："弱子戏我侧，学语未成音，此事真复乐，聊用忘华簪。"天伦之乐可以让他忘掉官场中不愉快的事，从而获得真正的快乐。

至于诗人对从弟敬远、仲德及胞妹等的情谊，前文已述及，其诗真情横溢，悲不自胜。

宋词中关于亲情的，如苏轼在词中屡屡表达其与弟弟子由间深厚的手足之情，《水调歌头·明月几时有》序曰："丙辰中秋，欢饮达旦，大醉，作此篇，兼怀子由。"《水调歌头·安石在东海》曰："故乡归去千里，佳处辄迟留。我醉歌时君和，醉倒须君扶我，惟酒可忘忧。"其序曰："余去岁在东武，作《水调歌头》以寄子由。今年子由相从彭门百余日，过中秋而去，作此曲以别。"兄弟情深溢于言表。蒋捷的《一剪梅》曰："何日归家洗客袍？银字笙调，心字香烧。流光容易把人抛，红了樱桃，绿了芭蕉。"抒写了词人欲与家人团聚的迫切心情。还有如"南北利名人，常恨家居少"（李敦诗《卜算子》），"登临，还自笑，狂游四海，一向忘家。算天寒路远，早早归呵"（戴复古《满庭芳》）等，都是极重亲情的词篇。

亲情是人心理发展过程中首先要经历的情感体验，是维系人类社会存在、发展、稳定的重要因素。饱含亲情的家是人们调整身心的港湾，和谐美好的亲情可使人身心自由放松，可使人保持、恢复身心的健康，它是人们休闲生活的内容和方式之一。所以追求身心自由愉悦的陶渊明及宋代词人都极重亲情。

---

① 袁行霈：《陶渊明集笺注》，中华书局 2003 年版，第 461 页。
② 同上书，第 41 页。
③ 同上书，第 345 页。

**2. 友情之乐**

陶渊明亦重友情。无论身份地位何等悬殊，只要趣味、爱好相同，他皆以忠厚、真诚、深情的友谊相待。其四言诗《答庞参军》曰："人之所宝，尚或未珍。不有同好，云胡以亲？我求良友，实靓怀人。欢心孔洽，栋宇唯邻。伊余怀人，欣德孜孜。我有旨酒，与汝乐之。乃陈好言，乃著新诗。一日不见，如何不思！"① 而五言诗《答庞参军》亦曰："相知何必旧，倾盖定前言。有客赏我趣，每每顾林园。谈谐无俗调，所说圣人篇。"② 为官的庞参军仰慕诗人的高洁志趣，诗人亦视不俗的庞参军为同调，他们情欢意洽，因此面对危机时起的政局，诗人在两首诗结尾皆真诚告诫："敬兹良兹，以保尔躬。""君其爱体素，来会在何年？"其款款深情，溢于言表。其他还有与庞主簿、邓治中、戴主簿、丁柴桑、胡西曹、顾贼曹、殷晋安、张常侍等入仕之人的诗文唱和，也都表达了至诚的友情。

陶渊明与颜延之的交往最为密切，《宋书·陶潜传》载："先是，颜延之为刘柳后军功曹，在浔阳，与潜情款。后为始安郡，经过，日日造潜。每往，必酣饮至醉，临去留二万钱与潜；潜悉送酒家，稍就取酒。"陶渊明辞世后，颜延之作《陶征士诔》曰："自尔介居，及我多暇。伊好之洽，接阎邻舍，宵盘昼憩，非舟非驾。念昔宴私，举筋相诲。独正者危，至方则阂。哲人卷舒，布在前载，取鉴不远，吾规子佩。尔实愀然，中言而发。违众速尤，迕风先蹶。身才非实，荣声有歇。睿言永矣，谁箴余阙。"颜延之充满深情地回忆与陶渊明的交往，生动呈现了他们之间的深情厚谊。

陶渊明归耕田园后，与邻居亦结下了很深的友谊：

> 漉我新熟酒，只鸡招近局。日入室中暗，荆薪代明烛。欢来苦夕短，已复至天旭。(《归园田居》)③

---

① 袁行霈：《陶渊明集笺注》，中华书局 2003 年版，第 27 页。
② 同上书，第 115 页。
③ 同上书，第 89 页。

与二三邻曲，同游斜川。……提壶接宾侣，引满更献酬。(《游斜川》并序)①

故人赏我趣，挈壶相与至。班荆坐松下，数斟已复醉。父老杂乱言，觞酌失行次。(《饮酒》)②

落地为兄弟，何必骨肉亲。得欢当作乐，斗酒聚比邻。(《杂诗》)③

诗中反复描写生性随和的诗人与淳朴的邻居融洽相处，亲如一家。获悉农村中亦有学问上的知音，他竟然从自己心爱的"户庭无尘杂"的园田居迁至南村："昔欲居南村，非为卜其宅。闻多素心人，乐与数晨夕。……邻曲时时来，抗言谈在昔；奇文共欣赏，疑义相与析。"(《移居二首》)④ 诗人耕作之余与抗言高论、赏文析义的"素心人"交往，他自感快乐、满足如此："春秋多佳日，登高赋新诗。过门更相呼，有酒斟酌之，农务各自归，闲暇辄相思；相思则披衣，言笑无厌时。此理将不胜，无为忽去兹。衣食当须纪，力耕不吾欺。"(《移居》)⑤ "相思则披衣，言笑无厌时"，污浊的官场哪能有如此淳朴、洁净、和谐的人际关系？而这样的充满友情的人际关系即是陶渊明培养、创设出来的。

陶渊明待友是大度、忠厚、平易的。园田居失火之后，刘遗民赠诗陶渊明招他同住庐山奉佛，他和诗曰："山泽久见招，胡事乃踌躇？直为亲旧故，未忍言索居"，"新畴复应畬"(《和刘柴桑》)⑥，为了家人又热爱田园而不能前往，婉言拒绝，且以"耕织称其用，过此奚所须。去去百年外，身名同翳如"之弃仕不遗世的态度坦诚相告。《饮酒》中田父劝其出仕，陶渊明的做法："且共欢此饮，吾驾不可回。"⑦ 婉拒而不伤友情。热衷仕途但敏有思致的殷晋安亦是陶渊明的朋友，《与殷晋安别》曰："游好

97

---

① 袁行霈：《陶渊明集笺注》，中华书局2003年版，第91页。
② 同上书，第268页。
③ 同上书，第338页。
④ 同上书，第130页。
⑤ 同上书，第133页。
⑥ 同上书，第135页。
⑦ 同上书，第256页。

非久长，一遇尽殷勤。信宿酬清话，益复知为亲。……语默自殊势，亦知当乖分。……良才不隐世，江湖多贱贫。脱有经过便，念来存故人。"① 清吴崧《论陶》曰："深情厚道，绝无讥讽意。'良才不隐世'，并不以殷之出为卑，'江湖多贱贫'，亦不以己之处为高。各行其志，正应'语默自殊势'句，真所谓'肆志无污隆'也。"② 二人抱负不同，取舍各异，但诗人不以自己的好恶而强加于人，他待人待己不卑不亢，如此才真正创设且获得了友情之乐。

宋词中关于友情的词很多，如毛开《水调歌头·和人新堂》曰：

> 小筑百年计，雅志几人成。乱山深处，烟雨面面对萦青。巾屦方安吾土，花木仍供真赏，邻有阮嵇生。岁月抛身外，尘事更无营。
>
> 鸟知归，云出岫，两忘情。从渠华屋，回首烟草吊颓倾。何似生涯才足，欹枕南窗北牖，醉梦落樵声。更喜濯缨处，门外一江清。

朋友筑于偏僻深山的小屋比不得达官贵人处闹市的华堂，词人以充满友情的知心朋友的身份为其祝贺，他扣紧屋子四周的环境，突出主人的高清雅志。词上阕写主人安居"乱山深处""烟雨面面"的小屋，有嵇康与阮籍类的高人为邻，清赏花木，连岁月都可不顾，尘俗事务更不是他所考虑的事。下阕"鸟知归，云出岫，两忘情"，便化用陶渊明《饮酒》之五"山气日夕佳，飞鸟相与还"和《归去来兮辞》"云无心以出岫，鸟倦飞而知还"。遵循自然规律的云、鸟等事物悠然自得的天然本性，为陶渊明、词人及其朋友寻找心灵的归宿和自然的家园提供了客观自然界的范本。词人赞其友人能摆脱尘世利害的缠绕，视荣华富贵为过眼云烟，与大自然融为一体，达到人与自然两相忘情的崇高境界，知足地每日窗下倚枕高卧，且屋外一江清水经过，清风徐来，酒酣卧听渔歌樵唱。此番清高隐士的生活情趣只有词人这样的高人雅士能体悟、赏识。千古知音难觅，若能拥有如此相识相知的友情，即使人的精神领域是一片沙漠、戈壁，亦会因有如

98

---

① 袁行霈：《陶渊明集笺注》，中华书局 2003 年版，第 155 页。
② （清）吴瞻泰辑：《陶诗汇注》卷末，清康熙拜经堂刻本。

此的友情而呈现一隅绿洲，从而可获得片刻的休闲时光。

其他写友情的词如："古今为别最消魂，因别有情须怨。更独自、尽上高台望，望尽飞云断。"（张先《御街行·送蜀客》）"才始送春归，又送春归去。若到江南赶上春，千万和春住。"（王观《卜算子·送鲍浩然之浙东》）"九日黄花兄弟会，中秋明月故人心。悲欢离合古犹今。"（向子諲《浣溪沙·简王景源、元渤伯仲》）"今古恨，几千般、只应离合是悲欢。江头未是风波恶，别有人间行路难。"（辛弃疾《鹧鸪天·送人》）这类词都抒写了肝胆相照的友情，读了它们使人觉得美好的友情亦可使自己身心舒畅，使人生变得更充实、更美好。

3. 爱情之乐

关于《闲情赋》的主旨争论不休且评论不一，萧统在《陶渊明集序》中曰："白璧微瑕者，惟在《闲情》一赋，扬雄所谓劝百而讽一者，卒无讽谏，何必摇其笔端，惜哉，无是可也。"[1] 苏轼反驳曰："渊明《闲情赋》正所谓'《国风》好色而不淫'，正使不及《周南》，与屈、宋所陈何异？而统乃讥之，此乃小儿强作解事者。"（《题文选》）[2] 此一批一驳的前提都认为《闲情赋》为爱情主旨。今人袁行霈先生曰："细细揣摩苏轼的意思，他并不一定认为《闲情赋》有什么讽谏的寓意，在他看来《闲情赋》是抒写爱情之作，但'好色而不淫'，无伤大雅。"[3] 另一些人认为《闲情赋》有所寄托，如明代的张自烈在《笺注陶渊明集》卷五中曰："此赋托寄深远，合渊明首尾诗文思之，自得其旨。如东坡所云，尚未脱梁昭明窠臼。或云此赋为眷怀故主作，或又云续之辈虽居庐山，每从州将游，渊明思同调之人不可得，故托此以送怀。如东坡所云与屈、宋何异，又安见非小儿强作解事者？解索人不易得如此。"[4] 其实谁的认识都可能只是不

99

---

① 北京大学北京师范大学中文系、北京大学中文系文学史教研室编：《陶渊明资料汇编》（上册），中华书局1962年版，第9页。

② 同上。

③ 袁行霈：《陶渊明的〈闲情赋〉与辞赋中的爱情闲情主题》，《北京大学学报》（社会科学版）1992年第5期。

④ 北京大学北京师范大学中文系、北京大学中文系文学史教研室编：《陶渊明资料汇编》（下册），中华书局1962年版，第323页。

断完善过程中的"小儿",人类对爱情的认识亦是如此。中国古代对女性及男女情爱存在很多偏见,以此为题的作品往往被认为是不入大雅之堂的。所以具有激进文学批评态度的昭明太子萧统在编《文选》时将"赋"列为文体之首,把宋玉《高唐赋》《神女赋》《登徒子好色赋》及曹植《洛神赋》等收入其中,而对陶渊明的《闲情赋》评曰"白璧微瑕",他认为像陶渊明这样的正直高雅之人是不该写如此艳情的作品的。直到宋代,以写男女艳情为主题的小词还被称为"小令""艳科",而被正统士人所轻视。但是,《孟子》却曾说过:"食色,性也。"他认为色欲乃是人的自然本性。故而从不虚矫、追求生命自然率真的陶渊明自然就不讳言对意中情爱的热烈憧憬。但因传统观念对爱情的禁锢,所以陶渊明把能给人带来闲暇和愉悦的爱情称为"闲情"。确实,真正和谐美好的产生于心灵碰撞且无相别相思之苦的爱情可以给人带来真正的休闲。《闲情赋》中的十愿十悲,环环相扣,扣人心扉:

> 愿在衣而为领,承华首之余芳;悲罗襟之宵离,怨秋夜之未央。愿在裳而为带,束窈窕之纤身;嗟温凉之异气,或脱故而服新。愿在发而为泽,刷玄鬓于颓肩;悲佳人之屡沐,从白水以枯煎。愿在眉而为黛,随瞻视以闲扬;悲脂粉之尚鲜,或取毁于华妆。愿在莞而为席,安弱体于三秋;悲文茵之代御,方经年而见求。愿在丝而为履,附素足以周旋;悲行止之有节,空委弃于床前。愿在昼而为影,常依形而西东;悲高树之多荫,慨有时而不同。愿在夜而为烛,照玉容于两楹;悲扶桑之舒光,奄灭景而藏明。愿在竹而为扇,含凄飙于柔握;悲白露之晨零,顾襟袖以缅邈。愿在木而为桐,作膝上之鸣琴;悲乐极以哀来,终推我而辍音。①

此段文字想象新奇,是描写、歌咏、体验爱情的华美乐章。对美好爱情的热烈憧憬,使重亲情、友情的陶渊明的情感更加丰满,使他健全的人

---

① 袁行霈:《陶渊明集笺注》,中华书局 2003 年版,第 448 页。

格更加完备，这也是陶渊明形象在后人心中流光溢彩的原因之一。

宋词中有大量关于爱情的词篇，且看马光祖的《减字木兰花》：

多情多爱。还了平生花柳债。好个檀郎。室女为妻也不妨。

杰才高作。聊赠青蚨三百索。烛影摇红。记取媒人是马公。

这是马光祖以词写的判决。唐圭璋《宋词纪事》引录元朝吴莱著的《三朝野史》："有士人逾墙，偷人室女，事觉到官，勒令当厅面试。光祖出《逾墙搂处子》诗，士人秉笔云：'花柳平生债，风流一段愁。逾墙乘兴下，处子有心搂。谢砌应潜越，韩香许暗偷。有情还爱欲，无语强娇羞。不负秦楼约，安知漳狱囚。玉颜丽如此，何用读书求。'光祖大赏，判一词于牒云：（略）。犯奸之士。既幸免决罪，反因此以得佳偶，此光祖以礼待士也。"① 马光祖"以礼待士"，并不是因为他有恻隐之心而不分是非地对读书人采取超越常规的宽容态度，而是此士子的"非礼"是基于"处子有心搂""有情还爱欲"的两情相悦的爱情。可见，真正甜美的爱情不仅可以使人愉悦，而且还可以感动严厉的判官超越封建礼教的藩篱，使这位士子免除牢狱之苦而获得身的自由和颜如玉的佳偶。

其他词作，如前文亦已述及的苏轼《江神子·十年生死两茫茫》曰："夜来幽梦忽还乡。小轩窗，正梳妆。相顾无言，惟有泪千行。料得年年断肠处，明月夜，短松冈。"此是词人对亡妻王弗的怀念，情真意切。柳咏的《雨霖铃》曰："多情自古伤离别，更那堪冷落清秋节。今宵酒醒何处，杨柳岸、晓风残月。"描写了词人在离别后的无穷伤悲。晏几道的《鹧鸪天》："从别后，忆相逢，几回魂梦与君同。今宵剩把银釭照，犹恐相逢是梦中。"抒发与恋人重逢的惊喜。李清照的《凤凰台上忆吹箫》："休休，这回去也，千万遍阳关，也则难留。念武陵春晚，云锁秦楼。"《一剪梅》："花自飘零水自流，一种相思，两处闲愁。此情无计可消除，才下眉头，却上心头。"词中的"武陵"指陶渊明《桃花源记》中写武陵

101

① 唐圭璋编著：《宋词纪事》，上海古籍出版社1982年版，第343页。

人曾到与世隔绝的桃花源，借此指丈夫到很远的地方，写词人对远离丈夫的思念。宋词中歌咏爱情的词篇大量存在。爱情是人类的合理需求，也是健全的人格因素之一。和谐甜美的爱情可使人幸福、催人奋进，所以生命觉醒的陶渊明及宋代词人们都真纯地对它加以歌咏。

陶渊明曾说："悲晨曦之易夕，感人生之长勤。"（《闲情赋》）① 陶渊明认识到人生忧劳太多，"同一尽于百年，何欢寡而愁殷！"（《闲情赋》）② 但是，同样是活过一世，又何必如此郁郁寡欢和忧愁多多？因此诗人抓住每一个欢乐的机会，"迎清风以祛累。"③ 他的亲情、友情和爱情之乐便是他排除忧虑的"清风"，宋代词人亦然。这些"闲"情荡涤诗人、词人及世人的心，使人可以获得片刻或长久的心闲自适，从而体验到身心自由愉悦的休闲生活之韵味。

（四）诗酒琴书之乐

在大自然的怀抱中，陶渊明体悟到了与自然、田园、他人的情感交流之乐。此外，他又把闲暇的自己置于诗酒琴书之中，体悟其无穷乐趣：

> 衡门之下，有琴有书。载弹载咏，爰得我娱。（《答庞参军》）④
> 奇文共欣赏，疑义相与析。（《移居二首》）⑤
> 得知千载上，正赖古人书。（《赠羊长史》）⑥
> 弱龄寄事外，委怀在琴书。（《始作镇军参军经曲阿》）⑦
> 闲居三十载，遂与尘事冥。诗书敦宿好，林园无世情。（《辛丑岁七月赴假还江陵夜行涂口》）⑧
> 少年罕人事，游好在六经。（《饮酒》）⑨

---

① 袁行霈：《陶渊明集笺注》，中华书局 2003 年版，第 448 页。
② 同上。
③ 同上。
④ 同上书，第 26 页。
⑤ 同上书，第 130 页。
⑥ 同上书，第 161 页。
⑦ 同上书，第 180 页。
⑧ 同上书，第 193 页。
⑨ 同上书，第 271 页。

悦亲戚之情话，乐琴书以消忧。（《归去来兮辞》）①

好读书，不求甚解，每有会意，便欣然忘食。……酣觞赋诗，以乐其志。无怀氏之民欤？葛天氏之民欤？（《五柳先生传》）②

少学琴书，偶爱闲静，开卷有得，便欣然忘食。（《与子俨等疏》）③

欣以素牍，和以七弦。（《自祭文》）④

读书对陶渊明来说是休闲，诗中所说的"游好""委怀""乐"等皆表明了他于琴书之爱好并无功利目的，而在其"欣然忘食"的阅读中则不时体悟到作品中的思想感情给自己带来的身心愉悦。他的写诗其实也是一种休闲活动，在其《饮酒二十首》序中曰："余闲居寡欢，兼比夜已长，偶有名酒，无夕不饮。……既醉之后，辄题数句自娱，纸墨遂多。"⑤《五柳先生传》中曰："常著文章自娱，颇示己志。"⑥ 可见，他弹琴、读书、写诗是为了"自娱"，具有休闲的意识。

陶渊明喜欢饮酒，在他的诗文中多有表述。在《五柳先生传》中诗人自称"性嗜酒"。他接受彭泽令的职务也有"公田之利，足以为酒"的因素在内。萧统在《陶渊明集序》中曰："有疑陶渊明诗篇篇有酒，吾观其意不在酒，亦寄酒为迹焉。"⑦ 王瑶先生在《中古文学史论·文人与酒》中曰："陶渊明最和前人不同的，是把酒和诗连了起来……以酒大量入诗，使诗中几乎篇篇有酒的，确以渊明为第一人……从此酒和文学发生了更密切的联系。……文人与酒的关系到陶渊明已经几乎打成一片。"⑧ 他将饮酒与赋诗、读书、弹琴、耕种以及松、菊、鸟等相连，从而获得了"酒中趣"。饮酒确实给他带来了身心的愉悦：

103

---

① 袁行霈：《陶渊明集笺注》，中华书局 2003 年版，第 460 页。

② 同上书，第 502 页。

③ 同上书，第 529 页。

④ 同上书，第 556 页。

⑤ 同上书，第 235 页。

⑥ 同上书，第 502 页。

⑦ 同上书，第 613 页。

⑧ 王瑶：《王瑶全集》第一卷，河北教育出版社 2000 年版，第 203—204 页。

　　称心而言，人亦易足。挥兹一觞，陶然自乐。……清琴横床，浊酒半壶。（《时运》）①

　　酒能祛百虑，菊解制颓龄。（《九日闲居》）②

　　中觞纵遥情，忘彼千载忧。（《游斜川》）③

　　谈谐终日夕，觞至辄倾杯。情欣新知欢，言咏遂赋诗。（《乞食》）④

　　清歌散新声，绿酒开芳颜。未知明日事，余襟良已殚。（《诸人共游周家墓柏下》）⑤

　　谈谐无俗调，所说圣人篇。或有数斗酒，闲饮自欢然。（《答庞参军》）⑥

　　故老赠余酒，乃言饮得仙。试酌百情远，重觞忽忘天。（《连雨独饮》）⑦

　　息交游闲业，卧起弄书琴。……春秫作美酒，酒熟吾自斟。（《和郭主簿》）⑧

　　从古皆有没，念之中心焦。何以称我情？浊酒且自陶。（《己酉岁九月九日》）⑨

　　父老杂乱言，觞酌失行次。不觉知有我，安知物为贵。悠悠迷所留，酒中有深味。（《饮酒》）⑩

　　若不复快饮，空负头上巾。但恨多谬误，君当恕醉人。（《饮酒》）⑪

　　我唱尔言得，酒中适何多！未能明多少，章山有奇歌。（《蜡日》）⑫

---

①　袁行霈：《陶渊明集笺注》，中华书局 2003 年版，第 8 页。
②　同上书，第 71 页。
③　同上书，第 91 页。
④　同上书，第 103 页。
⑤　同上书，第 106 页。
⑥　同上书，第 115 页。
⑦　同上书，第 125 页。
⑧　同上书，第 144 页。
⑨　同上书，第 223 页。
⑩　同上书，第 268 页。
⑪　同上书，第 282 页。
⑫　同上书，第 310 页。

既耕亦已种，时还读我书。……欢然酌春酒，摘我园中蔬。(《读山海经十三首》)[1]

诗人饮酒后放开高远的胸怀，沟通千古："颜生称为仁，荣公言有道，屡空不获年，长饥至于老。"(《饮酒》)[2] 苏轼《书渊明饮酒诗后》评曰："此渊明《饮酒》诗也。正饮酒中，不知何缘记得此许多事?"[3] 由此看来，其饮酒多是适可而止，处于"中觞"状态，而达到忘天忘我、物我相忘相融的境界，这才是他的真正目的。如："采菊东篱下，悠然见南山。山气日夕佳，飞鸟相与还。此中有真意，欲辩已忘言。"(《饮酒》)[4] 诗人面对飞鸟在优美的山里，白天结伴而出，傍晚结伴而还的自然率真的意境，感受到人生也该有如此自由的境界，这便是酒中深味，亦即"真意"所在。在当时的政治氛围中，诗人便借饮酒达到了《庄子》的"忘"的境界："泛此忘忧物，远我遗世情。一觞虽独进，杯尽壶自倾。日入群动息，归鸟趣林鸣。啸傲东轩下，聊复得此生。"(《饮酒》)[5] "此其闲远自得之意，直若超然邈出宇宙之外!"(蔡宽夫《蔡宽夫诗话》) 诗人早晨欣赏、采摘带露的秋菊，傍晚观赏归鸟鸣叫着在一片寂静中投向栖息的树林的美景，他自得自适、无拘无束，与归鸟一样拥有生命的纯真。

陶渊明诗酒相连的耕读人生，对宋代词人影响深远。词最初多为酒宴上助兴娱乐之用，而涉及"酒"的宋词不少往往便与陶渊明相关：

有陶令秫酒，谢公山屐。闲来潭洞，醉皓月，弄横笛。(曹冠《兰陵王·涵碧》)

劝君倒戴休令后。也不须更漉渊明酒。(黄大临《七娘子》)

幽艳为谁妍，东篱下，却教醉倒渊明。君但饮，莫觑他、落日

105

---

[1] 袁行霈：《陶渊明集笺注》，中华书局 2003 年版，第 393 页。
[2] 同上书，第 261 页。
[3] 北京大学北京师范大学中文系、北京大学中文系文学史教研室编：《陶渊明资料汇编》(上册)，中华书局 1962 年版，第 28 页。
[4] 袁行霈：《陶渊明集笺注》，中华书局 2003 年版，第 247 页。
[5] 同上书，第 252 页。

芜城。从教夜、龙山清月，端的便解留人。（毛滂《八节长欢·登高词》）

种秫会须盈百亩。非君谁识渊明趣。（倪偶《蝶恋花》）

那陶令，漉他谁酒，趁醒消详。（陈亮《秋兰香》）

昨日将军亭馆，今朝陶令壶觞。醉来东望海茫茫。家近蓬莱方丈。（戴复古《西江月》）

苏轼《望江南·超然台作》词曰："休对故人思故国，且将新火试新茶，诗酒趁年华。"他亦深知陶渊明酒中深味，作《酒隐赋》《酒子赋》《浊醉有妙理赋》等以明酒中之趣。苏轼曰："我虽不解饮，把盏欢意足。"（《与临安令宗人同年剧饮》）"偶得酒中趣，空杯亦常持。"（《和陶〈饮酒〉二十首》其一）苏轼酒量有限，但酒趣极浓：

吾饮酒至少，常以把杯为乐，往往颓然坐睡，人见其醉，而吾中了然，盖莫能名其为醉为醒也。在扬州，饮酒过午辄罢，客去，解衣盘礴，终日欢不足而适有余。（《和陶〈饮酒〉诗序》）

余饮酒终日，不过五合，天下之不能饮，无在余下者。然喜人饮酒，见客举杯徐引，则余胸中为之浩浩焉，落落焉，酣适之味，乃过于客。闲居未尝一日无客，客至未尝不置酒，天下之好饮，亦无在吾上者。（《书〈东皋子传〉后》）

106

苏轼与陶渊明的"半觞"相仿，他饮酒求"酣适"，二者都是于自得自适中拥有身心自由的休闲状态。苏轼亦有很多深得酒中趣的词，后文将再详述。

李清照亦好饮酒，她写有酒词二十多首，略举数例：

随意杯盘虽草草，酒美梅酸，恰称人怀抱。（《蝶恋花·上巳召亲族》）

不怕风狂雨骤，恰才称，煮酒残花。（《转调满庭芳·芳草池塘》）

莫许杯深琥珀浓，未成沉醉意先融。（《浣溪沙》）

三杯两盏淡酒，怎敌他，晚来风急。(《声声慢》)

柳眼梅腮，已觉春心动。酒意诗情谁与共。(《蝶恋花·暖日晴风初破冻》)

昨夜雨疏风骤，浓睡不消残酒。(《如梦令》)

断香残酒情怀恶。西风催衬梧桐落。(《忆秦娥》)

不如随分尊前醉，莫负东篱菊蕊黄。(《鹧鸪天》)

夜来沉醉卸妆迟，梅萼插残枝。酒醒熏破春睡，梦远不成归。(《诉衷情》)

在词中展现了一位才华横溢、诗酒流连的女词人的形象，她喜时饮酒称心，愁时饮酒自娱，把自己的快乐忧愁融于酒中。

辛弃疾 626 首词中饮酒词有 340 多首，且其饮酒词中常常称引陶渊明：

爱酒陶元亮，无酒正徘徊。(《水调歌头》)

醉里却归来，松菊陶潜宅。(《生查子》)

葛巾自向沧浪濯，朝来漉酒那堪着。(《菩萨蛮》)

春醪湛湛独抚，恨弥襟、闲饮东窗。(《声声慢》)

岁岁有黄菊，千载一东篱。……君起更斟酒，我醉不须辞。(《水调歌头》)

一尊遐想，剩有渊明趣。(《蓦山溪》)

倾白酒，绕东篱，只于陶令有心期。(《鹧鸪天》)

停云老子，有酒盈樽，琴书端可销忧。(《雨中花慢》)

*107*

但由于辛弃疾始终难忘恢复中原的大业，他的饮酒词中便少了陶渊明的那份自适：

宿酒醒时，算只有清愁而已。(《满江红》)

都将古今无穷事，放在愁边，放在愁边，都自移家向酒泉。(《丑奴儿》)

而今何事相宜，宜醉宜游宜睡。（《西江月》）

身世酒杯中，万事皆空。古来三五个英雄。雨打风吹何处是，汉殿秦宫。（《浪淘沙》）

我愧渊明久矣，犹借此翁澜洗，素壁写《归来》。（《水调歌头》）

东篱多种菊，待学渊明，酒兴诗情不相似。（《洞仙歌》）

饮酒已输陶靖节。（《读邵尧夫诗》）

辛弃疾明白自己与陶渊明存在着差异，"酒兴诗情不相似"，做不到陶渊明"白日掩荆扉，虚室绝尘想"（《归园田居》）之闲淡，难达其"采菊东篱下，悠然见南山"之自适，但他仍把陶渊明作为千古知己，在体验陶渊明及自己的酒情诗韵中获得精神回归的方向，从而减轻精神的痛苦，身心因此而自由愉悦得多，这也是客观的事实。

陶渊明否定来世报应，不信长生不老，他看重的是今生的欢乐，而且他的欢乐不是挥霍放纵、及时行乐。他热爱自然、热爱他人、热爱自己，从自然、社会到自我，他自己创设了物我情融、归耕田园、亲情友情爱情及诗酒琴书等一系列快乐，从而达到心闲自适、身心愉悦，在心理上足够与黑暗的社会政治抗衡。这种追求身心自由的休闲生活，这种独立不迁的人格素养，都深深地影响了宋人及宋词。

## 二　爱惜名利而又看破名利

朱熹在《论陶》中曰："晋宋人物，虽曰尚清高，然个个要官职，这边一面清淡，那边一面招权纳贤。陶渊明真个能不要，此所以高于晋宋人物。"其实，陶渊明是在辞彭泽令后才"真个不要"，彻底放弃官职，而在那其前他也曾欲"大济于苍生"（《感士不遇赋》）[①]，很想做有益于民的贤臣。故而朱熹在《朱子语类》又曰："隐者多是带气负性之人，陶欲有为而不能者也，又好名。"[②] 这也是在他辞彭泽令之前。究其原因，是因为陶

---

① 袁行霈：《陶渊明集笺注》，中华书局 2003 年版，第 431 页。
② 北京大学北京师范大学中文系、北京大学中文系文学史教研室编：《陶渊明资料汇编》（上册），中华书局 1962 年版，第 75 页。

渊明生活在"学而优则仕"的时代，不可能天生就超越历史的局限而对功业、名利等不屑一顾。但是，又正因为他经历了爱惜名利到看破名利、不喜贫穷到安贫守拙的人生历程后，才拥有了让世人无限向往的诗意的休闲生活，这才显出他的卓然不凡。

"少年罕人事，游好在六经。"（《饮酒》）① 幼年便受儒家文化熏陶的陶渊明，早年有着自强不息的功业追求。"八表同昏，平路伊阻"，"八表同昏，平陆成江"（《停云》）②，诗人深深地忧怀世事，故而功业难成便曾使他感慨万分："延目中流，悠想清沂。童冠齐业，闲咏以归。我爱其静，寤寐交挥。但恨殊世，邈不可追。"（《时运》）③ 诗中化用儒家所乐道的"曾点气象"，表达了诗人早年对儒家精神境界的敬仰。"先师遗训，余岂之坠？四十无闻，斯不足畏。"（《荣木》）④ 功业之心溢于言表。"少时壮且厉，抚剑独行游"（《拟古》）⑤，"行行向不惑，淹留遂无成"（《饮酒》）⑥，"东游西走"（《与子俨等疏》）⑦，故而他曾多次出仕。这不仅仅为了家人温饱，想干一番济世事业也是其反复出仕的原因之一。对此，且看陶诗中有很多表达经国济民远大志向的诗句：

> 迁化或夷险，肆志无窊隆。（《五月旦作和戴主簿》）
> 日月掷人去，有志不获骋。（《杂诗十二首》之二）
> 丈夫志四海，我愿不知老。（《杂诗十二首》之四）
> 猛志逸四海，骞翮思远翥。（《杂诗十二首》之五）

109

陶渊明所处东晋时代，世族门第观念极重，"上品无寒门，下品无士族"，从小便生活于其氛围中的陶渊明自然不可避免地受其影响。他的

---

① 袁行霈：《陶渊明集笺注》，中华书局 2003 年版，第 271 页。
② 同上书，第 1 页。
③ 同上书，第 8 页。
④ 同上书，第 13 页。
⑤ 同上书，第 334 页。
⑥ 同上书，第 271 页。
⑦ 同上书，第 529 页。

《命子》诗曰："悠悠我祖，爰自陶唐。邈为虞宾，历世重光。御龙勤夏，豕韦翼商。穆穆司徒，厥族以昌。"① 诗中缅怀祖先的光辉历史，并勉励儿子继承祖辈光荣家风，努力成长。《赠长沙公》诗又曰："于穆令族，允构斯堂。谐气冬暄，映怀圭璋。爰采春华，载警秋霜，我曰钦哉，实宗之光。"诗人称自己的家族为"令族"，称同族的长沙公为"实宗之光"，并由此而无比自豪。陶渊明诗中的这种门第观念乃是当时社会的时代潮流，因此振兴家族、光耀门庭并实现个人的政治抱负就成了他前半生的人生追求，于是陶渊明就曾"畴昔苦长饥，投耒去学仕"（《饮酒》）②。

但陶渊明发现要想享受门第和家族带来的荣誉和利益，又必须付出"心为形役"的代价。视官场为樊笼密网的陶渊明自我排解道："真想初在襟，谁谓形迹拘？"（《始作镇军参军经曲阿》）③ 但是，"羲农去我久，举世少复真"（《饮酒》）④，"自真风告逝，大伪斯兴，闾阎懈廉退之节，市朝驱易进之心"（《感士不遇赋》）⑤，整个社会都为了名利进行着残酷的争斗，于是诗人就不免自问："伊余何为者，勉励从兹役？一形似有制，素襟不可易。园田日梦想，安得久离析。终怀在壑舟，谅哉宜霜柏。"（《乙巳岁三月为建威参军使都经钱溪》）⑥ 陶渊明劝诫自己要像松柏一样坚守志节，不易"真想""初襟"，而现实使他觉得"一形似有制"。诗人在不断地完善自我，且对自己有清醒的认识："性刚才拙，与物多忤，自量为己，必贻俗患。"（《与子俨等疏》）⑦ 他不愿扭曲自我屈从于外物，不愿"心为形役"，在《归去来兮辞》序中曰："质性自然，非矫励所得，饥冻虽切，违己交病。"⑧ 为了获得身心的自由，为了保持本真的自我，陶渊明坚决地从彭泽归田，"恐此非名计，息驾归闲居。"（《饮酒》）⑨ 于是陶渊明远离

---

① 袁行霈：《陶渊明集笺注》，中华书局 2003 年版，第 40 页。
② 同上书，第 298 页。
③ 同上书，第 180 页。
④ 同上书，第 282 页。
⑤ 同上书，第 431 页。
⑥ 同上书，第 210 页。
⑦ 同上书，第 529 页。
⑧ 同上书，第 460 页。
⑨ 同上书，第 258 页。

宦海，投入躬耕的劳动生活，是真正的不求世俗名利。

陶渊明"不戚戚于贫贱，不汲汲于富贵"（《五柳先生传》）①，不慕荣利、忘怀得失，其看破名利的思想在宋词中大量存在：

> 黄金榜上，偶失龙头望。……青春都一饷。忍把浮名，换了浅斟低唱！（柳永《鹤冲天》）
>
> 路遥山远多行役。往来人，只轮双桨，尽是利名客。（柳永《归朝欢》）
>
> 驱驱行役，苒苒光阴，蝇头利禄，蜗角功名，毕竟成何事。（柳永《凤归云》）
>
> 无利无名，无荣无辱，无烦无恼。夜灯前，独歌独酌，独吟独笑。……知富贵，谁能保；知功业，何时了。算箪瓢金玉，所争多少？一瞬光阴何足道，但思行乐常不早。待春来携酒殢东风，眠芳草。（张昇《满江红》）
>
> 昨夜因看《蜀志》，笑曹操、孙权、刘备，用尽机关，徒劳心力，只得三分天地。屈指细寻思，争如共、刘伶一醉？（范仲淹《剔银灯》）
>
> 车马九门来扰扰，行人莫羡长安道。丹禁漏声衢鼓报，催昏晓，长安城里人先老。（欧阳修《渔家傲》）
>
> 功名只道，无之不乐，哪知有更堪忧。（辛弃疾《雨中花慢·旧雨常来》）
>
> 挂冠归去旧烟梦。闲身健，养天和。功名富贵非由我，莫贪他。这歧路、足风波。（刘述《家山好》）
>
> 顷闻四海停戈革，金门懒去投书策。时向滩头歌月白。真高格，浮名浮利谁拘得。（圆禅师《渔家傲》）
>
> 荒于邵平瓜圃。君试觑，满青镜、星星鬓影今如许。功名浪语。便似得班超，封侯万里，归计恐迟暮。晁补之《摸鱼儿·东皋寓居》陶渊明有"衰荣无定在；彼此更共之。邵生瓜中，宁似东陵时！"（《饮酒》）]②

---

① 袁行霈：《陶渊明集笺注》，中华书局 2003 年版，第 502 页。
② 同上书，第 239 页。

我不是神仙，不会炼丹烧药。只是爱闲耽酒，畏浮名拘缚。（朱敦儒《好事近》）

休倩旁人为正冠，披襟散发最宜闲。水云况得平生趣，富贵何曾着眼看。（杨无咎《鹧鸪天》）

既难求富贵，何处没溪山！不成天也，不容我去乐清闲！短褐宽裁疏葛，拄杖横拖瘦玉，着个竹皮冠。弄影碧霞里，常啸翠微间。（荣樵仲《水调歌头》）

以上这些词作显示了很多宋代词人都已领悟到功名对人的本性的羁绊，不同程度地表示了对功名利禄的看轻、看破。下面再具体分析两首词。

苏轼于神宗元丰八年（1085）七月所作《蝶恋花·述怀》曰：

云水萦回溪上路。叠叠青山，环绕溪东注。月白沙汀翘宿鹭。更无一点尘来处。　　溪叟相看私自语，底事区区，苦要为官去？尊酒不空田百亩。归来分得闲中趣。

此时苏轼从黄州被调往临汝（今河南临汝县）任职。行至河南商丘，他曾呈皇上的《乞常州居住表》被恩准，于是苏轼折回常州。他的"买田阳羡吾将老。从来只为溪山好"（《菩萨蛮》）的打算即将实现，他兴奋地写诗曰："十年归梦寄西风，此去真为田舍翁。"（《归宜兴，留题竹西寺三首》其一）[1] 满以为可以实现归隐的愿望了，可是一个月以后，朝廷又起用他去登州任职。临行前苏轼写了这首词。词上阕写荆溪风景，云水萦回，青山叠映；溪水清澈，沙汀明净；鸥栖鹭宿，月白风清。下阕抒胸中感触。面对如此青山秀水，词人问自己何苦要劳力伤神去做官？何不如陶渊明般躬耕垅亩，去享受有酒盈尊、清静无为、恬淡闲适的生活？此词明确表现了苏轼对归隐自然生活的向往和对功名利禄的厌倦。

辛弃疾作于绍熙五年（1194）的《最高楼》曰：

---

[1] （清）王文诰编注，孔凡礼点校：《苏轼诗集》卷二十五，中华书局1982年版，第1347页。

　　吾衰矣，须富贵何时。富贵是危机。暂忘设醴抽身去，未曾得米弃官归。穆先生，陶县令，是吾师。　　待葺个、园儿名佚老。更作个、亭儿名亦好。闲饮酒，醉吟诗。千年田换八百主，一人口插几张匙。休休休，更说甚，是和非。

　　词前的序曰："吾拟乞归，犬子以田产未置止我，赋此骂之。"他语重心长地教导儿子：我老了，等到富贵要到何时？且富贵往往隐藏着杀身之祸。功成身退的穆先生，不肯为五斗米折腰、弃官归耕田园的陶渊明便是我们的老师。辛弃疾打算退隐后，在开辟的大花园里建一座亭阁，闲来无事在亭阁里喝酒吟诗。词中提到的"佚老"语出《庄子·大宗师》："夫大块载我以形，劳我以生，佚我以老，息我以死。"① "亦好"语出唐戎昱《长安秋夕》诗："无客归去来，在家贫亦好。"词人以"佚老"名园，"亦好"名亭，他看破名利、安贫乐道、欲颐养天年的思想溢于词中。"千年田换八百主"，词人告诫儿子：把田产看那么重有什么作用？辛弃疾极似陶渊明所钦羡、歌咏的"有子不留金，何用身后置"（《杂诗十二首》其六）② 的疏广。《汉书·疏广传》载："广曰：'吾岂老悖不念子孙哉？顾自有旧田庐，令子孙勤力其中，足以共衣食，与凡人齐。今复增益之以为赢余，但教子孙怠堕耳。贤而多财，则损其志；愚而多财，则益其过。且夫富者，众人之怨也；吾既亡以教化子孙，不欲益其过而生怨。'"③ 因以陶渊明为榜样，辛弃疾不断地完善自己，同时注意对儿子的教育，这在封建时代是极为难能可贵的，也足见陶渊明完美人格对他的深远影响。

*113*

### 三　不喜贫穷而又安贫守拙

　　陶渊明《自祭文》曰："自余为人，逢运之贫，箪瓢屡罄，绤绤冬陈。"④ 贫苦的家境，混乱的世事，使得陶渊明一生都在体验着贫困的折

---

① （清）王先谦集解，方勇校点：《庄子》，上海古籍出版社 2013 年版，第 72 页。
② 袁行霈：《陶渊明集笺注》，中华书局 2003 年版，第 349 页。
③ 同上书，第 351 页。
④ 同上书，第 556 页。

磨。他的诗文中即有大量对贫穷体验深刻的诗句：

> 夏日抱长饥，寒夜无被眠。造夕思鸡鸣，及晨愿乌迁。（《怨诗楚调示庞主簿邓治中》）①

> 饥来驱我去，不知竟何之。行行至斯里，叩门拙言辞。主人解余意，遗赠岂虚来。谈谐终日夕，觞至辄倾杯。情欣新知欢，言咏遂赋诗。感子漂母惠，愧我非韩才。衔戢知何谢？冥报以相贻。（《乞食》）②

> 草庐寄穷巷，甘以辞华轩。正夏长风急，林室顿烧燔。一宅无遗宇，舫舟荫门前。（《戊申岁六月中遇火》）③

> 贫居依稼穑，戮力东林隈。……饥者欢初饱，束带候鸣鸡。扬楫越平湖，泛随清壑回。（《丙辰岁八月中于下潠田舍获》）④

> 竟抱固穷节，饥寒饱所更。弊庐交悲风，荒草没前庭。披褐守长夜，晨鸡不肯鸣。（《饮酒》）⑤

> 畴昔苦长饥，投耒去学仕。将养不得节，冻馁固缠己。（《饮酒》）⑥

> 菽麦实所羡，孰敢慕甘肥。怒如亚九饭，当暑厌寒衣。岁月将欲暮，如何辛苦悲。（《有会而作并序》）⑦

> 代耕本非望，所业在田桑。躬亲未曾替，寒馁常糟糠。（《杂诗》）⑧

在农业技术水平低下的时代，"依稼穑"的陶渊明"带月荷锄归""束带候鸣鸡""戮力东林隈""躬亲未曾替"，农忙时节起早摸黑努力辛勤耕作，但长久等待他的却仍是贫穷。他在《有会而作并序》中曰："常善粥

① 袁行霈：《陶渊明集笺注》，中华书局 2003 年版，第 108 页。
② 同上书，第 103 页。
③ 同上书，第 219 页。
④ 同上书，第 231 页。
⑤ 同上书，第 271 页。
⑥ 同上书，第 278 页。
⑦ 同上书，第 306 页。
⑧ 同上书，第 353 页。

者心，深恨蒙袂非。嗟来何足吝，徒没空自遗。"① 袁行霈曰："此四句沉痛之极！若非饥饿难耐，渊明不能为此语也；若非屡经饥饿，渊明不能为此语也。"② 陶渊明贫穷到去乞食，"行行至斯里，叩门拙言辞"，一位饥肠辘辘、羞愧彷徨、进退维谷且自尊心极强的贫士形象逼真地展现给世人。他在《与子俨等疏》中曰："吾年过五十，少而穷苦，每以家弊，东游西走。性刚才拙，与物多忤。自量为己，必贻俗患。僶俛辞世，使汝等幼而饥寒。""汝辈稚小家贫，每役柴米之劳，何时可免，念之在心，若何可言。"③ 陶渊明"疾患以来，渐就衰损"④ 之时，不能释怀于因自己的贫苦使幼小的儿子们不能脱离贫穷的痛苦，读来使人心痛、感动。诗人哪里喜欢贫穷？陶渊明在《饮酒》中曰："颜生称为仁，荣公言有道。屡空不获年，长饥至于老。虽留身后名，一生亦枯槁。死去何所知？称心固为好。"⑤ 以仁者著称的颜回经常挨饿且短命，有德行的荣启期亦经常饥饿直至衰龄。他们身前穷困枯槁，活得很不称心快活，尽管留下了身后的声名，死后没有任何知觉，有什么意义？于是陶渊明因"箪瓢屡空"而出仕，"将养不得节、冻馁固缠己"，但由于不能同流合污，仍然不能养活家人，饥寒总缠绕着诗人，且使心为形役，于是又回归田园。诗人无论出仕或躬耕都在努力摆脱贫穷。萧统称赞陶渊明"不以躬耕为耻，不以无财为病"（萧统《陶渊明集序》)⑥。陶渊明不以穷苦为耻，这是他的可贵之处，但他也并不以穷苦为荣，他毫不矫揉造作地袒露自己的胸襟，反复叙述抒写自己贫穷的目的是告诉世人面对经过自己不懈努力而仍无法摆脱的贫穷时，正直的士人应该固穷安贫、知足、守拙养真，这才是陶渊明的闪光处。

115

（一）安贫知足

陶渊明不喜欢贫穷，甚至不反对过富裕的生活："岂忘袭轻裘，苟得

---

① 袁行霈：《陶渊明集笺注》，中华书局2003年版，第306页。
② 同上书，第310页。
③ 同上书，第529页。
④ 同上书，第306页。
⑤ 同上书，第261页。
⑥ 同上书，第614页。

非所钦。"(《咏贫士》)谁喜欢夏天仍穿着冬天的粗厚衣,谁又不懂得轻裘之温暖?

陶渊明只是不钦慕苟且获得的富裕,他固穷安贫。《有会而作》序曰:"旧谷既没,新谷未登。颇为老农,而值年灾。日月尚悠,为患未已。登岁之功,既不可希,朝夕所资,烟火裁通。旬日已来,始念饥乏。岁云夕矣,慨然永怀。今我不述,后生何闻哉!"① "颇为老农"的陶渊明长年饥饿又遇灾荒年景,他比"三旬九遇食"(《拟古九首》)② 的子思也好不了多少,他要让后生闻何?"嗟来何足吝",只是表达了他饿到何种的程度,他于诗末曰:"斯滥岂彼志?固穷夙所归。馁也已矣夫,在昔余多师!"③《论语·卫灵公》曰:"在陈绝粮,从者病,莫能兴。子路愠见曰:'君子亦有穷乎?'子曰:'君子固穷,小人穷斯滥矣。'"④ 偶尔的乞食使得陶渊明向"谈谐终日夕,觞至辄倾杯。情欣新知欢,言咏赋新诗"的"素心"的邻人乞讨,但对于封建统治者的"施惠",陶渊明却又绝不"穷斯滥矣","君子固穷"才是他从来的旨归。萧统在《陶渊明传》记载,宋元嘉三年,江州刺史檀道济曾经探访陶渊明,"渊明卧瘠馁有日矣。道济谓曰:'夫贤者处世,天下无道则隐,有道则至。今子生文明之世,奈何自苦若此!'对曰:'潜也何敢望贤,志不及也。'道济馈以粮肉,麾而去之。"⑤ 他在《咏贫士》《扇上画赞》等诗中,赞美那些安贫乐道、固穷守节的古之贤人:荷蓧丈人、长沮桀溺、荣启期、黔娄、於陵仲子、张长公等,"何以慰吾怀?赖古多此贤。"(《咏贫士》)⑥ 他们便是陶渊明在饥饿中效仿的榜样。陶诗中多次抒写过"固穷"的气节:

116

　　　　高操非所攀,谬得固穷节。(《癸卯岁十二月中作与从弟敬远》)⑦

---

① 袁行霈:《陶渊明集笺注》,中华书局 2003 年版,第 306 页。
② 同上书,第 327 页。
③ 同上书,第 306 页。
④ (宋)朱熹集注:《四书集注》,岳麓书院 1985 年版,第 195 页。
⑤ 袁行霈:《陶渊明集笺注》,中华书局 2003 年版,第 611 页。
⑥ 同上书,第 366 页。
⑦ 同上书,第 206 页。

不赖固穷节，百世当谁传。（《饮酒》）①

竟抱固穷节，饥寒饱所更。（《饮酒》）②

谁云固穷难，邈哉此前修。（《饮酒》）③

望轩唐而永叹，甘贫贱以辞荣。……宁固穷以济意，不委曲而累己；既轩冕之非荣，岂缊袍之为耻？（《感士不遇赋》）④

"固穷"即安贫，《论语·雍也》曰："子曰：'贤哉回也！一箪食，一瓢饮，在陋巷。人不堪其忧，回也不改其乐。'"⑤ 固穷安贫，如此才能"济意"，才能不"心为形役""委曲累己"，从而不违背自己的本性，从而获得真正的身心自由。

陶渊明还有知足的一面。"耕织称其用，过此奚所须。"（《和刘柴桑》）⑥ "营己良有极，过足非所钦。"（《和郭主簿二首》其一）⑦ "岂期过满腹，但愿饱粳粮。御冬足大布，粗绨以应阳。"（《杂诗》）⑧ 陶渊明不求荣华富贵，只要能吃饱粗茶淡饭、能有粗衣保暖就很满足。"饥者欢初饱"，自己亲自劳动所得的一顿饱饭便让他欣喜知足。

陶渊明的安贫知足对宋代词人也有很深的影响。现看几例。

苏轼于元丰八年（1085）正月十九日作《满庭芳》，词及序曰：

余谪居黄州五年，将赴临汝，作《满庭芳》一篇别黄人。既至南都，蒙恩放归阳羡，复作一篇。

归去来兮，清溪无底，上有千仞嵯峨。画楼东畔，天远夕阳多。老去君恩未报，空回首、弹铗悲歌。船头转，长风万里，归马驻平坡。　　无何。何处有，银潢尽处，天女停梭。问何事人间，久戏风

117

---

① 袁行霈：《陶渊明集笺注》，中华书局 2003 年版，第 240 页。

② 同上书，第 271 页。

③ 同上书，第 377 页。

④ 同上书，第 431 页。

⑤ （宋）朱熹集注：《四书集注》，岳麓书院 1985 年版，第 113 页。

⑥ 袁行霈：《陶渊明集笺注》，中华书局 2003 年版，第 135 页。

⑦ 同上书，第 144 页。

⑧ 同上书，第 529 页。

波。顾谓同来稚子，应烂汝、腰下长柯。青衫破，群仙笑我，千缕挂烟蓑。

　　苏轼被恩准居住阳羡，他和陶渊明归园田居一样兴奋，"归去来兮"，他立即从商丘"船头转，长风万里，归马驻平坡"，不再有"吾归何处"的苦恼，他将归隐风景秀美的阳羡。下阕词人通过奇妙的幻想，来到了"银潢尽处"的"不何有"之乡，仙女怨问他："何事人间，久戏风波？"又同孩子开玩笑："应烂汝、腰下长柯！"群仙见他衣衫褴褛便一齐讪笑他。五年的谪居生活使苏轼异常贫苦，但能归田阳羡，能亲自躬耕而获得身心的自由，即使贫穷困苦他还是心满意足，犹如来到了仙人们居住的无何乡。苏轼浮身宦海，身不由己，对陶渊明的归耕生活异常向往，且始终安贫自足："几时归去，作个闲人，对一张琴，一壶酒，一溪云。"（《行香子》）

　　再如朱敦儒（1081—1159）有《感皇恩》曰：

　　　　一个小园儿，两三亩地。花竹随宜旋装缀。槿篱茅舍，便有山家风味。等闲池上饮，林间醉。　　都为自家，胸中无事。风景争来趁游戏。称心如意，剩活人间几岁。洞天谁道在，尘寰外。

　　上阕词人轻松愉快地描绘简朴安适的山居生活：菜地、农田、茅舍，读书闲饮，心情淡泊。下阕说胸中只要忘却营营世事，那么自然万物都赏心悦目，自己也称心如意。词人不愿出仕，只愿在这人间天堂里度过余生，其安贫知足所得的情致溢于词篇。

　　更如前面所举辛弃疾的《最高楼·吾衰矣》词，名为告诫自己教训儿子要看破名利，其实也是告诫所有人尤其是官场中拼命搜刮的、官居高位的士大夫们要知足。还有如："谁不爱，黄金屋；谁不羡，千钟禄。奈五行不足，这般题目。枉费心神空计较，儿孙自有儿孙福。也不须、采药访神仙，惟寡欲。"（晦庵《满江红》）"贪荣贪富，朝思夕计，空劳方寸。蹑足封王，功名盖世，谁知韩信？更堆金积玉，石崇豪侈，当时望、倾西晋。"（赵长卿《水龙吟·自遣》）这类词都是告诫词人们自己及世人要知足的词篇。

陶渊明的安贫知足使多数本不贫穷的词人抑制了物欲的膨胀，也使那些部分贫穷的词人因安贫知足而畅享贫苦平生，从而使宋代词人们获得身心自由的休闲，具有了源于己身的无限生活动力。

（二）守拙养真

"羁鸟恋旧林，池鱼思故渊。开荒南野际，守拙归园田。"（《归园田居》）① 陶渊明看透并厌倦了社会生活中的一切虚伪，宁愿"守拙"而归耕田园。守"拙"既指不会圆滑媚俗，又指守护自己生命的真性不为俗染。陶渊明在诗文中常称自己"拙"："人皆尽获宜，拙生失其方"（《杂诗十二首》之八）②，"人事固以拙，聊得长相从"（《咏贫士》）③，"诚谬会以取拙，且欣然而归止"（《感士不遇赋》）④，"性刚才拙，与物多忤"（《与子俨等疏》）⑤。为了避免世情世故的干扰、纠缠，陶渊明不愿去官场学钻营，回返自然，选择贫穷。他不顾夕露沾衣而去田园"理荒秽"，"衣沾不足惜，但使愿无违"（《归园田居》）⑥，诗人所愿的便是保住自己生命真性的那份"拙"。陶渊明将自己归耕的目的明确为"守拙"，亦为"养真"：

　　　傲然自足，抱朴含真。（《劝农》）⑦
　　　天岂去此哉，任真无所先。（《连雨独饮》）⑧
　　　真想初在襟，谁谓形迹拘。（《始作镇军参军经曲阿》）⑨

*119*

---

① 袁行霈：《陶渊明集笺注》，中华书局 2003 年版，第 76 页。
② 同上书，第 353 页。
③ 同上书，第 375 页。
④ 同上书，第 448 页。
⑤ 同上书，第 529 页。
⑥ 同上书，第 85 页。
⑦ 同上书，第 34 页。
⑧ 同上书，第 125 页。
⑨ 同上书，第 180 页。

养真衡茅下，庶以善自名。(《辛丑岁七月赴假还江陵夜行涂口》)①

此中有真意，欲辩已忘言。(《饮酒二十首》之五)②

羲皇去我久，举世少复真。(《饮酒二十首》之二十)③

宋代以前人们就称赞陶渊明"守拙""养真"所得的真朴品性，《宋书·隐逸传》曰："贵贱造之者，有酒辄设，潜若先醉，便语客：'我醉欲眠，卿可去。'其真率如此。"据《艺文类聚》载："《续晋阳秋》曰：'陶潜尝九月九日无酒，宅边菊丛中，摘菊盈把，坐其侧久，望见白衣至，乃王弘送酒也，即便就酌，醉后而归。'"④ 即《五柳先生传》所曰："性嗜酒，家贫不能常得。亲旧知其如此，或置酒而招之。造饮辄尽，期在必醉。既醉而退，曾不吝情去留。"⑤ 萧统在《陶渊明传》中曰："渊明少有高趣，博学善属文，颖脱不群，任真自得。"⑥ 在《陶渊明文集序》中又赞曰："语时事则指而可想，论怀抱则旷而且真。"⑦ 到了宋代，苏轼在《书〈李简夫诗集〉后》中曰："陶渊明欲仕则仕，不以求之为嫌；欲隐则隐，不以去之为高；饥则扣门而乞食，饱则鸡黍以延客，古今贤之，贵其真也。"⑧ 徐铉《送刁桐庐序》称其有"清真之才"⑨。蔡絛《西清诗话·渊明问来使诗》曰："渊明意趣真古，清淡之宗，诗家视渊明，犹孔门视伯夷也。"⑩ 刘克庄曰："士之生世，鲜不以荣辱得失，挠败其天真者。渊明一生，惟在彭泽八十余日涉世故，余皆高枕北窗之日。无荣恶乎辱，无得恶乎丧，此其所以为绝唱而寡和也。"(《靖节先生集·诸本评陶汇集》)

---

① 袁行霈：《陶渊明集笺注》，中华书局 2003 年版，第 193 页。
② 同上书，第 247 页。
③ 同上书，第 282 页。
④ 欧阳询著，汪绍楹校：《艺文类聚》(卷四，第一册)，上海古籍出版社 1982 年版，第 81 页。
⑤ 袁行霈：《陶渊明集笺注》，中华书局 2003 年版，第 502 页。
⑥ 同上书，第 611 页。
⑦ 同上书，第 613 页。
⑧ 北京大学北京师范大学中文系、北京大学中文系文学史教研室编：《陶渊明资料汇编》，中华书局 1962 年版，第 33 页。
⑨ 同上书，第 23 页。
⑩ 同上书，第 53 页。

黄彻亦云："渊明所以不可及者，盖无心于非誉巧拙之间也。"① 这些评价显示了陶渊明守拙养真的真朴品性对宋代文人影响之深远。

　　陶渊明守拙养真之"真"便是庄子所谓的"自然"本旨。《庄子·渔父》曰："真者，精诚之至也。不精不诚，不能动人。故强哭者虽悲不哀，强怒者虽严不威，强亲者虽笑不和。真悲无声而哀，真怒未发而威，真亲未笑而和。真在内者，神动于外，是所以贵真也……礼者，世俗之所为也；真者，所以受于天也，自然不可易也。故圣人法天贵真，不拘于俗。愚者反此。不能法天而恤于人，不知贵真，禄禄而受变于俗，故不足。"② "法天贵真"，那么何谓"天"？《庄子·秋水》曰："牛马四足，是谓天；落马首，穿牛鼻，是谓人。"③ 陶渊明便是圣人般效法"天"之自然，珍贵本真。"'真'既然'受于天'且'自然不可易'，'真'便也与'天'和'自然'相通乃至相同，'真''天''自然'在这里是同一的。'任真'就是'任天'，也就是'纯任自然'。"④ 陶渊明的诗文无处不蕴含纯任自然的"任真"之情，如《止酒》曰："居止次域邑，逍遥自闲止。坐止高荫下，步止荜门里。好味止园葵，大欢止稚子。"⑤ 胡仔《苕溪渔隐丛话》后集卷三曰："坐止于树荫之下，则广厦华居吾何羡焉？步止于荜门之里，则朝市声利我何趋焉？好味止于啖园葵，则五鼎方丈我何欲焉？欢止于戏稚子，则燕歌赵舞我何乐焉？在彼者难求，而在此者易为也。渊明固穷守道，安于丘园，畴肯以此易彼乎？"⑥ 陶渊明绝不愿意拿荣华富贵换取他"任真"的身心自由，对于耕作的辛苦，陶渊明曰："晨出肆微勤，日入负禾还，山中饶霜露，风气亦先寒。田家岂不苦，弗获辞此难。四体诚乃疲，庶无异患干。"（《庚戌岁九月中于西田获早稻》)⑦ 对于富贵，陶渊明曰："岂忘袭轻裘，苟得非所钦。"（《咏贫士》）诗人向往真淳朴素的社会

121

---

① （宋）黄彻著，汤新祥校注：《溪诗话》卷五，人民文学出版社 1998 年版。
② （清）王先谦集解，方勇校点：《庄子》，上海古籍出版社 2013 年版，第 374 页。
③ 同上书，第 187 页。
④ 戴建业：《陶渊明新论》，华中师范大学出版社 1998 年版，第 141 页。
⑤ 袁行霈：《陶渊明集笺注》，中华书局 2003 年版，第 286 页。
⑥ 北京大学北京师范大学中文系、北京大学中文系文学史教研室编：《陶渊明资料汇编》，中华书局 1962 年版，第 51 页。
⑦ 袁行霈：《陶渊明集笺注》，中华书局 2003 年版，第 227 页。

生活，曰："仰想东户时，余粮宿中田。鼓腹无所思，朝起暮归眠。既已不遇兹，且遂灌我园。"（《戊申岁六月中遇火》）① 面对"真风告逝，大伪斯兴"的社会，经历了欲有为而不能的人生经历，陶渊明最终选择了固穷安贫、守拙养真的人生轨迹，辛苦贫穷地灌溉他的田园。

陶渊明安贫守拙，实践了庄子"无待"的人生理想。他在诗文中多处印留自己拥有独立不迁人格素养的剪影：

> 静寄东轩，春醪独抚。（《停云》）②
>
> 偶影独游，欣慨交心。（《时运》）③
>
> 敛襟独闲谣，缅焉起深情。（《九日闲居》）④
>
> 怅恨独策还，崎岖历榛曲。（《归园田居五首》之五）⑤
>
> 慷慨独悲歌，钟期信为贤。（《怨诗楚调示庞主簿邓治中》）⑥
>
> 逸想不可淹，猖狂独长悲。（《和胡西曹示顾贼曹》）⑦
>
> 万族各有托，孤云独无依。（《咏贫士七首》之一）⑧
>
> 连林人不觉，独树众乃奇。（《饮酒二十首》之八）⑨
>
> 顾影独尽，忽焉复醉。（《饮酒二十首序》）⑩
>
> 竟寂寞而无见，独悁想以空寻。（《闲情赋》）⑪
>
> 嗟我独迈，曾是异兹。（《自祭文》）⑫

陶渊明以自己独立不迁的人格与污浊黑暗的社会相抗衡，在维护生命

---

① 袁行霈：《陶渊明集笺注》，中华书局 2003 年版，第 219 页。
② 同上书，第 1 页。
③ 同上书，第 8 页。
④ 同上书，第 71 页。
⑤ 同上书，第 89 页。
⑥ 同上书，第 108 页。
⑦ 同上书，第 172 页。
⑧ 同上书，第 364 页。
⑨ 同上书，第 254 页。
⑩ 同上书，第 235 页。
⑪ 同上书，第 448 页。
⑫ 同上书，第 555 页。

尊严的同时享受着生命的自在与安详。

陶渊明适性任真的独立人格对宋代词人影响深远。苏轼效慕陶渊明的人格，晚年更将陶渊明作为精神的榜样。他的《与苏辙书》曰："然吾于渊明，岂独好其诗也哉！如其为人，实有感焉。渊明临终，疏告俨等：'吾少而穷苦，每以家弊，东西游走。性刚才拙，与物多忤，自量为己，必贻俗患，黾勉辞世，使汝等幼而饥寒。'渊明此语，盖实录也。吾真有此病，而不早自知，半生出仕，以犯世患。此所以深愧渊明，欲以晚节师范其万一也。"① 苏轼早年任大理寺评事时写给苏辙的诗便云："寒灯相对记畴昔，夜雨何时听萧瑟。君知此意不可忘，慎勿苦爱高官职。"② 苏轼自从出仕便怀归隐之志，然而他始终无法像陶渊明一样毅然决然地回归田园，苏轼晚年在瘴风苦雨的贬所反思仕宦生涯，深感悔悟，因此"欲以晚节师范其万一"。身不自由的苏轼却在师陶和陶诗中获得了心的最大限量的自由，他在不能堪的贬谪生活中不但创作了大量的文学作品，而且如陶渊明一样创设了无尽的人生欢乐，度过了诗意的人生。

辛弃疾《鹧鸪天》则曰：

> 晚岁躬耕不怨贫，只鸡斗酒聚比邻。都无晋宋之间事，自是羲皇以上人。　　千载后，百篇存。更无一字不清真。若教王谢诸郎在，未抵柴桑陌上尘。

词前序曰："读渊明诗不能去手，戏作小词以送之。"留存的一百多篇陶渊明诗文，辛弃疾认为字字"清真"，主要是陶渊明安贫守拙的独立人格洋溢于诗文之中，诗人把对羲皇真淳时代的向往贯注于与邻人和睦相处的纯真朴实之中，这便是辛弃疾"不能去手"的原因。他认为享尽荣华富贵、曾风云当时的达官贵人们还不如陶渊明家乡柴桑田间小路所生的灰尘，可见词人对陶渊明人格的推崇。

123

---

① 北京大学北京师范大学中文系、北京大学中文系文学史教研室编：《陶渊明资料汇编》，中华书局 1962 年版，第 35 页。

② 王文诰辑注，孔凡礼点校：《苏轼诗集》（卷三），中华书局 1982 年版，第 95 页。

不求来世长生，只求今生欢乐；爱惜名利却又看破名利；不喜贫穷却又安贫守拙。陶渊明真实地生活在生生不息的自然田园中，他在诗文中真诚地表达世人常有的诸多烦恼和矛盾，但他的不凡之处更在于通过自己的智慧使诸多矛盾的对立面趋于和谐，使自己的身心获得自由。诸多矛盾的化解与和谐铸就的陶渊明的独立人格深深吸引并感化着宋代的词人们，"须信此翁未死，到如今凛然生气"（辛弃疾《水龙吟·老来曾识渊明》）。陶渊明不卑不亢，没有丝毫的猥琐，他的乞食那么富有诗意，使人觉得贫穷犹如冰天雪地中摇曳的白色芦花，苍凉但又纯洁美丽。萧统曰："尝谓有能读渊明之文者，驰竞之情遣，鄙吝之意祛，贪夫可以廉，懦夫可以立，岂止仁义可蹈，亦乃爵禄可辞！不劳复傍游太华，远求柱史，此亦有助于风教尔。"（萧统《陶渊明集序》）① 陶渊明用自己"任真"的诗文牵引世人来到一片他所创设的可触可感、人人休闲的桃花源。恩泽于陶渊明诗文的宋代词人们创作了大量恩泽后世的休闲词，创设了与陶渊明之桃花源相媲美的另一片桃花源。在他们创设的桃花源中，读者是渔人，陶渊明及宋代词人是主人。只要寻着陶渊明的诗文和两宋休闲词，人们在前往休闲桃花源的路上便永远不会迷失。

## 第三节　白居易对两宋休闲词的思想影响

由于宋太祖、宋太宗等别有用心地倡导世俗享乐，大宋王朝自上而下弥漫着爱闲思潮、享乐之风，崇尚闲适的意识广泛存在于宋代文学中。爱闲而留下大量闲适诗的白居易便成为宋代文人主要仰慕的对象之一，尊白学白之风于宋盛行一时。

"宋人曾指出北宋三位最杰出人物自号中的巧合：'醉翁（欧阳修）、迂叟（司马光）、东坡（苏轼）之名，皆出于白乐天诗云。'（龚颐正《芥隐笔记》）"② "醉翁"源于白居易的《杨柳枝》："两枝杨柳小楼中，袅娜多年伴醉翁。明日放归归去后，世间应不要春风。""迂叟"源于白居易的

124

---

① 袁行霈：《陶渊明集笺注》，中华书局 2003 年版，第 614 页。
② 谢思炜校注：《白居易诗集校注》前言，中华书局 2006 年版，第 4 页。

《迁叟》："初时被目为迁叟，近日蒙呼作隐人。冷暖俗情谙世路，是非闲论任交亲。""东坡"这个词则曾被白居易反复吟咏，如："东坡春向暮，树木今何如?"（《东坡种花》）"何处殷勤重回首? 东坡桃李种新成!"（《别东坡花树》）"最忆东坡红烂熳，野桃山杏水林檎。"（《西省对花忆忠州东坡新花树》）南宋罗大经曰："本朝士大夫多慕乐天，东坡尤甚。"①欧阳修《六一诗话》中提及宋初诗人"常慕白乐天体"，蔡居厚亦云："国初沿五代之余，士大夫皆宗白乐天诗。"②梅尧臣曰："使君才笔健，当似白忠州。"③南宋词人虞俦"慕白居易之为人，以'尊白'名堂，并以名集。其《读白乐天诗》云:'大节更是思公处，寥寥千载是吾师。'生平志趣，可以想见。故所作韵语，类皆明白显畅，不事藻饰。其真朴之处，颇近居易，而粗率流易之处，亦颇近居易。盖心慕乎追，与之俱化，长与短均似之也"④。此上略举数例，而白居易对宋代文人影响之大，由此可见一斑。

白居易（772—846），字乐天，号香山居士，是我国唐代继李白、杜甫之后的杰出诗人。其诗歌共 2916 首（含补遗 109 首），白居易将自己的诗分为"讽谕""闲适""感伤""杂律"四类。白居易在《与元九书》中曰："自拾遗来，凡所遇所感，关于美刺兴比者；又自武德讫元和，因事立题，题为《新乐府》者，共一百五十首，谓之讽谕诗。又或退公独处，或移病闲居，知足保和，吟玩情性者一百首，谓之闲适诗。又有事物牵于外，情理动于内，随感遇而形于叹咏者一百首，谓之感伤诗。又有五言、七言、长句、绝句，自一百韵至两韵者，四百余首，谓之杂律诗。……或诱于一时一物，发于一笑一吟，率然成章，非平生所尚者；但以亲朋合散之际，取其释恨佐欢。"⑤而《与元九书》又云："故仆志在兼济，行在独善……谓之讽谕诗，兼济之志也。谓之闲适诗，独善之义也。故览仆诗者，知仆之道焉。"⑥

---

① （宋）罗大经:《鹤林玉露》（丙编卷三"乐天对酒诗"条），中华书局 1983 年版，第 287 页。

② 《蔡宽夫诗话》,《宋诗话辑佚》本，中华书局 1980 年版，第 398 页。

③ （宋）梅尧臣:《送徐君章秘丞知梁山军》,《梅尧臣集编年校注》卷二十二，上海古籍出版社 1980 年版，第 632 页。

④ （清）永瑢:《四库全书总目》卷一五九，中华书局 1965 年版，第 1374 页。

⑤ 朱金城笺校:《白居易集笺校》卷四十五，上海古籍出版社 1988 年版，第 2789 页。

⑥ 同上。

"故此，白居易的诗歌实际上就可以看作是两大类：一类是'直而切''质而径''核而实'的讽谕之作，一类是'流丽旷达'的闲适之作，后者的数量远远超过前者。讽谕诗在《白居易集》中只有四卷172首，而其他三类却有三十二卷2534首之多，后者是前者的十几倍。"① "《白居易集》中以'闲'为诗题首字的诗篇就有37首，他不厌其烦地抒写诸如《闲行》《闲咏》《闲游》《闲出》《闲题》《闲眠》《闲吟》《闲居》《闲卧》《闲坐》以及《闲适》《闲意》《闲乐》乃至《闲多》《闲忙》，还有《勉闲游》《营闲事》之类的闲情逸致。据笔者统计，'闲'字在白诗中一共出现684次之多，这也就是说白居易平均几乎每四首诗中就有一首要写到'闲'……白居易所言之'闲'除了清闲少事一义之外，还更指一种于物无着、闲适旷达的为官处世之道。"② 其本质便是追求身心的自由愉悦，亦即休闲境界。下文便试图从休闲的角度探讨白居易此种意义上的闲适诗对两宋休闲词的影响，以及宋代词人在此影响下，如何解决自然、社会、自我的各自矛盾，从而铸成自己身心自由的独立人格。

## 一　自然之主人

对生死与穷达的思考是贯穿白居易闲适诗的不变主题之一。宋代晁迥在《法藏碎金录》卷九中曰："白公名居易，盖取《礼记·中庸》篇云：'君子居易以俟命。'字乐天，又取《周易·系辞》云：'乐天知命故不忧。'予观公之事迹，可谓名行相副矣。……集中有诗云：'朝见日上天，暮见日入地。不觉明镜中，忽年三十四。勿言身未老，冉冉行将至。白发虽未生，朱颜已先悴。'又云：'贫贱非不恶，道在何足避。富贵非不受，时来当自致。所以达人心，外物不能累。'噫，公年方壮而作是诗，予今年八十，比公赋此诗章年，已加一倍，更余一纪矣。安得不如公之旷达哉！故予抗心希古，以公为师，多作道情诗，粗合公之词理尔。"③ 晁迥所引第一首《感时》是白居易34岁时所作，对于诗人正值壮年而能超脱生

---

① 张再林：《唐宋士风与词风研究》，人民文学出版社2005年版，第72页。
② 同上书，第140页。
③ 陈友琴编：《白居易资料汇编》，中华书局1962年版，第35—36页。

死、穷通如此，年已八旬的晁迥深服白居易的旷达，决定以之为师，由此也可见白居易对宋代文人的影响之深广。

　　白居易及宋代词人超脱生死、穷通而获得身心自由的方式之一便是使自己成为自然之主人。"山林欤！皋壤欤！使我欣然而乐欤！"(《庄子·知北游》)① 山林原野何以使人欣然而乐？刘勰在《文心雕龙·物色》中曰："若乃山林皋壤，实文思之奥府，略语则阙，详说则繁。然则屈平所以能洞监《风》《骚》之情者，抑亦江山之助乎？"其赞又曰："山沓水匝，树杂云合。目既往还，心亦吐纳。春日迟迟，秋风飒飒。情往似赠，兴来如答。"② 故此，"有大美而不言"的大自然是人类文思的宝库。它"不带有任何社会色彩，自在自为。它所激发的是人的纯自然的审美愉快；它所昭示的是个体心灵获得绝对自由的意义。……游于大自然，就是移情于大自然。与大自然相融合，投身于大自然，是一种生命与另一种生命的碰撞，是人与大自然生命情感的交换，人向大自然虔诚的裸露心扉，大自然则向人展开博大而富有诗意的胸怀。在此移情中，个体自身的精神世界不知不觉地发生了变化。随着大自然生生不息的涌动，人的境界不断地得到扩展和提升，外天下，外物，外己，仕途荣辱和生老病死的萦绕不见了，仁义礼乐的说教和道德伦理的束缚消失了。作为最初迎接天地的使者——人又回到了天空之下，大地之上，与天地同呼吸共命运，与大自然一同律动，精神化入了永恒，这是一个充满了美感的'逍遥游'境界，在此逍遥中，人体验着自由的快适，心灵得以自慰，灵魂得以安宁。"③ 这可算达到了休闲的最高境界。在获此休闲境界的过程中，大自然既然是功不可没，但离开了人之目与心，那"山沓水匝，树杂云合"以及迟迟春日、飒飒秋风便永远是一片死寂。当发生"情往似赠，兴来如答"之投赠与酬答的活动后，自然才活了起来，自然才有了情感甚至深邃的思想。可见，在获此休闲境界的过程中，人起了主导的作用。下面，我们且看白居易和宋代词人是如何做好山林皋壤之东道主的。

127

---

① （清）王先谦集解，方勇校点：《庄子》，上海古籍出版社 2013 年版，第 263 页。
② 周振甫：《文心雕龙今译》，中华书局 1986 年版，第 417—418 页。
③ 王凯：《自然的神韵——道家精神与山水田园诗》，人民出版社 2006 年版，第 69 页。

元和十年（815）江州之贬是白居易一生所受的最大打击，而白居易趁江州司马职务清闲，于退公闲暇之余，漫游九江、庐山风景名胜，写诗曰：

> 凌晨亲政事，向晚恣游遨。（《初邻郡政衙退登东楼作》）①
> 又多山水趣，心赏非寂寞。（《山路偶兴》）②
> 此外即闲放，时寻山水幽。（《咏意》）③
> 匡庐奇秀，甲天下山。（《草堂记》）④

江州的自然风景使诗人贬谪的不适荡然无存，诗《北亭》可证：

> 庐官山下州，浔浦沙边宅。宅北倚高岗，迢迢数千尺。上有青青竹，竹间多白石。茅亭居上头，豁达门四辟。前楹卷帘箔，北牖施床席。江风万里来，吹我凉淅淅。日高公府归，巾笏随手掷。脱衣恣搔首，坐卧任所适。时倾一杯酒，旷望湖天夕。口咏独酌谣，目送归飞翮。惭无出尘操，未免折腰役。偶获此闲居，谬似高人迹。⑤

将自己的身心沐浴于山水之中，哀乐之情消释，诗人逍遥自适，他自居为山水草木的主人："乐天既来为主，仰观山，俯听泉，旁睨竹树云石，自辰及酉，应接不暇。俄而物诱气随，外适内和。一宿体宁，再宿心恬，三宿后颓然嗒然，不知其然而然。"（《草堂记》）⑥诗人与万物融合无间，物我两忘而达"物化"的精神境界，从而使诗人超脱生死、穷通而获得无比的自由感。而此过程是诗人在"不知其然而然"的无为状态中主宰了这一切。

128

---

① 谢思炜校注：《白居易诗集校注》闲适诗卷八，中华书局 2006 年版，第 678 页。
② 同上书，第 673 页。
③ 谢思炜校注：《白居易诗集校注》闲适诗卷七，中华书局 2006 年版，第 615 页。
④ 朱金城笺校：《白居易集笺校》卷四十三，上海古籍出版社 1988 年版，第 2376 页。
⑤ 谢思炜校注：《白居易诗集校注》闲适诗卷七，中华书局 2006 年版，第 597 页。
⑥ 朱金城笺校：《白居易集笺校》卷四十三，上海古籍出版社 1988 年版，第 2376 页。

"但自江州量移忠州之后，由于忠州遥远偏僻，恶水穷山……白居易的精神也就很难安顿下来。细读白氏谪居忠州期间的诗作，便可发现其中远没有江州时的那种潇洒情韵，苏州时才再度突现出来。"① 先是长庆二年（822）至长庆四年（824），白居易出任杭州期间，诗人作了大量的山水佳作：

> 孤山寺北贾亭西，水面初平云脚低。几处早莺争暖树，谁家新燕啄春泥。乱花渐欲迷人眼，浅草才能没马蹄。最爱湖东行不足，绿杨阴里白沙堤。（《钱塘湖春行》）

> 山冷微有雪，波平未生涛。水心如镜面，千里无纤毫。直下江最阔，近东楼更高。烦襟与滞念，一望皆遁逃。（《初邻郡政衙退登东楼作》）

> 无轻一日醉，用辅九日勤。微彼九日勤，何以治吾民。微此一日醉，何以乐吾身。（《郡斋旬假始命宴呈座客示郡寮》）

诗人流连山水林泉间，于是心境平和，而江南的旖旎风光流注于诗人的笔端。他超越了功利，忘却了是非，山水成为他仕宦生涯中的主要舞台背景，于闲暇之时去清幽的山水中吟诗饮酒成了他休闲的最佳方式。宋人葛立方在《韵语阳秋》② 中曰："钱江风物，湖山之美，自古诗人，标榜为多……城中之景，唯自乐天所赋最多。"而苏州胜景亦体现于其诗中，如《登阊门闲望》："阊门四望郁苍苍，始觉州雄土俗强。十万夫家供课税，五千子弟守封疆。阖闾城碧铺秋草，乌雀桥红带夕阳。处处楼前飘管吹，家家门外泊舟航。云埋虎寺山藏色，月耀娃宫水放光。曾赏钱塘嫌茂苑，今来未敢苦夸张。"诗中生动地描绘了苏州水城昔日的繁华。诗人退居洛阳后创作了近百首山水诗，而他仍念念不忘苏杭秀丽景色，其作于唐文宗开成三年（838）的《忆江南》词曰：

---

① 尚永亮：《元和五大诗人与贬谪文学考论》，（台湾）文津出版社 1993 年版，第 268 页。

② （清）何文焕辑：《历代诗话》，中华书局 1981 年版，第 585 页。

江南好，风景旧曾谙。日出江花红胜火，春来江水绿如蓝。能不忆江南？

江南忆，最忆是杭州。山寺月中寻桂子，郡亭枕上看潮头。何日更重游？

江南忆，其次忆吴宫。吴酒一杯春竹叶，吴娃双舞醉芙蓉。早晚复相逢？

其《送王卿使君赴任苏州因思花迎新使感旧游寄题郡中栏西院一别》诗曰："一别苏州十八载，时光往事随年改。不论竹马尽成人，亦恐桑田半为海。莺入故宫含意思，花迎新使生光彩。为报江山风月知，至今白使君犹在。"白居易并非仅仅沉迷于江南水乡美景，而是在其中更能体悟到自然的本性，从而发现人所能且所该拥有的更美好的生存方式，即做自然的主人。

宋代词人深受白居易思想的影响，他们亦都喜爱大自然。苏轼曰："江山风月，本无常主，闲者便是主人。"（《书临皋风月》）他可谓得了白居易的真传，且表述得淋漓尽致、入木三分。周必大曰："本朝苏文忠公（轼），不轻许可，独敬爱乐天。"（《二老堂诗话》）[1] 苏轼诗文中反复表示对白居易的倾慕之情："我似乐天君记取"（《赠善相程杰》），"我甚似乐天"（《送程懿叔》），"定似香山老居士，世缘终浅道缘深"（《入侍迩英》），"渊明形神似我，乐天心相似我"等[2]，酷爱自然便是他们的相似处之一，而能做"自然的主人"则更使苏轼对白居易倾慕不已。苏轼作于元祐六年（1091）的词《八声甘州》：

有情风万里卷潮来，无情送潮归。问钱塘江上，西兴浦口，几度斜晖。不用思量今古，俯仰昔人非。谁似东坡老，白首忘机。　　记取西湖西畔，正春山好处，空翠烟霏。算诗人相得，如我与君稀。约他年、东还海道，愿谢公雅志莫相违。西州路，不应回首，为我沾衣。

① （清）何文焕辑：《历代诗话》，中华书局 1981 年版，第 656 页。
② 陈友琴编：《白居易资料汇编》，中华书局 1962 年版，第 43 页。

苏轼胸中气魄一如今古不衰的钱塘春潮，面对瞬息万变的世事，词人安时处顺、乐观旷达，"白首忘机"。面对西湖美景，词人与友人相约将归隐于山水之中。清末词学家郑文焯对其评论曰："突兀雪山，卷地而来，真似钱塘江上看潮时，添得此老胸中千万甲兵，是何气象雄且杰。妙在无一字豪宕，无一语险怪，又出以闲逸感喟之情。"（郑文焯《手批东坡乐府》）此得益于自然的"闲逸感喟之情"与白居易的自然之爱可谓一脉相承。其他词人写山水风月的词如："堤上游人逐画船，拍堤春水四重天。绿杨楼外出秋千"（欧阳修《浣溪沙》），"潇洒太湖岸，淡伫洞庭山。鱼龙隐处，烟雾深琐渺弥间"（苏舜钦《水调歌头·沧浪亭》），"忆昔午桥桥上饮，坐中多是豪英。长沟流月去无声，杏花疏影里，吹笛到天明"（陈与义《临江仙》）等，不胜枚举。

白居易休沐、公退或闲居的大多数时间是在自家的园林中度过的。诗人"所至处必筑居。在渭上有蔡渡之居，在江州有草堂之居，在长安有新昌之居，在洛中有履道之居，皆有诗以纪胜。"（葛立方《韵语阳秋》卷十三）[1] 白居易在洛阳的居所是园林式建筑，他的《〈池上篇〉序》曰：

> 都城风土水木之胜在东南偏，东南之胜在履道里，里之胜在西北隅，西闲北垣第一第即白氏叟乐天退老之地。地方十七亩，屋室三之一，水五之一，竹九之一，而岛树桥道间之。初，乐天既为主，喜且曰：虽有台池，无粟不能守也，乃作城东粟廪。又曰：虽有子弟，无书不能训也，乃作池北书库。又曰：虽有宾朋，无琴酒不能娱也，乃作池西琴亭。加石樽焉。乐天罢杭州刺史时，得天竺石一、华亭鹤二以归，始作西平桥，开环池路。罢苏州刺史时，得太湖石、白莲、折腰菱，青板舫以归，又作中高桥，通三岛径。罢刑部侍郎时，有粟千斛，书一车，洎臧获之习管磬弦歌者指百以归。[2]

131

在这微型的山水中，白居易生活得自在安适。这洛阳履道里的宅园曾

---

① （清）何文焕辑：《历代诗话》，中华书局1981年版，第588页。
② 谢思炜校注：《白居易诗集校注》律诗卷三十七，中华书局2006年版，第2845页。

在白诗中多次被提及："假如宰相池亭好，作客何如作主人？"（《代林园戏赠》）① "往往归来嫌窄小，年年为主莫无情。"（《重戏赠》）② "不斗门馆华，不斗林园大。但斗为主人，一坐十余载。……何如小园主，挂杖闲即来。亲宾有时会，琴酒连夜开。以此聊自足，不羡大池台。"（《自题小园》）③ 诗中所展示的白居易在自家园林中的自足、自得、自适的休闲生活情趣在宋代词人的精神生活中引起了共鸣，从而在两宋词苑中出现了大量"雅玩"于自家园林的"园池词"④。且略举数例：

　　萧洒太湖岸，淡荡洞庭山。鱼龙隐处，烟雾深锁渺弥间。方念陶朱张翰，忽有扁舟急桨，撇浪载鲈还。落日暴风雨，归路绕汀湾。

　　丈夫志，当景盛，耻疏闲。壮年何事憔悴？华发改朱颜。拟借寒潭垂钓，又恐鸥鸟相猜，不肯傍青纶。刺棹穿芦荻，无语看波澜。（苏舜钦《水调歌头》）

　　灯火已收正月半，山南山北花撩乱。闻说洿亭新水漫。骑款段。穿云入坞寻游伴。　　却拂僧床褰素幔。千岩万壑春风暖。一弄松声悲急管。吹梦断。西看窗日犹嫌短。（王安石《渔家傲》）

　　梦中了了醉中醒。只渊明。是前生。走遍人间，依旧却躬耕。昨夜东坡春雨足，乌鹊喜，报新晴。　　雪堂西畔暗泉鸣。北山倾。小溪横。南望亭丘，孤秀耸曾城。都是斜川当日境，吾老矣，寄余龄。（苏轼《江神子》）

　　三径初成，鹤怨猿惊，稼轩未来。甚云山自许，平生意气，衣冠人笑，抵死尘埃。意倦须还，身闲贵早，岂为莼羹鲈鲙哉。秋江上，看惊弦雁避，骇浪船回。　　东冈更葺茅斋。好都把轩窗临水开。要小舟行钓，先应种柳，疏篱护竹，莫碍观梅。秋菊堪餐，春兰可佩，留待先生手自栽。沉吟久，怕君恩未许，此意徘徊。（辛弃疾《沁园

132

① 谢思炜校注：《白居易诗集校注》律诗卷三十七，中华书局2006年版，第2444页。
② 同上书，第2445页。
③ 谢思炜校注：《白居易诗集校注》半格诗卷三十六，中华书局2006年版，第2722页。
④ 杨海明：《唐宋词与人生》，河北人民出版社2002年版，第241页。

春·带湖新居将成》)

　　拂晓擎舟去，细看荷花垂露。红绿总吹香，一般凉。　　会享人天清福，休把两眉轻蹙。谁道做神仙，戴貂蝉？(张镃《昭君怨·游池》)

　　第一首《水调歌头》是苏舜钦咏其在苏州之"沧浪亭"，于清风明月之时，浩歌泛舟沧浪水上，与鱼鸟共乐的悠闲生活；第二首《渔家傲》为王安石记述其在"半山园"的生活；第三首《江神子》为苏轼咏其在黄州时所建的"雪堂"；第四首为辛弃疾描述其"带湖居所"；第五首为张镃记述其"桂隐园"游池泛舟的生活。在其豪侈如"沧浪亭""桂隐园"或简朴如"雪堂"之私人宅邸里，词人们俨然都是其园的主人，他们生活得高洁恬淡，保持自己的人格独立，获得完全的身心自由。翻开全宋词，粗略统计出其涉及的园林达 240 处之多，由此可见，宋代词人对园林的钟爱以及园林对宋代词人的影响。苏轼曰："古之君子，不必仕，不必不仕。必仕则忘其身，必不仕则忘其君……今张君之先君，所以为子孙之计虑者远且周，是故筑室艺园于汴泗之间，舟车冠盖之冲，凡朝夕之奉，燕游之乐，不求而足。使其子孙开门而出仕，则跬步市朝之上，闭门而归隐，则俯仰山林之下。于以养生治性，行义求志，无适而不可。"① 苏轼很精辟地论述了园林之功用，园林是平衡士大夫们凌云之志和闲逸之情的好境地，其私人的园林亦确是宋代词人们休闲的好去处。如辛弃疾坚持抗金复国，其才能不但得不到发挥，而且多次因此被劾而废，又多次废而再起。宦海浮沉和功业难成的现实使他不得不退居林下，寄情山水园林以消忧。他在带湖及瓢泉都营造了规模宏大的园林，在其间吟酒赋诗。其《水龙吟·题瓢泉》云："且对浮云山上，莫匆匆，去流山下。苍颜照影，故应流落，轻裘肥马。绕齿冰霜，满怀芳乳，先生饮罢。笑挂瓢风树，一鸣渠碎，问何如哑。"辛弃疾词中还提及其他类似园林的居所及景点，如《暮山溪·停云竹径初成》云："斜带水，半遮山，翠竹栽成路。"《南歌子·新开池戏作》云："涓涓流水细浸阶。凿个池儿，唤个月儿来。"《哨遍·秋水观》

133

──────────

① （宋）苏轼：《灵璧张氏园亭记》，载《苏轼文集》卷十一，中华书局 1986 年版。

云："大方达观之家，未免长见，犹然笑耳。北堂之水几何其。但清溪一曲而已。"（秋水观即秋水堂，在铅山期思。）《生查子·独游西岩》曰："青山招不来，偃蹇谁怜汝。岁晚太寒生，唤我溪边住。山头明月来，本在高高处。夜夜人清溪，听读离骚去。"此类词作很多，词人透过纷纷扰扰的官场争斗看破名缰利锁，于山水园林中求得了一己的身心闲适自由。

苏轼《醉白堂记》曰："乞身于强健之时，退居十有五年，日与其朋友赋诗饮酒，尽山水园地之乐，府有余帛，廪有余粟，而家有声伎之奉。"① 不再贫乏的物质生活是令宋人钦慕白居易休闲生活的次要因素，而其有大量的闲暇时间与其朋友于山水园地中赋诗饮酒，能做稳自然的主人，才是其追慕以至效仿白居易的主要原因。

## 二 社会之"闲人"

白居易早年高歌兼济之志，写了很多的讽谕诗，触怒了朝中权贵而遭投闲置散，被贬为江州司马。诗人成了自然的主人之后，发现欲获得真正的身心自由还需成为社会之"闲人"。其诗中反复吟咏作为"闲人"的自适：

> 晚晴宜野寺，秋景属闲人。（《题报恩寺》）②
>
> 世间好物黄醅酒，天下闲人白侍郎。（《尝黄醅新酎忆微之》）③
>
> 洛下多闲客，其中我最闲。（《登天宫阁》）④
>
> 幽境与谁同，闲人自来往。（《小台》）⑤
>
> 遇酒即沽逢树歇，七年此地作闲人（《洛阳堰闲行》）⑥
>
> 五十年来思虑熟，忙人应未胜闲人。（《闲行》）⑦

---

① 孔凡礼点校：《苏轼文集》卷十一，中华书局1986年版，第344页。
② 谢思炜校注：《白居易诗集校注》律诗卷二十四，中华书局2006年版，第1929页。
③ 谢思炜校注：《白居易诗集校注》律诗卷二十八，中华书局2006年版，第2181页。
④ 同上书，第2208页。
⑤ 谢思炜校注：《白居易诗集校注》格诗卷三十，中华书局2006年版，第2322页。
⑥ 谢思炜校注：《白居易诗集校注》律诗卷三十二，中华书局2006年版，第2464页。
⑦ 谢思炜校注：《白居易诗集校注》律诗卷二十五，中华书局2006年版，第1971页。

　　月俸百千官二品，朝廷雇我作闲人。(《从同州刺史改授太子少傅分司》)①

　　三川徒有主，风景属闲人。(《春尽日天津桥醉吟偶呈李尹侍郎》)②

　　只缘无长物，始得作闲人。(《无长物》)③

　　作为"闲人"是白居易无奈而又明智之举。长庆年间以来，党争激烈，朝政日非。苏辙曰："然乐天处世，不幸在牛、李党中，观其平生端而不倚，非有附丽者也。"(《书白乐天集后》)④　叶梦得曰："白乐天与杨虞卿为姻家，而不累于虞卿；与元稹、牛僧孺相厚善，而不党于元稹、僧孺；为裴晋公所爱重，而不以晋公以进；李文饶素不乐，而不为文饶所深害。处世者如是人，亦足矣。推其所由得，惟不汲汲于进，而志在于退，是以能安于去就爱憎之际，每裕然有余也。"(《避暑录话》)⑤　由此可知，白居易远离朝廷，愿赴闲地做闲官、做闲人是"志在于退"，不是他不愿意兼济天下，而是为了避开政治斗争的旋涡，远离是非，如此诗曰："人言世事何时了，我是人间事了人。"(《百日假满少傅官停自喜言怀》)⑥　其《咏怀》诗便写出了诗人心中的苦与乐："自遂意何如，闲官在闲地。闲地唯东都，东都少名利。闲官是宾客，宾客无牵累……形安不劳苦，神泰无忧畏。"⑦

　　而到了宋代，士大夫们此种"忧畏"情绪仍未消除，白居易于物无滞、远离是非而为"闲人"的处世哲学深受他们欢迎，如："清风明月，幸属于闲人"（欧阳修《西湖念语》)⑧，"几时归去，作个闲人，对一张琴，一壶酒，一溪云"（苏轼《行香子》），"天难问，何妨袖手，且作闲人"（张元干《陇头泉》），"镜湖元自属闲人"（陆游《鹊桥仙》），"这回

135

①　谢思炜校注：《白居易诗集校注》律诗卷三十三，中华书局 2006 年版，第 2489 页。
②　同上书，第 2509 页。
③　同上书，第 2513 页。
④　陈友琴编：《白居易资料汇编》，中华书局 1962 年版，第 44 页。
⑤　同上书，第 53 页。
⑥　谢思炜校注：《白居易诗集校注》律诗卷三十五，中华书局 2006 年版，第 2690 页。
⑦　谢思炜校注：《白居易诗集校注》格诗歌行杂体卷二十九，中华书局 2006 年版，第 2279 页。
⑧　黄畲笺注：《欧阳修词笺注》，中华书局 1986 年版，第 1 页。

疏放，作个闲人样"（陆游《点绛唇》），"欲寄吴笺说与，这回真个闲人"（陆游《风入松》），"由来至乐总属闲人"（辛弃疾《行香子》），"眼里数闲人，只有钓翁潇洒"（朱敦儒《好事近》）等，都反映了宋代词人追求和企慕白居易休闲生活的心理及文化价值取向。

这里很有必要述及白居易的"中隐"思想，因为它不仅是白居易"闲人"处世哲学的指导思想——《中隐》诗中的"中隐士"便是"闲人"的代称，是其闲适诗的重要内容之一（所有研究白诗者都会发现诗人每次提及"中隐"或"吏隐"时，其诗文都与闲适之情相关联），而且更为关键的是"中隐"思想对宋代士大夫及两宋休闲词影响极其深远。白居易晚年以太子宾客身份分司东都（洛阳）之时所作《中隐》诗曰：

> 大隐住朝市，小隐入丘樊。丘樊太冷落，朝市太嚣喧。不如作中隐，隐在留司官。似出复似处，非忙亦非闲。不劳心与力，又免饥与寒。终岁无公事，随月有俸钱。君若好登临，城南有秋山。君若爱游荡，城东有春园。君若欲一醉，时出赴宾筵。洛中多君子，可以恣欢言。君若欲高卧，但自深掩关。亦无车马客，造次到门前。人生处一世，其道难两全。贱即苦冻馁，贵则多忧患。唯此中隐士，致身吉且安。穷通与丰约，正在四者间。[①]

晋人王康琚《反招隐诗》曰："小隐隐陵薮，大隐隐朝市。"[②] 对于"太冷落"的"小隐"，《庄子·刻意》对其描述且指称曰："就薮泽，处闲旷，钓鱼闲处，无为而已矣；此江海之士，避世之人，闲暇者之所好也。"[③] 白居易和《庄子》一样都不认为退隐山林江海而清闲安逸是最完美的，《庄子》认为"澹然无极，而众美从之。此天地之道，圣人之德也"的"无功名而治，无江海而闲"[④] 才是最完美的，因为它符合天地之道，

---

① 谢思炜校注：《白居易诗集校注》格诗杂体卷二十二，中华书局 2006 年版，第 1765 页。
② （南朝宋）萧统编，李善注：《文选》卷二十二，上海古籍出版社 1986 年版。
③ 陈鼓应：《庄子今注今译》，中华书局 1983 年版，第 393 页。
④ 同上。

即顺应自然。白居易在东都任"闲官","中隐"当"闲人",其休闲文化境界是比较符合《庄子》"无江海而闲"的论述,其思想是一种使身心与自然合一且获得自由的新吏隐观。白居易在诗歌中多次表述这类思想,如:"进不趋要路,退不入深山。深山太冷落,要路多险艰。不如家池上,乐逸无忧患"(《闲题家池寄王屋张道士》)[1],"山林太寂寞,朝阙空喧烦。唯兹郡阁内,嚣静得中间"(《郡亭》)[2],"巢许终身隐,萧曹到老忙。千年落公便,进退处中央"(《奉和裴令公新成午桥庄绿野堂即事》)[3] 等。中唐以来封建专制体制日益强化,白居易体悟"要路多险艰"的君臣世事,怀古思今,觉得要保全自己的生命和独立人格,便须"进退处中央"。"中隐"思想的出现是政统与道统二律悖反的封建社会发展的必然结果。

时至赵宋王朝君主集权制进一步加强,宋代便成为"中隐"思想自觉接受和普遍实践的高潮期。司马光曰:"贤人心如云,无迹有舒卷……既知吏可隐,何必遗轩冕。"(《登封庞国博年三十八自云欲弃官隐嵩山作吏隐庵于县寺俾光赋诗勉率塞命》)表现了他对吏隐生活方式的肯定。都官员外郎龚宗元企慕白居易,"取白乐天'大隐住朝市,小隐入丘樊,不如作中隐,隐在留司官'之诗,建'中隐堂',与屯田员外郎程适、太子中允陈之奇相与从游,日为琴酒之乐,至于穷夜而忘其归"[4]。《宋史》载:"真宗嗣位,(张去华)复拜左谏议大夫。……两浙自钱氏赋民丁钱,有死而不免者,去华建议清除之,有司以经费所仰,固执不许。……顷之,以疾求分司西京。在洛葺园庐,作中隐亭以见志。"[5] 还有太子中舍王绅号其在长安城中的居第园囿曰"中隐堂"(苏轼《中隐堂诗·叙》)[6];徐得之建"闲轩","欲就闲旷处幽隐"(秦观《闲轩记》)[7];南宋俞文豹名其所

*137*

---

① 谢思炜校注:《白居易诗集校注》半格诗卷三十六,中华书局 2006 年版,第 2731 页。

② 谢思炜校注:《白居易诗集校注》闲适诗卷八,中华书局 2006 年版,第 681 页。

③ 谢思炜校注:《白居易诗集校注》律诗卷三十三,中华书局 2006 年版,第 2490 页。

④ 龚明之:《中关纪闻》卷二,上海古籍出版社 1986 年版。

⑤ (元) 脱脱等:《宋史》卷 306,中华书局 1977 年版,第 10110 页。

⑥ (清) 王文诰辑注,孔凡礼点校:《苏轼诗集》卷四,中华书局 1982 年版,第 65 页。

⑦ 周义敢、程自信、周雷编著:《秦观集编年校注》卷二十六,人民文学出版社 2001 年版,第 586 页。

居为"堪隐"（俞文豹：《吹剑录·自序》）①。由以上资料可见，"中隐"观念在宋代流播之广。其观念在宋代诗词中亦有所体现：张孝祥《中隐》诗曰："小隐即居山，大隐却居廛。夫君处其中，政尔当留连。早晚有诏书，唤君远朝天。欲为中隐游，更着三十年。"②周紫芝《感皇恩·送侯彦嘉归彭泽》曰："梦魂飞不到，君闲处。"词中自注："彦嘉小室，榜曰闲处。"范成大《减字木兰花》词中曰："中隐堂前人意好。"等等。"中隐"波及宋代的文化及士大夫们的生活，欧阳修、苏轼、辛弃疾等都写有反映"中隐"心态的休闲词篇，都曾过着亦官亦隐的休闲生活。下面首先看苏轼对"中隐"的接受及在其词中的表现。

苏轼曾应王绅之邀请游其"中隐堂"并因之"乞诗甚勤"而为之赋《中隐堂诗》五首。③李之仪曰："东坡老人云'惟有王城最堪隐，万人如海一身藏'，信矣其能知隐者。尝试言之，隐无不可也，能定则能隐矣。"④苏轼确是能定能隐之人，他于艰难的仕途中将白居易"中隐"思想付诸实践。熙宁四年（1071）苏轼因反对王安石变法上神宗皇帝万言书而被罢黜杭州，于杭苏轼作《六月二十七日望湖楼醉书五绝》其五云："未成小隐聊中隐，可得长闲胜暂闲。"⑤其诗意乃出自白居易《中隐》及《和裴相公傍水闲行绝句》⑥中的"偷闲气味胜长闲"之诗句。在由杭州去密州途中，苏轼因思念其弟子由而作《沁园春》曰：

孤馆灯青，野店鸡号，旅枕梦残。渐月华收练，晨霜耿耿，云山摘锦，朝露泙泙。世路无穷，劳生有限。似此区区长鲜欢。微吟罢，凭征鞍无语，往事千端。　　当时共客长安，似二陆初来俱少年。有笔头千字，胸中万卷，致君尧舜，此事何难！用舍由时，行藏在我，袖手何妨闲处看？身长健，但优游卒岁，且斗尊前。

① 郑子瑜：《中国修辞学史稿》，上海教育出版社 1984 年版，第 246 页。
② 北京大学古文献研究所编：《全宋诗》卷二四〇〇，北京大学出版社 1995 年版，第 27749 页。
③ （宋）王文诰辑注，孔凡礼点校：《苏轼诗集》卷四，中华书局 1982 年版，第 165—168 页。
④ （宋）李之仪：《吴思道藏海斋记》，《姑溪居士集》卷三十六，宣统三年金陵督粮道署刊本。
⑤ （清）王文诰辑注，孔凡礼点校：《苏轼诗集》卷七，中华书局 1982 年版，第 341 页。
⑥ 谢思炜校注：《白居易诗集校注》补遗诗上卷，中华书局 2006 年版，第 2877 页。

残酷专制的现实，亦使苏轼由兼济而转向独善，当年与其弟风华正茂、才气横溢时认为定能"致君尧舜"之事却是"用舍由时"，追求身心自由的苏轼认定"行藏在我"，袖手闲处观看，傲视世间的不公，只愿"身长健，但优游卒岁，且斗尊前"，是"中隐"思想使他拥有了这份休闲的心境。在偏僻贫穷的密州任太守时，苏轼作《吏隐亭》曰："纵横忧患满人间，颇怪先生日日闲。昨日清风眠北牖，朝来爽气在西山。"① 这种保持身心自由的休闲观使苏轼能够抗拒后来生活中更多、更残酷"忧患"，即使屡遭贬谪也没能摧垮他创造愉快生活的欲望和能力。苏轼完全认可白居易的中隐，他和白居易一样，"凡遇矛盾激化难以立足时，总是上章求外任，几乎成了他的为官秘诀。如元祐四年出知杭州，元祐六年正月被召还朝，八月又出知颍州，都是为避开政治风险而采取的权变之策"②。但由于苏轼性格上"稍露锋锷，不及太傅（白居易）混然无迹"③，他未能享受到白居易因"中隐"而得的仕之优惠，但隐的益处却使他受益无穷。由此，苏轼把"中晚唐开其端的进取与退隐的矛盾双重心理发展到一个新的质变点"④，在白居易"中隐"思想的基础上，形成了追求身心自由的休闲观，以及由此而形成他自己的不以贬谪为患、不计个人利弊得失的处世态度，从而保持他鲜明的人格个性，永葆他的人格魅力。

白居易、苏轼等倡导做社会之"闲人"，"对当时社会秩序具有潜在的破坏性"⑤，所以朱熹讥刺白居易"诗中凡及富贵处，皆说得口津津地涎出"（《朱子语类》卷一百四十）⑥。王夫之曰："居易以文章小技，而为嬉游放荡、征声逐色文倡，当时则裴中立（度）悦其浮华而乐与之嬉；至宋，则苏氏之徒喜其纵逸于闲检之外而推尚之；居易之名，遂喧腾于天下后世……先儒（朱熹）谓苏轼得用，引秦观之徒以居要地，其害更甚于王

139

---

① （清）王文诰辑注，孔凡礼点校：《苏轼诗集》卷十四，中华书局1982年版，第672页。
② 张仲谋：《兼济与独善》，东方出版社1998年版，第307页。
③ （明）何良俊：《四友斋丛说》卷三十，中华书局1959年版，第276页。
④ 李泽厚：《美的历程》，天津社会科学院出版社2001年版，第261页。
⑤ 同上书，第267页。
⑥ 陈友琴编：《白居易资料汇编》，中华书局1962年版，第138页。

安石，唯其习尚之淫也。"① 从维护封建专制统治的角度看，以上批评不无道理，但从保护人的尊严、维护人的身心自由的休闲角度看，对白、苏的批评则是荒谬的，因为他们欲抹杀人的天性，违背人的休闲原则。再说，远离是非、看淡功名利禄的"闲人"对社会有百利而无一害。就以白居易、苏轼为例，他们留下的诗词文章是一座让后人永远受益的精神宝库，而且他们为官一日便造福一方，不必一一陈述他们的为官功绩，兹举《宋史》一则资料便足以说明问题：

> 杭本近海，地泉咸苦，居民稀少。……白居易又浚西湖水入漕河，自河入田，所溉至千顷，民以殷富。湖水多葑，自唐及钱氏，岁辄浚治，宋兴，废之，葑积为田，水无几矣。漕河失利，取给江潮，舟行市中，潮又多淤，三年一淘，为民大患，六井亦几乎废。轼见茅山一河专受江潮，盐桥一河专受湖水，遂浚二河以通漕。复造堰闸，以为湖水畜泄之限，江潮不复入市。以余力复完六井，又取葑田积湖中，南北径三十里，为长堤以为通行者。……堤成，植芙蓉、杨柳其上，望之如画图，杭人名为苏公堤。②

让金人垂涎、使中华生辉的人间天堂之杭州，原来竟是人烟稀少的盐碱地，后来得力于白、苏二公的智慧和辛勤的改造才成为世代相传、受益无穷的福地、宝地。那些在朝廷制造党争或在地方作恶多端而永无闲暇之人与白居易、苏轼这样的"闲人"相比，对社会、对历史的贡献孰重孰轻？而受白居易思想影响的宋代词人崇尚身心自由的休闲，写出大量的休闲词篇，对社会的贡献亦是功不可没，他们给人们的心灵世界绘制一幅幅同样可与西湖比美的精神图画。

## 三　自我"心安"之人

要成为自然之主人，社会之"闲人"，最关键的还在于能否超脱自我的

---

① （清）王夫之：《读通鉴论》卷二十六，中华书局 1998 年版。
② （元）脱脱等：《宋史》卷三百三十八，中华书局 1977 年版（1985 年版），第 10812 页。

束缚。白居易用"心安"的生存哲学来完成自我的超脱，从而使自己的心灵得以净化，才使他坦然地做稳了自然之主人、社会之"闲人"，最终获得了完全的身心自由。白居易"心安"的生存哲学思想在诗中多次出现：

> 我身本无乡，心安是归处。(《初出城留别》)①
> 无论海角与天涯，大抵心安即是家。(《种桃杏》)②
> 家乡安处是，那独在神京。(《江上对酒》二首之一)③
> 云鬓随身老，云心著处安。(《初夏闲吟兼呈韦宾客》)④
> 身心安处为吾土，岂限长安与洛阳。(《吾土》)⑤
> 心泰身宁是归处，故乡可独在长安？(《香炉峰下新卜山居草堂初成偶题东壁五首》之四)⑥

白居易"心安"的生存哲学亦是对老子的知足、庄子随缘适性的由衷认同。叶梦得《避暑录话》曰："夫知足不辱，明哲保身，皆老氏之义旨，亦即乐天所奉为秘要。而决其出处进退者也。"⑦如其《咏怀》诗曰："知分心自足，委顺身常安。故虽穷退日，而无戚戚颜。"⑧《狂言示诸侄》诗曰："勿言舍宅小，不过寝一室。何用鞍马多，不能骑两匹。如我优幸身，人中十有七。如我知足心，人中百无一。"⑨其类诗中都体现了诗人淡泊宁静的知足的人生观。陈寅恪先生亦指出："乐天之思想，一言以蔽之曰'知足'。'知足'之旨，由老子'知足不辱'而来。盖求'不辱'，必知足而始可也。"⑩白诗中关于《庄子》的随缘适性的诗篇很多，如《山鸡》

*141*

---

① 谢思炜校注：《白居易诗集校注》闲适诗卷八，中华书局 2006 年版，第 656 页。
② 谢思炜校注：《白居易诗集校注》律诗卷十八，中华书局 2006 年版，第 1443 页。
③ 谢思炜校注：《白居易诗集校注》律诗卷二十四，中华书局 2006 年版，第 1939 页。
④ 谢思炜校注：《白居易诗集校注》律诗卷三十二，中华书局 2006 年版，第 2436 页。
⑤ 谢思炜校注：《白居易诗集校注》律诗卷二十八，中华书局 2006 年版，第 2217 页。
⑥ 谢思炜校注：《白居易诗集校注》律诗卷十六，中华书局 2006 年版，第 1313 页。
⑦ 陈友琴编：《白居易资料汇编》，中华书局 1962 年版，第 53 页。
⑧ 谢思炜校注：《白居易诗集校注》闲适诗卷七，中华书局 2006 年版，第 645 页。
⑨ 谢思炜校注：《白居易诗集校注》格诗卷三十，中华书局 2006 年版，第 2344 页。
⑩ 陈寅恪：《元白诗笺征稿》，上海古籍出版社 1978 年版，第 327 页。

曰："五步一啄食，十步一饮水。适性遂其生，时哉山梁雉。梁上无矰缴，梁下无鹰鹯。雌雄与群雏，皆得终天年。嗟嗟笼下鸡，及彼池中雁。既有稻粱恩，必有牺牲患。"① 《庄子·养生主》曰："泽雉十步一啄、百步一饮，不蕲畜乎樊中。神虽王，不善也。"② 白居易赞同庄子的观点，宁愿做十步一啄、百步一饮辛苦地自食其力的水泽野鸡，也不愿被关在笼中美食喂养而失去自由，以至于既不能"适性遂其生"，亦不能"终天年"。白居易因为拥有了如此知足适性的心态，才能"心安"。

使白居易获得休闲境界的自足适性的"心安"生存哲学亦深深地影响着宋代的士大夫文人。北宋邵雍《瓮牖吟》曰："有屋数间，有田数亩，用盆为池，以瓮为牖。墙高于肩，室大于斗……气吐胸中，充塞宇宙。"③这是他吟诵其所居住的洛阳居所，《宋史·邵雍传》曰："初至洛，蓬荜环堵，不芘风雨，躬樵爨以事父母，虽平居屡空，而怡然有所甚乐。"④ 他名其居为安乐窝，自号安乐先生，作有《安乐吟》《心安吟》等诗，其《心安吟》曰："心安身自安，身安室自宽。心与身俱安，何事能相干？谁谓一身小，其安若泰山；谁谓一室小，竟如天地间！"（《伊川击壤集》卷一一）邵雍亦爱慕白居易，他隐居洛阳三十年之久，其所作诗歌深受白居易晚年作于洛阳的闲适诗影响，《四库全书目录》卷一五三明确指出："邵子之诗，其源亦出白居易。"⑤ 司马光《戏呈尧夫》曰："羡君诗既好，说佛众谁先。只恐前身是，东都白乐天。"⑥ 由此可见白居易对邵雍的影响，而其"心安"的生存哲学对其影响尤甚。

在此生存哲学的影响下，以苏轼为典型的部分士人在面对生活的困境尤其在面对迁谪的处境时，表现出安时处顺、乐观旷达的超越心态，如王禹偁曰："平生诗句多山水，谪官谁知是胜游。"（《听泉》）欧阳修曰："行见江山且吟咏，不因迁谪岂能来。"（《黄溪夜泊》）宋代词坛上亦出现

---

① 谢思炜校注：《白居易诗集校注》闲适诗卷八，中华书局2006年版，第674页。

② 陈鼓应：《庄子今注今译》，中华书局1983年版，第101页。

③ 《伊川击壤集》卷十四。

④ （元）脱脱等：《宋史》卷四百二十七，中华书局1977年版，第12727页。

⑤ （清）纪昀编纂：《四库全书总目》卷一五三，中华书局1965年版，第1322页。

⑥ 傅璇琮等主编：《全宋诗》卷五一一，北京大学出版社1992年版，第6213页。

了大量由处迁谪而仍能追求身心自由愉悦的词人所写的休闲词篇。

首先看此生存哲学对苏轼的影响。元丰六年（1083）苏轼于黄州作《浣溪沙·自适》词曰：

倾盖相逢胜白头，故山空复梦松楸，此心安处是菟裘。　　卖剑买牛吾欲老，乞浆得酒更何求？愿为祠社宴春秋。

词人谪居黄州已近四年，觉得归隐蜀中故山已无望，于是化用白居易"此心安处即吾乡"诗意，欲将老于黄州，乃至元丰七年（1084）离开黄州前往汝州，"留别雪堂邻里二三君子"① 而作《满庭芳》词仍曰："好在堂前细柳？应念我，莫剪柔柯。仍传语，江南父老，时与晒渔蓑。"黄州雪堂的一草一木使苏轼留恋不已，他请邻里乡亲帮他照顾好堂前屋后，时常帮他晒一晒渔蓑，他似乎还要回雪堂居住，苏轼后来被贬惠州、儋州时都借资造屋准备长久定居，因为它们都曾是苏轼心中的家。苏轼于元祐元年（1086）所作《定风波》词曰：

常羡人间琢玉郎。天应乞与点酥娘。尽道清歌传皓齿。风起。雪飞炎海变清凉。　　万里归来颜愈少。微笑。笑时犹带岭梅香。试问岭南应不好。却道。此心安处是吾乡。

吴曾《能改斋漫录》卷八云："东坡作《定风波》序云：'王定国歌儿曰柔奴，姓宇文氏。定国南迁归，余问柔：'广南风土，应是不好？'柔对曰：'此心安处，便是吾乡。'因其语缀词云：'试问岭南应不好？却道，此心安处是吾乡。'余以此语本出于白乐天，东坡偶忘之耳。白《吾土》诗云：'身心安处为吾土，岂限长安与洛阳。'又《出城留别》诗云：'我生本无乡，心安是归处。'又……"② 不是苏轼忘记白居易的诗句，而是他

---

① 《满庭芳》词前序曰："元丰七年四月一日，余将去黄移汝，留别雪堂邻里二三君子。会李仲览自江东来到，遂书以遗之。"

② 邹国庆、王宗堂：《苏轼词编年校注》，中华书局 2002 年版，第 582—583 页。

们相同的人生境遇产生相似的人生感悟，苏轼使白诗的思想以至诗句作为自己及他人的人生共识在其诗词中复现如己出，可见白诗对之影响之深远。苏轼写诗曰："出处依稀似乐天，敢将衰朽较前贤，便从洛社休官去，犹有闲居二十年。"[①] 洪迈亦称东坡之所以仰慕乐天，是因为他们"出处老少大略相似，庶几复享晚节闲适之乐……则公之所以景仰者，不止一再言之，非东坡之名偶合也"[②]。王直方曰："东坡平日最爱乐天之为人。"[③] 白居易自足适性的"心安"生存哲学是苏轼倾心的主要内容之一。

贬居黄州时期是苏轼文学创作的丰收期之一，其贬居黄州时期的词作有《卜算子》（缺月挂疏桐）、《西江月》（世事一场大梦）、《水龙吟》（似花还是非花）、《定风波》（莫听穿林打叶声）、《念奴娇》（大江东去）、《临江仙》（夜饮东坡醒复醉）等都展示了词人极其超脱的心态，其中本文亦将反复引用且影响了一代又一代中国文人的《定风波》（莫听穿林打叶声）乃"是人间的绝唱。并不是因为熬过了风雨而骄傲，也不仅是对风雨安之若素，而是一笔勾销，并无风雨。……不管外在的境遇如何变幻，都如云烟过眼，明净透彻的心灵不会被外物所困折，因为无所计较，故而所向无敌。"[④] 词人竹杖芒鞋于风雨中吟啸徐行的坚决、彻底的精神超脱，使他真正达到了"则何往而不适我"（苏轼《江子静字序》）[⑤] 的自足适性境界，苏轼在惠州时，生活极其窘困，但他仍作有"日啖荔枝三百颗，不辞长作岭南人"自足适性的诗句，被贬至"非人所居，药饵皆无有"[⑥] 的海南岛时，有《谪居三适三首》的自足自适的诗篇：

144

安眠海自运，浩浩朝黄宫。日出露未晞，郁郁濛霜松。老栉从我久，齿疏含清风。一洗耳目明，习习万窍通。少年苦嗜睡，朝谒常匆匆

---

① （清）王文诰辑注，孔凡礼点校：《苏轼诗集》卷十四，中华书局 1982 年版，第 1762 页。
② （宋）洪迈：《容斋随笔》卷五（"东坡慕乐天条"），上海古籍出版社 1996 年版，第 474—475 页。
③ （宋）王直方：《王直方诗话》，《宋诗话辑佚》，中华书局 1980 年版，第 45 页。
④ 王水照、朱刚：《苏轼诗词文选评》，上海古籍出版社 2004 年版，第 107 页。
⑤ 孔凡礼点校：《苏轼诗集》卷十，中华书局 1986 年版。
⑥ （元）脱脱：《宋史·苏轼传》卷 306，中华书局 1977 年版，第 10817 页。

匆。爬搔未云足，已困冠巾重。何异服辕马，沙尘满风骏……谁能书
此乐，献与腰金翁。(三首之旦起理发)

蒲团蟠两膝，竹几阁双肘。此间道路熟，径到无何有。身心两不
见，息息安且久。睡蛇本亦无，何用钩与手。神凝疑夜禅，体适剧卯
酒。我生有定数，禄尽空余寿……非梦亦非觉，请问希夷叟。(三首
之午窗坐睡)

长安大雪年，束薪抱衾裯。云安市无井，斗水宽百忧。今我逃空
谷，孤城啸鸺鹠。得米如得珠，食菜不敢留……明灯一爪剪，快若鹰
辞韝。天低瘴云重，地薄海气浮……谁能更包裹，冠履装沐猴。(三
首之夜卧濯足)①

其"一适"——"旦起理发"云："少年苦嗜睡，朝谒常匆匆。爬搔
未云足，已困冠巾重。"年少时贪睡晚起，因为要急于"朝谒"，头发还未
梳通畅便戴上沉重的冠帽，苏轼认为那何异于"落马首、穿牛鼻"(《庄
子·秋水》)②的"服辕马"。虽然贬谪瘴风苦雨的海南，而远离名利是非
的苏轼为能早晨从容地理发而自足自适。其"二适"——"午窗坐睡"
云："神凝疑夜禅，体适剧卯酒。"白居易《闲乐》诗云："空腹三杯卯后
酒，曲肱一觉醉中眠。"③二者的自足自适何其相似？其"三适"——"夜
卧濯足"云："得米如得珠，食菜不敢留。……天低瘴云重，地薄海气浮。"
所处的气候环境及物质生活都很糟糕，但夜晚睡前能有一瓦盆深及膝盖的
热水泡脚，苏轼便自足异常了。此"三适"与白居易开成二年所作《三适
赠道友》有神似处，其诗曰："褐绫袍厚暖，卧盖行坐被。紫毡履宽稳，
蹇步颇相宜。足适已忘履，身适已忘衣。况我心又适，兼忘是与非。三适
合为一，怡怡复熙熙。禅那不动处，混沌未凿时。此固不可说，为君强言
之。"④白、苏二人都达到了足适、身适、心适三适合一的虚静自然的状

145

---

①（清）王文诰辑注，孔凡礼点校：《苏轼诗集》卷四十一，中华书局 1982 年版，第 2285—
2287 页。

② 陈鼓应：《庄子今注今译》，中华书局 1983 年版，第 428 页。

③ 谢思炜校注：《白居易诗集校注》律诗卷三十五，中华书局 2006 年版，第 2704 页。

④ 谢思炜校注：《白居易诗集校注》闲适诗卷八，中华书局 2006 年版，第 2298 页。

态。苏轼最后一首词《千秋岁·次韵少游》于海南儋州所作，其词曰：

> 岛边天外。未老身先退。珠泪溅，丹衷碎。声摇苍玉佩。色重黄金带。一万里。斜阳正与长安对。　　道远谁云会。罪大天能盖。君命重，臣节在。新恩犹可觊。旧学终难改。吾已矣。乘桴且恁浮于海。

苏轼的政敌对他的打击是残酷的，但苏轼于瘴风苦雨中依然吟啸徐行，他毫不怨天尤人，词中的苏轼依然精神高昂、旷然自适，"罪大天能盖"，即再大的罪天是能够包容的，还有什么可怕呢？"吾已矣，乘桴且恁浮于海。"如果自己的政见仍不被采纳，就乘着木船浮海远去。苏轼虽被贬谪而他的身心始终是自由的，因为他无论何时何地首先使自己"心安"，继而超脱了自我心灵的束缚。此词"是对沉溺于悲哀的门下弟子的教诲，是自己一生的政治气节和人生态度的自白，是贬谪文化中的最强音"①，从而达到中国封建士人"贬谪心态的最高层次"②。而自足适性的"心安"生存哲学则是使苏轼达其人生至境的关键所在。

再看辛弃疾。他的《西江月·以家事付儿曹，示之》曰：

> 万事云烟忽过，百年蒲柳先衰。而今何事最相宜。宜醉宜游宜睡。　　早趁催科了纳，更量出入收支。乃翁依旧管些儿。管竹管山管水。

146 转眼年岁已老，而山河依旧破碎，辛弃疾放情山水，"管竹管山管水"，"宜醉宜游宜睡"，让自己在自足适性中使心灵得以安慰。其《行香子》亦曰：

> 归去来兮。行乐休迟。命由天、富贵何时。百年光景，七十者

---

① 王水照、朱刚：《苏轼诗词文选评》，上海古籍出版社 2004 年版，第 202 页。
② 王水照：《元祐党人贬谪心态的缩影》，载《王水照自选集》，上海古籍出版社 2000 年版，第 638 页。

稀。奈一番愁，一番病，一番衰。 名利奔驰，宠辱惊疑，旧家时都有些儿。而今老矣，识破机关：算不如闲、不如醉、不如痴。

生死名利富贵在"识破机关"的辛弃疾眼里都是过眼云烟，他觉得最要紧的是在自足适性中享受身心自由的休闲之乐。其闲居的韵味亦如白居易之《闲居》：

> 空腹一盏粥，饥食有余味。南檐半床日，暖卧因成睡。绵袍拥两膝，竹几支双臂。从旦直至昏，身心一无事。心足即为富，身闲乃当贵。富贵在此中，何必居高位？君看裴相国，金紫光照地。辛苦头尽白，才年四十四。乃知高盖车，乘者多忧畏。①

乘坐"高盖车"，享受高官厚禄、荣华富贵，白居易认为必然有折损寿命之忧，辛弃疾亦深知此理，他的"宜醉宜游宜睡""不如闲、不如醉、不如痴"之自足适性的休闲生活是有益于身心健康的，则能助人延年益寿。"心足即为富，身闲乃当贵"，此"心安"生存哲学可使每一个人都能获得如上所述的可延年益寿的休闲生活。辛弃疾《水龙吟·题瓢泉》对此阐述云："乐天知命，古来谁会，行藏用舍。人不堪忧，一瓢自乐，贤哉回也。"

除苏轼、辛弃疾之外，自足适性的"心安"生存哲学还影响了欧阳修、王安石、黄庭坚、晁补之、叶梦得、张孝祥等一大批士人，他们都能以旷适之怀、超越心态处迁谪逆境，且写有自足适性的词篇。下面再略述欧阳修及王安石的词篇，其他词人的词不再一一叙述，但由此几位便足可见白居易"心安"生存哲学对宋代词人影响之深广。如被人构陷诬告而遭贬谪的欧阳修《朝中措》曰：

147

> 平山栏槛倚晴空。山色有无中。手种堂前垂柳，别来几度春

---

① 谢思炜校注：《白居易诗集校注》闲适诗卷六，中华书局 2006 年版，第 527 页。

风。　　　文章太守，挥毫万字，一饮千钟。行乐直须年少，尊前看取衰翁。

《宋史》称他"放逐流离，至于再三，志气自若也"①，他之所以能"志气自若"，乃在于他诗酒流连的自足适性。王安石一生致力于政治改革，曾两次罢相，晚年退居金陵，在府城东门和钟山间构筑了"半山园"，前引的《渔家傲·灯火已收正月半》便为描写此园的词作。其《菩萨蛮》曰：

> 数家茅屋闲临水，单衫短帽垂杨里。今日是何朝，看予度石桥。梢梢新月偃，午醉醒来晚。何物最关情，黄鹂三两声。

词人描写其隐居环境的清雅幽静以衬托自足适性的词人自己，王安石由一位锐意改革的宰相到一位"单衫短帽"的"半山老人"，这期间变化和反差之巨大，并没有使他茫然无措，他"午醉醒来"后听园中黄鹂清脆的鸣叫，悠然生活于半山园中，享受清闲，其"心安"的心态毕现。

白居易《隐几》诗曰："身适忘四支，心适忘是非。既适又忘适，不知吾是谁。"② 诗人由身心俱适到"忘适"，乃是休闲的最高境界，此境界的获得乃是他做自然之主人、社会之"闲人"、自我"心安"之人，即超脱自然、社会、自我的重重束缚后而获得的。而此贯穿于白居易闲适诗中的对生死与穷达的思考、超越深深地影响着宋代士人，从而产生了大量寄情山水园林、淡泊功名利禄、寻求身心俱适俱安的两宋休闲词篇。

148　　从以上分析可知，庄子穷巷卖履为生、陶渊明固穷躬耕乡村田园、白居易隐在留司官，他们都表现出对身心自由的执着追求，对自由适意生活的热切向往，于是他们找到了人生的最终归宿。他们的诗文蕴含浓郁的休闲文化意蕴。两宋休闲词的终极关怀亦是为了获得身心自由、安宁的精神家园，他们与上述富有智慧的休闲文化有着深厚的思想渊源关系，从而宋代词人们亦曾诗意地栖居于这个世界之上。

---

① （元）脱脱等：《宋史》卷三百一十九，中华书局 1977 年版，第 10380 页。
② 谢思炜校注：《白居易诗集校注》闲适诗卷八，中华书局 2006 年版，第 523 页。

# 第三章　两宋词人的休闲观

魏晋时期的"竹林七贤"、初唐的王绩、盛唐时期的李白等文人，嗜酒、酗酒、狂醉成为他们狂放不羁、愤世嫉俗、纵欲享乐的重要休闲方式，他们借酒忘忧、借酒超世。对于孔子所倡导的"安贫乐道"人生观，汉唐士子少有重视和认同。从中唐开始，文士渐渐奉行庄子、陶渊明的安时处顺、知足保和、乐天知命思想，他们所追求的"闲适"是衣食无忧的快乐生活。到了两宋，随着文人政治制度的推行和士子"文官化"的发展，休闲的情趣在宋代朝野日益流行，但他们的休闲情趣比汉魏六朝及唐人更高雅、更适性。在以往深厚的休闲文化基础上，两宋词人传承、超越了前人的思想文化，形成了自己独特的休闲观。

若按政治地位来分，两宋词人可分为两类，一类是做官的士大夫文人，一类是未做官的布衣寒士。在宋代，做官的词人们有忧谗畏讥、惨遭贬责的恐惧，而未做官的词人们则有养家糊口、维持生计的艰辛，他们都有各自的人生烦恼。本章拟以做官较顺利的晏殊和做官极不顺利的苏轼及未做官的姜夔作为个案详加论述，然后再概览两宋不同阶层、不同境遇中其他词人的休闲观，从中可以透视两宋词人普遍的休闲文化心态，从而有助于我们科学地把握休闲的真谛。

## 第一节　晏殊的休闲观

晏殊（991—1055），字同叔，抚州临川（今江西抚州）人。历任真宗、仁宗两朝，是位极人臣的"太平宰相"。"尽管总的看来晏殊的官运相当亨通，但局部地看则其一生也曾历经仕途风波，产生过忧谗畏讥的危机感。如他在天圣五年（1027）因上疏忤旨，出知亳州；庆历四年（1044）被言官论列，罢相改知颍州；庆历八年（1048），又自颍州移知陈州，皇祐五年（1053），年已六十三岁，再由永兴军（今陕西西安）改徙河南。直到至和元年（1054）六月，词人临逝前一年才因病返回汴京。……晏殊这位'太平宰相'的人生其实并不太平，而是和其他封建时代的士大夫文人一样，同样会遭受到惊涛骇浪的，只是这些风浪幸未对他造成灭顶之灾而已。"① 所以，追求身心自由的休闲始终是晏殊为相或被贬官之日所追求的精神境界。下面从三方面探析其休闲观及其在词中的体现。

## 一　心性纯真，热爱自然

沈括的《梦溪笔谈》中，有记述晏殊轶事的文字，说明晏殊心性纯真，为人简朴，不矫饰。

晏元献公为童子时，张文节荐之于朝廷，召至阙下，适值御试进士，便令公就试。公一见试题，曰："臣十日前已作此赋，有赋草尚在，乞别命题。"上极爱其不隐。及为馆职，时天下无事，许臣僚择胜燕饮，当时侍从文馆士大夫各为燕集，以至市楼酒肆，往往皆供帐为游息之地。公是时贫甚，不能出，独家居与昆弟讲习。一日，选东宫官，忽自中批："除晏殊。"执政莫谕所因。次日进覆，上谕之曰："近闻馆阁臣僚，无不嬉游燕赏，弥日继夕，唯殊杜门与兄弟读书，如此谨厚，正可为东宫官。"公既受命，得对，上面谕除授之意，公语言质野，则曰："臣非不乐燕游者，直以贫，无可为之具。臣若有钱，亦须往，但无钱不能出耳。"（《晏元献诚实不隐》）②

这两件事让当朝皇帝欣赏他的诚实，认为他心性纯真必然懂得侍奉君王大体。待仁宗登基后，更得以大用，官至当朝宰相。能秉持这样率直的

---

① 杨海明：《唐宋词与人生》，河北人民出版社 2002 年版，第 58 页。
② （宋）沈括：《梦溪笔谈》卷九（人事一），中华书局 2009 年版，第 121 页。

人格，实在难能可贵。作为沈括的随笔所记载的，应该是流传在黎民百姓口碑上的，并非正史那样的官样文章，因此，所记之事更为可信。而且，也有正史《晏殊列传》作为旁证：

> 殊性刚简，奉养清俭。累典州，吏民颇畏其悁急。善知人，富弼、杨察，皆其婿也。殊为宰相兼枢密使，而弼为副使，辞所兼，诏不许，其信遇如此。文章赡丽，应用不穷，尤工诗，闲雅有情思，晚岁笃学不倦。文集二百四十卷，及删次梁、陈以后名臣述作，为《集选》一百卷。①

从这则资料可知，晏殊性格率直，平易近人，而且唯贤是举。范仲淹、孔道辅、王安石等均出自其门下，韩琦、富弼、欧阳修、杨察等经他栽培、荐引，都得到重用。其中韩琦连任仁宗、英宗、神宗三朝宰相。而且，他举贤不避亲，富弼、杨察，皆其婿，即使是自己的女婿，也能知人善用。晏殊纯真的心性于词中表露出他对自然的热爱。其《渔家傲》曰：

> 越女采莲江北岸，轻桡短棹随风便。人貌与花相斗艳。流水慢，时时照影看妆面。　　莲叶层层张绿伞，莲房个个垂金盏。一把藕丝牵不断。红日晚，回头欲去心缭乱。

词作描写了自然的江南水乡一群自然的采莲女。在劳作闲暇之时，她们对着水面梳妆。她们掰开采得的嫩藕，只见藕断丝连。词人没有使用一句俗艳之语，而是运用大量的细节描写，语言清丽，声调和谐，采莲女优雅的身姿和温婉的风情被淋漓尽致地展现了出来。"红日晚，回头欲去心缭乱"，写出了少女情感没有着落、心有所待的特有的内心世界，描写细腻传神。词作刻画出少女们艳丽的容颜、高尚的情操，以及她们因情爱萌动而产生的不安、烦躁。整首词并无跌宕起伏的语句和情节，给人一种清

151

---

① （元）脱脱等：《宋史》（卷三百一十一列传第七十），中华书局1977年版。

新淡雅、宁静自然的闲适之感。再读其《破阵子》：

> 燕子来时新社，梨花落后清明。池上碧苔三四点，叶底黄鹂一两声，日长飞絮轻。　　巧笑东邻女伴，采桑径里逢迎。疑怪昨宵春梦好，原是今朝斗草赢，笑从双脸生。

全词纯用白描，笔调活泼，风格朴实，形象生动，展示了少女的纯洁心灵。二十四节气，春分连接清明，正是一年春光最值得留恋的时节。按民族"花历"，又有二十四番花信风，自小寒至谷雨，每五日为一花信，每节应三信有三芳开放；按春分节的三信，正是海棠花、梨花、木兰花。梨花落后，清明在望。词人写时序风物，一丝不苟。当此季节，气息芳润，清明的花信三番又在何处？那就是桐花、麦花与柳花。所以词人接着写的就是"日长飞絮轻"。朱淑真《即景》诗云："落尽海棠飞尽絮，困人天气日初长。"当此良辰佳节之际，则有二少女，出现于词人笔下：邻里女伴，轻盈地笑着，在采桑的路上相遇。她们一起玩耍，斗起草来，其中一个女孩赢了，便高兴地想到，怪不得昨夜做了个好梦，原来今天斗草能赢，天真的笑涡儿从脸边现出来。此词没有常见的那些春愁秋恨、及时行乐、对酒当歌式的灰暗情趣，它充满了活力、笑声和光明，其实是词人纯真心性在词中的自然流露，是他对自然热爱的生动体现。

## 152　二　心态满足，气度闲雅

晏殊生活大多富贵闲适，他的词作中常常渗透着一种满足的心态和雍容闲雅的独特气质。他的词作平淡自然而不失精工典雅，富贵而不鄙俗，总体风貌清丽而疏淡、气度闲雅。

据吴处厚《青箱杂记》卷五记载：

> 晏元献公虽起田里，而文章富贵，出于天然。尝览李庆孙《富贵曲》云："轴装曲谱金书字，树记花名玉篆牌。"公曰："此乃乞

儿相，未尝谙富贵者。"故公每吟咏富贵，不言金玉锦绣，而唯说其气象。若"楼台侧畔杨花过，帘幕中间燕子飞"，"梨花院落溶溶月，柳絮池塘淡淡风"之类是也。故公自以此句语人曰："穷儿家有这景致也无？"①

又据欧阳修《归田录》卷二记载：

> 晏元献公喜评诗，尝曰："'老觉腰金重，慵便枕玉凉'未是富贵语；不如'笙歌归院落，灯火下楼台'，此善言富贵者也。"人皆以为知言。②

从这两则诗话来看，晏殊对文学的要求，乃在于要有一种"真正"的富贵气象存在——这种富贵气象，又绝不是靠"金玉锦绣"之类的字面来装饰的；恰恰相反，它是通过富贵生活进行"过滤"和"提炼"之后才自然流露出来的。因而造就这种气象的必备条件就有两个：一个是"真富贵"的生活，二是高雅不俗的"趣味"。而这两个条件，晏殊本人就得天独厚地兼而备之。所以我们读他的诗，读他的词，就都会感到了那种富贵而闲雅的气度。③《宋史》列传评说他"尤工诗，闲雅有情思"，诗如此，词亦然。其《踏莎行》曰：

> 小径红稀，芳郊绿遍。高台树色阴阴见。春风不解禁杨花，濛濛乱扑行人面。　　翠叶藏莺，朱帘隔燕。炉香静逐游丝转。一场愁梦酒醒时，斜阳却照深深院。

*153*

词上阕描绘一幅具有典型特征的芳郊春暮图。"春风不解禁杨花，濛濛乱扑行人面。"所写的杨花扑面，是暮春典型景色。但词人描绘这一景象时，却注入自己的主观感情，写成春风不懂得约束杨花，以致让它漫天

---

① （宋）吴处厚：《青箱杂记》卷五，中华书局1985年版，第46—47页。
② （宋）欧阳修：《归田录》，中华书局1981年版，第21页。
③ 杨海明：《唐宋词史》，江苏古籍出版社1987年版，第191页。

飞舞，乱扑行人之面。这一方面暗示已经无计留春，只好听任杨花飘舞送春归去；另一方面又突出了杨花的无拘无束和活跃的生命力。这里虽写暮春景色，却无衰颓情调，富有生趣。下阕，"藏""隔"二字，生动地写出了初夏嘉树繁荫之景与永昼闲静之状。"炉香静逐游丝转"写在如此安静的室内，香炉里的香烟，袅袅上升，和飘荡的游丝纠结、缭绕，逐渐融合在一起，分不清孰为香烟，孰为游丝了。"一场愁梦酒醒时，斜阳却照深深院。"写到日暮酒醒梦觉之时，原来词人午间小饮，酒困入睡，等到一觉醒来，已是日暮时分，西斜的夕阳正照着自己深深的朱门院落。生活适意、富足的状况真实地展露于词中，而且用语雅致。唐圭璋《唐宋词选释》评曰："'一场'两句，写到酒醒以后景象，浑如梦寐，妙不着实字，而闲愁可思。"词中一展词人闲雅的气度。其《清平乐》曰：

> 金风细细，叶叶梧桐坠。绿酒初尝人易醉。一枕小窗浓睡。
> 紫薇朱槿花残。斜阳却照阑干。双燕欲归时节，银屏昨夜微寒。

此词与作者的《浣溪沙·小阁重帘有燕过》都突出反映了晏殊词的闲雅风格和富贵气象。作者以精细的笔触，描写细细的秋风、衰残的紫薇和木槿、斜阳照耀下的庭院等意象，通过主人公在精致的小轩窗下目睹双燕归去、感到银屏微寒这一情景，营造了一种冷清寂寥的意境，在这一意境中抒发了词人淡淡的忧伤。词上阕在写景中点明时间，渲染环境。以"细细"状金风，就没有秋风惯有的那种萧飒之感，而显得平静、悠闲。"叶叶"连用两个名词，展示一片片叶子飘落的景象，并使人感到很有次序、很有节奏。向来写梧桐经秋都是较为凄厉的，如温庭筠《更漏子》："梧桐树，三更雨，不道离情正苦。一叶叶，一声声，空阶滴到明。"李煜《乌夜啼》："寂寞梧桐深院锁清秋。"经过一代又一代词人的染笔，以至于使人一听到秋风吹拂梧桐，就产生凄凉况味。而像晏殊写得如此平淡幽细的，却极为少见。"绿酒"一句，让人觉得他的酒量不大而且绝不贪杯，浅尝辄醉，也是淡淡的一笔，然后词人才用了较重的笔墨："一枕小窗浓睡。"小饮何以"易醉"？浅醉何得"浓睡"？原来词人有一点淡淡闲愁，有愁故易醉，愁浅故睡浓，表露了词人满足心态。下阕则是写次日薄暮酒醒时的感觉。词人一觉就睡了整整一个昼夜，呼应上阕"浓睡"。浓睡中无愁无忧，酒醒后情绪怎样？通过他眼中所见的紫薇、朱槿两种凋残之花折射出词人心情之悠闲，神态之慵怠，而在结句中却仍反映出一点淡淡的哀愁。词人正是通过对周围事物的细微感觉，来表现他此际的情怀。"斜阳却照阑干"，紧承前句，描写静景，与前引《踏莎行》中的"一场愁梦酒醒时，斜阳却照深深院"词境相似。日暮了，斜阳正照着阑干，正是"双燕欲归时节"为景语，它对下句"银屏昨夜微寒"正好起了一个铺垫和烘托的作用。双双紫燕即将归巢了，这个景象便兴起词人独居无聊之感，于是他想到昨夜酒醉后原是一个人在独宿。一种凄凉意绪、淡漠愁情，不禁流于言外。但他不用"枕寒""衾寒"那些用熟了的字面，偏偏说屏风有些微寒。寓情于景，含蓄蕴藉，令人低徊不尽。这首词的特点是风调闲雅，气象华贵。这首词中所写的正是"梨花院落溶溶月，柳絮池塘淡淡风"之类，它所塑造的形象，是一个雍容闲雅的士大夫。

宋叶梦得《石林诗话》云：晏殊与王君玉"宾主相得，日以赋诗饮酒为乐，佳时胜日，未尝辄废也。尝遇中秋阴晦，斋厨夙为备，公适无命，既至夜，君玉密使人伺公，曰：'已寝矣。'君玉亟为诗以入，曰：'只在浮云最深处，试凭弦管一吹开。'公枕上得诗，大喜，即索衣起，径召客治具，大合乐。至夜分，月果出，遂乐饮达旦。前辈风流固不凡，然幕府有佳客，风月亦自如人意也。"[①] 之所以"风月亦自如人意"，也许风月也知道晏殊是不贪知足的闲雅之人，愿意与他共度那段美好时光。

155

## 三　惜时惜生，悟透人生

通览晏殊《珠玉词》很多词篇流露出老之将至、时光易逝的伤感。如：

> 燕鸿过后莺归去，细算浮生千万绪。长于春梦几多时，散似秋云无觅处。（《木兰花》）

---

① （宋）叶梦得：《石林诗话》卷上，《历代诗话》卷上，中华书局1981年版，第405页。

春花秋草。只是催人老。(《清平乐》)

时光只解催人老，不信多情。(《采桑子》)

春光一去如流电，当歌对酒莫沉吟。(《踏莎行》)

暮去朝来即老，人生不饮何为。(《清平乐》)

朱弦悄，知音少，天若有情应老。(《喜迁莺》)

兔走乌飞不住，人生几度三台。(《清平乐》)

可奈光阴似水声，迢迢去未停。(《破阵子》)

　　从以上所列举的词篇可以看出，晏殊词作有着强烈的忧惧衰老、惜时惜生的思想情绪。但晏殊在富贵闲适的生活中，也能体会出人生的真谛：一切荣华富贵，都将无可奈何花落去。看淡人间的春秋变迁，流露出词人旷达的情怀。这就是晏殊的不平常处。下面具体看一些词作。《浣溪沙》：

　　一曲新词酒一杯，去年天气旧亭台，夕阳西下几时回？　　无可奈何花落去，似曾相识燕归来，小园香径独徘徊。

　　此词虽含伤春惜时之意，却实为词人对人生和生命进行更深入的思考。词形象地写出了词人富贵闲雅的休闲生活，而他并不满足于优裕的物质生活，他欲从更高的层次上去超脱自己。起句"一曲新词酒一杯，去年天气旧亭台"，写对酒听歌的意境。词人开始是怀着轻松喜悦的心情，带着潇洒安闲的意态在听歌饮酒。但边听边饮时，却又无意地触发对"去年"所经历类似情境的追忆：也是和今年一样的暮春天气，面对的也是和眼前一样的楼台亭阁，一样的清歌美酒，然而，又分明感觉到有的东西已经起了难以逆转的变化，这便是悠悠流逝的岁月和与此相关的一系列人事。于是词人不由得从心底涌出这样的喟叹："夕阳西下几时回？"夕阳西下，是眼前景。但词人由此触发的，却是对美好景物情事的留恋，对时光流逝的怅惘，以及希望美好事物能够重现。词人所感者实际上已不仅限于眼前的情事，而是扩展到整个人生，其中不仅有感性活动，而且包含着某种哲理性的沉思。夕阳西下，是无法阻止的，只能寄希望于它的东升再

156

现，而时光的流逝、人事的变更，却再也无法重复。"无可奈何花落去，似曾相识燕归来。"是这首词出名的紧要一联，但不仅仅是词人巧思的工整对仗，而是这一联所含的意蕴。花的凋落，春的消逝，时光的飞逝，都是人所无法抗拒的自然规律，即使惋惜留恋也无济于事，所以说"无可奈何"，这一句承上阕"夕阳西下"；然而在这暮春天气中，所感受到的并不只是无可奈何的凋衰消逝，而是还有令人欣慰的重现，那翩翩归来的燕子不就像是去年曾在此处安巢的旧时相识吗？这一句呼应上阕"几时回"。花落、燕归虽也是眼前景，但一经与"无可奈何""似曾相识"相联系，它们的内涵便扩大起来，带有美好事物的象征意味。在惋惜与欣慰的交织中，蕴含着某种生活哲理：一切必然要消逝的美好事物都无法阻止其消逝，但在消逝的同时仍然有美好事物的再现，生活不会因消逝而变得一片虚无。只不过这种重现毕竟不等于美好事物原封不动地重现，它只是"似曾相识"罢了。此词之所以脍炙人口、广为传诵，其根本的原因在于情中有思，思中悟理。词中涉及时间永恒而人生有限这样深广的意念，却表现得十分含蓄，给人哲理性的启迪和美的艺术享受。《喜迁莺》：

> 花不尽，柳无穷，应与我情同。觥船一棹百分空，何处不相逢。　　朱弦悄，知音少，天若有情应老。劝君看取利名场，今古梦茫茫。

词上阕，写离情。起笔"花不尽，柳无穷"，花、柳是常见之物，它们遍布大江南北；同时花、柳又与人一样同是生命之物，它们的生长、繁茂、衰谢同人之生死、盛衰极其相似。"应与我情同"是以花柳作比，衬写自己离情的"不尽""无穷"，婉转地表露了离别的痛苦之深。"觥船一棹百分空"，一句出自杜牧的《题禅院》诗，作者这里强作旷达，故示洒脱，以一醉可以消百愁作为劝解之辞，而"何处不相逢"，则是以未来可能重聚相慰安。在对友人的温言抚慰之中，也反映了作者尽量挣脱离别痛苦的复杂心态，他既无可奈何，又欲超脱此窘态。下阕自"朱弦悄，知音少，天若有情应老"起，词情一转，正面叙写离别之情。高山流水，贵有

157

知音，而现在朱弦声悄，因挚友将要远去，一种空虚寥落之感油然而生。"天若有情应老"，用李贺句意直抒难以抑制的离愁别绪。结拍"劝君看取利名场，今古梦茫茫"二句，是作者对友人的又一次劝解。同为相劝之语，此处在内涵上却与上片不同。上片劝慰之语只就当前离别着眼，以醉饮消愁、今后可能重逢来化解，是以情相劝；此处劝语却越过一层，以利名如梦为解，属以理相劝，在劝解之中包含着词人自己的感受和体验。晏殊一生富贵显达，长期跻身上层，但朝廷内派别倾轧，政治上风雨阴晴，不能不使他感到利名场中的尔虞我诈，宦海风波的险恶，人世的盛衰浮沉，抚念今昔，恍然若梦。这首词明快、自然，读来如行云流水，与作者其他词风格迥异。其思想内核，一方面是寄情山水歌酒，另一方面是藐视名利。这首赠别词，词人将离情写得深挚却不凄楚，有温柔蕴藉之美，反映了晏殊的处世态度和人生哲学。《酒泉子》：

> 三月暖风，开却好花无限了，当年丛下落纷纷。最愁人。　　长安多少利名身。若有一杯香桂酒，莫辞花下醉芳茵。且留春。

写词人在个体生命意识觉醒之时，他极端珍惜个体生命的方式便是淡泊名利，"长安多少利名身"，表现了词人对醉心于功名利禄而不知惜春、留春之士的同情以至痛惜。

晏殊拥有以上的休闲精神境界，所以他几遭贬谪，仍能从容淡然。庆历四年（1044），晏殊罢相知颍州，据《阜阳县志》载：同叔谪居颍州，饮酒赋诗自若。曾于西湖建清涟阁，又手植双柳于阁前。其后欧阳修守颍，为建双柳亭，而清涟阁亦改为去思堂。欧阳修有《答杜相公宠示去思堂》诗云："当年丞相倦洪钧，弭节初来颍水滨。惟以琴罇乐嘉客，能将富贵比浮云。"写出了被贬中的晏殊的休闲形象。晏殊的休闲观亦渗透于他的词作里。

## 第二节　苏轼的休闲观

苏轼是我国文化史上罕见的文艺通才，他用诗词和散文所堆积的文学象牙塔原是一座蕴藏极丰富的矿藏。他的诗词和散文中有大量关于休闲的见解及描述。下面拟从苏轼的诗词和散文中去把握苏轼的休闲观,详细了解其休闲观的形成及其实践,因为他是一位极其懂得休闲真谛的智者。

## 一　休闲是纯真心态的自然状态

我们有必要先细看一下苏轼的纯真心灵。《挥麈后录》载:"东坡先生自黄州移汝州,中道起守文登。舟次泗上,偶作词云:'何人无事,燕坐空山。望长桥上,灯火闹,使君还。'太守刘士彦,本出法家,山东木强人也。闻之,亟谒东坡云:'知有新词,学士名满天下,京师便传。在法,泗州夜过长桥者,徒二年,况知州邪!'切告收起,勿以示人。东坡笑曰:'轼一生罪过,开口常是,不在徒二年以下。'"① 可见他的率性自由,为人作文之真纯。在《春渚纪闻》卷六中有:"(东坡)先生尝谓刘景文与先子曰:'某平生无快意事,惟作文章,意之所到,则笔力曲折,无不尽意。自谓世间乐事无逾此矣。'"② 此可证从不伪饰地写文章是苏轼一生最快意事,而且是他休闲的主要方式。绍圣三年(1096)苏轼谪居惠州作《纵笔诗》云:"白头萧散满霜风,小阁藤床寄病容。报道先生春睡美,道人轻打五更钟。"王文诰注:"按此诗,执政闻而怒之,再贬儋耳。"③ 此事证明了苏轼"平生文字为吾累"④ 的"自豪"之语,同时透过苏轼此番安闲自适又足见其纯真心灵的自然状态。故而苏轼留下的文字都是他纯真心灵的自然流露。

在苏轼的诗词和散文里,休闲观主要表现为一种纯真心灵的自然状态。此休闲观在苏轼作于元符二年(1098)的《书海南风土》中有清晰的表述:

159

岭南天气卑湿,地气蒸溽,而海南为甚,夏秋之交,物无不腐坏

---

① 上海古籍出版社本社编:《宋元笔记小说大观》,上海古籍出版社 2001 年版,第 3708 页。
② 同上书,第 2415 页。
③ (清)王文诰编注,孔凡礼点校:《苏轼诗集》卷四十,中华书局 1982 年版,第 2203 页。
④ (清)王文诰编注,孔凡礼点校:《苏轼诗集》卷十九,中华书局 1982 年版,第 1005 页。

者。人非金石，其何能久？然儋耳颇有老人，年百余岁者，往往而是，八九十者不论也。乃知寿夭无定，习而安之，则冰蚕火鼠，皆可以生。吾尝湛然无思，寓此觉于物表，使折胶之寒，无所施其冽，流金之暑，无所措其毒，百余岁岂足道哉！彼愚老人者，初不知此特如蚕鼠生于其中，兀然受之而已。①

"夏秋之交，物无不腐坏者"的瘴风苦雨的海南，竟然有很多一百多岁的长寿老人，八九十岁的则比比皆是。苏轼对"寿夭无定，习而安之，则冰蚕火鼠，皆可以生"这一生活现象深深思考而体悟到：只要超越自然、社会、自我的重重束缚，像海南长寿老人之冰蚕火鼠般委顺自然、安时处顺，则人活"百余岁岂足道哉"。他于同年所作《试笔自书》云：

> 吾始至南海，环视天水无际，凄然伤之，曰："何时得出此岛耶？已而思之，天地在积水中，九州在大瀛海中，中国在少海中，有生孰不在岛者？覆盆水于地，芥浮于水，蚁附于芥，茫然不知所济。少焉水涸，蚁即径去。见其类出涕曰：几不复与子相见。岂知俯仰之间，有方轨八达之路乎？念此可以一笑。"戊寅九月十二日与客饮薄酒小醉，信笔书此纸。②

苏轼把困于海岛的自己类比为附于盆水浮芥之上的蚂蚁，二者虽有物我之别，但二者的处境是相同的。苏轼"笑"的不是脱险后蚂蚁感受着的哭泣，而是从蚂蚁的境遇感悟到物我都不必困扰于并非永远不变的外界的环境，人生俯仰之间要想快乐，便需安于自然。面对海南困苦的生活、险恶的环境，苏轼之所以能泰然处之，主要是因为他拥有了纯真心灵自然状态的休闲观。苏轼所作《徐大正闲轩》诗曰：

---

① 孔凡礼点校：《苏轼文集》卷七十一，中华书局 1986 年版。
② 上海古籍出版社本社编：《宋元笔记小说大观·曲洧旧闻卷第五》，上海古籍出版社 2001 年版，第 2990—2991 页。

冰蚕不知寒，火鼠不知暑。知闲见闲地，已觉非闲侣。君看东坡翁，懒散谁比数。……五年黄州城，不踏黄州鼓。人言我闲官，置此闲处所。问闲作何味，如眼不自睹。颇讶徐孝廉，得闲能几许。介子愿奉使，翁归备文武。应缘不耐闲，名字挂庭宇。我诗为闲作，更得不闲语。君如汗血驹，转盼略燕、楚。莫嫌銮辂重，终胜盐车苦。①

闲是什么？苏轼说"如眼不自睹"，即眼自不见眼，"闲"便是"如眼不自睹"般的无意识的自然状态。而像徐大正那样"名字挂庭宇"，即把"闲轩"二字高高挂在庭宇之上来张扬主人的闲适高雅，则显得幼稚、做作、不自然，不是真正意义上的闲。此亦可证苏轼的休闲乃是一种纯真心灵的自然状态。

苏轼在《与子由弟十首》之第三首又云：

任情逍遥，随缘放旷，但尽凡心，无别胜解。以我观之，凡心尽处，胜解卓然。但此胜解，不独有无，不通言语，故祖师教人，到此便住。②

在此，苏轼把休闲述说为"任情逍遥，随缘放旷"的自然状态。林语堂称此为"自然态度"，他说："我总以为生活的目的即是生活的真享受，其间没有是非之争……这种包含真正享受它的目的，大抵不是发自有意的，而是一种人生的自然态度。"③ 下文拟从心境从容、忙里偷闲、随遇而安以至做适意的闲人等几个方面来看体现在苏轼诗词和散文中的这种纯真心灵自然状态的休闲。

（一）宁静自适，心境从容

在苏轼的诗词和散文里，纯真心灵自然状态的休闲观首先表现为一种宁静自适的从容心境。苏轼二十岁左右自家乡眉山顺长江而下准

161

---

① （清）王文诰编注，孔凡礼点校：《苏轼诗集》卷二十四，中华书局 1982 年版，第 1283 页。
② 孔凡礼点校：《苏轼文集》卷六十，中华书局 1986 年版，第 1834 页。
③ 林语堂：《生活的艺术》，越裔汉译，陕西师范大学出版社 2003 年版，第 99 页。

备进京赶考时，他目睹"浩浩长江赴沧海，纷纷过客似浮萍"（《望夫台》）① 时，便说"吾心淡无累，遇境即安畅"（《出峡》）②，他漫长的人生从起点开始便拥有一颗淡泊自适的心，以后在他的仕途生活屡遭波折时，这种宁静自适的从容心境始终伴随他，而且越到晚年这种心境越透明、自然。他一生的诗作中曾多次出现"心闲""心静""清闲"等字眼。如：

心闲返自照，皎皎如芙蕖。（《读道藏》）③

万事会须咨伯始，白头容我占清闲。（《次韵胡完夫》）④

一炷烟消火冷，半生身老心闲。（《和黄鲁直烧香二首》）⑤

要及清闲同笑语，行看衰病费扶携。（《次韵刘贡父省上》）⑥

谁谓渊明贫，尚有一素琴。心闲手自适，寄此无穷音。（《和陶贫士七首·其三》）⑦

心闲偶自见，念起忽已逝。（《和陶桃花源》）⑧

休闲等一味，妄想生愧腼。（《和陶田舍始春怀古二首》）⑨

心闲诗自放，笔老语翻疏。（《广倅萧大夫借前韵见赠，复和答之二首》）⑩

国老安荣心自闲，紫袍金带旧簪冠。（《次韵借观〈睢阳五老图〉》）⑪

公退清闲如致仕，酒余欢适似还乡。（《臂痛谒告，作三绝句示四君子》）⑫

*162*

---

① （清）王文诰编注，孔凡礼点校：《苏轼诗集》卷一，中华书局 1982 年版，第 23 页。
② 同上书，第 44 页。
③ （清）王文诰编注，孔凡礼点校：《苏轼诗集》卷四，中华书局 1982 年版，第 181 页。
④ （清）王文诰编注，孔凡礼点校：《苏轼诗集》卷二十六，中华书局 1982 年版，第 1402 页。
⑤ （清）王文诰编注，孔凡礼点校：《苏轼诗集》卷二十八，中华书局 1982 年版，第 1478 页。
⑥ 同上书，第 1493 页。
⑦ （清）王文诰编注，孔凡礼点校：《苏轼诗集》卷三十九，中华书局 1982 年版，第 2138 页。
⑧ （清）王文诰编注，孔凡礼点校：《苏轼诗集》卷四十，中华书局 1982 年版，第 2196 页。
⑨ （清）王文诰编注，孔凡礼点校：《苏轼诗集》卷四十一，中华书局 1982 年版，第 2280 页。
⑩ （清）王文诰编注，孔凡礼点校：《苏轼诗集》卷四十四，中华书局 1982 年版，第 2394 页。
⑪ （清）王文诰编注，孔凡礼点校：《苏轼诗集》卷四十八，中华书局 1982 年版，第 2649 页。
⑫ （清）王文诰编注，孔凡礼点校：《苏轼诗集》卷三十四，中华书局 1982 年版，第 1800 页。

休闲使苏轼自我静养成宁静自适的从容心境。他于惠州所作《记游松风亭》曰：

> 余尝寓居惠州嘉祐寺，纵步松风亭下。足力疲乏，思欲就林止息。望亭宇尚在木末，意谓是如何得到？良久，忽曰："此间有什么歇不得处？"由是如挂钩之鱼，忽得解脱。若人悟此，虽兵阵相接，鼓声如雷霆，进则死敌，退则死法，当怎么时也不妨熟歇。

苏轼到惠州后不久便寓居于嘉祐寺。此小品融合苏轼的生活经历，通过写他在居处附近的一次游历而得出人生感悟，亦即他的休闲观：无论何时何地，人都要宁静自适、心境从容，这样便能摆脱任何枷锁的束缚，从而能获得完全的身心自由。而其中"心闲"则是关键，"心闲"才能使身闲。即使身忙但能做到"心闲"，那么也能少欲无累，而达到"忙里偷闲，苦中作乐"[1]。

（二）忙里偷闲，苦中作乐

"忙"与"闲"相对。传统观念向来对休闲持有片面的看法，认为追求休闲的生活便是好逸恶劳、不务正业，而只有勤恳劳作才是传统的美德。其实忙劳和休闲是人类生命存在不可或缺的两种方式，人活着首先应该"忙"，否则便是懒惰，但又要忙中有闲，以使自己快乐地"忙"。如果疏漏了其中的任何一个方面，那么人所拥有的生命和智慧都是不健全的。前文所引的《徐大正闲轩》乃是苏轼为黄州知州徐君猷之弟徐大正所建"闲轩"而作，当时秦少游也为之作了《闲轩记》："齿发未衰，而欲就闲旷，处幽隐，分猿狖之居，厕麋鹿之游，窃为君不取也。"（《徐大正闲轩》施注）[2] 秦观对徐大正年纪轻轻便"欲就闲旷"做了尖锐的批评。而苏轼虽也持批评的态度，但观点与秦少游相反，他的批评是指徐大正未能把握闲适的本质意义。苏轼追求的乃是一种自然状态的休闲。

*163*

---

① （宋）陈造：《江湖长翁集》卷四，《文渊阁四库全书》（集部），北京图书馆出版社2006年版。（同陈宰黄薄游灵山八首，宰云："吾辈可谓忙里偷闲，苦中作乐。"）

② （清）王文诰编注，孔凡礼点校：《苏轼诗集》卷二十四，中华书局1982年版，第1283页。

苏轼在《中隐堂诗》其二中说:"好古嗟生晚,偷闲厌久劳。王孙早归隐,尘土污君袍。"① 在《次韵答李端叔》中又说:"西省邻居时邂逅,相逢有味是偷闲。"② 苏轼这里的"偷闲"说出了他所追求的休闲与传统所批评的休闲的本质区别。苏轼的休闲观是基于"忙""劳"的根基上而企求恢复、保持宁静自适的从容心境,若终日终年无所事事便无所谓寻求恢复,更不用"偷闲"。我们一贯赞美勤劳是人的美德,以致部分人走向极端,为了获得更多的生存资本连续劳作不知休息,从而使自己身心疲惫,于己于人都不利。无论"忙"与"劳",其目的都是为使自己生活得更好。但走向极端的人们往往愚笨地把忙当成了目的。聪明睿智的苏轼走出传统的思维定式,在并不悠闲的日子里,"尽量在日常生活的每一时刻寻觅人生的乐趣,有时甚至以品味自己的心境作为快乐"③。觉得"偷闲"的"有味"岂不就是他引为愉悦的心境之一?因而享受"偷闲"的乐趣,也是至人之至乐之一。

《清波杂志》卷第十一载《东坡亲书》曰:"番江寓客赵叔简编修,宣和故家,家藏东坡亲书历数纸。盖坡为郡日,当直司日生公事,必著于历,当晚勾消。唯其事无停滞,故居多暇日,可从诗酒之适。'欲将公事湖中了,见说官闲事亦无。'乃秦少章所投坡诗,盖状其实。"④ 由此可见,"偷闲"是苏轼极会做事、能做好事的原因所在,他的闲适是为了更有效率的忙劳,否则终日忙得人也昏昏,做事必也糟糟。

为公事而忙劳,苏轼从未觉得苦,因为他既会工作又懂生活,即使公务缠身,他也能"已向闲中作地仙"(作于密州任时)⑤。苏轼作于熙宁十年(1077)的《临江仙》曰:

**164**

> 自古相从休务日,何妨低唱微吟。天垂云重作春阴。坐中人半醉,帘外雪将深。 闻道分司狂御史,紫云无路追寻。凄风寒雨是

① (清)王文诰编注,孔凡礼点校:《苏轼诗集》卷四,中华书局 1982 年版,第 165—166 页。
② (清)王文诰编注,孔凡礼点校:《苏轼诗集》卷二十六,中华书局 1982 年版,第 1407 页。
③ (清)杨海明:《唐宋词与人生》,河北人民出版社 2002 年版,第 101 页。
④ 上海古籍出版社本社编:《宋元笔记小说大观》,上海古籍出版社 2001 年版,第 5130 页。
⑤ (清)王文诰编注,孔凡礼点校:《苏轼诗集》卷十二,中华书局 1982 年版,第 586 页。

骎骎。问囚长损气，见鹤忽惊心！

于休务之日，平日公务繁忙的苏轼尽情地饮酒吟诗低唱，半醉中欣赏着窗外纷纷飘扬的雪花，此种休闲生活多么惬意。词的下阕则通过描述杜牧狂放不羁的性格和"鹤"的难进易退来表达词人不愿被权势者驱使以及追求身心自由的思想。苏轼《鹤叹》诗又曰：

园中有鹤驯可呼，我欲呼之立坐隅。鹤有难色侧睨予，岂欲臆对如鹏乎。我生如寄良畸孤，三尺长胫阁瘦躯。俯啄少许便有余，何至以身为子娱。驱之上堂立斯须，投以饼饵视若无。戛然长鸣乃下趋，难进易退我不如。

诗中的"鹤"宁肯退却也不肯为些许饼饵而成为供人取乐的玩物，为人所颐指气使。苏轼心惊于鹤尚能如此，而平日理屈地审讯囚犯的自己和被冤屈地受审的犯人的身心则都是极不自由的。苏轼忙里偷闲中释放着自己心中的不适，以求得真正的休闲。"问汝平生功业，黄州、惠州、儋州。"[1] 最苦的该是没有公务的多年的贬谪生活，然而苏轼仍然能苦中作乐，如《与子由弟十首》之七曰：

惠州市井寥落，然犹日杀一羊，不敢与仕者争。买时，嘱屠者买其脊骨耳。骨间亦有微肉，熟煮热漉出，渍酒中，点薄盐炙微燋食之。终日抉剔，得铢两于肯綮之间，意甚喜之。如食蟹螯，率数日辄一食，甚觉有补。子由三年食堂庖，所食刍豢，没齿而不得骨，岂复知此味乎？戏书此纸遗之，虽戏语，实可施用也。然此说行，则众狗不悦矣。[2]

*165*

苏轼津津有味地吃着经酒浸薄盐洒而烧烤至金黄的骨间微肉，贬谪的

---

① （清）王文诰编注，孔凡礼点校：《苏轼诗集》卷四十八，中华书局1982年版，第2641页。
② 孔凡礼点校：《苏轼文集》第五册，中华书局1986年版，第1837页。

痛苦丝毫不影响他对生活的享受。不论生活多么繁忙沉重、困苦不堪,苏轼都始终保持快乐的心境,善待今生。在儋州,他留下了东坡酒、东坡肉、东坡羹、东坡帽、东坡扇、东坡茶等美谈。在黄州、惠州、儋州苏轼都自己造屋居住,亲耕农亩,但也是他佳作迭出、创作颇丰的时期,诗酒流连,可谓苦中作乐。

(三)热爱人生,随遇而安

面对生命脆弱、易逝,人事变幻莫测,苏轼仍能忙里偷闲,苦中作乐,是因为他能保持心静,从容地深爱人生。林语堂说:"苏东坡诗中有'事如春梦了无痕'之句,因为如此,所以他那么深刻坚决地爱好人生。"①

苏轼热爱人生,在词中经常表现出一种享受歌舞人生的自适心境。熙宁七年(1074)作《永遇乐》:"长忆别时,景疏楼上,明月如水。美酒清歌,留连不住,月随人千里。"熙宁九年(1076年)作《水调歌头》:"明月几时有?把酒问青天。不知天上宫阙,今夕是何年?我欲乘风归去,又恐琼楼玉宇,高处不胜寒。起舞弄清影,何似在人间。"《铁围山丛谈》卷三:"歌者袁绚,乃天宝之李龟年也。宣和间供奉九重,尝为吾言:'东坡公昔与客游金山,适中秋夕,天宇四垂,一碧无际,加江流倾涌,俄月色如昼,遂共登金山山顶之高台,命绚歌其《水调歌头》曰:'明月几时有,把酒问青天。'歌罢,坡为起舞,而顾问曰:'此便是神仙矣。'吾谓文章人物,诚千载一时,后世安所得乎?"②此时苏轼被排挤出京师已五年,和弟弟苏辙更是七年未见,胸中满怀壮志难酬的苦闷和对亲人的怀念之情,但他的言行却丝毫不见忧愁,他通过歌舞来化解胸中的不快,使自己心情趋于宁静自适。熙宁九年(1076)作《画堂春·寄子由》:

> 柳花飞处麦摇波,晚湖净,鉴新磨。小舟飞棹去如梭,齐唱采菱歌。平野水云溶漾,小楼风日晴和。济南何在暮云多,归去奈愁何?

苏辙如能与苏轼一起听船民唱采菱的民歌,看"小舟飞棹如梭"的场

---

① 林语堂:《生活的艺术》,越裔汉译,陕西师范大学出版社 2003 年版,第 125 页。
② 《宋元笔记小说大观》,上海古籍出版社 2001 年版,第 3079 页。

面，那么即使被外放，苏轼也会觉得那是人间最美好的快乐时光。熙宁九年（1076）十一月，苏轼接到移知河中府的诰命，登超然台而作《江城子》：

前瞻马耳九仙山，碧连天，晚云间。城上高台真个是超然，莫使匆匆云雨散，今夜里，月婵娟。　小溪鸥鹭静联拳，去翩翩，点轻烟。人事凄凉，回首便他年。莫忘使君歌笑处，垂柳下，矮槐前。

别人都认为密州的生活是苏轼被外放的时光，可密州的每一个角落似乎都洒落过苏轼的歌声笑语，"真个是超然"。元丰五年（1082）八月十五日，苏轼在黄州作《念奴娇·中秋》，其下阕曰："我醉拍手狂歌，举杯邀月，对影成三客。起舞徘徊风露下，今夕不知何夕。便欲乘风，翻然归去，何用骑鹏翼？水晶宫里，一声吹断横笛。"贬谪中的词人通过想象描写自己在天国的歌舞生活，不用借大鹏的羽翼他便能乘长风飞到月宫，在水晶似的月宫里吹奏起高亢响亮的横笛，表现了他开阔通脱的乐观精神，同时也充分地展示出词人精神自由自适的超然形象。元符三年（1100）苏轼作《鹧鸪天》：

笑捻红牙辩翠翘，扬州十里最妖娆，夜来绮席亲曾见，撮得精神滴滴娇。　娇后眼，舞时腰，刘郎几度欲魂消。明朝酒醒知何处，肠断云间紫玉箫。

这是一首即席称赞歌女的词。曾被许多人所严厉批评的歌舞声色场景中的歌妓，在苏轼的笔下却幻化成艺术的精灵。读此词，人们心为之颤动的不是媚俗，而是因为经历了一次美的洗礼。苏轼还写过《浣溪沙·荷花》词："四面垂杨十顷荷，问云何处花最多？画楼南畔夕阳过。天气乍凉人寂寞，光阴须得酒消磨，且来花里听笙歌。"其中充分表现了词人夏日边听音乐边观荷的悠闲愉悦的心境。

苏轼的这些描写歌舞人生的词，无不流露出他对生活的热爱。然而苏轼并不是生活的宠儿，他的生活曾在很长时间里变得十分窘迫。但面对窘迫的生活，苏轼的心灵却始终呈现着随遇而安的自然状态。下面我们从苏轼作于不同时期的诗词和散文中来体悟他随遇而安的人格魅力。

熙宁四年（1071）苏轼任杭州通判时作《六月十七日望湖楼醉书五绝》其五曰："未成小隐聊中隐，可得长闲胜暂闲。我本无家更安往，故乡无此好湖山。"① 《和张子野见寄三绝句》又曰："前生我已到杭州，到处长如到旧游。"② 面对美丽的湖山，被外放的苏轼随遇而安地达到了欣喜的程度。熙宁八年（1075），苏轼在穷乡僻壤的密州任知府时作《超然台记》曰："凡物皆有可观。苟有可观，皆有可乐，非必怪奇伟丽者也。铺糟啜醨，皆可以醉，果蔬草木，皆可以饱。推此类也，吾安往而不乐？……处之期年，而貌加丰，发之白者；日以反黑。余既乐其风俗之纯，而其吏民亦安予之拙也。"③ 文中精辟地论述了他的随遇而安、超然物外的人生观。

随遇而安成为苏轼在黄州的生存法宝和生活态度，它是"穷则独善其身"的一种表现，含着洒脱旷达的襟怀和忍耐坚毅的精神。苏轼在黄州安于贫困，安于微贱，安于寂寞，乐天知命。元丰三年（1080）苏轼在黄州作《次韵前篇》④ 曰："去年落花在徐州，对月酣歌美清夜。今年黄州见花发，小院闭门风露下。"元丰四年（1081）又作《东坡八首》⑤，序曰："余至黄州二年，日以困匮。故人马正卿哀余乏食，为于郡中请故营地数十亩，使得躬耕其中。地既久荒为茨棘瓦砾之场，而岁又大旱，垦辟之劳，筋力殆尽。释耒而叹，乃作是诗，自悯其勤，庶几来岁之入以忘其劳矣。"于中可见苏轼在黄州生活之十分窘迫。元丰五年（1082）三月七日，苏轼于"沙湖道中遇雨"，而"雨具先去"，词人作《定风波》，表达他将以不避风雨、听任自然的生活态度去应付瞬息万变的人事，于是他无往而不快。同年春天，苏轼作《游沙湖》一文，文中记述他在沙湖买田，因看

---

① （清）王文诰编注，孔凡礼点校：《苏轼诗集》卷七，中华书局1982年版，第341页。
② （清）王文诰编注，孔凡礼点校：《苏轼诗集》卷三十三，中华书局1982年版，第652页。
③ 孔凡礼点校：《苏轼文集》卷十一，中华书局1986年版，第368页。
④ （清）王文诰编注，孔凡礼点校：《苏轼诗集》卷二十，中华书局1982年版，第1033页。
⑤ 同上书，第1079页。

田而得疾，便去找聋医生安常看病；因看病而结识了安常，于是二人同游兰溪，见溪水西流，作《浣溪沙》词曰："山下兰芽短浸溪，松间沙路净无泥，萧萧暮雨子规啼。　谁道人生无再少？门前流水尚能西，休将白发唱黄鸡。"于中更可以看出苏轼在黄州的安贫乐道和豪情不衰，面对西流的溪水，他昂然发出了"谁道人生无再少"的热情呼唤。其时，他在东坡亲自劳作，在荒废的屋基上建"雪堂"，除了稻麦还种了些许果树和茶树。其作于元丰五年的《江城子》曰：

> 梦中了了醉中醒。只渊明，是前生。走遍人间，依旧却躬耕。昨夜东坡春雨足，乌鹊喜，报新晴。　雪堂西畔暗泉鸣。北山倾，小溪横。南望亭丘，孤秀耸曾城。都是斜川当日境，吾老矣，寄余龄。

他以自己"躬耕于东坡，筑雪堂居之"自比晋代诗人陶渊明斜川之游，在词中表达了对渊明的深深仰慕之意，抒发了随遇而安、乐而忘忧的旷达襟怀。作品平淡中见豪放，充满恬静闲适而又粗犷的田园趣味。首句"梦中了了醉中醒"，表明苏轼能理解陶渊明饮酒的心情，深知他在梦中或醉中实际上都是清醒的，这是他们的共同之处。"只渊明，是前生。走遍人间，依旧却躬耕"，充满了辛酸的情感，陶渊明因不满现实政治而归田，苏轼却是以罪人的身份在贬所躬耕。苏轼带着沉痛辛酸的心情，暗示躬耕东坡是受政治迫害所致。"昨夜东坡春雨足，乌鹊喜，报新晴"，于一番议论后融情入景，通过对春雨过后乌鹊报晴这一富有生机的情景描写，隐隐表达出词人欢欣、怡悦的心情和对大自然的热爱。词的下阕，写鸣泉、小溪、山亭、远峰，日与耳目相接，表现出田园生活恬静清幽的境界，给人以超世遗物之感。结拍与首句议论及下阕的写景相呼应，总括全词，以东坡雪堂今日春景似渊明当日斜川之景，引出对斜川当日之游的向往和在逆境中淡泊自守、怡然自足的心境，他亦愿在黄州度余生。元丰五年作《临江仙》中曰："家童鼻息已雷鸣。敲门都不应，倚杖听江声。"他遇事泰然处之。而最后说："小舟从此逝，江海寄余生。"体现了他随缘自适的思想。还有在《前赤壁赋》中，苏轼与"客"对江上之清风与山间之明月的

169

"共适"，都体现了他乐观旷达、随遇而安的人生观。

元丰八年苏轼在常州，作诗《归宜兴，留题竹西寺三首》，其一曰："十年归梦寄西风，此去真为田舍翁。"同时作词《菩萨蛮》曰：

> 买田阳羡吾将老，从来只为溪山好。往来一虚舟，聊随物外游。
>
> 有书仍懒著，水调歌归去。筋力不辞诗，要须风雨时。

苏轼要以田舍翁的形象归老阳羡，把常州作为他的第二故乡。元祐五年（1090），任杭州太守的苏轼作《好事近·西湖夜归》：

> 湖上雨晴时，秋水半篙初没。朱槛俯窥寒鉴，照衰颜华发。
>
> 醉中吹堕白纶巾，溪风漾流月。独棹小舟归去，任烟波摇兀。

表现出泰然自适、随遇而安的生活态度。元祐六年（1091）钱穆文罢越州守返京，路过杭州，苏轼为他送行作《临江仙》曰："人生如逆旅，我亦是行人。"表现出处逆境而泰然自若的豁达胸怀。绍圣元年（1094）苏轼抵达惠州寓居嘉祐寺，他所作《记游松风亭》（参见第163页），此篇小品文寄寓苏轼身世感慨和人生哲理，他认为人生犹如登山，为达到自己的志向有时不免"足力疲乏"，而"此间有什么歇不得处"的随处可歇的思想正寄寓着苏轼随遇而安的人生态度。绍圣四年，苏轼自惠州贬所再责琼州，当时苏辙也被贬至雷州，苏轼作诗曰："莫嫌琼雷隔云海，圣恩尚许遥相望。平生学道真实意，岂与穷达俱存亡。天其以我为箕子，要使此意留要荒。他年谁作舆地志，海南万里真吾乡。"① 苏轼年事已高，海南的环境更比不得黄州，但他却认为能与自己弟弟隔海相望就很满足了，他于是就把海南又作为他的另一故乡了。据《宋史》记载："昌化，故儋耳地，非人所居，药饵皆无有。初僦官屋以居，有司犹谓不可，轼遂买地筑室，儋人运甓畚土以助之。独与幼子过处，著书以为乐，时时从其父老游，若

---

① （清）王文诰编注，孔凡礼点校：《苏轼诗集》卷四十一，中华书局1982年版，第2244页。

将终身。"① 元符二年（1099）苏轼作《被酒独行，遍至子云、威、徽、先觉四黎之舍三首》②：

　　半醒半醉问诸黎，竹刺藤梢步步迷。但寻牛矢觅归路，家在牛栏西复西。（其一）

　　总角黎家三四童，口吹葱叶送迎翁。莫作天涯万里意，溪边自有舞雩风。（其二）

　　作此诗时苏轼到海南已是第三年，随遇而安的人生态度使他与当地的黎族人民融洽相处，从诗中可见他与他们常来常往，连小孩都很喜欢他。"牛矢"可谓卑俗之秽语，但在这首绝句中，却真实刻画了作者身处逆境而淡泊平和、随遇而安的意趣，故王文诰评云："此儋州记事诗之绝佳者。"③ 半醒半醉的苏轼访友归来，循着地上的牛粪找寻牛栏，因为他记得自己的家在牛栏的西面。苏轼认为只要有乐观旷达、随遇而安人生态度，无论天涯海角都会有曾晳迎风于舞雩台般的快乐休闲。苏轼坦言"有生何处不安生"（《山村五绝》）④，"此心安处是吾乡"（《定风波》），而这"在牛栏西复西"之所便是他在海角天涯的安身之家。拥有宁静自适心境的苏轼每到一处便真心实意地要在那里生活好，都因为他拥有随遇而安的人格素养，而这又因为他太热爱这短暂的人生。

　　（四）享受闲适，做个闲人

　　苏轼在困顿的生活中仍能悠然愉悦地休闲，因为他心境从容，热爱生活，苦中作乐，随遇而安。

　　前文已涉及一些苏轼诗中言"闲""适"的文字，其诗中还有很多。现再选取部分呈现如下：

*171*

---

① （元）脱脱：《宋史》卷338，中华书局1977年版，第10817页。
② （清）王文诰编注，孔凡礼点校：《苏轼诗集》卷四十一，中华书局1982年版，第2322页。
③ 同上书，第2323页。
④ （清）王文诰编注，孔凡礼点校：《苏轼诗集》卷九，中华书局1982年版，第438页。

我今官正闲，屡至困休沐。人生营居止，竟为何人卜。（《李氏园》）①

青春为君好，白日为君悠。山鸟奏琴筑，野花弄闲幽。（《和刘长安题薛周逸老亭，周善饮酒，未七十而致仕》）②

人闲正好路傍饮，麦短未怕游车轮。（《和子由踏青》）③

岂如闲官走山邑，放旷不与趋朝衙。（《司竹监烧苇园，因召都巡检柴贻勖左藏，以其徒会猎园下》）④

共谁交臂论今古，只有闲心对此君。（《夜直祕阁呈王敏甫》）⑤

江湖隐沦士，岂无适时资。老死不自惜，扁舟自娱嬉。（《秀州僧本莹静照堂》）⑥

自言其中有至乐，适意无异消遥遊。（《石苍舒醉墨堂》）⑦

爱君东阁能延客，顾我闲官不计员。（《次韵王诲夜坐》）⑧

久爱闲居乐，兹行恐遂不？（《次韵子由初到陈州二首·其二》）⑨

我诗虽云拙，心平声韵和。年来烦恼尽，古井无由波。（《出都来陈，所乘船上有小诗八首，不知何人有感于我心者，聊为和之·其八》）⑩

从今得闲暇，默坐清日永。作诗解子忧，持用三日省。（《颍州初别子由二首》）⑪

羡子去安闲，吾帮正喧哄。（《广陵会三同舍，各以其字为韵，仍

① （清）王文诰编注，孔凡礼点校：《苏轼诗集》卷三，中华书局1982年版，第115—118页。
② （清）王文诰编注，孔凡礼点校：《苏轼诗集》卷四，中华书局1982年版，第164页。
③ 同上书，第161页。
④ （清）王文诰编注，孔凡礼点校：《苏轼诗集》卷五，中华书局1982年版，第216—218页。
⑤ 同上书，第225页。
⑥ （清）王文诰编注，孔凡礼点校：《苏轼诗集》卷六，中华书局1982年版，第234页。
⑦ 同上书，第235页。
⑧ 同上书，第251页。
⑨ 同上书，第255页。
⑩ 同上书，第263页。
⑪ 同上书，第278页。

邀同赋·刘贡父》）①

　　未成小隐聊中隐，可得长闲胜暂闲。我本无家更安往，故乡无此好湖山。（《六月二十七日望湖楼醉书五绝·其五》）②

　　闲里有深趣，常忧儿辈知。已成归蜀计，谁借买山赀。（《答任师中次韵》）③

　　寓世身如梦，安闲日似年。（《过广爱寺，见三学演师，观杨惠之塑宝山、朱瑶画文殊、普贤》）④

　　百重堆案掣身闲，一叶秋声对榻眠。（《立秋日祷雨，宿灵隐寺，同周、徐二令》）⑤

　　自知乐事年年减，难得高人日日闲。（《病中独游净慈，谒本长老，周长官以诗见寄，仍邀游灵隐，因次韵答之》）⑥

　　因病得闲殊不恶，安心是药更无方。（《病中游祖塔院》）⑦

　　已向闲中作地仙，更于酒里得天全。（《李行中秀才醉眠亭三首》其一）⑧

　　赖有高楼能聚远，一时收拾与闲人。（《单同年求德兴俞氏聚远楼诗三首》）⑨

　　纵横忧患满人间，颇怪先生日日闲。（《吏隐亭》）⑩

　　身闲曷不长闭口，天寒正好深藏手。（《答孔周翰求书与诗》）⑪

　　此生忧患中，一俯安闲处。（《雨中过舒教授》）⑫

---

①　（清）王文诰编注，孔凡礼点校：《苏轼诗集》卷六，中华书局 1982 年版，第 294 页。
②　（清）王文诰编注，孔凡礼点校：《苏轼诗集》卷七，中华书局 1982 年版，第 341 页。
③　（清）王文诰编注，孔凡礼点校：《苏轼诗集》卷八，中华书局 1982 年版，第 362 页。
④　（清）王文诰编注，孔凡礼点校：《苏轼诗集》卷九，中华书局 1982 年版，第 460 页。
⑤　（清）王文诰编注，孔凡礼点校：《苏轼诗集》卷十，中华书局 1982 年版，第 473 页。
⑥　同上书，第 474 页。
⑦　同上书，第 475 页。
⑧　（清）王文诰编注，孔凡礼点校：《苏轼诗集》卷十二，中华书局 1982 年版，第 586 页。
⑨　同上书，第 590 页。
⑩　（清）王文诰编注，孔凡礼点校：《苏轼诗集》卷十四，中华书局 1982 年版，第 672 页。
⑪　（清）王文诰编注，孔凡礼点校：《苏轼诗集》卷十五，中华书局 1982 年版，第 775 页。
⑫　（清）王文诰编注，孔凡礼点校：《苏轼诗集》卷十六，中华书局 1982 年版，第 831—832 页。

君不见永宁第中捣龙麝，列屋闲居清且美。(《次韵答舒教授观余所藏墨》)①

空翠娱人意自远，明窗一榻共秋闲。(《过泗上喜见张嘉父二首》)②

使君闲如云，欲出谁肯伴。清风独无事，一啸亦可唤。(《送孙著作赴考城，兼寄钱醇老、李邦直二君，与孙处有书见及》)③

少年辛苦真食蓼，老境安闲如啖蔗。(《次韵前篇》)④

问禅时到长干寺，载酒闲过绿野堂。此味只忧儿辈觉，逢人休道北窗凉。(《次韵许遵》)⑤

坐观邸报谈迁叟，闲说滁山忆醉翁。(《小饮公瑾舟中》)⑥

凤池故事同机务，火急开樽及尚闲。(《次韵穆父舍人再赠之什》)⑦

再入都门万事空，闲看清洛漾东风。(《送杜介归扬州》)⑧

把酒惜春都是梦，不如闲客此闲看。(《杏花白鹇》)⑨

若问此花谁是主？天教闲客管青春。(《次韵王晋卿惠花栽，栽所寓张退傅第中》)⑩

挂冠及未耄，当获一纪闲。(《次京师韵送表弟程懿赴夔州运判》)⑪

簿书期会得馀闲，亦念人生行乐耳。(《送江公著知吉州》)⑫

174

① (清) 王文诰编注，孔凡礼点校：《苏轼诗集》卷十六，中华书局 1982 年版，第 837 页。
② (清) 王文诰编注，孔凡礼点校：《苏轼诗集》卷十八，中华书局 1982 年版，第 940 页。
③ (清) 王文诰编注，孔凡礼点校：《苏轼诗集》卷十九，中华书局 1982 年版，第 974 页。
④ (清) 王文诰编注，孔凡礼点校：《苏轼诗集》卷二十，中华书局 1982 年版，第 1033 页。
⑤ (清) 王文诰编注，孔凡礼点校：《苏轼诗集》卷二十六，中华书局 1982 年版，第 1365 页。
⑥ 同上书，第 1368 页。
⑦ 同上书，第 1406 页。
⑧ (清) 王文诰编注，孔凡礼点校：《苏轼诗集》卷二十八，中华书局 1982 年版，第 1476 页。
⑨ (清) 王文诰编注，孔凡礼点校：《苏轼诗集》卷三十，中华书局 1982 年版，第 1575 页。
⑩ (清) 王文诰编注，孔凡礼点校：《苏轼诗集》卷三十一，中华书局 1982 年版，第 1636 页。
⑪ (清) 王文诰编注，孔凡礼点校：《苏轼诗集》卷三十二，中华书局 1982 年版，第 1698 页。
⑫ (清) 王文诰编注，孔凡礼点校：《苏轼诗集》卷三十三，中华书局 1982 年版，第 1743 页。

便从洛社休官去，犹有闲居二十年。（《予去杭十六年而复来……》）①

禽鱼岂知道，我适物自闲。悠悠未必尔，聊乐我所然。

矧今长闲人，一劫展过隙。（《和陶归园田居六首》）②

江边闲草木，闲客当为主。（《次韵正辅表兄江行见桃花》）③

少壮欲及物，老闲余此心。（《次韵定慧钦长老见寄八首·其七》）④

闲适已然成了苏轼的一种信仰，即使在远谪环境粗陋的海南他仍作"旦起理发""午窗坐睡""夜卧濯足"这《谪居三适》⑤。他无时不在享受闲适，所以他才做了他之谓的"闲人"。

首先，我们从苏轼的诗中可获得关于"闲人"的表述。"使君闲如云，欲出谁肯伴。清风独无事，一啸亦可唤。"⑥"闲如云"般的使君面对清风呼啸，使唤清风陪同自己，何等的闲逸自适之人。"若问此花谁是主？天教闲客管青春。"⑦"江边闲草木，闲客当为主。"⑧ 这里的"闲客"都是心境宁静自适之人，他能"管青春""管草木"，即不受时空制约，而似乎能掌控时空。

苏轼题跋等文体中也有关于闲人的较深刻的阐述。他在《书临皋风月》中曰：

临皋亭下八十数步便是大江，其半是峨嵋雪水，吾饮食沐浴皆取焉，何必归乡哉！江山风月，本无常主，闲者便是主人。

---

① （清）王文诰编注，孔凡礼点校：《苏轼诗集》卷三十三，中华书局 1982 年版，第 1762 页。
② （清）王文诰编注，孔凡礼点校：《苏轼诗集》卷三十九，中华书局 1982 年版，第 2103—2106 页。
③ 同上书，第 2107 页。
④ 同上书，第 2117 页。
⑤ （清）王文诰编注，孔凡礼点校：《苏轼诗集》卷四十一，中华书局 1982 年版，第 2285 页。
⑥ （清）王文诰编注，孔凡礼点校：《苏轼诗集》卷十九，中华书局 1982 年版，第 974 页。
⑦ （清）王文诰编注，孔凡礼点校：《苏轼诗集》卷三十一，中华书局 1982 年版，第 1636 页。
⑧ （清）王文诰编注，孔凡礼点校：《苏轼诗集》卷三十九，中华书局 1982 年版，第 2107 页。

苏轼拥有物我一体的情怀，所以无论在哪里，他似乎都到了自己的家。因为他是自然的主人，他便无时无刻不在享受着主人的那份闲适。他在《记承天寺夜游》中云：

> 元丰六年十月十二日夜，解衣欲睡，月色入户，欣然起行。念无与为乐者，遂至承天寺，寻张怀民，怀民亦未寝，相与步中庭。庭下如积水空明，水中藻荇交横，盖竹柏影也。何夜无月，何处无竹柏，但少闲人如吾两人者耳。

这篇全文仅 84 字的游记散文小品抒发"闲人"之"闲情"，蕴含深厚。夜间赏月，自然是别有一番情致，但文中的"闲"，绝非清闲之"闲"，绝非不理政事，而是作者对贬谪后担任闲职之身份的排解、超脱。对于一个胸怀大志却遭受打击的"闲人"来说，其抑郁和忧愤是不言而喻的。但作者并未因此而萎靡，而是以乐观豁达的态度面对挫折，在美好的大自然中寄托"闲情"，因而才能在"月色入户"之时"欣然起行"，并找到志同道合的"为乐者"张怀民一同赏月。在这样的心境之中看到如此迷人的月景，因为苏轼要在有限的生涯充分享受自由、雅趣，摆脱外在的压力与不快，"何夜无月，何处无竹柏？但少闲人如吾两人者耳"，他使自己的精神与自然融为一体，从而达到休闲的最高境界。

再看苏轼的词。熙宁六年（1073），苏轼通判杭州时写有《南歌子》词曰：

> 日出西山雨，无晴又有晴。乱山深处过清明。不见彩绳花板、细腰轻。　尽日行桑野，无人与目成。且将新句琢琼英。我是世间闲客、此闲行。

词人于清明节这天整日闲行在自然的深山桑野，面对自然、社会有阴有晴、阴晴不定的现实，他独自琢磨诗词新句以自娱，只愿做一个"闲客"。熙宁七年（1074）十月，苏轼在去密州的途中写给苏辙的《沁园春》曰：

孤馆灯青，野店鸡号，旅枕梦残。渐月华收练，晨霜耿耿；云山摛锦，朝露漙漙。世路无穷，劳生有限，似此区区长鲜欢。微吟罢，凭征鞍无语，往事千端。　　当时共客长安，似二陆初来俱少年。有笔头千字，胸中万卷，致君尧舜，此事何难？用舍由时，行藏在我，袖手何妨闲处看。身长健，但优游卒岁，且斗樽前。

今人对于"用舍由时"或者欣喜若狂，或者怨天尤人，而苏轼只淡然地说"行藏在我，袖手何妨闲处看"，重要的是要"身长健"。苏轼宁静自适、从容不迫如此。只有"闲人"在面对无穷世路、有限劳生时，虽辛苦但仍能"优游卒岁"。元丰八年（1085）七月所作《蝶恋花》曰：

云水萦回溪上路。叠叠青山，环绕溪东注。月白沙汀翘宿鹭。更无一点尘来处。　　溪叟相看私自语。底事区区，苦要为官去。尊酒不空田百亩。归来分得闲中趣。

王文诰曰："词曰'溪上'，即荆溪也。信为起知登州临去所作。自后人掌制命，出典雄藩，以及南迁海外，请老毗邻。未克践'归来'之语。读公述怀词，为之抚然也。"[①] 王文诰抚然于苏轼一贬再贬，始终未能实现他"归来"的梦想，但苏轼的心始终是宁静闲适的。他的《行香子》曰：

清夜无尘，月色如银，酒斟时须满十分。浮名浮利，虚劳苦神，叹隙中驹，石中火，梦中身。　　虽抱文章，开口谁亲？且陶陶乐尽天真。几时归去，作个闲人，对一张琴，一壶酒，一溪云。

苏轼明白地表达要纯真地去过一种简朴的生活，做一个高雅的闲人。不为短暂的人生所忧，不为繁杂的人事所困。"陶陶乐尽天真"地生活于自然的怀抱中的闲人才是真正富有、自由的人，是真的热爱生活之人。

*177*

---

① （清）王文诰：《苏文忠公诗编注集成总案》卷二十七，巴蜀书社 1985 年版。

能够宁静自适，心境从容，忙里偷闲，苦中作乐，热爱生活，随遇而安，才能真正享受闲适；拥有这些纯真心灵自然状态的"闲人"，才配为江山风月的主人。这便是苏轼诗词和散文中所蕴含的休闲观。

## 二 苏轼休闲观的形成

苏轼的休闲观是他智慧的心灵经过痛苦的省悟，他那旷达的胸怀包容了世间万物而超越诸多烦恼和痛苦后而形成的。

"人生识字忧患始"（《石苍舒醉墨堂》)①，饱读经史的苏轼，因为思考得深透，他的忧时忧世、思乡思人的苦闷感就比别人强烈和深刻得多。在生生不息的自然面前，苏轼经常痛苦于人类生命的有限、渺小与脆弱以及人事的反复无常，故曾屡屡发出"吾生如寄"和"人生如梦"的感叹。王水照先生在《苏轼的人生思考和文化性格》一文中说：

在苏轼诗集中共有九处用了"吾生如寄耳"句，突出表现了他对人生无常性的感受。这九处按作年排列如下：

（1）熙宁十年《过云龙山人张天骥》："吾生如寄耳，归计失不蚤。故山岂敢忘，但恐迫华皓。"

（2）元丰二年《罢徐州往南京马上走笔寄子由五首》："吾生如寄耳，宁独为此别。别离随处有，悲恼缘爱结。"

（3）元丰三年《过淮》："吾生如寄耳，初不择所适，但有鱼与稻，生理已自毕。"

（4）元祐元年《和王晋卿》："吾生如寄耳，何者为祸福，不如两相忘，昨梦那可逐。"

（5）元祐五年《次韵刘景文登介亭》："吾生如寄耳，寸晷轻尺玉。""清游得三昧，至乐谢五欲。"

（6）元祐七年《送芝上人游庐山》："吾生如寄耳，出处谁能必？"

（7）元祐八年《谢运使仲适座上，送王敏仲北使》："聚散一梦

---

① （清）王文诰编注，孔凡礼点校：《苏轼诗集》卷六，中华书局1982年版，第235页。

中，人北雁南翔。吾生如寄耳，送老天一方。"

（8）绍圣四年《和陶拟古九首》："吾生如寄耳，何者为吾庐？""无问亦无答，吉凶两何如？"

（9）建中靖国元年《郁孤台》："吾生如寄耳，岭海亦闲游。"

这九例作年从壮（42 岁）到老（66 岁），境遇有顺有逆，反复使用，只能说明他感受的深刻。在他的其他诗词中还有许多类似"人生如寄"的语句。①

在深切地感受生命易逝、人生短暂的同时，苏轼又亲身经历了世事（主要是政局）的翻覆多变。党争的激烈和动荡不安，使苏轼深深体会到变幻莫测的人事是个体难以驾驭的，他的几次大起大落的生活波折，使他不断地长叹"人生如梦"。前章已述苏轼借《庄子》之"梦"之"逍遥"解脱了自己，下面再从他先后所作几首词及诗文来仔细体悟苏轼是如何在"人生如寄"的苦痛中依托"人生如梦"而求得心灵的超脱。

元丰元年（1078），苏轼任徐州太守时作《永遇乐》："古今如梦，何曾梦觉，但有旧欢新怨。异时对黄楼夜景，为余浩叹。"苏轼面对人生的无常，觉得古今的人们把无谓的恩怨挂在心头，使自己心情不畅是很不明智的，古今如梦，又有谁真正地醒悟到？但苏轼却醒悟到了，而且更比别人透彻。元丰二年（1079）苏轼由徐州赴湖州路过扬州时作《西江月》又言："休言万事转头空，未转头时皆梦。"意谓：不必等到将来再叹息今天的瞬息易逝、摇摆不定，即使是现在也已一切皆梦。元丰二年（1079），苏轼因在《湖州谢表》中批评神宗用人不当，触怒了朝中权贵。他们罗织罪状，诬陷、诽谤，终于把苏轼逮捕入狱，这就是有名的"乌台诗案"。当年十二月，苏轼被贬为黄州团练副使，次年二月到黄州。元丰三年（1080）作《西江月·黄州中秋》中曰："世事一场大梦，人生几度秋凉。"他在《初到黄州》②诗中又写道："自笑平生为口忙，老来事业转荒唐。"可知无论苏轼怎样看穿世事，被贬黄州对他来说仍是始料未及且极

179

① 王水照：《苏轼的人生思考和文化性格》，《文学遗产》1989 年第 5 期。
② （清）王文诰编注，孔凡礼点校：《苏轼诗集》卷二十，中华书局 1982 年版，第 1031 页。

荒唐的事，因为罪名是低级恶毒的构陷、诽谤。元丰五年（1082），苏轼作《南乡子》："万事到头都是梦，休休，明日黄花蝶也愁。"岁月流逝，人事如梦，花落蝶愁，人何以堪？但面对突来的变故，苏轼却没有走向消极厌世，元丰五年（1082）作《念奴娇·赤壁怀古》："故国神游，多情应笑我，早生华发。人生如梦，一尊还酹江月。"词人认为自己多思多虑而早早花白了头发，显得很可笑，拥有"人生如梦"思想的词人与月对饮，物我两忘，心灵便明澈如镜，此时词人进入休闲的佳境，而人们喜欢苏轼及此词的原因便主要是词中休闲洒脱的形象对人们心灵熨帖的震撼力量。在写此词的同时，苏轼写的《前赤壁赋》云："纵一苇之所如，凌万顷之茫然。浩浩乎如冯虚御风，而不知其所止；飘飘乎如遗世独立，羽化而登仙。"苏轼将自己置于如仙境般的自然怀抱之中，或者说离开尘俗，自然的怀抱对于苏轼而言简直就是仙境，主客及读者的心情都畅快自如。"况吾与子渔樵于江渚之上，侣鱼虾而友麋鹿，驾一叶之扁舟，举匏樽以相属，寄蜉蝣于天地，渺沧海之一粟，哀吾生之须臾，羡长江之无穷，挟飞仙以遨游，抱明月而长终，知不可乎骤得，托遗响于悲风。"苏轼借"客"之口，抒发他长久以来郁积于胸的"人生如寄"的苦闷：当时风云一时的曹操已一去不复返，何况我等闲散失意之辈呢？面对广阔无垠的天地，悠悠不尽的长江，更感到人生如蜉蝣般短促，如沧海一粟般渺小，不觉悲从中来。苏轼帮"客"化解这一痛苦：

> 苏子曰："客亦知夫水与月乎？逝者如斯，而未尝往也；盈虚者如彼，而卒莫消长也。盖将自其变者而观之，则天地曾不能以一瞬；自其不变者而观之，则物与我皆无尽也。而又何羡乎？且夫天地之间，物各有主，苟非吾之所有，虽一毫而莫取。惟江上之清风与山间之明月，耳得之而为声，目遇之而成色；取之不禁，用之不竭，是造物者之无尽藏也，而吾与子之所共适。"
>
> 客喜而笑，洗盏更酌。肴核既尽，杯盘狼藉。……①

---

① 孔凡礼点校：《苏轼文集》，中华书局1986年版，第351页。

苏轼就眼前的水与月，形象地说明了变与不变的哲理。从变化的角度看，长江的水、天上的月，转瞬之间都是不一样的。从不变的角度看，江水、月亮与人类都是永恒的。《老子·十六章》说："夫物芸芸，各复归其根，归根曰静，是谓复命。"老子认为万物最终都归于虚静，虚静就是不变。《庄子·秋水》则曰："物之生也，若骤，若驰，无动而不变，无时而不移。"庄子认为万物都像飞跑一样，一刻不停地变化着，所有的事物都在变化过程中。老子、庄子各自强调了宇宙万物动与静的一个侧面，苏轼却将这两种思想辩证统一起来，从而使自己得到了超脱。既然自然界的万物都是处于变与不变之中，人类也是自然的一部分，为什么人类要悲伤自己生命的短促、脆弱，惊讶愤恨于人事的莫测万变呢？宽厚的苏轼聪明地将自己受惊受伤的心安放于自然的怀抱，当他再从自然的怀抱中走出来时，也已非原来的苏轼了，不仅不再痛苦于"人生如寄"，而且他那受伤受惊的心因在自然中悟透了"人生如梦"而变得宁静、闲适、欢欣，胸襟更加旷达：不苟取，不贪求，轻松地享受江上之清风、山间之明月。"客喜而笑"，苏轼想必也笑了，他因了《庄子》"物化"的思想"超越时空的限制而获得最大的精神自由"①。

苏轼的休闲观是对短促人生、难料世事的超脱，是他解脱痛苦的密码。而这密码的获得并不是一蹴而就的。《诗话总龟》② 中记苏轼曰："旧读苏子美《六和寺》诗云：'沿桥待金鲫，竟日独迟留。'初不喻此语，乃倅钱塘，乃知寺后池有此鱼如金色。复游池上，投饼饵，久之，略出不食，复入不可见。自子美作诗至今四十年，苟非难进易退而不妄食，安能如此之寿耶！"阅历深厚的苏轼，从富有灵性的自然万物那里获得了无穷的启示。他看破世情，不苟取，不贪求，淡于功名利禄。在苏轼的诗词和散文中，便反复表达了轻视功名、厌恶官场、归耕田园等思想，在成败荣辱面前表现出宽广大度的心智，从而才真正拥有了一颗休闲的纯真心灵。下面我们便从这几个方面来看苏轼心灵超脱的心路历程。

（一）轻视功名

苏轼诗中说："虽辞功与名，其乐实素侯。至今清夜梦，尚惊冠压

*181*

---

① 王水照：《苏轼的人生思想和文化性格》，《文学遗产》1989 年第 5 期。

② （宋）阮阅：《诗话总龟》，人民文学出版社 1987 年版。

头。"（《和刘长安题薛周逸老亭，周善饮酒，未七十而致仕》）① "会知名利不到处，定把清筋属此山。"（《过泗上喜见张嘉父二首》）② "功名如幻何足计，学道有涯真可喜。"（《送沈达赴广南》）③ 在苏轼看来，功名是不足以挂心头的，而能做到这一点便是"素侯"类的快乐闲适之人。

苏轼的词中同样也体现了这一思想。"算当年，虚老严陵。君臣一梦，今古空名。但远山长，云山乱，晓山青。"（《行香子·过七里濑》）他说刘秀南征北战，建立功业，严光功成隐退，沽名于富春江，到头来都只不过是一场虚梦，亦即功名是虚幻的，只有青山永世长存，那么做江山风月主人的闲者也将永存。"长恨此身非我有，何时忘却营营！夜阑风静縠纹平。小舟从此逝，江海寄余生。"（《临江仙·夜归临皋》）苏轼回顾自己的大半生：开始为名利所牵，奔波仕途，随后又遭人诬陷，谪居黄州。苏轼对名缰利锁，明争暗斗已到愤恨的程度，要"忘却营营"，丢弃功名，身寄小舟去江河湖海过自由自在的生活。"有情万里卷潮来，无情送潮归。问钱塘江上，西兴浦口，几度斜晖？不用思量今古，俯仰昔人非！谁似东坡老，白首忘机？"（《八声甘州·寄参寥子》）他认为世事瞬息万变，没有必要去忧古伤今，他已无意于虚名浮利而寄情于山水。"蜗角虚名，蝇头微利，算来着甚干忙。事皆前定，谁弱又谁强？且趁闲身未老，须放我些子疏狂。百年里，浑教是醉，三万六千场。思量能几许？忧愁风雨，一半相妨。又何须抵死，说短论长？幸对清风皓月，苔茵展，云幕高张。江南好，千钟美酒，一曲满庭芳。"（《满庭芳》）"虚名"如"蜗角"，"微利"如"蝇头"，苏轼对功名利禄是何等的厌恶。世人为了小小的名利徒劳奔忙一辈子，而苏轼要在清风皓月、苔草如毯、彩云四起的江南风光里对酒当歌。他无暇再去顾及虚名微利，做了江山风月的主人。"清夜无尘，月色如银，酒斟时须满十分。浮名浮利，虚苦劳神，叹隙中驹，石中火，梦中身。"（《行香子》）面对良辰美景，苏轼以为让转瞬即逝的人生为浮云般的功名利禄去奔忙劳神是不值得的，前文已述他要"对一张琴，一壶

182

---

① （清）王文诰编注，孔凡礼点校：《苏轼诗集》卷四，中华书局 1982 年版，第 164 页。

② （清）王文诰编注，孔凡礼点校：《苏轼诗集》卷十八，中华书局 1982 年版，第 940 页。

③ （清）王文诰编注，孔凡礼点校：《苏轼诗集》卷二十四，中华书局 1982 年版，第 1270 页。

酒，一溪云"，去"作个闲人"。

苏轼对功名的否定可以说受陶渊明独立人格的影响，亦得益于《庄子》之"殉利""殉名"等皆为"残生伤性"之说。前已论及，此不赘述。

（二）厌恶官场

封建文人争取功名的出路便是去做官，无意做官便无须费力劳神于功名。苏轼生活的时代，功名与做官似乎是连体的孪生子。但他却轻视功名，也厌恶官场。

我们先看苏轼的诗：

寒灯相对记畴昔，夜雨何时听萧瑟。君知此意不可忘，慎勿苦爱高官职。（《辛丑十一月十九日，既与子由别于郑州西门之外，马上赋诗一篇寄之》）①。

下视官爵如泥滓，嗟我何为久踟蹰。（《将往终南和子由见寄》）②

贫病只知为善乐，逍遥却恨弃官迟。（《姚屯田挽词》）③

我欲弃官重问道，寸筳何以得春容。（《和欧阳少师会老堂次韵》）④

逝将去官往卒业，俗缘未尽那得睹。（《寄刘孝叔》）⑤

门前远行客，青衫流白汗。问子何匆匆，王事不可缓。（《送孙著作赴考城，兼寄钱醇老、李邦直二君，于孙处有书见及》）⑥

出处依稀似乐天，敢将衰朽较前贤。便从洛社休官去，犹有闲居二十年。⑦（《予去十六年而复来，留二年而去》）

无官一身轻，有子万事足。（《借前韵贺子由生第四孙斗老》）⑧

苏轼在诗中表示要"去官""休官"，感到"无官一身轻"。

---

① （清）王文诰编注，孔凡礼点校：《苏轼诗集》卷二，中华书局1982年版，第95页。
② （清）王文诰编注，孔凡礼点校：《苏轼诗集》卷四，中华书局1982年版，第180页。
③ （清）王文诰编注，孔凡礼点校：《苏轼诗集》卷七，中华书局1982年版，第328页。
④ （清）王文诰编注，孔凡礼点校：《苏轼诗集》卷八，中华书局1982年版，第364页。
⑤ （清）王文诰编注，孔凡礼点校：《苏轼诗集》卷十三，中华书局1982年版，第631—637页。
⑥ （清）王文诰编注，孔凡礼点校：《苏轼诗集》卷十九，中华书局1982年版，第974页。
⑦ （清）王文诰编注，孔凡礼点校：《苏轼诗集》卷三十三，中华书局1982年版，第1762页。
⑧ （清）王文诰编注，孔凡礼点校：《苏轼诗集》卷四十二，中华书局1982年版，第2303页。

再看苏轼的词。"城头月落尚啼乌，朱舰红船早满湖。鼓吹未容迎五马，水云先已漾双凫。映山黄帽螭头舫，夹岸青烟鹊尾炉。老病逢春只思睡，独求僧榻寄须臾。"（《瑞鹧鸪》）这首词作于熙宁六年（1073），当时苏轼通判杭州。他描写大小官员在寒食节繁盛、热闹的场面中，为迎接太守陈襄，天未明便在那里恭候的情景，两位积极的县令尤其令人瞩目。而苏轼厌倦这种繁缛的仪式、无聊的应酬，只求寻个安静去处睡上须臾。"此生飘荡何时歇？家在西南，常作东南别。"（《醉落魄》）表达了对家乡的思念，对仕宦奔波的倦意。"官里事，何时毕？风雨外，无多日。"表达了对辛苦官事的厌倦。元丰六年（1083）五月作《满庭芳》，其序曰："有王长官者，弃官黄州，三十三年，黄人谓之王先生。"词曰："三十三年，今谁存者？算只君与长江。凛然苍桧，霜干苦难双。闻道司州古县，云溪上，竹坞松窗。"苏轼对弃官的王长官极其敬佩，极赞他傲岸的品格，连他简朴的住处在苏轼眼里也显得素雅无比。

（三）归耕田园

苏轼说"治生不求富，读书不求官。譬如饮不醉，陶然有余欢。"① 鄙视功名利禄、厌恶官场的苏轼，和陶渊明一样要率性返自然。因此，他的诗词里便多处表现了归耕田园的愿望。

先看诗中的有关内容：

园无雨润何须欢，身与时违合退耕。（《次韵子由种菜久旱不生》）②。

谋拙身无向，归田久未成。（《栾城集·初到陈州》）③。

我谢江神岂得已，有田不归如江水。（《游金山寺》）④。

山林饥饿古亦有，有田不退宁非贪。（《自金山放船至焦山》）⑤。

① （清）王文诰编注，孔凡礼点校：《苏轼诗集》卷三十，中华书局1982年版，第1604页。
② （清）王文诰编注，孔凡礼点校：《苏轼诗集》卷五，中华书局1982年版，第191页。
③ （清）王文诰编注，孔凡礼点校：《苏轼诗集》卷六，中华书局1982年版，第255页。
④ （清）王文诰编注，孔凡礼点校：《苏轼诗集》卷七，中华书局1982年版，第307页。
⑤ 同上书，第308页。

已成归蜀计，谁借买山赀。（《答任师中次韵》）①

十年归梦寄西风，此去真为田舍翁。（《归宜兴，留题竹西寺三首·其一》）②

不知人间何处有此境，经欲往买二顷田。（《书王定国所藏〈烟江叠嶂图〉》）③

买田带修竹，筑室依清流。（《和陶贫士七首·其七》）④

君归定何日，我计久已熟。……早谋二顷田，莫待八州督。（《借前韵贺子由生第四孙斗老》）⑤

再看其词：

不如归去，二顷良田无觅处。归去来兮，待有良田是几时？（《减字木兰花》）

一旦功成名遂，准拟东还海道，扶病入西州。雅志困轩冕，遗恨寄沧州。（《水调歌头》）

软草平莎过雨新，轻沙走马路无尘，何时收拾耦耕身。（《浣溪沙·其五》）

求田问舍笑豪英，自爱湖边沙路免泥行。（《南歌子》）

走遍人间，依旧却躬耕。昨夜东坡春雨足，乌鹊喜，报新晴。（《江城子》）

好在堂前细柳？应念我，莫翦柔柯。仍传语，江南父老，时与晒渔蓑。（《满庭芳》）

归去来兮，清溪无底，上有千仞嵯峨。（《满庭芳》）

买田阳羡吾将老，从来只为溪山好。（《菩萨蛮》）

别后有谁来？雪压小桥无路。归去归去，江上一犁春雨。（《如梦令》）

185

---

① （清）王文诰编注，孔凡礼点校：《苏轼诗集》卷八，中华书局1982年版，第362页。
② （清）王文诰编注，孔凡礼点校：《苏轼诗集》卷二十五，中华书局1982年版，第1347页。
③ （清）王文诰编注，孔凡礼点校：《苏轼诗集》卷三十，中华书局1982年版，第1607页。
④ （清）王文诰编注，孔凡礼点校：《苏轼诗集》卷三十九，中华书局1982年版，第2139页。
⑤ （清）王文诰编注，孔凡礼点校：《苏轼诗集》卷四十二，中华书局1982年版，第2303页。

苏轼在其《书田》题跋中云:"吾无求于世矣,所需二顷稻田,以充膳粥耳,而所至访问,终不可得,岂吾道方艰难时,无适而可耶?抑人生自有定分,虽一饱亦如功名富贵,不可轻得也耶?"知足戒贪的苏轼因政治的原因始终未能获得以求温饱的二顷稻田,他亦以顺其自然、随遇而安处之。对此,李泽厚曰:"苏(轼)一生并未退隐,也从未真正'归田',但他通过诗文所表达出来的那种人生空漠之感,却比任何口头上或事实上的'退隐''归田''遁世'要更深刻更沉重。"①虽然苏轼最终未能归隐使人"抚然"②,但他实际上却实现了对陶渊明的超越。苏轼对简朴艰辛、安适闲逸的田园生活的向往,使他拥有了陶渊明般的自由、真纯、与物同游的生命理想,而他的不隐则实践了白居易的"中隐",达到《庄子》"无江海而闲"的真正休闲境界,且弥补了陶渊明志在山林的局限。金赵秉文《滏水集·书〈四达斋铭〉》曰:

> 东坡先生,人中麟凤也。其文似《战国策》,间之以谈道,如庄周;其诗似李太白,而辅之以极名理,似乐天;其书如颜鲁公,而飞扬韵胜,出新意于法度之中,寄妙理于豪放之外,窃尝以为书仙。……观其胸中,空洞无物,亦如此斋廊焉四达。独有忠义,数百年之气象,引笔著纸,与心具化,不知其所以然而然。……岂非得古之人大全也耶!(《东坡事例》卷二十一)

"得古人之大全"的苏轼吸收了庄子、陶渊明、白居易等多方面传统文化中的有益于身心自由的积极因素,同时融入了他自己对人生智慧的体悟,超脱了物欲,超脱了生死,从而形成了他在重重困难甚至在厄运来临之际仍然能保持精神上的自在、自足、自适以至超脱。这便是李泽厚称赞他"比任何口头上或事实上的'退隐''归田''遁世'要更深刻更沉重"的原因所在。

轻视功名、厌恶官场、欲归耕田园等都是苏轼纯真心灵的自然流露,

---

① 李泽厚:《美学三书》,安徽文艺出版社1999年版,第159页。

② (清)王文诰《苏文忠公诗编注集成总案》卷二十七曰:"(轼)未克践'归来'之语。读公述怀词,为之抚然也。"(巴蜀书社影印本1985年版)

也是形成苏轼休闲观的必要素养。

### 三　休闲存在于平日简朴、愉悦、高雅的生活中

蕴含真、善、美的苏轼的休闲观表现在哪里呢？我们既了解了它的精神状态，更要明白它的实践方式，这样才有助于我们真正拥有休闲，使我们每一个人都能诗意地生活在大地上。

我们也许曾认为只有像翰林学士、吏部尚书这样的朝廷命官才能悠然地享受富裕的生活，而当我们认真地通读苏轼留给我们的文字后，才明白苏轼留在朝廷时间极短，一生大部分时间是在被外放或被贬谪中度过，生活有时甚至相当困苦。他曾亲自躬耕田亩，却在农村艰辛、淳朴的生活中获得了内心世界的和谐，发现了休闲的纯真、美好。林语堂说："没有金钱也能享受悠闲生活。有钱的人不一定能真正领略悠闲生活的乐趣，那些轻视钱财的人才真懂得此中的乐趣。他须有丰富的心灵，有简朴生活的爱好，对于生财之道不大在心，这样的人，才有资格享受悠闲的生活。"① 从前文的分析中我们知道苏轼便是这样一位鄙视世欲功名、热爱生活、过着简朴日子的人。苏轼的休闲存在于平日简朴、愉悦、高雅的生活中。下文便从苏轼的饮食、起居、赏玩这三个方面来看其休闲生活的具体情状。

（一）饮食

我们先来看其食。食即吃，它是我们每天都要面对的事。孔子在《乡党第十》中说："食不厌精，脍不厌细。食饐而餲，鱼馁而肉败，不食。色恶，不食。臭恶，不食。失饪，不食。不时，不食。割不正，不食。不得其酱，不食。"可见"吃"在孔子时代已经相当讲究。孔子提出的讲究卫生和宜忌的"吃"早已成为一门科学，更是一门艺术。林语堂说："如若一个人能在清晨未起身时，很清醒地屈指算一算，一生之中究竟有几件东西使他得到真正的享受，则他一定将以食品列为第一。"② 林语堂认为食品可以使人得到享受。缺乏食物、食不果腹的年代，人们饥不择食，往往食而不知其味，"吃"对于人们不可能是一种悠然的享受。但随着物质的

---

① 林语堂：《生活的艺术》，越裔汉译，陕西师范大学出版社2003年版，第124页。
② 同上书，第191页。

丰富、闲暇的增多，如若一餐耗资丰厚，山珍海味几十个品种，昏天暗地吃上三两个小时，是否就是休闲呢？或者，十多分钟便匆匆地解决了一顿饭，又有休闲的滋味吗？上述这些贫富缓急不同的"吃"，都使人不适意、不愉悦，所以算不得真正意义上的享受休闲。

我们选择苏轼在艰难困顿时期的一两个生活场景，看苏轼对于吃的感受。绍圣三年（1096）苏轼于惠州在《撷菜》引中说："吾借王参军地种菜，不及半亩，而吾与过子终年饱菜，夜半饮醉，无以解酒，辄撷菜煮之。味含土膏，气饱风露，虽粱肉不能及也。人生须底物而更贪耶？乃作四句。"① 诗即："秋来霜露满东园，芦菔生儿芥子孙。我与何曾同一饱，不知何苦食鸡豚。"《晋书》载："何曾性奢豪，务在华侈，厨膳滋味过于王者，食日万钱，犹无下箸处。"② 苏轼自己借地种菜，温饱已能解决，劳动读书之余，他和儿子苏过夜起撷菜煮菜解酒，他觉得含有泥土芳香的蔬菜味道鲜美，远远胜过何曾每顿吃腻了粱肉，而尤其重要的是他自己觉得适意、愉悦。他想如能天天吃鲜美的蔬菜，还贪求什么呢？绍圣五年（1098）在海南昌化，苏轼说："过子忽出新意，以芋作玉糁羹，色香味皆奇绝。天上酥陀则不可知，人间绝无此味也。"为此作诗曰："香似龙涎仍酽白，味如牛乳更全清。莫将南海金齑鲙，轻此东坡玉糁羹。"③ 苏过用山芋做的玉糁羹，苏轼认为色香味美定是不错，赞它"人间决无此味"也许有点夸张，但是他们父子俩吃得愉悦、开心则是显而易见的。

青菜、山芋都是些再淳朴不过的日常食物了，而它们却为苏轼父子带去了无尽的休闲时光。

下面我们再来看"饮"。苏轼诗词里有很多关于茶、酒的闲适文字。

元丰四年（1081）苏轼在黄州作《问大冶长老乞桃花茶栽东坡》曰："周诗记荼苦，茗饮出近世。初缘厌粱肉，假此雪昏滞。……饥寒未知免，已作太饱计。"④ 饥寒尚未解决，苏轼之所以作此"太饱计"，是为了"破睡

188

---

① （清）王文诰编注，孔凡礼点校：《苏轼诗集》卷四十，中华书局 1982 年版，第 2202 页。
② 同上。
③ （清）王文诰编注，孔凡礼点校：《苏轼诗集》卷四十二，中华书局 1982 年版，第 2316 页。
④ （清）王文诰编注，孔凡礼点校：《苏轼诗集》卷二十一，中华书局 1982 年版，第 1119 页。

速"，可见苏轼饮茶不是为了"厌粱肉""雪昏滞"。写此诗两年后，苏轼辛勤地劳动使温饱不成问题，于元丰六年（1083）他在黄州作《寄周安孺茶》："何尝较优劣，但喜破睡速。况此夏日长，人间正炎毒。幽人无一事，午饭饱蔬菽。困卧北窗风，风微动窗竹。乳瓯十分满，人世真局促。意爽飘欲仙，头轻快如沐。"① 在炎炎夏日，蔬菜、大豆加上饭食吃得饱饱的，悠闲的诗人干什么呢？在风吹竹动的北窗下美美地睡一觉，睡足了以后喝上满满一杯茶，立即神清气爽，犹如刚刚畅快淋漓地沐浴罢，自己如仙人般适意逍遥。苏轼不较优劣，他喝的虽不是名茶，但他是如此适意、愉悦。加之苏轼文人的高雅，他的休闲生活便更有韵味，也更令人向往。

　　苏轼关于酒的诗词很多。诗中曾有苏轼自己亲自酿酒的记载。绍圣元年（1094），苏轼在惠州作《新酿桂酒》，王文诰注：先生有《桂酒颂》，其叙云："《楚辞》曰：'奠桂酒兮椒浆'，是桂可以为酒也。有隐居者，以桂酒方教吾，酿成，而玉色香味超然非世间物也。"② 绍圣二年（1095），苏轼在惠州作《寄邓道士并引》，诗曰："一杯罗浮春，远饷采薇客。遥知独酌罢，醉卧松下石。幽人不可见，清啸闻月夕。聊戏庵中人，空飞本无迹。"王文诰注："罗浮春，先生所自造酒名也。以惠州有罗浮山，而得名云。"③ 同年苏轼作《真一酒并引》，引曰："米、麦、水，三一而已，此东坡先生真一酒也。"诗曰："拨雪披云得乳泓，蜜蜂又欲醉先生。稻垂麦仰阴阳足，器洁泉新表里清。晓日著颜红有晕，春风入髓散无声。人间真一东坡老，与作青州从事名。"④ 元符三年（1080）他又作《真一酒歌》中有"摇动天关出琼浆""酿为真一和而庄，三杯俨如侍君王"⑤ 的诗句。另外，苏轼在《睡起，闻米元章冒热到东园送麦门冬饮子》曰："一枕清风直万钱，无人肯买北窗眠。开心暖胃门冬饮，知是东坡手自煎。"苏轼喜好自己酿酒，从他多次写诗歌咏自己所酿的酒中流露出他自悦的心情。他也喜欢饮酒，其《书临皋亭》一文曰：

189

① （清）王文诰编注，孔凡礼点校：《苏轼诗集》卷二十二，中华书局1982年版，第1162—1166页。
② （清）王文诰编注，孔凡礼点校：《苏轼诗集》卷三十八，中华书局1982年版，第2077页。
③ 同上书，第2097—2098页。
④ （清）王文诰编注，孔凡礼点校：《苏轼诗集》卷三十九，中华书局1982年版，第2124页。
⑤ （清）王文诰编注，孔凡礼点校：《苏轼诗集》卷四十三，中华书局1982年版，第2359页。

　　东坡居士酒醉饭饱，倚于几上，白云左绕，清江右洄，重门洞开，林峦坌入。当是时，若有思又无所思，以受万物之备。惭愧惭愧！

　　本篇系苏轼谪居黄州时所作，他以极简约的笔墨，写出了临皋亭深邃而清幽的环境以及身处此境时顺乎自然、物我两忘、自得其乐的旷达超逸的情怀。苏轼暂时不能兼济天下便忘怀世事而投入自然的怀抱，进入《庄子》"心养"的境界。《庄子·在宥》曰："心养。汝徒处无为，而物自化。堕尔形体，黜尔聪明，伦与物忘。……无问其名，无窥其情，物固自生。"① 顺任自然、无为，和自然万物融为一体，万物自然生长发展，如此修养心境，主体便可"物而不物，故能物物。明乎物物者之非物也，岂独治天下百姓而已哉？出入六合，游乎九州，独往独来，是谓独有。独有之人，是谓至贵。"② 支配外物而不被外物役使，才能主宰外物。明白主宰外物的不是物，岂止能治理天下百姓呢？此种人的精神境界能往来自天地四方，神游九州。此种特立独行的"独有"之人便是无上的尊贵之人。苏轼便是此类具有独立不迁性格的"独有"之人，他于酒醉饭饱之时，在一种寓意于物而不受制于物的精神状态下，领受着大千世界的无穷之美。苏轼的休闲精神已不止神游天地四方、九州，它已穿越时空，并将恩泽千秋万代。

　　苏轼诗中亦有很多提及饮酒之乐的篇什，如其《月夜与客饮杏花下》曰：

　　杏花飞帘散余春，明月入户寻幽人。褰衣步月踏花影，炯如流水涵青苹。花间置酒清香发，争挽长条落香雪。山城酒薄不堪饮，劝君且吸杯中月。洞箫声断月明中，惟忧月落酒杯空。明朝卷地春风恶，但见绿叶栖残红。

　　此诗为苏轼于元丰二年（1079）春作于徐州，记录了他与客人赏花对月、饮酒吹箫的难忘情景。苏轼品味出人生如梦，世事艰难，于是寄情山

---

① （清）王先谦集解，方勇校点：《庄子》，上海古籍出版社 2013 年版，第 125 页。
② 同上书，第 127 页。

水，回归自然，得酒尽欢，表现了他心灵的安适旷达，而他的休闲亦给予读者无穷的遐想、无尽的美的享受。现再略举数句有关饮酒的诗如下：

共谁交臂论古今，只有闲心对此君（指酒）。大隐本来无境界，北山猿鹤漫移文。（《夜直祕阁呈王敏甫》）①

近者作堂名醉墨，如饮美酒消百忧。（《石苍舒醉墨堂》）②

公自注：来诗劝以诗酒自娱。闲里有深趣，常忧儿辈知。已成归蜀计，谁供买山赀。世事久已谢，故人犹见思。平生不饮酒，对子敢论诗。（《答任师中次韵》）③

已向闲中作地仙，更于酒里得天全。（《李行中秀才醉眠亭三首》）④

薄薄酒，胜茶汤；粗粗布，胜无裳。……达人自达酒何功，世间是非忧乐本来空。（《薄薄酒二首》）⑤

问禅时到长干寺，载酒闲过绿野堂。（《次韵许遵》）⑥

公退清闲如致仕，酒余欢适似还乡。（《臂痛谒告，作三绝句示四君子》）⑦

偶得酒中趣，空杯亦常持。（《和陶饮酒二十首》）⑧

三杯软饱后，一枕黑甜余。（《发广州》）⑨

从中可以领略苏轼饮酒和写诗一样为的是自娱自适，他喝酒多与诗、与闲相连。他说"美酒消百忧"，即使薄酒也能给他无穷的愉悦。休闲的苏轼称自己为"地仙"，而酒则使他"得天全"。但他又明了"达人自达酒何功"，其饮酒为的是一种情趣，而不是贪酒或者于酒中浑浑噩噩度日。

191

---

①　（清）王文诰辑注，孔凡礼点校：《苏轼诗集》卷五，中华书局1982年版，第225页。
②　（清）王文诰辑注，孔凡礼点校：《苏轼诗集》卷六，中华书局1982年版，第235页。
③　（清）王文诰辑注，孔凡礼点校：《苏轼诗集》卷八，中华书局1982年版，第362页。
④　（清）王文诰辑注，孔凡礼点校：《苏轼诗集》卷十二，中华书局1982年版，第586页。
⑤　（清）王文诰辑注，孔凡礼点校：《苏轼诗集》卷十四，中华书局1982年版，第688—689页。
⑥　（清）王文诰辑注，孔凡礼点校：《苏轼诗集》卷二十六，中华书局1982年版，第1365页。
⑦　（清）王文诰辑注，孔凡礼点校：《苏轼诗集》卷三十四，中华书局1982年版，第1800页。
⑧　（清）王文诰辑注，孔凡礼点校：《苏轼诗集》卷三十五，中华书局1982年版，第1883页。
⑨　（清）王文诰辑注，孔凡礼点校：《苏轼诗集》卷三十八，中华书局1982年版，第2067页。

下面我们再看苏轼词中写及饮酒的词：

> 寒雀满疏篱，争抱寒柯看玉蕤。忽见客来花下坐，惊飞，踏散芳英落酒卮。　　痛饮又能诗，坐客无毡醉不知。花谢酒阑春到也，离离，一点微酸已著枝。（《南乡子·梅花词和杨元素》）

上阕写寒雀喧梅枝，以热闹的气氛来渲染早梅所显示的姿态、风韵。岁暮风寒，百花尚无消息，只有梅花缀树，葳蕤如玉。在冰雪中熬了一冬的寒雀，值此梅花盛开之际，既知大地即将回春，自有无限喜悦之意。"忽见客来花下坐，惊飞，踏散芳英落酒卮"，进一步从寒雀、早梅逗引出赏梅之人，而逗引的妙趣也不可轻轻放过。寒雀亦多情，它们因迷花恋枝，不忍离去，竟至客来花下，尚未觉察，直至客人坐定酌酒，方始觉之，而惊飞之际，才不慎踏散芳英，则雀之爱花、迷花、惜花已尽此三句之中，故花之美艳绝伦及客之为花所陶醉俱不待烦言而明。而且，散落之芳英，不偏不倚，恰恰落在酒杯之中，由此赏梅之人平添无穷雅兴。下阕写高人雅士在梅园举行的文酒之宴，因梅花而衬托出他们的风流高格。词从高人雅士为梅之流连忘返、逸兴遄飞，托写出梅的姿态、神韵。这幅栩栩如生的报春寒梅图，于群雀惊飞、梅花落英缤纷中我们见到了两位"痛吟又能诗"的诗人，他们喝多了便醉倒在家无毡毯的地上。但清贫简朴的生活却丝毫无损于他们的诗兴、酒兴和赏梅的雅兴。

*192*

> 春未老，风细柳斜斜。试上超然台上看，半壕春水一城花，烟雨暗千家。　　寒食后，酒醒却咨嗟。休对故人思故国，且将新火试新茶，诗酒趁年华。（《望江南·超然台作》）

苏轼于熙宁七年（1074）到密州，第二年，将园北旧台加以修葺，作为登临游息之所。苏辙命名曰"超然"，取《老子》"虽有荣观，燕处超然"之意。苏轼《超然台记》亦云："以见余之无往而不乐者，盖游于物之外者。"这首词写于熙宁九年（1076）春，记春日于超然台登临之兴和由此引出的情思。词的上阕写登临所见之景象。开篇著"春未老"三字，以结论性的词语统领全篇，下文由此展开，先是近景中的细风斜柳，再是俯视下尽收眼底的春水繁花，最后是烟雨笼罩中迷离的春城远景。"暗"字，既贴切写出眼前之景，也暗中道出作者心绪之暗淡。过片两句承接上阕末尾，抒发思乡之落寞心绪，却又宕开一笔，作豁达语。然而，"休对"云云，分明已在思念，"新火试新茶"之举，"诗酒趁年华"之语，不过借以冲淡藏在心中的家国之思而已。在密州的异地他乡，在清明节目睹"烟雨暗千家"的情景后，酒醒之余，他顿生思乡之绪，但诗人却未陷入无限的苦闷之中，他说"诗酒趁年华"，赋诗吟酒排解了他的思乡之愁。

　　　　照野弥弥浅浪，横空暧暧微霄。障泥未解玉骢骄，我欲醉眠芳草。　　可惜一溪明月，莫教踏碎琼瑶。解鞍欹枕绿杨桥，杜宇一声春晓。（《西江月》）

词人月夜醉卧溪桥，面对美丽的水色天光，他"醉眠芳草"，醉卧绿杨桥。序中说他把此词写在绿阳桥的桥柱上，酒助了他的词兴。

　　　　白酒新开九酝，黄花已过重阳。身外傥来都似梦，醉里无何即是乡，东坡日月长。　　玉粉旋烹茶乳，金齑新捣橙香。强染霜髭扶翠袖，莫道狂夫不解狂，狂夫老更狂。（《十拍子》）

193

"乌台诗案"使苏轼意识到人事难料，但在这有限的可爱的生命里，苏轼寻到了以不变应万变、以保持自己纯真心灵和善待且能延长自己生命的良方，此即寻求宁静自适的心境，而赋诗饮酒便是其获得良好心境的方法之一。苏轼在黄州，觉得醉里便是无何乡，东坡的日月亦因悠闲而变得漫长。我们前文所引他的诗"寓世身如梦，安闲日似年"，与此表达的是同一个意思。获得精神自由的苏轼越到老年活得越洒脱，"狂夫老更狂"。苏轼在诗词里多次以狂自称，乃是他追求自由的体现。如《满庭芳》："且趁闲身未老，须放我、些子疏狂。百年里，浑教是醉，三万六千场。""江南好，千钟美酒，一曲满庭芳。"浑然忘我，洒脱从容地享受优美典雅的歌舞，享受美酒美景，鄙视"皆前定"的世事及虚名微利，何等疏狂。《行香子》云："都将万事，付于千钟，任酒花白，眼花乱，烛花红。""任花酒白""眼花乱""烛花红"三句，写尽了词人的狂放不羁。《水调歌头》："明月几时有？把酒问青天。"《念奴娇·中秋》："我醉拍手狂歌，举杯邀月，对影成三客。"把酒问月邀月，写尽了词人的酒脱狂放。还有《满江红》："何辞更一醉，此欢难觅。"用酒表达离别之情。《南乡子》："秋色渐摧颓，满地黄英映酒杯。看取桃花春三月，争开，尽是刘郎去后栽。"饮酒鄙视朝中新贵们。《水调歌头》："我醉歌时君和，醉倒须君扶我，惟酒可忘忧。"想象归隐后与苏辙饮酒后载歌载舞，忘掉世间忧愁的欢快情形，也写出了亲密无间的兄弟情义。而词人在表述如此疏狂人生时往往离不开酒。

吃饭、喝茶、酿酒、饮酒都是苏轼自娱的主要方式。吃饭、喝茶、饮酒助了他的诗兴，赋诗使他的吃饭、喝茶、饮酒带上了文化品位。苏轼的休闲便存在于平日的粗茶淡饭薄酒中。

（二）起居

苏轼在《临江仙·送李公恕》中说："自古相从休务日，何妨低唱微吟。"说的是假日里，官员们可以自由地低唱轻吟去享受闲适。而在被贬谪后的生活中，已没有了公务缠身的苏轼又是如何去休闲的呢？他的闲适也存在于日常的起居生活中。

先看睡眠。"安睡卧床，对身体和心灵，究竟有什么意义呢？在身体上，这是和外界隔绝而独隐。人在这个时候，是将其身体置放于最宜于休息、和平以及沉思的姿势。安睡并易于有一种适宜和舒服的感觉。"[1] 睡眠对于苏轼是一种闲适。他的诗中有大量的关于睡眠的语句，现选录部分如下：

> 山人睡觉无人见，只有飞蚊绕鬓鸣。（《佛日山荣长老方丈五绝》)[2]

---

① 林语堂：《生活的艺术》，越裔汉译，陕西师范大学出版社2003年版，第160页。
② （清）王文诰编注，孔凡礼点校：《苏轼诗集》卷十，中华书局1982年版，第476页。

　　昨夜清风眠北牖，朝来爽气在西山。（《吏隐亭》）①

　　空翠娱人意自还，明窗一榻共秋闲。　（《过泗上喜见张嘉父二首》）②

　　困卧北窗风，风微动窗竹。（《寄周安孺茶》）③

　　酒清不醉休休暖，睡稳如禅息息匀。（《沐浴启圣僧舍，与赵德麟邂逅》）④

　　身心两不见，息息安且久。睡蛇本亦无，何用钩与手。（《午窗坐睡》）⑤

　　为报先生春睡足，道人轻打五更钟。（《纵笔》）

　　我们不必一一去细察诗意，且看第一句："山人睡觉无人见，只有飞蚊绕鬓鸣。"苏轼认为在寂静无人的山里睡觉很安逸、闲适，耳边只听到飞蚊的嗡鸣声。与人共享自然、与世无争的飞蚊在诗人心眼里很显亲切。再看第八句，前文所引已知苏轼因这一句诙谐的诗又从惠州被贬至昌化，但不管它真实与否，苏轼能"春睡足"都是缘于他宁静自适的心境，否则心中始终愤恨不平，即使没有打更声也会彻夜难眠。

　　再看理发。他的《六月十二日，酒醒步月，理发而寝》⑥诗云："千梳冷快肌骨醒，风露气入霜蓬根。"《旦起理发》⑦诗云："老栉从我久，齿梳含清风。一洗耳目明，习习万窍通。"嵇康《养生论》云："春三月，每朝梳头一二百下。"⑧现代医学研究表明，头是五官和中枢神经所在地，常梳头，加强对颜面和头的按摩，能疏通血脉，改善头部的血液循环，使头发得到滋养；能明目聪耳，缓解头痛，预防感冒；有助于降低血压、预防脑溢血等疾病的发生。苏轼对梳头促进健康有深切的体会，所以他每日梳

195

---

① （清）王文诰编注，孔凡礼点校：《苏轼诗集》卷十四，中华书局 1982 年版，第 672 页。
② （清）王文诰编注，孔凡礼点校：《苏轼诗集》卷十八，中华书局 1982 年版，第 940 页。
③ （清）王文诰编注，孔凡礼点校：《苏轼诗集》卷二十二，中华书局 1982 年版，第 1164 页。
④ （清）王文诰编注，孔凡礼点校：《苏轼诗集》卷三十六，中华书局 1982 年版，第 1939 页。
⑤ （清）王文诰编注，孔凡礼点校：《苏轼诗集》卷四十一，中华书局 1982 年版，第 2286 页。
⑥ （清）王文诰编注，孔凡礼点校：《苏轼诗集》卷三十九，中华书局 1982 年版，第 2128 页。
⑦ （清）王文诰编注，孔凡礼点校：《苏轼诗集》卷四十一，中华书局 1982 年版，第 2285 页。
⑧ （三国）嵇康：《嵇康集》，戴明扬校注，人民文学出版社 1962 年版。

头百余下，那栉节疏朗的梳子似含着清风，每日的梳发使苏轼体悟到无尽的舒适惬意。

再看濯足。苏轼在《二月十六日，与张、李二君游南溪，醉后，相与解衣濯足……》① 中云："醉中相与弃拘束，顾劝二子解带围。褰裳试入插两足，飞浪激起冲入衣。君看麋鹿隐丰草，岂羡玉勒黄金羁。人生何以易此乐，天下谁人从我归。"《夜卧濯足》曰："况有松风声，釜鬲鸣飕飕。瓦盎深及膝，时复冷暖投。明灯一爪剪，快若鹰辞韝。"我们平日的洗脚在苏轼也被认为是人间的至乐之一。

（三）赏玩

这里避开那种"千骑卷平冈"的作为朝廷命官时的壮阔场面，而只选取苏轼生活困顿时期的赏玩，更能说明问题。

苏轼在《寓居定惠院之东，杂花满山，有海棠一株，土人不知贵也》中曰："江城地瘴蕃草木，只有名花苦幽独。嫣然一笑竹篱间，桃李漫山总粗俗。也知造物有深意，故遣佳人在空谷。自然富贵出天姿，不待金盘荐华屋。……先生食饱无一事，散步逍遥自扪腹。不问人家与僧舍，拄杖敲门看修竹。"② 苏轼于满山杂花、修竹间惊喜发现一株海棠，他拄杖漫步山间尽兴饱赏。他的《黄州春日杂书四绝》③ 其四曰："病腹难堪七碗茶，晓窗睡起日西斜。贫无隙地栽桃李，日日门前看卖花。"苏轼在东坡开垦借来的荒地种粮食已很不易，可实在没有空隙再栽桃花，他便每天欣赏门前的卖花。他始终悠然自适，总有办法愉悦自己的心。再看词：

196

　　　　细雨斜风作小寒，淡烟疏柳媚晴滩，入淮清洛渐漫漫。　　　　雪沫乳花浮午盏，蓼茸蒿笋试春盘，人间有味是清欢。（《浣溪沙》）

序曰此词作于元丰七年（1084）十二月二十四日，从泗州刘倩叔游南山。此时苏轼刚刚结束黄州生活几个月，他面前泗州南山雨后的春景"细

---

① （清）王文诰编注，孔凡礼点校：《苏轼诗集》卷五，中华书局1982年版，第198页。
② （清）王文诰编注，孔凡礼点校：《苏轼诗集》卷二十，中华书局1982年版，第1036页。
③ （清）王文诰编注，孔凡礼点校：《苏轼诗集》卷四十八，中华书局1982年版，第2615页。

雨斜风"、"淡烟疏柳"、洛涧入淮水"漫漫",一切都是那么从容自在,他们的野外午餐是鲜嫩的"蓼茸蒿笋"以及"雪沫乳花"的午茶。苏轼面对淳朴的景、淳朴的菜,纯真地说"人间有味是清欢"。

从苏轼的饮食、起居、赏玩的探析中我们可以看出他的休闲存在于平日简朴、愉悦、高雅的生活中。

苏轼与元祐党人经过数年的严禁后终于获得解放。他于元符三年(1100)作《六月二十日夜渡海》曰:

> 参横斗转欲三更,苦雨终风也解晴。云散月明谁点缀,天容海色本澄清。空余鲁叟乘桴意,粗识轩辕奏乐声。九死南荒吾不恨,兹游奇绝冠平生。

他于元符三年(1100)六月二十日深夜渡海,"苦雨终风"过后的海南竟然满天星辰,苏轼感叹老天似乎也理解人的心意,知道他要过海北归,特地转晴为他送行。"一次一次悲喜交迭的遭逢,仿佛是对灵魂的洗礼,终于呈现出一尘不染的本来面貌。甚至儒学圣人乘桴浮海的那份道德守持也被超越,苏轼在大海上听到的是民族文化始祖轩辕黄帝的奏乐之声。来自太古幽深之处的这种乐声,是混沌未分、天人合一的音响,是包括人在内的自然本身的完满和谐,它使东坡老人又一次从道德境界迈向天地境界。因此,回顾这海南一游,乃是生命中最壮丽的奇遇,虽九死而不恨。这是政治上的自我平反,也是人格上的壁立千仞,而更是以生命之歌融入天地自然之乐章,成为遍彻时空的交响。"[1] 南宋孝宗皇帝赵眘曾对苏轼人格、文章有过极高的评价:

197

> 成一代之文章,必能立天下之大节。立天下之大节,非其气足以高天下者,未之能焉。孔子曰:"临大节而不可夺,君子人欤?"孟子曰:"我善养吾浩然之气,以直养而无害,则塞乎天地之间。"养存之

---

① 王水照、朱刚:《苏轼诗词文选评》,上海古籍出版社 2004 年版,第 211 页。

于身，谓之气；见之于行事，谓之节。节也，气也，合而言之，道也。以是成文，刚而无馁，故能参天地之化，关盛衰之运。……故赠太师谥文忠苏轼，忠言谠论，立朝大节，一时廷臣无出其右，负其豪气，志在行其所学，放浪岭海，文不少衰，力斡造化，元气淋漓，穷理尽性，贯通天人，山川风云，草木华实，千汇万状，可喜可愕，有感于中，一寓之于文，雄视百代，自作一家，浑涵光芒，至是而大成矣。①

孝宗立足于苏轼的人格来高度评价苏轼的文章，而为文为人能"成一代之文章，必能立天下之大节"的前提便是苏轼具有"浩然之气"。在那滋养于"穷理尽性，贯通天人，山川风云，草木华实，千汇万状"且为万世景仰的苏轼的诗词和散文中，我们领悟了其中所蕴含的神圣美丽的信仰，睿智大度的苏轼生前受尽万般辛苦似乎就是为了让这种信仰造福于华夏子孙，造福于人类。这种信仰即苏轼的休闲观，它将成为人类的一种崇高精神。我们在其活泼如珍珠、纯厚如莲花般的文字中获得了这种信仰，这本身就是一种美的享受。我们拥有了苏轼的休闲观，会变得如当代教育家张楚廷所说的"更富有、更聪明的同时更高尚"②。苏轼的休闲观有助于我们把握现代休闲的真谛。苏轼似乎在九百年前便知道今人最需要什么，难怪我们要称他为现代的古人，这也正是苏轼的不朽所在。

## 第三节　姜夔的休闲观

在《全宋词》中，未做官的布衣寒士词人所占的比例较低，但他们代表了两宋一大批文人，所以研究两宋休闲词不能忽视他们的休闲观。"他们命运多舛，无缘做官……为了生存，为了温饱，更为了谋求发展，他们只能四方奔走，到处求人，但到头来却依旧无法改变或改善自己的不良处

---

① 赵昚：《苏轼之文集序》，《苏轼文集·附录》，中华书局 1986 年版，第 2385 页。
② 张楚廷：《教学论纲》，高等教育出版社 1999 年版，第 87 页。

境……"① 他们虽然怀才不遇，大多数人还饱受贫穷的煎熬，但追求身心自由愉悦的休闲仍然是他们的共同目标，他们这种纯真心态亦流露于他们的词作中。这里以姜夔为代表。

姜夔（1155？—1221？）为南宋著名词人，字尧章，号白石道人，鄱阳（今江西鄱阳）人。他精通音律，常作自度曲，有《白石道人诗集》《白石词》。周密《齐东野语》卷十二所载《姜尧章自叙》：

> 某早孤不振，幸不坠先人之绪业。少日奔走，凡世之所谓名公巨儒，皆尝受其知矣。内翰梁公，于某为乡曲，爱其诗似唐人，谓长短句妙天下。枢使郑公爱其文，使坐上为之，因击节称赏。参政范公成大以为翰墨人品，皆似晋、宋之雅士。待制杨公万里以为于文无所不工，甚似陆天随，于是为忘年友。复州萧公，世所谓千岩先生者也，以为四十年作诗，始得此友。待制朱公既爱其才，又爱其深于礼乐。丞相京公不特称其礼乐之书，又爱其骈俪之文。丞相谢公爱其乐书，使次子来谒焉。稼轩辛公，深服其长短句。如二卿孙公从之、胡氏应期、江陵杨公、南州张公、金陵吴公及吴德夫、项平甫、徐渊子、曾幼度、商翚仲、王晦叔、易彦章之徒，皆当世俊士，不可悉数，或爱其人，或爱其诗，或爱其文，或爱其字，或折节交之。若东州之士，则楼公大防、叶公正则，则尤所赏激者。嗟乎！四海之内，知己者不为少矣，而未有能振之于窭困无聊之地者。旧所依倚，惟有张兄平甫，其人甚贤，十年相处，情甚骨肉，而某亦竭诚尽力，忧乐同念。平甫念其困踬场屋，至欲输资以拜爵，某辞谢不顾，又欲割锡山之膏腴，以养其山林无用之身。惜乎平甫下世，今惘惘然若有所失。人生百年有几？宾主如某与平甫者复有几？抚事感慨，不能为怀。平甫既殁，稚子甚幼。入其门则必为之凄然，终日独坐，逡巡而归。思欲舍去，则念平甫垂绝之言，何忍言去。留而不去，则既无主人矣，其能久乎？②

---

① 杨海明：《唐宋词与人生》，河北人民出版社 2002 年版，第 369 页。
② （宋）周密：《齐东野语校注》，朱菊如等校注，华东师范大学出版社 1987 年版，第 229—230 页。

从其自序可得知：姜夔一生未曾做官，一直过着清客游士的生活，而且精通诗、词、骈文、字、音乐等。他以自己出众的艺术才华奔走行谒当时的"名公巨儒"，如范成大、杨万里、辛弃疾、朱熹、叶适等人，他们都给予他很高的评价，"知己者不为少矣"，但终因"困踬场屋"而"未有能振之于窭困无聊之地者"。即便如此一介寒士，他的词作仍然不失雅士的风韵。下面来看姜夔休闲词的思想蕴含。

## 一　厌恶战争，渴望安定

姜夔终身布衣，不曾仕宦，当然更不可能带兵杀敌，因此，他对国事的关怀，不像岳飞、辛弃疾那样发为壮词，但他用自己的方式表达了国恨家仇。陈廷焯曰："南渡以后，国势日非，白石目击心伤，多于词中寄慨。"① 其《扬州慢》曰：

> 淳熙丙申至日，予过维扬。夜雪初霁，荠麦弥望。入其城则四壁萧条，寒水自碧，暮色渐起，戍角悲吟。予怀怆然，感慨今昔，因自度此曲。千岩老人以为有《黍离》之悲也。
> 　　淮左名都，竹西佳处，解鞍少驻初程。过春风十里，尽荠麦青青。自胡马窥江去后，废池乔木，犹厌言兵。渐黄昏、清角吹寒，都在空城。　　杜郎俊赏，算而今重到须惊。纵豆蔻词工，青楼梦好，难赋深情。二十四桥仍在，波心荡、冷月无声。念桥边红药，年年知为谁生。

此词作于淳熙丙申（1176）冬至日（1129 年和 1161 年，金兵两次南下，扬州都遭惨重破坏），距金人兵临扬州已很长时日。当年繁华的都会，如今满目萧条，引发词人抚今追昔之叹。千岩老人读后，"以为有《黍离》之悲也。"上阕描述扬州眼前萧条的景况。"过春风十里，尽荠麦青青"，城池荒芜、人烟稀少、屋宇倾颓的凄凉情景不言自明，这与杜甫的"城春

---

① （清）陈廷焯：《白雨斋词话》卷二，人民文学出版社 1959 年版，第 28 页。

草木深"(《春望》)用笔相似。"春风十里",并非实指一路春风拂面,而是化用杜牧诗意,使作者联想当年楼阁参差、珠帘掩映的盛况,反照今日的衰败景象。"胡马窥江"二句写金兵的劫掠虽然早已成为过去,而"废池乔木"犹以谈论战事为厌,可知当年带来的战祸兵燹有多么酷烈。而当朝者无抗金北伐之意,清冷的号角声便只能徒然震响在兵燹之余的空城。下阕侧重对扬州史事的虚拟。词人想象风流倜傥的杜郎今日重游扬州必然也"难赋深情"。姜夔对国事的关怀,是用比兴寄托的手法写入词中,并多次化用杜牧歌咏扬州昔日景物的诗句,构成风月繁华与萧条颓废的意象对比,写得虽然委婉蕴藉,但亦可谓惊心动魄。此词感怀家国,哀时伤乱,抒写了深沉的"黍离之悲"。而词人厌恶战争、渴望安定的情感也是显而易见的。看其《凄凉犯》曰:

> 绿杨巷陌秋风起,边城一片离索。马嘶渐远,人归甚处,戍楼吹角。情怀正恶,更衰草寒烟淡薄。似当时、将军部曲,迤逦渡沙漠。
>
> 追念西湖上,小舫携歌,晚花行乐。旧游在否?想如今、翠凋红落。漫写羊裙,等新雁来时系着。怕匆匆、不肯寄与误后约。

此词大约是光宗绍熙元年(1190)词人客居合肥(今属安徽)时的词作。原题下有序云:"合肥巷陌皆种柳,秋风夕起骚骚然;予客居阖户,时闻马嘶,出城四顾,则荒烟野草,不胜凄黯,乃著此解;琴有《凄凉调》,假以为名。凡曲言犯者,谓以宫犯商、商犯宫之类,如道调宫'上'字住,双调亦'上'字住,所住字同,故道调曲中犯双调,或于双调曲中犯道调,其他准此。唐人乐书云:'犯有正、旁、偏、侧;宫犯宫为正,宫犯商为旁,宫犯角为偏,宫犯羽为侧。'此说非也。十二宫所住字各不同,不容相犯;十二宫特可犯商、角、羽耳。予归行都,以此曲示国工田正德,使以哑觱栗吹之,其韵极美。亦曰《瑞鹤仙影》。"这篇长达二百余字的词序,交代了写作缘起,并论述了关于"犯调"的问题,从词序中可以看出,词人深懂音乐,而且他当时确实感触很深,此词为有感而发。

这首词上阕描写淮南边城合肥的荒凉萧索景象和自己触景而生的凄苦

201

情怀。南宋时，淮南已是极边，作为边城重镇的合肥，由于经常遭受兵灾，已经失去了昔日的繁华。开头两句概括写出合肥城的荒凉冷落。"合肥巷陌皆种柳"，词人将"绿杨巷陌"置于"秋风""边城"的广阔背景中，以杨柳的依依多情反衬秋日边城的萧瑟无情，就更容易突现那"一片离索"。"马嘶""吹角""戍楼"调动起读者各种不同的感官，使之充分感受到边城遭受兵燹后那种特有的凄凉气氛。接着，词人抛开对客观景物的描绘，直抒胸臆，"情怀正恶"，"衰草寒烟"，写出自己当时的心情，寓情思于景语中。歇拍比喻，为暗淡的画面注入了一定的时代特色，它启发当时的读者不由自主地回忆起"靖康之变"以来的种种往事，不禁兴起深沉的家国之恨、身世之愁。因而，这句比喻性联想所触发的沧桑之感，也就进一步深化和升华了画面的意境。下阕是对昔日游冶生活的怀念，从中隐隐透露出一种"黍离"之悲。"追念"二字引入回忆，思绪折转到过去。碧水红荷，画船笙歌，往日西湖游乐的美好生活，令作者难以忘怀。淳熙十四、十五年间，姜夔曾客居杭州，他在当时所写的一首《念奴娇》词中，曾以清新俊逸的笔调，倾吐过对于西湖荷花的深情："日暮青盖亭亭，情人不见，争忍凌波去。只恐舞衣寒易落，愁入西风南浦。""想如今"句以揣测的语气写对西湖荷花凋落的想象。前一句写人，后一句咏荷，而于咏荷中也暗寓着抚今追昔、人事已非的沧桑感。此二句对于西湖萧条秋景的描写，乃是由于词人置身淮南的现实环境，受到周围景物的触发，因"情怀正恶"而对西湖景物进行联想的结果，时空的穿插在这里得到了和谐的统一。词人愈是感到眼前环境的凄凉黯淡，对西湖旧游的怀念之情就愈加强烈。词人情不能堪，索性放笔直抒："漫写羊裙，等新雁来时系着。""漫写羊裙"，用王献之书羊欣白练裙的故事。《南史·羊欣传》载，南朝宋人羊欣，年少时即工于书法，很受王献之的钟爱。羊欣夏天穿新绢裙（古代男子也着裙）昼寝，王献之在他的新裙上挥笔题字，羊欣看到王献之的墨迹，把裙子珍藏起来。这里"羊裙"代指准备赠予伊人的字幅墨迹。词人想象着：要把表达他此刻心情的信笺系到雁足上，让他捎给伊人。极有才情的姜夔把鸿雁传书这个人们熟悉的故事再翻进一层：只怕大雁行色匆匆，不肯替我带信，因而耽误了日后相见的预约。"羊裙"虽然只是空写，

202

词人不能堪之情仍未排解，但却凸显词人厌恶战争的愁苦之情。

以上两首词是直抒"《黍离》之悲"，其他词如《八归》中有"最可惜，一片江山，总付与啼鴂"，《惜红衣》中有"维舟试望，故国眇天北"等词句皆含有此意，只不过"特感慨全在虚处，无迹可寻，人自不察耳"①。

## 二　厌倦漂泊，盼望归家

姜夔父亲曾在湖北汉阳（今武汉）做官，他早年便随父居住在汉阳。大约十四岁时，其父病逝，他便寄居在姐姐家中。后来往来于湘、鄂、皖、苏、浙等地，大多岁月居无定所，词人厌倦漂泊，盼望归家，于词中可见。看其《一萼红》：

> 丙午人日，予客长沙别驾之观政堂。堂下曲沼，沼西负古垣，有卢橘、幽篁，一径深曲；穿径而南，官梅数十株，如椒如菽，或红破白露，枝影扶疏。著屐苍苔细石间，野兴横生，亟命驾登定王台，乱湘流，入麓山。湘云低昂，湘波容与，兴尽悲来，醉吟成调。

> 古城阴，有官梅几许，红萼未宜簪。池面冰胶，墙腰雪老，云意还又沉沉。翠藤共闲穿径竹，渐笑语惊起卧沙禽。野老林泉，故王台榭，呼唤登临。　　南去北来何事？荡湘云楚水，目极伤心。朱户粘鸡，金盘簇燕，空叹时序侵寻。记曾共西楼雅集，想垂杨还袅万丝金。待得归鞍到时，只怕春深。

203

据夏承焘《姜白石系年》，此词作于宋孝宗淳熙十三年（1186）正月，时年32岁，词人正客居于长沙。本词和小序相表里。词序对写作缘由作了详细交代，主要写景物，是一则隽永雅致的记游小品。"人日"就是正月初七，这年他游历到长沙别驾（通判，相当于长沙市副市长）做官的地方。那里池塘西侧背靠一堵老城墙，上面种了一些金橘和竹子，从竹林穿

---

① （清）陈廷焯：《白雨斋词话》卷二，人民文学出版社1959年版，第28页。

过去向南走，看见数十枝官梅，大小不一，红白相间，斜枝潇洒婆娑。穿上木屐（谢公屐），踩在细石间的绿苔上，不禁诗兴大发。于是起身登上定王台，横渡湘江，攀登岳麓山。举头望云，俯瞰湘江。然而兴尽悲来，赋得本词。究竟是什么使词人"兴尽悲来"？那就要在词中找了。山中老人归隐的林泉，古代王爷构建的台榭，不禁使词人发思古之幽情，便与友人相约登临怀古。词人的情绪在此时达到了极致。"南去北来何事，荡湘云楚水，目极伤心。""登临"强化了词人"客"的身份。这里再好又怎么样呢？毕竟不是属于自己的天地。清真《兰陵王》："登临望故国，谁识京华倦客。"在这种登临的感慨中，往往反而激发词人的倦游之思。"荡"字遒劲（波心荡，冷月无声），看到云水的变化无常，远眺湘江望不到边，不禁暗自伤心。"朱户粘鸡，金盘簇燕，空叹时序侵寻。"楚地的风俗，正月初七家家要在门上贴鸡的年画以避邪，要在盘中放上瓜果蔬菜雕刻成的燕子"春盘"，家人团聚，其乐融融，而自己却居无定所、漂泊不定，这究竟是"何事"？是世事变幻、老大无成、身世飘零、孤苦无依的深悲使得词人"兴尽悲来"。"待得归鞍到时，只怕春深。"即使立即往回赶去，只怕到家已经是暮春时节了，最好的日子早已错过，心中不禁涌起悲凉的意味。读其《水龙吟》：

> 夜深客子移舟处，两两沙禽惊起。红衣入桨，青灯摇浪，微凉意思。把酒临风，不思归去，有如此水。况茂陵游倦，长干望久，芳心事、箫声里。　　屈指归期尚未。鹊南飞、有人应喜。画阑桂子，留香小待，提携影底。我已情多，十年幽梦，略曾如此。甚谢郎、也恨飘零，解道月明千里。

绍熙四年（1193）之秋，白石客游绍兴，与友人黄庆长清夜泛舟城南之鉴湖，庆长作怀归之词，引动了词人的飘零之感和思家之情，遂有此作。词上阕，"夜深客子泛舟处，两两沙禽惊起。"夜已深，移舟更向鉴湖深处，不觉惊起双双飞鸟。"红衣入桨，青灯摇浪，微凉意思。"红衣指荷花，青灯指船灯。不言桨入红衣，浪摇青灯，而言红衣入桨，青灯摇浪。

红衣青灯,相映成趣,桨声浪音,一片天籁,不禁引人有超凡脱俗之思。湖上凉意催发心上情思:"把酒临风,不思归去,有如此水。""把酒临风",语出《岳阳楼记》:"登斯楼也,则有心旷神怡,宠辱皆忘,把酒临风,其喜洋洋者矣。"词人非但未能超然物外,而且更引出其爱情誓言:我心怀归,有此水为证。苏东坡《游金山寺》诗云:"有田不归如江水!"其言又本于《左传·僖公二十四年》:"公子(重耳)曰:所不与舅氏同心者,有如白水!"词人借用古人设誓之语,阐明其必归相见之情,足见相思之深,用意之诚。"况茂陵游倦,长干望久,芳心事、箫声里。"歇拍四句紧承誓语,句句诉说思归之情。词下阕,"屈指归期尚未。鹊南飞、有人应喜。"上句写自己一方,婉言归期未有期。用李商隐《夜雨寄北》"君问归期未有期"句意。下句写对方,想象伊人闻鹊而喜。"画阑桂子,留香小待,提携影底。"词人进一步想象,画栏之前,飘香桂树之下,伊人正翘盼人归,待得人归,好与伊人携手游赏于月光之下桂花影里。然而上言归期尚未,则此种种幻境,如鹊南飞有人喜、桂子留香、携手影里,又不免皆化为幻影而已。白石《江梅引》云:"几度小窗幽梦手同携。"与此同一意境。"我已情多,十年幽梦,略曾如此。"词人感喟,我已是自伤情多,十年以来,悲欢离合,总如梦幻,悲多欢少,大抵如此。于月明千里之夜,词人传达出"也恨飘零""思归去"之思,清远空灵,有不尽之意。

词人其他不少词作中亦含此意,如《玲珑四犯》:"倦游欢意少,俯仰悲今古。江淹又吟《恨赋》,记当时,送君南浦。万里乾坤,百年身世,唯有此情苦。"《浣溪沙》:"限入四弦人欲老,梦寻千驿意难通。"《踏莎行》:"别后书辞,别时针线。离魂暗逐郎行远。淮南皓月冷千山,冥冥归去无人管。"《鹧鸪天》:"春未绿,鬓先丝。人间别久不成悲。谁教岁岁红莲夜,两处沉吟各自知。"都是此种境界。

### 三　独喜柳梅,企望爱情

张炎《词源》说姜夔的词"不惟清空,又且骚雅,读之使人神观飞越。""骚雅"便有格调,"清空"就有神韵。"这个认识,如果换一个角度看,不妨就把它形象性地描述为:他把传统的宛如柳枝一般的香软词

205

风，'嫁接'以梅花一般的高雅品性，从而形成了一种'幽韵冷香'式的新词品。在这里，我们主要来谈他的恋情词，因为从这里最易见到他对传统词风的某种'改造'。"① 这里探讨的词人柳词、梅词里所蕴含的浓郁的爱情企盼。

姜夔词共 84 首，而其中咏柳以及提及柳者就有 25 首。如：

> 今何许。凭栏怀古。残柳参差舞。(《点绛唇·丁未冬过吴松作》)
> 金谷人归，绿杨低扫吹笙道。数声啼鸟，也学相思调。(《点绛唇》)
> 绿丝低拂鸳鸯浦。想桃叶、当时唤渡。(《杏花天影》)
> 杨柳夜寒犹自舞，鸳鸯风急不成眠。些儿闲事莫萦牵。(《浣溪沙·辛亥正月二十四日，发合肥》)
> 记曾共、西楼雅集，想垂柳、还袅万丝金。(《一萼红》)

还有很多柳词，其中无不倾注了词人的满腔恋情，从中我们可以依稀看到他与恋人的浓浓爱情以及词人由对爱情的拥有、回忆到企望，这一心路历程使得他贫苦平生顿时幻化出无限美丽的光华。

而姜夔生平最爱梅花，现存 80 余首词作中咏梅词有 28 首之多，占了近三分之一，而且多出新调。从《一萼红》开始，到后来最负盛名的《暗香》《疏影》，其他如《江梅引》《玉梅令》《鬲梅溪令》诸阕，都是专为咏梅创作。读其《鹧鸪天·元夕有所梦》：

> 肥水东流无尽期，当初不合种相思。梦中未比丹青见，暗里忽惊山鸟啼。　春未绿，鬓先丝。人间别久不成悲。谁教岁岁红莲夜，两处沉吟各自知。

这首恋情词，与姜夔青年时代的"合肥情事"有关，词中怀念和思恋

---

① 杨海明：《唐宋词史》，江苏古籍出版社 1987 年版，第 507 页。

的是合肥的旧日情侣。宋宁宗庆元三年（1197）元夕之夜，他因思成梦，梦中又见到了旧日的情人，梦醒后写了这首缠绵悱恻的情词。写此词距初遇情人时已经二十多年了。可以看出，姜夔是一个至情至性之人，虽往事已矣，但时间的流逝和空间的转换，加上人事变幻的沧桑，并没有改变他对合肥情侣的深深眷恋。所以在长期浪迹江湖中，他写了一系列深切怀念对方的词篇。

下面详细看其《暗香》《疏影》：

旧时月色。算几番照我，梅边吹笛。唤起玉人，不管清寒与攀摘。何逊而今渐老，都忘却、春风词笔。但怪得、竹外疏花，香冷入瑶席。　　江国。正寂寂。叹寄与路遥，夜雪初积。翠尊易泣。红萼无言耿相忆。长记曾携手处，千树压、西湖寒碧。又片片、吹尽也，几时见得。（《暗香》）

苔枝缀玉。有翠禽小小，枝上同宿。客里相逢，篱角黄昏，无言自倚修竹。昭君不惯胡沙远，但暗忆、江南江北。想佩环、月夜归来，化作此花幽独。　　犹记深宫旧事，那人正睡里，飞近蛾绿。莫似春风，不管盈盈，早与安排金屋。还教一片随波去，又却怨、玉龙哀曲。等恁时、重觅幽香，已入小窗横幅。（《疏影》）

关于《暗香》《疏影》的题旨，前人的解释却纷纭歧异，差别很大。一说感徽、钦二帝被掳，寄慨偏安；一说为范成大而作，一说怀念合肥旧欢。其中以第一说流传最广。张惠言在《词选》中说："此章更以二帝之愤发之。"郑文焯在其所校《白石道人歌曲》中说："此盖伤二帝蒙尘，诸后妃北辕，沦落胡地，故以昭君托喻，发言哀断。考王建《塞上咏梅》诗曰：'天山路边一枝梅，年年花发黄云下；昭君已没汉使回，前后征人谁系马。'白石词意当本此。"刘永济在其《词论》中进一步指出："白石《暗香》、《疏影》，则通首取神题外，不规规于咏梅。'昭君'句，用徽宗在北所作《眼儿媚》词'花城人去今萧索，春梦绕胡沙。家山何处？忍听羌笛，吹彻梅花'也。"第二说也始自张惠言，他在《词选》卷二中说：

207

"时石湖有隐退之志，故作此二调以沮之。"第三说见夏承焘《姜白石词编年笺校》："予谓白石此词亦与合肥别情有关。"出现以上诸种词论正符合"一千个读者就有一千个哈姆雷特"的文艺观点。词前序曰："辛亥之冬，予载雪诣石湖。止既月，授简索句，且征心声。作此两曲，石湖把玩不已，使工妓习之，音节谐婉，乃名之曰暗香、疏影。"由此可知《暗香》《疏影》同咏一题，是不可分割的姊妹篇。细按全词，词人对于梅花的娇盈、幽独、清香、疏影的描述可谓淋漓尽致，且两词一气呵成，相互照应，构成一个完整的优美意境。"暗香""疏影"正是这两首词的"词眼"，《暗香》重点是对往昔的追忆，词中"香冷入瑶席""江国正寂寂"等词句，是对"暗香"的具体描写，而"旧时月色""压西湖寒碧"则是对"暗香"所产生具体环境的描述；而"疏影"则更能概括第二首词对于梅花清幽孤高精魂的描绘，那小小翠禽、篱角黄昏、佩环月归、深宫旧事、小窗横幅无不晃动着"独标高格"的梅的疏影，那是所有宋人以及后世所有文人都极为欣赏和推崇的人格形象的化身。这两首词深受范成大、张炎等人的赞赏。下面具体欣赏两首词中所体现的清雅超逸的休闲意趣。

　　《暗香》以梅花为线索，通过回忆对比，抒写物是人非之感。上阕写月中赏梅。词人回忆以前几次月夜梅边吹笛的往事。古典诗词中，"月色""吹笛"成为怀乡怀人的一种典型环境，"吹笛"也只有在月下、梅边，才别有风味。经过时间冷却了的回忆中的"月色"显得更有意蕴，更幽冷，且多了一层朦胧美。美丽月色中优美的笛声引来了一位玉人知音，她不怕夜深寒冷，攀着梅枝听他吹笛。如此优雅闲远意态的"玉人"使人联想到皎洁、优雅、轻灵、娇小。词人回忆当年赏梅雅兴，于月色中在梅花边吹咏梅之曲，梅、月、笛声、玉人和谐统一，体现了词人的审美情趣和人格追求。"何逊而今渐老，都忘却春风词笔"，由回忆转入现实，以"何逊"自比（何逊也酷爱梅花），这是词人的谦辞，因为他是应主人之邀写词，照例是该谦逊一番的，由《暗香》《疏影》来看，词人虽然年岁渐增，但他咏梅的才情、赏梅的兴趣都没有减少。"但怪得、竹外疏花，香冷入瑶席"，词人嗔怪：而今我老了，梅花何苦送香来，让我生惆怅？梅花的冷香引起诗人的情思，平静的心骚动起来。此时词人作词的笔法更趋成熟，对事物的观察更加敏锐。"竹外疏花"，词人将梅与竹相连，用竹的雅洁衬托梅花疏淡、意态淡雅。"香冷"，移觉手法，恰好道出了梅香的特点，写出了梅暗香浮动、冷艳的特点。"香冷入瑶席"与"唤起玉人，不管清寒与攀摘"相呼应，可见，不是词人老了，关键是玉人不在，暗含了对玉人的思念。词下阕写雪中赏梅。"江国正寂寂"，因是雪夜，江南大地一片寂静，也写出了词人心境的空寞，他想梅花也该开放了，便想折一枝梅花寄给那久别的玉人，但因雪深且路途遥远而无法办到，只好端着酒杯静对梅花无言泪下。"翠樽""红萼"，色彩本明丽，但在凄冷的环境中，却构成了一种冷艳的凄美。"长记曾携手处，千枝压、西湖寒碧。"红装素裹、雪压梅花的清影倒映在西湖的碧水之中，清影满湖，于此情景中当年曾与玉人携手赏梅，更显出两人情意深浓，情趣高雅。如今片片梅花落尽了，几时能再见？梅花尽了，玉人仍然不在身边，何时能见到她呢？两种意思交融在一起，突出词人思念之深。姜夔的这首词，将咏梅与思人交融，句句不离梅花，用梅花寄托怀人情思，上阕月中赏梅与下阕雪中赏梅统一在幽冷的环境和词人感情的范围之中。今昔对比，以人衬花，人花两见。咏物但不黏着咏物，若即若离，取神离形，形虽略，精神亦出，"清空中有意趣"（张炎评《词源》）。

《疏影》紧接《暗香》而来，《暗香》是于宴席上回忆与玉人携手同游的情景，回到现实的词人对着梅花默默伤心，《疏影》则叙述宴会之后，词人来到梅前仔细观察梅花。上阕写梅花形神兼美。"苔枝缀玉"等三句自成一段，照应上文"月色"。月光下，枝干上的苔藓、枝头晶莹如玉的花朵清晰可见，更为迷人的是如此的苔枝上双宿着翠色的小鸟，词人用此细节描写照应上一首伤心地念叨"几时见得"，两者反差对比，小小翠禽竟然能同宿双飞，人却往往孤单无伴，使人顿生人不如鸟之叹。"客里相逢"指自己在范府做客，又遇到与自己情性相通的梅。"篱角黄昏，无言自倚修竹"，用杜甫《佳人》"天寒翠袖薄，日暮倚修竹"诗意，比喻梅花如同被时代遗弃于偏僻角落的绝世佳人，她品性高洁，绝俗超尘，宁肯孤芳自赏而绝不同流合污。这里不仅照应了《暗香》中的"竹外疏花"词句，而且禀明词人何以对玉人念念不忘。接着词中连用了三个关于梅花的

典故。"昭君不惯"等四句，化用杜甫《咏怀古迹》中"环佩空归夜月
魂"等诗句，王昭君不畏严寒，出使匈奴和亲，犹如梅花开放于冰天雪
地，她不习惯边地的沙尘，心里惦记大江南北的故乡却永远不能回，只好
让身上佩戴的宝玉化为美丽幽独的梅花精魂。梅花原来是昭君的英魂所
化，它不仅有绝代佳人之美容，而且更有始终索系于祖国的美好心灵，因
此对梅花理应持有无比爱护的思想感情，与下文"早与安排金屋"等句相
呼应。下阕写对梅花的怜爱。"犹记深宫旧事"句联系寿阳公主梅花妆的
故事，说明梅花不仅有美的容貌、美的灵魂，而且还能使充满青春活力的
少女更富神韵，可见梅的无穷魅力。"莫似春风"等三句，词人认为应在
梅花盛开之际便要予以百倍爱护，就像汉武帝"金屋藏娇"那样将之珍
藏，免得春风不管梅花的盈盈之躯，将之摧折。但无论怎样爱惜，最终
"还教一片随波去"，梅花迟早还是要凋落。等到世人由于爱惜梅花而又挽
留不住梅花，所以免不了在梅花凋谢随水东流之后，通过《梅花落》这一
曲调来寄托自己的哀思之时，人们欲寻幽香之梅，为时已晚，只能到挂在
小窗上边的图画里寻找。但画里的梅无论怎样逼真，也只是徒有其形，而
无其神，徒有其色，而无其香。由上可见，这首词虽然写的是梅花，但却
寄托了词人自己的不幸遭遇。词中的梅花，比之《暗香》，似有更多的概
括性与某种典型性。《疏影》中所出现的梅花的形象、梅花的性格、梅花
的灵魂、梅花的遭遇，不仅寄托了词人个人身世飘零的感叹，同时也包括
了与词人经历、思想、遭遇相同的人在内。这首词，客观上亦鞭挞了当时
社会对人才的压制和对美好事物的摧残。此词最显著的特点是自始至终把
梅花当成有灵魂有性格的人来写，词人赋予梅花以活生生的人的生命。

承受各种负面情绪和化解各种负面情绪的能力是休闲的另一种智慧。
姜夔便拥有了这种智慧。一生漂泊贫苦的姜夔，他把对国事、家事、私事
的诸多烦恼于词中加以畅快淋漓的抒发，从而获得了身心自由的愉悦。

## 第四节　两宋词人普遍的休闲文化心态

苏轼等人乃是宋代文人的典型，体现在他们诗词中涵养了孟子"浩然

210

之气"的"超然"思想，表征着宋代文人普遍的文化心态。

苏轼的《超然台记》云：

> 予既乐其风俗之淳，而其吏民亦安予之拙也。于是治其园圃，洁其庭宇，伐安丘、高密之木，以修补破败，为苟完之计。而园之北，因城以为台者旧矣，稍葺而新之。
>
> 时相与登览，放意肆志焉。南望马耳、常山，出没隐见，若近若远，庶几有隐君子乎？……台高而安，深而明，夏凉而冬温。雨雪之朝，风月之夕，予未尝不在，客未尝不从。撷园蔬，取池鱼，酿秫酒，瀹脱粟而食之，曰："乐哉！游乎！"方是时，予弟子由，适在济南，闻而赋之，且名其台曰"超然"。以见予之无所往而不乐者，盖游于物之外也。（苏轼《经进东坡文集事略》卷五〇，四部丛刊本）

苏辙《超然台赋》序言："子因其城北之废台而增葺之。以告辙曰：'将何以名之？'辙曰：'天下之士，奔走于是非之场，浮沉于荣辱之海，嚣然尽力而反，亦莫自知也，而游者恋之，非以其超然不累于物耶？'老子曰：'虽有荣观，燕处超然。'诚以'超然'名之。"苏辙应苏轼邀请为其兄稍葺而新之台，被苏辙命名为"超然台"，目的是希望自己兄弟二人以及天下之士超然处世，都能摆脱是非之心，挣脱名利之网，从而获得身心自由的休闲。从苏轼的《超然台记》中，我们可以充分领会他心境从容、忙里偷闲、随遇而安以及做适意闲人的休闲观。从中亦可见其"游于物之外"和"无所往而不乐"的超然精神，即苏轼的休闲观的本质便是获得身心的真正自由，从而获得独立、自由的人格。

由前文的政治背景可知，宋朝统治者是为了进一步强化集权主义的中央专制，才不惜一切代价重用文臣、优待文臣。由《宋史·曹勋传》[①]可知，相传还制定了"不得杀士大夫及上书言事人"的"祖宗家法"。宋代文人都受儒家传统思想影响，"士不可以不弘毅，任重而道远"（《论语·

211

---

① （元）脱脱：《宋史》三百七十九卷《曹勋传》，中华书局1977年版，第11700页。

泰伯》），使他们真诚地承担自己的使命。而承受着君恩的宋代文人们无不胸怀兼济之志，颇为自信和自豪地以天下为己任。但他们欲实现兼济之志的思想愈强烈、行为愈果断，则往往会愈严重妨碍中央集权制的进一步加强，于是便出现了"乌台诗案"之类罢黜、贬谪文人的冤假错案。而宋朝是政治、经济、文化都高度发展的社会，宋代文人们认识到像陶渊明所描述的"桃花源"式的理想社会在现实社会中是不存在的，而宋朝统治者亦不允许受着君恩的文人们放弃个人的社会职责去过"固穷安贫"、归耕田园的自由生活，苏轼一生厌恶官场而欲归耕田园的愿望终生未能实现的个案便足以说明问题。这就使得宋代文人们往往转而采取身在魏阙之下、心在江湖之中的精神"归隐"，而苏轼的"超然"精神对宋代文人们进行精神"归隐"起到了至关重要的作用，他们把对身心自由的理想人格的追求通过诗词绘画等手法艺术地表现到日常生活中，这样既可以获得心灵的净化，又可以摆脱诸多的人世是非。下文再举数例加以说明。

首先来看与晏殊有师生之谊的欧阳修。欧阳修（1007—1072），字永叔，号醉翁，晚年又号六一居士。他积极参与并支持范仲淹的政治革新，因守旧派的打击而屡遭贬谪，先后出知夷陵、滁州、颖州等地。后累官至翰林学士、枢密副使、参知政事。他是宋代诗文革新运动的领袖，能鼓励、奖掖后进，苏轼就是他认定的文坛宗师地位的继承人。在他周围聚集了一大批文士，所谓"欧阳公好士，为天下第一"①。业绩卓著、人生坎坷的欧阳修亦把追求身心自由的休闲作为他为人、为文的至高精神境界。其《偶书》诗亦云：

> 吾见陶靖节，爱酒又爱闲。二者人所欲，不问愚与贤。奈何古今人，遂此乐尤难，饮酒或时有，得闲何鲜焉。浮屠老子流，营营盈市廛。二物尚如此，仕宦不待言。官高责愈重，禄厚足忧患。暂息不可得，况欲闲长年！少壮务贪得，锐意力争前，老来难勉强，思此但长

---

① （宋）苏轼：《钱塘勤上人诗集叙》，《苏轼文集》卷十，中华书局1986年版，第321页。

叹，决计不宜晚，归耕颍尾田。①

诗中表现了欧阳修对名利的看轻，犹如陶渊明般在田园中"闲长年"，其从容自适、自然的心态溢于言表。此种休闲文化心态在其著名的《六一居士传》中也得到了全面、清晰的展示：

六一居士初谪滁山，自号醉翁。既老而衰且病，将退休于颍水之上，则又更号六一居士。客有问曰："六一，何谓也?"居士曰："吾家藏书一万卷，集录三代以来金石遗文一千卷，有琴一张，有棋一局，而常置酒一壶。"客曰："是为五一尔，奈何?"居士曰："以吾一翁，老于此五物之间，是岂不为六一乎?"客笑曰："子欲逃名者乎，而屡易其号。此庄生所诮畏影而走乎日中者也；余将见子疾走大喘渴死，而名不得逃也。"居士曰："吾因知名之不可逃，然亦知夫不必逃也；吾为此名，聊以志吾之乐尔。"客曰："其乐如何?"居士曰："吾之乐可胜道哉! 方其得意于五物也，太山在前而不见，疾雷破柱而不惊；虽响九奏于洞庭之野，阅大战于涿鹿之原，未足喻其乐且适也。然常患不得极吾乐于其间者，世事之为吾累者众也。其大者有二焉，轩裳圭组劳吾形于外，忧患思虑劳吾心于内，使吾形不病而已悴，心未老而先衰，尚何暇于五物哉? 虽然，吾自乞其身于朝者三年矣，一日天子恻然哀之，赐其骸骨，使得与此五物偕返于田庐，庶几偿其夙愿焉。此吾之所以志也。"客复笑曰："子知轩裳圭组之累其形，而不知五物之累其心乎?"居士曰："不然。累于彼者已劳矣，又多忧；累于此者既佚矣，幸无患。吾其何择哉?"于是与客俱起，握手大笑曰："置之，区区不足较也。"已而叹曰："夫士少而仕，老而休，盖有不待七十者矣。吾素慕之，宜去一也。吾尝用于时矣，而讫无称焉，宜去二也。壮犹如此，今既老且病矣，乃以难强之筋骸，贪过分之荣禄，是将违其素志而自食其言，宜去三也。吾负三宜去，虽无五物，

213

① 北京大学北京师范大学中文系、北京大学中文系文学史教研室编：《陶渊明资料汇编》，中华书局1962年版，第25页。

其去宜矣，复何道哉！"熙宁三年九月七日，六一居士自传。①

　　文中的"三宜去"，在《偶书》中已有述及，这里则更加明晰。欧阳修为什么觉得"宜去"？他认为劳形于外的"轩裳圭组"、劳心于内的"忧患思虑"使他"形不病而已悴，心未老而先衰"，更没有一点闲暇关注于书、金石遗文、琴、棋、酒五物。此五物能"聊以志吾之乐"，使他"乐其适"，即使累于五物也无患而得闲逸。欧阳修"乞其身于朝者三年"，终于得了君恩"赐其骸骨使得与此五物皆返于田庐"，亦终能"闲长年"，他求得了身心的自由。苏轼作《书六一居士传后》曰：

　　　　苏子曰：居士可谓有道者也。或曰：居士非有道也。有道者，无所挟而安。居士之于五物，捐世俗之所争，而拾其所弃者也，乌得为有道乎？苏子曰：不然，挟五物而后安者，惑也。释五物而后安者，又惑也。且物未始能累人也。轩裳圭组且不能为累，而况此五物乎？物之所以能累人者，以吾有之也。吾与物俱不得已而受形于天地之间，其孰能有之？而或者以为己有，得之则喜，丧之则悲。今居士自谓六一，是其身均与五物为一也，不知其有物耶，物有之也？居士与物均为不能有，其孰能置得丧于其间？故曰：居士可谓有道者也。虽然，自一观五，居士犹可见也，与五为六，居士不可见也。居士殆将隐矣。②

214　　苏轼认为有得失之心，则挟五物与释五物俱惑，无得失之心，与物为一，则"物未始能累人"。"虽然，自一观五，居士犹可见也，与五为六，居士不可见也。居士殆将隐矣。"欧阳修与苏轼都认识到让自己的身心自由才能自适自乐，而客观的环境不允许个体获此自由时，便只有进行自我的精神超越，获得休闲的境界，使心灵安稳，才能获得生命的超越。欧阳修自己亦认为"壮犹如此，今既老且疾矣，乃以难强之筋骸，贪过分之荣

---

① 《居士集》卷四四，《欧阳文忠公集》四四，四部丛刊本，上海商务印书馆。
② 《经进东坡文集事略》卷六〇，四部丛刊本，上海商务印书馆。

禄，是将违其素志而自食其言"，可见追求身心自由的休闲是欧阳修一生的追求。

此种追求亦体现在他的词作中，欧阳修《西湖念语》曰：

> 昔者王子猷之爱竹，造门不问于主人；陶渊明之卧舆，遇酒便留于道上。况西湖之胜概，擅东颍之佳名。虽美景良辰，固多于高会。而清风明月，幸属于闲人。并游或结于良朋，乘兴有时而独往。鸣蛙暂听，安问属官而属私。曲水临流，自可一觞而一咏。至欢然而会意，亦傍若于无人。乃知偶来常胜于特来，前言可信。所有虽非于己有，其得己多。因翻旧阕之辞，写以新声之调，敢陈薄伎，聊佐清欢。

词人曲水临流，吟咏于西湖之上曰："而清风明月，幸属于闲人。"以词"聊佐清欢"的"闲人"欧阳修以《西湖念语》为序为颍州西湖作了十首《采桑子》，这里暂且看其中两首：

> 天容水色西湖好，云物俱鲜。鸥鹭闲眠。应惯寻常听管弦。
> 风清月白偏宜夜，一片琼田。谁羡骖鸾。人在舟中便是仙。
> 平生为爱西湖好，来拥朱轮。富贵浮云。俯仰流年二十春。
> 归来恰似辽东鹤，城郭人民。触目皆新。谁识当年旧主人。

前一首词上阕写出词人在退隐后陶醉于湖光山色之中，毫无心机地与自然融为一体，与鸥鹭共处。下阕写词人于风轻云淡、月色如练的夜晚泛舟于清澈明净的西湖之中，只觉得自己是仙境中的仙人，能如此休闲地生活，又何必要骑鸾升天？词中洋溢着词人自适、自乐、自由的愉悦。后一首词表达了词人在似水流年的生活中体悟出富贵如浮云。从欧阳修的诗、文及词中可看出，他"既与现实政治保持着密切的联系，又努力摆脱'政治'的羁縻、控制，游离于现实政治之外；既不放弃世俗的享乐，又能在物欲横流的世俗社会人生中刻意守护、经营心灵深处那片只属于自己的精神家园，不为外物

215

所役，求取个体的独立与自由"①。对欧阳修体现在其诗、词、文中的自由
从容，苏洵评曰："（欧文）纡余委备，往复百折，而条达疏畅，无所间
断，气尽语极，急言竭论，而容与闲易，无艰难劳苦之态。"（欧阳修《上
欧阳内翰第一书》)②苏辙则曰："公之于文，天材有余，丰约中度。雍容
俯仰，不大声色而义理自胜。"（苏辙《欧阳文忠公神道碑》，《栾城后集》
卷二十三)③魏庆之《诗人玉屑》评其诗曰："欧公始矫昆体，专以气格
为主，故其诗多平易流畅。"④欧阳修为词诚如周济曰："永叔词，只如无
意，而沉着在和平中见。"⑤追求身心自由的休闲精神境界便带来了"容与
闲易"的文风，使欧阳修的不同文体之间因此而相融相通。

再看"先天下之忧而忧，后天之乐而乐"（《岳阳楼记》）的范仲淹。
范仲淹（989—1052）是有远大抱负的政治家，也是诗文革新运动的倡导
者之一。《宋史》载："仲淹二岁而孤，母更适长山朱氏，从其姓，名说。
少有志操，既长，知其世家，乃感泣辞母，去之应天府，依戚同文学。昼
夜不息，冬月惫甚，以水沃面；食不给，至以糜粥继之，人不能堪，仲淹
不苦也。举进士第，为广德军司理参军，迎其母归养。改集庆军节度使，
始还姓，更其名。"⑥范仲淹有志于天下，作为北宋名臣，他一身系国之安
危，无论在朝还是外任，始终矢志不渝。他虽然有着强烈的忧患意识、高
度的社会责任感、自觉的担当精神，但他因为争废郭后事而出守睦、苏二
州，因献《百官图》诋宰相而被夺职知饶州、润州、越州。泾源师败，例
降官，知耀州。"少有志操"的范仲淹可谓忠臣义士，可一生仕途坎坷，
亦屡遭贬谪。这位以"天下为己任"⑦的政治家、文学家，他在词作中的

精神境界如何？唐圭璋先生所编的《全宋词》共收录范仲淹词五首，便有
三首写借酒浇愁："酒入愁肠，化作相思泪。"（《苏幕遮》）"浊酒一杯家

---

① 刘方：《宋型文化与宋代美学精神》，巴蜀书社 2004 年版，第 212 页。

② （宋）苏洵著，曾枣庄、金成礼笺注：《嘉祐集笺注》，上海古籍出版社 1993 年版，第
328—329 页。

③ 高秀芳、陆宏天点校：《苏辙集》，中华书局 1990 年版，第 1135 页。

④ （宋）魏庆之：《诗人玉屑》卷十七，影印文渊阁《四库全书》本。

⑤ （宋）周济著，顾学颉校点：《介存斋论词杂著》，人民出版社 1959 年版，第 5 页。

⑥ （元）脱脱：《宋史》卷三一四，中华书局 1977 年版，第 10267 页。

⑦ 同上书，第 10275 页。

万里。"（《渔家傲》）"愁肠已断无由醉，酒未到、先成泪。"（《御街行》）写相思之苦和久羁之苦，欲摆脱这些痛苦，便蕴含着追求休闲身心的欲望。另外两首便直接写出了休闲的精神境界：

　　　　昨夜因看蜀志，笑曹操、孙权、刘备。用尽机关，徒劳心力，只得三分天地。屈指细寻思，争如共、刘伶一醉？　　人世都无百岁。少痴騃、老成尫悴。只有中间，些子少年，忍把浮名牵系。一品与千金，问白发，如何回避？（《剔银灯》）

　　　　罗绮满城春欲暮。百花洲上寻芳去。浦映□花花映浦。无尽处。恍然身入桃源路。　　莫怪山翁聊逸豫。功名得丧归时数。莺解新声蝶解舞。天赋与。争教我辈无欢绪。（《定风波》）

　　对于第一首《剔银灯》，龚明之曰："范文正与欧阳文忠公席上分题作《剔银灯》，皆寓劝世之意。文正曰：昨夜因看蜀志……"（龚明之《中吴纪闻》卷五）那么此词劝世人什么呢？上阕写昨天夜里读《三国志》，不禁笑话曹操、孙权、刘备来，他们用尽权谋机巧，只获得天下鼎足三分的局面，真是枉费心力，还不如和刘伶一起喝个酩酊大醉。下阕则化用了白居易《狂歌词》：

　　　　明月照君席，白露沾我衣。劝君酒杯满，听我狂歌词。五十已后衰，二十已前痴。昼夜又分半，其间几何时。生前不欢乐，死后有余赀。焉用黄墟下，珠衾玉匣为。

　　人生一世，大多数人活不到百岁，而小时候不懂事，年老又衰弱不堪。只有中间一小段青年时代最可宝贵，怎忍心追求功名利禄呢！就算做到了一品大官、百万富翁，终将无法回避白发老年将至的命运。政治改革不但徒劳无功，而且范仲淹屡遭打击陷害，几度被排挤出京。面对这样无法兼济的现实，范仲淹开始思考人生的终极价值，他体悟到为了功名利禄去奋争一世不但浪费了美好的时光，而且"伤生残性"。第二首词亦表达了这种思想。《定风波》是范仲淹在邓州所作，《宋史·范仲淹传》载："（知邠州后）以疾请邓州。进给事中。徙荆南，邓人遮使者请留，仲淹亦愿留邓，许之。"① 百花洲在邓州（今属湖北省）。范仲淹在春暮的百花洲悠游，碧草、蓝天、清水相互映衬，且莺歌燕舞，词人恍然进入了陶渊明的桃花源，而整天忙碌于功名利禄之时，只使人"归时数""无欢绪"，哪里比得上逸豫山翁生活得安闲、舒适、自在？受儒家思想的熏陶，积极上进一直为范仲淹文学思想主流，而其思想的核心乃是追求身心自由愉悦，他的先忧后乐亦基于"不以物喜，不以己悲"的超然物外的精神境界之上，而不是愚忠。在"小道""末技"的词体里范仲淹便放下了所有的思想包袱，从而显露了他作为平常人的本色。可见追求身心自由的休闲精神境界，亦是范仲淹这样正统的士大夫文人的人生态度。

抗金名将韩世忠其人及其词亦可说明问题。韩世忠（1089—1151），"风骨伟岸，目瞬如电，早年鸷勇绝人，能骑生马驹。家贫无产业，嗜酒尚气，不可绳检。"② 建炎四年（1130）春，金将完颜弼（即金兀术）南渡后渡江北归，韩世忠以八千水师阻十万金兵于黄天荡，相持四十余日，几擒宗弼。于是韩世忠拜武成感德军节度使、神武左军都统制。绍兴四年（1134），金兵与伪齐刘豫分道南犯，世忠于大仪大败敌兵，论者以此举为中兴武功第一。可见他是位善战的英雄。据《宋史》载，绍兴十一年（1140）"秦桧收三大将权，四月，拜枢密使，遂以所积军储钱百万贯，米九十万石，酒库十五归于国。世忠既不以和议为然，为桧所抑。及魏良臣使金，世忠又力言：'自此人情消弱，国势委靡，谁复振之？北使之来，乞与面议。'不许，遂抗疏言桧误国。桧讽言者论之，帝格其奏不下。世忠连疏乞解枢密柄，继上表乞骸。十月罢为醴泉观使、奉朝请，进封福国公，节钺如故。自此杜门谢客，绝口不言兵，时跨驴携酒，从一二奚童，纵游西湖自乐，平时将佐罕得见其面。"③ 韩世忠自号清凉居士，解甲归田后，他自由地过着休闲的生活，可以他留下的两首词为证：

---

① （元）脱脱：《宋史》卷三一四，中华书局 1977 年版，第 10275 页。
② （元）脱脱：《宋史》卷三百六十四，中华书局 1977 年版，第 11355 页。
③ 同上书，第 11367 页。

冬看山林萧疏，春来地润花浓。少年衰老与山同。世间争名利，富贵与贫穷。　　荣贵非干长生药，清闲不是死门风。劝君识取主人公。单方只一味，尽在不言中。（《临江仙》）

人有几多般。富贵荣华总是闲。自古英雄都是梦，为官。宝玉妻儿宿业缠。　　年迈衰残，鬓发苍浪骨髓干。不道山林有好处，贪欢。只恐痴迷误了贤。（《南乡子》）

"世间争名利，富贵与贫穷"，"富贵荣华总是闲。自古英雄都如梦，为官"，"不道山林有好处，贪欢。只恐痴迷误了贤"，荣华富贵、功名利禄在韩世忠看来都是"痴迷"人的迷魂汤，让人失去身心的自由，丢失本真的自我而看不到山林的无限美好。楼钥《攻媿集·跋韩忠武王词》曰："近见费补之衮《梁溪漫志》，绍兴间，韩蕲王自枢密使就第，放浪湖山，匹马数童，飘然意行。一日至湖上，遥望苏仲虎尚书宴客，蕲王径造其席，喜甚，醉归。翌日，折简谢，饷以羊羔，且作二词，手书以赠，苏公缄藏之，亲题其上云：'二阕三纸，勿乱动。'淳熙丁未，苏公之子寿父山丞太府，携以示蕲王长子庄敏公，庄敏以示予。字画殊倾欹，然其词乃林下道人语。庄敏云：'先人生长兵间，不解书，晚年乃稍能之耳。'嘉定改元，庄敏公次子枢密副都承旨带御器械杭，以二词石本见示。亦信《梁溪》之说。但词中一二字不同耳。昔人有竞病之诗及塞北烟尘之句，虽皆可称，殆未有超然物外如韩蕲王之旷达者也。"少年家贫习武"不解书"的韩世忠，晚年稍稍习文，却亦能以超然物外的精神境界去生活，写出"林下道人语"的词篇，此皆得益于统治者给予他的"清闲"，从而寻找到本真的自我。

219

再看南渡词人的代表辛弃疾。辛弃疾（1140—1207）在宋高宗绍兴十年生于山东历城。他出生时，历城已沦陷于金十余年。辛弃疾在《美芹十论劄子》中曰："大父臣赞，以族众拙于脱身，被污虏官，留京师，历宿、亳，涉沂、海，非其志也。每退食，辄引臣辈登高望远，指画山河，思投衅而起，以纾君父所不共戴天之愤。"[①] 可见辛弃疾祖父亦是位爱国者，只

---

① 《辛弃疾词文选注》，上海人民出版社 1977 年版，第 114 页。

因家族太大而未能追随宋室南渡，而他强烈的民族精神并未因不得不仕金而褪色，他居家时便教育子孙须以收复山河为己任。绍兴三十二年（1162），辛弃疾率兵突击敌阵活捉了杀害耿京的张安国，不但证明了他热爱祖国、民族的精神，而且体现了他与身俱有的军事才干和胆识谋略。南归之初十年，辛弃疾对于恢复祖国大业充满信心和希望，虽不居显要地位，但他不断上书进献恢复失地之谋略。辛弃疾不但爱国且亦爱民，他于淳熙六年（1179）任湖南转运副使时所上的《论盗贼劄子》云：

> 盗连起湖湘，弃疾悉讨平之。遂奏疏曰："今朝廷清明，比年李金、赖文政、陈子明、陈峒相继窃发，皆能一呼啸聚千百，杀掠吏民，死且不顾，至烦大兵翦灭。良由州以趣办财赋为急，吏有残民害物之政，而州不敢问，县以并缘科敛为急，吏有残民害物之状，而县不敢问。田野之民，郡以聚敛害之，县以科率害之，吏以乞取害之，豪民以兼并害之，盗贼以剽夺害之，民不为盗，去将安之？夫民为国本，而贪吏迫使为盗，今年剿除，明年划荡，譬之木焉，日刻月削，不损则折，欲望陛下深思致盗之由，讲求弭盗之术，无徒恃平盗之兵。申饬州县，以惠养元元为意，有违法贪冒者，使诸司各扬其职，无徒按举小吏以应故事，自为文过之地。"①

辛弃疾这一抨击残民害物的地主官的奏疏得宋孝宗的认同。因此他不但不受主和派大臣们的欢迎，而且还招致地方官的嫉恨，他非但不受重用，反而屡遭排斥。自淳熙九年（1182）至宁宗嘉泰二年（1202）的21年间，辛弃疾除了在53岁至55岁期间，一度被朝廷起用为福建提刑、知福州兼福建安抚使之外，一直投闲置散，隐居带湖和铅山。在铅山时他作《鹧鸪天》曰：

> 壮岁旌旗拥万夫。锦襜突骑渡江初。燕兵夜娖银胡□，汉箭朝飞

---

① （元）脱脱等：《宋史》卷四百一，中华书局1977年版，第12162—12163页。

金仆姑。　　追往事，叹今吾。春风不染白髭须。都将万字平戎策，换得东家种树书。

词前序曰："有客慨然谈功名，因追念少年时事，戏作。"俞陛云《唐五代两宋词选释》云："国初乱，稼轩率数千骑，渡江而南，高宗录用之。归田后有客过访，慨然谈功名，因追述少年时事，有英雄种菜之感。生平宦游南北，江统平戎之策，橐驼种树之书，一身兼之。词中不言何去何从，观其以家事付儿曹，赋《西江月》词以见志，有'宜醉宜游宜睡'、'管竹管山管水'之句，知其天性淡泊，东效戢影，固义命自安也。""天性淡泊"的评语是中肯的，因为"功名"对辛弃疾来说犹如过眼云烟，自己当年的赫赫战功和洋洋万言"平戎策"最终也未能收复故土，换来的是对自己的诬陷、排挤、贬谪，而今已年老，春风不会再染黑他的白发，只觉少年、壮年的努力都是徒劳。如果时光能倒流，辛弃疾看重的是"种树书"还是"平戎策"呢？辛弃疾很多词中便表达了愿在身心自由的休闲生存状态中愉快地度此生：

松冈避暑。茅檐避雨。闲去闲来几度。醉扶怪石看飞泉，又却是、前回醒处。　　东家娶妇，西家归女。灯火门前笑语。酿成千顷稻花香，夜夜费、一天风露。（《鹊桥仙·己酉山行书所见》）

近来何处有吾愁？何处还知吾乐？一点凄凉千古意，独倚西风寥廓。并竹寻泉，和云种树，唤作真闲客。此心闲处，不应长藉丘壑。　　休说往事皆非，而今云是，且把清尊酌。醉里不知谁是我，非月非云非鹤。露冷风高，松梢桂子，醉了还醒却。北窗高卧，莫教啼鸟惊着。（《念奴娇·赋雨岩》）

钟鼎山林都是梦，人间宠辱休惊。只消闲处过平生。酒杯秋吸露，诗句夜裁冰。　　记取小窗风雨夜，对床灯火多情。问谁千里伴君行。晓山眉样翠，秋水镜般明。（《临江仙·再用前韵，送祐之弟归浮梁》）

221

　　平常的寒来暑往，平常的家居生活，平常的农田稻香，"闲去闲来几度"，词人但愿如此美妙无比的时空能永远循环下去，因为这是让他身心自由愉悦的休闲时空。而且词人认为最为关键的是具有追求身心自由愉悦的休闲精神境界，即做"真闲客"，"心闲"了即便不用身寄山林也能安闲自在。有了这种境界，主体便不会惊诧于人世间的一切宠辱，"钟鼎山林都是梦，人间宠辱休惊"，追求功名利禄于朝廷和寻觅逍遥于山林都是不足称道的梦幻。真正的生活是"只消闲处过平生"，"酒杯秋吸露，诗句夜裁冰"，饮酒赋诗便是词人休闲的主要方式。如果重新来过，辛弃疾会更爱"种树书"，因为它可以给他无尽的身心自由、愉悦，但他也不会看轻"平戎策"，因为词人欲"平戎"的目的是让全民族的人都有可能获得自由、愉悦的身心——心被凌辱而身不可能自由的亡国奴的生活是痛苦的。辛弃疾是南渡词人的代表，追求身心自由愉悦的休闲也是南渡词人们共同追求的目标：

忙里偷闲真得计（曹冠《凤栖梧》）

寻思百计不如闲（周紫芝《鹧鸪天》）

人生须是，做些闲中活计（周紫芝《感皇恩》）

官闲岁晚身犹健（张纲《人月圆》）

我平生，心正似，白云闲（吕渭老《水调歌头》）

白鸥汀，风共水，一生闲（吕渭老《水调歌头》）

天难问，何妨袖手，且作闲人（张元幹《陇头泉》）

谁人解识闲中味，雪月烟云自能致，世态只如风过耳。（史浩《青玉案》）

这闲福，自心许（汪晫《贺新郎·环谷秋夜独酌》）

一闲且问苍天借（赵希迈《满江红》）

只思烟水闲踪迹（吴渊《满江红·雨花台再用弟履斋乌衣园韵》）

乐取闲中日月长（李曾伯《减字木兰花》）

百计求闲（李曾伯《沁园春·乙卯初度和程大韵》）

官闲常昼眠（陆游《长相思》）

功名事、云霄隔；英雄伴，东南拆。对鸡豚社酒，依然乡国。三径不成陶令隐，一区未有扬雄宅。问渔樵、学作老生涯，从今日。（杨炎正《满江红》）

细读南渡词人的词，他们的词里均蕴藏着一卷"平戎策"和一卷"种树书"，因为苏轼等人的休闲观亦是南渡词人深层的文化心态。

综合以上几节的论述，可知宋代从宰相、文武大臣到平民小辈，无论他们歌于春风得意之时或悲于秋风失意之刻，他们都努力保持个体的人格独立和个体生命的完整，在日常生活中展示他们对世俗的超脱和对生命的超越。身心自由、愉悦的休闲生存状态和精神境界始终都是他们的不懈追求，苏轼等人的休闲观便足以代表宋代士大夫文人的休闲观，是宋代士大夫文人的普遍文化心态。

# 第四章 从休闲词考察宋人随处都可休闲的文化

纵观两宋休闲词，宋代文人可谓无处无时不可休闲，且无物不能引发他们的休闲情思。本书便试图从空间、时间、物象三个角度对丰富的两宋休闲词进行分类与梳理，从而领略一幅幅"对于身外之物（官位、财宝）看轻和对生命本身看重"① 的宋代文人休闲生活的写照和民情风俗的历史画卷。通过这些尽情抒写宋人享受人生、消遣生活、充满诗意的休闲词作，我们不仅可以透视和领略宋代词人休闲的生活情趣，而且还可以获得对于人生和生活的"诗意"的审美享受。

词这种本源自民间的"流行歌曲"，经文人的传播，发展到宋代，"上自帝王，下至士庶，都能填词，影响所及，连金主完颜亮也能填词。"② "宋初，这种新起的曲子和词不仅盛行于民间，连文人学士、达官贵人甚至帝王都甚好此道，宋太宗本人不仅爱听，而且还自制'新声'。"③ 两宋休闲词中，从空间来说，有反映达官贵人宴饮游乐等生活的宫廷词，有反映多数文人流连繁华都市的都会词，还有反映广阔的社会人间的乡村词。以下便从这三方面分述之。

## 第一节 以皇室、宫廷为中心的宫廷词

词在从民间传入宫廷以后，便逐渐得到皇室贵族阶级和宫廷文人的认

---

① 杨海明：《唐宋词与人生》，河北人民出版社 2002 年版，第 188 页。
② 刘永济：《唐五代两宋词简析：微睇室说词》，中华书局 2007 年版，第 6 页。
③ 唐圭璋、潘君昭：《唐宋词学论集》，齐鲁书社 1985 年版，第 18 页。

同，被用来作为粉饰太平、歌功颂德的一种新手段，同时也成为他们宴饮游乐、娱情遣兴的一种新工具。反映宫廷生活、文化等方面的词，我们称为"宫廷词"。我们通过这些宫廷词，可具体、详细地了解宋代宫廷人们的休闲生活状况。首先来看前已述及的夏竦一首宫中应制词《喜迁莺》：

> 霞散绮，月沉钩，帘卷未央楼。夜凉河汉截天流，宫阙锁清秋。　瑶阶曙，金盘露，凤髓香和烟雾。三千珠翠拥宸游，水殿按凉州。

此词作于宋真宗景德年间（1004—1007），当时夏公刚入宫授馆职。初秋的一个夜晚，真宗皇帝在后宫大摆宴席，与宫女们饮酒戏乐。酒酣兴畅之际，真宗皇帝令太监宣召夏竦为此次宴乐填写一首新词。夏竦奉旨后，问清皇帝游乐的地点，便立即写下这首词。上片写时间、环境，又写皇帝居处清雅。下片通过物象写气氛，又写后宫佳丽伴君王。尾句美极，"水殿"一词是妙笔，把宫中歌舞宴乐的休闲生活推向极致，同时让它定格在宋词里供后人欣赏、体悟。虽然因《宋史》评曰："竦材术过人，急于进取，喜交结，任数术，倾侧反覆，世以为奸邪。"[①] 故其词，人皆忽之轻之，然此词在反映宫廷休闲生活方面的思想、艺术性是有一定价值的。

以情见重，尤其擅长写伤往怀旧恋情词的词人晏几道也有一首歌功颂德的宫廷应制词，此词《鹧鸪天》曰：

> 碧藕花开水殿凉，万年枝外转红阳。升平歌管随天仗，祥瑞封章满御床。　金掌露，玉炉香，岁华方共圣恩长。皇州又奏圆扉静，十样宫眉捧寿觞。

据黄昇《唐宋诸贤绝妙词选》卷三记载："庆历中，开封府与棘寺同日奏狱空，仁宗于宫中宴集，宣晏叔原作此，大称上意。"据说，晏几道（字叔原）之所以献这首词，是因为开封府与大理寺（别称棘寺，是古代

225

---

掌刑狱的最高机关）同时回报监狱里面没有犯人了——这意味着天下大治，治安整肃，是国家繁荣的表征，皇上在宫殿里设宴庆贺。晏几道这首词使得龙颜大悦。词中一片欣欣向荣的初夏风光，象征着北宋王朝的歌舞升平，它客观上一定程度地反映了北宋仁宗时期的所谓"太平盛世"景象，更为重要的是表达了词人和所有宋人一样渴望获得和平安宁、身心自由愉悦的休闲生活的美好心愿。

万俟咏《凤皇枝令》曰：

> 人间天上，端楼龙凤灯先赏。倾城粉黛月明中，春思荡，醉金瓯仙酿。　　一从鸾辂北向，旧时宝座应蛛纲。游人此际客江乡，空怅望。梦连昌清唱。

据《岁时广记》卷十一《复雅歌词》记载曰："万俟雅言（万俟咏字雅言）作《凤皇枝令》，忆景龙先赏。序曰：景龙门，古酸枣门也。自左掖门之东为夹城南北道，北抵景龙门。自腊月十五日放灯，纵都人夜游。妇女游者，珠帘下邀住，饮以金瓯酒。有妇人饮酒毕，辄怀金瓯。左右呼之，妇人曰：'妾之夫性严，今带酒容，何以自明。怀此金瓯为证耳。'隔帘闻笑声曰：'与之'。"万俟咏所记载的，应当是"窃杯女子"故事的原型。关于徽宗年间"窃杯女子"的故事，《历代词话》卷六引《宣和遗事》有另外一种说法："宣和间，上元张灯，许士女纵观，各赐酒一杯。一女子窃所饮金杯，卫士见之，押至御前。女诵《鹧鸪天》云：'月满蓬壶灿烂灯，与郎携手至端门。贪看鹤阵笙歌举，不觉鸳鸯失却群。天渐晓，感皇恩。传宣赐酒饮杯巡。归家恐被翁姑责，窃取金杯作照凭。'"徽宗听卫士转禀后觉得有趣，又下令以金杯为题、以《念奴娇》为调，命她再作一词，即《窃杯女子·念奴娇》："桂魄澄辉，禁城内、万盏花灯罗列。无限佳人穿绣径，几多妖艳奇绝。凤烛交光，银灯相射，奏箫韶初歇。鸣鞘响处，万民瞻仰宫阙。　　妾自闺门给假，与夫携手，共赏元宵节。误到玉皇金殿砌，赐酒金杯满设。量窄从来，红凝粉面，尊见无凭说。假王金盏，免公婆责罚臣妾。""徽宗大喜，以金杯赐之，令卫士送

226

归。"杨海明先生曰："尽管上述趣闻只是'小说家言',不足深以为凭,但从这窃杯女子的两首元宵词中,我们却也见出了号称'宣(和)政(和)之盛'年代的'盛世'面貌,以及汴京市民在元宵之夜纵情欢愉的热闹情景。由此可知,宋人在相当长的一段时间内,确实拥有过一番令人艳羡的快乐生活。"① 这一刻市民的身心是自由的,这里市民的快乐休闲生活源自皇帝的"与民同乐",直接与宫廷有关。

　　纵观以上词作,可见宫廷词有着其他休闲词的共同特征,即享乐、愉悦性。对此,可借陈郁的宫廷应制词《声声慢》的内容及创作来进一步说明问题:

　　　　澄空初霁,暑退银塘,冰壶雁程寥寞。天阙清芬,何事早飘岩壑。花神更栽丽质,涨红波、一奁梳掠。凉影里,算素娥仙队,似曾相约。　　闲把两花商略。开时候、羞趁观桃阶药。绿幕黄帘,好顿胆瓶儿着。年年粟金万斛,拒严霜、绵丝围幄。秋富贵,又何妨、与民同乐。

　　陈世崇(陈郁、陈世崇为父子关系)《随隐漫录》卷二记载:"庚申(理宗赵昀景定元年)八月,太子请两殿幸本宫清霁亭赏芙蓉、木樨,诏部头陈盼儿捧牙板,歌'寻寻觅觅'一句,上曰:'愁闷之辞,非所宜听。'顾太子曰:'可令陈藏一即景著《快活声声慢》。'先臣再拜承命,二进酒而成,五进酒数十人已群讴矣。天颜大悦,于本宫官属支赐外,特赐百匹。"② 据此可知,陈郁这首应制词是在后宫观赏芙蓉、木樨宴饮娱乐时奉旨而作,而宋理宗认为李清照的《声声慢》太愁苦郁闷了,不适宜在这种场合演唱和欣赏。可见,皇帝对词曲的期待和要求是"快活",即强调词作的愉悦性,否则,不足以给他们带来享乐。于是陈郁的这首写景色宜人、人闲花美、"年年粟金万斛"、皇帝"与民同乐"的《声声慢》使得龙颜大悦,特获重赏。由此,宫廷应制词就怎么能不愉悦,又岂敢不愉悦?

227

---

① 杨海明:《唐宋词与人生》,河北人民出版社 2002 年版,第 172 页。
② (宋)陈世崇:《随隐漫录》,四库全书本,中华书局 2010 年版。

　　强调享乐、愉悦的宫廷词有着自己的艺术特色，如词语华丽、气象繁华等，这里且看其词语华丽之艺术特色。

　　北宋开国皇帝所提倡的君臣享乐的生活方式贯穿两宋始末。词人们用华丽的词语描写宫廷的生活，一方面歌功颂德，粉饰升平，另一方面也客观地反映了宫廷里的人们是如何休闲的。我们且看南宋宫廷大臣曾觌在宋孝宗即位初期陪太上皇宋高宗在御花园游春赏花时所作《柳梢青》：

　　　　桃靥红匀，梨腮粉薄，鸳径无尘。凤阁凌虚，龙池澄碧，芳意鳞鳞。清时酒圣花神。看内苑、风光更新。一部仙韶，九重鸾仗，天上长春。

　　据南宋周密《武林旧事》卷七记载："乾道三年三月初十日，南内遣阁长至德寿宫奏知：'连日天气甚好，欲一二日间，恭邀车驾幸聚景园看花，取自圣意，选定一日。'太上云：'传语官家，备见圣孝，但频频出去，不惟费用，又且劳人。本宫后园亦有几株好花，不若来日请官家过来闲看。'遂遣提举官同到南内奏过遵依讫。次日进早膳后，车驾与皇后太子过宫起居二殿讫，先至灿锦亭进茶，宣召吴郡王、曾两府已下六员侍宴，同至后苑看花。两廊并是小内侍及幕士。效学西湖，铺放珠翠、花朵、玩具、匹帛，及花篮、闹竿、市食等，许从内人关扑。次至球场，看小内侍抛彩球，蹴秋千。又至射厅看百戏，依例宣赐。回至清妍亭看荼蘼，就登御舟，绕堤闲游。亦有小舟数十只，供应杂艺、嚎唱、鼓板、蔬果，与湖中一般。太上倚阑闲看，适有双燕掠水飞过，得旨令曾觌赋之，遂进《阮郎归》云：'柳荫庭院占风光，呢喃春昼长。碧波新涨小池塘，双双蹴水忙。萍散漫，絮飞扬，轻盈体态狂。为怜流水落花香，衔将归画梁。'既登舟，知阁张抡进《柳梢青》云：'柳色初浓，余寒似水，纤雨如尘，一阵东风，縠纹微皱，碧沼鳞鳞。仙娥花月精神，奏凤管、鸾弦斗新，万岁声中，九霞杯内，长醉芳春。'曾觌和进云：（即此词，略）。各有宣赐。"在这里，周密把这次后宫春游的情景记叙得很详细，并记载了曾觌、张抡为这次游乐活动应制而作的《阮郎归》《柳梢青》等词，其用语都极华丽，如曾觌的"桃靥红匀，梨腮粉薄，鸳径无尘"，"一部仙韶，九重鸾仗，天上长春"，张抡的"仙娥花月精神，奏凤管，鸾弦斗新，万岁声中，九霞杯内，长醉芳春"，也许只有如此华丽的词语才配得上描写御花园繁华的休闲生活。

宋室南渡以后，美丽的西湖自然便成了达官贵人们最理想的休闲场所。康与之的《瑞鹤仙·上元应制》：

> 瑞烟浮禁苑。正绛阙春回，新正方半。冰轮桂华满。溢花衢歌市，芙蓉开遍。龙楼两观。见银烛、星球有烂。卷珠帘、尽日笙歌，盛集宝钗金钏。　堪羡。绮罗丛里，兰麝香中，正宜游玩。风柔夜暖。花影乱，笑声喧。闹蛾儿满路，成团打块，簇着冠儿斗转。喜皇都、旧日风光，太平再见。

《武林旧事》卷三载："西湖天下景，朝昏晴雨，四序总宜。杭人亦无时而不游，而春游特盛焉。……而都人凡缔姻、赛社、会亲、送葬、经会、献神、仕宦、恩赏之经营，禁省台府之嘱托，贵珰要地，大贾豪民，买笑千金，呼卢百万，以至痴儿呆子，密约幽期，无不在焉。日糜金钱，靡有纪极。故杭谚有'销金锅儿'之号，此语不为过也。"[①] 据黄昇《中兴以来绝妙词选》云："按此词进入，太上皇帝（指宋高宗赵构）极称赏'风柔夜暖'以下至于末章，赐金甚厚。"上阕极力铺陈渲染皇宫禁苑吉祥喜庆气氛，"花衢歌市，芙蓉开遍"，华丽的词语呈现一片繁华景象。下阕极细致地描写都民市女尽情游赏的绮丽风情。可见康与之的这首应制之作不仅非常符合南宋统治阶级歌舞升平的心理，而且用华丽的词语再现了南宋前期宫廷的休闲游乐的历史画卷。

229

## 第二节　枕奠于繁华都会生活的都会词

词这种从民间新兴的音乐文学样式传入城市以后，由于受到日益

---

① （宋）孟元老等：《东京梦华录　都城纪胜　西湖老人繁胜录　梦粱录　武林旧事》，中国商业出版社 1982 年版，第 43 页。

高涨的城市文化娱乐生活和消费需求的刺激而不断发展兴盛起来，且很快在都市流行起来。都市是士大夫文人主要的生活空间和娱乐场所，当他们出入于歌楼妓馆、酒肆茶店的时候，受词这种音乐文学的感染和熏陶，于是也加入词的创作。以都市繁华胜景、游乐生活为题材的词，我们称之为"都会词"。下面，我们且从这些都会词来领略宋代的都市休闲风情。

如晏殊笔下的汴京城：

> 帝城春暖。御柳暗遮空苑。海燕双双，拂扬帘栊。女伴相携、共绕林间路，折得樱桃插鬓红。　　昨夜临明微雨，新英遍旧丛。宝马香车、欲傍西池看，触处杨花满袖风。（《玉堂春》）

这是北宋前期著名的"太平宰相"晏殊吟咏都城春日风情的词作。词人用细致的景物描写和生动的人物活动，形象地展现了北宋前期承平岁月里都城仕女春游戏乐情景。全词洋溢着一种和乐温馨的都市生活气息。

如柳永笔下的杭州：

> 东南形胜，三吴都会，钱塘自古繁华。烟柳画桥，风帘翠幕，参差十万人家。云树绕堤沙。怒涛卷霜雪，天堑无涯。市列珠玑，户盈罗绮竞豪奢。　　重湖叠巘清嘉。有三秋桂子，十里荷花。羌管弄晴，菱歌泛夜，嬉嬉钓叟莲娃。千骑拥高牙。乘醉听箫鼓，吟赏烟霞。异日图将好景，归去凤池夸。（《望海潮》）

这首词描写东南形胜之地、三吴古都杭州城的繁华富丽和人口之稠密。《梦粱录》卷十八"户口"条记载："杭城今为都会之地，人烟稠密，户口浩繁，与他州外郡不同，姑以自隋、唐朝考之。隋户一万五千三百八十。唐贞观中户三万五千七十一，口一十五万三千七百二十九。唐开元户八万六千二百五十八。宋朝《太平寰宇记》钱塘户数主六万一千六百八，客八千八百五十七。《九域志》主一十六万四千二百九十三，客三万八千五百二十三。"① 可见词中"参差十万人家"为写实之句。"市列珠玑，户盈罗绮竞豪奢"和"有三秋桂子，十里荷花"则对杭州城的繁华富丽形容曲尽。

无名氏笔下的汴京：

> 忆得当年全盛时。人情物态自熙熙。家家帘幕人归晚，处处楼台月上迟。　　花市里，使人迷。州东无暇看州西。都人只到收灯夜，已向樽前约上池。（《鹧鸪天》）

这首词追忆当年汴京的升平盛世和繁华景象，写于南渡之后。词的上阕概述京都全盛时恬安熙乐的人情物态，下阕专写元宵繁华景象，末尾二句尤其真实生动地反映了京都市民耽于游乐的风气。据孟元老《东京梦华录》"收灯都人出城探春"条记载："收灯毕，都人争先出城探春，州南则玉津园外学方池亭榭、玉仙观……州西北元有庶人园，有创台、流杯亭榭数处，放人春赏。大抵都城左近，皆是园圃，百里之内，并无闲地。次第春容满野，暖律暄晴，万花争出粉墙，细柳斜笼绮陌。香轮暖辗，芳草如茵，骏骑骄嘶，杏花如绣，莺啼芳树，燕舞晴空，红妆按乐于宝榭层楼，白面行歌近画桥流水，举目则秋千巧笑，触处则蹴鞠疏狂，寻芳选胜，花絮时坠金樽，折翠簪红，蜂蝶暗随归骑，于是相继清明节矣。"② 可见此词具有很强的写实性。

如仲殊笔下的《望江南》：

> 成都好，蚕市趁遨游。夜放笙歌喧紫陌，春邀灯火上高楼。车马溢瀛洲。　　人散后，茧馆喜绸缪。柳叶已饶烟黛细，桑条何似玉纤柔。立马看风流。

此词歌咏成都蚕市繁华富丽的风情。宋人黄休复《茅亭客话》卷九

---

① 吴自牧：《梦粱录》，中国商业出版社 1982 年版，第 149 页。
② 孟元老著，伊永文笺注：《东京梦华录》，中华书局 2006 年版，第 612 页。

《鬻龙骨》载："蜀有蚕市，每年正月至三月，州城及属县，循环一十五处。耆旧相传，古蚕丛氏为蜀主，民无定居，随蚕丛所在致市居，此其遗风也。又蚕将兴以为名也。因是货蚕农之具及花木果草药什物……蜀人称其繁盛。"① 据此记载可知蚕市风俗在蜀中堪称源远流长，且繁盛的桑蚕养殖业更促进了都市经济文化的发展。苏轼《和子由蚕市》曰："蜀人衣食常苦艰，蜀人游乐不知还。千人耕种万人食，一年辛苦一春闲。闲时尚以蚕为市，共忘辛苦逐欣欢。"② 此诗与仲殊的词映衬来读，我们便可知道"天府之国"的成都在北宋时商业发达、游乐兴盛的历史概况。即便是常年艰苦的蚕民，他们于春闲时亦三五成群地赶往蚕市，在热闹繁华的都市里"共忘辛苦逐欣欢"，他们与都市人一样快乐地休闲着。

还有如柳永笔下的苏州、秦观笔下的扬州、仲殊笔下的京口：

　　吴会风流。人烟好，高下水际山头。瑶台绛阙，依约蓬丘。万井千闾富庶，雄压十三州。触处青娥画舸，红粉朱楼。　　方面委元侯。致讼简时丰，继日欢游。襦温裤暖，已扇民讴。旦暮锋车命驾，重整济川舟。当恁时，沙堤路稳，归去难留。（柳永《瑞鹧鸪》）

　　星分牛斗，疆连淮海，扬州万井提封。花发路香，莺啼人起，珠帘十里东风。豪俊气如虹。曳照春金紫，飞盖相从。巷入垂杨，画桥南北翠烟中。　　追思故国繁雄。有迷楼挂斗，月观横空。纹锦制帆，明珠溅雨，宁论爵马鱼龙。往事逐孤鸿。但乱云流水，萦带离宫。最好挥毫万字，一饮拼千钟。（秦观《望海潮》）

　　南徐好，桥下渌波平。画柱千年尝有鹤，垂杨三月未闻莺。行乐过清明。　　南北岸，花市管弦声。邀客上楼双榼酒，舣舟清夜两街灯。直上月亭亭。（仲殊《南徐好·渌水桥》）

不再一一列举、一一分析，透过上述都市词，可见宋代都市的和乐热闹及繁华富丽景象。相应于都市词和乐热闹及繁华富丽的享乐主题，都市词

---

① 影印文渊阁四库全书本。
② （清）王文诰编注，孔凡礼点校：《苏轼诗集》，中华书局1982年版，第162—163页。

有着自己的艺术特色：铺陈叙事和细致的人物、景物描写。以下分述之。

## 一　铺陈叙事手法的运用

前所引柳永的《望海潮》便用了铺陈叙事的手法：首先描绘繁盛的杭州、壮观的钱塘潮、秀美的西湖山色，全方位地再现北宋初年杭州的承平气象和市井风情；接着铺叙形容云树缠绕的沙堤、如雪的怒涛、桂子荷花、羌笛菱歌。相传此词流传到北方，金主完颜亮听后，欣然有慕于"三秋桂子，十里荷花"，遂起投鞭渡江，强占杭州之心。可见此词艺术魅力何等强烈，它使富庶和美丽的杭州成了人们梦牵魂绕的仙境。

欧阳修描写北宋都城汴京元宵游乐盛况的词《御带花》曰：

青春何处风光好，帝里偏爱元夕。万重缯彩，构一屏峰岭，半空金碧。宝蘂银钉，耀绛幕、龙虎腾掷。沙堤远，雕轮绣毂，争走五王宅。　　雍容熙熙昼，会乐府神姬，海洞仙客。拽香摇翠，称执手行歌，锦街天陌。月淡寒轻，渐向晓、漏声寂寂。当年少，狂心未已，不醉怎归得。

词人以铺陈形容之笔生动细致地描绘了元宵之夜京都和乐、繁华富丽的景象：装点金碧辉煌之夜空的万重灯彩，呈现龙腾虎掷之势的华灯宝炬，穿梭于达官贵人府邸的雕轮绣毂，宛如仙姬浓妆艳抹的青楼歌女，行走于锦街天陌执手行歌狂醉不已的少年公子。词形象生动地描写了北宋都城汴京元宵狂欢的游乐盛况。

*233*

聂冠卿《多丽·李良定公席上赋》词云：

想人生，美景良辰堪惜。问其间、赏心乐事，就中难是并得。况东城、凤台沙苑，泛晴波、浅照金碧。露洗华桐，烟霏丝柳，绿阴摇曳，荡春一色。画堂迥、玉簪琼佩，高会尽词客。清欢久、重燃绛蜡，别就瑶席。　　有翩若轻鸿体态，暮为行雨标格。逞朱唇、缓歌妖丽，似听流莺乱花隔。慢舞萦回，娇鬟低亸，腰肢纤细困无力。忍

　　分散、彩云归后，何处更寻觅。休辞醉，明月好花，莫谩轻掷。

　　此词描写的是北宋初期京都上层官僚士大夫于玉楼酬酢、风月歌舞岁月里的宴乐盛况。词人运用了铺陈叙事的手法：上阕以一段抒情铺垫出宴会的意义，后写宴会的地点、时间、环境，详细刻画春日宴游之乐，尤其一系列的四字句，"露洗华桐，烟霏丝柳，绿阴摇曳，荡春一色"，一气呵成，描绘出宴会中的人们悠然自如的休闲情态，如画而令人难忘；下阕详细刻画歌伎舞女的美丽歌态、舞态，"逞朱唇、缓歌妖丽，似听流莺乱花隔。慢舞萦回，娇鬟低亸，腰肢纤细困无力"，极力铺陈，富艳绮华间仍不乏清雅气息。此词不妨视作这一特定阶层日常休闲生活方式与审美情趣的真切写照。据宋吴曾《能改斋漫录》卷十六记载："翰林学士聂冠卿，尝于李良定公席上赋《多丽》词云（词如上，略）。蔡君谟时知泉州，寄定公书云：'新传《多丽》词，述宴游之娱，使病夫举首增叹耳，又近者有客至自京师，言诸公春日多会于元伯园池，因念昔游，辄形篇咏：缘渠春水走潺湲，画阁峰峦映碧鲜。酒令已行金盏侧，乐声初认翠裙圆。清游盛事传都下，《多丽》新词到海边，曾是尊前沉醉客，天涯回首重依然。'"可见此词曾从汴京传唱到泉州（今福建泉州），使出任泉州长官的蔡君谟"因念昔游"，"举手浩叹"，一方面说明北宋时期士大夫文人于都市休闲游乐风气之盛，另一方面亦说明此词铺陈叙事艺术特色有着极大的感染力。

## 二　细致的人物景物描写

　　前所引晏殊的《玉堂春》便是通过细致的景物描写和生动的人物活动来展现都城人们休闲生活的词篇：春暖花开，锦绣满目，海燕双双，杨柳依依，在此如画的景色里，都城仕女相约相携，出门踏青游春。她们在林间的小路上摘下一朵朵红艳艳的樱桃花插在发髻上，互相嬉乐，互相争奇斗艳。前天刚刚下过一场微雨，新开的花儿想必更加艳丽，于是他们便又坐着宝马香车驶往西池游赏，一路上阵阵微风吹来花香，亦把杨花、柳絮吹得他们满身都是。细致的人物、景物描写，使得帝都春日中人们的休闲风情历历再现。

贾昌朝的《木兰花令》曰：

　　都城水绿嬉游处。仙棹往来人笑语。红随远浪泛桃花，雪散平堤飞柳絮。东君欲共春归去。一阵狂风和骤雨。碧油红旆锦障泥，斜日画桥芳草路。

这首词通过景物描写和人物活动的侧面刻画描写汴京都民仕女春日泛舟游园风情：暮春时节，京都的园林呈现出一派嬉游景象。装饰华丽的游船载着歌声笑语飘荡在水面上，飘落的桃花涨满湖面，飞坠的柳絮铺成一堤白雪；一阵狂风过后，春神就要带着春天一同归去；夕阳下，油壁车儿载着惜春的"仕女"流连于雨后初晴的画桥芳草路上。都市的游乐休闲生活毕现。

李邴的《女冠子·上元》曰：

　　帝城三五，灯光花市盈路，天街游处。此时方信，凤阙都民，奢华豪富。纱笼才过处。喝道转身，一壁小来且住。见许多、才子艳质，携手并肩低语。　　东来西往谁家女，买玉梅争戴，缓步香风度。北观南顾，见画烛影里，神仙无数。引人魂似醉，不如趁早，步月归去。这一双情眼，怎生禁得，许多胡觑。

这首歌咏都城元宵游乐盛况的词，于平直粗疏的铺陈叙事之中："灯光花市盈路，天街游处""见许多、才子艳质""东来西往谁家女"。又时有惟妙惟肖的精细刻画和传神写照："喝道转身""携手并肩低语""买玉梅争戴"等，"引人魂似醉""这一双情眼，怎生禁得，许多胡觑"的描写刻画尤其细致逼真。此词通过才子佳人的顾盼生辉和幽欢密会表现都市逸乐升平气象，流露出享受人生的休闲生活情趣。

## 第三节　休闲词的别一天地——乡村词

词本是于隋唐之际在民间的山歌、渔歌、风俗歌等基础上发展演变而

235

来的，当它转入宫廷和城市之后，逐渐成为士大夫文人娱乐消遣的工具，它原本的乡土气息越来越淡，而富贵气、脂粉气越来越浓。但是乡村的朴素、静美具有永恒的魅力，它不会永远被文人们遗忘。部分文人将描写的笔触从"花间""尊前"转向乡村田园，为我们留下了一批描写乡村风光、生活、风土人情等方面的优美词篇，我们称这些词为"乡村词"。通过这些乡村词我们将领略到宋人的另一片休闲天地，从而在美的享受中体味着宋人的休闲。

柳永的《河传》曰：

淮岸。向晚。圆荷向背，芙蓉深浅。仙娥画舸，露渍红芳交乱。难分花与面。　采多渐觉轻船满。呼归伴。急桨烟村远。隐隐棹歌，渐被蒹葭遮断。曲终人不见。

此首小令意境清新，景色幽美：傍晚，词人行走于淮河之上，映入他眼帘的是一群正划船采莲于一片碧荷红莲间的少女，美丽如画；她们满载而归，一边划着小船，一边唱着渔歌，归向远处炊烟袅袅的渔村，最后船儿与歌声都渐渐消失于芦苇丛中，美丽到极致。以写俗艳歌词闻名词坛、流传后世的柳永，在这幅充满了活泼情趣的水乡生活图景中，以生动并充满诗情画意的笔调，勾画出了江南水乡姑娘的健美身姿，并传达出她们结伴采莲时的愉快心声，给人以无尽的美的享受。

苏轼乡村词大致有二十余首，这里仅看苏轼描写旱灾解除后徐州农村欣欣向荣气象的组词《浣溪沙》五首：

照日深红暖见鱼，连溪绿暗晚藏乌，黄童白叟聚睢盱。麋鹿逢人虽未惯，猿猱闻鼓不须呼，归家说与采桑姑。

旋抹红妆看使君，三三五五棘篱门，相挨踏破茜罗裙。老幼扶携收麦社，乌鸢翔舞赛神村，道逢醉叟卧黄昏。

麻叶层层苘叶光，谁家煮茧一村香？隔篱娇语络丝娘。垂白杖藜抬醉眼，捋青捣麨软饥肠。问言豆叶几时黄？

　　簌簌衣巾落枣花，村南村北响缫车，牛衣古柳卖黄瓜。酒困路长惟欲睡，日高人渴漫思茶，敲门试问野人家。

　　软草平莎过雨新，轻沙走马路无尘，何时收拾耦耕身。日暖桑麻光似泼，风来蒿艾气如薰，使君元是此中人。

　　元丰元年（1078）春，徐州大旱，"烟尘蓬勃，草木焦然"（《徐州祈雨春词》），组词前序曰："徐门石潭谢雨道上作五首。潭在城东二十里，常与泗水增减清浊相应。"前文亦已交代过，徐州城东有石潭，苏轼曾去那里祈雨，后来普降春雨，苏轼又来谢雨，便写下了这五首词。第一首写相聚为欢的热闹场面："黄童""白叟"也赶到石潭，可见聚会群众之多；"麋鹿逢人虽未惯，猿猱闻鼓不须呼"，动物与人安然相处，毫不惊恐，表现了当地古朴淳厚的民风。第二首写词人与百姓同赴麦社赛会的欢腾景象。第三首写煮蚕的劳动和丰收温饱的生活，"谁家煮茧一村香？隔篱娇语络*丝*娘。"煮蚕的香气飘满村庄，缫丝姑娘隔篱娇语，欢声朗朗，全村一派丰收繁忙的景象。第四首写生产繁忙和词人与百姓的亲密无间，其中"牛衣古柳卖黄瓜"写出了乡村的淳朴风貌。第五首写农村美好风光，"使君元是此中人"流露了对田园生活的向往。此五首词从不同侧面反映了乡村的风貌，与劳动人民生活有关的每一个角落几乎都得到了表现，取材十分广泛，是一幅丰富多彩的乡村风景画卷。

　　洪适（1117—1184）为江西鄱阳人，从小生长在鄱阳湖及长江边上，对水乡渔家风情颇为熟悉。他在南宋高宗朝曾官至宰相，罢相后上书请求退归故里，家居16年，以著书吟咏自娱。他曾用《渔家傲》调写了一组12首反映渔家生活的词作：

　　正月东风初解冻，渔人撒网波纹动。不识雕梁并绮栋。扁舟重，眠鸥浴雁相迎送。　　溪北画桥弯蝃蛛，溪南古岸添青莎。长把鱼钱寻酒瓮。春一梦，起来拈笛成三弄。

　　二月垂杨花糁地，荻芽进绿春无际。细雨斜风浑不避。青笠底，三三两两鸣榔起。　　新妇矶边云接袂，女儿浦口山堆髻。一拥河豚

237

千百尾。摇食指,城中虚却鱼虾市。

三月愁霖多急雨,桃江绿浪迷洲渚。西塞山边飞白鹭。烟横素,一声欸乃山深处。　　红雨缤纷因水去,行行寻得神仙侣。楼阁五云心不住。分凤侣,重来翻恨花相误。

四月圆荷钱学铸,鳞鳞波暖鸳莺语。无数燕雏来又去。鱼未取,钓丝直上蜻蜓聚。　　风弄碧漪摇岛屿,奇云蘸影千峰舞。骑马官人江上驻。天且暮,借舟送过沧浪渡。

五月河中菱荇遍,丝纶欲下相萦绊。却掉船来芳草岸。呼侣伴,蓑衣不把金章换。　　碧落云高星烂烂,波心举网星光乱。跃出鲤鱼长尺半。回首看,孤灯一点风吹散。

六月长江无暑气,怒涛漱壑侵沙嘴。飑飑轻舟随浪起。何不畏,从来惯作风波计。　　别溆藕花舒锦绮,采莲三五谁家子。问我买鱼相调戏。飘苵制,笑声咭咭花香里。

七月凛秋飞叶响,长吟杳杳澄江上。秃尾槎头添一网。丝自纺,新炊菰饭更相饷。　　渡口青烟藏叠嶂,岸旁红蓼翻轻浪。鹬鹕沈浮双漾漾。闻鸣桨,高飞拍拍穿林莽。

八月紫莼浮绿水,细鳞巨口鲈鱼美。画舫问渔篰暂舣。欣然喜,金齑顷刻尝珍味。　　涌雾驱云天似洗,静看星斗迎蟾桂。枕棹眠蓑清不睡。无名利,谁人分得逍遥意。

九月芦香霜旦旦,丹枫落尽吴江岸。长濑黄昏张蟹断。灯火乱,圆沙惊起行行雁。　　半夜系船桥北岸,三杯睡着无人唤。睡觉只疑桥不见。风已变,缆绳吹断船头转。

十月橘洲长鼓枻,潇湘一片尘缨洗。斫得钓竿斑染泪。中夜里,时闻鼓瑟湘妃至。　　白发垂纶孙又子,得钱沽酒长长醉。小艇短篷真活计。家云水,更无王役并田税。

子月水寒风又烈,巨鱼漏网成虚设。围围从它归丙穴。谋自拙,空归不管旁人说。　　昨夜醉眠西浦月,今宵独钓南溪雪。妻子一船衣百结。长欢悦,不知人世多离别。

腊月行舟冰凿罅,潜鳞透暖偏堪射。岁岁年年篷作舍。三冬夜,牛衣自暖何须借。　　滕六晚来方命驾，千山绝影飞禽怕。江上雪如花片下。宜入画，一蓑披着归来也。

　　这12首词是按12月的顺序来写的，从正月写到腊月，完整地描写和反映了一年四季里的水乡风物和渔家生活情趣。词前序曰："伏以黄童白叟，皆是烟波之钓徒；青笠绿蓑，不识衣冠之盛事。长浮家而醉月，更辍棹以吟风。乐哉生涯，翻在乐府。相烦女伴，渔父分行。"明确表述了对"钓徒""渔父"生活的向往之情。这里我们着重赏析一下《渔家傲》组词中对十一月渔父生活的描绘。上阕叙述渔父捕鱼不着而空归：在水寒风烈的恶劣环境中苦苦等待，好不容易有巨鱼进网了，旋即又让它漏网而逃，辛辛苦苦地张罗筹划竟成虚设，这本是令人懊丧的事，但渔父却说："就让巨鱼疲惫不堪地回到自己的乐园吧，这都怪我自己策划不周，即使空归我也不在乎旁人的议论。""不以物喜，不以己悲"，渔父真的做到了，他委心任运，超然物外，不失其为我。下阕是对上阕内容的补叙和深层挖掘："昨夜醉眠"到"今宵独钓"也完全是自然的发展，醉眠月下时绝没有想到明朝该做什么，更没有与人相约雪中捕鱼；浮家水上，放舟湖海的生活虽然过得清苦，妻室儿女衣服补丁连补丁，但充满温馨和欢悦，绝不像世人为追名逐利而奔波，虽有家而难归或有家而不愿归，备受离别之累或情感苍白之苦。词中渔人欢悦地休闲于辛酸的醉眠与寒冷的独钓中。
　　范成大的《蝶恋花》曰：

　　春涨一篙添水面。芳草鹅儿，绿满微风岸。画舫夷犹湾百转。横塘塔近依前远。　　江国多寒农事晚。村北村南，谷雨才耕遍。秀麦连冈桑叶贱。看看尝面收新茧。

　　词上阕描写词人春日泛舟出游所见到的江南美丽春色：春水涨满周边芳草碧绿的池塘，鹅儿追逐戏水，春风吹拂着江南两岸，词人行舟水上，画船悠悠飘荡，小河弯弯，眼看就到了苏州城外的横塘高塔，转过弯后却依然遥远。下阕描写江南水乡的农事活动及丰收在望的田园生活风光，词

239

人农人都充满喜悦欢愉之情。

辛弃疾的《鹧鸪天·代人赋》曰：

> 陌上柔条初破芽。东邻蚕种已生些。平冈细草鸣黄犊，斜日寒林点暮鸦。山远近，路横斜。青旗沽酒有人家。城中桃李愁风雨，春在溪头荠菜花。

辛弃疾写有纯粹的乡村词二十多首，此词是辛弃疾闲居江西上饶期间所作。上阕写柔桑破芽，蚕种已生，细草黄犊，暮鸦寒林，构造出一幅清新秀丽的江南乡村初春风物图画；下阕进一步描写乡村生活的质朴欢愉、自在闲适，"城中桃李愁风雨，春在溪头荠菜花"，词人对"溪头荠菜"的青睐，对质朴平凡、富有旺盛生命力的荠菜花的赞颂，反映了他对淳朴的田园生活的热爱，亦体现了词人崇尚自然朴素的休闲观。

南宋末期词人张炎《风入松·赋稼村》曰：

> 老来学圃乐年华。茅屋短篱遮。儿孙戏逐田翁去，小桥横、路转三叉。细雨一犁春意，西风万宝生涯。　　携筇犹记度晴沙。流水带寒鸦。门前少得宽闲地，绕平畴、尽是桑麻。却笑牧童遥指，杏花深处人家。

240

富贵享乐的贵族公子的生活已经一去不返，饱受国破家亡之痛的词人隐居不仕，老来学稼：搭几间茅屋，围一圈短篱笆，开圃灌园，学着种些蔬菜、瓜果、花木和桑麻。词人盼望风调雨顺，时有儿孙绕膝，自在宽闲地在乡村过着自给自足的生活。

综上所述，乡村百姓的淳朴真诚，乡村的景物的清新幽美，乡村环境的祥和、宁静，这些因素强烈地吸引着词人们，使追求悠闲、安详、质朴、美好生活情趣的词人们对乡村自然产生了归依感。于是黄童、白叟、村姑、渔父、船工、水手等乡村的主人及其生活都被写进词中，从而开拓了一向以描写宫廷教坊歌儿舞女为主要内容的词的视野，这便是乡村词的独特贡献和价值之一。当然乡村词中亦有很多表示对民生的深切关怀和同情，如王炎的《南柯子》云："蓑笠朝朝出，沟塍处处通。人间辛苦是三农。要得一犁水足、望年丰。"范成大的《蝶恋花》云："江国多寒农事晚。村北村南，谷雨才耕遍。"苏轼《好事近·黄州送君猷》云："看取雪堂坡下，老农夫凄切。"词人们希望所有人都能获得身心自由愉悦的休闲生活。这些词更加丰富了词的内容，亦深化了乡村词的主题，这便是留存于宋词中弥足珍贵的乡村词的另一独特贡献和价值之所在。

乡村词亦有自己独特的艺术特色，这里仅述两点：一是语言清新质朴，善用白描；二是细节描写生动传神。

## 一　语言清新质朴，擅用白描手法

乡村词的语言不像宫廷词那样华丽，它的语言多是清新质朴，似乎自然天成，这其中的奥妙在于词人善用白描手法。所谓白描手法，即使用最简练的笔墨，不加烘托，勾勒出鲜明生动的形象（《辞海》）。下面且举两首词加以说明。

如辛弃疾的《清平乐》曰：

> 茅檐低小，溪上青青草。醉里蛮音相媚好。白发谁家翁媪。
> 大儿锄豆溪东，中儿正织鸡笼。最喜小儿无赖，溪头卧剥莲蓬。

词人以质朴清新的语言、白描素染的手法，把一家老少五口人的生活和形象刻画得惟妙惟肖，鲜明生动：翁妪饮酒谈心，吴语软媚，饶有风趣；大儿溪东锄豆，二儿正织鸡笼；小儿天真可爱，溪头卧剥莲蓬。展现在我们面前的是江南乡村一个五口之家淳朴温馨的生活画面，使人觉得乡村生活不再是愁苦，而是一片祥和。词人、读者都完全被词中这幅充满人伦之情和淳朴色彩的田家风情图画所深深地感染了。

杨韶父《长相思》曰：

> 溪水清，溪水浑，溪上人家数亩园。垂杨深闭门。　　青罗裙，

白罗裙，采尽青蘩到白苹。江南三月春。

词上阕描写依傍清澈蜿蜒的小溪有户拥有几亩园田的人家，而这户人家柴门深闭，垂杨飘拂。下阕将描写的笔触转向湖塘，原来主人下湖干活去了，但见姑娘们穿着素淡的青罗裙或白罗裙，正忙于在湖边塘中采摘青蘩和白苹。词人用婉转和谐的声律、清新朴实的语言、白描的手法，把江南水乡三月所特有的风物情致描绘出来。

## 二　细节描写，生动传神

乡村词擅用细节描写，收到写人如见其人、写景如临其境的艺术效果。下面亦略举数例加以说明。如晏殊的《渔家傲》曰：

> 越女采莲江北岸，轻桡短棹随风便。人貌与花相斗艳。流水慢，时时照影看妆面。　　莲叶层层张绿伞，莲房个个垂金盏。一把藕丝牵不断。红日晚，回头欲去心撩乱。

晏殊以《渔家傲》词牌作了一组鼓子词 14 首，皆咏荷花，此首为第十首。词人把描写的笔触伸向台阁之外，从而写下了这首描写采莲女生活情感的词篇。词上阕描写在江南水乡，一群少女划船采莲，她们娇美的脸庞与盛开的莲花争奇斗艳。词人抓住了姑娘们的一个细节动作："流水慢，时时照影看妆面。"在流水慢流时，她们对着静静水面照影自怜，活泼可爱且爱美的采莲姑娘跃然纸上。下阕写姑娘们采莲的情景，词人亦抓住了一个景物的细节："莲叶层层张绿伞，莲房个个垂金盏"，"一把藕丝牵不断"。荷叶层叠，好像一把张开的绿伞，莲房饱满，恰似一个个倒垂的金盏，用手掰开一节嫩藕，只见藕断丝连。美丽的荷叶、莲蓬、鲜嫩的莲藕形象地展现在读者面前，亦是它们使得姑娘们"心撩乱"。

再如前引苏轼《浣溪沙》第三首，下阕写生产劳动及生活状况："垂白杖藜抬醉眼，捋青捣麨软饥肠。问言豆叶几时黄？"词人选取老翁"抬醉眼"和"软饥肠"的细节，来表现丰收的温饱，以一斑而窥全豹，具有

242

浓厚的生活气息。

又如前引洪适《渔家傲》第九首，描写九月里的水乡景色和渔家生活。正值深秋季节，霜露一天天浓重起来，芦花飘飞，丹枫落尽，但渔民们仍然要冒着风寒，在沙滩水边张灯捕蟹；深夜里，灯火繁乱之时便惊起行行飞雁。"飞雁"的细节旨在突出渔民的辛苦、勤劳。"半夜系船桥北岸，三杯睡着无人唤。睡觉只疑桥不见。风已变，缆绳吹断船头转。"是说蟹捕完，老渔翁把船系在桥北岸，为了抵御风寒他喝了几杯酒，便躺在船中睡着了，等他醒来却发现系船的桥儿不见了，原来缆绳被风吹断，小船首尾已掉了个方向。此细节不但表现了渔民的辛勤劳作，而且又形象地反映了他们朴素、自由的生活情趣。更如王炎的《南乡子·甲戌正月》曰：

> 云淡日昽明，久雨潺潺乍得晴。社近东皋农务急，催耕，又见菖蒲出水清。　　池面縠纹平，掠水迎风燕羽轻。试出访寻春色看，相迎，巧笑花枝似有情。

词上阕描写新春以来久雨初晴，天刚放亮，庄户人家便相互催促着抓紧时机下地春耕。"又见菖蒲出水清"，由于雨水充足，只见田间池边水草丰茂，菖蒲已冒出长长的绿叶。此一细节，说明风调雨顺，正是春耕播种的好时节。下阕叙述词人出门探访，只见池塘里微波荡漾，"掠水迎风燕羽轻"，一对对春燕迎风展翅，轻盈地掠过田间水面飞来飞去，此一细节重在反映词人心情怡然轻快，所以才有下文积极地"寻访春色"，而且感觉路边的花枝亦在含情笑迎。这是宋宁宗嘉定七年（1214），词人于77岁高龄所作，他通过一系列的细节描写来细腻地体验乡村生活的美好，充满了对人生的热爱之情。

纵观以上词例，可见在两宋从宫廷到都市皆弥漫着享乐的氛围，在文人的精神文化中充满休闲的情趣，他们于乡村田园中亦挖掘、捕捉到大量的休闲因子，可谓无处不可休闲。

243

# 第五章　从休闲词考察宋人随时
都可休闲的文化

南宋词人赵师侠《柳梢青》曰：

　　人间春足，一番红紫，水流风逐。戏蝶初闲，轻摇粉翅，高低飞
扑。　　雨昏烟暝增明，似积雪、枝间映绿。后土琼芳，蓬莱仙伴，
蕊粉香粟。

　　两宋多数文人士大夫拥有庄子"戏蝶"的休闲心态，无论是太平或为
了太平而求和的北宋，还是为了苟安而偏隅江南的南宋，他们始终酷爱享
乐、精于享乐，时刻实践着休闲的人生理想。这里仅以《武林旧事》所记
载的南宋张镃（张约斋）的"赏心乐事""游赏备忘录"① 一例便足以说
明问题：

**正月孟春**

　　岁节家宴　立春日迎春春盘　人日煎饼会　玉照堂赏梅　天街观灯
诸馆赏灯　丛奎阁赏山茶　湖山寻梅　揽月桥看新柳　安闲堂扫雪
**二月仲春**

　　现乐堂赏瑞香　社日社饭　玉照堂西赏缃梅　南湖挑菜　玉照堂
东赏红梅　餐霞轩看樱桃花　杏花庄赏杏花　群仙绘幅楼前打球　南

---

①　杨海明：《唐宋词与人生》，河北人民出版社 2002 年版，第 207 页。

湖泛舟　绮互亭赏千叶茶花　马塍看花

**三月季春**

生朝家宴　曲水修禊　花院观月季　花院观桃柳　寒食祭先扫松
清明踏青郊行　苍寒堂西赏绯碧桃　满霜亭北观棣棠　碧宇观笋
斗春堂赏牡丹芍药　芳草亭观草　宜雨亭赏千叶海棠　花苑蹴秋千
宜雨亭北观黄蔷薇　花院赏紫牡丹　艳香馆观林檎花　现乐堂观大花
花院尝煮酒　瀛峦胜处赏山茶　经寮斗新茶　群仙绘幅楼下赏芍药

**四月孟夏**

初八日亦庵早斋随诣南湖放生　食糕糜　芳草亭斗草　芙蓉池
赏新荷　蕊珠洞赏荼蘼　满霜亭观橘花　玉照堂赏青梅　艳香馆赏
长春花　安闲堂观紫笑　群仙绘幅楼前观玫瑰　诗禅堂观盘子山丹
餐霞轩赏樱桃　南湖观杂花　鸥渚亭观五色莺粟花

**五月仲夏**

清夏堂观鱼　听莺亭摘瓜　安闲堂解粽　重午节泛蒲家宴　烟波
观碧芦　夏至日鹅炙　绮互亭观大笑花　南湖观萱草　鸥渚亭观五色
蜀葵　水北书院采蘋　清夏堂赏杨梅　丛奎阁前赏榴花　艳香馆尝蜜
林檎　摘星轩赏枇杷

**六月季夏**

西湖泛舟　现乐堂尝花白酒　楼下避暑　苍寒堂后碧莲　碧宇
竹林避暑　南湖湖心亭纳凉　芙蓉池赏荷花　约斋赏夏菊　霞川食
桃　清夏堂赏新荔枝

**七月孟秋**

丛奎阁上乞巧家宴　餐霞轩观五色凤儿　立秋日秋叶宴　玉照堂
赏玉簪　西湖荷花泛舟　南湖观稼　应铉斋东赏葡萄　霞川观云　珍
林剥枣

**八月仲秋**

湖山寻桂　现乐堂赏秋菊　社日糕会　众妙峰赏木樨　中秋摘星
楼赏月家宴　霞川观野菊　绮互亭赏千叶木樨　浙江亭观潮　群仙绘
幅楼观月　桂隐攀桂　杏花庄观鸡冠黄葵

**九月季秋**

重九家宴　九日登高把萸　把菊亭采菊　苏堤上玩芙蓉　珍林尝时果　景全轩尝金橘　满霜亭尝巨螯香橙　杏花庄筥新酒　芙蓉池赏五色拒霜

**十月孟冬**

旦日开炉家宴　立冬日家宴　现乐堂暖炉　满霜亭赏早霜　烟波观买市　赏小春花　杏花庄挑荠　诗禅堂试香　绘幅楼庆暖阁

**十一月仲冬**

摘星轩观枇杷花　冬至节家宴　绘幅楼食馄饨　味空亭赏蜡梅　孤山探梅　苍寒堂赏南天竺　花院赏水仙　绘幅楼前赏雪　绘幅楼削雪煎茶

**十二月季冬**

绮互亭赏檀香蜡梅　天街阅市　南湖赏雪　家宴试灯　湖山探梅　花院观兰花　瀛峦胜处赏雪　二十四夜饷果食　玉照堂赏梅　除夜守岁家宴　起建新岁集福功德

其序曰：

余扫轨林扃。不知衰老，节物迁变，花鸟泉石，领会无余。每适意时，相羊小园，殆觉风景与人为一。闲引客携觞，或幅巾曳杖，啸歌往来，澹然忘归。因排比十有二月燕游次序，名之曰"四并集"。授小庵主人，以备遗忘。非有故，当力行之。然为具真率，毋致劳费及暴殄沉湎，则天之所以与我者，为无负无亵。昔贤有云："不为俗情所染，方能说法度人。"盖光明藏中，孰非游戏，若心常清净，离诸取著，于有差别境中，而能常入无差别定，则淫房酒肆，偏厉道场，鼓乐音声，皆谈般若。倘情生智隔，境逐源移，如鸟黏黐，动伤躯命，又乌知所谓说法度人者哉。圣朝中兴七十余载，故家风流，沦落几尽。有闻前辈典刑，识南湖之清狂者，必长哦曰："人生不满百，常怀千岁忧。昼短苦夜长，何不秉烛游？"一旦相逢，不为生客。嘉泰元年岁次辛酉十有二月，约斋居士书。①

从这份备忘录及其序可见张镃时日"心常清净"，能"于有差别境中""入无差别定"，适意闲暇时，便"觉风景与人为一"，平日的吃喝玩乐皆能"谈般若"。而一年三百六十五日，张镃按"燕游次序"竟然列出一百三十余种应时应节的宴会和游赏活动，可谓"人间春足"，无时不可休闲。

本章便从时间的角度，以节序词、宴饮词、游乐词为例对两宋休闲词进行分析。

## 第一节　节目繁多的节序词

节序词指以岁时节日的民俗生活为内容的词。据北宋庞元英《文昌杂录》卷一记载，宋代是历朝历代中节庆假日最多的朝代："祠部休假，元日、寒食、冬至各七日；上元、夏至、中元、腊日各三日；余立春、清明等节各为一日，一岁共七十六日。"② 宋末著名词论家张炎在其《词源》一书中，特列"节序"词一节，可见节序词在整个宋词中地位之重要。程自信、许宗元先生主编的《宋词精华分类品汇》③ 一书也将"季节""节序"列在 24 类词的最前面。我们可以透过这些应时应节所作休闲节序词篇窥见宋人在各种节日里如何寻觅到身心的自由愉悦，从而体悟宋人浓重的生命意识、自我意识并感知宋人休闲的生活态度。

两宋社会节日名目繁多。制造性节日明显增多，如圣节（指皇帝太后的生日），天庆节（宋真宗为了掩饰澶渊城下之盟的耻辱，决定编造神人颁降天书的谎言和用封禅泰山等办法来"镇服四海，夸示外国"，陆续创立了天庆节等五个节日）等，除开这些朝廷特设的一些庆典性节日外，以自然节气

247

---

① （宋）孟元老等：《东京梦华录都城纪胜西湖老人繁胜录梦粱录》，周密：《武林旧事》卷十，中国商业出版社 1982 年版，第 186 页。

② 丛书集成初编本。

③ 程自信、许宗元：《宋词精华分类品汇》，中国青年出版社 1994 年版。

为传统节日的就有正旦、立春、元宵、中和、花朝、上巳、清明、立夏、佛诞日（四月初八）、端午、七夕、中元（七月十五）、立春、秋社、中秋、重阳、立冬、冬至、除夕等。宋词对这些节日里的各种庆祝仪式和各种娱乐活动多有描写。这里仅以元宵词和清明词为例。

## 一　万众狂欢、全民夜游的元宵词

宋代的节序词中，数量最多，也最令人瞩目的便是元宵词。元宵节（正月十五）又称上元或元夕。自十四日起，或张灯三夜[①]，或张灯五夜[②]。《国朝会要》载："乾德五年（967）诏：朝廷无事，区域咸宁，况年谷屡丰，宜市民之纵乐，上元可更增十七、十八两夜。"[③] 遂增两夜，以为五谷丰登之兆。《东京梦华录》"元宵"条曰：

> 正月十五日元宵，大内前自岁前冬至后，开封府绞缚山棚，立木正对宣德楼，游人已集御街，两廊下奇术异能，歌舞百戏，鳞鳞相切，乐声嘈杂十余里，击丸、蹴踘、踏索、上竿。……其余卖药、卖卦、沙书地谜，奇巧百端，日新耳目。至正月七日，人使朝辞出门，灯山上彩，金碧相射，锦绣交辉。面北悉以彩结山呇，上皆画神仙故事。或坊市卖药卖卦之人，横列三门，各有彩结、金书大牌，中曰"都门道"，左右曰"左右禁卫之门"，上有大牌曰"宣和与民同乐"。彩山左右以彩结文殊、普贤，跨狮子、白象，各于手指出水五道，其手摇动。用辘轳绞水上灯山尖高处，用木柜贮之，逐时放下，如瀑布状。又于左右门上，各以草把缚成戏龙之状，用青幕遮笼，草上密置灯烛数万盏，望之蜿蜒如双龙飞走。自灯山至宣德门楼横大街，约百余丈，用棘刺围绕，谓之"棘盆"，内设两长竿，高数十丈，以缯彩结束，纸糊百戏人物，悬于竿上，风动宛若飞仙。[④]

---

① （宋）蔡绦：《铁围山丛谈》卷一，中华书局 1997 年版，第 17 页。
② （宋）永享：《搜采异闻录》卷四，"上元张灯条"，丛书集成初编本。
③ 引自高承编著《事物纪原》卷八，"夜放"条，丛书集成初编本。
④ （宋）孟元老著，伊永文笺注：《东京梦华录》，中华书局 2006 年版，第 540 页。

《西湖老人繁胜录》曰：

街市点灯：庆元间，油钱每斤不过一百会，巷陌爪札，欢门挂灯，南至龙山，北至北新桥，四十里灯光不绝。城内外有百万人家，前街后巷，僻巷亦然。挂灯或用玉栅，或用罗帛，或纸灯，或装故事，你我相赛，州府札山栅三狱放灯，公厅设醮，亲王府第，中贵宅院，奇巧异样细灯，教人观看。①……预赏元宵，诸色舞者，多是女童，先舞于街市，中瓦南北茶坊内挂诸般琉珊子灯、诸般巧作灯、福州灯、平江玉棚灯、珠子灯、罗帛万眼灯，沙河塘里最胜。街市扑卖，尤多纸灯，不计数目。清河坊至众安桥，沙戏灯、马骑灯、火铁灯，进馉架儿灯、象生鱼灯、一把莲灯、海鲜灯、人物满堂红灯，灯火盈市。扑卖到元宵、小春，盆花奇巧果儿。②

可见宋代元宵节以张灯游赏为主要表现形态，《东京梦华录》和《西湖老人繁盛录》都记载了元宵节日灯市的壮观，描绘了各种各样的灯饰以及"百戏"的精彩表演，亦记载了万人空巷赏灯游乐、竟夕不眠的狂欢场面。"元宵节是宋代官定的、最热闹的节日之一，元宵词也是节序词中较多的一类。……据《全宋词》与《全宋词补辑》统计，共四百九十三首。"③元宵之夜娱情狂欢的场面在宋词中有很多描述，且让我们欣赏"备述宣（和）、政（和）之盛"的无名氏的《鹧鸪天》元宵组词的一部分作品：

249

彻晓华灯照凤城。犹嗔宫漏促天明。九重天上闻花气，五色云中应笑声。　　频报道，奏河清。万民和乐见人情。年丰米贱无边事，万国称觞贺太平。

风约微云不放阴。满天星点缀明金。烛龙衔耀烘残雪，羯鼓催花

---

① （宋）西湖老人：《西湖老人繁盛录》，中国商业出版社 1982 年版，第 1 页。
② 同上书，第 15 页。
③ 沈松勤：《唐宋词社会文化学研究》，浙江大学出版社 2000 年版，第 241 页。

发上林。　　河影转，漏声沉。缕衣罗薄暮云深。更期明夜相逢处，还尽今宵未足心。

禁卫传呼约下廊。层层掌扇簇亲王。明珠照地三千乘，一片春雷入未央。　　宫漏永，柳街长。华灯偏共月争光。乐声都在人声里，五夜车尘马足香。

日暮迎祥对御回。宫花载路锦成堆。天津桥畔鞭声过，宣德楼前扇影开。　　奏舜乐，进尧杯。传宣车马上天街。君王喜与民同乐，八面三呼震地来。

五日都无一日阴。往来车马闹如林。葆真行到烛初上，丰乐游归夜已深。　　人未散，月将沉。更期明夜到而今。归来尚向灯前说，犹恨追游不称心。

忆得当年全盛时。人情物态自熙熙。家家帘幕人归晚，处处楼台月上迟。　　花市里，使人迷。州东无暇看州西。都人只到收灯夜，已向樽前约上池。

"彻晓华灯照凤城""华灯偏共月争光。乐声都在人声里，五夜车尘马足香""人人五夜到天明"等，充分形象地描绘出当时人们在元宵节纵情休闲的情态。宋代人之所以能够于元宵节全民宴游尽情休闲，主要是"君王喜与民同乐"。仁宗在一次元夕御楼观灯时谓大臣："朕非好游，与民同乐耳。"[①] 前引万俟咏记述窃杯女子的《凤皇枝令》词序曾记载过皇帝"与民同乐"的具体情形。而柳永的《倾杯乐》亦是歌颂北宋前期君王"与民同乐"的"太平盛世"景象：

250

禁漏花深，绣工日永，蕙风布暖。变韶景、都门十二，元宵三五，银蟾光满。连云复道凌飞观。耸皇居丽，嘉气瑞烟葱蒨。翠华宵幸，是处层城阆苑。　　龙凤烛、交光星汉。对咫尺鳌山开羽扇。会乐府两籍神仙，梨园四部弦管。向晓色、都人未散。盈万井、山呼鳌

---

① （宋）陈元靓：《岁时广记》卷一一《上元》"与民乐"条引《东斋录》，丛书集成初编本。

抃。愿岁岁，天仗里、常瞻凤辇。

"翠华宵幸，是处层城阆苑"等句描写元宵三五之夜，皇帝驾临宣德楼观灯。而孟元老《东京梦华录》对此亦有记载："内设乐棚，差衙前乐人作乐杂戏，并左右军百戏在其中，驾坐一时呈拽。宣德楼上，皆垂黄缘帘，中一位乃御座。用黄罗设一彩棚，御龙直执黄盖掌扇，列于帘外。两朵楼各挂灯球一枚，约方圆丈余，内燃椽烛，帘内亦作乐。宫嫔嬉笑之声，下闻于外。楼下用枋木垒成露台一所，彩结栏槛，两边皆禁卫排立，锦袍幞头簪赐花，执骨朵子。面此乐棚、教坊、钧容直、露台弟子，更互杂剧。近门亦有内等子班直排立。万姓皆在露台下观看，乐人时引万姓山呼。"① 所有百姓皆可于元宵节一睹皇帝的尊容，"盈万井、山呼鳌抃"，"万姓山呼"，柳永词与孟元老的记述一致，而柳永亦从心底欢呼："愿岁岁，天仗里、常瞻凤辇"。

朱弁《曲洧旧闻》卷一云："真宗皇帝因元夕御楼观灯，见都人熙熙，举酒属宰执曰：'祖宗创业艰难，朕今获睹太平，与卿等同庆。'宰执称贺皆饮釂，独李文靖沉然终觞不怿。明日，牛行、王文正其所以，且曰：'上昨日宣劝欢甚，公不肯少有将顺，何也？'文靖曰：'太平'二字，尝恐谀佞之臣以之藉口干进，今人主自用此夸耀臣下，则忠鲠何由以进？'"② 可见，宋代元宵节倡行张灯宴游，"与民同乐"，明显有点缀太平、笼络民心的意图。但它亦是在经济水平有所提高后，人们对身心自由愉悦的休闲境界的追求在节日娱乐中的反映。下文主要从两方面探索此思想意蕴。

（1）元宵节日突破了社会阶层的分野，使帝王、臣民皆获得了片刻的休闲。

元宵之夜村妇可与皇帝共饮"金瓯酒"，但黄袍加身的赵宋王朝仍然是中央集权制封建社会。《东京梦华录》"民俗"条曰："其卖药卖卦，皆具冠带。至于乞丐者，亦有规格。稍有懈怠，众所不容。其士农工商，诸行百户，衣装各有本色，不敢越外。"③ 严密等级，甚至规定到乞丐的着

251

① （宋）孟元老著，伊永文笺注：《东京梦华录》，中华书局 2006 年版，第 541 页。
② 《宋元笔记小说大观》，上海古籍出版社 2001 年版，第 2959 页。
③ （宋）孟元老著，伊永文笺注：《东京梦华录》，中华书局 2006 年版，第 451 页。

装，可见其森严程度。这种等级思想亦烙印在市民阶层的思想意识中。如耐得翁《都城纪胜》载："杂扮或名杂旺……杂剧之散段。在京师时，村人罕得入城，遂著此端，多是借装为山东河北村人，以资笑。"① 市民阶层本发源于农民之中，但淳朴憨厚的农民在市民心中的地位极低，可谓"贵轻有等，长幼有差，贫富轻重皆有称者也"（《荀子·王制》）。然而宋代城市经济的发展繁荣促使着臣民平等、自由思潮的产生，"自我"与"本我"的对峙、冲撞，心理的矛盾与斗争需要一个适当的机会得以平衡、释放，否则正常的政治、经济秩序将难以维持。新年伊始的元宵佳节，正提供了这样一个机会。节日期间，不问贫富士庶，上至皇帝，下至乡野村夫，都共同分享着节日带来的欢乐与喜庆，市民们享受着平日无法享受的平等与自由，享受着成为人的休闲体验。袁绹《撒金钱》曰：

> 频瞻礼。喜升平，又逢元宵佳致。鳌山高耸翠。对端门、珠玑交制。似嫦娥降仙官，乍临凡世。 恩露匀施，凭御栏、圣颜垂视。撒金钱，乱抛坠。万姓推抢没理会。告官里。这失仪、且与免罪。

这种失去礼法约束的狂欢，是太平盛世国泰民安的表征，也正体现出与民同乐的初衷。赵佶《金莲绕凤楼》则以雍容闲雅的心态写出天子眼中的元宵庆典：

> 绛烛朱笼相随映。驰绣毂、尘清香衬。万金光射龙轩莹。绕端门、瑞雷轻振。 元宵为开圣景。严敷坐、观灯锡庆。帝家华英乘春兴。搴珠帘、望尧瞻舜。

经过这与民同乐、与帝王同乐的狂欢，帝王臣民的心理紧张得到舒缓，身心得到休息，这样有利于政治、经济达到一种新的平衡，社会生活遂得以顺利进行下去。文人们在词中讴歌这普天同庆的元宵节日的休闲。

252

---

① （宋）孟元老等：《东京梦华录 都城纪胜 西湖老人繁胜录 梦粱录 武林旧事》，耐得翁：《都城纪胜》，中国商业出版社1982年版，第10页。

柳永《玉楼春》曰：

> 皇都今夕知何夕。特地风光盈绮陌。金丝玉管咽春空，蜡炬兰灯烧晓色。　　凤楼十二神仙宅。珠履三千鵷鹭客。金吾不禁六街游，狂杀云踪并雨迹。

唐韦述《西都杂记》："西都京城街衢，有金吾晓暝传呼，以禁夜行；惟正月十五日夜敕许金吾弛禁，前后各一日。"皇帝所在的都城，入夜之后便要实行"宵禁"，有巡逻兵巡街查访，禁止都人夜行，但是元宵之夜，皇帝便特别下令取消往日的"宵禁"制度，允许都人通宵达旦地观灯游赏。词人描述都人对元宵之夜宝贵时光的珍惜："金丝玉管"响彻平日寂静的天空，"蜡炬兰灯"照亮了京城每一个角落，直到烛灯将晓日点燃。"金吾不禁六街游，狂杀云踪并雨迹。"平日多受压抑的都人士女包括皇帝后妃、文武百官，忘掉和摆脱了一切禁忌与束缚，尽情游赏玩乐，极度释放宣泄。

上元张灯不但京城如此，即便"上元旧不燃灯"的边境雄州，亦"结彩山，聚优乐，使民夜纵游"[1]。在诸州上元张灯中，"唯杭、苏、温华侈尤甚，自非贫人，家家设灯，有极精丽者。"[2] 描写州郡的词如：阮阅的《感皇恩·闰上元》、毛开的《水调歌头·上元郡集》、苏轼的《南乡子·宿州上元》、李光的《汉宫春·琼州元夕次太守韵》、吴潜的《昼锦堂·己未元夕》等，说明宋代全国上下元宵节生活于一片火树银花不夜天之中，尽情尽兴地享受着休闲的生活。

253

（2）元宵节日妇女获得了解放，亦使宋代无论男女都获得了片刻的人的尊严及人性的解放。

宋代女性恪守"三从四德"，养在深闺，足不出户，"相夫教子"成了传统女性生活的全部，即使处于上层社会的皇家女子亦是如此。而元宵之夜，这些平日禁锢于家庭环境之中的女子们，"戴着珠翠、闹蛾、玉梅、

---

① （元）脱脱：《宋史》卷三二四《李允则传》，中华书局 1977 年版，第 10481 页。
② （宋）陈元靓：《岁时广记》卷一十，中华书局 1985 年版，第 104 页。

雪柳、菩提叶、灯球、销金合、蝉貂袖、项帕，而衣多尚白，盖月下所宜也"①，她们穿着素衣，戴着闹蛾等饰品，精心装扮，走上街头，尽情玩乐，尽情地展示自己的青春美丽，尽情地享受身心解锢的自由。李清照《永遇乐·元宵》曰：

> 落日熔金，暮云合璧，人在何处。染柳烟浓，吹梅笛怨，春意知几许。元宵佳节，融和天气，次第岂无风雨。来相召、香车宝马，谢他酒朋诗侣。　　中州盛日，闺门多暇，记得偏重三五。铺翠冠儿，拈金雪柳，簇带争济楚。如今憔悴，风鬟霜鬓，怕见夜间出去。不如向、帘儿底下，听人笑语。

词人回忆昔日曾在元宵夜晚"吹梅笛怨"富有特色的景致中与志同道合的友人互邀野游、举杯应酬，"谢他酒朋诗侣"，好不开心。而如今的憔悴、寂寞更衬托出当日休闲时光之可贵。晁冲之《上林春慢》曰：

> 帽落宫花，衣惹御香，凤辇晚来初过。鹤降诏飞，龙擎烛戏，端门万枝灯火。满城车马，对明月、有谁闲坐。任狂游，更许傍禁街，不扃金锁。　　玉楼人、暗中掷果。珍帘下、笑着春衫袅娜。素蛾绕钗，轻蝉扑鬓，垂垂柳丝梅朵。夜阑饮散，但赢得、翠翘双斝。醉归来，又重向、晓窗梳裹。

据朱弁《续骫骳说》云："都下元宵观游之盛，前人或于歌词中道之。而故族大家，宗藩戚里，宴赏往来，车马骈阗，五昼夜不止。每出，必穷日尽夜漏，乃始还家。往往不及小憩，虽含醒溢疲惫，亦不暇寐，皆相呼理残妆，而速客者已在门矣。又妇女首饰至此一新，髻鬟参插，如蛾、蝉、蜂、蝶、雪柳、玉梅、灯球，袅袅满头，其名件甚多。……

---

① 孟元老：《武林旧事》"元夕"条，中国商业出版社1982年版，第37页。

而词客未有及之者。晁叔用作《上林春慢》云（词略）。此词虽非绝唱，然句句皆是实事，亦前所未尝道者，良可喜也。"词中"满城车马，对明月，有谁闲坐""醉归来，又重向、晓窗梳裹"，极写观游之欢狂；"玉楼人、暗中掷果"，极写妇女神态举止之可人；"珍帘下、笑着春衫袅娜。素蛾绕钗，轻蝉扑鬓，垂垂柳丝梅朵"，极写妇女服饰之美妙；"醉归来，又重向、晓窗梳裹"，写出她们通宵达旦游赏玩乐的情形，与朱弁所载一致，无怪乎朱弁赞之曰："此词虽非绝唱，然句句皆是实事。"其他写女子狂欢夜游的词如李邴的《女冠子·上元》云："东来西往谁家女，买玉梅争戴，缓步香风度。北观南顾，见画烛影里，神仙无数。"康与之的《瑞鹤仙·上元应制》云："风柔夜暖，花影乱，笑声喧。闹蛾儿满路，成团打块，簇著冠儿斗转。"刘弇《佳人醉·元宵上太守》云："袅琅玕、争胃绛球起。试新妆、嬉春粉黛，盈盈暗香，接谁家秾李。"皆写出女子们获得暂时解放的自由狂欢。

伦理道德束缚的往往是女性，男子平日可以流连茶肆酒楼，亦可徘徊于市井瓦舍，他们本不应有女子那种看灯看人的好奇，但他们同样带着强烈的热忱与企盼期待元夕的到来。刘辰翁《卜算子·元宵》云："不是重看灯，重见河边女。"所以于元宵节日，"士女无不夜游，罕有居者。"[①] 男权社会束缚了女子，其实亦束缚了男性。男女本相伴而生，男女共同生活于阳光下的社会才是健全的人性的社会，而让女子躲到阴暗的角落，男子的世界便缺失了一半，这严重地妨碍了男子事业、爱情的完善，使男性、女性从心理到生理都易失去平衡，从而失去了应有的生机。而元宵节日弛禁给世俗男女提供了自由接触的机会，伦理道德被抛到九霄云外，在月辉、灯影、秀女的美丽世界里，所有人都摘去了平日的面具，回到了本来的自我，获得了人性的解放，亦即获得了真正的休闲。恩格斯曾指出："古代所仅有的那点夫妇之爱并不是主观的爱好，而是客观的义务，不是婚姻的基础，而是婚姻的附加物。现代意义上的爱情关系就是属于封建时

255

---

① 陈元靓：《岁时广记》卷一〇《上元》"州郡灯"条引吕原明《岁时杂记》，丛书集成初编本。

官方社会以外才有。"① 而缺乏爱情基础的婚姻亦是缺乏人性和道德的。而宋代的"仕女"于元宵节日获得片刻自由休闲的同时，有时亦可享受到爱的自由，如晁冲之《传言玉女》云："笑匀妆面，把朱帘半揭。娇波向人，手拈玉梅低说。相逢常是，上元时节。"杨无咎《探春令》云："梅英粉淡，柳梢金软，兰芽依旧。见万家、灯火明如昼。正人月、圆时候。挨香傍玉偷携手。尽轻衫寒透。听一声、画角催残漏。惜归去、频回首。"欧阳修《生查子》云："去年元夜时，花市灯如昼。月到柳梢头，人约黄昏后。"辛弃疾《青玉案·元夕》云："众里寻他千百度。蓦然回首，那人却在，灯火阑珊处。"

综上所述，元宵节日之所以成为全民性的狂欢节日，便在于它使所有人追求人性自由平等的欲望得以片刻的实现，因为此休闲的昙花一现，人们便尤其珍之贵之。

元宵词的艺术特色主要体现在：

（1）意境朦胧

> 东风夜放花千树。更吹落、星如雨。宝马雕车香满路。凤箫声动，玉壶光转，一夜鱼龙舞。　　蛾儿雪柳黄金缕。笑语盈盈暗香去，众里寻他千百度。蓦然回首，那人却在，灯火阑珊处。（辛弃疾《青玉案·元夕》）

> 忆昨天街预赏时。柳悭梅小未教知。而今正是欢游夕，却怕春寒自掩扉。　　帘寂寂，月低低。旧情惟有绛都词。芙蓉影暗三更后，卧听邻娃笑语归。（姜夔《鹧鸪天·元夕不出》）

在表达缜密的情思时，词人多选择"烛影花阴""灯火阑珊""曲水桥边"这样一类静谧的环境，并用纤云、繁星、华月、桂影这样一系列隐约缥缈的意向组合衬托人物出场。

256

---

① ［德］恩格斯：《家庭、私有制和国家的起源》，《马克思恩格斯全集》卷二一，人民出版社 1972 年版，第 90 页。

（2）多用铺叙手法

在反映"普天同庆"的盛大热闹的元宵活动中，词人多用长调慢词和铺陈的赋的句式。两宋词人的近五百首元宵词，多半是慢词。现存柳永的四首元宵词，三首为长调。其他如吴潜的《宝鼎现·和韵己未元夕》：

> 晚风微动，净扫天际，云裾霞绮。将海外、银蟾推上，相映华灯辉万砌。看舞队、向梅梢然昼，丹焰玲珑玉蕊。渐陆地、金莲吐遍，恰似楼台临水。　　老子欢意随人意。引红裙、钗宝钿翠。穿夜市、珠筵玳席。多少吴讴联越吹。绣幕卷、散缤纷香雾，笼定团圆锦里。认一点、星球挂也，士女桃源洞里。　　闻说旧日京华，般百戏、灯棚如履。待端门排宴，三五传宣禁侍。愿乐事、这回重见，喜庆新开起。瞻圣主、齐寿南山，势拱东南百二。

这首慢词从民间到宫廷，从历史到现实，层层铺写，写出了元宵节日的所有民俗特色以及它的与民同乐的今昔繁华。这首词"堪称《元宵赋》，而篇末'瞻圣主、齐寿南山，势拱东南百二'，则又仿佛如汉代大赋的'曲终奏雅，劝一而讽百'的意味。"①

## 二　倾城而出、踏青赏春的清明词

除元宵词外，节序词中的清明词也备受人注意。如：

> 拆桐花烂漫，乍疏雨、洗清明。正艳杏烧林，缃桃绣野，芳景如屏。倾城，尽寻胜去，骤雕鞍绀幰出郊坰。风暖繁弦脆管，万家竞奏新声。
>
> 盈盈，斗草踏青。人艳冶、递逢迎。向路傍往往，遗簪坠珥，珠翠纵横。欢情。对佳丽地，信金罍罄竭玉山倾。拼却明朝永日，画堂一枕春醒。（柳永《木兰花慢》）

257

---

① 沈松勤：《唐宋词社会文化学研究》，浙江大学出版社 2000 年版，第 247 页。

见梨花初带夜月，海棠半含朝雨。内苑春、不禁过青门，御沟涨、潜通南浦。东风静、细柳垂金缕。望凤阙、非烟非雾。好时代、朝野多欢，遍九陌、太平箫鼓。　　乍莺儿百啭断续，燕子飞来飞去。近绿水、台榭映秋千，斗草聚、双双游女。饧香更、酒冷踏青路。会暗识、夭桃朱户。向晚骤、宝马雕鞍，醉襟惹、乱花飞絮。

正轻寒轻暖漏永，半阴半晴云暮。禁火天、已是试新妆，岁华到、三分佳处。清明看、汉宫传蜡炬。散翠烟、飞入槐府。敛兵卫、阊阖门开，住传宣、又还休务。（万俟咏《三台·清明应制》）

春去尚堪寻，莫恨老来难却。且趁禁烟百七，醉残英余萼。坐间玉润赋妍辞，情语见真乐。引满瘿杯竹盏，胜黄金凿落。（朱敦儒《好事近》）

朝阳淡淡宿云轻。风入管弦声。十里碧芜幽步，一枝丹杏柔情。佳人何处，酒红沁眼，秋水盈盈。诗曲羡君三绝，湖山增我双明。（王之道《朝中措》）

听风听雨过清明，愁草瘗花铭。楼前绿暗分携路，一丝柳，一寸柔情。料峭春寒中酒，交加晓梦啼莺。　　西园日日扫林亭，依旧赏新晴。黄蜂频扑秋千索，有当时纤手香凝。惆怅双鸳不到，幽阶一夜苔生。（吴文英《风入松》）

清明节本是上坟祭奠亡灵的忧伤日子，杜牧诗云："清明时节雨纷纷，路上行人欲断魂。"可善于享乐的宋人借机踏青探胜、游赏娱乐，却使它变成了休闲的好时节。《东京梦华录》"清明节"条云：

清明节，寻常京师以冬至后一百五日为大寒食。前一日谓之"炊熟"，用面造枣锢飞燕，柳条串之，插于门楣，谓之"子推燕"。子女及笄者，多以是日上头。寒食第三节，即清明日矣。凡新坟皆用此日拜扫。都城人出郊。禁中前半月，发宫人、车马朝陵，宗室、南班、近亲，亦分遣诣诸陵坟享祀，从人皆紫衫、白绢三角子、青行缠，皆系官给。亦禁中出车马，诣奉先寺、道者院，祀诸宫人坟，莫非金装绀幰，锦额珠帘，绣扇双遮，纱笼前导。士庶阗塞诸门，纸马铺皆于当街，用纸衮叠成楼阁之状。四野如市，往往就芳树之下，或园囿之间，罗列杯盘，互相劝酬。都城之歌儿舞女，遍满园亭，抵暮而归。各携枣䭅、炊饼、黄胖、掉刀、名花、异果、山亭、戏具、鸭卵、鸡雏，谓之"门外土仪"。轿子即以杨柳、杂花装簇顶上，四垂遮映。自此三日，皆出城上坟，但一百五日最盛。节日，坊市卖稠饧、麦糕、乳酪、乳饼之类。缓入都门，斜阳御柳；醉归院落，明月梨花。诸军禁卫，各成队伍，跨马作乐四出，谓之"摔脚"。其旗旄鲜明，军容雄壮，人马精锐，又别为一景也。①

宋吴自牧《梦粱录·清明节》：

清明交三月……至日……官员士庶，俱出郊省坟，以尽思时之敬。车马往来繁盛，填塞都门。宴于郊者，则就名园芳圃，奇花异木之处；宴于湖者，则彩舟画舫，款款撑驾，随处行乐。此日又有龙舟可观，都人不论贫富，倾城而出，笙歌鼎沸，鼓吹喧天，虽东京金明池，未必如此之佳。殢酒贪欢，不觉日晚。红霞映水，月挂柳梢，歌韵清圆，乐声嘹亮，此时尚犹未绝。男跨雕鞍，女成花轿，次第入城。②

"都城人出郊""四野如市，往往就芳树之下，或园囿之间，罗列杯盘，互相劝酬。都城之歌儿舞女，遍满园亭，抵暮而归""宴于郊者，则就名园芳圃，奇花异木之处""倾城，尽寻胜去""好时代、朝野多欢，遍九陌、太平箫鼓"，宋人杂史记载与柳永、万俟咏等词人的应制词的内容一致，它们都再现了宋人于清明节的游乐盛况：斗草踏青、歌舞欢笑、野炊畅饮，四野若狂。清明词中也有很多因见风雨而生伤花惜春心绪的词，但追求身心自由、愉悦的休闲生活是宋人生活的主旋律，亦是两宋清明词的突出主题。

259

---

① 孟元老著，伊永文笺注：《东京梦华录笺注》，中华书局2006年版，第626页。
② （宋）孟元老等：《东京梦华录　都城纪胜　西湖老人繁胜录　梦粱录　武林旧事》，吴自牧：《梦粱录》，中国商业出版社1982年版，第10页。

清明词的艺术特色主要是画面描写动静结合。因为清明节踏青，必然有"奇花异木之处""红霞饮水，月挂柳梢"等寂静美丽的郊外风光，而踏青探胜的人却是满怀激情，充满活力的。如柳永的《木兰花慢》，"拆桐花烂漫，乍疏雨、洗清明""正艳杏烧林，缃桃绣野，芳景如屏""珠翠纵横"为静景描写，"风暖繁弦脆管，万家竞奏新声""斗草踏青""递逢迎""遗簪坠珥"为动景描写，动静结合写出都城妇女、男士们在桐花盛开的郊外尽情嬉游的"朝野多欢"的太平气象。又如仲殊《南徐好·渌水桥》：

> 南徐好，桥下渌波平。画柱千年尝有鹤，垂杨三月未闻莺。行乐过清明。　　南北岸，花市管弦声。邀客上楼双榼酒，舣舟清夜两街灯。直上月亭亭。

词上阕写镇江古城渌水桥一带绿波平静、杨柳依依、明月映江的优美风景，为静景描写，下阕寥寥数语，便成功生动地勾勒出两岸游人寻芳探胜，饮酒听歌的嬉乐情景，为动景描写，动静相得益彰，且具有十足的画面感，展现在世人面前的是一幅江南古城绮丽风情的充满休闲情趣的生动图画。

"节日本是因着自然节气和风俗习惯所形成或设定的，但到了享乐风气盛行的宋代，它们却变成了一个连一个的天赐良机——对于富贵人家（如张镃等人）来说，一年十二月中，几乎月月都有节过；而对一般市民来讲，过节也成了他们生活的调味品和润滑剂，从而使其享乐的生涯过得更加有滋有味。……因而，四时游赏和频繁过节也就成为宋人享乐生活中的一道'靓丽风景'。"[1] 以上，我们通过对元宵词、清明词部分词篇的介绍和分析，可透视到宋人、追求身心自由愉悦的休闲心境以及他们在节假日中的休闲情态。

## 第二节　酒色相伴的宴饮词

宴饮即宴会饮乐。宋代繁多的岁时节日里士大夫都有奢华的宴饮相伴

---

[1] 杨海明：《唐宋词与人生》，河北人民出版社 2002 年版，第 214 页。

随，即便平日也是日日小宴，大宴不断。这里且举数例：

> 晏元献虽早富贵，而奉养极约。惟喜宾客，未尝一日不燕饮，盘馔皆不预办，客至旋营之。苏丞相颂曾在公幕，见每有佳客必留，但人设一空案一杯。既命酒，果实蔬茹渐至，亦必以歌乐相佐，谈笑杂至。数行之后，案上已粲然矣。稍阑即罢，遣声伎曰："汝曹呈艺已毕，吾亦欲呈艺。"乃具笔札，相与赋诗，率以为常。①

> 吕文穆微时极贫，比贵盛，喜食鸡舌汤，每朝必用。一夕游花园，遥见墙角一高阜，以为山也，问左右曰："谁为之？"对曰："此相公所杀鸡毛耳。"吕讶曰："吾食鸡几何？乃有此。"对曰："鸡一舌耳，相公一汤用几许舌？食汤凡几时？"吕默然省悔，遂不复用。②

> 宋庠在政府，上元夜，在书院读《周易》。闻小宋点华灯拥歌妓醉饮。翌日，谕令所亲诮让云："相公寄语学士，闻昨夜烧灯夜宴，穷极奢侈，不知记得某年上元同在某州州学内吃斋饭时否？"学士笑曰："却须寄语相公，不知某年吃斋饭，是为甚底？"③

> 有士大夫于京师买一妾，自言是蔡太师府包子厨中人。一日，令其作包子，辞以不能。诘之曰："既是包子厨中人，何为不能作包子？"对曰："妾乃包子厨中缕葱丝者也。"④

> 蔡元长为相日，置讲议司官吏数百人，俸给优异，费用不赀。一日，集僚属会议，因留饮，命作蟹黄馒头。饮罢，吏略计其费，馒头一味为钱一千三百余缗。又尝有客集其家，酒酣，京顾谓库吏曰："取江西官员所送咸豉来。"吏以十瓶进。客分食之，乃黄雀肶也。元长问："尚有几何？"吏对以："犹有八十有奇。"⑤

261

---

① （宋）叶梦得：《避暑录话》卷上，《丛刊集成》初编本。
② 丁传靖辑：《宋人轶事汇编》卷四，中华书局1981年版，第150—151页。
③ （宋）钱世昭：《钱氏私志》，中华书局1981年版，第308页。
④ （宋）罗大经著，王端来点校：《鹤林玉露》丙编卷之六，中华书局1983年版，第337—338页。
⑤ 丁传靖辑：《宋人轶事汇编》卷十三，中华书局1981年版，第720页。

晏殊"奉养极约",但他招待宾客却毫不吝啬,无"一日不燕饮",宴会中除了"歌乐相佐,谈笑杂至"外,他每次都要亲自赋诗填词。宋祁少时才气便很大,晏殊甚爱之,屡请祁赴宴,常常欢饮达旦,后宋祁宴饮为乐之好受晏殊影响甚深。据朱弁《曲洧旧闻》载:"宋子京修《唐书》,尝一日逢大雪,添帟幕,燃椽烛一,秉烛二,左右炽炭两巨炉,诸姬环侍,方磨墨濡毫、以澄心堂纸草某人传,未成,顾诸姬曰:'汝辈俱曾在人家,曾见主人如此否,可谓清矣。'皆曰:'实无有也。'其间一人来自宗子家,子京曰:'汝太尉遇此天气,亦复何如?'对曰:'只是拥炉,命歌舞,间以杂剧,引满大醉而已,如何比得内翰?'子京点头曰:'也自不恶。'乃搁笔掩卷,起索酒饮之。几达晨,明日对宾客自言其事。后每燕集,屡举以为笑。"① 宋祁昼夜狂欢宴饮、浪荡放逸的生活,就是今人见了也不免为叹。另如蔡京,如果他厨娘所言为实,连料理佐料这般粗活都如此专业化分工,那么太师府的厨房里红案白案、酒水小吃、锅碗瓢勺、油盐酱醋等,更不知该有多少厨师、帮手、采买、杂工。他会议时"留饮",仅蟹黄馒头一项便耗资一千三百余缗。由此可见这位中国历史上数得着的权奸对饮食的考究程度,以及其生活淫奢糜烂的程度。由以上故事我们可以领略到豪奢的宴饮在宋代士大夫们的生活中乃是司空见惯的事。

词人们亦将繁多的宴饮生活反映到宋词中:

乐秋天,晚荷花缀露珠圆。风日好,数行新雁贴寒烟。银簧调脆管,琼柱拨清弦。捧觥船。一声声、齐唱太平年。人生百岁,离别易,会逢难。无事日,剩呼宾友启芳筵。星霜催绿鬓,风露损朱颜。惜清欢。又何妨、沉醉玉尊前。(晏殊《拂霓裳》)

绮席才终。欢意犹浓。酒阑时、高兴无穷。共夸君赐,初拆臣封。看分香饼,黄金缕,密云龙。　　斗赢一水,功敌千钟。觉凉生、两腋清风。暂留红袖,少却纱笼。放笙歌散,庭馆静,略从容。(苏轼《行香子·茶词》)

---

① 丁传靖辑:《宋人轶事汇编》卷四,中华书局 1981 年版,第 312 页。

　　樱桃谢了梨花发，红白相催。燕子归来。几处风帘绣户开。

人生乐事知多少，且酌金杯。管咽声哀。慢引萧娘舞一回。（杜安世

《采桑子》）

　　翠旗迎凤辇。正金母、西游瑶台宝殿。蓬莱都历遍。□飘然来

到，笙歌庭院。朱颜绿鬓。须尽道、人间罕见。更恰恰占得，美景良

辰，小春天暖。　　开宴。画堂深处，银烛高烧，珠帘任卷。香浮宝

篆。翻舞袖，掩歌扇。看兰孙桂子，成团成簇，共捧金荷齐劝。□从

今、鹤算龟龄，天长地远。（熊禾《瑞鹤仙》）

　　苍壁新敲小凤团。赤泥开印煮清泉。醉捧纤纤双玉笋，鹧鸪斑。

雪浪溅翻金缕袖，松风吹醒玉酡颜。更待微甘回齿颊，且留连。

（周紫芝《摊破浣溪沙·茶词》）

　　门外青骢月下嘶。映阶笼烛画帘垂。一曲阳关声欲尽，不多时。

凤饼未残云脚乳，水沉催注玉花瓷。忍看捧瓯春笋露，翠鬟低。

（周紫芝《减字木兰花·汤词》）


　　从以上这些宴饮词中我们看出宴会中必然涉及歌妓、酒、茶、汤等，

从这些词中我们可以构想出宋代的宴会程序：开宴，歌妓歌舞劝酒助兴，

士大夫们题词听歌，"青春才子有新词，红粉佳人重劝酒"，宾主尽欢；

酒阑高兴无穷时，歌妓歌词劝茶醒酒，时伴有斗茶、分茶的游艺活动，

使宴会处于轻松愉悦的状态；宴终，歌妓歌词劝汤送客，汤多为甘香药

材做成，既显主人情谊又可补益身体，使宴会真正成为有益身心的休闲

活动。

　　这里我们且对与歌妓、酒有关的词作一些探微，便足可见证宴饮及宴

饮词给予宋人的休闲。


## 一　听歌赏舞、娱宾遣兴的歌妓词

欧阳炯《花间集序》云：

　　镂玉雕琼，拟化工而迥巧；裁花剪叶，夺春艳以争鲜。是以唱云

263

谣则金母词清，挹霞醴则穆王心醉。名高白雪，声声而自合鸾歌；响遏行云，字字而偏谐凤律。杨柳、大堤之句，乐府相传；芙蓉、曲渚之篇，豪家自制。莫不争高门下，三千珧瑙之簪；竞富尊前，数十珊瑚之树。则有绮筵公子、绣幌佳人，递叶叶之花笺，文抽丽锦；举纤纤之玉指，拍按香檀。不无清绝之词，用助妖娆之态。

陈世修《阳春集序》云：

> 公（冯延巳）以金陵盛时，内外无事，朋僚亲旧，或当燕集，多运藻思，为乐府新词，俾歌者倚丝竹而歌之，所以娱宾而遣兴者也。①

由此可知，早在五代词人们所作乐府新词便是为了"俾歌者倚丝竹而歌之"，让歌女在燕集时歌舞佐欢，娱宾遣兴。到了宋代，由于最高统治者提倡"歌儿舞女以终天年"②的生活，使歌妓的活动范围更为广泛（歌妓分官妓、家妓、市井妓），士大夫们每个娱乐活动的场合几乎都有歌妓参与，官妓参与官场应酬成为习惯，如苏轼《菩萨蛮·杭妓往苏迓新守》词曰：

> 玉童西迓浮丘伯。洞天冷落秋萧瑟。不用许飞琼。瑶台空月明。
> 清香凝夜宴。借与韦郎看。莫便向姑苏。扁舟下五湖。

264

此词便是苏轼通判杭州时曾经派官妓迎接新任太守。家妓蓄养成为士大夫休闲生活的重要组成部分，如欧阳修家有妙龄歌妓"八九姝"③，韩琦"家有女乐二十余辈"④，苏轼"有歌妓数人"（《古今图书集成·艺术典》卷八二四"娼妓部"之六三），即便潦倒得需寄食于人的姜夔亦曾受领了

---

① （宋）曾昭岷：《温韦冯词新校》，上海古籍出版社1988年版，第401页。
② （元）脱脱：《宋史》卷二五〇，中华书局1977年版，第8810页。
③ （宋）葛立方：《韵语阳秋》卷一五，中华书局1981年版，第606页。
④ （宋）江少虞：《宋朝事实类苑》卷八"韩魏公条"，中华书局1981年版，第79页。

范石湖赠以歌妓的美意，潇洒从容地吟唱道："自作新词语最娇，小红低唱我吹箫。"周密《齐东野语》记载张镃在家中开"牡丹会"，以上百名家妓待客的一则佳话。其言曰：

> 张镃功甫，号约斋，循忠烈王诸孙，能诗，一时名士大夫，莫不交游，其园池声妓服玩之丽甲天下。尝于南湖园作驾霄亭于四古松间，以巨铁纮悬之空半而羁之松身。当风月清夜，与客梯登之，飘摇云表，真有挟飞仙、溯紫清之意。王简卿侍郎尝赴其牡丹会云："众宾既集，坐一虚堂，寂无所有。俄问左右云：'香已发未？'答云：'已发。'命卷帘，则异香自内出，郁然满坐。群妓以酒肴丝竹，次第而至。别有名姬十辈皆衣白，凡首饰衣领皆牡丹，首带照殿红一枝，执板奏歌侑觞，歌罢乐作乃退。复垂帘谈论自如，良久，香起，卷帘如前。别十姬，易服与花而出。大抵簪白花则衣紫，紫花则衣鹅黄，黄花则衣红，如是十杯，衣与花凡十易。所讴者皆前辈牡丹名词。酒竟，歌者、乐者，无虑数百十人，列行送客。烛光香雾，歌吹杂作，客皆恍然如仙游也。"[1]

开一次赏牡丹的宴会竟然十易歌妓且花与服装皆相异，宴会毕，此数百美女于"烛光香雾"中列队歌唱送客，"客皆恍然如仙游"，如果没有此数百能歌善舞的歌妓，主客此次休闲活动也许不会如此壮观和动人。私妓更是遍布重要商业都市的歌楼、瓦市、酒馆、茶肆等场所，如《梦粱录》"酒肆"条云："向晚灯烛荧煌，上下相照，浓妆妓女数十……以待酒客呼唤，望之宛若神仙。"[2]"妓乐"条云："遇大朝会、圣节、御前排当及驾前导引奏乐，并拨临安府衙前乐人，属修内司教乐所集定姓名，以奉御前供应。……元宵放灯……更有小唱、唱叫、执板、慢曲、曲破、大率轻起重杀，正谓之'浅斟低唱'。若舞四十六大曲，皆为一体，但唱令曲

265

---

① （宋）周密：《齐东野语》卷二十"张功甫豪奢"条，中华书局1983年版，第374页。
② （宋）孟元老等：《东京梦华录  都城纪胜  西湖老人繁胜录  梦粱录  武林旧事》，吴自牧：《梦粱录》，中国商业出版社1982年版，第131页。

小词，须是声音软美，与叫果子、唱耍令不犯腔一同也。朝廷御宴，是歌板色承应。如府第富户，多于邪街等处，择其能讴妓女，顾倩祗应。或官府公筵及三学斋会、缙绅同年会、乡会，皆官差诸库角妓祗直。"①《东京梦华录》《都城纪胜》《武林旧事》等宋人笔记亦皆有关于歌妓助欢的生动记载。

宋词亦需依赖"绣幌佳人""举纤纤之玉指，拍按香檀"去歌唱而娱宾遣兴，这可从如下记载可见一斑：

> 李汉老邴，少年日作《汉宫春》词，脍炙人口，所谓"问玉堂何似，茅舍疏篱"者是也。政和间，自书省丁忧归山东，服终造朝，举国无与立谈者。方怅怅无计，时王黼为首相，忽遣人招至东阁，开宴延之上坐，出其家姬数十人，皆绝色也。汉老惘然莫晓。酒半，群唱是词以侑觞，汉老私窃自欣，大醉而归。又数日，有馆阁之命。不数年，遂入翰林。②

李邴赴王黼为他所设之宴，宴席上歌妓为之唱词佐酒，所唱之词即是其"少年日作"的《汉宫春》词。而宋词中特别是宴饮词中亦有大量歌咏歌妓以及叙述与歌妓往来的词。如柳永的《玉蝴蝶》：

> 误入平康小巷，画檐深处，珠箔微褰。罗绮丛中，偶认旧识婵娟。翠眉开、娇横远岫，绿鬓斜、浓染春烟。忆情牵。粉墙曾恁，窥宋三年。　　迁延。珊瑚筵上，亲持犀管，旋叠香笺。要索新词，殢人含笑立尊前。按新声、珠喉渐稳，想旧意、波脸增妍。苦留连。凤衾鸳枕，忍负良天。

他就曾为"殢人含笑立尊前""索新词"的歌妓填词。张先的《更漏子》：

---

① （宋）孟元老等：《东京梦华录　都城纪胜　西湖老人繁胜录　梦粱录　武林旧事》，吴自牧：《梦粱录》，中国商业出版社1982年版，第176—178页。
② （宋）王明清：《玉照新志》卷三，丛书集成初编本。

锦筵红，罗幕翠。侍宴美人姝丽。十五六，解怜才。劝人深酒杯。黛眉长，檀口小。耳畔向人轻道。柳阴曲，是儿家。门前红杏花。

晏几道《鹧鸪天》曰：

小令尊前见玉箫。银灯一曲太妖娆。歌中醉倒谁能恨，唱罢归来酒未消。　春悄悄，夜迢迢。碧云天共楚宫遥。梦魂惯得无拘检，又踏杨花过谢桥。

晏几道在《小山词自序》中言：

始时，沈十二廉叔、陈十君宠家，有莲、鸿、苹、云，品清讴娱客。每得一解，即以草授诸儿。吾三人持酒听之，为一笑乐而已。

可见，晏几道作词是与歌妓们一起自娱和悦人。又如前已引苏轼《鹧鸪天》：

笑拈红梅簪翠翘。扬州十里最妖娆。夜来绮席亲曾见，撮得精神滴滴娇。　娇后眼，舞时腰。刘郎几度欲魂消。明朝酒醒知何处，肠断云间紫玉箫。

词前序曰："公自序云：'陈公密出侍儿素娘，歌紫玉箫曲，劝老人酒。老人饮尽，因为赋此词。'"据统计，"在大约三百多篇《东坡乐府》中，直接题咏和间接涉及歌妓的词，多达一百八十首以上，占东坡乐府的二分之一还强。"[1]

纵观以上诸词，本文便将描绘歌妓歌舞、歌咏歌妓以及叙述与歌妓往来的词统称为歌妓词。而歌妓们往往是"娉婷秀眉，桃脸樱唇，玉指

267

---

[1]　程善楷：《东坡乐府中歌妓词的美学意义》，苏轼研究会编《东坡词论丛》，四川人民出版社1982年版，第90页。

纤纤，秋波滴溜，歌喉婉转"[1]，加之舞姿妖娆、皓齿传清歌，且所唱"令曲小词"又是"字正韵正，令人侧耳听之不厌"[2]，所以富有艺术韵味的歌妓确实带给人们一定的艺术享受，亦使士大夫们获得精神自由愉悦的休闲时光。

## 二  诗酒流连、自我陶醉的饮酒词

古代诗词中关于酒的作品数不胜数。士大夫文人们为什么无不一致地崇尚"诗酒风流"的生活？《世说新语·任诞篇》载："王佛大（忱）叹言：'三日不饮酒，觉形神不复相亲。'"又载："王卫军（荟）云：'酒正自引人著胜地。'"文人们试图通过饮酒达到一种形神相亲、物我两冥的休闲境界，这样的境界在《庄子·达生》表述得更为形象深刻："夫醉者之坠车，虽疾不死。骨节与人同，而犯害与人异，其神全也。乘亦不知也，坠亦不知也。死生惊惧不入乎胸中，是故遻物而不慴，彼得全于酒，而犹若是，而况得全于天乎！"[3] 庄子认为醉者神全，饮酒乃是获得形神相亲、物我两冥精神境界的重要手段，其主要原因是没有了主观的惊惧、抵抗，更少了一份相互抗击中所产生的致命的伤害。这便揭示了酒的积极意义：其一，它能舒展人的心胸，使饮酒者挣脱一切外界的束缚，以至于"死生惊惧不入乎其胸中"，获得身心的完全自由愉悦；其二，在此状态下，文人们的情绪思维进入高度活跃自由的状态，他们可以调动起经验的记忆和平时沉积在头脑潜意识中的大量信息，往往会突发灵感而创作出超乎寻常的优秀作品。正如宗白华先生所言：

空明的觉心，容纳着万境，万境浸入人的生命，染上了人的性灵。所以周济说："初学词求空，空则灵气往来。"灵气往来是物象呈现着灵魂生命的时候，是美感诞生的时候。[4]

---

① （宋）孟元老等：《东京梦华录  都城纪胜  西湖老人繁胜录  梦粱录  武林旧事》，中国商业出版社 1982 年版，第 178 页。
② 同上。
③ （清）王先谦集解，方勇校点：《庄子》，上海古籍出版社 2013 年版，第 210 页。
④ 宗白华：《艺境》，北京大学出版社 1987 年版，第 177 页。

　　酒亦是宋词所表现的重要题材之一。一方面，宋代是封建礼教森严的社会，士大夫们需要借酒来摆脱诸多的束缚、压抑，从而享受生命本真的自由，而且朝廷优待文臣的政策也助长了他们流连词酒、把酒言欢的风气。另一方面，宋统治者对酒采取暗中鼓励的政策，借以多征收酒税以充实国库，各种酒肆在全国城乡都有设立，据马端临《文献通考》记载，神宗熙宁十年（1077）以前，宋政府在全国二百六十多个城市（包括府、州、军、监）辖区中，设有榷酒务一千八百多个。①《东京梦华录》《武林旧事》等都有关于"酒楼""酒肆"的具体状况、内容的记载，亦有很多关于节日饮酒庆贺的记载。"在不同内涵类别的风俗词中，酒词所占比例最大，据初步统计，达四千八百余首"②，其中的数目虽然指的是唐宋词中的酒词数目，亦代表了宋代酒词的概貌。我们前文已涉及苏轼、李清照、辛弃疾等词人很多的饮酒词篇，而即使是为数众多的一般词作家，在他们的词作中都要写到酒，借酒去展开其内容，丰富词作的意境。宋代酒词内容丰富，包括咏酒之本身和在宴饮中进酒劝酒时的说唱之曲。我们这里且探析后者，即宴饮词中的酒词。

　　首先来看继承了唐时行酒令传统的欧阳修《定风波》四首：

　　　　把酒花前欲问他。对花何吝醉颜酡。春到几人能烂赏。何况。无情风雨等闲多。　　艳树香丛都几许。朝暮。惜红愁粉奈情何。好是金船浮玉浪。相问。十分深送一声歌。

　　　　把酒花前欲问伊。忍嫌金盏负春时。红艳不能旬日看。宜算。须知开谢只相随。　　蝶去蝶来犹解恋。难见。回头还是度年期。莫候饮阑花已尽。方信。无人堪与补残枝。

　　　　把酒花前欲问公。对花何事诉金钟。为问去年春甚处。虚度。莺声撩乱一场空。　　今岁来春须爱惜。难得。须知花面不长红。待得酒醒君不见。千片。不随流水即随风。

　　　　把酒花前欲问君。世间何计可留春。纵使青春留得住。虚语。无

269

①　周宝珠、陈振亚主编：《简明宋史》，人民出版社 1985 年版，第 113 页。
②　沈松勤：《唐宋词社会文化学研究》，浙江大学出版社 2000 年版，第 248 页。

情花对有情人。　　任是好花须落去。自古。红颜能得几时新。暗想浮生何时好。唯有。清歌一曲倒金尊。

这四首酒词在歌以劝酒时，还明显保留了唐五代酒令艺术中"灼灼传花枝，纷纷度花旗"的组织形式。词人在歌舞传花、送酒劝酒中，唱出了"无情风雨""何计留春"这般人生苦短的感触，他意识到人无法挽留时间、挽留青春，不如"清歌一曲倒金尊"，对酒当歌，珍惜眼前美好的生活，于是他又奉劝世人"劝君满满酌金瓯，纵使花时常病酒，也是风流"（欧阳修《浪淘沙》）。其《朝中措·送刘仲原甫出守维扬》又曰：

平山阑槛倚晴空。山色有无中。手种堂前垂柳，别来几度春风。　　文章太守，挥毫万字，一饮千钟。行乐直须年少，尊前看取衰翁。

叶梦得《避暑录话》卷一载："欧阳文忠公在扬州作平山堂，壮丽为淮南第一，堂据蜀冈，下临江南，数百里，真、润、金陵三州，隐隐若可见。公每暑时辄凌晨携客往游，遣人走邵伯取荷花千余朵，以画盆分插百许盆，与客相间，遇酒行，即遣妓取一花传客，以次摘其叶，尽处以饮酒，往往侵夜载月而归。"[①] 词人于明镜高堂的宴会或是自然山林间的宴饮皆喜畅饮，此种休闲别有一番情趣。其他词人的酒词亦体现了他们诗酒流连的雅致的休闲情致，如：

玉城金阶舞舜干。朝野多欢。九衢三市风光丽，正万家、急管繁弦。凤楼临绮陌，嘉气非烟。　　雅俗熙熙物态妍。忍负芳年。笑筵歌席连昏昼，任旗亭、斗酒十千。赏心何处好，惟有尊前。（柳永《看花回》）

紫薇枝上露华浓。起秋风。管弦声细出帘栊。象筵中。　　仙酒

---

① 上海古籍出版社本社编：《宋元笔记小说大观》，上海古籍出版社 2001 年版，第 2582 页。

斟云液，仙歌转绕梁虹。此时佳会庆相逢。庆相逢。欢醉且从容。（晏殊《望仙门》）

遇酒当歌酒满斟。一觞一咏乐天真。三杯五盏陶情性，对月临风自赏心。　　环列处，总佳宾。歌声缭亮遏行云。春风满座知音者，一曲教君侧耳听。（无名氏《鹧鸪天》）

楼上风生白羽，尊前笑出青春。破红展翠恰如今。把酒如何不饮。绣幕灯深绿暗，画帘人语黄昏。晚云将雨不成阴。竹月风窗弄影。（陈师道《西江月·席上劝彭舍人饮》）

东城渐觉风光好，縠皱波纹迎客棹。绿杨烟外晓寒轻，红杏枝头春意闹。　　浮生长恨欢娱少，肯爱千金轻一笑。为君持酒劝斜阳，且向花间留晚照。（宋祁《玉楼春》）

"浮生长恨欢娱少"，欢娱享乐是终宋一代士大夫们的不懈追求，"赏心何处好，惟有尊前""欢醉且从容""三杯五盏陶情性，对月临风自赏心""尊前笑出青春"，酒是词人们生活中必不可少的消遣之物，是他们花间尊前聊佐清欢、娱宾遣兴的尤物之一。

宴饮词中，无论是开怀畅饮还是月下小酌，醇酒、美人都如影随形。醇酒、美人相伴的宴饮词亦有自己的艺术特色，这里且谈它的丰富、细腻、充满想象力的环境描写和精细的人物内心世界刻画。

1. 丰富、细腻、充满想象力的环境描写

例如前已引用的聂冠卿的《多丽》便是描写北宋初期京都士大夫文人的宴乐盛况的词。其中美丽的自然环境描写："东城、凤台沙苑，泛晴波、浅照金碧。露洗华桐，烟霏丝柳，绿阴摇曳，荡春一色。"士大夫们便生活在如此景色之中，而他们宴会的具体环境："画堂迥""清欢久、重燃绛蜡，别就瑶席"，装饰华丽的厅堂高迥，宴饮时间很长又重燃起红烛，"翩若轻鸿体态"的歌妓便"慢舞萦回"于此，"逞朱唇、缓歌"令曲小词更使人"似听流莺乱花隔"。如此美景良辰又有声色歌舞之赏心乐事，"明月好花，莫谩轻掷"，充满享乐氛围似瑶台的宴席便在丰富、细腻的环境描写中烘托而出。又如张先《行香子》：

271

舞雪歌云，闲淡妆匀。蓝溪水、深染轻裙。酒香醺脸，粉色生春。更巧谈话，美情性，好精神。　江空无畔，凌波何处，月桥边、青柳朱门。断钟残角，又送黄昏。奈心中事，眼中泪，意中人。

上阕"蓝溪水"只三字便引起人们幻想那在水一方能歌善舞的妙龄歌妓，下阕"江空无畔，凌波何处，月桥边、青柳朱门"，词人于月桥边、青柳朱门（皆是富于想象力的环境）等处寻觅曾在宴会中见到与之畅谈的能歌能舞且富有善谈智慧的温柔歌妓，可"江空无畔"，到哪里去寻找"酒香醺脸，粉色生春"的美丽歌妓呢？"断钟残角，又送黄昏"，黄昏中不绝于耳的断续的钟声和凄切的画角声的丰富、细腻的情境描绘则更加形象地衬托出歌妓的无穷魅力和昔日欢乐给予词人的印象之深。其他如柳永的《玉蝴蝶》"画檐深处，珠箔微寒"，晏殊《浣溪沙》"满目山河空念远，落花风雨更伤春"，晏几道的《鹧鸪天》"春悄悄，夜迢迢。碧云天共楚宫遥。梦魂惯得无拘检，又踏杨花过谢桥"等。不再详细列举，总之关于歌妓、酒的词特别是比较文雅的宴饮词多数有着丰富、细腻、充满想象力的环境描写，因为词人们也许认为只有美丽且虚幻飘忽、充满想象的环境才配得上"巫山神女"般的歌妓出现在其中，而本就充满生机的自然环境在饮了酒的词人眼里就更容易幻化出灵性的光环。其实，这不仅是描写富有灵性的歌妓和能给人灵性的酒的特殊要求，亦是作为艺术的"要眇宜修"的休闲词本身的要求之一。

2. 人物内心世界的精细刻画

丰厚的俸禄为宋代士大夫们日日宴饮、夜夜欢歌提供了物质保障，但词人们并不单纯沉浸在物欲的享受中，而是努力寻求诗意的、高品位的享受。他们富贵闲暇时欢歌饮酒，把自己的人生感悟融入宴饮词中；他们穷困飘零时亦想欢歌饮酒，则将苦闷悲伤发泄于宴饮词中。于此，词人们皆得酒中之趣，在精神领域皆获得自由愉悦的休闲境界。宴饮词通过精细的人物内心世界刻画来体现这种休闲境界的获得。

如晏殊的《浣溪沙》：

一曲新词酒一杯。去年天气旧亭台。夕阳西下几时回。　　无可奈何花落去，似曾相识燕归来。小园香径独徘徊。

唐圭璋先生《唐宋词简释》评此曰："此首谐不邻俗，婉不嫌弱。明为怀人，而通体不着一怀人之语，但以景衬情。上片三句，因今思昔。现时景象，记得与昔时无殊。天气也，亭台也，夕阳也，皆依稀去年光景。但去年人在，今年人杳，故骤触此景，即引起离索之感。'无可'两句，虚对工整，最为昔人所称。盖既伤花落，又喜燕归，燕归而人不归。终令人抑郁不欢。小园香径，唯有独自徘徊而已。余味殊隽永。"唐圭璋先生详细地分析了词人的心理活动，"余味殊隽永"便指内心世界的刻画精微、细腻。对此，杨海明先生亦有更形象、独到的见解："'一曲新词酒一杯'，词人从那玉堂华宴上退席而至后院花园，其心情是何等悠闲自得！一面擎着酒杯，一面哼着小曲，真是十足的踌躇满志。但是，蓦然之间，他的心忽然被触动了：'去年天气旧亭台'，一样的天气，一样的亭台，甚至是一样的对酒唱曲，以往不也有过与此几乎相同的情景？但静心一想，那却已是'去年今日'的旧事了。而恍然之间，岁月却已流逝过一年，生命也已悄悄溜走了一截！念此，一种莫名的忧伤便油然袭上心头。举目漫望，眼前又将红日西下，但太阳今夕西沉，明晨又能东升，而那逝去的光阴呢，则何时才能重返？于是，潜意识中那种忧生的情绪很快抬起头来，顿时就取代了原先的满足感和得意感，且使词境蒙上了沉思和追问的哲理色彩。……结尾一句'小园香径独徘徊'就以词人独步香径的行动和形象，含蓄地暗示着他正在对生命和人生进行着更深更细的思索……"① 词人丰富、细腻的思绪便通过精细的内心世界刻画而含蓄地表露于他的宴饮词中。又如前文提到的雪夜修唐书与晏殊同时而齐名的宋祁，其《浪淘沙近》曰：

少年不管。流光如箭。因循不觉韶光换。至如今，始惜月满、花满、酒满。　　扁舟欲解垂杨岸。尚同欢宴。日斜歌阕将分散。倚兰

① 杨海明：《唐宋词与人生》，河北人民出版社 2002 年版，第 62 页。

273

桡，望水远、天远、人远。

吴曾《能改斋词话》卷二曰："侍读刘原父守维扬，宋景文赴寿春，道出治下，原父为具以待宋，又为《踏莎行》词以侑欢云：'蜡炬高高，龙烟细细。玉楼十二门初闭。疏帘不卷水晶寒，小屏半掩琉璃翠。桃叶新声，榴花美味。南山宾客东山妓。利名不肯放人闲，忙中偷取工夫醉。'宋即席为《浪淘沙近》，以别原父云（略）。"① 刘尊明先生曰："大概是刘敞词的末尾二句最让他心动，所以宋祁在和词一开头就感慨，自己从少年时代开始为功名仕途而奔波，以致如剑的光阴白白流逝而全然没有察觉；等到现在取得了功名，才觉得像今晚的花好月圆、美酒友情是多么值得留恋。然而人生没有不散的欢宴，词人为功名所缚，不得不继续奔波启程。"② 此段语言对词中的心理分析亦较透彻。词人"惜月满、花满、酒满"，然而正当宴饮兴致正浓时，扁舟催发，分别在即，所有的惆怅之情，都于一"倚"一"望"中透露，"水远、天远、人远"折射出词人深邃、精细的内心世界，亦体现词人悠远雅致的休闲情趣。

朱敦儒生活于由治而乱的时代，其《鹧鸪天·西都作》曰：

我是清都山水郎。天教分付与疏狂。曾批给雨支风券，累上流云借月章。　诗万首，酒千觞。几曾着眼看侯王。玉楼金阙慵归去，且插梅花醉洛阳。

274

周必大《二老堂诗话》记载："绍兴二年（1132），诏广西宣谕明橐访求山林不仕贤者，橐荐希真'深达治体，有经世之才，静退无竞，安于贱贫'。尝三召不起，特补迪功郎，后赐出身，历官职郎官。出为浙东提刑，致仕居嘉禾。"《宋史·文苑传》曰："敦儒志行高洁，虽为布衣而有朝野之望。靖康中，召至京师，将处以学官，敦儒辞曰：'麋鹿之性，自乐闲

① （宋）吴曾：《能改斋二卷》，唐圭璋编《词话丛编》，中华书局 1986 年版，第 149 页。
② 刘尊明：《唐宋词中的闲情》，《文学评论》2007 年第 4 期。

旷，爵禄非所愿也。'固辞还山。"① 此词便体现了朱敦儒不愿意轻易出仕、追求自由的性格。上阕写作者在洛阳时，"行歌不记流年，花间相过酒家眠"（《临江仙》），过着流连宴饮风月的疏狂生活。《列子·周穆王》："王实明为清都紫微，钧天广乐，帝之所居。"山水郎，为天帝管理山水的侍从，"我是清都山水郎"，直率地说出自己不乐世尘，而留恋于山水自然的生活，心怀坦荡。"曾批给雨支风券，累上留云借月章"，他亦做了山水的主人。下阕，写词人傲视权贵，"几曾着眼看侯王"，不愿在朝为官，过着诗酒流连的生活。词人欲追求疏放、自由生活的内心世界便通过这首豪情四溢的小词，得到了淋漓尽致的表现。

　　宴饮词可谓详尽地记述、描绘了宋人休闲于酒色歌舞中的情态、心态。对此，杨海明先生评曰："首先应对宋代士人贪图享受和追求享乐的人生观，持有批评的态度；而在此同时，却也应该看到其中所包容的某些新的思想信息，此即：由于社会的进步和人性的觉醒，时至宋代，人们已越发看重自己的生命与自我价值。因此甚至可以这样认为：上述种种追求享乐的行为。从一定意义上讲，就是他们私生活领域里企图实现其自我价值的一种努力，虽然这种努力常表现为不太健康和相当淫靡的生活方式。但不管这样，宋代士大夫文人勉力要在有限的'劳生'中（特别是在暂时退离政治生活的私生活领域里）寻求和酿造尽可能多的人生快乐之用心，却又是一目了然的。"② 其中对宋人享乐的分析是极其辩证的，而且指出宋人休闲的本质亦是今人休闲的本质：看重自己的生命和自我价值，努力让自己时刻快乐地生活着。

275

# 第三节　四时游赏的游乐词

　　由节序词可知，两宋士大夫文人每逢节庆与庆典，游乐活动兴盛频繁，他们或到郊外游赏休闲，或者宴饮休闲，所谓"登临行乐慰闲情"（康与之《江城子》）、"趁金明、春光尚好，春酒赏闲情"（无名氏《失调

---

① （元）脱脱：《宋史》卷四百四十五，中华书局 1977 年版，第 13141 页。
② 杨海明：《唐宋词与人生》，河北人民出版社 2002 年版，第 221 页。

名》）。而除此之外，两宋时士大夫文人亦是游乐不断。首先，宋代是历朝中休沐节假最多的。据前文所引《文昌杂录》可知宋代有元旦、寒食、冬至、上元、夏至、中元、腊各、立春、清明节等，一年共 76 天假日。此外，他们还另有假日。据唐代文献记载："休假亦曰休沐。汉律：吏五日得一休沐，言休息以洗沐也。"① 由此可知汉代官吏每办公五天可以休假一天，洗澡休憩，故称"休沐"。到了唐代，改为十日一休沐，故称"旬休"②。至宋代，"旬休"制也基本沿袭不改。所以总起来说，宋代士大夫们"全年有 124 天节假"③。其次，宋代统治者采取佑文国策，优遇文人士大夫，使他们政治地位空前提高、物质生活极度优裕。这两方面的原因使得宋代士大夫文人能够在官事之余、休假之时，即便是退隐之后亦有条件进行各种游乐活动。前文的节序词、宴饮词中亦有相当一部分属于游乐词，它们体现的是传统节俗以及日常生活的欢乐与热闹，偏重物质层次的声色歌舞之感官享受，这里述及的游乐词则主要偏重于精神层次的情感领域之心灵慰藉。

宋人的游乐方式比较丰富，主要有郊游踏青、游山玩水、登临游览、泛舟垂钓等。下文且以山水词、垂钓词为例来探析游乐休闲词的内容及艺术特色。

## 一 回归自然、物我相亲的山水词

对自然山水的钟情与热爱，早在孔子的思想中便有表述。其《论语·先进篇》中有一段孔子与学生谈论理想的文字，当孔子问及曾皙的理想时，曾皙道："暮春者，春服既成，冠者五六人，童子六七人，沐乎沂，风乎舞雩，咏而归。"暮春三月，一行志趣相投的友朋来到郊外，沐浴于清澈的沂水边，然后在舞雩台上迎着春风歌咏春色，尽兴而归。孔子曰："吾与点也。"庄子于《知北游》曰："山林欤！皋壤欤！使我欣然而乐

276

① （唐）徐坚：《初学记》卷二十"政理部""假第六条"，文渊阁四库全书本。
② （宋）王溥：《唐会要》卷八十二"休假"（"永徽三年二月二十一日。上以天下无虞，百司务简，每至旬假许不视事，以与百僚休沐。"），中华书局 1990 年版，第 1518 页。
③ 沈松勤：《唐宋词社会文化学研究》，浙江大学出版社 2000 年版，第 178 页。

钬！"孔子、庄子都发自内心、出于真情地对自然山水给人性灵带来慰藉和欢娱，表示热爱和敬意。宋代文人与古人一样将人的生存建立在对自然世界的热爱、尊敬和皈依的情感基础之上，以期达到人与自己、人与他人、人与社会、人与自然的相安与和谐的休闲境界。

前文述及的词人们于园池词中所展现的便是微型的山水，士大夫们从中获得了无穷的山水之乐。宋词中另还存有大量以真山真水的广阔自然天地为描写对象而作的或赞赏山水或抒发休闲情趣的山水词。如张抡《踏莎行·山居十首》，且看其中几首：

朝锁烟霏，暮凝空翠。千峰迥立层霄外。阴晴变化百千般，丹青难写天然态。　　人住山中，年华频改。山花落尽山长在。浮生一梦几多时，有谁得似青山耐。

一片闲云，山头初起。飘然直上虚空里。残虹收雨耸奇峰，春晴鹤舞丹霄外。　　出岫无心，为霖何意。都缘行止难拘系。幽人心已与云闲，逍遥自在谁能累。

堪笑山中，春来风景。一声啼鸟烟林静。山泉风暖奏笙簧。山花雨过开云锦。　　短棹桃溪，瘦藤兰径。独来独往乘幽兴。韶光回首即成空，及时乐取逍遥性。

身世浮沤，利名缰锁。省来万事都齐可。寻花时傍碧溪行，看云独倚青松坐。　　云片飞飞，花枝朵朵。光阴且向闲中过。世间萧散更何人，除非明月清风我。

277

又如柳永的《望海潮》：

东南形胜，三吴都会，钱塘自古繁华。烟柳画桥，风帘翠幕，参差十万人家。云树绕堤沙。怒涛卷霜雪，天堑无涯。市列珠玑，户盈罗绮竞豪奢。　　重湖叠巘清嘉。有三秋桂子，十里荷花。羌管弄晴，菱歌泛夜，嬉嬉钓叟莲娃。千骑拥高牙。乘醉听箫鼓，吟赏烟霞。异日图将好景，归去凤池夸。

黄庭坚的《念奴娇》：

> 断虹霁雨，净秋空，山染修眉新绿。桂影扶疏，谁便道，今夕清辉不足。万里青天，姮娥何处，驾此一轮玉。寒光零乱，为谁偏照醽醁。年少从我追游，晚凉幽径，绕张园森木。共倒金荷家万里，难得尊前相属。老子平生，江南江北，最爱临风曲。孙郎微笑，坐来声喷霜竹。

朱敦儒的《念奴娇》：

> 放船纵棹，趁吴江风露，平分秋色。帆卷垂虹波面冷，初落萧萧枫叶。万顷琉璃，一轮金鉴，与我成三客。碧空寥廓，瑞星银汉争白。深夜悄悄鱼龙，灵旗收暮霭，天光相接。莹澈乾坤，全放出、叠玉层冰宫阙。洗尽凡心，相忘尘世，梦想都销歇。胸中云海，浩然犹浸明月。

辛弃疾《水龙吟·题雨岩》：

> 补陀大士虚空，翠岩谁记飞来处。蜂房万点，似穿如碍，玲珑窗户。石髓千年，已垂未落，嶙峋冰柱。有怒涛声远，落花香在，人疑是、桃源路。　　又说春雷鼻息，是卧龙、弯环如许。不然应是，洞庭张乐，湘灵来去。我意长松，倒生阴壑，细吟风雨。竟茫茫未晓。只应白发，是开山祖。

细致探析山水词，其思想意蕴主要有以下几点：

（一）热爱、追求山水之乐是宋人共同的审美精神，是他们一致向往、追寻的休闲境界

前章述及以词"聊佐清欢"的"闲人"欧阳修曲水临流，以《西湖念语》为序为颍州西湖所作十首《采桑子》，便是词人游乐于山水的山

水休闲词。山水能够给人以娱乐休闲的思想在其《醉翁亭记》中表述得比较明确：

> 环滁皆山也。其西南诸峰，林壑尤美。望之蔚然而深秀者，琅琊也。山行六七里，渐闻水声潺潺，而泻出于两峰之间者，酿泉也。峰回路转，有亭翼然临于泉上者，醉翁亭也。作亭者谁？山之僧智仙也。名之者谁？太守自谓也。太守与客来饮于此，饮少辄醉，而年又最高，故自号曰"醉翁"也。醉翁之意不在酒，在乎山水之间也。山水之乐，得之心而寓之酒也。
>
> 若夫日出而林霏开，云归而岩穴暝，晦明变化者，山间之朝暮也。野芳发而幽香，佳木秀而繁阴，风霜高洁，水落而石出者，山间之四时也。朝而往，暮而归，四时之景不同，而乐亦无穷也。
>
> 至于负者歌于途，行者休于树，前者呼，后者应，伛偻提携，往来而不绝者，滁人游也。临溪而渔，溪深而鱼肥；酿泉为酒，泉香而酒洌；山肴野蔌，杂然而前陈者，太守宴也。宴酣之乐，非丝非竹，射者中，弈者胜，觥筹交错，起坐而喧哗者，众宾欢也。苍颜白发，颓然乎其间者，太守醉也。
>
> 已而夕阳在山，人影散乱，太守归而宾客从也。树林阴翳，鸣声上下，游人去而禽鸟乐也。然而禽鸟知山林之乐，而不知人之乐；人知从太守游而乐，而不知太守之乐其乐也。醉能同其乐，醒能述其文者，太守也。太守谓谁？庐陵欧阳修也。

279

《醉翁亭记》是作者被贬到滁州任太守第二年时写的一篇山水游记。"醉翁之意不在酒，在乎山水之间也。"何为醉翁"得之心而寓之酒"的山水之乐？在滁州的西南面有一座琅琊山，树木繁茂，泉水清澈，野花怒放，禽鸟啁啾，风景秀丽。欧阳修在此修建了一座醉翁亭。经常邀宾朋往游，赏景赋诗，投壶对弈，饮酒行令，游乐、陶醉于山光水色之中，获得了身心自由愉悦的休闲，忘记了被贬的痛苦与羞辱。明乎此理，再让我们回到其《渔家傲》词：

一派潨溇流碧涨。新亭四面山相向。翠竹岭头明月上。迷俯仰。月轮正在泉中漾。　　更待高秋天气爽。菊花香里开新酿。酒美宾嘉真胜赏。红粉唱。山深分外歌声响。

词中的"新亭"即指醉翁亭和丰乐亭（欧阳修在滁州还建丰乐亭，有《丰乐亭记》）。词人徜徉于山水之间，即便是面对萧索的秋天亦丝毫没有悲凉之意，满眼看到的是青山之上的明月、秋高气爽中的菊花香等，享受宴饮歌舞之乐，且以文字佐欢，此乃得之于山水之乐。苏轼对欧阳修于山水前以文字戏乐别有会心，他亦以词娱宾遣兴，特作《醉翁操·一首并序》：

琅琊幽谷，山水奇丽，泉鸣空涧，若中音会。醉翁喜之，把酒临听，辄欣然忘归。既去十余年，而好奇之士沈遵闻之往游，以琴写其声，曰《醉翁操》，节奏疏宕，而音旨华畅，知琴者以为绝伦。然有其声而无其辞。翁虽为作歌，而与琴声不合。又依《楚词》作《醉翁引》，好事者亦倚其辞以制曲。虽粗合韵度，而琴声为词所绳约，非天成也。后三十余年，翁既捐馆舍，遵亦殁久矣。有庐山玉涧道人崔闲，特妙于琴。恨此曲之无词，乃谱其声，而请于东坡居士以补之云。
琅然。清圆。谁弹。响空山。无言。惟翁醉中知其天。月明风露娟娟。人未眠。荷蒉过山前。曰有心也哉此贤。醉翁啸咏，声和流泉。　　醉翁去后，空有朝吟夜怨。山有时而童巅。水有时而回川。思翁无岁年。翁今为飞仙。此意在人间。试听徽外三两弦。

序文详细地记述了沈遵依《醉翁亭记》的意旨创作出《醉翁操》的琴曲，欧阳修又依琴曲作歌为《醉翁引》，"好事者"又依"引"制曲，直至"三十年后"庐山崔闲另谱琴声而请东坡补词的经过。之所以要如此详细地交代，旨在说明"此意在人间"的醉翁之意，即《醉翁亭记》中所表述的啸咏山泉、宴酣山野的山水之乐实是宋人所普遍认同的休闲生活态度。

因此，知山水之乐者不只"惟翁醉中知其天"。宋代著名的山水画家和山水画美学理论家郭熙也曰：

> 君子之所以爱夫山水者，其旨安在？丘园，养素所常处也；泉石，啸傲所常乐也；渔樵，隐逸所常适也；猿、鹤，飞鸣所常亲也。尘嚣缰锁，此人情所常厌也。烟霞仙圣，此人情所常愿而不得见也。直以太平盛日，君亲之心两隆，苟洁一身，出处节义斯系，岂仁人高蹈远引，为离世绝俗之行，而必与箕、颍、埒素、黄绮同芳哉！白驹之诗，紫芝之咏，皆不得已而长往者也。然则林泉之志，烟霞之侣，梦寐在焉，耳目断绝，今得妙手郁然出之，不下堂筵，坐穷泉壑，猿声鸟啼依约在耳，山光水色，滉漾夺目，此岂不快人意，实获我心哉，此世之所以贵夫画山之本意也。不此之主而轻心临之，岂不芜杂神观，溷浊清风也哉！画山水有体，铺舒为宏图而无余，消缩为小景而不少。看山水亦有体，以林泉之心临之则价高，以骄侈之目临之则价低。①

"君子之所以爱夫山水者，其旨安在？"丘园、泉石、渔樵、猿鹤、烟霞仙圣，皆"人情所常愿""山光水色滉漾夺目，此岂不快人意"，因为人与山水自然和谐共处时，不但获得了无限的快乐，而且亦获得了无穷的启迪，所以画山水"以林泉之心临之则价高"。罗大经《鹤林玉露》丙编卷三《观山水》则曰：

> 赵季仁谓余曰："某平生有三愿：一愿识尽世间好人，二愿读尽世间好书，三愿看尽世间好山水。"余曰："尽则安能，但身到处莫放过耳。"季仁因言朱文公每经行处，闻有佳山水，虽迂途数十里，必往游焉。携樽酒，一古银杯，大几容半升，时引一杯。登览竟日，未尝厌倦。又尝欲以木作《华夷图》，刻山水凹凸之势，合木八片为之，以雌雄笋相入，可以折，度一人之力，足以负之，每出则以自随。后

---

① （宋）郭熙：《林泉高致·山水训》，文渊阁四库全书本。

竟未能成。余因言夫子亦嗜山水，如"知者乐水，仁者乐山"，固自可见。如"子在川上"，与夫"登东山而小鲁，登泰山而小天下"，尤可见。①

此段文字亦体现了宋人对山水之乐的体悟和对山水的热爱之情。赵季仁把好山水与好人、好书并列为平生三至爱，且要"看尽世间好山水"，他还提及了朱熹酷爱山水的程度：为了饱览山水胜境，朱熹有时宁愿绕道几十里，终日游览小饮于山水间亦不厌倦，甚至想以木制作《华夷图》山水模型而随身携带。故而宋代许多词人便将山水静穆之境视为最高的审美境界。如现存第一首咏黄山词的汪莘长年屏居黄山，晚年仍不忘情于山水，其《沁园春》序曰："挂黄山图十二轴，恰满一室，觉此身真在黄山中也，赋此词寄天都峰下王道者。"词曰：

> 家在柳塘，榜挂方壶，图挂黄山。觉仙峰六六，满堂峭峻，仙溪六六，绕屋潺湲。行到水穷，坐看云起，只在吾庐寻丈间。非人世，但鹤飞深谷，猿啸高岩。如今老疾蹒跚。向画里嬉游卧里看。甚花开花落，悄无人见，山南山北，谁似余闲。住个庵儿，了些活计，月白风清人倚阑。山中友，类先秦气貌，后晋衣冠。

"老疾蹒跚"之时，特张挂黄山图十二轴于室，"向画里嬉游卧里看"，使卧于室内的词人如同游于"鹤飞深谷，猿啸高岩"的黄山仙境。其实，宋词中对山水的歌咏亦随处可见，如苏轼云："蜗角虚名，蝇头微利，算来着甚干忙……幸对清风皓月，苔茵展、云幕高涨。江南好，千钟美酒，一曲满庭芳。"（《满庭芳》）王安石云："平岸小桥千嶂抱。柔蓝一水萦花草。茅屋数间窗窈窕。尘不到。时时自有春风扫。"（《渔家傲》）朱敦儒云："我是清都山水郎。天教分付与疏狂。曾批给雨支风券，累上流云借月章。"（《鹧鸪天》）李清照云："水光山色与人亲，说不尽、无穷好。"

---

① （宋）罗大经著，王端来点校：《鹤林玉露》丙编卷之三，中华书局1983年版，第281—282页。

（《怨王孙》）辛弃疾云："钟鼎山林都是梦，人间荣辱休惊。只消闲处过平生。酒杯秋吸露，诗句夜裁冰。……问谁千里伴君行。晚山眉样翠，秋水镜般明。"（《临江仙》）即便是重建赵宋王朝的高宗赵构，亦于绍兴元年连赋十五首《渔父》词，其一云："薄晚烟林澹翠微。江边秋月已明晖。纵远舵，适天机。水底闲云片段飞。"（《渔父》）浏览一下宋代山水词，即可发现，从隐士、僧、道到居家女词人，从著名的政治家到帝王将相，当他们徜徉于如画的大自然中，都会毫不迟疑地看轻功名利禄，而均欲以优游山林为归属。可见，热爱、追求山水之乐乃是宋代士大夫共同的审美精神，是他们一致向往、追寻的休闲境界。

（二）词人于山水中获得了与社会和谐相处的休闲境界

由前文分析可知，由于政治、思想意识等原因，宋人普遍热爱、追求山水之乐，到自然山水中寻求心灵的自得和自适以期达到与社会和谐相处的休闲境界便成为一种普遍的社会心理。这种心理在宋代山水词中多有体现。

如苏轼在黄州所作《定风波》（莫听穿林打叶声），即体现了遇风雨而泰然的生活态度，词人便用此生活态度对待人生，对待自己一连串的贬谪生涯。再如元丰四年（1081）苏轼于黄州临皋亭所作《南乡子》曰：

> 晚景落琼杯。照眼云山翠作堆。认得岷峨春雪浪，初来。万顷蒲萄涨渌醅。　　暮雨暗阳台。乱洒高楼湿粉腮。一阵东风来卷地，吹回。落照江天一半开。

283

词上阕写晚景：词人手捧酒杯，青翠的云山似聚成堆挤印到他的酒杯里。站立在贬谪地的山水间，词人似乎看到家乡岷峨山的融雪卷着波浪顺江东来，家乡清澈的雪水好似飘香的万顷葡萄酒。下阕写雨降复晴：春雨阴暗，不但使阳台黯然，而且淋湿了在歌楼前歌舞侑酒的歌妓的粉腮。忽有一阵东风卷地而来，吹散云雨，傍晚的阳光照亮了半边江天。此词所包蕴的人生哲理亦如"回首向来萧瑟处，归去，也无风雨也无晴"。词人心里不但装着家乡的岷峨山水，他亦喜爱穷乡僻壤的黄州山水甚至不适时宜的风雨，所以他能历经众多的政治打击而仍能吟啸徐行，值得一提的是黄州、儋州等地贬谪期乃是他文学创作的丰收期，在此期间他写出了很多超尘绝俗的词章。政治的命运对苏轼是不公的，但他从不怨天尤人，始终心闲气定，悠然自适，如他晚年远贬海南儋州时所作《千秋岁》曰："岛边天外。未老身先退。……罪大天能盖。君命重，臣节在。新恩犹可觊，旧学终难改。吾已矣，乘桴且恁浮于海。"而能与不公平的社会和谐共处实是一种休闲的境界，更是休闲的智慧，此乃词人得之于山水自然的启迪。

又如陈与义《临江仙》曰：

> 忆昔午桥桥上饮，坐中多是豪英。长沟流月去无声。杏花疏影里，吹笛到天明。　　二十余年如一梦，此身虽在堪惊。闲登小阁看新晴。古今多少事，渔唱起三更。

陈与义是两宋之间人，经历过北宋灭亡、南宋初流离逃亡的种种磨难，在湖州的一个小镇上寄居于一座寺庙中，终于得以安生。词前序曰："夜登小阁，忆洛中旧游。"闲中无事，夜登小阁回忆二十多年前在洛阳午桥上的欢饮。那时词人青春年少，风华正茂，又值天下太平，与同学们一起饮酒赋诗，指点江山，座中无白丁，皆是天下豪英。午夜西去的月亮似乎是随着静静的河水悄无声息地远去。一片万籁俱寂中，悠扬婉转、清脆嘹亮的笛声流布在"杏花疏影里"，在美妙的横笛声中大家在午桥上一直坐到天明。二十多年过去了，这期间，朝廷奸臣当道，迫害忠良，接着是金人数次南侵，围汴京，灭北宋，生灵涂炭，百姓遭殃，词人九死一生才逃到南方，心中仍有无穷惊惧。外患仍未去除，而内忧有增无减，当年的豪杰本应于危难时为国效劳，可奸臣依然当道，即便是作诗词亦会惹祸，胸中虽有丘壑却报国无门。怀着凄清悲凉心境的词人又何以能心安呢？在寺庙旁的亭阁上欣赏由雨转晴的四周景色，词人心中掂量着二十多年社会的风风雨雨，突然醒悟，古往今来多少兴亡之事尽付诸渔唱樵歌，在自然的怀抱里词人终于获得了超越时空的历史感慨，全词的意蕴因此而变得格外深广与厚重。

284

其他词人如宋高宗绍兴二十四年（1154）的状元张孝祥，他的许多政治主张不但没有得到朝廷应有的重视，相反竟两次被人弹劾落职。他的《念奴娇·过洞庭》云："玉鉴琼田三万顷，着我扁舟一叶。素月分辉，明河共影，表里俱澄澈。悠然心会，妙处难与君说。"其《西江月》云："问讯湖边春色，重来又是三年。东风吹我过湖船。杨柳丝丝拂面。世路如今已惯，此心到处悠然。寒光庭下水如天。飞起沙鸥一片。"经过了许多时间风雨不平，词人习惯了挫折，澄澈透明的山水世界陶冶了他的心性，使他深得山水之乐，"悠然心会，妙处难与君说"，亦使他能相容于社会，"世路如今已惯，此心到处悠然"。再如历经"三仕三已"的辛弃疾，淳熙九年（1182）遭投降派弹劾，被闲置上饶十年，他初归带湖所作《水调歌头·盟鸥》曰："带湖吾甚爱，千丈翠奁开。先生杖屦无事，一日走千回。凡我同盟鸥鸟，今日既盟之后，来往莫相猜。白鹤在何处，尝试与偕来。破青萍，排翠藻，立苍苔。窥鱼笑汝痴计，不解举吾杯。废沼荒丘畴昔，明月清风此夜，人世几欢哀。东岸绿阴少，杨柳更须栽。"他甚爱带湖的山水，不但杖屦日走千回，而且与鸥鸟为伴，还与之订立了互不猜忌的盟约。他嗔怪自由自在地生活在长满青苔水里、漫游于翠绿浮萍水藻底下的鱼儿不懂得他满腹的牢骚、委屈。但是面对鸥鸟、鱼儿、清风明月，再瞧瞧昔日的荒丘废池，词人慨叹道："人世几欢哀。"自己心中的牢骚、委屈又算什么呢？所有的宦海风波、仕途坎坷在自然山水面前都不值一提，人更应该好好享受杨柳绿荫，一如鸟儿、鱼儿般自由自在地生活在清风明月中。

由此可知，当以修身齐家治国平天下为己任的词人的"致君尧舜上，再使风俗淳"的奋斗目标受挫时，能给人心灵以慰藉的山水便成了他们精神的栖息地，追求山水之乐自然地成为具有双重人格的词人的另外一种人生价值观，他们亦获得了与社会和谐相处的休闲境界。

（三）词人于山水中获得了自我内在和谐的休闲境界

自然的永恒、人生的短暂、社会的污浊不公很容易扰乱人的心性，影响人的生趣，如果没有自我内在和谐的休闲境界，人就永远没有一刻的安宁闲适。词人之所以喜欢追求山水之乐，便在于"大抵登山临水，足以触发道机，开豁心志，为益不少"①，他们从自然山水永恒而又和谐的律动、气韵与生趣中体悟到生的真谛，领悟到自我存在的价值，获得自我内在和谐的愉悦感，实现了人的自然化，达到前文所述及的忘情忘形、淡然物化的境界，这是更高层次的休闲境界。

苏轼《八声甘州·寄参寥子》云："有情风、万里卷潮来，无情送潮归。问钱塘江上，西兴浦口，几度斜晖。不用思量今古，俯仰昔人非。谁似东坡老，白首忘机。"面对气势磅礴的钱塘江潮，词人意识到世事一如江潮瞬息万变，不必去忧古伤今，不必在意虚名虚利。在山水面前，人获得了精神上的超脱，"白首忘机"的苏轼才始终那么自由洒脱，他文学作品所蕴含的自由人格精神像自然山水一样涤荡着一代代文人的心胸。

再看林外的《洞仙歌》：

> 飞梁压水，虹影澄清晓。橘里渔村半烟草。今来古往，物是人非，天地里，唯有江山不老。　　雨巾风帽。四海谁知我。一剑横空几番过。按玉龙、嘶未断，月冷波寒，归去也、林屋洞天无锁。认云屏烟障是吾庐，任满地苍苔，年年不扫。

这是林外描写吴江垂虹亭的一首词。叶绍翁《四朝闻见录》丙集云："绍兴间，有题《洞仙歌》于垂虹者，不系其姓名。龙蛇飞动，真若不食烟火者。时皆喧传，以为洞宾所为书，浸达于高宗，天颜靦然而笑曰：'是福州秀才云尔。'左右请圣谕所以然，上曰：'以其用音盖闽音云。'其词云：'飞梁压水……'久而知为闽士林外所为，圣见异矣。盖以巨舟仰书桥梁，水天渺然，旁无来迹，故人益神之。"此词之所以引起包括高宗在内的许多人的兴趣，便是因为流淌在词中的使词人获得自我内在和谐的山水清音。词上阕展现一幅美丽的自然图画：弯弯的似彩虹的小桥压着水面，桥影倒映在清清的流水之中，河水两岸是一片橘林，林中掩映着的渔村开始弥漫起晨炊的烟雾。厌倦战争、漂泊的词人极喜爱如此闲适的图

---

① （宋）罗大经著，王端来点校：《鹤林玉露》丙编卷之三，中华书局1983年版，第282页。

景，他不禁纳闷，古往今来，上万年过去了，不变的是山水自然，人是一代换了一代，而如此短暂的人生，人为什么要打仗、漂泊？为什么为了功名利禄而使自己片刻不得安宁？词下阕写词人面对不老江山的理想：头戴雨巾风帽，腰挂长剑，悠然漫步于自然山水间，走累了，便栖息于无锁的林屋洞天。如此"云屏烟障"的居所，即使苍苔满地、人迹罕至，也是词人和所有饱受战争之苦的宋人最愿居住的地方，因为它能给人自由、安宁。

再如刘辰翁的《山花子》：

> 此处情怀欲问天，相期相就复何年。行过章江三十里，泪依然。
> 早宿半程芳草路，犹寒欲雨暮春天。小小桃花三两处，得人怜。

悲莫悲兮生别离，词人为了生计，不得不与爱人执手洒泪相别。走过了送别的章江渡口 30 里路，还是泪流不止、心痛不已，不由泪眼模糊地仰问苍天：命运究竟为什么要我们相离别？此去不知何年再能相见，从此只能两地相期相望了。"泪依然"的词人如何调整自己的情伤从而获得自我内在的和谐？为了爱人的嘱托，在料峭春寒欲雨的傍晚赶路，还是早点住宿吧。词人回顾来路，与自己一路相伴的尽是芳香的花草。后唐词人牛希济的《生查子》曰："春山烟欲收，天淡星稀小。残月脸边明，别泪临清晓。语已多，情未了，回首犹重道：记得绿罗裙，处处怜芳草。"此处女主人翁想到的不仅是自己，而且更想到的是相爱的人，为了慰藉爱人的相思，分别叮嘱道：想我时，你看看那芳草，那就是我，你怜爱芳草，就是爱我。《山花子》的主人翁看到一路的芳香花草，似乎感觉到爱人与自己时刻相伴，一路不时看到灼灼开放的桃花，似乎看到了使自己爱怜的爱人的娇美脸庞。与爱人既然分别，总是伤心不已于事何补？有这样美丽的天气景致，就算为了爱人还是高兴一些吧。借着自然景致，词人由伤心不已的"泪依然"转变为喜悦的"得人怜"，终于从悲伤的情态中解脱出来。

词人于山水间赏春花，延秋月，登高舒啸，濯秀赋诗，弦歌相续，调适身心；又可由山水景物增进学识、养性、励志、启智，从而在山水的启迪下问津渡、溯渊源、明道脉、辨清浊，有所悟。欧阳修认为："道之明

287

者，故能达于进退穷通之理，能达于此而无累于心，然后山林泉石可以乐。必与贤者共，然后登临之际，有以乐也。"① 我们亦可以说山林泉石可使人"道之明"，它使词人超脱时空、超脱名利甚至情感，摆脱了重重束缚的词人"故能达于进退穷通之理，能达于此而无累于心"的休闲境界。

## 二　悠然自得、陶冶情操的垂钓词

最初垂钓是作为一种原始的谋生方式而存在的，而随着经济文化的发展，垂钓意象的内涵不断丰富、变化。《穆天子传》中载："癸酉，天子舍于漆泽，乃西钓于河。"② 班固的《西都赋》云："揄文竿，出比目。扶鸿罿，御缯缴，方舟并骛，俛仰极乐。"③ 这里，垂钓成为达官贵人、皇亲国戚享乐生活的一部分。《诗经·国风·召南·何彼襛矣》曰："何彼襛矣，唐棣之华？曷不肃雝？王姬之车。何彼襛矣，华如桃李？平王之孙，齐侯之子。其钓维何？维丝伊缗。齐侯之子，平王之孙。"这里，垂钓意象被用来比喻婚姻爱情。《列子·汤问篇》里讲述了一个垂钓高手的故事："詹何以独茧丝为纶，芒针为钩，荆篠为竿，剖粒为饵，引盈车之鱼于百仞之渊、汩流之中；纶不绝，钩不伸，竿不挠。楚王闻而异之，召问其故。詹何曰：'臣闻先大夫之言；蒲且子之弋也，弱弓纤缴，乘风振之，连双鸧于青云之际。用心专，动手均也。臣因其事，放而学钓，五年始尽其道。当臣之临河持竿，心无杂虑，唯鱼之念；投纶沉钩，手无轻重，物莫能乱。鱼见臣之钓饵，犹沉埃聚沫，吞之不疑。所以能以弱制强，以轻致重也。大王治国诚能若此，则天下可运于一握，将亦奚事哉？'楚王曰：'善。'"这里，又从钓鱼之道引申出治国之大道，认为治国只要像钓鱼一样专心慎重，掌握至道，必可以以弱制强，以轻敌重。

在垂钓意象的发展变化过程中，有两篇非常重要的文章影响了垂钓之

---

① （宋）欧阳修：《欧阳修全集·居士外集》卷十九《答李大临学士书》，中国书店出版社1986年版，第502页。

② （晋）郭璞：《穆天子传》（四库全书精品文存），团结出版社1979年版，第79页。

③ （南朝梁）萧统主编：《文选》，岳麓书社2002年版，第7页。

隐逸内涵的确立，它们即是屈原的《楚辞·渔父》和《庄子·杂篇·渔父》。《楚辞·渔父》曰：

> 屈原既放，游于江潭，行吟泽畔，颜色憔悴，形容枯槁。渔父见而问之曰："子非三闾大夫与！何故至于斯？"屈原曰："举世皆浊我独清，众人皆醉我独醒，是以见放。"渔父曰："圣人不凝滞于物，而能与世推移。世人皆浊，何不淈其泥而扬其波？众人皆醉，何不餔其糟而歠其醨？何故深思高举，自令放为？"屈原曰："吾闻之，新沐者必弹冠，新浴者必振衣；安能以身之察察，受物之汶汶者乎？宁赴湘流，葬于江鱼之腹中。安能以皓皓之白，而蒙世俗之尘埃乎！"渔父莞尔而笑，鼓枻而去，乃歌曰："沧浪之水清兮，可以濯吾缨；沧浪之水浊兮，可以濯吾足。"遂去，不复与言。

屈原被流放，政治上被迫害，个人人生遇到了一种困顿。"举世皆浊我独清，众人皆醉我独醒"，面对污浊、丑恶的社会，执着的屈原要洁身自好，不愿"以皓皓之白，而蒙世俗之尘埃"。旷达的渔父观点则为"沧浪之水清兮，可以濯吾缨；沧浪之水浊兮，可以濯吾足"，劝他随和一些以适应社会。这里的渔父就成了有道则仕、无道则隐的肩负国家民族责任的儒士。在《庄子·杂篇·渔父》中，"客"即一位捕鱼的老人认为孔子"既上无君侯有司之势，而下无大臣职事之官，而擅饰礼乐，选人伦，以化齐民"① 的做法是"苦心劳形以危其真"，并且尖锐地批评他不在其位而谋其政，乃是"八疵""四患"的行为：

289

> 且人有八疵，事有四患，不可不察也。非其事而事之，谓之总；莫之顾而进之，谓之佞；希意道言，谓之谄；不择是非而言，谓之谀；好言人之恶，谓之谗；析交离亲，谓之贼；称誉诈伪以败恶人，谓之慝；不择善否，两容颊适，偷拔其所欲，谓之险。此八疵者，外

---

① （清）王先谦集解，方勇校点：《庄子》，上海古籍出版社 2013 年版，第 373 页。

以乱人，内以伤身，君子不友，明君不臣。所谓四患者：好经大事，变更易常，以挂功名，谓之叨；专知擅事，侵人自用，谓之贪；见过不更，闻谏愈甚，谓之很；人同于己则可，不同于己，虽善不善，谓之矜。此四患也。能去八疵，无行四患，而始可教已。①

渔父认为人应该"处阴以休影，处静以息迹"，"法天贵真，不拘于俗"②，各安其位，顺其天然，返璞归真才符合天道。这里，渔父成了主张回归自然本性、向往个人自由、追求闲适生活的逍遥者。濯缨濯足的儒家的"为"和"法天贵真"的老庄的"无为"相融合，成为垂钓意向的主要内涵，影响了后代大量的诗词歌赋。如："郑叟不合，垂钓川湄，交酌林下，清宫究微"（陶渊明），"闲来垂钓碧溪上"（李白），"西塞山前白鹭飞，桃花流水鳜鱼肥。青箬笠，绿蓑衣，斜风细雨不须归"（自称为"烟波钓徒"的唐代诗人张志和），"千山鸟飞绝，万径人踪灭。孤舟蓑笠翁，独钓寒江雪"，"渔翁夜傍西岩宿，晓汲清湘燃楚竹。烟销日出不见人，欸乃一声山水绿。回看天际下中流，岩上无心云相逐"（柳宗元），"言入黄花川，每逐青溪水。随山将万转，趣途无百里。声喧乱石中，色静深松里。漾漾泛菱荇，澄澄映葭苇。我心素已闲，清川澹如此。请留盘石上，垂钓将已矣"（王维《青溪》），"竿头钓丝长丈余，鼓枻乘流无定居。世人那得识深意，此翁取适非取鱼"（岑参《渔父》），"临水一长啸，忽思十年初。三登甲乙第，一入承明庐。浮生多变化，外事有盈虚。今来伴江叟，沙头坐钓鱼"（白居易《垂钓》），"坐观垂钓者，徒有羡鱼情"（孟浩然《临洞庭上张丞相》），"数尺丝纶落水中，金钩抛去永无踪。凡鱼不敢朝天子，万岁君王只钓龙"（解缙），"烟水孤篷足寄居，日常能办一餐桌。问渠勾当平生事，不弄纶竿便读书"（明·唐伯虎），"滚滚长江东逝水，浪花淘尽英雄。是非成败转头空。青山依旧在，几度夕阳红。白发渔樵江渚上，惯看秋月春风。一壶浊酒喜相逢。古今多少事，都付笑谈中"（明·杨慎《临江仙》），等等。下面让我们重点探析宋词

---

① （清）王先谦集解，方勇校点：《庄子》，上海古籍出版社 2013 年版，第 373 页。
② 同上书，第 374 页。

中的垂钓词。

宋朝不是一个意气风发、积极进取、政治开明的朝代，宋初统治者采取杯酒释兵权、让士大夫多置田产和歌儿舞女以享天年的国策，使得很少有人再走"姜太公钓鱼，愿者上钩"这样以隐求仕的"终南捷径"。垂钓词发展到宋代，在一定程度上削减了与世抗争、愤世嫉俗的思想锋芒，而更多的是休闲的意蕴，词人们一方面追求一种高洁的人格和人生境界，另一方面还要追求自由，要摆脱社会名缰利锁等方面的束缚。细致探析宋代垂钓词，其思想意蕴主要有以下两点：

（一）追求功成身退的人生理想

宋代少数民族的屡屡进犯、宫廷斗争和官场倾轧，使得很多平民出身、无依无靠的士大夫文人日益心寒，在积极入世之同时或以后，他们便普遍追求和推崇功成身退的人生理想。这里且以陆游、朱敦儒为例加以论述。

朱敦儒，字希真，河南人。他志向高洁，在北宋未亡前虽然是平民，但是在朝廷和民间都有声望。他曾力辞朝廷之召，只愿过着隐居的生活。但"靖康之难"却改变了朱敦儒的人生轨迹。《宋史》载：

绍兴二年，宣谕使明橐言敦儒深达治体，有经世才，廷臣亦多称其靖退。诏以为右迪功郎，下肇庆府敦遣诣行在，敦儒不肯受诏。其故人劝之曰："今天子侧席幽士，翼宣中兴，谯定召于蜀，苏庠召于浙，张自牧召于长芦，莫不声流天京，风动郡国，君何为栖茅茹藿，白首岩谷乎！"敦儒始幡然而起。既至，命对便殿，论议明畅。上悦，赐进士出身，为秘书省正字。俄兼兵部郎官，迁两浙东路提点刑狱。会右谏议大夫汪勃劾敦儒专立异论，与李光交通。高宗曰："爵禄所以厉世，如其可与，则文臣便至侍从，武臣便至节钺。如其不可，虽一命亦不容轻授。"敦儒遂罢。十九年，上疏请归，许之。

敦儒素工诗及乐府，婉丽清畅。时秦桧当国，喜奖用骚人墨客以文太平，桧子熺亦好诗，于是先用敦儒子为删定官，复除敦儒鸿胪少卿。桧死，敦儒亦废。

谈者谓敦儒老怀舐犊之爱，而畏避窜逐，故其节不终云。①

由此史料可知，朱敦儒在国家患难之时，不惜放弃自己不仕的人生理想，投身到抗金复国的政治事业中去，但是，由于他支持主战派李光的政治主张，于66岁（1146）遭人弹劾而罢官，罢官后重又过着自由的隐士生活。但是，在他已达75岁的垂暮之年，受秦桧胁迫，朱敦儒父子被强令出山为官，但他到任仅半月，秦桧便病死。朱敦儒因是秦桧的门客亦遭弹劾罢免。此次的出任罢免引起世人的非议，人们遗憾其"老怀舐犊之爱"，又"畏避窜逐"，便落得"其节不终云"的评语。当年醉插梅花不愿"着眼看侯王"的朱敦儒，便遭受到世人的讥讽和嗤笑，蜀人武横《二老堂诗话》曰："少室山人久挂冠，不知何事到长安？如今纵插梅花醉，未必侯王着眼看。"对于自己不能彻底"洗尽凡心，相忘世尘"（《念奴娇·垂虹亭》）而遭受的人生波折，朱敦儒自己内心的悔恨是不言而喻的。出仕的遭遇不但使得朱敦儒功成身退的理想完全破灭，而且亦完全打破了他原有的心灵宁静。他功未成而身退的晚年更觉渔父垂钓生活的可贵，他曾作《好事近》十四首，且看其中自比垂钓渔父的词篇：

摇首出红尘，醒醉更无时节。活计绿蓑青笠，惯披霜冲雪。
晚来风定钓丝闲，上下是新月。千里水天一色，看孤鸿明灭。
拨转钓鱼船，江海尽为吾宅。恰向洞庭沽酒，却钱塘横笛。
醉颜禁冷更添红，潮落下前碛。经过子陵滩畔，得梅花消息。
渔父长身来，只共钓竿相识。随意转船回棹，似飞空无迹。
芦花开落任浮生，长醉是良策。昨夜一江风雨，都不曾听得。
短棹钓船轻，江上晚烟笼碧。塞雁海鸥分路，占江天秋色。
锦鳞拨刺满篮鱼，取酒价相敌。风顺片帆归去，有何人留得。

这里详细探析第一首。此上阕，开头"摇首出红尘，醒醉更无时节"，

---

① （元）脱脱：《宋史》卷四百四十五，中华书局1977年版，第13141页。

写出词人自由自在、无拘无束、潇洒疏放的襟怀。"活计"两句，勾勒出一位渔父的形象，这实际上是徜徉山水的隐士生活的写照。这里的渔父形象，实际就是词人自身晚年的写照。他长期住在嘉禾，过着远离俗世的生活，所谓"醒醉无时""披霜冲雪"。周密在《澄怀录》里记载："陆放翁云：希真居嘉禾，与朋侪诣之。笛声自烟波间起，顷之，棹小舟而至，则与俱归。室中悬琴、筑、阮咸之类，檐间有珍禽，俱目所未睹。篮缶贮果实脯醢，客至，挑取以奉客。"①陆游这段话，便记述了朱敦儒烟波垂钓的情景。下阕所写晚景，则更是景色迷人。请看，夜晚来临，一轮新月升起在天空，月光洒满大地，水天一色，万籁俱寂，只有孤鸿的身影时隐时现。在这样一幅山水画中，一位渔夫，即是词人自己，在静静地垂钓。可见朱敦儒晚年过着远离世俗的生活，安闲自得，自由自在。

再看陆游。陆游一生写过9300多首诗和145首词，有关钓鱼的诗词竟有700多首。现录其部分垂钓词如下：

> 懒向青门学种瓜。只将渔钓送年华。双双新燕飞春岸，片片轻鸥落晚沙。歌缥缈，橹呕哑。酒如清露鲊如花。逢人问道归何处，笑指船儿此是家。（《鹧鸪天》）
>
> 一竿风月，一蓑烟雨，家在钓台西住。卖鱼生怕近城门，况肯到、红尘深处。　潮生理棹，潮平系缆，潮落浩歌归去。时人错把比严光，我自是、无名渔父。（《鹊桥仙》）
>
> 桥如虹，水如空，一叶飘然烟雨中。天教称放翁。　侧船篷，使江风，蟹舍参差渔市东。到时闻暮钟。（《长相思》）
>
> 不惜貂裘换钓篷。嗟时人、谁识放翁。归棹借、樵风稳，数声闻、林外暮钟。　幽栖莫笑蜗庐小，有云山、烟水万重。半世向、丹青看，喜如今、身在画中。（《恋绣衾》）
>
> 三山山下闲居士，巾履萧然。小醉闲眠。风引飞花落钓船。（《采桑子》）

293

① （宋）周密辑：《澄怀录》，上海古籍出版社1995年影印本（续修四库全书）。

石帆山下雨空濛。三扇香新翠篛篷。苹叶绿,蓼花红。回首功名
一梦中。(《渔父》)

镜湖俯仰两青天。万顷玻璃一叶船。拈棹舞,拥蓑眠。不作天仙
作水仙。(《渔父》)

长安拜免几公卿。渔父横眠醉未醒。烟艇小,钓车腥。遥指梅山
一点青。(《渔父》)

陆游一生词作不算很多,但其中却有不少为渔父垂钓词,可见他是何
等向往"烟波钓徒"般自由闲雅的生活。陆游的此种生活情趣亦明晰地反
映在他的《烟艇记》中:

陆子寓居得屋二楹。甚隘而深,若小舟然。名之曰烟艇。客曰:
"异哉。屋之非舟,犹舟之非屋也。以为似欤。舟固有高明奥丽逾于
官室者矣。遂谓之屋。可不可邪?"陆子曰:"不然,新丰非楚也,虎
贲非中郎也,谁则不知,意所诚好而不得焉。粗得其似,则名之矣。
因名以课实,子则过矣。而予何罪。予少而多病,自计不能效尺寸之
用于斯世,盖尝慨然有江湖之思,而饥寒妻子之累劫而留之,则寄其
趣于烟波洲岛苍茫杳霭之间,未尝一日忘也。使加数年,男胜钼犁,
女任纺绩,衣食粗足,然后得一叶之舟,伐荻钓鱼,而卖芰芡,入松
陵,上严濑,历石门、沃洲,而还泊于玉笥之下。醉则散发扣舷为吴
歌,顾不乐哉!虽然,万钟之禄,与一叶之舟,穷达异矣,而皆外
物,吾知彼之不可求,而不能不眷眷于此也,其果可求欤?意者使吾
胸中浩然、廓然,纳烟云日月之伟观,揽雷霆风雨之奇变,虽坐容膝
之室,而常若顺流放棹,瞬息千里者,则安知此室果非烟艇之哉!绍
兴三十一年八月一日记。"①

写《烟艇记》时,陆游 36 岁,正值人生的青壮年时期。可见在他初

① (宋)陆游:《陆放翁全集》,四部丛刊本。

入仕途时便达观地意识到"万钟之禄，与一叶之舟，穷达异矣，而皆外物，吾知彼之不可求，而不能不眷眷于此也"，他那时就怀有功成身退的思想，期望有朝一日衣食粗足之时，他定然要"寄其趣于烟波洲岛苍茫杳霭之间""得一叶之舟，伐获钓鱼"，过起在山水之间垂钓的休闲生活。下面再具体探析其两首垂钓词。

一是《真珠帘》：

> 山村水馆参差路，感羁游、正似残春风絮。掠地穿帘，知是竟归何处。镜里新霜空自悯，问几时、鸾台鳌署。迟暮。谩凭高怀远，书空独语。　　自古，儒冠多误。悔当年、早不扁舟归去。醉下白苹洲，看夕阳鸥鹭。菰菜鲈鱼都弃了，只换得、青衫尘土。休顾。早收身江上，一蓑烟雨。

俞陛云《唐五代两宋词选释》云："通首大意不过言羁旅无聊，亟思归去耳。以放翁之才气，不难奋笔疾书，乃上阕以身世托诸风絮，下阕'苹洲'三句以隐居之绝好风景，设想在抗世走俗之前，复归到一蓑烟雨，知词境之顿挫胜于率直也。"大诗人、大文豪陆游希望自己能够统率千军万马，横扫中原，收复失地，统一中国。但他一生仕途极不得意，据《宋史》载："陆游……年十二能诗文，荫补登仕郎。锁厅荐送第一，秦桧孙埙适居其次，桧怒，至罪主司。明年，试礼部，主司复置游前列，桧显黜之，由是为所嫉。"① 他虽然进士试名列前茅，只因排名在秦桧孙子之前，便被黜落，"儒冠多误"包含了古今多少读书人的辛酸。"醉下白苹洲，看夕阳鸥鹭"，山水间悠然飞来飞去的鸥鹭激起词人对自由生活的向往，"早收身江上，一蓑烟雨"，不如挥去所有尘世的烦恼，趁早回家钓鱼游乐，词中流露了词人功成身退的强烈愿望。

陆游晚年回到故乡绍兴镜湖边，曾题词《鹊桥仙》：

295

---

① （元）脱脱：《宋史》卷三百三十八，中华书局 1977 年版，第 12057 页。

华灯纵博，雕鞍驰射，谁记当年豪举。酒徒一一取封侯，独去作、江边渔父。　　轻舟八尺，低篷三扇，占断苹洲烟雨。镜湖元自属闲人，又何必、君恩赐与。

词描写了他退居故乡垂钓的情景：上阕追忆了他当年穿上戎装，驰骋国防前线南郑（汉中）一带，铁马秋风，豪迈的军旅生活，以及叙述他由于坚持抗金复国的主张，而被加上"嘲咏风月"的罪名被免去官职，回到故乡"独去作江边渔父"。下阕，"镜湖原自属闲人，又何必官家赐与"指的是贺知章还乡里为道士，求同宫湖数亩作放生池，皇帝有诏赐镜湖剡川予贺知章的事。所以陆游说湖光山色本无主，闲者便是它的主人，又何必官家赐给。

由以上例证可知，摆脱尘世的一切烦琐，若能功成身退而过着渔父垂钓般的悠闲生活，便成了宋代所有词人的共同理想。

（二）追求真性回归的人格向往

垂钓词思想意蕴发展到宋代还体现为追求人格的真性回归。《后汉书·严光传》载：

严光字子陵，一名遵，会稽余姚人也。少有高名，与光武同游学。及光武即位，乃变名姓，隐身不见。帝思其贤，乃令以物色访之。后齐国上言："有一男子，披羊裘钓泽中。"帝疑其光，乃备安车玄纁，遣使聘之。三反而后至。舍于北军，给床褥，太官朝夕进膳。

司徒侯霸与光素旧，遣使奉书。使人因谓光曰："公闻先生至，区区欲即诣造，迫于典司，是以不获。愿因日暮，自屈语言。"光不答，乃投札与之，口授曰："君房足下：位至鼎足，甚善。怀仁辅义天下悦，阿谀顺旨要领绝。"霸得书，封奏之。帝笑曰："狂奴故态也。"车驾即日幸其馆。光卧不起，帝即其卧所，抚光腹曰："咄咄子陵，不可相助为理邪？"光又眠不应，良久，乃张目熟视，曰："昔唐尧著德，巢父洗耳。士故有志，何至相迫乎！"帝曰："子陵，我竟不能下汝邪？"于是升舆叹息而去。

复引光入，论道旧故，相对累日。帝从容问光曰："朕何如昔时？"对曰："陛下差增于往。"因共偃卧，光以足加帝腹上。明日，太史奏客星犯御坐甚急。帝笑曰："朕故人严子陵共卧耳。"

除为谏议大夫，不屈，乃耕于富春山，后人名其钓处为严陵濑焉。建武十七年，复特征，不至。年八十，终于家。帝伤惜之，诏下郡县赐钱百万，谷千斛。①

博学能干的严光与皇帝同学且"帝思其贤"而再三请他辅佐其政，严光本来有机遇有能力实现"治国平天下"之所有读书人的梦想，但是视富贵如浮云的他却拒绝了皇帝的聘请而归隐垂钓。这种不趋世俗、坚守节操而固守自我真性的超然性情实是向庄子思想的彻底回归。北宋名臣范仲淹为他建造了祠堂，《范文正公集》有云：

先生，光武之故人也。相尚以道。及帝握赤符，乘六龙，得圣人之时，臣妾亿兆，天下孰加焉？惟先生以节高之。既而动星象，归江湖，得圣人之清。泥涂轩冕，天下孰加焉？惟光武以礼下之。在《蛊》之上九（蛊是《易经》的卦名），众方有为，而独不事王侯，高尚其事。先生以之。在《屯》之初九（屯是《易经》卦名，初九指该卦第一爻阳爻），阳德方亨，而能以贵下贱，大得民也。光武以之，盖先生之心，出乎日月之上；光武之量，包乎天地之外。微先生不能成光武之大，微光武岂能遂先生之高哉？而使贪夫廉，懦夫立，是大有功于名教也。仲淹来守是邦，始构堂而奠焉，乃复为其后者四家，以奉祠事，又从而歌曰："云山苍苍，江水泱泱。先生之风，山高水长。"②

297

范仲淹于此文表达了自己追慕前贤、坚守节操的理想和品格，他因此而免除了严光后代子孙四家的赋税徭役，让他们去奉行祭祀的事。范仲淹

---

① （宋）范晔：《后汉书》，中华书局 1965 年版，第 2763 页。
② 范仲淹：《范文正公集》四十八卷，四部丛刊本。

把自己对光武帝的气度和严光的品德的理解巧妙地表达出来，指出两人的关系是：无刘秀不足以显严光清，无严光不足以成刘秀名。特别是结尾句意味深长，"先生之风，山高水长"，引起后人多少向往。宋代无"光武之量"的帝王，却不乏"使贪夫廉，懦夫立"的"出乎日月之上"的"先生之心"。张志和渔父词一再被赞赏、化用、改写便是一个明证。吴曾的《能改斋词话》记载：

徐师川云："张志和《渔父》词云：'西塞山前白鹭飞，桃花流水鳜鱼肥。青箬笠，绿蓑衣，斜风细雨不须归。'顾况《渔父》词：'新妇矶边月明，女儿浦口潮平，沙头鹭宿鱼惊。'东坡云：'玄真语极清丽，恨其曲度不传。'加数语以《浣溪沙》歌之云：'西塞山前白鹭飞，散花洲外片帆微。桃花流水鳜鱼肥。自庇一身青箬笠，相随到处绿蓑衣。斜风细雨不须归。'山谷见之，击节称赏，且云：'惜乎散花与桃花字重叠。又渔舟少有使帆者。'乃取张、顾二词合而为《浣溪沙》云：'新妇矶边眉黛愁。女儿浦口眼波秋。惊鱼错认月沉钩。青箬笠前无限事，绿蓑衣底一时休。斜风细雨转船头。'东坡云：'鲁直此词清新婉丽，其最得意处，以山光水色替却玉肌花貌，真得渔父家风也。然才出新妇矶，便入女儿浦，此渔父无乃澜浪乎？'山谷晚年亦悔前作之未工，因表弟朱如篪言渔父词，以《鹧鸪天》歌之甚协律，恨语少声多耳，以宪宗画像求玄真子文章，以玄真之兄松龄劝归之意，足前后数句云：'西塞山前白鹭飞，桃花流水鳜鱼肥。朝廷尚觅玄真子，何处而今更有诗。青箬笠，绿蓑衣，斜风细雨不须归。人间欲避风波处，一日风波十二时。'东坡笑曰：'鲁直乃欲平地起风波耶？'"徐师川乃作浣溪沙、鹧鸪天各二阕，盖因坡谷异同而作云："西塞山前白鹭飞，桃花流水鳜鱼肥。一波才动万波随。黄帽岂如青箬笠，羊裘何似绿蓑衣。斜风细雨不须归。"其二云："新妇矶边秋月明，女儿浦口晚潮平。沙头鹭宿戏鱼惊。青箬笠前明此事，绿蓑衣里度平生。斜风细雨小舟轻。"其三云："西塞山前白鹭飞，桃花流水鳜鱼肥。朝廷若觅玄真子，晴在长江理钓丝。青箬笠，绿蓑衣。斜风细雨不须归。浮云万里烟波客，惟有沧浪孺子知。其四云："七泽三湘碧草连。洞廷江汉水如天。朝廷若觅玄真子，不在江边即酒边。明月棹，夕阳船。鲈鱼恰似镜中悬。丝纶钓饵都收却，八字山前听雨眠。"①

苏轼特别喜爱张志和的"渔歌子"，评曰"玄真语极清丽"，正是在苏轼的影响下才出现黄庭坚、徐俯的唱和，这部分引文非常形象地描述了苏门词人由于玩赏张志和《渔父》词而引起的争论与唱和情况，这不但是当年的词坛佳话，而且从中我们可以看到苏门词人对《渔父》词欣赏之情，对于垂钓渔父自由人格的向往。

山光水色的渔父家风直接影响着宋代的垂钓词。如潘阆的《酒泉子》：

长忆西湖，尽日凭阑楼上望。三三两两钓鱼舟，岛屿正清秋。
笛声依约芦花里。白鸟成行忽惊起。别来闲整钓鱼竿，思入云水寒。

陈廷焯《别调集》卷一云："潇洒出尘。结更清高闲远。"（宋释）文莹《湘山野录》卷下云："阆有清才，尝作《忆余杭》一阕，曰：'长忆西湖（略）。'钱希白爱之，自书于玉堂后壁。"此词景中寄情，情中寄景，选景高洁，情调闲雅，词意清新，用白描的艺术手法，淡淡数笔勾画出一幅西湖垂钓的美景。上阕，首句一方面显示西湖风景十分美好，令作者念念不忘；另一方面，经"忆"字提示，下文便从现实中脱开，转入回忆。接下来一句，由今日的不懈思念，引出当年无尽的栖迟，用感情带动写景。"三三两两钓鱼舟，岛屿正清秋。"点渔舟位置，有悠然自得、不扰不喧的意思。下阕营造出钓翁渔隐出没的寥廓苍茫的背景，以景寓情，寄托了词人的"出尘"思想。"笛声依约芦花里。白鸟成行忽惊起"，继续写当日楼上见闻，上句写声，"依约"是隐约、听不分明的意思，摹笛声渺茫幽远、似有若无的韵致；后句写形，用"忽惊起"状白鸟（即白鹭）翩然而逝、倏然而惊的形态，色彩明快，颇具情味，朴实的白描中透出空灵。

---

① 唐圭璋编：《词话丛编》，中华书局1986年版，第129页。

"别来"二字将思路从回忆拉到现实。"闲整钓鱼竿"不仅应上片之"钓鱼舟",而且以收拾鱼竿、急欲赴西湖垂钓的神情,衬托忆西湖忆得不能忍耐、极想归隐湖上的念头。人们之所以喜爱这首词主要是蕴含在词中的人的真性回归。宋杨湜《古今词话》云:"潘逍遥狂逸不羁,往往有出尘之语。"此语从此词中,可见一斑。

再如俞紫芝的《阮郎归》:

> 钓鱼船上谢三郎。双鬓已苍苍。蓑衣未必清贵,不肯换金章。
> 汀草畔,浦花旁。静鸣榔。自来好个,渔父家风,一片潇湘。

据南宋胡仔《苕溪渔隐丛话》后集卷三引《传灯录》云:"元沙,福州闽县人,姓谢氏,幼好垂钓,泛小船于南台江,狎诸渔者。年甫三十,忽慕出尘,乃弃钓艇,投芙蓉山训禅师落发。"可见词中的谢三郎实有其人,他早年以垂钓为业,后来做了和尚,此处乃以谢三郎代替渔父。上阕:钓鱼船上双鬓花白的渔翁恋恋不舍他的钓船,他不愿用那件不甚宝贵的蓑衣去交换官阶金印。下阕:在沙洲水畔,渔翁有花草相伴,风月为伍,静静地垂纶撒网,自由地来往于一片湘江水域。此处的渔父乃是词人自我形象的写照。据《苕溪渔隐丛话》后集卷三引黄庭坚的记载云:"金华俞秀老(俞紫芝字秀老)作此篇(即《阮郎归》),道人多传之,非道意岑寂,其语不能如是。"词人追求清静无为的境界,词中蕴含清寂高远的隐逸之情。此词诗意的渔隐生活情趣中蕴含着人的真性回归。

再如圆禅师的《渔家傲》:

> 本是潇湘一钓客。自东自西自南北。只把孤舟为屋宅。无宽窄。幕天席地人难测。顷闻四海停戈革。金门懒去投书册。时向滩头歌月白。真高格。浮名浮利谁拘得。

词开篇便曰"本是潇湘一钓客",这很可能是圆禅师的身世之道之词,大概他也是像谢三郎那样早年因不满尘世,以泛舟垂钓为业,后来干脆出家做了和尚。渔隐、出家二者的精神有着内在的联系，都可能是因为遭受了某种现实的打击或劫难从而厌弃浮世、看破红尘。词人对"四海停戈革"的世事变化已无动于衷，面对朝廷的"金门"更是"懒去投书册"，无意于"浮名浮利"，他追求和羡慕的是于月白风清之时在滩头吟唱，永远过着"自东自西自南北""幕天席地人难测"的自由的垂钓生活，即便以"孤舟为屋宅"，无论它多么狭窄，词人亦以此种谁也拘管不得的生活为"真高格"。圆禅师所追求的人的真性回归的生活，并非是佛教徒所独有的思想观念，他在很大程度上反映的仍然是宋代士大夫文人的普遍生活情趣。

随着经济文化的发展，垂钓变成一种寄托排遣、陶冶情操的娱乐休闲。宋代垂钓意向与庄子所树立的心闲气定的渔父形象逐渐合流，垂钓词的主要思想意蕴即是人应以一种闲适的心情去自由地生活而不是整日陷在功名利禄中。

张炎《词源》曰："词要清空，不要质实。清空则古雅峭拔，质实则凝涩晦昧。"他认为"清空"之词"读之使人神观飞越"①。吴调公先生在论"清空"风格时指出清空"主要是一种经过艺术陶冶，在题材概括上淘尽渣滓，从而表现为澄静精纯，在意境铸造上突出诗人的冲淡襟怀，从而表现为朴素自然的艺术特色"②。以上所述的山水、垂钓休闲词有着相近的艺术特色，它们多为"清空之词"。以下拟从语言、意境两方面加以论述。

1. 语言平和自然

吴衡照在《莲子居词话》卷四曰："词愈淡愈妙"，"唯其不着色，所以为高。"③ 杨伯夔《续词品》十二则中列"澄淡"一品："空波�天，鸣箄叩舷。鹭鹚立雨，浪花一肩。采采白，江南晓烟。觅镜照春，逢潭写莲。渔舟还往，相忘岁年。佳语无心，得之自然。"④ 大多数山水、垂钓词的语言皆呈现出这种平和、淡逸的自然风格。

---

① （宋）张炎：《词源二卷》，唐圭璋编《词话丛编》，中华书局1986年版，第259页。
② 吴调公：《古典文论与审美鉴赏·说"清空"》，齐鲁书社1985年版，第366页。
③ （清）吴衡照：《莲子居词话》，《词话丛编》，中华书局1986年版，第2387页。
④ 杨伯夔：《续十二词品》，上海扫叶山房1917年版。

山水词如欧阳修的《采桑子》：

> 天容水色西湖好，云物俱鲜。鸥鹭闲眠。应惯寻常听管弦。
> 风清月白偏宜夜，一片琼田。谁羡骖鸾。人在舟中便是仙。

上阕，词人充满喜悦之情地衷心赞美西湖。湖上的"鸥鹭闲眠"，表明已经是夜晚。宋代士大夫们游湖，习惯带上歌妓，丝竹管弦，极尽游乐之兴。鸥鹭对于这些管弦歌吹之声，早已听惯不惊。这一方面表明词人与好友陶醉于湖光山色间；另一方面也间接表现了词人退隐之后，胸怀坦荡，与物有情，已无机心，故能使鸥鹭忘机。下阕写夜晚泛舟西湖的欢悦之情。虽然西湖之美多姿多态，但比较而言要数"风清月白偏宜夜"最有诗意了。这时泛舟湖心，天容水色相映，月光皎洁，广袤无际，好似"一片琼田"。这种远离尘嚣使人感到心旷神怡的境界，使词人产生"人在舟中便是仙"的妙想。天淡云轻、澄澈湖水、忘记鸥鹭、月白风清，疏疏几笔便勾勒出如诗如画、如梦如幻的颍州西湖天光水色、清新出尘的迷人夜景，词的语言明丽晓畅、清新质朴、平和自然，读来使人耳目一新，且全词意蕴深邃，表达了词人对大自然和现实人生的深深热爱和眷恋，反映了词人晚年旷达乐观的人生态度。

又如李清照的《如梦令》：

> 常记溪亭日暮。沉醉不知归路。兴尽晚回舟，误入藕花深处。争渡。争渡。惊起一滩鸥鹭。

此小令寥寥数语，以平实如话的自然语言写出深深刻印在少女时代词人心中的得之于自然山水的欢乐。很多年前，词人与伙伴们划着小船，顺着千回百转、纵横交错的溪流，来到溪边一个亭子上，欣赏着四周的美景，等她们游兴已尽时，太阳快下山了，赶紧掉转船头回家。也许是天晚路途难辨，也许是玩得太疲惫，她们竟然把船划进了秘密地荷花深处。她们因迷路而惊叫不已时，把已经歇息于绿水清波、翠绿粉红的荷叶、荷花间的水鸟都惊飞了。词作没有具体描写所游之景，亦没有写心情心境，仅以因"沉醉"而迷路的几笔勾勒，却有声有色地描摹出词人少女时代一次游乐时的欢乐、惊惧等心灵体验，以及那永远镶嵌在心间的美丽景致，因为词曰"常记"。

至于杨无咎的垂钓词《鹧鸪天》：

　　　　休倩傍人为正冠。披襟散发最宜闲。水云况得平生趣，富贵何曾着眼看。　　　低拍棹，称鸣銮。一尊长向枕边安。夜深贪钓波间月，睡起知他日几竿。

词中垂钓的渔父歪戴头巾，披襟散发，鄙视功名富贵，追求水云情趣，他把低声拍打船桨之声当成皇宫"鸣銮"之音，他夜卧舟中垂钓，醉时舟中安眠，醒时太阳升起。词的语言亦平和自然，词人采用白描素染的手法，写清幽之境。抒旷放之情，将不愿与丑陋的世事合流的孤高傲岸、放浪形骸的文人的行为及心态刻画得淋漓尽致。

2. 意境清幽

陈廷焯《白雨斋词话》卷八有"诗有诗境，词有词境"[1] 之说，"词境"即词的意境。词境的组成主要由情、景两大艺术要素来承担。宋代山水垂钓词，不再侧重客观物象的描摹而注重主观精神的表现，以情构境、托物言志使得词的意境呈现清幽之美。如辛弃疾的《西江月·夜行黄沙道中》：

303

　　　　明月别枝惊鹊，清风半夜鸣蝉。稻花香里说丰年，听取蛙声一片。　　　七八个星天外，两三点雨山前。旧时茅店社林边。路转溪桥忽见。

此词是词人闲居上饶带湖时期的名作。上阕写夜晴之时的景致。"明

---

① （清）陈廷焯：《白雨斋词话》，唐圭璋编《词话丛编》，中华书局1986年版，第3747页。

月""清风"为常见之语，但是当它们与"别枝惊鹊"和"半夜鸣蝉"结合在一起之后，便构成了一个声色兼备、动静皆宜的清幽意境。"稻花香里说丰年，听取蛙声一片"，词人从嗅觉和听觉这两方面抓住夏夜农村最具有特点的事物，紧承上两句进一步加以生发。这是此词的词心，是全篇欢快和喜悦之心情产生的根源之所在。上阕虽然写的是夜晴，但却已经埋伏着雨意了，"蛙声一片"之中传布着骤雨将临的信息。下阕写夜雨。"七八个星天外"，远望乌云四起，透过云隙可以看到稀疏的星光。这境界，与上阕的气氛已有很大的不同。"两三点雨山前"，是骤雨初来，大雨将至的信息。词人惶急赶路且欲寻地避雨，"旧时茅店社林边，路转溪桥忽见"两句写的就是这一心理活动。因为词人平时经常往来于黄沙道中，明明知道树林旁边有一茅草小店，但此时因为是在夜里，再加上心慌，却忽然不见了。可是，过了小溪上的石桥，再拐个弯儿，那座旧时相识的茅店便突然出现在眼前。词人热爱农村生活的主要原因是有如此清幽的意境，词人能够把它反映于词作中便成了一种艺术。

再看孙浩然的《离亭燕》①：

一带江山如画，景物向秋潇洒。水浸碧天何处断，霁色冷光相射。橘树荻花洲，掩映竹篱茅舍。 天际客帆高挂，烟外酒旗低亚。多少六朝兴废事，尽入渔樵闲话。怅望倚层楼，红日无言西下。

宋楼钥《攻媿集》卷七十《跋王晋卿〈江山秋晚图〉》云："宋大夫闻襄王之梦，孙兴公见《天台山图》，皆想象为之赋，文章之妙如此。……晋卿，固自名胜。然方其以舍狁游冶都城嫩寒中，安知江山秋晚时事？不有南州之行，宁能写浩然词意耶？孙浩然词云：'一带江山如画（略）。'"（王诜，字晋卿，宋英宗驸马，是有名画家）词上阕，写秋日碧蓝的天空与一望无际的江水互相辉映，远望去，犹如蓝天浸入江水而连成

---

① 黄升《花庵词选》录入此词，也题孙浩然作。范公称《过庭录》也录此词，却题张昇作。然王诜与张昇约略同时，张昇是朝廷大官，如果是张作，不应误作孙浩然。据《宋史·张昇传》，张昇一生行踪不曾到过江南，而这首词写的却是金陵的景物。

了一体。雨后天晴，江水反射日光，相映生辉。于这一片轻灵的境界中，江边呈现出一大片开着紫花的芦苇滩，而江边高处则是团团树影的橘树林，而江堤之外是冒着炊烟的农家茅草房、竹篱笆。此为清幽意境之一。下阕，笔触又回到江面，远处水天相接，白帆点点，江外有飘着酒旗的酒店。江面上是南来北往的利名客以及以渔为生的打鱼人，山上是砍柴人。词人怅然地倚着高楼上的栏杆，看着无言西下的夕阳，感叹人生短暂，江山永恒，一代代兴盛衰亡的史事都成了渔歌樵唱的对象。此为又一清幽意境。王诜读了孙浩然的《离亭燕》，便豪兴大发，画了一幅《江山秋晚图》，而关键是此词确有独特的清幽意境。

至于垂钓词如胡仔《满江红》：

> 泛宅浮家，何处好、苕溪清境。占云山万叠，烟波千顷。茶灶笔床浑不用，雪蓑月笛偏相称。争不教、二纪赋归来，甘幽屏。　红尘事，谁能省。青霞志，方高引。任家风舴艋，生涯笭箵。三尺鲈鱼真好脍，一瓢春酒宜闲饮。问此时、怀抱向谁论，惟箕颍。

胡仔（1110—1170），字元任，徽州绩溪（今属安徽）人，胡舜陟次子。北宋宣和（1119—1126）年间寓居泗上，以父荫补将仕郎，授迪功郎，监潭州南岳庙，升从仕郎。绍兴六年（1136），随父任去广西。为广西经略安抚司书写机宜文字，转文林郎、承直郎，就差广西提刑司干办事。居岭外7年。绍兴十三年，其父遭秦桧陷害，遂隐居浙江湖州之苕溪。其《苕溪渔隐丛话》前集卷五十五云：“余卜居苕溪，日以渔钓自适，因自称苕溪渔隐，临流有屋数椽，亦以此命名。僧了宗善墨戏，落笔潇洒，为余作《苕溪渔隐图》，览景撼怀，时有鄙句，皆题之左方。”左方之题中便有此首《满江红》。苕溪一带风景幽美，中唐著名的“烟波钓徒”张志和亦曾隐居于此。此词是胡仔于苕溪赋闲二十余年后所作，词开篇便化用张志和的名句，以自问自答引出对苕溪“清境”的赞美，“云山万叠，烟波千顷”，意境亦清幽之极，词人接着“览景撼怀”，化用一系列典故以抒写自己淡泊高远的隐逸情怀。离开清幽的意境，词人的高雅

305

情趣将难以摅展。

再如陆游的《长相思》：

> 桥如虹，水如空，一叶飘然烟雨中。天教称放翁。　　侧船篷，使江风，蟹舍参差渔市东。到时闻暮钟。

词人驾一叶扁舟飘然出没于桥如垂虹、水似苍穹的云雨烟波之中；垂钓完毕，调转船头，顺着江风，来到屋舍参差的渔市东头；热闹的渔市结束，天已傍晚，耳边传来山头佛寺的暮钟声。寥寥数语，清幽的意境迭出。面对如此优美的水乡风物，过着自由自在地垂钓休闲生活，陆游疏放地自我解嘲说，这是天公有意让我自号"放翁"。（《宋史》载："人讥其颓放，因自号放翁。"①）陆游借此清幽的意境来排遣自己心中的郁闷不平。

词人之灵感、构思，词的题材、风格、意境都可来源或受启发于景物万象。河岳山川，万千物态，耳目得之，内心感之，词人们歌之咏之，日积月累，佳作乃出。山水词、垂钓词便是宋代士人内在的心灵世界、精神宇宙与外在的自然世界、物质宇宙互相撞击、对流、融汇的艺术结晶，字里行间包蕴着种种休闲文化观念，具有极高的审美价值，研究宋词便不可忽略之。

纵观以上节序词、宴饮词、游乐词的词例分析，可见两宋文人从岁时节日到平日的三餐宴饮再到日常的游乐皆享受着休闲的时光，可谓无时不可休闲。这些休闲词强调的是身心的安宁、自由甚至个人的闲适，而非轰轰烈烈的社会事业，有时此类词作被批判为带有个人主义色彩的消极思想，其实它们是词人对封建专制的反抗，是词人对仕进为贵、以治国平天下为己任的传统人生观的挑战，是人摆脱重重束缚向全面发展、自由独立的人转变的必然过程。没有自我意识的人其实是奴性十足的人，奴性根深蒂固的人生命永远是如履薄冰，当然无法获得永恒的幸福与快乐，他们的内心也一刻不得休闲。

306

---

① （元）脱脱等：《宋史》卷三百三十八，中华书局 1977 年版，第 12058 页。

# 第六章　从休闲词考察宋人无物不可休闲的文化

　　山水风月、花鸟虫鱼、亭台楼阁等意象于宋词中出现的频率极高，且每一意象都能给词人以一定的休闲意味。如"门"意象词："小院深深门掩亚。寂寞珠帘，画阁重重下。"（欧阳修《蝶恋花》）"小院朱门开一扇。"（贺铸《蝶恋花》）"门隔花深梦旧游。"（吴文英《浣溪沙》）"门掩黄昏，画堂人寂，暮雨乍收残暑。"（刘焘《八宝妆》）"雨打梨花深闭门。"（李清照《鹧鸪天》）"萧条庭院，又斜风细雨，重门须闭。"（李清照《念奴娇》）"门前杨柳绿成阴。翠坞笼香径自深。"（程垓《瑞鹧鸪·春日南园》）"门外可罗雀，长者肯来寻。留君且住，听我一曲楚狂吟。"（沈瀛《水调歌头》）"门外湖光清似玉，雨桐烟柳扶疏。爱闲吾亦爱吾庐。"（陈允平《临江仙·寿千八兄》）"门掩新阴孤馆静。杨花却解来相趁。"（张炎《渔家傲·病中未及过毗陵》）"门当竹径，鹭管苔矶，烟波自有闲人。"（张炎《声声慢·赋渔隐》）宋词中的门多是紧闭或是半掩，且门前不是杨柳低垂、绿树成荫就是竹径悠长、湖光似玉，呈现出一片宁静祥和的氛围，体现了两宋词人们不愿与俗人往来，喜欢关起门来静静地过安逸休闲的日子，即便是晏殊他于宴饮之后亦是"小园香径独徘徊"，他在关闭了多重门的自家后园里独自散步。再看"影"意象。根据南京师范大学《全宋词》书库所提供的检索结果①，全宋词中使用"影"意向的

---

　　① 《全宋词》电子计算机检索系统，南京师范大学张成、曹济平研制，1991 年 9 月通过鉴定。

次数达 2777 次之多。写影之词如："晚云将雨不成阴。竹月风窗弄影。"（陈师道《西江月·席上劝彭舍人饮》）"记得小轩岑寂夜。廊下。月和疏影上东墙。"（苏轼《定风波》）"回风落景。散乱东墙疏竹影。满座轻微。入袖寒泉不湿衣。"（苏轼《减字木兰花》）"明月忽飞来，花影和帘卷。"（张孝祥《生查子》）"玉龙细点三更月。庭花影下余残雪。"（张孝祥《菩萨蛮》）"水影横池馆。对静夜无人，月高云远。"（张先《卜算子慢》）"故园避暑，爱繁阴翳日，流霞供酌。竹影筛金泉漱玉，红映微花帘箔。"（仲殊《念奴娇》）"闲碾凤团消短梦，静看燕子垒新巢。又移日影上花梢。"（无名氏《浣溪沙》）"一笑归来人未睡，花送影，上窗棂。"（张镃《江城子·夏夜观月》）"人影窗纱。是谁来折花。"（蒋捷《霜天晓角》）词人于月影、水影、窗影、花影、竹影等各种虚幻、迷蒙的影子中获得无尽闲逸的审美享受。总之，宋词中的意象极其丰富，词人们遍收万象入词，可谓无物不可休闲。以上只是略看意象一二，下文从天上、地上、水上各取一物，拟以月、梅、舟三种意象为例，从休闲的角度略加详细地探析其思想意蕴及艺术特色。

# 第一节　追求超凡脱俗之休闲情趣的月词

月的意象在宋词中出现 5700 次之多。在众多的月意象词中，其思想意蕴极其丰富，本节仅从以下三个方面来探析其休闲的思想意蕴。

（1）对畅情适意的月中仙境的向往，体现了宋人对自由愉悦的仙界般快乐生活的追求。

中国古代关于月亮的神话有："有女子方浴月，帝俊妻常羲，生十二月，此始浴之"（《山海经·大荒西经》），"姮娥，羿妻，羿请不死之药于西王母，未及服之。姮娥盗食之，得仙，奔入月中为月精"（《淮南子·览冥训》高诱注），"姮娥遂托身于月，是为蟾蜍"（《后汉书·天文志》注引《灵宪》），"夜光何德，死则又育？厥利维何，而顾菟在腹？"（屈原《楚辞·天问》）"旧言月中有桂，有蟾蜍。故异书言月桂高五百丈，下有一人常斫之，树创随合。人姓吴名刚，西河人，学仙有过，谪令伐树"

（《酉阳杂俎·前集》）① 等。因为这些传说，人们便称月为玉兔、夜光、素娥、冰轮、玉轮、玉蟾、桂魄、蟾蜍、顾菟、婵娟、玉弓、玉桂、玉盘、玉钩、玉镜、冰镜、广寒宫、嫦娥、玉羊等，姑且不论人们对传说人物的褒贬，且看词中对畅情适意的月中仙境的向往。

米芾《蝶恋花·海岱楼玩月作》曰：

> 千古涟漪清绝地。海岱楼高，下瞰秦淮尾。水浸碧天天似水。广寒宫阙人间世。霭霭春和生海市。　　鳌戴三山，顷刻随轮至。宝月圆时多异气。夜光一颗千金贵。

此词为绍圣四年（1097）词人知涟水军时所作。海岱楼是词人任所涟水军的一座名楼，并不太高，而在词人笔下，此楼竟如同杜甫笔下"一览众山小"的泰山，既为"千古涟漪清绝地"又可以"下瞰秦淮"。之所以会有这种感觉，全在于词人是于月色中登楼。月色下的海岱楼犹如海市蜃景，而月中仙境广寒宫、月亮居息的鳌戴三山随着月轮转至中空而展现在词人的心海里，词人对之心存向往。"宝月圆时多异气"，此"异"便在于月亮仙界的畅情适意不同于人世间给予人太多的束缚。词人由衷地道出"夜光一颗千金贵"，那澄澈空明的水，那奇诡的"海市蜃楼"，都是因为此身无价的月轮夜光的照射，使人觉得如在仙境。词人对自由愉悦的仙界般快乐生活的向往溢于言表。

张孝祥《水调歌头·金山观月》曰：

> 江山自雄丽，风露与高寒。寄声月姊，借我玉鉴此中看。幽壑鱼龙悲啸，倒影星辰摇动，海气夜漫漫。涌起白银阙，危驻紫金山。　　表独立，飞霞佩，切云冠。漱水濯雪，眇视万里一毫端。回首三山何处，闻道群仙笑我，要我欲俱还。挥手从此去，翳风更骖鸾。

---

词前序曰："与喻子才同登金山，江平如席，月白如昼，安国赋此调。"词上阕描写秋夜月下仙境般的壮丽长江。词中亲切地称月亮为月姊，词人为何对月亮如此敬爱？在皎洁月光中，白日不可见的奇幻的自然景象呈现出来，星空倒映，随波摇动，透过弥漫江面的无边无际的夜雾，仿佛听到潜藏在深水中鱼龙的呼啸哀号，"涌起白银阙，危驻紫金山"，江上涌现的滚滚白浪，使得镇江金山在月光下好像一座座仙宫。于月色下，词人通过虚幻的艺术感受描绘出一派仙境。词下阕着重抒写词人沉浸美景而飘然出尘的思绪。"表独立，飞霞佩，切云冠"（表，特，屈原《九歌·山鬼》："表独立兮山之上。"佩，同佩，是佩带的玉饰。切云是一种高冠名。屈原《涉江》："冠切云之崔嵬。"），是仙人的装扮。词人浸沉在如同冰雪那样洁白的月光里，他的目力仿佛能透视万里之外的细微景物。"回首"以下五句，宕开笔力，飘然欲仙。"三山"，我国古代传说海上有三座神山，即方丈、蓬莱、瀛洲。词人浪漫地构想，"闻道群仙笑我，要我欲俱还"，似乎神仙在向他微笑，要他与之同往。词人幻想自己乘坐风羽做的华盖，用鸾鸟来驾车的情景，富有游仙的意趣。"陈应行在《于湖先生雅词序》中说，读张孝祥词作'冷然洒然，真非烟火食人辞语。予虽不及识荆，然其潇散出尘之姿，自然如神之笔，迈往凌云之气，犹可想见也'。"[1] 在这首词中所抒写的潇散出尘、飘然欲仙的情思，不仅显示出词人开阔的心胸和奇特的英气，而且生动地反映了他对自由愉悦的仙界般快乐生活的向往。

其他表示对畅情适意月中仙境的向往的词如：

茫茫云海，方丈蓬壶何处在。拟泛轻舟，一到金鳌背上游。琼楼珠室，千岁蟠桃初结实。月冷风清，试倩双成吸玉笙。（李纲《减字木兰花·读神仙传》）

插天翠柳，被何人，推上一轮明月。照我藤床凉似水，飞入瑶台琼阙。雾冷笙箫，风轻环佩，玉锁无人掣。闲云收尽，海光天影相

---

① 金启华主编：《唐宋词集序跋汇编》，江苏教育出版社1990年版，第165页。

接。　　谁信有药长生，素娥新炼就、飞霜凝雪。打碎珊瑚，争似看、仙桂扶疏横绝。洗尽凡心，满身清露，冷浸萧萧发。明朝尘世，记取休向人说。(朱敦儒《念奴娇》)

　　飞来冰雪冷无声。可中庭。骨毛清。卧看东南，和露两三星。蓦地神游天上去，呼彩凤，驾云軿。　　望舒宫殿玉峥嵘。桂千层。宝香凝。捣药仙童，邀我论长生。一笑归来人未睡，花送影，上窗棂。(张镃《江城子·夏夜观月》)

李纲《减字木兰花·读神仙传》描写月下仙境，表达了畅游月境领略神仙快乐生活的奇妙幻想。朱敦儒《念奴娇》则让自己神游月宫，他虽然否定了人间求长生不死，认为炼仙丹是虚妄之举，但月宫中那种可"洗尽凡心，满身清露，冷浸萧萧发"之无贪无欲美好世界中的美好生活着实使词人留恋不已，这才是此词的真实内涵。张镃《江城子·夏夜观月》亦作"蓦地神游天上去"的月宫仙游之妙想，在洁白如玉的峥嵘月宫中，词人目观密密千层的桂树、嗅闻浓得似乎凝固的桂花宝香，而最大的收获让词人极为惬意的是"捣药仙童，邀我论长生"。

此类表示对畅情适意月中、月色仙境的向往之词，虽然风格各异、气度亦有差别，但它们无不体现了词人对自由愉悦的仙界般快乐生活的向往，对休闲的生活的迫切追求。

(2) 对宁静、悠远的明月澄澈之境的追求，体现了宋人超凡脱俗、皈依自然的休闲情趣。

古人"日出而作，日入而息"。他们于夜晚休息时，面对月缺盈亏的宇宙苍穹，产生了好奇、疑问以及一系列幻想，从而产生了耳口相传的神话，那是古人珍贵的艺术创作。到了宋代，这种被后人所沿袭且蕴含一定文化内涵的生活习惯，不再仅以神话的形式表达人们的困惑和企盼，宋人用诗词歌赋多种文学形式表达自己的各种思想，而最主要的是各种文学样式中都集中展示了宋人注重了自我价值的体现，他们所创作的文学作品中的主人公不再是嫦娥、玉兔、西王母等，这些神话中的人物都成为配角，而现世的人且更多的是词人自己成了始终控制全局的主

311

人公。

欧阳修《采桑子》曰：

> 天容水色西湖好，云物俱鲜。鸥鹭闲眠。应惯寻常听管弦。
> 风清月白偏宜夜，一片琼田。谁羡骖鸾。人在舟中便是仙。

此词描写西湖月夜美景，湖水天光相映，柔风习习，夜鸟闲眠，"应惯寻常听管弦"，物我相融、天人合一，一片宁静、美好，好似人间仙境。而颍州西湖之月色一如苏舜钦沧浪亭之月色。苏舜钦《沧浪亭记》曰：

> 予以罪废，无所归。扁舟南游。旅于吴中，始僦舍以处。时盛夏蒸燠，土居皆褊狭，不能出气，思得高爽虚辟之地，以舒所怀，不可得也。
>
> 一日过郡学，东顾草树郁然，崇阜广水，不类乎城中。并水得微径于杂花修竹之间。东趋数百步，有弃地，纵广合五六十寻，三向皆水也。杠之南，其地益阔，旁无民居，左右皆林木相亏蔽。访诸旧老，云钱氏有国，近戚孙承祐之池馆也。坳隆胜势，遗意尚存。予爱而徘徊，遂以钱四万得之，构亭北碕，号沧浪焉。前竹后水，水之阳又竹，无穷极。澄川翠干，光影会合于轩户之间，尤与风月为相宜。
>
> 予时榜小舟，幅巾以往，至则洒然忘其归。觞而浩歌，踞而仰啸，野老不至，鱼鸟共乐。形骸既适则神不烦，观听无邪则道以明；返思向之汩汩荣辱之场，日与锱铢利害相磨戛，隔此真趣，不亦鄙哉！
>
> 噫！人固动物耳。情横于内而性伏，必外寓于物而后遣。寓久则溺，以为当然；非胜是而易之，则悲而不开。惟仕宦溺人为至深。古之才哲君子，有一失而至于死者多矣，是未知所以自胜之道。予既废而获斯境，安于冲旷，不与众驱，因之复能见乎内外失得之原，沃然有得，笑傲万古。尚未能忘其所寓目，用是以为胜焉！

苏舜钦（1008—1048）北宋诗人，字子美，梓州铜山（今四川中江）人，迁居开封（今属河南）。曾任县令、大理评事、集贤殿校理，监进奏院等职。因支持范仲淹的庆历革新，为守旧派所恨，御史中丞王拱辰让其属官劾奏苏舜钦，劾其在进奏院祭神时，用卖废纸之钱宴请宾客。于宋仁宗庆历四年（1044）罢职闲居苏州。他初到苏州欲寻"思得高爽虚辟之地，以舒所怀"之地，而"澄川翠干，光影会合于轩户之间"的沧浪亭便成了他的首选。于是他便能够"潇洒太湖岸，淡伫洞庭山"（《水调歌头》），且真切体悟到"形骸既适则神不烦，观听无邪则道以明；返思向之汩汩荣辱之场，日与锱铢利害相磨戛，隔此真趣，不亦鄙哉"。此皆缘于回到了"尤与风月为相宜"的绿水青竹之间，心情阴晦的贬谪之人因自然的和谐而获得了自己身心的和谐，于是他"安于冲旷，不与众驱，因之复能见乎内外失得之原，沃然有得，笑傲万古"，所有的浮躁、苦痛、郁闷的情怀在宁静悠远的月色中得到了慰藉。苏舜钦将此文寄给欧阳修，欧阳修为之作了《沧浪亭》：

> 子美寄我沧浪吟，邀我共作沧浪篇。沧浪有景不可到，使我东望心悠然。荒湾野水气象古，高林翠阜相回环。新篁抽笋添夏影，老枿乱发争春妍。水禽闲暇事高格，山鸟日夕相啾喧。不知此地几兴废，仰视乔木皆苍烟。堪嗟人迹到不远，虽有来路曾无缘。穷奇极怪谁似子，搜索幽隐探神仙。初寻一径入蒙密，豁目异境无穷边。风高月白最宜夜，一片莹净铺琼田。清光不辨水与月，但见空碧涵漪涟。清风明月本无价，可惜只卖四万钱。又疑此境天乞与，壮士憔悴天应怜。鸱夷古亦有独往，江湖波涛渺翻天。崎岖世路欲脱去，反以身试蛟龙渊。岂如扁舟任飘兀，红蕖绿浪摇醉眠。丈夫身在岂长弃，新诗美酒聊穷年。虽然不许俗客到，莫惜佳句人间传。（《全宋诗》卷二八四）

"沧浪有景不可到，使我东望心悠然"，可见欧阳修并未曾涉足苏舜钦的沧浪亭，但欧阳修想象中的沧浪亭"风高月白最宜夜，一片莹净铺琼田。清光不辨水与月，但见空碧涵漪涟"，他认为沧浪亭最动人的景色便

313

是那"莹净"而"空碧"的月色。明月清风的无价便在于此宁静、幽远、纯洁以及其博施众生的宽厚仁爱的心胸，所以沧浪亭之月一如"风清月白偏宜夜，一片琼田"的颍州西湖之月。对欧阳修极其敬重且"思翁无岁年"（《醉翁操》）的苏轼亦言："惟江上之清风，与山间之明月，耳得之而为声，目与之而成色；取之不尽，用之不竭。"（《前赤壁赋》）此番言语是对"清风明月本无价"的最好诠释。欧阳修、苏轼与苏舜钦休闲于各自的月色里，他们的仕途虽然不顺，但他们的心灵却因此而获得安宁。

前已引苏轼的《记承天寺夜游》，记述苏轼于"月色入户"之时"欣然起行"，并找到志同道合的"为乐者"张怀民一同赏月。"何夜无月，何处无竹柏？但少闲人如吾两人耳"，他使自己的精神与自然融为一体，在迷人的月色中，苏轼充分享受休闲的自由、雅趣，尤其重要的是摆脱了外在的压力与不快。苏轼360多首词中，写月夜的有50多首。其中除了含有某种政治感慨（对此不再展开论述）之外，还体现了词人超凡脱俗、皈依自然休闲情趣的词略举数例如下：

> 缺月挂疏桐，漏断人初静。时见幽人独往来，缥缈孤鸿影。　　惊起却回头，有恨无人省。拣尽寒枝不肯栖，枫落吴江冷。（《卜算子》）

对于此词黄庭坚在《豫章先生文集》卷二十六《跋东坡乐府》云："东坡道人在黄州时作，语意高妙，似非吃烟火食人语。非胸中有万卷书，笔下无一点尘俗气，孰能至是。"缺月、幽人、孤鸿，天人合一，物我一体。月圆是美，月缺亦美，关键是词人于月缺幽幽的月色中拥有无所不快、无所不适的休闲心境。孤傲洒脱如孤鸿的幽人、灵敏机智如幽人的孤鸿分别徘徊、飘飞于一片宁静和谐的月色中，他们亦毫无尘俗地、永远灵气地缥缈在中国月夜的文化里。

> 照野弥弥浅浪，横空暖暖微霄。障泥未解玉骢骄。我欲醉眠芳草。可惜一溪明月，莫教踏破琼瑶。解鞍欹枕绿杨桥。杜宇一声春晓。（《西江月》）

314

词前序曰:"公自序云:春夜蕲水中过酒家饮。酒醉,乘月至一溪桥上,解鞍曲肱少休。及觉,已晓。乱山葱茏,不谓尘世也。书此词桥柱。"面对"一溪明月",词人"欲醉眠芳草",且不忍"踏破琼瑶",只觉所在并非烦扰的尘世。词人于自然月色中获得的欣悦之意溢于言表。

　　闲倚胡床,庾公楼外峰千朵。与谁同坐。明月清风我。　　别乘一来,有唱应须和。还知么。自从添个。风月平分破。(《点绛唇》)

词上阕写词人自比东晋时六州都督、征西将军庾亮,亦想创一番文治武功,但苏轼更旷达高远,他优游林泉,流连山水,且只有明月清风为伴,体现出他希求超脱的休闲情趣。卓人月《古今词统》卷三曰:"'明月清风我'胜于'举杯邀明月,对影成三人'多矣。"与唐李白《月下独酌》的心怀异曲同工。下阕写招袁毂一同享受明月清风的快乐。楼钥《攻媿集》卷七十七《跋袁兴禄与东坡同官事迹》:"(袁毂)元祐五年倅杭州,东坡为郡守,相得甚欢,有迓新守启东坡书、龙泉何氏留槎阁记、介亭唱和诗。坡次韵二首……如'别乘一来','风月平分破'之词。最为脍炙。正为公而作,则其宾主之间风流可想而知。"苏轼不仅仅只有清风明月为伴,他"喜欢和朋友雅集,品茗清谈,琴棋书画,饮酒听歌,登临赋诗,月夜散步……"[1] 他有不少亦如清风明月般纯真的朋友,如张怀明、袁毂等。苏州拙政园内之西园因此词而有"与谁同坐轩"(即扇亭),此轩建于清末,其时,苏州富商张履谦购得西园,当时称为补园,张家以制扇起家,故斥资修建了扇形轩作纪念。小轩临水屹立,在树木和花丛的掩映下,与水中的倒影虚实互衬,更显设计之精巧,别有情趣。在"与谁同坐"的反问中,游客要去捕捉、聆听清风明月下的天籁之音,去咀嚼醇美的诗意,去眺望举目入画的景色,真是美不胜收。周瘦鹃先生曾赋《苏州好·调寄望江南》一词,写出了超逸的韵致:"轩宇玲珑如展扇,与谁同坐有知音。于此可横琴。"想那月白风清之夜,一人一亭一壶香茗,伴月

315

---

① 王水照等编:《首届宋代文学国际研讨会论文集》,复旦大学出版社 2001 年版,第 326 页。

听风听琴，人的心琴亦被拨动，使之与山水共响，从而获得了无尽的休闲。这便是苏轼于明月清风中不惜佳句留人间的广博心胸的最好明证。

苏轼"喜江上之清风，山间之明月；遇'松江月满'一类的'清景'而特为淹留"①。苏轼还有词如："灯火钱塘三五夜。明月如霜，照见人如画"（《蝶恋花·密州上元》），"云水萦回溪上路。叠叠青山，环绕溪东注。月白沙汀翘宿鹭。更无一点尘来处"（《蝶恋花》），"清夜无尘，月色如银，酒斟时须满十分"（《行香子》）等皆体现了他超凡脱俗、皈依自然的高情雅趣。

再如林仰的《少年游·早行》：

> 霁霞散晓月犹明。疏木挂残星。山径人稀，翠萝深处，啼鸟两三声。　　霜华重迫驼裘冷，心共马蹄轻。十里青山，一溪流水，都做许多情。

沈际飞《草堂诗余正集》卷一评此词曰："刻画晓景真。"此词描写东方天空布满红霞时月亮仍然大放光明的美妙晨景。词上阕写早行的所见所闻。词人走在山间的小路上，人迹罕见，透过树叶已经落尽的稀疏树枝间，可见到晶莹月亮映照下的几颗未落的残星，于一片静悄悄的山野间，偶尔从藤萝深处传来三两声晨鸟的啼鸣。下阕写早行人的心情。深秋初冬的早晨虽然寒冷，但是有着月色的早晨使人感觉清新、宁静，欢畅的心跳声亦如轻盈的马蹄声响。在如此美丽的月色中早行，词人不觉奔波的孤苦，只觉得经行的十里青山、一溪流水都似乎脉脉含情。词人全身心地融入月色的自然中才获得如许的美感享受，获得休闲的韵味。

其他词人的词如：

> 素月分辉，明河共影，表里俱澄澈。悠然心会，妙处难与君说。
>
> （张孝祥《念奴娇·过洞庭》）

---

① 王兆鹏：《唐宋词史论》，人民出版社 2000 年版，第 165 页。

　　睡觉寒灯里。漏声断、月斜窗纸。自许封侯在万里。有谁知，鬓虽残，心未死。（陆游《夜游宫·记梦寄师伯浑》）

　　碧天如水，一洗秋容净。何处飞来大明镜。谁道斫却桂，应更光辉，无遗照，泻出山河倒影。人犹苦余热，肺腑生尘，移我超然到三境。（向子𬤇《洞仙歌·中秋》）

　　景物因人成胜概。满目更无尘可碍。等闲帘幕小栏干，衣未解。心先快。明月清风如有待。　　谁信门前车马隘。别是人间闲世界。坐中无物不清凉，山一带，水一派。流水白云长自在。（沈蔚《天仙子》）

　　以上所述之篇皆描绘了宁静、幽远的明月澄澈之境，体现了宋人超凡脱俗、皈依自然的休闲情趣。月使词人们战胜内心的孤独、愤恨和苦痛，宁静、博爱的月色给他们心灵以抚慰，使得词人心胸坦然，不再因外物而损伤自身的心性和人格操守。

　　（3）词中体现的愿人如月之圆缺盈亏、循环往复的愿望，表现了两宋词人对人生长久、人事长圆之美满生活的企盼。

　　由前文分析可知，积贫积弱的社会现实，使词人们痛切地意识到命运的难以把握，进而产生"人生如寄"的空漠之感，在月词中体现为人不如月的感叹和愿人如月的企盼。

　　直接感叹人不如月的词如：

　　夕阳低尽柳如烟。淡平川。断肠天。今夜十分，霜月更娟娟。怎得人如天上月，虽暂缺，有时圆。　　断云飞雨又经年。思凄然。泪涓涓。且做如今，要见也无缘。因甚江头来处雁，飞不到，小楼边。（周紫芝《江城子》）

　　风帆更起，望一天秋色，离愁无数。明日重阳尊酒里，谁与黄花为主。别岸风烟，孤舟灯火，今夕知何处。不如江月，照伊清夜同去。　　船过采石江边，望夫山下，酹水应怀古。德耀归来虽富贵，忍弃平生荆布。默想音容，遥怜儿女，独立衡皋暮。桐乡君子，念予

317

憔悴如许。(张孝祥《念奴娇》)

恨君不似江楼月，南北东西。南北东西，只有相随无别离。
恨君却似江楼月，暂满还亏。暂满还亏。待得团圆是几时。(吕本中
《采桑子》)

"怎得人如天上月，虽暂缺，有时圆""不如江月，照伊清夜同去"
"恨君不似江楼月"等皆体现了词人对明月的欣羡之情。明月圆缺相间，
圆时与缺时的时间亦相当，而且圆缺盈亏可以周而复始地循环往复。与此
相比，人确实不如月，人生苦短，而在有限的生命中，人们还要品尝离别
的痛苦，尤其是宋代的士大夫文人，由于体制的约束，他们只有在休沐之
日才可与家人团聚，若遇贬谪则要与亲朋离别，有时甚至一别便成永诀。
而且宋朝的版图越来越小，到了南宋只剩半壁江山，恰似一钩残月，使得
部分宋人又遭遇国破家亡的命运。多思多情的宋代词人面对亘古不变的明
月不免抒发自己的感叹和企盼。首先来探析苏轼的部分月词。如其《定风
波》曰：

月满苕溪照夜堂。五星一老斗光芒。十五年间真梦里。何事。长
庚对月独凄凉。　绿鬓苍颜同一醉。还是。六人吟笑水云乡。宾主
谈锋谁得似。看取。曹刘今对两苏张。

词前序曰："公自序云：余昔与张子野、刘孝叔、李公择、陈令举、
杨元素会于吴兴。时子野作六客词，其卒章云：'见说贤人聚吴分。试问。
也应旁有老人星。'凡十五年，再过吴兴，而五人者皆已亡矣。时张仲谋
与曹子方、刘景文、苏伯固、张秉道为坐客，仲谋请作后六客词。"《嘉泰
吴兴志》卷十八载："东坡六客词，在墨妙亭，元祐六年（1091）著。"
元祐六年苏轼已经历了"乌台诗案"、黄州之贬，曾经与他一起聚会于
吴兴的张子野等五人皆已亡，面对人事的变幻莫测，苏轼在苍茫的月色
下独自忧伤，感叹"十五年间真梦里"，人生转瞬即逝。词人感悟至此，
才又于月色下"绿鬓苍颜同一醉"，老少六人诗酒流连、谈笑风生地休

318

闲于水云间,但是,"看取。曹刘今对两苏张",其中挥不去物是人非的感伤。苏轼让"余词尽废"(胡仔《苕溪渔隐丛话》后集卷三十九)的《水调歌头》曰:

> 明月几时有,把酒问青天。不知天上宫阙,今夕是何年。我欲乘风归去,又恐琼楼玉宇,高处不胜寒。起舞弄清影,何似在人间。 转朱阁,低绮户,照无眠。不应有恨,何事长向别时圆。人有悲欢离合,月有阴晴圆缺,此事古难全。但愿人长久,千里共婵娟。

此词于熙宁九年(1076)八月十五日作于密州。词前序曰:"丙辰中秋,欢饮达旦,大醉。作此篇,兼怀子由。"陈元靓《岁时广记》卷三十一引《复雅歌词》:"是词乃东坡居士以丙辰(1076)中秋,欢饮达旦,大醉,作《水调歌头》兼怀子由。……元丰七年(1084),都下传唱此词。神宗问内侍外面新行小词,内侍录此进呈。读至'又恐琼楼玉宇,高处不胜寒',上曰:'苏轼终是爱君。'乃命量移汝州。"但是如果只是怀弟抑或爱君,此词不会深得众人如此厚爱。面对清明澄澈的天地宇宙,词人神思飞跃,但又紧紧联系着人生,探索着人生的哲理与宇宙的奥秘,"明月几时有,把酒问青天。"这种探索,前人亦已有之,如李白的《把酒问月》:"青天有月来几时?我今停杯一问之。……今人不见古时月,今月曾经照古人。"张若虚的《春江花月夜》:"江畔何人初见月?江月何年初照人?人生代代无穷已,江月年年只相似。"等等。但诗的主题多半是感慨宇宙永恒,个人的生命短暂即逝,而人类的存在则是绵延久长的,因之"代代无穷已"的人生就和"年年只相似"的明月得以共存,这是诗人们从大自然的美景中感受到的一种欣慰。苏轼此词在此处却别开生面,他的思想没有陷入前人窠臼,而是翻出了新意:"人有悲欢离合,月有阴晴圆缺,此事古难全。但愿人长久,千里共婵娟。"人的悲欢离合、月的阴晴圆缺自古而然,词人唯一的心愿便是天各一方的亲朋能够身常健且永远相忆相爱地共赏一轮亘古的纯净明月。其中蕴含着词人随缘自适的人生态度,但词人对人生长久、人事长圆的企盼亦蕴含其中。此思想在苏轼其他词中亦多

319

有体现：

> 持杯遥劝天边月。愿月圆无缺。持杯复更劝花枝。且愿花枝长
> 在、莫离披。　　持杯月下花前醉。休问荣枯事。此欢能有几人知。
> 对酒逢花不饮、待何时。（《虞美人》）
>
> 长忆别时，景疏楼上，明月如水。美酒清歌，留连不住，月随人
> 千里。别来三度，孤光又满，冷落共谁同醉。卷珠帘，凄然顾影，共
> 伊到明无寐。　　今朝有客，来从淮上，能道使君深意。凭仗清淮，
> 分明到海，中有相思泪。而今何在，西垣清禁，夜永露华侵被。此时
> 看，回廊晓月，也应暗记。（《永遇乐·寄孙巨源》）
>
> 娟娟缺月西南落。相思拨断琵琶索。枕泪梦魂中。觉来眉晕
> 重。　　华堂堆烛泪。长笛吹《新水》。醉客各西东。应思陈孟
> 公。（《菩萨蛮·述古席上》）
>
> 画檐初挂弯弯月。孤光未满先忧缺。遥认玉帘钩。天孙梳洗
> 楼。　　佳人言语好。不愿求新巧。此恨固应知。愿人无别离。
> （《菩萨蛮·新月》）
>
> 暮云收尽溢清寒。银汉无声转玉盘。此生此夜不长好，明月明年
> 何处看。（《阳关曲》）

《虞美人》中，词人持杯劝月劝花，"愿月圆无缺"，"且愿花枝长在、
莫离披"，体现了苏轼愿月长圆、人事长圆的情感。《永遇乐》叙述词人三
年前与好友孙巨源分别于明月如水的景疏楼上，虽然"月随人千里"，但
"而今何在"？只有"回廊晓月"一定默默记住了他们之间的深情厚谊。
《菩萨蛮·述古席上》亦写于"娟娟缺月西南落"之时对友人的思念。《菩
萨蛮·新月》写七夕之夜佳人好言好语对月祈祷，她们不是为"求新巧"
才如此，而是声声念叨"愿人无别离"，盼望远行的亲人早点还家。《阳关
曲》词前序曰："中秋作。""此生此夜不长好，明月明年何处看"，苏轼于
中秋夜作如此语，他体悟到人月无常的深刻哲理，其中亦隐含着他对人事
长圆的美好生活的企盼。下面再探析其他词人的词。

宋徽宗赵佶《醉落魄·预赏景龙门追悼明节皇后》曰：

> 无言哽噎。看灯记得年时节。行行指月行行说。愿月常圆，休要暂时缺。　　今年华市灯罗列。好灯争奈人心别。人前不敢分明说。不忍抬头，羞见旧时月。

"愿月常圆，休要暂时缺"，君临一国的帝王在永恒的自然面前声声祈求而显得格外无助。当年与明节皇后于月圆之夜赏灯时的心心相印、情趣相投的欢乐生活使词人永远难忘，而今灯市依然罗列，月色依然清明，但他"不忍抬头，羞见旧时月"。这种只见旧时月色不见旧时人的惆怅之情，还有如："当时明月在，曾照彩云归"（晏几道《临江仙·梦后楼台高锁》），"琼枝璧月春如昨。怅别后华表，那回双鹤。相思除是，向醉里、暂忘却"（张元干《兰陵王》），"百年短短兴亡别。与君犹对当时月。当时月。照人烛泪，照人梅发"（刘辰翁《忆秦娥》），等等，皆体现了词人对人事长圆的美好生活的企盼。又如李清照的《一剪梅》：

> 红藕香残玉簟秋。轻解罗裳，独上兰舟。云中谁寄锦书来，雁字回时，月满西楼。　　花自飘零水自流。一种相思，两处闲愁。此情无计可消除，才下眉头，却上心头。

词人"才下眉头，却上心头"的相思离别之情借"雁字回时，月满西楼"的目断神迷的意境来表达，在宁静的月色中盼望赵明诚能够早早回归。又如"料得年年断肠处，明月夜，短松冈。"（苏轼《江神子》）词人往往通过明月表达夫妻团圆的企盼之情，那孤寂苦痛的情感因月得到了抚慰，那紧张伤悲的精神因月得到了松弛，这又何尝不是一种精神和生命意义上的休闲呢？

虽然"不需俗客到，莫惜佳句人间传"，宋代文人们用诗词歌赋铸就了另一片犹如月色的澄澈之境，此境在宋词中展现尤其突出，使后人的心境因流连于他们所创的"月色"而获得宁静，亦因此而领略超凡脱俗的休闲境界。

## 第二节　追求清雅超逸之休闲情趣的梅词

在重点探析梅意象词之前，先概览一下宋人普遍的赏花活动。孟元老《东京梦华录》多处记载和描述北宋人的赏花活动。如此卷六"收灯都人出城探春"载：

> 收灯毕，都人争先出城探春……南洗马桥西巷内，华严尼寺、王小姑酒店。北金水河两浙尼寺、巴娄寺、养种园，四时花木，繁盛可观。……大抵都城左近，皆是园圃，百里之内，并无闲地。次第春容满野，暖律暄晴，万花争出粉墙，细柳斜笼绮陌，香轮暖辗，芳草如茵，骏骑骄嘶，杏花如绣，莹啼芳树，燕舞晴空，红妆按乐于宝榭层楼，白面行歌近画桥流水，举目则秋千巧笑，触处则蹴踘疏狂。寻芳选胜，花絮时坠金樽；折翠簪红，蜂蝶暗随归骑。①

从中可见赏花寻芳乃是宋人郊游活动的重要内容。又如此卷七"驾回仪卫"条载：

> 是月季春，万花烂漫，牡丹、芍药、棣棠、木香，种种上市。卖花者以马头竹篮铺排，歌叫之声，清奇可听，晴帘静院，晓幕高楼，宿酒未醒，好梦初觉，闻之莫不新愁易感，幽恨悬生，最一时之佳况。②

此段对三月季春汴京街头的卖花情景作了形象生动的描述。再如此卷八载：

> 自五月一日及端午前一日，卖桃、柳、葵花、蒲叶、佛道艾。次日，家家铺陈于门首，与粽子、五色水团、茶酒供养，又钉艾人于门

---

① （宋）孟元老著，伊永文笺注：《东京梦华录笺注》，中华书局 2006 年版，第 612—613 页。
② 同上书，第 737 页。

上，士庶递相宴赏。①

此处记述了北宋汴京（开封）"端午"的供花习俗。又如此卷八"重阳"条载：

> 九月重阳，都下赏菊有数种：其黄白色蕊若莲房，曰："万龄菊"；粉红色曰"桃花菊"，白而檀心曰"木香菊"，黄色而圆者曰"金铃菊"，纯白而大者曰"喜容菊"，无处无之。酒家皆以菊花缚成洞户。都人多出郊外登高，如仓王庙、四里桥、愁台、梁王城、砚台、毛驼冈、独乐冈等处宴聚。②

此段文字对汴京城里群众性的赏菊活动亦作了生动详细的描述。南宋的赏花活动较之北宋规模更大、内容更丰富。如《梦粱录》卷十八"花之品"条详细地记录了当时人所栽培和喜爱的上百种花卉名称，并且在每种花卉后面都附载了宋代诗人们为之题写的咏花诗篇，于此可见宋人赏花活动的频繁及其高雅的浓厚兴趣。《梦粱录》卷一"二月望"条载：

> 仲春十五日为花朝节，浙间风俗，以为春序正中，百花争放之时，最堪游赏，都人皆往钱塘门外玉壶、古柳林、杨府、云洞，钱湖门外庆乐、小湖等园……玩赏奇花异木。③

花朝节，又称百花节、花王节。农历二月十五日（一说二月十二日），是传说中百花（或花王）的生日，故称花朝节。南宋人喜游赏，花朝节游人尤盛，《梦粱录》记述了南宋首都临安花朝节的盛况。又据明人田汝成《西湖游览志余》卷二十"熙朝乐事"条载：

323

---

① （宋）孟元老著，伊永文笺注：《东京梦华录笺注》，中华书局2006年版，第754页。
② 同上书，第817页。
③ （宋）孟元老等：《东京梦华录　都城纪胜　西湖老人繁胜录　梦粱录　武林旧事》，中国商业出版社1982年版，第7页。

二月十五日为花朝节，盖花朝月夕，世俗恒言二、八两月为春、秋之中，故以二月半为花朝，八月半为月夕也。是日，宋时有扑蝶之戏，今虽不举，而寺院启涅槃会，谈《孔雀经》，拈香者麇至，犹其遗俗也。

花朝节的庆贺活动，除祭祀花神外，还要举行扑蝶、踏青、赏花、种花等诸种活动。花朝节成了宋代群众性的外出郊游赏花的节日。据《西湖老人繁盛录》"端午节"条载：

初一日，城内外家家供养，都插菖蒲、石榴、蜀葵花、栀子花之类……虽小家无花瓶者，用小坛也插一瓶花供养，盖乡土风俗如此。寻常无花供养，却不相笑；惟重午不可无花供养。……茉莉盛开城内外。扑戴朵花者，不下数百人。①

此段文字记录南宋临安（即杭州）人于端午节插花、养花、戴花等活动。周密的《武林旧事》卷二"赏花"条载：

禁中赏花非一。先期后苑及修内司分任排办，凡诸苑亭榭花木，妆点一新，锦帘绡幕，飞梭绣球，以至裀褥设放，器玩盆窠，珍禽异物，各务奇丽。……起自梅堂赏梅，芳春堂赏杏花，桃源观桃，粲锦堂金林檎，照妆亭海棠，兰亭修禊，至于钟美堂赏大花为极盛。堂前三面，皆以花石为台三层，各植名品，标以象牌，复以碧幕。台后分植玉绣球数百株，俨如镂玉屏。堂内左右各列三层雕花彩槛，护以彩色牡丹画衣，间列碾玉水晶金壶及大食玻璃、官窑等瓶，各簪奇品，如姚、魏、御衣黄、照殿红之类几千朵，别以银箔间贴大斛，分种数千百窠，分列四面。至于梁栋窗户间，亦以湘筒贮花，鳞次簇插，何啻万朵。堂中设牡丹红锦地茵，自殿中（宋刻"中殿"）妃嫔，以至内官，各赐翠叶牡丹、分枝铺翠牡丹、御书画扇、

---

① （宋）孟元老等：《东京梦华录　都城纪胜　西湖老人繁胜录　梦梁录　武林旧事》，中国商业出版社1982年版，第10页。

龙涎、金盒之类有差。下至伶官乐部应奉等人，亦沾恩赐，谓之
"随花赏"。或天颜悦怿，谢恩赐予，多至数次。至春暮，则稽古
堂、会瀛堂赏琼花，静侣亭紫笑、净香亭采兰挑笋，则春事已在绿
阴芳草间矣。①

此段文字比较详尽地记述了宫廷中的赏花活动。又如陆游《老学庵笔
记》卷八载：

> 四月十九日，成都谓之浣花。遨头宴于杜子美草堂沧浪亭。倾城皆
> 出，锦绣夹道。自开岁宴游，至是而止，故最盛于他时。予客蜀数年，
> 屡赴此集，未尝不晴。蜀人云："虽戴白之老，未尝见浣花日雨也。"

这里记述了于四月十九日之"浣花日"，南宋成都仕女游男以"遨
头"（州郡长官）为嬉游队伍的首领，锦绣夹道，丽服亮彩，于丽日当
天之时享受无尽的花香，呈现一派闲暇节日之象，这确是一个游赏的好
去处。

由以上所呈资料可见宋人在生活中对花投入了极大的关注。前文所
引"张约斋赏心乐事"一文便记述了张镃在其南湖别墅里按一年十二月
的次序所排列的赏花系列表。陆游在其《花时遍游诸家园》一诗中说：
"为爱名花抵死狂。"于此可见宋人心目中花之地位的重要。爱花使宋人
对花卉进行深刻研究，使之成为一门学问。现在流传下来的花卉书籍出
自宋人之手且有权威的甚多，如苏颂的《本草图经》、吴仁杰的《离骚草
木疏》、谢翱的《楚辞芳草谱》、张镃的《梅品》、范成大的《梅谱》、欧
阳修的《洛阳牡丹记》、陆游的《天彭牡丹谱》、周密的《吴兴园林记》
等。爱华、赏花、种花、研究花，使得宋人在文学创作中大量咏写花。宋
词中广泛咏写花事：赏花、种花、卖花、买花、送花、嗅花、惜花、佩
花、题花、折花，花神、花朝、花市、花客、花会、花信，花前饮酒、花

325

---

① （宋）孟元老等：《东京梦华录  都城纪胜  西湖老人繁胜录  梦粱录  武林旧事》，中国
商业出版社 1982 年版，第 41 页。

前学唱、花下赏月，等等，无所不有，体现了宋人爱花至上的审美心理。下面，拟以梅词为例，探析宋人赏花惜花的情羡情殇中所蕴含的休闲生命情怀。

"宋人特重梅花，各家几乎都有吟咏，诗词中咏梅成了一个热门的题目。《梅苑》之辑，就反映了这种风尚。"[①] 周敦颐《爱莲说》云："水陆草木之花，可爱者甚蕃。晋陶渊明独爱菊；自李唐来，世人皆爱牡丹；予独爱莲之出淤泥而不染，濯清涟而不妖，中通外直，不蔓不枝，香远益清，亭亭净植，可远观而不可亵玩焉。"晋人爱菊，唐人爱牡丹，宋人周敦颐独爱莲，而仔细遍览宋代诗词，大多数宋人于"可爱者甚蕃"的千花万卉的"水陆草木之花"中却特别喜爱在前代文学作品中并不太显眼的梅花。对此，清代的《四库全书总目》卷167《梅花字字香》提要就曾精辟地指出：

> 《离骚》遍撷香草，独不及梅，六代及唐，渐有赋咏，而偶然寄意，视之亦与诸花等。自北宋林逋诸人递相矜重"暗香疏影"、"半树横枝"之句，作者始别立品题。南宋以来，遂以咏梅为诗家一大公案，江湖诗人，无论爱梅与否，无不借梅以自重，凡别号及斋馆之名，多带"梅"字，以求附于雅人。黄大舆至辑诗余《梅苑》十卷，方回《瀛奎律髓》，凡咏物俱入著题类，而梅花则自立一类，此倡彼和，沓杂不休。[②]

326 又在卷199《梅苑》十卷（山东巡抚采进本）提要中指出：

> 所录皆咏梅之词，起于唐代，止于南、北宋间。自序称己酉之冬，抱疾山阳，三径扫迹。所居斋前更植梅一株，晦朔未逾，略已粲然。于是录唐以来才士之作，以为斋居之玩，目之曰梅苑。考己酉为建炎二年，正高宗航海之岁。山阳又战伐之冲，不知大舆何以独得萧闲编辑是

---

① 吴熊和：《唐宋词通论》，浙江古籍出版社1985年版，第337页。
② （清）永瑢等：《四库全书总目》，中华书局1965年版，第1438页（中）。

集。殆己酉字有误乎。昔屈、宋遍陈香草，独不及梅。六代及唐，篇什
亦寥寥可数。自宋人始重此花，人人吟咏，方回撰《瀛奎律髓》，于著
题之外，别出梅花一类，不使混于群芳。大舆此集，亦是志也。①

对此两段文字观点及疑问杨海明先生阐述曰："也就是说，在屈原的
《离骚》中间，梅花还挤不进他所歌颂的众芳之列；而在六朝及唐代的诗
歌中间，梅花也只被当作一般的花卉来歌咏，并无特别'抬举'之意存
焉；而只有到了宋代，梅花才受到了诗家词客们的普遍青睐，不仅'咏
梅'成了'诗家一大公案'，而且连那些寒素的江湖诗人，不论他们真的
爱梅与否，也大都将自己的别号及斋号带上个'梅'字，以示自己的'风
雅'。这就说明：宋代文人的爱梅成癖和咏梅成风，乃是一种具有时代特
色的历史现象；在它们的背后，正就隐藏着这一代人（特别是南宋人）特
别浓厚的'雅趣'或'雅致'。"②"生当南渡初年戎马倥偬之际（建炎三
年，南宋立国未稳，宋高宗为逃避金兵的追杀，此时正从海路逃逸），作
为宋朝臣民的黄大舆，竟还有如此浓厚的闲情逸趣去精心编辑这本咏梅专
集，这简直有点儿叫人难以理解。而照我们来看，这种举动正就反映了某
些宋人之醉心于赏梅与咏梅，几乎达到了忘情的地步。"③下面拟从两个方
面探讨使得宋人忘情且有浓厚雅趣的梅词。

（1）从对梅花绽放特定时空的关注中，词人体悟到春的活力和生命的
律动，体现了宋人珍惜个体生命且欲愉悦情性的休闲情怀。

陆游爱花，尤爱梅花，一生写了160多首咏梅诗词，翻阅《剑南诗
稿》，其所涉梅花诗，就有四百余首，足见爱梅之深。其《芳华楼赏梅》
诗曰：

素娥窃药不奔月，化作江梅寄幽绝。天工丹粉不敢施，雪洗风吹
见真色。出篱藏坞香细细，临水隔烟情脉脉。一春花信二十四，纵有

①　（清）永瑢等：《四库全书总目》，中华书局1965年版，第1823页（下）。
②　杨海明：《唐宋词与人生》，河北人民出版社2002年版，第270—271页。
③　同上书，第276页。

327

此香无此格。放翁年来百事惰，唯见梅花愁欲破。金壶列置春满屋，宝髻斜簪光照坐。百槛淋漓玉斝飞，万人辟易银鞍过。不惟豪横压清臞，聊为诗人洗寒饿。

"一春花信二十四，纵有此香无此格"，陆游将梅与百花相比，认为百花纵有梅香，却终无梅格。何为梅格？程大昌《演繁露》卷一云："三月花开时，风名花信风。"[①] "花信风"即应花期而来的风。中国节令用语。南朝宗懔《荆楚岁时》[②]曰："始梅花，终楝花，凡二十四番花信风。"由此书记载可知，农历节气从小寒到谷雨，共八气，一百二十日。每气十五天，一气又分三候，每五天一候，八气共二十四候，每候应一种花信。顺序为：小寒：一候梅花，二候山茶，三候水仙；大寒：一候瑞香，二候兰花，三候山矾；立春：一候迎春，二候樱花，三候望春；雨水：一候菜花，二候杏花，三候李花；惊蛰：一候桃花，二候棣棠，三候蔷薇；春分：一候海棠，二候梨花，三候木兰；清明：一候桐花，二候麦花，三候楝花。其中，梅花成"花信"之首，领"一春"之先，傲霜斗雪，独领风骚。此为"梅格"内涵之一。苏轼《定风波·咏红梅》曰：

好睡慵开莫厌迟。自怜冰脸不时宜。偶作小红桃杏色，闲雅，尚余孤瘦雪霜姿。　　休把闲心随物态，何事，酒生微晕沁瑶肌。诗老不知梅格在，吟咏，更看绿叶与青枝。

**328**　　此词作于元丰四年（1081）。《苏轼诗集》卷二十一有《红梅三首》亦作于元丰四年，此词即是由第一首诗略作改动而来，此诗为：

怕愁贪睡独开迟，自恐冰容不入时。故作小红桃杏色，尚余孤瘦雪霜姿。寒心未肯随春态，酒晕无端上玉肌。诗老不知梅格在，更看

---

① 程大昌：《演繁露》，丛书集成初编。
② （南朝梁）宗懔著，宋金龙校注：《荆楚岁时记》，山西人民出版社 1987 年版。

绿叶与青枝。①

于此可见梅成了苏轼在黄州之日写诗作词的共同意象。"诗老不知梅格在"是针对石曼卿《红梅》所云"认桃无绿叶，辨杏有青枝"之诗句，"孤瘦雪霜姿""寒心未肯随春态"才是"梅格"所在，怎么能仅从绿叶、青枝来看梅花？在百花中，早发的傲雪寒梅在早春的寒风里摇曳，它带给人们春的音信和春的希望。所以自古以来赋有特殊气质和性格的梅在人们的心目中便占有重要的地位。如《太平御览》引《荆州记》〔南朝宋·盛宏（弘）之著〕所载的一则轶事云："陆凯与范晔相善，自江南寄梅花一枝诣长安与晔，并赠花诗曰：折花逢驿使，寄与陇头人。江南无所有，聊赠一枝春。"② 在这里，"一枝梅"便寄予了一片春的希望，它不仅是春天到来的音信，而且代表着对友爱、和平与幸福的企盼。《说苑》（西汉刘向著）卷十二"奉使"亦有一则关于梅的史话：

> 越使诸发执一枝梅遗梁王，梁王之臣曰"韩子"，顾谓左右曰："恶有以一枝梅以遗列国之君者乎？请为二三子惭之。"出谓诸发曰："大王有命，客冠则以礼见，不冠则否。"诸发曰："彼越亦天子之封也。不得冀、兖之州，乃处海垂之际，屏外蕃以为居，而蛟龙又与我争焉。是以剪发文身，烂然成章以像龙子者，将避水神也。今大国其命冠则见以礼，不冠则否。假令大国之使，时过弊邑，弊邑之君亦有命矣。曰：'客必剪发文身，然后见之。'于大国何如？意而安之，愿假冠以见，意如不安，愿无变国俗。"梁王闻之，披衣出以见诸发。令逐韩子。《诗》曰："维君子使，媚于天子。"若此之谓也。

这里代表春的活力和希望的"一枝梅"，不仅给两国带来了和平与幸福，而且使者诸发以爱惜、钦佩梅的智慧而战胜了邪恶，也可以说是"一枝梅"战胜了邪恶，由此可见"一枝梅"的价值。这些逸事、史话都是宋

---

① （清）王文诰编注，孔凡礼点校：《苏轼诗集》，中华书局1982年版，第1107页。
② （宋）李昉等：《太平御览》（卷九七〇），中华书局2000年版。

代梅意象词的历史文化渊源。

北宋词人李元膺《洞仙歌》曰：

> 雪云散尽，放晓晴池院。杨柳于人便青眼。更风流多处，一点梅心、相映远。约略颦轻笑浅。　　一年春好处，不在浓芳，小艳疏香最娇软。到清明时候，百紫千红花正乱。已失春风一半。早占取韶光，共追游，但莫管春寒，醉红自暖。

此词前序曰："一年春物，惟梅柳间意味最深。至莺花烂漫时，则春已衰迟，使人无复新意。余作《洞仙歌》，使探春者歌之，无后时之悔。"词人认为，当万紫千红、莺花烂漫之时，春光虽然美丽鲜艳，当春花迟暮，春日已所剩无多了。还是那梅花，在风雪酷烈之时便借"一点梅心"，"约略颦轻笑浅"，于有意无意、似有似无之中，不经意地表露了春的信息和生命的活力。沈际飞《草堂诗余四集·正集》卷三评此词云："'不在浓芳'，在'疏香小艳'，独识春光之微。至'已失一般'句，谁不猛醒！"词人们在静赏让世人猛醒的"小艳疏香"之梅时，体悟到春的活力和生命的律动，同时感悟到生命的短暂，"早占取韶光，共追游，但莫管春寒，醉红自暖"，不要畏惧寒冷，踏雪趁早赏春，让人陶醉的"一点梅心"自会暖人心怀，其中蕴含词人对生命的几多珍惜。

以其个性"日失宕昭彰""倜傥有丈夫气"（清沈曾植《菌阁琐谈》）[1]，以其创作"压倒须眉"（清李调元《雨村词话》卷二）而著称的宋代婉约派女词人李清照，无疑为 12 世纪的中国文坛增添了一片清新亮丽的光彩。在其《漱玉词》中，梅、菊、桂意象于词中常见，查找由王仲闻校注的《李清照集校注》一书的有关词作，其中有 35 首写到花，有梅情结的词作便有 16 首。其《渔家傲》词云：

> 雪里已知春信至，寒梅点缀琼枝腻。香脸半开娇旖旎。当庭际，

---

① 唐圭璋编：《词话丛编本》，中华书局 1986 年版。

玉人浴出新妆洗。　　造化可能偏有意，故叫明月玲珑地。共赏金樽沉绿蚁。莫辞醉，此花不与群花比。

这首词比较具体地描绘了梅花初绽时的形象，同时也抒发了词人月下赏梅的愉快心情。结句"莫辞醉，此花不与群花比"，给予梅花如此高的评价，亦着眼于赞赏梅花雪里送春的可贵的生命情怀。李邴《汉宫春》曰：

> 潇洒江梅，向竹梢疏处，横两三枝。东君也不爱惜，雪压霜欺。无情燕子，怕春寒、轻失花期。却是有，年年塞雁，归来曾见开时。　　清浅小溪如练，问玉堂何似，茅舍疏篱。伤心故人去后，冷落新诗。微云淡月，对江天、分付他谁。空自忆，清香未减，风流不在人知。①

词人笔下的"江梅"生当世上，得不到太阳（东君）的温暖，也得不到春燕的青睐，还被竹林挤压得无处栖身，然而它于"雪压霜欺"中仍然"清香未减"，以两三枝的傲骨横呈于"竹梢疏处"，傲然挺立于"清浅小溪如练"的"茅舍疏篱"之旁，可贵的是它被冷落疏离下而风流犹存。在如此特定时空下的江梅所体现出的顽强生命力，给世人无尽的生存启示，人如果亦有江梅般不被理解便无须理解的胸怀，那么所有人都会获得自由愉悦的休闲生活。前文"宴饮词"部分所引王明清《玉照新志》卷四云："李汉老邴，少年日作《汉宫春》词，脍炙人口，所谓'问玉堂何似茅舍疏篱'者是也。政和间，自书省丁忧归山东，服终造朝，举国无与立谈者。方怅怅无计，时王黼为首相，忽遣人招至东阁，开宴延之上坐，出具家姬数十人，皆绝色也。汉老惘然莫晓。酒半，群唱是词以侑觞，汉老私切自欣，大醉而归。"于此可知此词亦是游观闲适之作，词成后，脍

331

---

① 此词《梅苑》卷一、《乐府雅词》卷上、《玉照新志》卷三、《全芳备祖》前集卷一、《中兴以来绝妙词选》卷一俱作李邴词。《苕溪渔隐丛话》前集卷五十九、《直斋书录解题》卷二十一、《独醒杂志》卷四则云晁冲之作。

炙人口。由此亦可见宋人宴饮唱酬之词并非都是细语缠绵的靡靡之音，格调高雅的咏梅之词成为宴饮场合的侑觞之物，体现了词人愉悦情性的休闲情怀。

南宋词人杨无咎《柳梢青》亦曰：

> 茅舍疏篱。半飘残雪，斜卧低枝。可更相宜，烟笼修竹，月在寒溪。　　亭亭伫立移时。判瘦损、无妨为伊。谁赋才情，画成幽思，写入新诗。

杨无咎，南宋时画家、词人，字补之，号逃禅老人、清夷长者。高宗时，因不愿依附奸臣秦桧，累征不起，隐居而终。杨无咎是宋代画梅的大手笔，他喜梅、赏梅、画梅。词上阕通过对梅花生长的环境、外在形象的描绘，着力刻画出梅花超凡脱俗的韵致。历来文人雅士总喜欢把他们眼中的梅花置放在清幽、远离尘世的地方，如"墙角数枝梅，凌寒独自开"（王安石《梅花》），"春来幽谷水潺潺，的皪梅花草棘间"（苏轼《梅花二首》之一），"驿外断桥边，寂寞开无主"（陆游《卜算子·咏梅》），等等。杨无咎在这里同样也开宗明义，把他所喜爱的梅花置放在"茅舍疏篱"之旁，借伴霜傲雪而依然显示无限生机的梅来表明词人超凡脱俗、高洁自爱的休闲情怀。茅草小舍前，稀疏的篱笆内，梅花树枝低斜，残剩的片片花瓣，如雪花飘落。远处白云缭绕、修竹萧萧、皓月高悬、溪流潺潺。远竹近梅构成了一幅清幽、高雅的美好图景。下阕词人笔锋转向刻写自己，一位在梅树前驻足凝思的词人形象跃然纸上。久久地伫立在梅花前，凝神静心地赏梅，在这寒凉的深夜赏梅，即使身体瘦损了，也无所谓，可见爱梅之深。词人觉得光整日伫立在梅花前流连观赏还远远不能表达自己对梅的喜爱之情，最好还能让梅花的飘逸神韵、高洁品性永远与世人相伴，于是他便祈想："谁赋才情，画成幽思，写入新诗。"谁能赋予我才情，能够把梅树的情影与神韵描画下来，用辞章把它刻画下来，成为永恒的留念？是赋有生命力的梅给予词人如此的"才情"。刘克庄《后村先生大全集·题杨补之词画》云："艺之至者不两能，善画者不必词翰，有

词翰者类不工画。前代惟王维、郑虔兼之。维以词刻画师自命，虔有三绝
之名。本朝文湖州、李龙眠亦然。过江后称杨补之，其墨梅擅天下，身后
寸纸千金。所制梅词《柳梢青》十阕，不减《花间》《香奁》及小晏、秦
郎得意之作。词画既妙，而行书姿媚精绝，可与陈简斋相伯仲，顷见碑
本，已堪宝玩，况真迹乎？孟芳此卷，宜颜曰逃禅之绝。"《全宋词》录有
此段文字所提及的杨无咎十首《柳梢青》，上所引述为其中之一。杨无咎
于乾道元年（1165）又作四首《柳梢青·梅》词，《全宋词》于其四首
《柳梢青》之末还录有词人一段自跋：

> 范端伯要余画梅四枝：一未开、一欲开、一盛开、一将残，仍各
> 赋词一首。画可信笔，词难命意，却之不从，勉徇其请。予旧有柳梢
> 青十首，亦因梅所作，今再用此声调，盖近时喜唱此曲故也。端伯奕
> 世勋臣之家，了无膏粱气味，而胸次洒落，笔端敏捷，观其好尚如
> 许，不问可知其人也。要须亦作四篇，共夸此画，庶几衰朽之人，托
> 以俱不泯耳。乾道元年七夕前一日癸丑，丁丑人扬无咎补之书于豫章
> 武宁僧舍。

　　词人为"奕世勋臣之家"的范端伯画梅咏梅，非仰其富贵，而是因
为他"了无膏粱气味"，并且"胸次洒落，笔端敏捷"。就是说范端伯可
算陶渊明笔下的"素心人"，他不仅情趣高雅、胸怀洒落，而且智慧超
群，亦作有一手好文章，所以一生不仕的逃禅老人才愿为其画四幅不同
阶段的梅姿且各赋词一首。词人画梅、咏梅重在使自己及友人情、性的
修养得到提升。

　　《全宋词》中除了杨无咎数首梅词一笔到底之外，于其他词人的词
作中亦常可见。如黎廷瑞《秦楼月·梅花》十首；莫将存词十三首，其
中有十首为专写梅花之词，其词《木兰花·十梅》分别以未开、晨景、
雪里、晴天、风前、月下、雨中、欲谢、吟咏、望梅为分咏小题；李子
正共存词《减兰》十首，全为梅意象之作，分别描写风、雨、雪、月、
日、晓、晚、早、残之时梅的不同精神及面貌。《减兰十梅》前有词人

333

所作长序，盖以《减字木兰花》为调而作鼓子词，兹仅介绍其序及词前的一首《总题》：

> 窃以花虽多品，梅最先春。始因暖律之潜催，正值冰澌之初泮。前村雪里，已见一枝；山上驿边，乱飘千片。寄江南之春信，与陇上之故人。玉脸娉婷，如寿阳之傅粉；冰肌莹彻，逞姑射之仙姿。不同桃李之繁枝，自有雪霜之素质。香欺青女，冷耐霜娥。月浅溪明，动诗人之清兴；日斜烟暝，感行客之幽怀。偏宜浅蕊轻枝，最好暗香疏影。况是非常之标格，别有一种之风情。姮娥好景难拼，那更彩云易散。凭栏赏处，已遍南枝兼北枝；秉烛看时，休问今日与昨日。且辍龙吟之三弄，更停画角之数声。庾岭将军，久思止渴；傅岩元老，专待和羹。岂如凡卉之娇春，长赖化工而结实。又况风姿雨质，晓色暮云。日边月下之妖娆，雪里霜中之艳冶。初开微绽，欲落惊飞。取次芬芳，无非奇绝。锦囊佳句，但能仿佛芳姿；皓齿清歌，未尽形容雅态。追惜花之余恨，舒乐事之余情。试缀芜词，编成短阕。曲尽一时之景，聊资四座之欢。女伴近前，鼓子祗候。（《减兰并序》）
>
> 梅萼香嫩。雪里开时春粉润。雨蕊风枝。暗与黄昏取次宜。日边月下。休问初开兼欲谢。却最妖娆。不似群花春正娇。（《总题》）

词人认为"花虽多品，梅最先春"，梅于雪里绽放却不乏粉嫩润泽之姿，充满春的活力，梅遗憾的是"初开兼欲谢"，花期是极其短暂的，但是最妖娆之梅的可贵处便在于此，"不似群花春正娇"，它于霜雪里绽放又于霜雪里凋谢了。序从梅品、梅典、梅姿、梅兴几个角度，使人从梅的生命律动中感知生命的短暂、可贵的同时，亦感知生命是壮观、美丽的。壮观美丽的梅之生命是难以描摹的，再美的词句只能"仿佛芳姿"，再美的歌妓歌喉亦不能尽显其"形容雅态"，壮观美丽的生命亦不能久长，这些是"花之余恨"，亦人之长恨。词人作词便为"追惜花之余恨，舒乐事之余情"，从人和花的遗憾中解脱出来，享受花的香和美，享受人生的乐事。词人情性变得达观、通透缘于对梅的生命的体悟。

综上所述，词人对梅绽放特定时空的关注，不是"使探春者歌之，无后时之悔"（李元膺《洞仙歌》序），就是欲"画成幽思，写入新诗"（杨无咎《柳梢青》），抑或"曲尽一时之景，聊资四座之欢"（李子正《减兰十梅》序），他们爱梅、画梅、咏梅是为了使自己、友人甚至后人因梅而愉悦情性，使得短暂的生命因为拥有休闲的情怀而得以最完善的珍惜，从而使人类短暂的生命熠熠生辉。

（2）对梅花疏影、暗香自然之梅姿、梅香的喜爱赞美，体现了宋人对清雅超逸的休闲意趣的追求。

宋词中对梅花疏影、暗香的遍赞可说深受北宋初期诗人林逋的影响。林逋（968—1028），字君复，少孤，家境贫寒，却安于贫贱，不以荣利为念。《宋史》本传中说他"二十年足不及城市"。他终身不娶，无子，因酷爱梅花，以养鹤自娱，致有"梅妻鹤子"的美称。卒后，宋仁宗赐给他"和靖先生"的谥号。林逋隐居西湖孤山，避居乡间苦学，他的诗大都表现隐逸生活和闲适幽静的心境。《四库全书总目》中云："其诗澄澹高逸，如其为人。史称其就稿辄弃去，好事者往往窃记之，今所传尚三百余篇。"① 不过在林逋的诗中，最见性情也最为人所称道的是他的咏梅诗。在《和靖先生诗集》中咏梅的七律一共有八首，被人称为"孤山八梅"。写得最好，影响也最大的，是《山园小梅》二首其一：

> 众芳摇落独暄妍，占尽风情向小园。疏影横斜水清浅，暗香浮动月黄昏。霜禽欲下先偷眼，粉蝶如知合断魂。幸有微吟可相狎，不须檀板共金樽。

335

其中颔联"疏影横斜水清浅，暗香浮动月黄昏"为写梅的名句，正面描绘梅花的形象与个性，司马光《温公续诗话》卷二评此二句云"曲尽梅之体态"②。作者用特写镜头绘"梅"：青山脚下，小园一角，有清泉一潭，水清见底，潭边有梅一簇，梅枝横斜水上，清瘦的身影倒映水中，梅下清

① （清）永瑢等：《四库全书总目·集部》卷一五二，中华书局1965年版，第1308页（上）。
② （清）何文焕辑：《历代诗话二十八种六一诗话温公续诗话》，清乾隆三十五年（1770）。

水，水上疏梅，相映生辉。每当夜幕降临，月洒青辉，晚风袭来，梅香四溢，满园芬芳。诗人抓住梅花姿清、香幽的特点，活写黄昏月下之梅的气质，深情讴歌梅花的神清骨秀、高洁端庄、超凡脱俗与闲静幽独，深得梅花之魂。所以"疏影""暗香"二词一直为后人所称颂。陈与义说："自读西湖处士诗，年年临水看幽姿。晴窗画出横斜影，绝胜前村夜雪时。"（《和张矩臣水墨梅》）他认为林逋的咏梅诗已压倒了唐齐已《早梅》诗中的名句"前村深雪里，昨夜一枝开"。辛弃疾在《念奴娇》中奉劝骚人墨客不要草草赋梅："未须草草赋梅花，多少骚人词客。总被西湖林处士，不肯分留风月。"苏轼于《书林逋诗后》中所说："先生可是绝伦人，神清骨冷无尘俗。"林逋及其疏影、暗香的梅因为毫无尘俗气，具有清雅超逸的休闲意趣而深得宋代词人的青睐。

姜夔等人直接以《暗香》《疏影》为题作词，宋词很多词篇中也直接出现暗香、疏影的词句，如：

寒梢雨里愁无那。林下开时宜数过。夕阳恰似过清溪，一树横斜疏影卧。　　朱唇莫比桃花破。鬓袅黄金花欲堕。剩看春雪满空来，触处是花寻那个。（莫将《木兰花·晴天》）

暗香浮动黄昏后。更是月明如白昼。看来都坐玉壶冰，折赠徐妃丹桂手。　　赏酬风景无过酒。对影成三谁左右。劝君携取董妖娆，拱得醉翁香满袖。（莫将《木兰花·月下》）

寒蟾初满。正是枝头开烂漫。素质笼明。多少风姿无限情。暗香疏影。冰麝萧萧山驿静。浅蕊轻枝。酒醒更阑梦断时。（李子正《减兰·月》）

齐山顶。扫开残雪簪花饮。簪花饮。樽前人唱，暗香疏影。枝南枝北迢迢恨。春风旧梦难重省。难重省。小窗斜月，薄醒残醒。（黎廷瑞《秦楼月·梅花十阕》）

宋词中亦有很多对梅幽幽溢香本性赞赏的词句，如："江上野梅芳。粉色盈盈照路旁。闲折一枝和雪嗅，思量，似个人人玉体香。"（荣譓《南乡子》）"雪态冰姿巧耐寒，南北枝头香不断。"（无名氏《南乡子》）"骨清香嫩，迥然天与奇绝。"（辛弃疾《念奴娇·梅》）"零落成泥碾作尘，只有香如故。"（陆游《卜算子》）等，词例甚多，不可——列举。梅不似牡丹花型奔放花香浓烈，梅花花型细小，花蕾初破便幽香四溢，它自始至终如此，甚至凋谢入土亦幽香如故。这正符合不屑张扬、注重内修的宋代文人的审美情趣。宋词中亦有很多描写赞美梅疏影的词句，突出其清瘦或冷艳之姿："莫恨香消雪减，扫迹情留。难言处，良宵淡月，疏影尚风流"（李清照《满庭芳》），"一枝清瘦，疑在蓬窗"（陈允平《和逃禅》），"看消影瘦，人立黄昏"（吴文英《极相思·题陈藏一水月扇》），"青梅骨瘦，已有生春意"（徐安国《蓦山溪·早梅》），"可怜玉骨瘦屡屡"（王庭贵《临江仙·梅》），"多恨肌肤元自瘦"（毛滂《浣溪沙·咏梅》），"若使梅花知我时，料得花须瘦"（陈师道《卜算子》），"一枝枝不叫花瘦"（辛弃疾《粉蝶儿·赋落梅》），"瘦棱棱地天然白，冷清清地许多香"（辛弃疾《最高楼》），"冰肌玉骨为谁瘦。只为故人疏。憔悴粉销香减，风流不似当初。聚能几日，匆匆又散，骑鹤西湖。整整一年相别，到家传语林逋"（赵必象《朝中措·钱梅分韵得疏字》），"孤标天赋与，冷艳谁能顾"（晁端礼《菩萨蛮》），"冷艳须攀最远枝"（周邦彦《采桑子·梅花》），"冷艳与清香，似一个人人标的"（蔡伸《蓦山溪》），"厌孤标冷艳，无入时宜"（陈造《洞仙歌》），等等。宋人在谨慎审视历史文化和现实生活的过程中，形成了勤学苦读的世风，亦构建了轻视功名富贵、超越荣辱穷达的平淡人格。"宋人之普遍喜爱梅花，实际表证着这一代人的生活情趣和审美情趣已有了很大程度的转向，而有否'骚情雅趣'也显然成了他们衡量一位读书人是否能成'君子'的一个重要标准。"① 范成大《梅谱·后序》即云："梅以韵胜，以格高，故以横斜疏瘦，与老枝怪奇者为贵。"② 幽香、清瘦、冷艳（耐寒）的梅意象领词篇风骚便在于梅集有姿、色、香之神韵于一身，符合宋人的生活情趣和审美情趣，此亦为"梅格"内涵之二。下面具体探析两位词人的词。

337

---

① 杨海明：《唐宋词与人生》，河北人民出版社 2002 年版，第 279 页。
② （宋）范成大：《梅谱》，《范成大笔记六种》本，中华书局 2002 年版。

首先看晁补之的《盐角儿·亳社观梅》：

> 开时似雪。谢时似雪。花中奇绝。香非在蕊，香非在萼，骨中香彻。　　占溪风，留溪月。堪羞损、山桃如血。直饶更、疏疏淡淡，终有一般情别。

晁补之（1053—1110），北宋文学家，字无咎，号归来子。济州巨野（今属山东）人，苏门四学士之一。绍圣二年（1095）春，晁补之贬为应天府通判，九月改亳州通判，是冬观梅作此词。李调元《雨村词话》卷二云："各家梅花词，不下千阕，然皆互用梅花故事缀成，独晁无咎补之不持寸铁，别开生面，当为梅花第一词。《盐角儿》云（略）。"此词以平淡自然的语言刻写出梅色、梅香、梅姿。上阕写梅的色和香：梅花与众不同之处在于它花开时如雪，花谢时亦如雪，更为奇特之处是它的香不仅仅来自花蕊、花萼，而是一股发自骨子里的幽幽清香，于此，梅在百花中自然呈现出不同凡俗的优雅气韵。下阕把梅与桃花对比着写：梅冰肌玉骨，伴霜傲雪，经冬凛冰霜之操，早春魁百花之首，以其韵胜、格高之姿独占一溪风月，而那在春风吹拂下才能怒开如血的山桃，若一睹梅的姿容必会羞愧得无地自容。梅花有着太多的与众不同的优越性，但是它依然"疏疏淡淡"、从从容容，保留着自己孤高瘦硬的傲霜斗雪的风姿。晁补之亦如苏轼般的达观、洒脱，此词便体现了他清雅超逸的休闲意趣。

前文已作详细分析的姜夔的《暗香》《疏影》两词均寄托了词人对青春、对美好事物已逝而生发的怜爱之情。其他很多为人所熟知的词作如苏轼的《西江月·梅花》（玉骨那愁瘴雾）、陆游《卜算子·咏梅》等，皆抒发了词人的苦情之悲，尤其南宋末期，震荡的乾坤震撼着词人们的心灵，心理脆弱的雅词文人的咏梅词大多表现为"哀音似诉"的"亡国之音"。但是，"当人们以消遣娱情为目的而进行精神和情感活动时，人们对'快慰'的追求则是永恒的和根本的。这样，作'哀音'者以'哀音的慰藉而使'哀情'得到缓释，而欣赏'哀音'者则因'哀音'而受到了更强烈的情感冲击和精神震荡，并得到精神上的'愉悦'。有时，诗人与欣赏者这样两种情感活动又可以融为一体，借惜花时因花残而情殇的情感活动模式表现出来，从而形成一种独具特色的精神慰藉和愉悦方式。"① 词人们在爱梅、赏梅、惜梅、咏梅的一系列快乐、苦痛的休闲活动过程中，体现愉悦情性的休闲情怀和清雅超逸休闲意趣的同时，获得了审美的精神享受，亦获得了自适、旷达和乐观的休闲观。

## 第三节　追求心灵自由之休闲情趣的舟词

我国制造舟船的历史悠久，传说在黄帝时代就已发明和制作舟船。远古时代，人们聚居之地多是水资源较丰富、河湖水网密布的地区，舟船一开始是作为与人民生活息息相关的重要交通工具而存在。随着经济文化的发展，人们赋予舟以灵性，使之散发出人性美的光华。在现存最早的诗歌总集《诗经》中，便有《柏舟》《二子乘舟》等以舟船为题材的篇章。翻开《全宋词》，众多蕴含丰富的舟船意象扑面而来，词人借舟船或缅怀亲人，或渲染离情别绪，或直抒胸臆，等等，表达了动荡漂泊、超凡脱俗、无所依靠等丰富的情感。这里主要探析体现词人追求心灵自由之休闲情趣的舟词。

### 一　"游乎心"的超俗之舟体现了词人追求物我两忘的人生境界

《庄子·列御寇》曰："巧者劳而智者忧，无能者无所求，饱食而遨游，泛若不系之舟，虚而遨游者也。"② 庄子认为擅用智巧、精于机心的世俗之人疲于忧劳，而没有机心、无所求的人则可饱食遨游，他们悠游自在犹如飘然于水上无所系的虚心而遨游的船只。庄子以舟船自由地在水上飘荡来比喻圣人无系于物、无为物役而作逍遥游的休闲状态。这种象征心灵自由之舟在宋词中广泛存在，如苏轼《临江仙》：

---

① 李立：《看似逍遥的生命情怀——诗词与休闲》，云南人民出版社2004年版，第55页。
② （清）王先谦集解，方勇校点：《庄子》，上海古籍出版社2013年版，第378页。

夜饮东坡醒复醉，归来仿佛三更。家童鼻息已雷鸣。敲门都不
应，倚杖听江声。　　　长恨此身非我有，何时忘却营营。夜阑风静縠
纹平。小舟从此逝，江海寄余生。

此词是词人谪居黄州时期由一次夜饮醉归的生活小事即兴抒怀而作，
前文亦已述及。对于经受了一场严重政治迫害的苏轼来说，此时是劫后余
生，内心是愤懑而痛苦的。但他并没有被痛苦压倒，而是表现出一种超人
的旷达，一种不以世事萦怀的恬淡精神。上阕叙写词人豪饮后醉归临皋之
景。词人虽连连敲门，然小童因等不及主人夜深归来，酣睡已久，鼾声如
雷，于叩门声全然不觉。苏轼一向认为"高人无心无不可，得坎且止乘流
浮"（《和蔡准郎中见邀游西湖三首》其二），既然敲门不应，索性当此万
籁俱寂的深夜，拄杖临江细听涛声。这一生活细节体现了词人率真的个性
和旷达的人生态度。下阕即是词人"倚杖听江声"时的哲思。"长恨"二
句，化用"汝身非汝有也……是天地之委形也"（《庄子·知北游》）及
"全汝形，抱汝生，无使汝思虑营营"（《庄子·庚桑楚》）之意，是词人
当下对人生的思索和感叹。词人静夜沉思，想平生颠沛漂泊，身不由己之
时居多，何时才能不为外物所羁绊，任性逍遥呢？沉思中豁然有悟，既然
自己无法掌握命运，就当全身远祸。顾盼眼前江上之"夜阑风静縠纹平"
景致，心与景会，神与物游，为如此静谧美好的大自然深深陶醉。"夜阑"
句，亦景亦情，既是写深夜无风而平静的江面，也是词人此际宁静超然心
境的体现，他情不自禁地产生脱离现实的遐想，唱道："小舟从此逝，江
海寄余生。"词人面对平静的江面，幻想着能如范蠡一样，驾一叶扁舟，
远离尘世喧嚣，在江湖深处安闲地度过自己的余生。此即孔子"道之不
行，乘桴浮于海"（《论语·公冶长第五》）之意，体现了词人当时渴望得
到精神自由和灵魂解脱的旷达心境。据叶梦得《避暑录话》记载，东坡在
黄州时，"与数客饮江上，夜归，江面际天，风露浩然，有当其意，乃作
歌辞，所谓'夜阑风静縠纹平，小舟从此逝，江海寄余生'者，与客大歌
数过而散。翌日，喧传子瞻夜作此辞，挂冠服江边，拿舟长啸去矣。郡守
徐君猷闻之，惊且惧，以为州失罪人，急命驾往谒，则子瞻鼻鼾如雷，犹

未兴也。"可见苏轼心中虽有"长恨",但他却善于"忘却",故其仍能酣然入睡。苏轼在黄州便是如此洒脱、旷达,他有时布衣芒履,出入于阡陌之上,有时月夜泛舟,放浪于山水之间,他在从大自然中寻求美的享受、领略人生的哲理之时获得身心的自由愉悦。苏轼其他舟词作中亦体现出此种达于物我两忘、灵魂超越的休闲境界,如:"我梦扁舟浮震泽。雪浪摇空千顷白。"(苏轼《归朝欢》)"醉中吹堕白纶巾,溪风漾流月。独棹小舟归去,任烟波飘兀。"(《好事近》)"清香凝夜宴。借与韦郎看。莫便向姑苏。扁舟下五湖。"(《菩萨蛮》)"君命重,臣节在。新恩犹可觊。旧学终难改。吾已矣。乘桴且恁浮于海。"(《千秋岁·次韵少游》)等。

又如唐庚(1071—1121)《诉衷情·旅愁》:

> 平生不会敛眉头。诸事等闲休。元来却到愁处,须着与他愁。　　残照外,大江流。去悠悠。风悲兰杜,烟淡沧浪,何处扁舟。

词人说平生连眉头都不曾皱一下,不管百事怎样纠缠,皆能任其自然,自己依旧闲庭信步。可不曾想到"旅愁"竟然如此让人发愁。词中没有交代愁的原因,但描述了愁时所见:夕阳西下,浩浩大江在淡淡黄昏中滚滚东流,一去不返。兰杜香草在晚风中悲鸣,沧浪之水亦在暮霭中渐渐隐没。在中国古典文学中,香草一向是君子的化身,而沧浪则是君子隐居的地方。《宋史》载:"商英罢相,庚亦坐贬,安置惠州。"[1] 也许被贬惠州亦不会使词人发愁,使他发愁的是他的休闲心境和清净之所都被夜幕一样的世俗吞噬了。"何处扁舟",浩浩大江、茫茫夜色中,何处有可渡之舟? 表达了词人欲求身心自由、物我两忘的精神境界。

其他词人借舟表达追求物我两忘的自由精神境界的词也很多,如:"冻云黯淡天气,扁舟一叶,乘兴离江渚。"(柳永《夜半乐》)"玉鉴琼田三万顷,着我扁舟一叶。"(张孝祥《念奴娇·过洞庭》)"自古。儒冠多误。悔当年、早不扁舟归去。醉下白苹洲,看夕阳鸥鹭。""十里涨春波,

341

---

① (元)脱脱:《宋史》卷三百三十八,中华书局 1977 年版,第 13100 页。

一棹归来，只做个、五湖范蠡。"（辛弃疾《洞仙歌》）"不系虚舟取性颠，泛河浮海不知年。"（朱敦儒《鹧鸪天》）"生平不如老杜，便如它、飘泊也风流。寄语庭柯径竹，甚时得棹孤舟。"（李芸子《木兰花慢》）"放扁舟、万山环处，平铺碧浪千顷。仙人怜我征尘久，借与梦游清枕。"（杜旃《摸鱼儿·湖上》）等皆是词人寄情扁舟，融入山水自然，忘忧劳，去荣辱，怡情悦性，体现了词人与世无争、不以世事萦怀的自由精神境界。

## 二　游于自然的乘兴之舟体现了词人追求身闲心适的休闲情趣

舟船还作为一种乘兴游赏的工具出现在两宋休闲词中。如苏轼《好事近·湖上》：

> 湖上雨晴时，秋水半篙初没。朱槛俯窥寒鉴，照衰颜华发。
> 醉中吹堕白纶巾，溪风漾流月。独棹小舟归去，任烟波飘兀。

俞陛云《唐五代两宋词选释》评此词云："西湖夜归，清幽之境也，不可无此雅词。下阕四句有潇洒出尘之致。结句'摇兀'二字下语尤得小舟之神。"苏轼于十旬休假或公事之余泛舟西湖，尽兴至月夜才归。苏轼不仅仅泛舟美丽的西湖，他在密州亦泛舟，其《满江红·东武会流杯亭》云："官里事，何时毕。风雨外，无多日。相将泛曲水，满城争出。"词人让自己快快忙完官事，与百姓一起无忧无虑地泛舟曲水，满城百姓扶老携幼争向江边游玩。懂得休闲的苏轼不但使民生之乐作为自己官事的宗旨，而且亦使自己身闲心适。在黄州，其《水龙吟》云："小舟横截春江，卧看翠壁红楼起。云间笑语，使君高会，佳人半醉。"在山水自然间泛舟游乐，获得了身心的自由愉悦。

杨万里《昭君怨·咏荷上雨》：

> 午梦扁舟花底。香满西湖烟水。急雨打篷声。梦初惊。　却是池荷跳雨。散了真珠还聚。聚作水银窝。泻清波。

词人于炎炎夏日划着小船来到西湖荷花下睡午觉。有十里荷花的西湖满是荷花、荷叶的清香，使词人心醉。词人于睡梦中听得一阵似敲打船篷的急雨，惊醒后发现那池荷跳雨声更大更响。雨珠在富有弹性且光滑的荷叶上弹来跳去，最后聚拢在荷叶中心似一窝水银在晃荡。雨珠不住地砸向荷叶，水珠便似水银般不停地跳散开来，然后又快速地向中间聚合。水越聚越多，便向一旁倾去，泻出一股清波。词人饶有情趣地观看、感受"池荷跳雨"的神奇景观，在夏日酷暑中寻得了一片清凉世界。没有身闲心适的休闲情趣是无法获取如此美妙的人生享受。

谢逸《渔家傲》：

　　秋水无痕清见底。蓼花汀上西风起。一叶小舟烟雾里。兰棹舣。柳条带雨穿双鲤。　　自叹直钩无处使。笛声吹彻云山翠。鲙落霜刀红缕细。新酒美。醉来独枕莎衣睡。

在沙鸥翩翩、蓼花盛开的秋天里，只见秋水清澈见底，词人驾一叶扁舟，往来于烟雾云水间；用兰木做桨，折柳条穿起双鲤；闲来无事，便对云山吹几首渔曲；鲜嫩的鱼肉伴着美酒，喝醉了就头枕蓑衣而睡。虽然"直钩无处使"，不被权贵赏识，无用武之地，但词人独来独往、自由自在地徜徉于山水间，过着身闲心适、潇洒飘逸的日子。

辛弃疾《鹧鸪天·和赵文鼎雪》：

　　莫上扁舟向剡溪。浅斟低唱正相宜。从□犬吠千家白，且与梅成一段奇。　　香暖处，酒醒时。画檐玉箸已偷垂。笑君解释春风恨，倩拂蛮笺只费诗。

词人用王子猷雪夜访戴安道事。刘义庆《世说新语·任诞》云："王子猷居山阴，夜大雪。眠觉，开室，命酌酒，四望皎然。因起彷徨，咏左思《招隐》诗。忽忆戴安道，时戴在剡，即便夜乘小船就之，经宿方至，造门不前而返。人问其故，王曰：'吾本乘兴而行，兴尽而返，何必见戴?'"词人便用这一典故抒发随兴会所至、趁一时高兴之情怀,而乘舟赏景、饮酒赋诗、"浅斟低唱"便可使自己身闲心适。

其他词人乘舟游于自然的词亦很多,前已述及的欧阳修十首《采桑子》便是。还有如:"双桨鲈波,一蓑松雨,暮愁渐满空阔。呼我盟鸥,翩翩欲下,背人还过木末。那回归去,荡云雪、孤舟夜发。"(姜夔《庆宫春》)"暖风十里丽人天。花压髻云偏。画船载取春归去,余情寄、湖水湖烟。"(俞国宝《风入松》)"看画船,尽入西泠,闲却半湖春色。"(周密《曲游春》)词人皆因泛舟游于自然而获得心灵自由愉悦的闲适。

人类在劳动的闲暇里发明创造了舟,又用舟来充实闲暇的时光。两宋舟词维系着词人的情感和情操,体现了词人追求心灵自由的休闲情趣。由此,舟成了负载人类情感的载体,它由世俗的工具演变为艺术的精灵。

两宋的月词、梅词、舟词等休闲词亦有着自身的艺术特色。张炎《词源》云:"簸弄风月,陶写性情,词婉于诗。盖声出莺吭燕舌间,稍近乎情可也。"① 词确实注重词人主观感情的抒发,而"诗难于咏物,词为尤难。"(张炎《词源·咏物》)② 刘勰《文心雕龙·物色第四十六》云:"春秋代序,阴阳惨舒,物色之动,心亦摇焉。……是以献岁发春,悦豫之情畅;滔滔孟夏,郁陶之心凝。天高气清,阴沉之志远;霰雪无垠,矜肃之虑深。岁有其物,物有其容;情以物迁,辞以情发。一叶且或迎意,虫声有足引心。况清风与明月同夜,白日与春林共朝哉!是以诗人感物,联类不穷。流连万象之际,沉吟视听之区。写气图貌,既随物以宛转;属采附声,亦与心而徘徊。"③ 苏舜钦《沧浪亭记》云:"人固动物耳。情横于内而性伏,必外寓于物而后遣。寓久则溺,以为当然;非胜是而易之,则悲而不开。"他们形象地论述了客观景物和创作者内心相动相感,即自然界客观景物的描写与主观情感抒发之间存在着密切的关系。刘勰在《诠赋第八》云:"原夫登高之旨,盖睹物兴情。情以物兴,故义必明雅;物以情观,故词必巧丽。丽词雅义,符采相胜,如组织之品朱紫,画绘之著玄

---

① 唐圭璋编:《词话丛编》,中华书局 1986 年版,第 263 页。

② 同上书,第 261 页。

③ 周振甫:《文心雕龙今译》,中华书局 1986 年版,第 414—415 页。

黄。文虽新而有质，色虽糅而有本，此立赋之大体也。然逐末之俦，蔑弃
其本，虽读千赋，愈惑体要。遂使繁华损枝，膏腴害骨，无贵风轨，莫益
劝戒，此扬子所以追悔于雕虫，贻诮于雾縠者也。"① 可见，只有做到
"情以物兴""物以景观"，将景物和情感二者紧密结合才能写出佳作。
两宋咏物词便是如此将二者紧密结合而成的"丽词雅义"的佳作，情景
交融便是两宋月词、梅词、舟词等休闲词的主要艺术特征。下面以具体
词作为证。

柳永的《雨霖铃》：

> 寒蝉凄切。对长亭晚，骤雨初歇。都门帐饮无绪，留恋处、兰舟
> 催发。执手相看泪眼，竟无语凝噎。念去去、千里烟波，暮霭沉沉楚
> 天阔。　　　　多情自古伤离别。更那堪、冷落清秋节。今宵酒醒何处，
> 杨柳岸、晓风残月。此去经年，应是良辰好景虚设。便纵有、千种风
> 情，更与何人说。

此词中的物象皆为渲染词人的情感而存在。暮色苍茫、蝉声凄切烘托
出分别时的凄然心境，而饯别的都门、催发的兰舟，似乎是离别的号令，
使得有情人"执手相看泪眼，竟无语凝噎"，形象生动地刻画出离别情景，
逼真传神，使人销魂。更为传神之笔是"今宵酒醒何处，杨柳岸、晓风残
月"，词人设想与斯人别后，自己将孤独地立于残月高挂、晓风吹拂的杨
柳岸，他把凄冷愁苦的离情融入"杨柳岸"的清幽景物之中，情景交融，
遂成为千古传诵的佳作名句。

345

张耒《减字木兰花》：

> 个人风味。只有江梅些子似。每到开时。满眼清愁只自知。
> 霞裾仙珮。姑射神人风露态。蜂蝶休忙。不与春风一点香。

---

① 周振甫：《文心雕龙今译》，中华书局1986年版，第81页。

　　张耒，"苏门四学士"之一。他为官曾两次被贬黄州，后居黄州，不再做官。在以追求功名为荣耀的社会时代，词人虽然满腹才学，于仕途却并无多少得意之处。因此，这种不得器重、不为人理解的人生命运使得词人愁情满怀。此词便是词人借咏江梅来慨叹自己身世的词作。上阕言人之风味如江梅。江梅初春时节开红白色花，初绽时，盈盈离离，但江梅孤独地野生在郊外，尽管花开得如此俏丽多姿，却不似春桃、秋菊为人赏识。词人见到孤寂清丽的江梅，觉得江梅通身蕴含着一股"情愁"，不觉怜之爱之。可谓花为我愁，我见花愁，情景交融。下阕咏梅的神韵和形貌。江梅迎风带露，风姿绰约。待到百花争艳、蜂蝶忙乱的仲春时节，有着若神若仙之性灵和风韵的江梅早已小小青梅缀满枝头，青青点点，不香不艳。江梅此种于蜂蝶无所招引，于春风无所携带的脱俗、清高的品格，亦是词人在世俗纷扰中保持高洁人格的人生态度的真实写照。至此，梅与人神交为一，达到物我融合的境界。达于此种境界的宋词很多，再如：

　　　　我醉拍手狂歌，举杯邀月，对影成三客。起舞徘徊风露下，今夕不知何夕。便欲乘风，翻然归去，何用骑鹏翼。水晶宫里，一声吹断横笛。（苏轼《念奴娇》）

　　　　古涧一枝梅，免被园林锁。路远山深不怕寒，似共春相趁。幽思有谁知，托契都难可。独自风流独自香，明月来寻我。（朱敦儒《卜算子》）

　　　　小阁藏春，闲窗锁昼，画堂无限深幽。篆香烧尽，日影下帘钩。手种江梅渐好，又何必、临水登楼。（李清照《满庭芳》）

　　　　无意苦争春，一任群芳妒。零落成泥碾作尘，只有香如故。（陆游《卜算子·咏梅》）

　　　　洞庭青草，近中秋、更无一点风色。玉鉴琼田三万顷，着我扁舟一叶。素月分辉，明河共影，表里俱澄澈。（张孝祥《念奴娇·过洞庭》）

　　　　明月别枝惊鹊，清风半夜鸣蝉。稻花香里说丰年。听取蛙声一片。（辛弃疾《西江月》）

346

　　二十四桥仍在，波心荡、冷月无声。念桥边红药，年年知为谁生。(姜夔《扬州慢》)

　　莺啼处，人倚画阑干。西塞烟深晴后色，东风春减夜来寒。花满过江船。(仲殊《南徐好》)

　　这些写物象的名句中，或"素月""冷月"，或"江梅""香蕊"，或"扁舟""江船"等，在如此清幽的环境中，词人们超俗出世，天人不分，更不会将名利系之于心。总之，因为这些自然的物象景致，词人的生命便从自我狭窄的天地空间走向广阔无垠的天地宇宙，他们从自然中吸纳大智大美，然后将山川草木的自然灵气贯注己身，生发"天人合一"的美学思想，获得身心自由愉悦的休闲境界。此种美学思想、休闲境界便通过情景交融的艺术特色完美、形象地体现在广泛的休闲词中。

　　由于最高统治者倡导享乐，加上城市经济的繁荣发展，宋代朝野上下思想顿入通脱之境，由此带来了宋人思想的解放和人性的觉醒。而获得思想解放和人性觉醒的宋人努力获取身心的自由愉悦，他们无时无处不可休闲，且通过自然万物来展现他们飞扬的生命。茫茫宇宙，短暂人生，宋人的每一个生活细节虽如雪泥鸿爪般空灵、无迹，但他们因为休闲的心境而诗意栖居于大地时所创设的悠扬生命之歌将随着宋词的传播而源远流长，流淌于世世代代心灵之河。两宋休闲词与后人的智慧心灵相碰撞，亦将奏出更悦耳动听的生命旋律。

# 第七章  两宋休闲词的当代意义

类别多样的两宋休闲词反映了宋人的生活方式和生活态度，再现了宋人面临种种困惑、劫难却始终能泰然处之的休闲心态，让我们可以目睹宋人曾经诗意栖居于大地的风采。由于思想意识的局限，休闲词的价值一直被人们忽视甚至贬低。荣格说："一个已经过时的诗人，常常突然又被重新发现。这种情形发生在我们意识发展已经到达一个更高的水平，从这个高度上诗人可以告诉我们某些新的东西的时候。实际上，这些东西始终存在他的作品之中，但却隐藏在一种象征里。只有时代精神的更迭，才对我们揭示出它的意义。"① 我们的思想意识发展到 21 世纪的当代，已经充分意识到了休闲的重要，于是也对宋词多了一些重新的认识。两宋休闲词具有一定的现代价值，它仍然能为当代人们的精神、思想以至生活提供有益的帮助。

## 第一节  两宋休闲词中的养生思想

养生，古称"道生""摄生""养性""保生"等，就是指通过各种方法颐养生命，增强体质，预防疾病，从而达到延年益寿的各种活动。中国传统养生有着几千年的悠久历史，形成了一套完整的理论体系和丰富的养生方法。这从历代文献有关养生保健内容的记载就可见一斑，如《老子》云："人法地，地法天，天法道；道法自然。"《庄子·天运》云："顺之以

---

① ［瑞士］荣格：《心理学与文学》，生活·读书·新知三联书店 1987 年版，第 116 页。

天理，行之以五德，应之以自然。然后天理四时，太和万物；四时迭起，万物循生。"① 老子、庄子皆认为人类认识自然，不仅要顺应自然环境、四时气候的变化，而且更应该主动掌握自然规律，主动调整自我，保持人与自然界的平衡以避免外邪的入侵而进行养生保健。宋代是我国历史发展中的繁盛时期，无论政治、经济还是文化，都到了一个新的发展阶段。特别是词出现了空前的繁荣，出现了许多著名的词人，写出了无数脍炙人口的词作。唐圭璋先生所编的《全宋词》便搜集宋词 21085 首（不包括存目词和神仙鬼怪词），共包括词作者 1497 人，使用词牌 1384 个，数量之多，令人惊奇。从这些词人的词作中，我们不仅可以看到宋人的生活、思想，也能从中吸收到养生保健的重要理念，这对于我们今天的养生保健不无裨益。

步入 21 世纪的我们所面临的社会问题日益严重，生活压力日益沉重，如果没有一个健康的身体，就没有能力正确及时地解决这些问题。当今，健康已成为人们最关心的热点话题之一。那么健康的价值何在呢？当代洪昭光教授在《健康 100 岁，关键在中年》一文中说：

> 从社会学意义上说，健康是一种节约，健康是一种和谐。
>
> 2001 年，我国卫生资源总消耗为 6140 亿元人民币，占当年 GDP 6.4%，因病，因伤残，因过早死亡损失 7800 亿元，占 GDP 8.2%，合计约为 1.4 万亿元，占 GDP 14.6%。而近年来，其增长速度已远超过国民经济增长及居民实际收入增长速度。1.4 万亿元，这是什么概念呢？长江三峡工程举世闻名，15 年总投资才 2000 亿元；南水北调是跨世纪工程，50 年总投资才 5000 亿元。而健康问题一年损失上万亿元财富，这是多么惊人。而更为严重的是，健康问题带来了因病致贫、因病返贫和无法估量的肉体、精神痛苦等社会问题。
>
> 人的生老病死正如花开花落一样，是大自然的循环，但人活要活得健康，死要死得明白。自然凋亡是无病无痛，无疾而终，平安百

349

---

① （清）王先谦集解，方勇校点：《庄子》，上海古籍出版社 2013 年版，第 164 页。

岁，快乐轻松。但大多数的人是病理死亡，即过早死亡：中年得病，肉体痛苦，精神折磨，身心煎熬，人财两空。

美国的研究表明：高超的医疗技术可以减少 10% 的过早死亡，而健康生活方式不用花多少钱可以减少 70% 的过早死亡。也就是说，大多数人可以通过自我保健达到健康百岁。我国的研究表明：1 元的预防投入可以节省医药费 8.59 元。临床经验表明，又可相应节约近 100 元的重症抢救费。①

洪昭光教授用惊人的具体数据说明"健康是一种和谐"，人人健康的社会怎么能不和谐呢？人们如果拥有健康的生活方式和健康的心态，便能平安百岁，无疾而终，这又何乐而不为呢？但是，洪教授又说：

现在物质丰富了，但不少人心灵困惑了，不懂得心理减压，不懂得休闲。以为休闲就是放纵，去酒吧狂欢，到饭店饕餮，要不就是搓麻将、上网。有的虽然去旅游，却还是关起门来聊天、打牌、卡拉 OK，与湖光山色、鸟语花香、身心放松无缘，迷失了快乐的方向，迷失了回归自然的本真。②

由此可知，很多有时间、有经济实力的人们由于不懂休闲的真谛，在本该休闲的时光里却使自己变得疲惫不堪，迷失了快乐的方向，迷失了回归自然的本真，从而使疾病缠身。更为可惜的是：

一些中年精英，不能把握工作与休息的平衡，浮躁、急躁、烦躁，不分日夜，连续工作，苦干蛮干，英年早逝，这都是对健康无知。北京某高科技园区，科技人员死亡的平均年龄不足 53 岁，真应该好好学习心脏（指心脏工作休息有序，富有智慧、理性）的工作方法。一位副主任医师，为参加全国性会议赶写 3 篇论文，连续工作 72

---

① 洪昭光：《40 岁登上健康快车》，漓江出版社 2006 年版，第 1 页。
② 同上书，第 6 页。

小时不休息，发现时已猝死在办公桌上。一些拥有金山银山的企业家，正当英年，已"无可奈何花落去"，真令人扼腕痛惜。

古人说："师法自然"，"大道至简"。愿我们的中年白领精英过上绿色健康生活，使生命之树永远常青。

从去年年初到现在，不断有教授、学者和商界精英猝然辞世，他们的年龄都在 35—60 岁之间，英年早逝是这个社会的"痛中之痛"，已成为当今的流行病。这种病一错是自己流血，二错是亲人流泪，三错是国家人才浪费。[①]

劳动、工作的目的本是让自己及家人过上美满幸福的日子，为国家创造更多的财富。由于对健康的无知、对休闲的无知，各界都有精英早逝，造成家庭悲剧、国家的损失。面对英年早逝的社会"流行病"，洪教授痛惜道："英年早逝错错错！"并祝愿道："愿我们的中年白领精英过上绿色健康生活，使生命之树永远常青。"但前提是要懂得"师法自然""大道至简"的古训。

相传唐养生家吕岩[②]曾云："长生药，不用问他人。八卦九宫看掌上，五行四象在人身。明了自通神。"（《忆江南》出自《全唐诗》卷 900）此词意为身心的愉悦和健康，健全的人格精神都需要人们自己调摄和养护，需要人们积极地进行有益养生的行为、活动。"他山之石，可以攻玉"，细心研读两宋休闲词，里面有关养生保健的微言大义就可以给予热爱养生的人们以有益的借鉴。本节拟从以下四个方面探析两宋休闲词所蕴含的养生思想。

## 一　超越限制，身心逍遥

《列子》曰："少不勤行，壮不竞时，长而安贫，老而寡欲。闲心荣形，养生之方也。"[③] 列子所说的"闲心荣形"意指人们若使自己身心悠

---

① 洪昭光：《40 岁登上健康快车》，漓江出版社 2006 年版，第 18 页。

② 吕岩，字洞宾，唐代京兆人。咸通举进士，曾两为县令。值黄巢起义，携家入终南山学道，不知所终。

③ （战国）列御寇：《列子》，中华书局 2007 年版。

闲，那么就有可能获得安康强健的体魄。此思想便蕴含了今天的休闲观念。在前文"两宋文人休闲观"部分，已论述了宋人对短促人生、难料世事的超脱，形成了宋人特有的休闲观。这里再次回顾超越限制、身心逍遥的休闲词以便了解它们对于养生、健康的积极意义。下面拟从三个方面阐述两宋休闲词所蕴含的闲心荣形的养生之方。

（一）闲心荣形于超越人生短促的限制

人生以百年为期，而真正能活到百岁的人并不多，若把人的生命历程放到宇宙的历史长河中去，那么人的生命简直就是弹指一挥间的事。在如此短促的人生中，我们有情感、有思维的人类，从祈求成仙到寻求长生再到力求延长生命，体现着人类从愚昧走向智慧的必然。数千年来，在这必然的发展过程中，人类一直纠缠于忧患与憧憬的生命意识之中，一代代人努力奏响生命的畅想曲，此曲忧伤与欢乐相伴。仔细欣赏，让人荡气回肠。作为反映生活、抒写人生的宋词，亦是此生命畅想曲不可分割的一部分。由第二章的探讨可知宋人面对人生短促的苦痛，他们用庄子顺应自然、淡然物化的思想而"谈笑于死生之际"（苏轼《与李公择》）。而如此休闲境界的获得乃是一个登山的过程。登上山顶固然可以尽情地"一览众山小"，饱览美丽的风光，陶冶情性，而为了达到养生、健康的"登山"过程却又是艰辛的。且以钱惟演的《木兰花》和张先的《天仙子》两词从正反两方面说明。钱惟演（962—1034）的《木兰花》：

> 城上风光莺语乱。城下烟波春拍岸。绿杨芳草几时休，泪眼愁肠先已断。　　情怀渐变成衰晚。鸾鉴朱颜惊暗换。昔年多病厌芳尊，今日芳尊惟恐浅。

宋释文莹在其所作记载北宋见闻杂事的随笔《湘山野录》卷上载："钱思公谪居汉东日，著一曲曰：'城上风光莺语乱……'每歌之，酒阑则垂涕。时后阁尚有故国一白发姬，乃邓王俶歌鬟惊鸿者也，曰：'吾忆先王将薨，预戒挽铎中歌《木兰花》引绋为送，今相公其将亡乎？'果薨于隋。邓王旧曲亦有'帝卿烟雨锁春愁，故国山川空泪眼'之句，颇相类。"

由此资料再结合词作可知这首词乃是叹老伤怀之作。词人为五代时吴越王钱俶的儿子，幼年随降父归宋，于真宗朝官为翰林学士，仁宗朝拜枢密使，加同中书门下平章事，权倾一时，后因涉及宫廷矛盾被贬官，郁郁而终。此词为词人景祐元年（1034）谪居汉东日作。[①] 人到晚年更加觉得青春的可贵，想要追回逝去的年少时光已不可能，"鸾鉴朱颜惊暗换"是成人对青春飞逝所产生的共同的人生体验。年老的词人面对生生不息的绿杨芳草，不免产生"衰晚"的情怀，但伤春流泪、借酒浇愁不利于养生、健康，故词人作此词不久便郁郁告别人世。而张先（990—1078）词则与此相反，其词中亦有抒发人生短促的忧伤，但他属于登上山顶享受无限风光的一类。我们现来欣赏其《天仙子》：

> 水调数声持酒听。午醉醒来愁未醒。送春春去几时回，临晚镜。伤流景。往事后期空记省。　　沙上并禽池上暝。云破月来花弄影。重重帘幕密遮灯，风不定。人初静。明日落红应满径。

词前序曰："时为嘉禾小倅，以病眠不赴府会。"此词是词人于庆历三年（1043）春，作于因病休假的闲暇时。词人病中饮酒听曲，感叹"送春春去几时回"（词人此时已经送走 53 个美丽而短暂的春天），无数美好的时光终成往事而去，故而不免流露出了"临晚镜""伤流景"的人生忧思。但可贵可喜的却是词人并未一味沉浸在惜春、伤春的忧伤之中，他觉悟到如此短暂的人生更不应该浪费，理应好好享受。所以他从美丽的大自然中寻求享受：黄昏时，池边沙地上成双成对的禽鸟准备归巢栖息，月亮透过云层映出花儿的倩影。又从家的温暖中寻求享受：天晚风起，关上门窗，垂下帘幕，初晚一家人安静地团聚一室该是多么温馨！词人更由室外的"风不定"推想至"明日落红应满径"，进一步反衬自己休闲安逸的生活。张先认为此词是他平生最得意的作品之一。据南宋胡仔《苕溪渔隐丛话前集》卷三十七引《古今词话》云："有客谓子野（先）曰：'人皆谓公张

353

---

① 吴熊和主编：《唐宋词汇评》（两宋卷），浙江教育出版社 2004 年版，第 11 页。

三中，即心中事、眼中泪、意中人也。'公曰：'何不目之为张三影?'客不晓，公曰：'云破月来花弄影；娇柔懒起，帘压卷花影；柳径无人，堕风絮无影。此余平生所得意也。'"《苕溪渔隐丛话前集》卷三十七又引《遁斋闲览》云："张子野（张先）郎中以乐章擅名一时。宋子京（宋祁）尚书奇其才，先往见之，遣将命者，谓曰：'尚书欲见"云破月来花弄影"郎中。'子野屏后呼曰：'得非"红杏枝头春意闹"尚书邪?'遂出，置酒尽欢。盖二人所举，皆其警策也。"由此可见乐观的词人不会对着落花和流影垂泪，他们反而从美丽但亦会逝去的自然风光里获得无穷的怡情养性的美的享受，从而达到闲心荣形。列子要求人们"老而寡欲"，《庄子·养生主》亦阐明养生之道在于养神，而养神的方法则莫过于顺任自然。每个人都会一天天变老而走向年迈，这是自然的规律。年迈的老人是慈祥和智慧的象征，人类便是在老人的慈祥和智慧的光环映照下，得以一代代更强健地延伸下去的。积极乐观的情绪能够调剂人体健康，老人有着充足的资格和理由拥有积极乐观的精神状态安享晚年。这样，老人不仅可以进一步发挥自己生命的潜能，有益于国家、社会，更为重要的是，也可有利于个人的健康。《吕氏春秋》卷一《孟春纪》之"本生"云："始生之者，天也，养成之者，人也。"强调了人在养生中的自主精神及其作用，说明人的养生最终在于个人休闲境界的把握。人的精神时常维持在乐观向上、充满自信、朝气蓬勃、潇洒豁达的状态之中，那么积极的精神状态所产生的生命潜能就会促使人体处于良好的健康状态之中。这就要避免钱惟演那种悲观、消沉等不良的精神状况，因为此种精神状态在很大程度上会人为地压抑生命的潜能，不利于人的养生、健康。而张先长寿则明显与他懂得休闲有关，由《天仙子》词前序可知，他即使在病中仍然能够拥有乐观、休闲的生活情趣。

（二）闲心荣形于超脱功名富贵的限制

世俗的功名富贵犹如"骈拇"（合并的脚趾），本是人体多余的东西，故其得之失之亦应顺乎自然。庄子在《骈拇》中曰："自三代以下者，天下莫不以物易其性矣！小人则以身殉利；士则以身殉名；大夫则以身殉家；圣人则以身殉天下。故此数子者，事业不同，名声异号，其于伤性以身为殉，一也。……若其残生损性，则盗跖亦伯夷已，又恶取小人君子于其间哉?"① 若不顺其自然，强求名利，也就无所谓君子、小人之分，而且残生伤性，不利养生、健康。庄子极其注重世人对于名利的态度，因为它关系到人们的健康、生存问题。他在《天运》中又曰：

> 古之至人，假道于仁，托宿于义，以游逍遥之虚，食于苟简之田，立于不贷之圃。逍遥，无为也；苟简，易养也；不贷，无出也。古者谓是采真之游。以富为是者，不能让禄；以显为是者，不能让名。亲权者，不能与人柄，操之则栗，舍之则悲，而一无所鉴，以窥其所不休者，是天之戮民也。怨、恩、取、与、谏、教、生、杀八者，正之器也，唯循大变无所湮者为能用之。故曰：正者，正也。其心以为不然者，天门弗开矣。②

庄子阐述了人们由于看重富贵、荣耀、权势而相互间进行了关于利禄、名誉、权柄的争夺，得到它们时因为怕失去而战栗，如果舍去则又会悲伤不已。从自然的道理看来，这种人其实很像受着刑戮的人。而自正的人才能正人。如果内心不能这样，心灵活动便不能通畅。换句话说，功名富贵得之失之应该顺应自然，而且已经获得功名富贵的人，也只有不为之所滞塞，才能真正拥有它们，才能因之给自己带来幸福，否则它们便成了残生伤性之物。而两宋休闲词中就有很多词作表现了词人对于功名富贵的超脱，体现了他们闲心荣形的养生、健康观念。

且看柳永《鹤冲天》：

355

> 黄金榜上，偶失龙头望。明代暂遗贤，如何向。未遂风云便，争不恣狂荡。何须论得丧。才子词人，自是白衣卿相。　　烟花巷陌，依约丹青屏障。幸有意中人，堪寻访。且恁偎红倚翠，风流事、平生畅。青春都一饷。忍把浮名，换了浅斟低唱。

---

① （清）王先谦集解，方勇校点：《庄子》，上海古籍出版社2013年版，第102页。
② 同上书，第169页。

据吴曾《能改斋漫录》卷十六载："仁宗留意儒雅，务本理道，深斥浮艳虚薄之文。初，进士柳三变好为淫冶讴歌之曲，传播四方。尝有《鹤冲天》词云：'忍把浮名，换了浅斟低唱。'及临放榜，特落之，曰：'且去浅斟低唱，何要浮名！'……于是，柳永半是解嘲、半是哀怨，遂自称'奉旨填词柳三变'，留连坊曲。"柳永再次参加科举考试虽考中而被仁宗特意除名，词论家多评说因为柳永作词过于粗俗艳丽，不合仁宗"儒雅""务本理道"的规范。其实关键是"忍把浮名，换了浅斟低唱"之蔑视功名、不满现实的思想触犯了皇帝的权威。柳永怀才不遇，便无所顾忌地出入歌楼酒馆，真的过起了"浅斟低唱"的生活。"何须论得丧。才子词人，自是白衣卿相"，柳永对于得失顺其自然，他一生虽然不曾富贵，但是他的精神是旷放闲逸的，可谓亦得养生妙理。

又如刘述（字孝叔）《家山好》曰：

> 挂冠归去旧烟萝。闲身健，养天和。功名富贵非由我，莫贪他。这歧路、足风波。　　水晶宫里家山好，物外胜游多。晴溪短棹，时时醉唱里棱罗。天公奈我何。

刘述于仁宗景祐元年（1034）中进士，官为御史台主簿；英宗治平元年（1064）又改官荆湖北路转运使、降知睦州；神宗时为侍御史知杂事；熙宁三年（1070）与钱琦等上疏弹劾王安石，出知江州。《宋史》卷三二一《刘述传》云："（王）安石欲置之狱，（司马）光又与范纯仁争之，乃议贬为通判。帝不许，以知江州。逾岁，提举崇禧观。卒，年七十二。"① 由此可知，刘述仕途坎坷，他心中对于官场难免有厌倦之感。据释文莹《湘山野录》卷中所云："刘孝叔吏部公述，深味道腴，东吴端清之士也。方强仕之际，已恬于进，著一曲以见志，曰：'挂冠归去旧烟萝……'后将引年，方得请为三茅宫僚，始有养天和之渐，夫何以先朝露，歌此阕几三十年。信乎！一林泉与轩冕难为必期。"其中："所言'请为三茅宫僚'，

---

① （元）脱脱：《宋史》卷三二一，中华书局1977年版，第10433页。

指提举崇禧观事，为知江州之逾年，即熙宁三年。则上距强仕几三十年。上推当为庆历元年（1041），此词盖庆历初作。"① 可见此词是刘述正当盛年时所作，表达了他身在仕途心想归隐的休闲欲求。词上阕写他欲辞官归去，重寻故乡烟萝，因为他深知功名富贵乃身外之物，而官场又宦海沉浮风波多，他只求心闲身健，颐养天和。下阕写归隐后的乐趣，咏赞山水如画的美丽家乡，自己如若归隐家乡，则可以优游于良多的胜景之中，还可以在水晶样的湖面上泛舟、饮酒、唱歌，即便是天公对他亦无可奈何。但词人这种自由自在、恬淡闲适的生活情趣，却一直到晚年才实现，故而释文莹叹曰："信乎！一林泉与轩冕难为必期。"词人重在心隐，故能保持其清静无为的心境。其实，养生就是养心，养心之术全靠自我的调适。心胸的开阔、无私无畏、无所欲求、无拘无束，可以永葆乐观超脱的心态。现代心理学认为，心态对人的健康影响重大，如果保持清静无为、开朗平静的心境，就能起到促进健康、祛病延年的功效。词人显然深谙这一养生之道。

再如晁补之《摸鱼儿·东皋寓居》曰：

> 买陂塘、旋栽杨柳，依稀淮岸江浦。东皋嘉雨新痕涨，沙嘴鹭来鸥聚。堪爱处。最好是、一川夜月光流渚。无人独舞。任翠幄张天，柔茵藉地，酒尽未能去。　　青绫被，莫忆金闺故步。儒冠曾把身误。弓刀千骑成何事，荒了邵平瓜圃。君试觑。满青镜、星星鬓影今如许。功名浪语。便似得班超，封侯万里，归计恐迟暮。

357

晁补之元丰二年（1079）进士，历仕秘书省正字、校书郎、礼部郎中及地方官职等，曾两度被贬。工书画，能诗词，善属文，为苏门四学士之一。词人晚年闲居金乡，置买田产，修葺亭园，过起了陶渊明式的隐逸生活。上阕写退居：起首写买塘栽柳，依稀江淮风景，接下来写田园清景，新雨涨痕、鹭来鸥聚、月光流渚，一片清新明净。接着叙写闲居乐趣：绿

---

① 吴熊和主编：《唐宋词汇评·两宋卷》，浙江教育出版社 2004 年版，第 261 页。

草凉茵，酒后兴酣，翩然起舞，这种疏放恰是摆脱名缰利锁后的自在自得。下阕转入述怀。先追悔当年儒冠误身，荒芜瓜圃，一"误"字可谓痛定思痛的彻悟，他不愿回忆或羡慕官场生活的显贵荣耀，认为仕途功名常常把人引入歧途，而光阴似箭，人生短促，即使能像班超那样立功边塞、封侯万里，归来时亦已是鬓发斑白，不如去学邵平种瓜、陶潜归隐。此词表现出词人对于功名利禄的漠视和对误入尘网的追悔，以及隐居田园的乐趣。自古以来人们就开始追求延长生命、逃避生死的不老法宝，并做了种种努力和探索。在原始巫术中，我们便能够看到祖先追求生命的强烈企望和热情，此后各代修真理论也常昭然记载于各种典籍中。老子曾主张"至虚极""守静笃"，全性保真而不以物所累，庄子也主张摆脱名誉、利益等尘俗的干扰，达到超脱善恶、是非、美丑的自在逍遥的境界。这虽是一种人生理想，但也可以看作一种养生术。许多寿星的经验说明，心境豁达、随遇而安、不烦不恼、心胸宽广乃是长寿者必备的首要条件。对于功名利禄的摆脱，确实为人生提供了最为宝贵的"心以养生"之道。在词人所描述的环境里，人就能够逐渐将昔日的荣辱、平时的烦恼、工作的困顿、都市的喧嚣等忘却得干干净净，心灵得以净化，情操得以陶冶，可谓闲心荣形。

词坛巨擘苏轼，前文已有专章论述他对人生的超脱和对功名利禄的看淡，可谓文人的典范。现从养生、健康的角度对他的词再略加回顾。其《念奴娇·赤壁怀古》曰：

> 大江东去，浪淘尽、千古风流人物。故垒西边，人道是，三国周郎赤壁。乱石穿空，惊涛拍岸，卷起千堆雪。江山如画，一时多少豪杰。　　遥想公瑾当年，小乔初嫁了，雄姿英发，羽扇纶巾，谈笑间，樯橹灰飞烟灭。故国神游，多情应笑我，早生华发。人间如梦，一樽还酹江月。

此词于元丰五年（1082）作于黄州。人们往往把此词阐述为苏轼面对古人的功绩而感叹自己年华已逝、功业无成，于是借酒浇愁，渴望自己亦能创下三国英雄般的伟业，这种理解自然不错。但苏轼此词的积极进取精神不仅体现在欲去创造如古人的伟业，也体现在他退一步海阔天高的旷达胸怀，体现在他对自然、社会、自我等重重限制的超越方面所体现的无比魄力。词开头用"浪淘尽"将大江与千古风流人物联结，此句既形象又传神地描绘了历史上无数英雄人物，虽显赫一时，然又随着时光的不断流逝，随着新陈代谢的客观规律而随流水东去。词人一开头就抓住历史发展的规律，高度凝练地写出历史人物在历史长河中所处的地位，接着又点明"赤壁"，进一步提出"三国周郎"作为一篇的主脑，文章就由此生发开去。"乱石穿空，惊涛拍岸，卷起千堆雪"，描写惊涛拍岸，无数浪花卷成了无数的雪堆，忽起忽落，此隐彼现，蔚为壮观。词人又用"遥想"二字领起，集中腕力刻画当年周瑜雄姿勃发的得意、羽扇纶巾的潇洒和指挥若定的从容。在"公瑾当年"后面忽然接上"小乔初嫁了"，然后再补上"雄姿英发"，把周瑜的风流俊雅极有精神地描画出来。"故国神游"句则是词人对自己经历、思想的感慨。词人神游故国而"笑"并不是一味痛苦呻吟，其中固然包含了因为神宗听信了朝中权贵对自己的诬陷，使自己蒙受冤屈而发泄的某些消极苦闷的情绪，但同时也是对以往不能超越重重限制、烦恼得花白了头发的自嘲。"人间如梦"，这里用"如梦"，正好回应开头的"浪淘尽"，因为风流人物已经"浪淘尽"，而人间也不过"如梦"。既然在如此秀美的江山中，曾让敌人灰飞烟灭的一时俊杰周瑜，而今安在？历史、现实都如梦般之短、如梦般变幻无穷，则自己被贬黄州亦会如梦之短、如梦变幻，又何必不旷达，又何必过分执着呢！于是"一樽还酹江月"，自视为江山风月主人的苏轼便用酒奠祭明月，与月对饮，物我两忘，由此那极易盘踞人们心头的生死、功名、富贵等就在"人生如梦"的醒悟中淡然隐没，心灵便达到了明澈如镜的境地。此时词人实已进入了休闲的佳境。词人一生淡泊明志、乐观豁达，故而他能随遇而安、不卑不亢，直面多变的命运。这便是苏轼养生术的最大特色。

　　张孝祥高宗绍兴二十四年（1154）进士第一。他上疏言岳飞冤狱，违背了秦桧的意愿，所以，张孝祥虽然是状元，但因积极主战，他的许多政治主张没有得到朝廷应有的重视，仕途并不顺利。面对世间的功名富贵以及众多的不平，词人以何种态度处之？其《西江月》曰：

359

问讯湖边春色，重来又是三年。东风吹我过湖船，杨柳丝丝拂面。　　世路如今已惯，此心到处悠然。寒光亭下水连天，飞起沙鸥一片。

这首词是张孝祥题在江苏溧阳县三塔湖三塔寺寒光亭柱上的。上阕写重访三塔湖，观赏优美的自然景象，怡然自乐。"吹"字和"拂"字极有情致地写出词人陶醉在湖光山色之中，东风吹船似解人意，杨柳拂面饱含深情。一切何以尽如人意？下阕即点出主题，说明水色、春风、春柳何以如此亲切可爱，正是因为"世路如今已惯，此心到处悠然"，词人在经历了世俗的生活道路之后，对一切世事早已看惯，或者说对世事俗务、功名富贵都看得很淡薄了。词人以平和中正的"悠然"心情去看待自然景色，则到处是可亲的春意、可爱的春色。"寒光亭下水连天，飞起沙鸥一片"，心胸豁达的词人多么希望自己能够像沙鸥一样，在水天一色的空间自由自在地翱翔，他似乎想容纳此天地于"此心"。词人深知愤激生气于事无补，反而有损身心健康，只有用平和的人生态度来适应、超脱这个不公平的社会。生活经验亦已证明人若长期处于愤激、忧愁之中，会造成心理的失衡，神经系统也会降低对人体功能的调节作用，从而使心血管功能紊乱，呼吸效率改变，消化功能同时受到严重干扰，心、肺、肝等器官都会造成不同程度的损伤，影响正常的功能解析。长此以往，就会由生理功能转变、发展为病态的变化，催人衰老以至衰竭。因此，这就需要人们像词人一样善于在优美自然的环境中调节自己的情绪，努力摆脱功名富贵、人事纷扰等束缚，使自己亦如词人般心闲神定。心灵平静了，心理就平衡，生理就稳定，病理就不发生，即使发生了，也能很快重新平衡。

看淡功名富贵，人易获得自由愉悦的心境；闲心荣形，有益于养生健康。"故古之人有不肯贵富者矣，由重生故也；非夸以名也，为其实也。则此论之不可不察也。"（《吕氏春秋》卷一《孟春纪》之"本生"）即说古代就已有不肯富贵的人了，这是由于他们重视生命，并不是用轻视富贵、钓取虚名来夸耀自己，而是为保护生命。既然这样，我们对此养生道理亦不可不察。

（三）闲心荣形于自我心淡神远之中

对自然、社会超脱以后，才有可能摆脱自我的束缚，达于庄子所述的忘情、忘形境界。现在来看几首心淡神远之词，以观摆脱自我束缚对于养生、健康的积极意义。

谢逸的《卜算子》：

> 烟雨幂横塘，绀色涵清浅。谁把并州快剪刀，剪取吴江半。
> 隐几岸乌巾，细葛含风软。不见柴桑避俗翁，心共孤云远。

谢逸（1068—1112），字无逸，号溪堂居士，临川（今属江西）人，屡次参加科举考试皆不中第，遂以隐士自视，以诗词自娱。此词就是他歌咏隐逸生活之作，表达其高洁情操和高远志趣。清代徐釚所辑《词苑丛谈》卷三评此词云："标志隽永，全无芗泽，可称逸调。"上阕写清远之景，下阕抒隐逸之情。水塘潋滟，烟雨空濛，水色清浅，倒影涵空。生活如此诗情画意的自然环境中，词人自然感到宠辱皆忘、心淡神远。他有时戴着黑色的头巾，凭着几案读书饮茶，有时漫步于如画的横塘，披葛迎风，清闲飘逸，无复尘虑。拥有长天孤云般高远缥缈志趣、情操之人，似曾相识，他就是与词人同乡的陶渊明。词人亦将隐逸高人和田园诗人陶渊明引为知己和同调。词人屡试不中，一生与仕途无缘，但他心态泰然，从此空灵隽永、飘逸潇洒之词中便可看出他悠闲自适的心境。心理学认为，一种美好的心情，比任何药物都能有效地解除心理上的疲惫和痛苦。愉悦的心情以及由此焕发出的生活情趣和生命意识便是健康的体现。此种无须任何物质条件即能带来无穷益处的养生之法值得采纳。

康与之《感皇恩·幽居》：

> 一雨一番凉，江南秋兴。门掩苍苔锁寒径。红尘不到，尽日鸟啼人静。绿荷风已过，摇香柄。　　潇阴未解，园林清润。一片花飞堕红影。残书读尽，袖手高吟清咏。任从车马客，劳方寸。

此词写的是秋天的节令景物，但丝毫不见悲秋情绪，只有适时随缘的恬淡优雅情致，体现了词人幽居的生活情趣。词上阕写秋雨秋凉的幽居气氛：园门虚掩，三径苔满，人世间的繁华热闹被摒弃于苍苔小路之外；整天可听到树上的鸟啼，看到绿荷摇动，嗅到莲荷清香。下阕抒写自己的情趣：秋雨过后，园林里一片清润，时见秋花飞堕飘红影。在这秋高气爽的季节里，词人读尽残书后，时而袖手抑扬顿挫地吟咏自己或他人的词作以自娱，管他官场中的人们如何整日劳心伤神。康与之曾给高宗上《中兴十策》，名震一时。秦桧当国，为秦桧门下十客之一。绍兴十五年（1145），监尚书六部门，专作应制歌词。秦桧死，即被除名编管钦州。一生力求于功名富贵的词人在此词中亦流露出欲超脱自我束缚的幽居思想，心淡神远如词中所现。如此养生，有利于词人安度晚年。

辛弃疾《青玉案·元夕》：

> 东风夜放花千树。更吹落、星如雨。宝马雕车香满路。凤箫声动，玉壶光转，一夜鱼龙舞。　　蛾儿雪柳黄金缕。笑语盈盈暗香去。众里寻他千百度。蓦然回首，那人却在，灯火阑珊处。

此词写元夕观灯，寻觅意中人。元宵之夜凤箫声动，车水马龙，鱼龙灯舞，满城灿若星雨的灯火笼罩在明月清辉里。词人穿梭于载着倩妆丽饰佳人的宝贵名马、华丽雕车之间，只见美人如花、仕女如云，她们一路上娇声俏语，带着若有若无的幽香渐渐远去。可是，她们都不是词人心底欲寻找的那人。箫声如歌，明月皎洁，时光悄悄流转，整晚上花灯都在绽放光华，美不胜收。可众里寻遍不见伊人，忽地回首，却只见她在灯火依稀的僻静处。词中"蓦然回首"的一瞬间，顿然转出一妙悟境界，让人恍然而又情韵悠长。前面极力描绘火树银花、雕车宝马、笙歌喧天、笑语盈盈的渲染，只为衬托出伊人的高傲、自信、幽独甚至凄清。而"灯火阑珊处"的伊人不慕繁华、不同流俗、自甘寂寞的人格品性，既是词人着意寻找她的原因，也是一种富有象征意义的人生境界。王国维《人间词话》云："古今之成大事业、大学问者，罔不经过三种之境界：……'众里寻他千百度，蓦然回首，那人却在灯火阑珊处。'此第三境界也。此等语皆非大词人不能道。"① 人们都希望能到达人生的最高境界，即这第三境界，体味那战胜自我、超越极限后一览众山小的胜利愉悦感，然而在这自我提炼、自我实现的过程中，"灯火阑珊处"伊人身上的许多优秀的品质却是不可或缺的。我们知道，在现代社会中由于节奏的加快、竞争的激烈，人们的压力就相应增加，现在的人大多感觉活得很累，不堪重负。为什么社会在不断进步，而人的负荷却更重，精神越发空虚，思想异常浮躁？主要是人们缺乏自觉的心态，追逐于外在的功名、权势与物欲而不知什么是真正的美。金钱的诱惑、权力的纷争、宦海的沉浮让人殚心竭虑。是非、成败、得失让人或喜，或悲，或惊，或诧，或忧，或惧，一旦所欲难以实现，一旦所想难以成功，一旦希望落空成了幻影，就会失落、失意乃至失志，造成严重的心理失衡。如不及时调整心态，长时间处于超出主体所能承受的极限状态，则会造成病理性伤害。避免这种伤害的关键便要超越自我，要有一种心淡神远的自觉平衡心态。读此词中"众里寻他千百度，蓦然回首，那人却在灯火阑珊处"，他们给予我们养生的意义或许就在于此。

再看张抡的《阮郎归·咏夏十首》之一：

> 寒来暑往几时休。光阴逐水流。浮云身世两悠悠。何劳身外求。　　天上月，水边楼。须将一醉酬。陶然无喜亦无忧。人生且自由。

363

此词是词人"咏夏十首"组词中的一首，但词的内容并不是咏写夏日风物，而是抒发词人闲心荣形的人生意绪。永恒而又不可逆转的时间触发了词人的生命意识。人生短暂，岁月无穷，况且人的身世如浮云来去不定。既然如此，又何必去苦苦追求本属于身外之物的富贵功名，何不在"天上月，水边楼"之良辰美景中一醉方休？但词人认为最让人愉悦的赏

---

① 王国维著，滕咸惠校注：《人间词话》，齐鲁书社 1986 年版，第 2 页。

心乐事莫过于"陶然无喜亦无忧。人生且自由",终日无喜无忧地过着自由自在的生活。超越了自然、社会、自我而心淡神远、陶然自乐之态跃然纸上,而永远拥有这种心态便是养生、健康的最佳方式。

## 二 回归自然,怡情养性

庄子《养生主》云:"缘督以为经,可以保身,可以全生,可以养亲,可以尽年。"① 意思是说,循着自然规律,使人身之气贯通任督之脉,把它作为常持之法,就可以保护生命,保全天性,护养身体,享尽天年。人的活动符合自然、社会及人体的客观规律,便是对自然的顺应、回归。受庄子顺任自然思想影响的道教在养生实践中形成"性命双修"的观点,即将有形的物质形体器官和精神意识合而为一,视为养生的具有同等重要意义的修炼对象。这里"性"即为性情素养之意,"命"即为生命之意。世界卫生组织把健康定义为身体、精神和社会完全安宁的状态,此定义即含有性命双修的要求。健康乃是性命双修的问题。回归自然、怡情养性是性命双修的最佳途径。宋词中存有大量回归自然的词作,认真研习这些词作,有助于人们获得正确的健康观念,从而达到养生、保健的目的。下面略举几类加以说明。

(一)词人于春光春景中怡情养性

首先来看宋祁的《玉楼春·春景》:

东城渐觉风光好。縠皱波纹迎客棹。绿杨烟外晓寒轻,红杏枝头春意闹。 浮生长恨欢娱少。肯爱千金轻一笑。为君持酒劝斜阳,且向花间留晚照。

唐圭璋先生《唐宋词简释》评此词云:"此首随意落墨,风流闲雅。起两句,虚写春风春水泛舟之适。次两句,实写景物之丽。绿杨红杏,相映成趣。而'闹'字犹能撮出花繁之神,宜其擅名千古也。下片,一气贯

---

① (清)王先谦集解,方勇校点:《庄子》,上海古籍出版社 2013 年版,第 36 页。

注，亦是劝人轻财寻乐之意。"王国维《人间词话》亦云："'红杏枝头春意闹'。著一'闹'字，而境界全出。""闹"，既写出了词人宴游的欢乐氛围，又突出了词人对春天到来的欢迎和回归自然的愉悦心情。春天是万物复苏的季节，百花盛开，富有生气，无形中增添了人顽强的生命意识。词人于此美丽的春光中遨游于自然，吸收自然界万物带来的勃勃生气，领略大自然的奥秘及其给人的启示（"轻财寻乐"），不仅能够陶冶情趣，增添生活的乐趣，而且十分有益身心健康，达到养生、保健的目的。

苏轼《哨遍·春词》曰：

　　睡起画堂，银蒜押帘，珠幕云垂地。初雨歇，洗出碧罗天，正溶溶养花天气。一霎暖风回芳草，荣光浮动，掩皱银塘水。方杏靥匀酥，花须吐绣，园林排比红翠。见乳燕捎蝶过繁枝。忽一线炉香逐游丝。昼永人闲，独立斜阳，晚来情味。　　便乘兴携将佳丽。深入芳菲里。拨胡琴语，轻拢慢撚总掅利。看紧约罗裙，急趣檀板，霓裳入破惊鸿起。颦月临眉，醉霞横脸，歌声悠扬云际。任满头红雨落花飞。渐鹓鹐楼西玉蟾低。尚徘徊、未尽欢意。君看今古悠悠，浮宦人间世。这些百岁，光阴几日，三万六千而已。醉乡路稳不妨行，但人生、要适情耳。

高士奇《天禄识余》卷二云："东坡词'初雨歇，洗出碧罗天'，即所谓蔚蓝天也。"① 词人于春雨初歇之时，独立斜阳，仰望蔚蓝的天空，徜徉"溶溶养花天气"，欣赏"暖风回芳草""乳燕捎蝶过繁枝"。面对万物竞生、莺飞草长的情景，词人的生命意识被唤起，"便乘兴携将佳丽"春游踏青，且看舞、听歌，所有的俗世忧愁烦恼顿减，且通达如此："君看今古悠悠，浮宦人间世。这些百岁，光阴几日，三万六千而已。"词人聊以自娱，委心任命，暗淡的人生立即意趣盎然，自适闲雅："醉乡路稳不妨行，但人生、要适情耳。"苏轼由于积极地融入自然之中，心理得到了良好的调节，由此涵养了他适情适性的素养，增加了他对于生活的热爱和健

365

――――――――
① （清）高士奇：《天禄识余》，清康熙二十九年，四库全书本。

康积极生命的渴求，才使他在一系列的挫折面前愈挫愈勇。

即便是宋徽宗赵佶亦于春光中怡情养性。其《声声慢·春》曰：

> 宫梅粉淡，岸柳金匀，皇州乍庆春回。凤阙端门，棚山彩建蓬莱。沉沉洞天向晚，宝舆还、花满钧台。轻烟里，算谁将金莲，陆地齐开。　　触处声歌鼎沸，香鞯趁，雕轮隐隐轻雷。万家帘幕，千步锦绣相挨。银蟾皓月如昼，共乘欢、争忍归来。疏钟断，听行歌、犹在禁街。

春回大地，皇宫特地为之举办庆典。代表春天形象的梅、柳粉墨登场，备受人们青睐。宫廷内外，人们皆于融融春日游春踏青，鼎沸歌声笑语中夹杂着宫廷宝马香车轻轻碾过的声响。由于千家万户倾城游春，人们的脚步是相互紧挨着，可见春天是多么受人欢迎。一直游赏到"皓月如昼"之时，词人仍觉意犹未尽，"共乘欢、争忍归来"，惜春、赏春情怀溢于言表。美丽、清新的春天风光不仅给予人视觉上的享受，而且给予人心理上的愉悦，使人的心情保持舒适的状态，而出外游春踏青更是一种锻炼身体的极好方法，也是养生保健的最好选择。

（二）词人于乡村田园中怡情养性

范成大《浣溪沙·江村道中》：

366

> 十里西畴熟稻香，槿花篱落竹丝长。垂垂山果挂青黄。　　浓雾知秋晨气润，薄云遮日午阴凉。不须飞盖护戎装。

制置使主要掌管措置捍卫疆土的军事，出游时常常要身着戎装。此词是词人担任四川制置使期间出游时所作。词中描写词人身着戎装巡行在"江村道中"所见到的田园风光：江村的早晨，浓雾弥漫，秋气凉润。浓雾散去后，只见十里平川，稻谷飘香；村庄周围，盛开槿花的篱笆内，细长的竹枝在春风中自由飘舞；村前村后的小山坡上挂满或青或黄的累累硕果，呈现一派喜人的秋收景象。秋天的中午，薄云遮日，极其阴凉，都不用随从为他打伞遮阳。词人一路巡行，兴致极高。作为一个负有守土重任的封疆大吏，范成大看到防区内这一派美丽而又富饶的田园风光，整日比较紧张的精神之弦得以放松。由此可见，人所处的自然环境对于人的心理、生理健康关系至为重大。早在 2700 年前，战国时《管子·五行》中就提出"人与天调，然后天地之美生"的天人合一的理念。人与天调，天人共荣，人也就在其中了。中国文字"一人为大""一大为天"就包含人与自然的这种相互依存的辩证关系。人是大，我国传统文化中有"人杰地灵"之说，词中也有"景物因人成胜概"（沈蔚《天仙子》）之谓，但第一大还数自然。人生长、生活在自然环境之中，环境对于人的影响越来越受到人们的重视。当今处于拥挤城市中的人们周遭是汽车尾气、噪声等各种污染，远离自然而无时无刻不处于精神紧张和环境迫害之中。环境心理学和临床医学测试表明，人们在此环境中生活较长时间后，会产生许多不适症状，如血压升高、头晕目眩、脾气烦躁、思维困难等，且高血压、心脏病、神经衰弱和其他精神疾病的发病率远高于生活在幽静的乡村。为了健康的人生，人们就应该经常进入范成大词中所描述的祥和宁静的乡村田园之中去净化心灵，在大自然的怀抱中获得愉悦的心情和健康的身心。而维护地球，绿化环境，使人类还归自然的田园山村般的生活，便成了人类争取健康的永恒话题。

（三）词人于中秋赏月中怡情养性

由第六章可知宋词中存有大量的月词，其中即存有一定数量的中秋词。"《全宋词》中收有中秋词 210 首，其中标有'中秋'者 178 首，标有'月夕'者 3 首，无题序 29 首。中秋词于宋词无疑为重要组成部分。如苏轼的《西江月》（世事一场大梦）、《水调歌头》（明月几时有）、《念奴娇·中秋》（平高眺远）等皆为名作。"[①] 胡仔《苕溪渔隐丛话·后集》卷三十九："苕溪渔隐曰：'中秋词，自东坡《水调歌头》一出，余词尽废；然其后亦岂无佳词？如晁次膺《绿头鸭》一词，殊清婉。但樽俎间歌喉，以其篇长惮唱，故湮没无闻焉。'"现看晁端礼（字次膺）《绿头鸭·咏月》：

367

---

① 黄杰：《宋词与民俗》，商务印书馆 2005 年版，第 54 页。

晚云收，淡天一片琉璃。烂银盘、来从海底，皓色千里澄辉。莹无尘、素娥淡伫，静可数、丹桂参差。玉露初零，金风未凛，一年无似此佳时。露坐久，疏莹时度，乌鹊正南飞。瑶台冷，栏干凭暖，欲下迟迟。　　念佳人，音尘别后，对此应解相思。最关情、漏声正永，暗断肠、花影偷移。料得来宵，清光未减，阴晴天气又争知。共凝恋、如今别后，还是隔年期。人强健，清樽素影，长愿相随。

词中以清婉和雅的语言，对中秋月景和怀人作了细腻传神的描写。词上阕铺写中秋赏月时的愉快心境。晚云收尽，淡淡的天空里出现了一片琉璃般的色彩，为皎洁无瑕月亮的升起开拓了广阔的背景。"烂银盘"句写海底涌出了月轮，放出了无边无际的光辉，使人们胸襟为之开朗，不觉得注视着天空里的玉盘转动。只见嫦娥素装伫立，丹桂参差可见，美丽的神话使月色更加迷人。"一年无似此佳时"，中秋是露水初降，天气已凉但未寒之时，是四季中最宜人的节候之一。词人于此美景良辰静坐流连中，悠然可见"疏莹时度，乌鹊正南飞"，夜晚活动着的生命使幽寂的深夜更显静谧。"欲下迟迟"，词人焐暖了凉润的楼台栏杆却迟迟不归，原是在月色中怀人。词下阕转笔写伤离念远。"念佳人，音尘别后，对此应解相思"句紧接"欲下迟迟"，自然妥帖，浑然无迹，深得婉转情致。词人的笔法亦如杜甫《月夜》"今夜鄜州月，闺中只独看"，写自己的思念从对方写起。词人遥想对方在此夜"最关情"的当是于"漏声正永"之时亦如自己"暗断肠、花影偷移"。何时才能重逢？"共凝恋、如今别后，还是隔年期"，他们虽隔两地而情思若一，心心相印。词越写越显出两人离别后的款款深情。歇拍"人强健，清樽素影，长愿相随"亦如苏轼"但愿人长久，千里共婵娟"，是对自己及亲人、恋人的美好祝愿，亦是对美好生活的向往。全词层次清楚，铺叙得当；气脉连贯，前后纵收自如；意境清新，格调和婉；言辞清丽，情致绵绵，抒发了无尽的怀人情思。

我国中秋赏月的习俗由来已久，《礼记·祭仪》第二十四云："祭日于坛，祭月于坎，以别幽明，以制上下。祭日于东，祭月于西，以别内外，以端其位。"① 然而随着精神生活的丰富，祭祀活动就逐渐演变为玩月、赏月。两宋中秋节之俗，各类文献记载很多。孟元老《东京梦华录》云："中秋夜，贵家结饰台榭，民间争占酒楼玩月。"② 吴自牧《梦粱录》卷四（中秋）云："八月十五日中秋节……此际金凤荐爽，玉露生凉，丹桂香飘，银蟾光满。王孙公子，富家巨室，莫不登危楼，临轩玩月，或开广榭，玳筵罗列，琴瑟铿锵，酌酒高歌，以卜竟夕之欢。至如铺席之家，亦登小小月台，安排家宴，团圞子女，以酬佳节。虽陋巷贫窭之人，解衣市酒，勉强迎欢，不肯虚度此夜。天街买卖，直至五鼓，玩月游人，婆娑于市，至晓不绝。"③ 更有意思的是，《新编醉翁谈录》记述拜月之俗："倾城人家子女不以贫富能自行至十二三，皆以成人之服饰之，登楼或中庭焚香拜月，各有所期：男则愿早步蟾宫，高攀仙桂。……女则愿貌似嫦娥，圆如皓月。"④

众多的赏月词、中秋词蕴含了词人思乡、思人的情怀。人们在赏月的过程中，感受自然之美，获得精神享受的同时，心理亦得到颐养。特别是在中秋赏月之时，平日淡漠或浓郁的思念寄予此时此月，人们的感情得以丰富、抒发，从而融洽了人与人之间的关系，加深了相互的理解，人的情性得以陶冶，所有的情绪得以宽松，进而便能促进心理和生理的健康。

（四）词人于回归自我中怡情养性

回归大自然可以怡情养性，而绽放自我、肯定自我便是对自我的回归，亦可怡情养性，有益于身心健康。试看苏轼《江神子·猎词》：

老夫聊发少年狂。左牵黄。右擎苍。锦帽貂裘，千骑卷平冈。为报倾城随太守，亲射虎，看孙郎。　　酒酣胸胆尚开张。鬓微霜。又何妨。持节云中，何日遣冯唐。会挽雕弓如满月，西北望，射天狼。

369

① （汉）郑玄注，（唐）孔颖达疏，李学勤主编：《礼记正义》卷四十七（十三经注疏整理本），北京大学出版社 2000 年版，第 1543 页。
② （宋）孟元老著，伊永文笺注：《东京梦华录》卷八，中华书局 2006 年版，第 814 页。
③ （宋）孟元老等：《东京梦华录　都城纪胜　西湖老人繁胜录　梦粱录　武林旧事》，中国商业出版社 1982 年版，第 24 页。
④ （宋）金盈之著，周晓薇校点：《新编醉翁谈录》卷四，辽宁教育出版社 1998 年版，第 16 页。

苏轼在《与鲜于子骏书》第二首中云:"数日前,猎于郊外,所获颇多,作得一阕,令东州壮士抵掌顿足而歌之,吹笛击鼓以为节,颇壮观也!"(《苏轼文集》卷五十三)指的就是这首词。此词描写了熙宁八年(1075)"密州出猎"的情景。苏轼任密州知州时年近四十。他于四年前因与王安石政见不合自愿请求外任,自杭州后又至密州这北方边郡。苏轼除了在各地任上致力于地方政绩外,还一直要求大用于世。当时西北边事紧张,熙宁三年(1070),西夏大举进攻环、庆二州,四年,陷抚宁诸城。"会挽雕弓如满月,西北望,射天狼"就是指宋与西夏的战事。词上阕写出猎,下阕请战,不但场面热烈,音节嘹亮,而且情豪志壮,顾盼自雄,精神百倍。其中"老夫聊发少年狂",一个"狂"字统摄全篇,把接近中年的文人士大夫以一位风华正茂、意气风发的青少年射猎武夫的形象显现出来,"酒酣胸胆尚开张。鬓微霜。又何妨。持节云中,何日遣冯唐",是对面部略显苍老而内心充满年轻人朝气的自我形象进行栩栩如生的描绘。苏轼表现出心理年龄的年轻化,是他对自我的充分肯定。从苏轼在密州写给好友鲜于侁的信中所言,可以看出苏轼对这首与众不同的豪放词亦颇为自信。苏轼自信的不但是词写得好,他把词中历来描写软媚无骨的儿女情换成了有胆有识、孔武刚健的英雄气,而且自信自己有抗击外来侵略或大用于世的胆识和智慧。从心理学的角度看,心理年龄(指一个人在某一年龄阶段所显示出的心理状况或水平)与实际年龄(某年龄应当显示出该种心理水平)一致,其心理健康水平一般。而前者高于后者,其心理健康水平较差(且两者差距越大,心理健康状况就越差)。但是,当心理年龄适当低于实际年龄的人,其心理健康水平就较好。从词中"老夫聊发少年狂"一句,便可以清楚地看到词人的心理年龄低于其实际年龄,而且低得合适。美国韦斯博士在其所著的关于自我发现和自我帮助的《快乐的自我:自我发现与心理调适实用方法》①一书中,介绍了他所创立的心理能量学理论和技术。心理能量学是一种系统的方法,教导个体如何与这些情感能量相互作用并掌握它们,以达到无可限量的

---

① [美]韦斯:《快乐的自我:自我发现与心理调适实用方法》,刘培毅译,重庆出版社2004年版。

个人成长与健康。而使自己心理年龄年轻化便是获得快乐自我的有效方法之一。为了增进和保持心理健康，就必须了解自己的心理年龄，以便针对实际情况，采取相应对策，使自己的心理年龄适当低于自己的实际年龄，从而永葆心理健康，活得如苏轼般的洒脱、愉快，进而达到养生保健的目的。

两宋休闲词中关于回归自然、怡情养性的词作很多，不可一一列举。平日多读这一类词，亦有助于人们怡情养性，对健康大有益处。

### 三　兴趣广泛，胸襟豁达

人能否闲心荣形地生活，进而获得性命双修，其关键在于个人的心境。所谓心境，从心理学角度看就是使人在相当长时间内持续存在的某种情绪体验。美好的心境能引导人们从纷繁复杂的生活环境中筛选那些有益于激发乐观情绪和优美感情的信息，进而以愉快和乐观的态度消化以至于排出忧愁和烦闷带来的不良情绪。美好心境对人体健康乃是一种精神调节，使心态在乐观愉悦中保持舒坦、敞亮、宽阔，享受童真乐趣和烂漫。词人们带着美好的心境，在游玩的过程中不仅感受到美的享受，怡情养性，而且达到"老夫聊发少年狂"和"不知老之将至"的程度。这样的美好心境无疑把人体的兴奋细胞激活并调动起来，饱满的精神使生命年轻了许多。而不良心境则是健康的大敌。有人曾指出，最能影响人健康的不利因素中，恶劣心境下的不良情绪，如忧虑、颓废、憎恨等，对于人体的损伤更为严重，因为现代医学发现，在患胃痛、恶心和心血管疾病的人中，有许多就是由于不良心境所引发的。若长期处于忧虑之中，不仅对于肺部不利，即使其他身体机能，如神经系统、消化系统，以及心、肝等器官，都会造成不同程度的损伤，影响正常功能的解析。研究表明，人在极度忧伤时，会造成心理的失衡，神经系统也会降低对人体机能的调节作用，从而使心血管机能紊乱，呼吸频率改变，消化功能同时受到严重干扰。长期如此，就会由生理功能转变发展为病态，催人衰老。因此，在人们日常的生活保健中，人们要善于调节自己的情绪，达观面世，心胸开阔，要自觉把握生命的尺度，抵制不良心境的袭扰，努力拥有一个积极向上的人生态

371

度，因为人的生命和幸福不是属于某一个人的。

庄子于《在宥》中叙述鸿蒙指点云将治理天下的方法时云："噫！心养。汝徒处无为，而物自化。堕尔形体，黜尔聪明，伦与物忘，大同乎涬溟。解心释神，莫然无魂。万物云云，各复其根，各复其根而不知，浑浑沌沌，终身不离；若彼知之，乃是离之。无问其名，无窥其情，物固自生。"① 庄子认为治理天下的关键亦是修养心境，而心境修养的途径便要求人们顺任自然，忘情忘形，释放心神，无所计较，万物便各自返回它的本根，万物乃自然生长。那么在具体的实践中，如何才能做到释放心神、无所计较呢？浏览两宋休闲词，词人们修养心境的方式多种多样，但主要的途径都着眼于养成广泛的兴趣以求胸襟豁达，从而调适心境。在这广泛的兴趣爱好中，下文仅挑选三个方面加以阐述。

（一）观赏自然风物以豁达胸襟

美存在于生活，存在于自然万物，也存在于发现，更存在于心境。而自然万物的美即能豁达胸襟，调适人的心境。现以部分宋词为例，加以阐明。

潘阆《酒泉子》：

> 长忆观潮，满郭人争江上望。来疑沧海尽成空。万面鼓声中。　　弄涛儿向涛头立。手把红旗旗不湿。别来几向梦中看。梦觉尚心寒。

此词描写我国一大名胜钱塘江潮，是词人离开杭州后所写的十首《酒泉子·忆余杭》中的一首。词上阕描写潮水的汹涌气势：以江岸上的人来衬托其气势，满城出动观潮，可见江潮景象对人们的吸引力；潮水高大，沧海成空；江潮轰鸣如万面鼓声；更让人惊心动魄的是弄潮儿手把红旗踏浪立涛而红旗不湿。自然是美的，而人类在自然的怀抱里的畅玩亦美。如此美丽的自然风物给词人带来的美好心情绝不是一时的，因为词中"长忆"二字便可看出此情此景已成为词人美好的回忆，他带给了词人长久的

---

① （清）王先谦集解，方勇校点：《庄子》，上海古籍出版社 2013 年版，第 125 页。

美好心境。而且因为潘阆，此情此景又给予了更多的人以美好的心境，据吴处厚《青箱杂记》卷六载："近世有好事者，以潘阆遨游浙江，咏潮著名，则亦以轻绡写其形容，谓之《潘阆咏潮图》。"

欧阳修《浣溪沙》：

> 堤上游人逐画船。拍堤春水四垂天。绿杨楼外出秋千。　　白发戴花君莫笑，六么催拍盏频传。人生何处似尊前。

人生易老，引起词人伤怀。但词人并未沉浸在叹老伤悲的情绪中，他于观赏自然风物中及时调适自己的心境。词人来到湖边，看到了绘上彩图、挂上灯笼、插上彩旗而装饰一新的画船，而堤上游人跟随，竞相观看；远处的湖水因春汛期而上涨，几乎与天幕相接。在绿杨堤外的楼旁，有红粉佳人在欢悦地荡秋千。面对如此生机勃勃的生活画卷，词人的心境是愉悦的，他禁不住欲戴花行乐。

周邦彦《苏幕遮》：

> 燎沉香，消溽暑。鸟雀呼晴，侵晓窥檐语。叶上初阳干宿雨，水面清圆，一一风荷举。　　故乡遥，何日去。家住吴门，久作长安旅。五月渔郎相忆否。小楫轻舟，梦入芙蓉浦。

此词描写了一个夏日的早晨，词人晨起燎炙沉香以消除令人难耐的溽暑，鸟儿们似乎亦嫌天气炎热，天刚亮便在屋檐下伸出头相互叽叽喳喳议论不休，使得客居异乡念及家乡的词人感觉更加闷热。然则词人又如何调适自己不安的心境？他说雨后风荷的神韵即能带给词人一片清凉："叶上初阳干宿雨，水面清圆，一一风荷举。"钱仲联先生评此三句词云："试想，当宿雨初收，晓风吹过雨面，在红艳的初日照耀下，圆润的荷叶，绿净如拭，亭亭玉立的荷花，随风一起颤动起来。这样一个活泼清远的词境，要把它作十分生动的素描，再现于读者面前，却颇非容易。作者只用寥寥几笔，就达到了这种境地，只一个

373

'举'字，便刻画出荷花的动态。"① 王国维《人间词话》评之云："此真能得荷之神理者。"② 摹写物态惟妙惟肖如此，可谓风致天然，自有空淡和雅的风韵，堪称咏荷绝唱。陈廷焯《云韶集》评此词云："不必以词胜，而词自胜。风致绝佳，亦见先生胸襟恬淡。"③ 可见，赏荷能豁达胸襟。其他咏荷词如张炎的《绿意》：

> 碧圆自洁。向浅洲远渚，亭亭清绝。犹有遗簪，不展秋心，能卷几多炎热。鸳鸯密语同倾盖，且莫与、浣纱人说。恐怨歌、忽断花风，碎却翠云千叠。　　回首当年汉舞，怕飞去、谩皱留仙裙折。恋恋青衫，犹染枯香，还叹鬓丝飘雪。盘心清露如铅水，又一夜、西风吹折。喜静看、匹练秋光，倒泻半湖明月。

此词咏荷叶"碧圆自洁"的丰姿：品清、情幽。摹形、写神、传情三者兼具，咏物而不黏滞于物，雅丽清空，亦为咏荷佳作。荷叶的清品丰姿令无数人为之着迷，因为它不仅给人以美的享受，而且荷叶的清香沁人心脾，使人神怡。词人们在赏荷时性情得到陶冶，心灵亦得以净化。赏荷、咏荷是一件赏心悦目、有益身心健康的雅事。

曹组《蓦山溪》：

> 洗妆真态，不作铅华御。竹外一枝斜，想佳人、天寒日暮。黄昏小院，无处着清香，风细细，雪垂垂，何况江头路。　　月边疏影，梦到消魂处。结子欲黄时，又须着、廉纤细雨。孤芳一世，供断有情愁，销瘦却，东阳也，试问花知否。

此词为咏梅词。上阕梅花幽韵，黄昏月落，风细雪垂，一枝疏梅斜

---

① 唐圭璋、周汝昌等：《唐宋词鉴赏辞典》（唐五代北宋），上海辞书出版社1988年版，第1006—1007页。

② 王国维著，滕咸惠校注：《人间词话新注》，齐鲁书社1986年版，第22页。

③ 唐圭璋编：《词话丛编》，中华书局1986年版。

逸，宛如佳人天寒日暮独倚修竹，显现出梅花清逸幽独的韵致。下阕转写赏梅情趣。月下疏影，如心魂萦绕梦中，待黄梅雨绵时，花落香消。孤芳一世的梅花给有情人无尽的愁叹，甚至为伊消瘦，可"花知否"？沈际飞评此词云："微思远致，愧粘题装饰者，结句自清俊脱尘。"（《草堂诗余正集》）写得亦如梅之洗尽铅华、清丽典雅，皆因得了梅的神韵。赏梅历来为人们所喜爱，寒冬时节，百花凋零，唯有梅花凌寒开放，人们从它那形神俊逸、清香淡雅的风致中不但得到美的享受，而且从它的铮铮傲骨、笑对严寒的素养中得到启发和力量。梅花的芳香还有净化空气、清热解毒、镇静止咳等作用。因此梅花不仅能豁达胸襟，而且有益于人的健康。可见，词人们之所以那么喜爱载栽梅、赏梅、咏梅，原因之一便在于梅对于人们的养生有着多方面的积极意义。

两宋休闲词中关于自然山水风物的词不可尽数。早在几千年前，人们就认识到自然万物与人体健康的关系，老子就曾提出天人相应说，管子亦主张人要主动与自然配合（人与天调，然后天地之美生），这就是养生学上的游乐养生思想。游乐于自然（观赏自然风物为其一部分），人的心境得到调适，精神得以放松、愉悦，因而增加人的身心健康，有利于养生长寿。

（二）交友览胜以豁达胸襟

人与人之间的真诚友谊有益于心灵的净化和愉悦，亦可豁达胸襟以调适心境。人际交往不仅是一门学问，还是一种利于健康的学问。医学研究表明，有良好人际关系之人的寿命远比孤独冷僻者和自我封闭者的寿命更长。因为前者多处于愉悦的情绪体验中，人体内分泌出较多有益的激素、酶和乙酰胆碱等，这些活性物质能够使血液的流量、神经细胞的兴奋，以及内脏器官的代谢诸活动调节到最佳状态，大大强化了机体免疫系统的功能。因此，从养生、健康的角度来讲，与友人亲切交往中拥有真诚的友谊，形成良好的人际关系是十分有益的。宋词中便有不少词作是有关社交友谊的，现以部分宋词为例来看交友览胜对于豁达胸襟、调适心境的作用。

欧阳修《临江仙》：

记得金銮同唱第，春风上国繁华。如今薄宦老天涯。十年歧路，空负曲江花。　　闻说阆山通阆苑，楼高不见君家。孤城寒日等闲斜。离愁难尽，红树远连霞。

北宋释文莹《湘山野录》卷上载："欧阳公顷谪滁州，一同年（忘其人）将赴阆倅，因访之，即席为一曲歌以送，曰：'记得金銮同唱第……'其飘逸清远皆（李）白之品流也。公不幸晚为憸人构淫艳数曲射之，以成其毁。予皇祐中，都下已闻此阕，歌于人口者二十年矣。嗟哉！不能为之力辨。"词上阕通过进士及第与贬谪天涯的强烈对比，流露出愤懑之情。但词人却不愿被此种不良情绪缠绕，他积极与友人交往，即如一同榜进士调任这样平常的事，词人亦要题词为之送行。词人朋友要到阆中（今四川境内）如此偏僻遥远的地方去为官，友人自然不会欣喜若狂，词人亦不会认为是什么好去处，那么这样的送行词怎么写才能调适友人及自己的不良心境呢？词人扣住"阆"字，夸说友人要去的地方名称吉利，通着神仙居住的阆苑。以幻想当现实地进一步推想，阆苑仙园那么多高楼大厦，真不知道您住哪儿了。词人进一步安慰友人，您可以到阆苑闲逛，可我在孤零零的滁州小城，整日在寒冷的日光下送走斜阳。"离愁难尽，红树远连霞"，词人本以为与友人共度寒日，可朋友即将远去，这离别的愁绪一言难尽，可彼此的忧愁却是一样的，虽然彼此分离，但我们的心还是相通的，友情常在常青，我这边秋霜里的红叶会远远地连着你那边仙园的红霞。这样的惜别情谊既有助于形成人情温暖的保护层，有利于调适词人及友人的不良心境，亦有利于身心健康。

范纯仁《鹧鸪天·和持国》：

腊后春前暖律催。日和风软欲开梅。公方结客寻佳景，我亦忘形趁酒杯。　　添歌管，续尊罍。更阑烛短未能回。清欢莫待相期约，乘兴来时便可来。

范纯仁（1027—1101），字尧夫，吴县（今江苏苏州）人，范仲淹次子。他一生出将入相，亦有遭受贬谪的生涯。他是位尽孝尽忠之人，但对于朋友，亦有至性至纯的一面。腊后春前，天气和暖，梅花欲开，值此良辰美景，主人邀客同饮。客人们因为主人的盛情，便忘形痛饮。饮酒、赏梅、题词，听歌观舞，直到半夜蜡烛所剩无多，大家仍然兴致不减，便又增加几段歌舞和几坛子酒。"清欢莫待相期约，乘兴来时便可来"，因为玩得开心，于是商定，以后宴会，不要再"结客"邀请，谁有兴致，随时可以不拘形式地相聚痛饮。如此的友情，似曾相识，前文已见的陶渊明《移居》云："春秋多佳日，登高赋新诗。过门更相呼，有酒斟酌之，农务各自归，闲暇辄相思；相思则披衣，言笑无厌时。"① 充满争执的官场亦能有"相思则披衣，言笑无厌时"的纯洁、和谐的人际关系，因为词人亦如陶渊明笔下的"素心人"。而这样充满友情的人际关系是可以增加人的身心健康，有利于养生长寿。

张孝祥《浣溪沙·亲旧蕲口相访》：

> 六客西来共一舟。吴儿踏浪剪轻鸥。水光山色翠相浮。　　我欲吹箫明月下，略须停棹晚风头。从前五度到蕲州。

宛敏灏《张孝祥词笺校》卷四云："乾道五年（1169）春，孝祥致仕，自荆州沿江东归。四月初旬，'未至黄州二十里'，起知潭州，初曾兼代荆湖南。"此词乃为词人"东归"时作。词人是怎样调适自己致仕时的心境？词人与几位知己，同乘一只小船，慢慢溯江而上，访亲会友，旧地重游，何等开心。词人为浙江水乡人，自称为弄潮吴儿。大家带着愉悦的心情驾着小船踏浪轻快前行，词人觉得自己就像江面上的鸥鸟，飞快地掠过水面，翩翩而去了。船快速行驶于碧波荡漾的江面，只觉得两岸青山耸翠亦在漂浮晃荡。江上明月何其迷人，词人请友人让船略停片刻，他想乘着晚风，立在船头吹箫。江晚人静，明月照影，清风吹送悠扬的笛声，心境不爽之人见其朦胧美景、听其悠扬声韵，所有的不悦皆会因此阵阵的温馨抚

*377*

---

① 袁行霈：《陶渊明集笺注》，中华书局 2003 年版，第 133 页。

慰而化解。词人于交友觅胜中调适了心境，豁达了胸襟。

陈亮《水调歌头·癸卯九月十五日寿朱元晦》：

> 人物从来少，篱菊为谁黄。去年今日，倚楼还是听行藏。未觉霜风无赖，好在月华如水，心事楚天长。讲论参洙泗，杯酒到虞唐。　　人未醉，歌宛转，兴悠扬。太平胸次，笑他磊魂欲成狂。且向武夷深处，坐对云烟开敛，逸思入微茫。我欲为君寿，何许得新腔。

癸卯为孝宗淳熙十年（1183）。夏承焘《龙川词校注》上卷载："是年同甫四十一岁，朱熹五十四岁。……其年秋，熹以劾前台州守唐仲友，辞官归闽，故词云：'去年今日，倚楼还是听行藏。'熹本年筑精舍于福建武夷山之五曲，正月经始，四月落成。有《武夷精舍杂咏》。《朱文公集》（三十六）《答陈同甫书》云：'武夷九曲之中，比缚得小屋三数间，可以游息，春间尝一到，留止旬余。溪山回合，云烟开敛，旦暮万状，信非人境也。'此词'武夷云烟'，即用朱语。……《文集》（二十）《丙午复朱元会晦秘书》书有云：'千里之远，竟未能酬奉觞为寿之愿。……苏笺一百，鄙词一阕，薄致祝赞之诚，不敢失每岁常礼耳。'此后数年，熹与同甫书礼往复辩论王霸之学……"[1] 可见，陈亮与朱熹在哲学见解上意见不一，有"王道"与"霸道"、"仁义"与"功利"之争，两人各执己见、针锋相对，但这并不妨碍他们之间的情谊。自相识起，每当朱熹生日，陈亮都题词祝贺。词上阕赞颂朱熹为一世少有的人物，甚至九月盛开的菊花就是为他而黄。如今辞官归闽，在武夷山精舍讲学。下阕写朱熹坦荡荡的胸襟，虽遇不平，仍能心平气和，相比之下，自己胸次不平欲狂的心态多么可笑。"且向武夷深处，坐对云烟开敛，逸思入微茫"，此是朱熹写给词人书信《答陈同甫书》中所描述的让人心生向往的迷人的自然风光。"我欲为君寿，何许得新腔"，即您悠闲地生活在如此优雅的环境里，还何须我寻觅新词为您祝寿？词人认为这样美丽的自然环境有益于人的健康，是

---

① （宋）陈亮：《龙川词校笺》，夏承焘校笺，牟家宽注，上海古籍出版社1982年版。

养生长寿的好去处。词人因与友人朱熹交往，不仅提高了学养，而且使自己心胸变得开阔，这本身亦是有益于养生、健康的事。

宋词中有很多作品描写交友览胜中建立起来的深厚友谊，它不仅使词人们观赏到自然胜景，而且使他们心灵原野的胜景常新。亲切美好的友情需要自己多奉献，多体贴，多谅解，由此产生的交往效果可以使人际关系不断得到加深和巩固。而这种能豁达胸襟的友情对于人体会产生一种积极向上的心理享受、精神愉悦，使身体神经系统的调节功能时常处于最佳状态，保持旺盛的生命力。

（三）流连琴棋书画以豁达胸襟

宋代词人亦有不少流连琴棋书画的词作。词人们在琴棋书画中寻觅闲适，感悟人生，体现他们自由愉悦、潇洒飘逸的生活情趣。而如此闲雅的生活兴趣，不仅可以陶冶情操，而且可以豁达胸襟、调适心境，亦是养生、健康的极好方法。现看部分这类宋词。

张先《剪牡丹·舟中闻双琵琶》：

> 野绿连空，天青垂水，素色溶漾都净。柔柳摇摇，坠轻絮无影。汀洲日落人归，修巾薄袂，撷香拾翠相竞。如解凌波，泊烟渚春暝。　　彩绦朱索新整。宿绣屏、画船风定。金凤响双槽，弹出今古幽思谁省。玉盘大小乱珠迸。酒上妆面，花艳媚相并。重听。尽汉妃一曲，江空月静。

词中"柔柳摇摇，坠轻絮无影"是张先自称"张三影"的"影"之一，可见此词亦为词人的得意之作。词上阕写词人春江游乐所见。"野绿连空"，词人站在船头极目远眺，只见辽远无际的绿色原野上接苍穹，抬头仰望，晴空蔚蓝，好像与江水相连。词人俯视，"素色溶漾都净"，只见眼前江水白茫茫的一片（此句本自谢朓诗"澄江净如练"《晚登三山还望京邑》）。"柔柳摇摇，坠轻絮无影"，是以上所描写的浑茫寥廓而又十分寂静之江上绿野中的一个特写镜头。著"无影"二字，整个画面立即灵动起来，那柳絮飞舞的轻盈飘忽，形神俱出，而且微风吹拂，轻絮飘舞，在微

379

暗的树荫中，依稀看见它们在游荡回转，而一点影子也不留在地面，真有一种飘忽无影的妙趣。晚霞满天之时，"修巾薄袂"的琵琶女回到停在幽静港湾的船上。下阕写舟中听琵琶。"彩缕朱索新整"，写美女回到船上，在一天的"撷香拾翠"之后，换装梳洗，以更娇丽的容颜出现。"金凤响双槽"，"金凤"代指琵琶，本出乐史《杨太真外传》："妃子琵琶逻逤檀，寺人白季贞使蜀还献。其木温润如玉，光耀可鉴。有金缕红文，蹙成双凤。"故苏轼《宋叔达家听琵琶》诗云："半面犹遮凤尾槽。""槽"是琵琶上架弦的格子，"响双槽"，表明是两把琵琶同时弹奏，这里切题《舟中闻双琵琶》。"玉盘"句由白居易《琵琶行》"大珠小珠落玉盘"句化来，视觉形象与听觉形象并举，形象地表现了音乐旋律的跌宕起伏，高昂处如疾风暴雨，低回处如儿女私语，令人"耳不暇接"。人物的感情时而慷慨激昂，时而低回婉转，皆随乐声起伏，曲曲传出。乐声已至高潮，然又戛然而止，词人对音乐形象的描绘也暂收束。船上一片岑寂，在无声的境界里，接下来词人省略了恰知己相逢、隔船相邀等细节，径直从借酒相慰写起。"酒上妆面"，是说琵琶女已带醉意，面颊被酒晕得绯红。借酒浇愁愁更愁，于是双眉"相并"。既然愁怀未释，欣逢知己，欲一吐为快，于是重奏一曲，词人亦"重听"。一曲终了，唯见"江空月静"，众人无语，皆沉浸在幽咽如同汉妃出塞的琵琶语中，可见琵琶女所奏琵琶的艺术魅力。在这优美的乐声里饱含着今古幽思，寄托着琵琶女离乡背井、流落江湖的身世之感，亦引起词人诸多的人生感慨，人物的精神境界显得高雅深沉，人物的胸怀亦豁达无比。

张抡《诉衷情·咏闲十首》之一：

> 闲中一弄七弦琴。此曲少知音。多因淡然无味，不比郑声淫。
> 松院静，竹林深。夜沉沉。清风拂轸，明月当轩，谁会幽心。

词人闲暇之中，弹琴以调适落寞的心境。只是自己所弹曲调过于淡泊清逸，比不上淫艳的流行歌曲那样吸引听众，所以知音很少。尤其在夜深人静之时，无人理解词人内心深处的孤傲，词人便以琴声消忧，于清风明月的松下竹旁，弹奏一曲悠扬飘逸的曲子，所有烦恼、孤独的不良心境皆随风消失。

琴本是礼乐文化中的一部分。《乐府诗集·琴曲歌辞》云："琴者，先王所以修身理性禁邪防淫者也。"所以琴的本质首先是规限，然后才是娱乐。后来伯牙、子期高山流水因琴而生知音友情，司马相如琴挑卓文君，因琴而生甜美爱情，发展到汉末魏晋以后，琴可以陶冶性情、娱乐心神。琴在古今都被视为有高深学问的乐器，它体现出人的优雅兴致和高尚的情操。琴志在高山、流水，是为知音而存在，虽然只弹一弦而知雅意。风月无边，众生芸芸，而知音难觅。它适宜在幽静的环境中，面对知音，以清闲愉悦的心情、淡然洒脱的人生态度去弹奏，可以豁达胸襟、调适心境。而涵盖天文、地理、阴阳等为一体且生生不息的棋对于人亦有如此作用。

舒亶《浣溪沙·和仲闻对棋》：

> 黑白纷纷小战争。几人心手斗纵横。谁知胜处本无情。　　谢傅老来思别墅，杜郎闲去忆鏖兵。何妨谈笑下辽城。

舒亶（1041—1103）于元丰二年（1079）论奏苏轼谢表讥切时事，并上其诗三卷，酿成"乌台诗案"。此词显示了词人另外一种少见的豁达豪放的风格，满含理趣。词上阕写下棋的过程和感想："黑白纷纷小战争"，代指下棋，用语极其巧妙，又有理趣。"几人心手斗纵横"，重在一个"斗"字，而纵横又有合纵连横之义。"谁知胜处本无情"，想要获胜必要吃掉敌方，何情之有？让人想见当时新党、旧党执政之争的激烈。词下阕借两个典故写出自己不屑于争斗、希望息战的心理。"谢傅老来思别墅，杜郎闲去忆鏖兵"，谢傅（谢玄）是淝水之战中东晋的丞相，年老归隐，杜牧曾作《赤壁》诗，回顾赤壁之战，词人认为所有的争战皆是过眼云烟，"何妨谈笑下辽城"，在这短暂的人生中，何不放弃争斗，友好愉悦地享受友情，享受美好的生活？词人于弈棋中悟出欲雅玩逍遥地享受休闲人生，便需有不计较争斗、谈笑面对现实人生的豁达胸襟。

张继先《望江南·观棋作》：

381

楸枰静，黑白两奁均。山水最宜情共乐，琴书赢得道相亲。一局一番新。　　松影里，径度几回春。随分也曾施手段，争先还恐费精神。长是暗饶人。

在清泉古松间，或和风煦日，或花落鸟啼，或月明星稀，朋友二三，品茗叙旧，纹枰手谈，心平气舒，胜负度外，投子时清脆的声音犹如敲响的音乐。方寸之间，摹写万物，令人遐想。黑白相间，在棋盘上构成千变万化的图案，或宛若蛇形，或静如莲花，动静结合，千姿百态。真可谓"楸枰静，黑白两奁均。山水最宜情共乐，琴书赢得道相亲。一局一番新"，在这样临风静美的意境中，棋本身的美倒在其次，而人、棋、自然、胸襟却构成了一幅绝美的图画。这是一种无法言喻的艺术之美、境界之美。班固《弈旨》云："纸专知柔，阴阳代至，施之养性，彭祖气也。外若无为，默而识净，泊自守以道意，隐居放言，远咎悔行，象虞仲，信可喜。"可见，棋不仅是一种显示庄严智慧的艺术，而且棋可"养性"。于宁静与淡泊的对弈之中，人们浮躁的心因沉着思虑而渐渐沉静下来，最终归于悠闲而深沉质朴的宁静。而历来养生学说都把静看作极有利于身心健康的一种精神追求，即是心静、神静、性静，大脑和心脏在三静中处于一种极其舒张、宽松的生理调节中，这时心脏供血充足，脑神经中枢活跃，体内免疫力增强。可见，棋益于养生、健康。

书画亦利于养生、健康。米芾《减字木兰花》：

平生真赏。纸上龙蛇三五行。富贵功名。老境谁堪宠辱惊。

寸心谁语。只有当年袁与许。归到寥阳。玉简霞衣侍帝旁。

米芾（1051—1107），能诗擅文，书画尤具功力，篆、隶、行、草、楷各体皆能，行草造诣尤高，为北宋书画大家。他与苏轼、黄庭坚、蔡襄合称"宋四家"，崇宁年间被徽宗赵佶召为书画学博士。词中说自己一生最为快意的事便是在"纸上龙蛇三五行"，功名富贵置之度外，否则，到了晚年谁能经受宠辱的惊扰。因为有书画养其心智，看起来最与世不合的米芾到了晚年心境平和，"玉简霞衣侍帝旁"，不受宠辱之惊的词人过着神仙般的逍遥时光。

琴、棋、书、画自古以来即为文人雅士引以为豪的高品位艺术形式，是我国古代四大艺术。它们不但可以给人以美感，而且有益养生、健康，故它们亦成为两宋休闲词苑中不可或缺的绚丽奇葩。

## 四　尊生重己，热爱生活

唐司马承祯《坐忘论》曰：

> 夫人之所贵者，生也；生之所贵者，道也。人之有道，如鱼之有水。涸辙之鱼，犹希升水。弱丧之俗，无心造道。恶生死之苦，爱生死之业。……故《妙真经》云：人常失道，非道失人；人常去生，非生去道。故养生者慎勿失道，为道者慎勿失生。使道与生相守，生与道相保，二者不相离，然后乃长久。言长久者，得道之质也。经云：生者，天之大德也，地之大乐也，人之大福也。道人致之，非命禄也。又《西升经》云：我命在我，不属于天。由此言之，修短在己，得非天与，失非人夺。扪心苦晚，时不少留。所恨朝菌之年，已过知命，归道之要，犹未精通。为惜寸阴，速如景烛。勉寻经旨，事简理直，其事易行。与心病相应者，约著安心坐忘之法，略成七条，修道阶次，兼其枢翼，以编叙之。[1]

"人之所贵者，生也；生之所贵者，道也。"每一个人都是极爱生命的，而生命最为关键的是"道"。"故养生者慎勿失道"，得道"然后乃长久"。修道在己，因此"我命在我，不属于天"，"修短在己，得非天与，失非人夺"。所谓"得道"，对于一般的众人来说就是通过养生的手段努力去养护、珍惜、延长生命本身。唐施肩吾所著《西山群仙会真记》云："古今圣贤，谈养生之理者，著养生论者，不为少矣。又曰少私寡欲，可

383

---

① 董诰：《全唐文》卷924，中华书局1983年版。

以养心；绝念忘机可以养神；饮食有节，可以养形；劳逸有度，可以养
乱；入清出浊可以养气；绝淫戒色可以养精。"养生之道，就在于看起来
比较细微的膳食起居之中。

由前文大量的词作论述可知，宋代词人是极其热爱生活的，他们极其
善于享受生活中的欢乐时光，因为他们尊生重己。现在来看，尊生重己的
宋代词人是如何合理膳食起居，从而获得养生、健康之道的。

（一）合理膳食之道

第一，酒之道。

宋词中有大量的饮酒词，前已论述。这里且看苏轼的《浣溪沙》：

> 醉梦醺醺晓未苏。门前辘辘使君车。扶头一盏怎生无。　　废圃
> 寒蔬挑翠羽，小槽春酒冻真珠。清香细细嚼梅须。

词前序曰："十二月二日，雨后微雪，太守徐君猷携酒见过，坐上作
《浣溪沙》三首。明日酒醒，雪大作，又作二首。"苏轼谪居黄州后，太守
徐君猷并未把他看成罪人，反而时加照顾，"相待如骨肉"（《与徐得之
书》）。元丰四年（1081），徐君猷携酒拜访，苏轼因作《浣溪沙》五首，
此为之一。词上阕写使君来访。使君亲自驱车登门，词人为感谢友人的关
照，即使稍饮即醉，亦要再喝一盏极易醉人的"扶头"酒。下阕写主客欢
饮。他们的下酒菜是从自家废圃旧园里仔细挑选出来的嫩菜，他们喝着清
湛如晶莹珍珠的小槽酒，再细细咀嚼飘散着清香的青梅花蕊。如此品酒尝
梅，不但调节贬谪的不良心境，而且心情愉悦地小饮加以新鲜的菜蔬，是
有利于健康的。

苏轼《和陶饮酒二十首》云："偶得酒中趣，空杯亦常持。"可谓深得酒
之道。《东坡志林》载："东坡居士自今日以往，不过一爵一肉，有尊客盛馔，
则三之，可损不可增。有召我者，预以此先之，主人不从而过此者，乃止。一
曰安分以养福，二曰宽胃以养气，三曰省费以养财。元符三年八月。"[①] 其中

384

---

① （宋）苏轼：《东坡志林》，三秦出版社 2003 年版，第 33 页。

"一爵一肉……可损不可增"，便是他合理膳食的实践。可见，苏轼亦懂养生之道。其《和陶〈饮酒〉诗序》云："余饮酒至少，常以把盏为乐，往往颓然坐睡，人见其醉而吾中了然，盖莫能名其为醉为醒也。在扬州，饮酒过午辄罢，客去，解衣盘礴终日，欢不足而适有余。"可见以"宽胃以养气"为合理膳食理论要点的苏轼，他饮酒有度，适可而止。

酒对于人的养生、健康则是一把双刃剑，既能益人，又能损人。酒对文学的功用，这里不再赘述。酒对于人体的益处主要有：（1）酒对人体有补养的作用，因为它是由米面酿造而成；（2）由于酒性温热，它能散寒祛湿，温通血脉，因此酒对于风寒脾痛、筋脉攀急等具有一定的治疗效果；（3）酒还有厚肠胃、止水泻、治心腹冷痛等作用；（4）酒还具有消毒、预防疾病、消愁解闷等作用。古人对饮酒与养生保健的关系早就有所认识。《诗经·豳风》中便载有"为此春酒，以介眉寿""称彼兕觥，万寿无疆"等诗句，上句的意思是说用酒帮助长寿，下句意思是说举觥敬酒祝长寿，都把酒和长寿联系到了一起。但是，酒对于人亦有不利的一面。陶渊明《神释》云："日醉或能忘，将非促龄具？"[1] 说天天饮酒也许能将烦恼忧愁忘怀，但酒岂不是促使年寿缩短的饮料？他《止酒》诗云："徒知止不乐，未知止利己。"[2] 唐代自称"醉翁"的白居易亦说："佳肴与旨酒，信是腐肠膏。"其《闲居》云："肺病不饮酒，眼昏不读书。"[3]《本草纲目》引邵雍诗云："美酒饮教微醉后。此得饮酒之妙，所谓醉中趣、壶中天者也。若夫沉湎无度，醉以为常者，轻则致疾败行，甚则丧邦亡家而陨躯命，其害可胜言哉？此大禹所以疏仪狄，周公所以著《酒诰》，为世范戒也。"现代科学已证实古人的这些认识和说法是正确的。饮酒过量，不仅会使人的知觉、思维、情感、智能、行为等方面失去控制，飘飘然忘乎所以，还会摧残人的肌体，导致营养障碍、精神失常、胃肠不适、肝脏损伤，甚至引起心脏、癌症等多种病变和中毒身亡的严重后果。长期过量饮酒者的患病率极高，死亡率也大。所以，饮酒要追求苏轼"酣适"的境

385

---

① 袁行霈：《陶渊明集笺注》，中华书局 2003 年版，第 67 页。
② 同上书，第 286 页。
③ 谢思炜校注：《白居易诗集校注》（闲适三），中华书局 2006 年版，第 643 页。

界，要有所节制，否则不利养生、健康。

第二，茶之道。

茶的食疗作用，早在我国古代就有认识。如成书于战国时期的《神农本草》就叙述了茶的药性和作用："茶味苦，饮之使人益思、少卧、轻身、明目。"唐代的《本草拾遗》也记载了"茶久食令人瘦，去人脂。"陆羽《茶经》"一之源"云："茶之为用，味至寒，为饮，最宜精行俭德之人，若热渴、凝闷、脑疼、目涩、四肢烦、百节不舒，聊四五啜，与醍醐、甘露抗衡也。"① 笔者粗略统计宋词中有 60 多首茶词。宋代茶词中体现茶对养生、健康的功用主要有：

1. 茶能清脑醒神

兹举一些茶能清脑醒神的宋词如下：

北苑研膏，方圭圆璧，名动万里京关。碎身粉骨，功合上凌烟。尊俎风流战胜，降春睡、开拓愁边。纤纤捧，香泉溅乳，金缕鹧鸪斑。　相如，方病酒，一觞一咏，宾有群贤。便扶起灯前，醉玉颓山。搜揽胸中万卷，还倾动、三峡词源。归来晚，文君未寝，相对晓妆残。（秦观《满庭芳》）

闲中一盏建溪茶。香嫩雨前芽。砖炉最宜石铫，装点野人家。

三昧手，不须夸。满瓯花。睡魔何处，两腋清风，兴满烟霞。（张抡《诉衷情·咏闲十首》）

小倦带余酲，潋潋数椀斜日。驱退睡魔十万，有双龙苍璧。

少年莫笑老人衰，风味似平昔。扶杖冻云深处，探溪梅消息。（陆游《好事近》）

无计长留月里花。收英巧付火前茶。绿尘飞处粉芳华。　午夜露浓天竺径，一秋香满玉川家。扫除残梦入云涯。（张镃《浣溪沙》）

二月一番雨，昨夜一声雷。枪旗争展，建溪春色占先魁。采取枝头雀舌，带露和烟捣碎，炼作紫金堆。碾破香无限，飞起绿尘埃。　汲新

----

① （唐）陆羽：《茶经》，阮浩耕等点校注释《中国古代茶叶全书》，浙江摄影出版社1999年版。

泉，烹活火，试将来。放下兔毫瓯子，滋味舌头回。唤醒青州从事，
战退睡魔百万，梦不到阳台。两腋清风起，我欲上蓬莱。（葛长庚
《水调歌头·咏茶》）

我国是一个产茶大国，自古以来茶就成为人们日常生活中必不可少的
饮料。以上诸词皆歌咏茶之清脑醒神的奇妙功用，描绘了词人在茶所带来
的神清气爽和愉悦心情中的种种休闲生活以及休闲情态。

2. 茶能消滞解烦

苏门四学士之一的黄庭坚嗜茶咏茶，多有茶词问世。如《西江月·
茶》《看花同·茶词》《阮郎归·茶词二首》《满庭芳·茶》等，都是宋代
茶词中质量最高、影响最大的。这些茶词抒发了黄庭坚在饮茶品茗过程
中的深切感受和淡淡的雅兴。其中《阮郎归·茶词二首》其二最为脍炙
人口：

摘山初制小龙团。色和香味全。碾声初断夜将阑。烹时鹤避
烟。　　消滞思，解尘烦。金瓯雪浪翻。只愁啜罢水流天。余清
搅夜眠。（黄庭坚《阮郎归·茶词》）

词上阕描绘了制茶、烹茶的情景。制茶时的一夜忙碌，色香味俱全的
小龙团制成后的欣喜，烹茶时袅袅茶香对人和物的引诱和刺激，通过精练
优美的文字被描摹出来。下阕则出神入化地叙述出饮茶时的情景和感受。
其中"金瓯雪浪翻"一句可谓神来之笔，鲜活地描画出茶叶在金瓯中如凌
霄仙子翩翩起舞的优美姿态和雪浪翻滚的诱人姿色。茶给人如此美的享
受，当然可以"消滞思，解尘烦"。词人喜好品饮的欢愉之意亦跃然纸上。
可见，茶给词人带来身心的愉悦，可谓茶香人健康。

袁去华《金蕉叶》：

涛翻浪溢。调停得、似饧似蜜。试一饮、风生两腋。更烦襟顿失。
雾縠衫儿袖窄。出纤纤、自传坐客。觑得他、烘地面赤。怎得来痛惜。

387

"涛翻浪溢"为烹茶时的美丽景致。调制好的茶看起来醇厚浓酽，试着品尝一口"似饧似蜜"的茶，顿觉两腋生风，所有的烦恼忧愁顿时消失得无影无踪。

林正大《意难忘》：

> 泑泑松风。更浮云皓皓，轻度春空。精神新发越，宾主少从容。犀箸厌，涤昏懵。茗碗策奇功。待试与，平章甲乙，为问涪翁。
> 建溪日铸争雄。笑罗山梅岭，不数严邛。胡桃添味永，甘菊助香浓。投美剂，与和同。雪满兔瓯溶。便一枕，庄周蝶梦，安乐窝中。

山河依旧，词人感叹在松风浮云间又悄悄地度过了几个春秋。光阴似箭，生命短促，令人伤悲。而宾客宴饮一堂时，精神为之稍稍振奋，可吃多了宴席上的油腻菜肴即使人们举着犀角制的筷子亦感懵懂，此时"茗碗"便显示神奇的功效。尤其是喝一杯香浓的甘菊茶，便可以在酒足饭饱后，恬静舒适地在安乐窝中美美地睡上一觉，犹如庄周梦蝶般逍遥。可见，茶可助"厌粱肉"的人们"雪昏滞"（苏轼《问大冶长老乞桃花茶栽东坡》）[1]，消滞解烦，有益于养生、健康。

3. 茶能解酒

苏轼《行香子·茶词》：

> 倚席才终，观意犹浓。酒阑时，高兴无穷。共夸君赐，初拆臣封。看分香饼，黄金缕，密云龙。　　斗赢一水，功敌千钟。觉凉生，两腋生清风。暂留红袖，少却纱笼。放笙歌散，庭馆静，略从容。

此词作于元祐二年（1087）。《东都事略》卷一一六载："时苏轼为翰林学士知制诰，发策试廖正一馆职，除秘书省正字，故廖正一来谢。"[2]

---

① （清）王文诰编注，孔凡礼点校：《苏轼诗集》卷二十一，中华书局1982年版，第1119页。
② （宋）王偁：《东都事略》，上海古籍出版社1987年影印四库全书本。

《昭德先生郡斋读书志》卷四下《廖明略竹林集三卷》谓廖正一（字明略）除正字时："黄、秦、晁、张皆子瞻门下士，号四学士，子瞻待之厚。每来，必命侍妾朝云取密云龙，家人以此知之。一日，子瞻又取密云龙，家人谓是四学士，窥之，乃明略来谢也。"此词笔法细腻，感情酣畅。词中惟妙惟肖地刻画了于歌舞相伴的宴饮结束后，在自家安静的庭馆，词人酒后煎茶、品茶时的从容神态，淋漓尽致地抒发了饮茶后轻松、飘逸、"两腋清风"的神奇感受。茶消酒滞之功效就不言而喻了。

再略举数首描写茶能解酒的宋词如下：

雅燕飞觞，清谈挥座，使君高会群贤。密云双凤，初破缕金团。窗外炉烟似动，开瓶试、一品香泉。轻淘起，香生玉尘，雪溅紫瓯圆。　　娇鬟。宜美盼，双擎翠袖，稳步红莲。座中客翻愁，酒醒歌阑。点上纱笼画烛，花骢弄、月影当轩。频相顾，余欢未尽，欲去且流连。（秦观《满庭芳·茶词》）

闽岭先春，琅函联璧，帝所分落人间。绮窗纤手，一缕破双团。云里游龙舞凤，香雾起、飞月轮边。华堂静，松风竹雪，金鼎沸溪㳠㳠。　　门阑。车马动，扶黄籍白，小袖高鬟。渐胸里轮困，肺腑生寒。唤起谪仙醉倒，翻湖海、倾泻涛澜。笙歌散，风帘月幕，禅榻鬓丝斑。（陈师道《满庭芳·咏茶》）

画烛笼纱红影乱，门外紫骝嘶。分破云团月影亏。雪浪皱清漪。　　捧碗纤纤春笋瘦，乳雾泛冰瓷。两袖清风拂袖飞。归去酒醒时。（谢逸《武陵春·茶》）

席上芙蓉待暖，花间骢衮还嘶。劝君不醉且无归。归去因谁惜醉。汤点瓶心未老，乳堆盏面初肥。留连能得几多时。两腋清风唤起。（毛滂《西江月·侑茶词》）

酒巡未止。且听七言余韵喜。弹到《悲风》。醒酒风吹路必通。休休避酒。末后茶仙来献寿。七碗休何。不独茶多酒亦多。（沈瀛《减字木兰花·七劝》）

九天圆月。香尘碎玉，素涛翻雪。石乳香甘，松风汤嫩，一时三

绝。　　清宵好尽欢娱，奈明日、扶头怎说。整顿颊山，殷勤春露，余甘齿颊。(李处全《柳梢青·茶》)

茶词所述茶之功用不仅仅只有以上三个方面，还有悦人心智、开人心窍、启迪文思等功用，不再一一列举。据科学分析，茶之所以有如许的功用而受人青睐，主要是因为茶叶的主要成分是儿茶酚，属于类黄酮系列化合物，这种化合物具有预防心血管疾病的功能和抗癌作用，同时儿茶酚作为抗氧化剂对人体的免疫系统、酶系统和血小板凝聚均能产生良好的功效。因此，宋代词人极力歌咏茶，他们已体会到茶对于人的健康有一定的促进作用。

第三，荤素搭配之道。

《黄帝内经·素问·脏器法时论》云："五谷为养，五果为助，五畜为益，五菜为充，气味合而服之，以补益精气。"这就是说，人们必须赖以谷、肉、果、菜之类食物的互相配合，来补充营养，增强体质。进而又言道："谷肉果菜，食养尽之，勿使过之，伤其正也。"这又告诫人们，谷、肉、果、菜虽为摄生之物，然其性有寒、热、温、凉之异，味有辛、甘、酸、苦、咸之分，如若偏食过食，不加宜忌，非但不能补益，反而有伤正气，于健康不利。我们的祖先将所食之物分为谷、肉、果、菜四大类别，是极其科学的高度概括。遵循古训，我们也名之为"谷肉果菜饮食宜忌"。我们平日的合理膳食应该是荤素搭配。宋词亦体现了宋代词人已经领悟到此种膳食养生之道。

苏轼《浣溪沙》：

细雨斜风作晓寒。淡烟疏柳媚晴滩。入淮清洛渐漫漫。　　雪沫乳花浮午盏，蓼茸蒿笋试春盘。人间有味是清欢。

词前序曰："元丰七年十二月二十四日，从泗州刘倩叔游南山。"此词描写了泗州南山雨后的春景以及野外午餐的情景。在野外从容自在地悠游后，"雪沫乳花浮午盏，蓼茸蒿笋试春盘"，一杯清茶，一盘鲜菜，可以荡涤肠胃内的有害物质。词人认为人间最有情趣的生活便是如此清新淡雅的欢娱。这种素淡的饮食亦是有利于养生和健康的。

陆游《木兰花·立春日作》：

> 三年流落巴山道。破尽青衫尘满帽。身如西瀼渡头云，愁抵瞿塘关上草。　　春盘春酒年年好。试戴银旛判醉倒。今朝一岁大家添，不是人间偏我老。

唐《四时宝镜》载：所谓"春盘"，即"以芦菔菜芽为菜盘相赠"，春饼生菜装入盘中，号"春盘"①。"春盘春酒年年好"，词人认为即使春草又绿时便意味着又增加一岁，但可喜的是春天可以吃到很多新鲜蔬菜。民间在立春这一天要吃一些春天的新鲜蔬菜，既有迎接新春的意味，又为防病，是有益身体健康的。

宋蒲虔贯所著《保生要录》根据五味入五脏，五脏分别旺于四时以及五行生克理论，提出了四时的饮食五味要求："四时无多食所旺并所制之味，皆能伤所旺之脏也。宜食相生之味助其旺气……旺盛不伤，旺气增益，饮食合度，寒温得益，则诸疾不生，遐龄自永矣。"② 这在膳食养生发展史上有一定的意义。苏轼、陆游等宋代词人是深得膳食养生之道的。

（二）动静结合之道

庄子将老子的"少私寡欲"发展成"无欲"，并指出"忘我"才能"无欲"，才能真正"清静无为"获得养生之道，而尽其天年。庄子不仅提倡老子的以静养生之法，还主张像彭祖那样动静结合的养生之道。彭祖养生致寿之事，《庄子》记载甚多。《大宗师》在极称"道"的永恒玄妙后，接着论述了得其道者的种种玄妙，其中有云："彭祖得之，上及有虞，下及五伯。"③《刻意》又云："吹呴呼吸，吐故纳新，熊经鸟申，为寿而已

391

①　（宋）陈元靓：《岁时广记》（四十卷本，《丛书集成初编》有收）卷第八。
②　（宋）蒲虔贯：《保生要录》，载于《正统道藏》第三十一册"洞神部"。
③　（清）王先谦集解，方勇校点：《庄子》，上海古籍出版社2013年版，第73页。

矣。此导引之士、养形之人，彭祖寿考者之所好也。"① 此外，《逍遥游》
《齐物论》诸篇都涉及彭祖其人。这对彭祖的调息功和模仿禽兽动作的健
身方法给予充分肯定，对后世影响极大。华佗的五禽戏，以及后来的八段
锦、易筋经等，不能说没受庄子的启发。庄子对动静结合有利于长寿的机
理还做了形象的揭示："天道运而无所积，故万物成。……虚则静，静则
动，动则得也。"（《天道》)② "水之性，不杂则清，莫动则平，郁闭而不
流，亦不能清，天德之象也。故曰：纯粹而不杂，静一而不变，淡而无
为，动而以天行，此养神之道也。"（《刻意》)③ 极其喜爱《庄子》、深受
其影响的宋代词人亦深深领悟到动静结合养生之道的妙处。这里仅从游乐
和睡眠两个方面领略他们动静结合的养生之道。

第一，游乐养生。

从前文的论述中可知宋词中存有大量的游乐词。这里从养生、健康的
角度对此再略作回顾。张先《木兰花·乙卯吴兴寒食》：

> 龙头舴艋吴儿竞。笋柱秋千游女并。芳洲拾翠暮忘归，秀野踏青
> 来不定。　　行云去后遥山暝。已放笙歌池院静。中庭月色正清明，
> 无数杨花过无影。

此词作于宋神宗熙宁八年（1075），张先时年 86 岁。词中描述了一幅
寒食踏青图。上阕描写白昼郊游：小伙子们在赛龙舟，姑娘们在荡秋千；
游玩的女孩在水边拾取翠色的羽毛，在岸上采摘艳丽的花草；芳洲秀野男
男女女、老老少少的游人络绎不绝。下阕写寒食节月夜庭院：游人散去，
笙歌止歇，空庭月色融入柳絮飘飞之中，池边院落一片寂静。"中庭月色
正清明，无数杨花过无影。"本句意境清澈空灵，意绪幽微飘逸，显示出
词人晚年于适当运动中而获得的清朗恬淡心境。宋代节日繁多，而每遇到
节日都要开展一些娱乐活动，其中郊游是主要形式之一。而郊游走路是一

---

① （清）王先谦集解，方勇校点：《庄子》，上海古籍出版社 2013 年版，第 176 页。
② 同上书，第 150 页。
③ 同上书，第 177 页。

种积极的体育锻炼，对于人体的健康有很大益处。人在走路的时候，血液循环和新陈代谢都处于较佳的活动状态，肺活量也比平时增加，且呼吸到的新鲜空气可更好地为心脏供应氧气和营养物质，还能增加腿部肌肉和韧带的活动，提高关节的灵活性。人们在游玩的时候精神爽快，走路更显轻松自如。实际亦表明，悠闲的行走对治疗各种疾病有很好的疗效，它可赋予有机体各个系统以积极的影响，尤其对于心血管和呼吸系统有更多的好处。所以宋词里时时处处飘逸着人们休闲游乐的身影，人们在休闲游乐中获得了健康快乐的身心。这也是于86岁高龄的张先仍能写出绝佳好词的原因之一。

宋词除了描写四时八节的游乐外，亦广泛描写了平日的悠游。如米芾《浣溪沙·野眺》：

> 日射平溪玉宇中。云横远渚岫重重。野花犹向涧边红。　　静看沙头鱼入网，闲支藜杖醉吟风。小春天气恼人浓。

"小春"为农历十月深秋，气候如初春。词人在深秋的日子，去野外散步。只见太阳照射着溪水，溪水反射阳光，蓝天映在溪水中。白云横罩着溪流深处的小沙洲，与重重远山浑然一体；鲜艳的野花火红地开放于涧边。词人还看到水边沙头活蹦乱跳的鱼儿入网。词人闲静地支着手杖，一边迎风吟咏，一边欣赏着眼前有山、有水、有花的自然美景。远眺万物，静观世界，是一种极其休闲的人生境界。词人在如此平和的心境中杖藜散步，有益身心健康。苏轼亦常进行如此有益身心健康的散步，如前已提及他在元丰六年（1083）作于黄州的《鹧鸪天》：

> 林断山明竹隐墙。乱蝉衰草小池塘。翻空白鸟时时见，照水红蕖细细香。　　村舍外，古城旁。杖藜徐步转斜阳。殷勤昨夜三更雨，又得浮生一日凉。

《保生要录·调肢体门》介绍的"小劳之术"，就是随时可行，简便而易于推广的一种：

> 养生者，形要小劳，无至大疲。故水流则清，滞则污。养生之人，欲血脉常行，如水之流，坐不欲至倦，行不欲至劳。顿行不已，然后稍缓，是小劳之术也。故手足欲时其曲伸，两臂欲左挽右挽如挽弓法，或两手支拓如拓石法，或双拳筑空，或手臂左右前后轻摆，或头项左右顾，或腰胯左右转、时俯时仰，或两手相捉细细挼如洗水法，或两手掌相摩令热，掩目摩面。事闲随意为之，各十数过而已。每日频行，必身轻目明，筋节血脉调畅，饮食易消，无所壅滞。体中小不佳，快为之即解。旧导引术太烦，崇贵之人不易为也。今此术不择时节，亦无度数，乘闲便作而见效且速。①

散步便是有利于人体健康的简单易行的"小劳之术"，它没有较大的强度和难度，适合各种体质的人。苏轼等宋代词人深深领悟了"小劳之术"的养生之道。

第二，睡眠养生。

睡眠便是以静养生，是人体适应自然变化产生的一种自我保护性抑制。由生活经验可知，睡眠不足的人精神不振、眼睛无光，如果长期如此，则会造成精神状态衰疲，容易引发其他疾病。因此，从养生角度考虑，适度睡眠对于健康是有利的。宋儒程颢有诗云："闲来无事不从容，睡觉东窗日已红。万物静观皆自得，四时佳兴与人同。"所以，深得养生之道的宋代文人才喜欢睡眠且热衷歌咏睡眠。翻开宋人的集子，写睡眠的诗词十分常见，这里且看宋词中存有大量有关睡眠的词。

一身要务的宰相晏殊亦不忌讳在词中提及睡眠。其《清平乐》曰：

> 金风细细。叶叶梧桐坠。绿酒初尝人易醉。一枕小窗浓睡。
> 紫薇朱槿花残。斜阳却照阑干。双燕欲归时节，银屏昨夜

---

① （宋）蒲虔贯：《保生要录》，载于《正统道藏》第三十一册"洞神部"。

微寒。

上阕写初秋时醉卧情事。初秋的风，细细地吹过，梧桐树叶纷纷飘落，珍惜生命的词人，已有一缕惊秋的感觉。绿酒新酿熟了，浅尝辄醉，便在小轩窗下酣然入睡。下阕写酒醒时的景象。一枕浓睡醒来，已是夕阳西下。一抹斜阳里，紫薇、朱槿都已凋残。已进入秋季，梁上的双燕，就要南归了。面对花残叶落、双燕南归，词人顿觉昨夜醉眠时，床头的银屏已透出微寒，一股落寞的心情油然而生。秋去秋来，生命如此短促，珍惜有限生命的最好办法便是要尊生重己、养护生命，而睡眠即可静养生命，有益健康。

厉行改革的王安石也有"午醉醒来晚"（《菩萨蛮·数家茅屋闲临水》）的词句，其《渔家傲》曰：

> 平岸小桥千嶂抱。柔蓝一水萦花草。茅屋数间窗窈窕。尘不到。时时自有春风扫。　　午枕觉来闻语鸟。欹眠似听朝鸡早。忽忆故人今总老。贪梦好。茫然忘了邯郸道。

黄苏《蓼园词选》云："此必荆公退居金陵时所作。借渔家乐以自写其恬退。首阕笔笔清奇，令人神往。次阕似讥故人之恋位者，然亦不过反笔以写其幽居之乐耳。"能恬美地睡眠想必是王安石晚年退居金陵幽居乐趣之一。"午枕觉来闻语鸟"一句，看出词人那种与花鸟共忧喜、与山水通性情的悠闲的情致与恬淡的心境。"欹眠"句，从睡醒闻鸟声，联想到当年从政早朝时"骑马听朝鸡"，恍如隔世。这并非久静思动，却是绚烂归于平淡后常有的心理反应。其比较的结果是马上的鸡声还是不如而今枕上的鸟声动听。王安石二次罢相隐居金陵以后，心境渐渐平淡下来，对美丽、清新、宁静的大自然则无限向往，动辄借自然景物以抒发自己的幽怀。叶梦得《避暑录话》记载："王荆公不爱静坐，非卧即行。晚卜居钟山谢公墩，畜一驴，每食罢，必日一至钟山，纵步山间，倦则即定林而睡，往往至日昃及归。"晚年的王安石可谓深得动静结合的养生之道。

395

由前文可知苏轼诗作中存有大量有关睡眠的诗句。《舆地广记》载，东坡谪惠州时有诗云："为报先生春睡足，道人轻打五更钟。"诗传京师，章子厚云："苏子瞻尚尔快活。"于是，苏轼又被贬谪至昌化。但随遇而安的苏轼即便到了环境极其恶劣的天涯海角，他依然困卧安睡。他深知睡眠养生的重要性。其《南歌子》曰：

> 带酒冲山雨，和衣睡晚晴。不知钟鼓报天明。梦里栩然蝴蝶、一身轻。　　老去才都尽，归来计未成。求田问舍笑豪英。自爱湖边沙路、免泥行。

词人稍微喝点酒，冒雨山间行走，一阵疲劳的跋涉之后，在晚霞满天时便醺然入睡，以至于报晓的钟鼓声亦充耳不闻，一觉睡到天明。睡梦中，词人身化蝴蝶，轻松地悠然飘飞。词人睡眠时完全摆脱了世俗的繁忙，只觉自己犹如庄周般洒脱。有着庄子般超脱的心境，睡眠又怎能不安稳？"自爱湖边沙路、免泥行"，体现了词人不愿再为俗务奔波而想于困卧、漫步中安闲度日的休闲境界。动静结合的养生观可谓贯穿苏轼一生。

"气吞万里如虎"，积极抗金的壮士辛弃疾其《西江月·以家事付儿曹，示之》曰：

> 万事云烟忽过，一身蒲柳先衰。而今何事最相宜。宜醉宜游宜睡。　　早趁催科了纳，更量出入收支。乃翁依旧管些儿。管竹管山管水。

此词基本上反映了辛弃疾晚年的生活和心境。辛弃疾为政治、军事、经济奔劳大半生，晚年闲居时觉得最宜做的事是"宜醉宜游宜睡"，以俗为雅，显示出他自然恬淡、看破红尘、超然物外的达观思想和风度。词人以与儿孙欢聚一堂而悠然自得，以计量收支安稳度日而称心自娱。饱来觅睡，睡起"管竹管山管水"，可谓在动静结合中尽情地享受生活。于此，才有了辛弃疾的绚丽生命以及他的杰出词篇。

其他歌咏睡眠的词如：

《水调》数声持酒听。午醉醒来愁未醒。送春春去几时回，临晚镜。伤流景。往事后期空记省。　　沙上并禽池上暝。云破月来花弄影。重重帘幕密遮灯，风不定。人初静。明日落红应满径。（张先《天仙子》）

风老莺雏，雨肥梅子，午阴嘉树清圆。地卑山近，衣润费炉烟。人静乌鸢自乐，小桥外、新绿溅溅。凭栏久，黄芦苦竹，拟泛九江船。　　年年。如社燕，飘流瀚海，来寄修椽。且莫思身外，长近尊前。憔悴江南倦客，不堪听、急管繁弦。歌筵畔，先安簟枕，容我醉时眠。（周邦彦《满庭芳》）

青垂柳线水平池。芳径燕初飞。日长事少人静，山茧换单衣。箫鼓远，篆香迟。卷帘低。半床花影，一枕松风，午醉醒时。（朱敦儒《诉衷情》）

真个先生爱睡。睡里百般滋味。转面又翻身，随意十方游戏。游戏。游戏。到了元无一事。（朱敦儒《如梦令》）

图书一室。香暖垂帘密。花满翠壶熏研席。睡觉满窗晴日。手寒不了残棋。篝香细勘唐碑。无酒无诗情绪，欲梅欲雪天时。（周晋《清平乐》）

以上诸词皆是男性词人写男性睡眠。下面且看女性词人写睡眠或男性词人写女性睡眠的词。如李清照写及睡眠的词句：

藤床纸帐朝眠起。说不尽、无佳思。（《孤雁儿》）

昨夜雨疏风骤。浓睡不消残酒。试问卷帘人，却道海棠依旧。知否。知否。应是绿肥红瘦。（《如梦令》）

瑞脑香消魂梦断，辟寒金小髻鬟松。醒时空对烛花红。（《如梦令》）

风柔日薄春犹早。夹衫乍着心情好。睡起觉微寒。梅花鬓上残。　　故乡何处是。忘了除非醉。沉水卧时烧。香消酒未消。

（《菩萨蛮》）

　　　夜来沈醉卸妆迟。梅萼插残枝。酒醒熏破春睡，梦远不成归。
（《诉衷情》）

　　　乍试夹衫金缕缝。山枕斜敧，枕损钗头凤。独抱浓愁无好梦。夜
阑犹剪灯花弄。（《蝶恋花》）

　　词人早年饮酒浓睡之词体现了她优雅、闲适的美满生活，晚年睡梦词
则多是对丈夫赵明诚的思念。富有才情的李清照亦赋有向往自由、追求美
好的天性，国亡家破给她的生活及其心境带来了摧残性的剧变。"忘了除
非醉"的酒更显得她"寻寻觅觅，冷冷清清，凄凄惨惨戚戚"（《声声
慢》），不能排解她的伤悲、寂寞。而只有睡眠才能带给她片刻的宁静、养
息，即使是"独抱浓愁无好梦"的睡眠对她的健康亦是有益的。

　　陈克《菩萨蛮》曰：

　　　绿芜墙绕青苔院。中庭日淡芭蕉卷。蝴蝶上阶飞。烘帘自在
垂。　　玉钩双语燕。宝甃杨花转。几处簸钱声。绿窗春睡轻。

　　此词描写了闺妇晚春浅睡的闲适情趣。上阕从帘内看去：院墙、中
庭、石阶；青苔深深、芭蕉叶卷、帘垂蝶飞，小院一片悄然幽静。下阕写
从帘内听到：燕语声、簸钱声，以动衬静。"绿窗春睡轻"，最后点出深深
庭院里春睡的少妇。词意象幽静、意境恬静。绿窗浅睡使人观物富有审美
情趣，使词灵动，亦使人身心健康。

　　睡眠是一种"静"的养生。睡眠时，人的血液流动舒缓，四肢舒展，
全身百骸都得到放松，是养生的极好途径。多诵读、多研究宋词中有关睡
眠的词亦有助于人们形成有益的养生、健康观念。

　　宋词不仅反映了游乐、睡眠这两种有益养生、健康的休闲方式，也反
映了宋人通过各种动静结合的娱乐休闲方式，以畅娱神情、运动关节、舒
筋活血，从而达到养生、健康的目的。如此，休闲的宋人才得以真正诗意
地栖息于大地之上。

以上只是概要地阐述了两宋休闲词所蕴含的养生思想，其实泱泱宋词所蕴含的养生思想何止这几个方面，这里所述只是其部分内容，更多的精华还有待于我们在继续研究中去发现。

## 第二节　两宋休闲词对当代休闲娱乐可资借鉴的积极意义

宋代统治阶级优待文官的政策和商品经济的繁荣发展等原因使两宋休闲文化兴起，从而产生了大量的休闲词。当今社会，科学、经济以惊人的速度发展，人们在储备一定的物质财富之时亦拥有了充裕的闲暇，因此，认真研究两宋休闲词对当代的休闲娱乐也具有可资借鉴的积极意义。

### 一　当代社会大众休闲的可行性

（一）社会经济条件

休闲既是古老的社会现象，又是一个时尚的社会热点。在旧时代，休闲很大程度上与经济政治上的特权阶层和文化阶层联系在一起，只有他们才有充足的时间和金钱用于休闲，广大的普通民众连基本的生存问题都没解决，哪里还有时间和精力考虑休闲的问题。即便是宋代，普通百姓也只有在四时八节可以享受到官府面向大众举办的一些娱乐活动（如看花灯、观龙舟赛等），其余时间则是他们永不停息的劳作之日，而饮酒赋诗、琴棋书画、登山划船、荡秋千等娱乐休闲活动则是达官贵人的生活，与普通百姓无缘。当今社会随着社会经济的快速发展，休闲已成为我国以及其他发达国家广大人民消费生活的重要内容。休闲已经不再是少数有钱人的专利，它渐渐地走向普通大众。美国学者曾预测，到2015年，发达国家将陆续进入"休闲时代"，发展中国家也紧随其后；新技术和其他一些趋势可以让人把生命中50%的时间用于休闲，人们用于劳动的时间减少，用于休闲的时间则会大大增加，休闲将成为每个人生命中的重要组成部分。

399

改革开放后，特别是进入 21 世纪以来，我国经济获得了前所未有的发展，为人们的休闲生活提供了充分的物质条件。交通通信等基础设施日益完善，娱乐等设施极大丰富。人们生活逐渐富裕起来，货币收入不断增多，城乡居民越来越关注生活质量的改善和提高，因此，休闲问题也越来越引起人们的关注，休闲亦已成为我国广大人民日常生活的重要内容。但是，拥有怎样的休闲观以及如何休闲将直接影响人们的生活质量，关系到能否完整、全面、健康地发展自己，从而影响社会的全面进步。

（二）时间条件

我国自 1995 年 5 月起，开始了五天工作制，1999 年 10 月起，又实行了三个"黄金周"长假日，法定节假日达到 114 天。为便于各地区、各部门合理安排节假日旅游、交通运输、生产经营等有关工作，2007 年年底国务院办公厅发布《国务院关于修改〈全国年节及纪念日放假办法〉的决定》通知，经国务院批准，重新调整后的节假日多达 115 天，元旦、春节、清明节、国际劳动节、端午节、中秋节、国庆节都为法定假日和公休日，而且还正式颁布了"职工带薪休假制度"。这样便更有利于人们合理地安排休闲生活。而某些特定人群，如学生、退休人员、农民等拥有的休闲时间则更多，这意味着人们至少有 1/3 的时间将在闲暇中度过。充裕的闲暇时间为人们的休闲生活提供了最基本的时间条件。

## 二　大众休闲教育的重要性

但有了经济条件和充裕的闲暇，却并不意味着人人都能过上休闲的生活。由于人们休闲观念的错误而导致休闲方式的误区，使很多人不但没有因条件优越而休闲，而且不良的生活方式还影响了自己的身心健康，亦波及社会的稳定发展。

（一）目前社会上的某些休闲观念存在错误

现实生活中，常有人因闲而生是非或违法乱纪等，而使人们对休闲谈虎色变，使休闲往往以贬义的形象出现，其实这些现象皆是由于缺乏正确的休闲观念而造成的。大致来说，人们对休闲错误认识主要有：

1. 把休闲等同于游手好闲、玩物丧志

"游手好闲"意为游荡成性，不好劳动，带有贬义。而休闲则不是空耗时间，不是简单、胡乱地玩，而是高质量地玩。于光远先生说："玩是人生的根本需要之一。"① 他在《"玩学"中"玩"字的含义》一文中说："我说的'玩'，的的确确是有利于儿童的成长、有利于成年人的调剂、有利于老年人的延年益寿发挥余热、有利于实现社会主义的目的。什么是社会主义的目的？难道不是使社会成员生活幸福愉快？……在我们国家，'玩'这个字很大程度上是贬义词。吃喝玩乐被理解为好逸恶劳、只消费不工作。我们当然要提倡爱劳动，提倡勤和俭，但是不看到玩是人生的根本需要之一，那也是极端错误的。"② 他又于《关于"玩"的六句话》一文中强调："要玩得有文化""要有玩的文化""要研究玩的学术"和"发展玩的艺术"③ 等。可见，休闲中的玩不仅是娱乐，还是一种文化享受活动，是对人生意义有所追求的活动，人类有价值的思想以及创造发明大部分是在这种闲暇活动中进行的。因此，富有文化韵味的休闲无论是对个人还是对社会来说都是一种财富。

2. 把休闲的自由看作绝对的自由，把在闲暇时间里进行的任何活动都看作休闲

有人认为，既然休闲是一种自我喜好的选择，那么自己选择什么都是可以的，从而把一些消极、腐化堕落的生活方式引入进来，并堂而皇之地冠上"休闲"的名号，出入一些娱乐场所大肆地进行吃、喝、嫖、赌等违反道德规范和社会规范的活动。这样的娱乐场所，不仅没有体现休闲的本质，反而成为藏污纳垢之地。受其不良风气的影响，部分学龄孩子显现出厌学逃学现象以及好吃懒做、好逸恶劳、挥霍浪费等不良习气。部分人由于休闲观念的错误，导致自由时间的利用方式不当，这就不但影响了自己的生活质量，而且极大地污染了社会环境，毒化了人的心灵。

*401*

---

① 于光远：《论普遍有闲的社会》，中国经济出版社 2005 年版，第 112 页。
② 同上书，第 129 页。
③ 同上书，第 113—117 页。

### 3. 把休闲等同于休息

"人们常常以为，休闲就是休息。于是工作劳累了，就会想到休息。休闲就这样被误读了，成了消除身体疲惫状态，恢复工作机能的身体的润滑剂。其结果是：人们在劳作当中完全忘记了休闲，而在休闲时总是想到了劳作。这样，休闲就完全成了工作的奴婢和仆人。"① 这两者都是相对于劳作而言的。但是，休息是指停止工作、学习或活动以满足生理需要以及消除疲劳、恢复工作精力的活动，和劳动再生产相联系；而休闲则是人们在工作时间、家务劳动时间和满足生理需要时间等日常必要时间以外的闲暇时间内为了身心自由愉悦进行的自由活动和体验，它更多体现为人的闲情逸致，具有独特的文化精神底蕴。

### 4. 把休闲等同于消费

人们习惯把休闲同高等消费联系起来。谈起休闲，人们总是联想起影视中所见到的休闲方式——住乡村别墅、环球旅行、打高尔夫球、冲浪运动、购买高档物品等，认为没有钱就没有休闲。其实，休闲消费的是时间，不一定要有金钱的支出和物质的消耗。由两宋休闲词可知，休闲不一定非得高消费，散步、独坐、听雨、赏花、品茗、谈天、游园等无一不是休闲的好方式。货币支出性的休闲消费最能显示收入差距与消费差距，但不一定能显示出休闲质量的高低。休闲质量的高低，关键是看某一具体的休闲活动能否给主体带来身心的自由愉悦感。

### （二）当前大众休闲方式存在误区

由于休闲观念的错误，导致了人们休闲方式出现误区。休闲方式的误

区主要有：

### 1. 休闲行为的经济化趋势

随着人们对休闲生活的重视，经营者对休闲大做文章，使休闲逐渐走向市场化、经济化。休闲确实使经营者获得较高的经济效益，促进了社会经济的发展，但是休闲自身也开始走向表面化、形式化。例如美味可以给人休闲，而"一些商家只顾盯着老百姓的钱袋子，总是千方百计地刺激着

---

① 胡伟希、陈盈盈：《追求生命的超越与融通——儒道禅与休闲·总序二》，云南人民出版社 2004 年版，第 11 页。

人们的眼球和各种感官神经。……杭州一家包子店竟然以'仁肉包子'为店名，进行恶俗的商业炒作。以'仁'作为自我标榜，假施'仁'慈，实乃图谋重现孙二娘、张青的'人肉包子'的恶名和刺激。这些恶俗炒作其负面影响非常大。久而久之，中国悠久的商业文明的韵味就会慢慢地消逝，社会的诚信系统就会迅速地紊乱，国民的人文精神大厦就会瓦解、崩溃。"① 而对于部分消费者来说，休闲不是放松，不是为了寻求身心的自由愉悦，却是为了炫耀自己所谓的"社会地位""社会价值"，休闲对于他们成了纯感官的、低级趣味的活动。休闲行为的经济化趋势进而导致了休闲的异化。马尔库塞在其名著《单向度的人》一书中明确指出：随着科学技术的迅猛发展和技术理性的不断高扬，技术统治取代了政治统治，现代社会成为单向性社会，现代人的思维变成了单向思维，单向社会和单向思维的融合造成了现代人的全面异化，人也由此成为单向度的人。他认为"发达工业社会是一个单面的社会，单面社会产生单面思想，具有单面思想的单面人。发达工业社会是与全面发展的人对立的社会"② 。所以，"我们当前应防止另一种'单面人'的产生，也就是仅仅沉沦于感性世界，一味追逐和贪图感性享乐，失去对艺术和人生的理性思考与深刻把握的人的出现……我认为休闲娱乐当务之急是如何正确引导大众走出仅仅沉沦于感性的'误区'，超越单纯追求感性的快感享乐，向感性与理性的协调发展进步"③ 。休闲"固然要以有形的经济活动为基础，但它本身不是经济活动，它是试图超越和摆脱物质纠缠的活动，追求某种现实世界之外的虚灵与空明，寻找心灵的居所和人性的永恒的历史支点。休闲之本质在于追求无形、无限和永恒，而有形、有限、瞬间的东西只是休闲的基础、条件和手段。"④ 因而，增强休闲活动中的文化韵味，提高人们的审美文化素质，是当今休闲教育的一大任务。而两宋休闲词所体现的自适、知足的休闲生活思想恰恰是一种感性与理性相结合的审美式的生活理想，其目的便是要超

---

① 马惠娣、张景安主编：《中国公众休闲状况调查》，中国经济出版社 2004 年版，第 43 页。
② 王守昌：《新思潮西文非理性主义述评》，东方出版社 1998 年版，第 226 页。
③ 罗筠筠：《休闲娱乐与审美文化》，《文艺与争鸣》1996 年第 3 期。
④ 吴文新：《试论休闲的人性意蕴和境界》，《自然辩证法研究》2004 年第 1 期。

脱自然、社会、自我的重重束缚，因此，认真研读两宋休闲词，领悟其思想意蕴，有利于当代休闲的健康发展。

2. 普通人休闲内容单调、缺少文化意蕴

对中国的广大群众，尤其是农民、低收入者、退休老年人以及学生来说，休闲行为的经济化趋势使他们无力承担昂贵的休闲费用，其休闲内容单调，影响了他们身心的和谐发展。对此，可借马惠娣、胡志坚所主持的《中国公众休闲状况调查》①报告予以有力的说明。截至 2004 年 3 月 14 日，该调查报告完成了含有十个田野工作调查的研究报告一份。被调查的城市有北京、天津、哈尔滨、上海、四川乐山、云南大理和丽江等城市，其中以"在业者""非在业者""青少年""老年人"四个群体为主要调查对象。研究方法主要有"问卷法""个案实证调查法"以及"理论分析"等方法。主要调查数据取自 2000 年至 2002 年。该课题报告汇集了多名国内外在休闲学、社会学、哲学、经济学、统计学等领域的中外知名学者，历时三年多。现将"我国公众闲暇时间文化精神生活状况的调查与研究"报告中的部分内容摘录如下：

(1) 从总体上看，被调查城市居民的闲暇时间有明显的增加，但闲暇时间数量和闲暇活动质量相比，后者是薄弱环节。闲暇活动单调、活动种类不丰富、趣味不高雅，仍是当前存在的主要倾向。如何开发"以闲暇时间形态存在的社会资源"仍是今后相当长时期的任务。

2001 年 11 月的调查显示，闲暇时间在工作日为 4 小时 46 分钟，休息日为 8 小时 9 分钟，休息日比 1998 年的工作日多 3 小时 23 分钟。虽然闲暇时间整体上在增加，但是学习文化科学知识、阅读报纸、书刊的时间都有所减少，比 1998 年分别减少 27 分钟、3 分钟和 5 分钟，而看电视的时间增加了近一个小时（59 分钟）。居民平均每天有 2 小时 39 分钟用在看电视上，占总闲暇时间的 46.22%，占全天的 11.04%。看电视是闲暇时间里占有时间最长的活动，在全部 30 小类活动中，仅

---

① 马惠娣、张景安主编：《中国公众休闲状况调查》，中国经济出版社 2004 年版，第 3 页。

次于睡眠的 8 小时 41 分钟和制度内工作（学习）时间的 3 小时 58 分钟，位于第 3 位。

（2）经济收入低的家庭，生活的重心仍在为生计谋和家务谋，文化精神生活和非物质消费仍不高。积极型活动和被动接受型活动之间比例不协调。比如，仅看电视一项平均每天就达 132.25 分钟，占闲暇时间总量的 1/3。户内和户外休闲活动比例不协调（户内活动通常主要指：利用大众传媒消遣、自娱活动、无事休息；户外活动通常指：体育锻炼、去娱乐场所等）仅有 21.5% 的非在业者出游过市区及附近风景区；2.9% 的出游过郊区度假村；5.7% 的出游过省内风景区；14.8% 的出游过省外风景名胜区。表明非在业者的休闲活动空间是较狭小的。

（3）非在业者的闲暇时间分配往往是以闲置的形态出现。城市下岗失业者平均每天用于学习和自修的时间为 3.97 分钟，仅占其闲暇时间的 1.03%，可以说是微乎其微。近 2/3 的闲暇时间是在家中度过的，在户外度过的时间约占 1/3，且户外活动中约 40% 的时间是用于逛商场、超市、夜市，这表明户外休闲活动的质量是不高的。

（4）青少年群体学习压力大、自由发展空间狭小；闲暇时间的利用与分配表现单调、畸形；自然天性受到压抑，思想创造性明显不足。由于孩子面临强大的学习压力以及生活时间的单调性，使不少孩子厌学、逃学。据 2002 年的调查，进网吧的大学生、中小学生约占 70%，学校周边地区可达 90%，其中未成年人约有 20%。另据调查显示，大学生、中小学生中，曾光顾色情网站的占 46%，热衷聊天室的占 76%，选择玩游戏的占 35%，只有不到 20% 的学生上网是搜索信息。上网地点，第一是家里（66.1%），第二是网吧（18.7%），第三是学校（17.5%）。而充斥在非法网吧中的游戏软件，多数是带有暴力、征服、色情等刺激性内容的游戏，严重地伤害了孩子们幼小和纯洁的心灵。调查还表明：目前，中国有 17 岁以下的青少年 3.67 亿，其中有三千万青少年面临着心理健康问题。而热爱读书的孩子，其数量越来越少。1999 年学生每人每年借阅图书十本左右，而 2002 年还

405

不足一本。在对某校六年级的一个班调查，全班 90% 的学生从未到过市区少儿图书馆借书，许多同学甚至从未借过学校图书馆的书。

（5）老年人闲暇时间，一是分配给看电视的时间所占比例较高，它带来的一个直接的副作用是缺少运动；二是休闲内容平庸化、休闲行为被动化；三是报刊、文学作品、影视、舞蹈、戏曲等文化艺术形式远离老年人，使得老年人的精神食粮匮乏。

调查显示，60 岁以上的老人每天看电视约为 4 小时 16 分。近些年来，老年人高发的心血管疾病、"三高"（血压高、血脂高、血糖高）、偏瘫、肥胖、癌症、痴呆等疾病，在很大程度上是由于整日坐在电视机前，缺少体育运动和精神运动而导致的。据北京城区老年痴呆问题流行病学调查显示，中度和重度痴呆患病率 60 岁以上人口为 1.28%，80 岁以上人口患病率高达 10%。还有相当一部分退休者家庭住房使用面积仅在 40 平方米以下的占 65.4%，其中在 30 平方米以下的占 30.8%。从总体上看住房比较狭小，但他们近 2/3 的闲暇时间就是在这狭小的空间度过的。

（6）整个社会对闲暇时间的价值缺乏正确的认识，休闲教育在中国还是一片空白。导致闲暇时间的利用空间狭小、观念陈旧、休闲情趣单一、休闲技能缺乏。从根本上说，我们的闲暇时间还处于一个"放任自流"的时期。不能合理地使用闲暇时间去重新扩大他的创造力量，并进一步丰富其业余生活，更不能很好地履行自己的社会职责。在大都市，约有 45% 的人都有出游的经历，而出国旅游的人也有相当的比例，但是非常遗憾的是，我们的游客素质太低，以至于被概括出中国人出游时的 7 种陋习，"脏、吵、抢、粗、俗、窘、泼"，已使国人的形象大受影响。

（7）生产力的迅猛发展与满足人民大众的文化精神需求的矛盾日益突出。文化设施不足也是一个突出的困难。据统计，至 2002 年末，全国总人口约为 12.84 亿，而 2001 年全国共出版各类杂志 30 亿册，图书 68 亿册，其中学生的课外读物 11 亿册，而这些课外读物中有 10.9 亿册是习题练习册和课程辅导类图书。此外，至 2002 年底，全国共有公共图书馆 2689 个，平均 47.8 万人有一个公共图书馆；博物馆有 1451 个，平均 88.5 万人有一个博物馆。另外，文化设施数量也十分有限。以 1999 年为例，全国有艺术表演团体 2632 个；艺术表演场所 1911 处；文化馆 2905 个；公共图书馆 2767 所；博物馆 1364 个；广播电台 296 个，电影厂 31 个；故事片 102 部；电影放映单位 6.9 万个；电视台 357 座；电视剧发行数 6227 部（集）；出版社 530 家；书店 13573 个；图书 141831 种；杂志 8187 种，文学刊物 537 种；中国作协会员 6647 人；报纸 2038 种；全国重点文物保护单位 750 处；文物保护管理机构 1937 个。这些文化娱乐设施对于一个具有 13 亿人口的大国来说还是微乎其微。

（8）社区建设是说起来重要，做起来次要，人、财、物、活动场所等方面的投入都很有限，因而不能充分地适应社区居民的休闲生活，尤其是文化精神生活的需要。据民政部门的统计，截至 1999 年底，全国共有 667 个城市，749 个市辖区，5904 个街道办事处，11.5 万个居民委员会。这些街道、居委会直接面对着数亿居民，担负着建设社区、繁荣社区、服务居民的繁重任务。从日益发展的社会看，城市社区的重要地位和作用日益显现出来。但是，社区自身（基础设施和管理人员）文化水准不高是一个十分突出的现象。

（9）科普观念和传播形式存在误区：由于对科普事业理解存有偏狭性，科普所蕴含的人文性、亲和力没有得到充分的发挥，因而，人们对待"科普"的态度是敬而远之，"提高科学素养"往往变成"高雅"的口号。据有关部门 2002 年的统计，我国有省级科技馆建筑总面积为 288378 平方米，而展厅面积之和仅为 71427 平方米，仅占建筑面积的 24.8%；其中只有 5 家符合国家标准，其余 24 家展厅面积占建筑面积的比例平均只有 17.4%。有限的展厅面积也没有全部用于科普活动。例如，某省级科技馆 5000 多平方米的展厅，用于科普展览的不到一半，其余的常年举办展销会之类经营性的活动。另一项调查显示：中国人对参观科技场馆缺乏热情。通常情况下，中国农业博物馆、北京古代建筑博物馆、中国古观象台、北京自然博物馆、周口店北京猿人遗址、中国航空博物馆等处门可罗雀。①

由以上调查报告情况看，整个国家的进步和人民生活质量的提高是毋庸置疑的现实，但公众闲暇时间的分配与利用存在的问题却依然严峻，尤其在低薪阶层、老年人群体、青少年群体、非在业者群体中情况更是不容乐观。人人都拥有大量的闲暇时间，但并非谁都能够获得休闲。面对公众闲暇时间的利用与分配的现实状况，大家必须共同努力营造具有积极向上、丰富多彩、科学文化内涵深厚的生活环境及社会风气，抵制不健康的生活方式，使闲暇时间得到科学、健康、文明的利用和分配，提高生活质量，使人们都能休闲地生活。

3. 社会强势群体没有闲暇休闲

随着社会的发展、竞争的加剧，很多社会的高薪阶层、强势群体，有的为了充分实现自己的人生价值，有的为了自己的名、利、权，常常有假不休，甚至超负荷连续工作三四十个小时，导致身心诸多疾病，甚至猝死。这对于自己、家庭以至国家都是极大的损失，都是悲剧。这样的悲剧是人们缺少休闲的意识、素养造成的。

历史地看，作为一种社会文化现象，休闲产生于市场经济发展的一定阶段，是物质文明发达到一定程度的结果。休闲尤其是普遍休闲既是民主政治的产物，也是政治文明高度发展的表现；休闲本身也能够提供充裕的闲暇时间保证公民参与国家和社会公共事务，提高公民的政治素质以及参与政治、管理公共事务的热情和能力，从而真正推进民主化的政治文明。没有先进文化和精神文明的发展，也就没有充实的休闲内容和健康的休闲价值观。用先进文化和人类的精神文明成果来充实人们的闲暇时间和休闲生活，便可以净化人们的道德，提升人们的人格境界，从而创造科学、健康、文明的社会文化，能够为大多数弱势群体提供谋生的渠道。这样，以身心自由愉悦为本质的休闲才能校正休闲行为经济化的不良趋势，改变人们休闲内容单调、缺少文化意蕴等休闲误区，促使经济发展真正服务于人

408

---

① 马惠娣、张景安主编：《中国公众休闲状况调查》，中国经济出版社 2004 年版，第 24—45 页。

的生活质量的不断提高以及人的内在发展。

休闲对于人的发展和社会的进步起到至关重要的作用，因此在社会教育体系中休闲教育是必不可少的。青少年的成长、家庭的温馨、健康的体魄、科学创造、技术发明以及美的发现等，都与休闲密不可分，因此，对于当代大众进行科学的休闲教育极为重要。

### 三　两宋休闲词对现代休闲生活的具体意义

休闲已经成为人们生活的一部分，但由于人们对休闲的认识不够充分，社会上出现了一系列不良的休闲现象，给社会造成了不良的影响，这已引起各方面人士对休闲的关注。美国休闲理论家杰弗瑞·戈比对现实休闲生活的意义做如此分析："在我们这个瞬息万变的世界上，休闲行为不只是要寻找快乐，也要寻找生命的意义。显然，去发现你热爱的活动，这一过程本身既令人愉快，又有意义。休闲，从根本上说，是对生命之意义和快乐的探索。"① 针对中国的休闲现状进行休闲学研究，引导中国大众健康地休闲，已成为中国休闲研究的一个现实问题。至于怎样探索适合中国大众的休闲生活方式，诚如杰弗瑞·戈比所言：

> 每一种文化都创造休闲的概念，也都不断地对这一概念做出新的界定。因此，北美社会所采用的休闲模式并不能作为中国的模式；只有中国人自己能够确定自己如何利用休闲中有价值的内容。②

我们只有从中国的休闲文化中才能寻找适合自己的休闲生活方式。而两宋休闲词中的休闲思想即可为中国大众的现代休闲提供如下有益借鉴。具体来说：

（一）人类在回归自然中深刻地反思自我生存状态，懂得与自然和谐相处之重要

现代心理学研究表明，绿色和大自然的各种声音对人的生理和心理有

*409*

---

① ［美］杰弗瑞·戈比：《你生命中的休闲·前言》，康筝译，云南人民出版社 2000 年版。
② 同上书，第 1 页。

着良好的调节作用，能使人们在世俗社会中因心机、焦虑而造成的各种压力得以缓解。国外心理学家布瑞特曾做试验证明：青山绿水的环境对人有镇定的效用和缓解心理压力的效果，因此有人便制定了一套可行的大自然"山水治疗法"①。

总是置身高楼大厦且处于快节奏、强竞争氛围中的人们，开始意识到自然对于人身心健康的重要，当人们走向自然时，却发现人类丢失了自己的精神家园。随着科技的进步和对自然界的征服，人类的经济实力、工业化水平大大增长，人们的生活水平亦大幅度提高。在取得现代文明的同时，也造成了人与自然对立，人类正逐步远离自然，脱离自然，带来了一系列生存问题。我们人类所处的环境极端恶化，食品被严重污染，人类已处于不良的生存状态。

马斯洛曾指出："不仅人是自然的一部分，自然是人的一部分，而且人必须和自然多少有那么点同型，以便在自然中能够存活。"② 确实，"只有这样大自然才能成为休闲的重要条件。休闲就是在身心和谐的条件下实现自己与大自然的和谐统一，从而享受自身自然和外界自然的活动，以及这种享受的内在愉悦和幸福的体验，这种体验达到的那种状态和境界。正如'休闲'二字表明的那样，'休'，人倚木而休，依靠绿色而充满生机的大自然而休养生息，人由此而回归自然；'闲'除娴静、安详之意外，亦有即使在家里面也与绿色自然融为一体的含义，人由此回到家里，与亲人共享天伦之乐。因而，在中国传统文化里，'休闲'的核心内涵，就是人与自然的'合一'……"③ 前文大量两宋休闲词已阐述了宋代文人们不论是穷愁宦达还是优游闲适之情都往往通过寄情山水来抒发，以回归自然的方式去表达对生命的深刻体悟。在此，不妨对他们"天人合一"的休闲境界再作简略回顾：

越女采莲江北岸。轻桡短棹随风便。人貌与花相斗艳。流水慢。

---

① 鹏翔：《山水怡人之奥妙》，《知识窗》2001 年第 2 期。
② [美] 马斯洛：《人的潜能与价值》，华夏出版社 2004 年版，第 86 页。
③ 吴文新：《试论休闲的人性意蕴和境界》，《自然辩证法研究》2004 年第 1 期。

时时照影看妆面。　莲叶层层张绿伞。莲房个个垂金盏。一把藕丝牵不断。红日晚。回头欲去心撩乱。（晏殊《渔家傲》）

落日塞垣路，风劲戛貂裘。翩翩数骑闲猎，深入黑山头。极目平沙千里，惟见雕弓白羽，铁面骇骅骝。隐隐望青冢，特地起闲愁。　汉天子，方鼎盛，四百州。玉颜皓齿，深锁三十六宫秋。堂有经纶贤相，边有纵横谋将，不作翠蛾羞。戎虏和乐也，圣主永无忧。（刘潜《水调歌头》）

轻舟短棹西湖好，绿水逶迤。芳草长堤。隐隐笙歌处处随。　无风水面琉璃滑，不觉船移。微动涟漪。惊起沙禽掠岸飞。（欧阳修《采桑子》）

小舟横截春江，卧看翠壁红楼起。云间笑语，使君高会，佳人半醉。危柱哀弦，艳歌余响，绕云萦水。念故人老大，风流未减，独回首、烟波里。　推枕惘然不见，但空江、月明千里。五湖闻道，扁舟归去，仍携西子。云梦南州，武昌南岸，昔游应记。料多情梦里，端来见我，也参差是。（苏轼《水龙吟》）

春涨一篙添水面。芳草鹅儿，绿满微风岸。画舫夷犹湾百转。横塘塔近依前远。　江国多寒农事晚。村北村南，谷雨才耕遍。秀麦连冈桑叶贱。看看尝面收新茧。（范成大《蝶恋花》）

家住苍烟落照间。丝毫尘事不相关。斟残玉瀣行穿竹，卷罢黄庭卧看山。　贪啸傲，任衰残。不妨随处一开颜。元知造物心肠别，老却英雄似等闲。（陆游《鹧鸪天》）

一川松竹任横斜。有人家。被云遮。雪后疏梅，时见两三花。比□桃源溪上路，风景好，不争多。　旗亭有酒径须赊。晚寒些。怎禁他。醉里匆匆，归骑自随车。白发苍颜吾老矣，只此地，是生涯。（辛弃疾《江神子·博山道中书王氏壁》）

云多不记山深浅，人行半天岩壑。旷野飞声，虚空倒影，松挂危峰疑落。流泉喷薄。自窈窕寻源，引瓢孤酌。倦倚高寒，少年游事老方觉。　幽寻闲院邃阁。树凉僧坐夏，翻笑行乐。近竹惊秋，穿萝误晚，都把尘缘消却。东林似昨。待学取当年，晋人曾约。童子何

知，故山空放鹤。（张炎《台城路·游北山寺》）

不再一一列举，总之，从乡村到城市、从宫廷到边塞都留下了宋代词人回归自然、体悟自然、陶冶于自然的足迹。但那时村姑能边采莲边于水面"看妆面"，而今日乡村却再也不见清凌凌的河水，更不说可以饮用，就是站在河边亦已臭不能闻。如今人们再到颍州西湖，已见不到欧阳修十首《采桑子》所描绘的"绿水逶迤""芳草长堤""行云却在行舟下，空水澄鲜"等美丽的景致，便妄加评说词人太会夸张。其实，虽然欧阳修词篇所描绘的景致明显带有词人的审美色彩，但词篇中所描绘的犹如仙境般的绿水青山在当时却是的的确确存在的，因为，即便今天在尚未被污染的少数地方人们依然能够见到如此美丽的景致。

恩格斯曾预言："我们不要过分地陶醉于我们人类对自然界的胜利。对于每一次这样的胜利，自然界都会对我们进行报复。"[①] 面对人类的生存危机，人类开始普遍认识到人与自然不再是彼此分离、相互对立的，正如后现代生态主义者乔·霍兰德所述："我们必须时刻记住，我们乃是扎根于自然之中，人类永远不可能脱离自然。"[②] 人与自然应该是一个整体，人类文明与进步不应该以破坏自然为代价。我国古代圣贤早就主张"天人合一"。《老子·第二十五章》云："人法地，地法天，天法道，道法自然"，"有物混成，先天地生，寂兮寥兮，独立而不改，周行而不殆，可以为天下母。吾不知其名，字之曰道。强为之名，曰大。大曰逝，逝曰远，远曰反"。庄子《大宗师》云："其一也一，其不一也一。其一与天为徒，其不一与人为徒。天与人不相胜也，是之谓真人。"[③] "天人合一的思想比较复杂，但从基本倾向说，都强调人与自然、人事与天道的统一和协调，表现了人对实现主观与客观、人道与天道、人与环境之间的平衡与和谐的追求。"[④] 处于"天人合一"境界的人可以说获得了对人生价值和意义的最深

412

---

① ［德］恩格斯：《自然辩证法》，人民出版社1984年版，第304页。

② ［美］乔·霍兰德：《后现代精神和社会观》（A），［美］大卫·雷·格里芬：《后现代精神》，王成兵译，中央编译出版社1998年版，第84页。

③ （清）王先谦集解，方勇校点：《庄子》，上海古籍出版社2013年版，第72页。

④ 冯天瑜：《东亚智慧与可持续发展》，《文史哲》1998年第4期。

刻的领悟，他既不无所不为，又不急功近利，既不从众合流，又不与人隔膜，他能将自己的生命看成与宇宙万物同体，超越名利诱惑，真正进入一种知天、事天、乐天以至同天的境地。持有"天人合一"思想的人不会不爱大自然，更不会轻易破坏大自然。

自然是人类慈爱的母亲，人类是自然的儿女，儿女顺应母亲，天人合一，生命才能生生不息。只有生命永远充满生机，人们才能获得真正意义上的休闲。否则，当人们拥有了充足的物质财富、充裕的闲暇，而我们生存的自然环境因废水、废气、噪声等恶化到无法让人们去清净地漫步，或自己百病缠身，怎么去享受休闲的美好时光？可见，人与自然和谐相处是何等重要。苏轼等宋代词人们回归自然、热爱自然，他们从自然中获取了生存的智慧，在自然中豁达了心胸，可给当今渴望休闲的人们以无尽的启迪。"对自然的谦恭的情调和崇高的诗意组合在一起，形成了一个任何文化都未能超越的有机图案。"① 正如海德格尔所欣赏的荷尔德林的诗句："人建功立业，但他诗意地栖居在这大地上。"② 当人们休闲地徜徉在人与自然和谐相处的氛围中，领略大自然的无穷魅力时，我们今人也会像宋代词人那样诗意地栖居于大地之上。

（二）人类在超越功名利禄的限制中执着追求真善美，懂得与社会和谐相处之美妙

当今，随着信息网络技术的普及和经济全球化的发展，人们的生活节奏加快、竞争意识强烈，似乎没有雄厚的物质基础就将被世界淘汰，也将失去休闲的条件。殊不知如此发财欲望不断膨胀的价值观便会严重地危及人的身心健康，亦使人永远与休闲无缘。

*413*

"据美国哈里斯民意测验所在不久前的调查中发现，89%的美国人经历过沉重的心理压抑。法国卫生部提供的数字表明，法国年轻人的死亡原因中增长速度最快的不是艾滋病，不是吸毒，也不是车祸，而是因心理压力导致自杀。在德国每 10 个人就有一位是心理有疾患者。联合国国际劳改组织在发表的一份报告说，心理压抑已成为 20 世纪最严重的健康问题之

① 冯天瑜等：《中华文化简史》，上海人民出版社 1993 年版，第 188 页。
② ［德］海德格尔：《海德格尔诗学文集》，华中师范大学出版社 1992 年版，第 194 页。

一。在中国，据国家教委对全国 12.6 万大学生的抽样调查表明，大学生因心理压力而患心理疾病的比率高达 20.23%。而国家经济体制改革委员会在 1996 年的调查报告中显示，有 68.5% 的居民觉得生活有压力。总体上看，人们较普遍地患有不同程度的心理疾病。"① 针对人们如此精神状况的社会，贝尔曾这样描述道："科技的发达拓展了人类的生存空间，扩大了人的视界与自我意识，增强了人对自然的控制和利用，然而，根本的问题亦接踵而至：现代知识全、专、精，现代人却感到空前渺小和无助，宗教和人生分离，年轻一代与年老一代的'代沟'，使沟通受阻，科技思想一味膨胀而浸渍人文科学的地盘，并对人文价值置若罔闻，造成现代人有丰富的'知识'，却缺乏领悟人生意义的'智慧'和应对现代复杂情况所需的整体思维。"② 可见，由于价值观存在问题，经济越发达、闲暇时间越多，人们的幸福感和生命的质量反而越低。"毋庸置疑，每个具体的人总是处于具体的利益关系网络之中，休闲的物质量度当然受到这些利益关系的制约，但必须明确的是，这与休闲的质及其境界层次没有必然的联系。从本质上说，休闲是非物质和非功利的，是人超越这些具体利益关系的局限和纠缠，而开阔视野、胸怀更广大，体验自己与整个人类和谐统一的过程和状态，平等和博爱是这一休闲活动的核心理念。显然，整天陷于蝇蝇物利的人，即使腰缠万贯，也做着类似休闲的活动，却不可能洞悉休闲的真谛。"③ 休闲的真谛在于使自己的身心自由愉悦，从而感受和拥有真善美的生活方式和生活态度。"一箪食，一瓢饮，在陋巷"亦可享受大自然的丰富和美丽。拥有此种休闲理念和心境，则可像宋代词人一样时时处处享受休闲的快乐：

414

> 云水萦回溪上路。叠叠青山，环绕溪东注。月白沙汀翘宿鹭。更无一点尘来处。　　溪叟相看私自语。底事区区，苦要为官去。尊酒不空田百亩。归来分得闲中趣。（苏轼《蝶恋花·述怀》）

---

① 马惠娣：《休闲：人类美丽的精神家园》，中国经济出版社 2004 年版，第 107 页。
② 王岳川：《后现代主义文化研究》，北京大学出版社 1992 年版，第 140 页。
③ 吴文新：《试论休闲的人性意蕴和境界》，《自然辩证法研究》2004 年第 1 期。

富贵有余乐，贫贱不堪忧。谁知天路幽险，倚伏互相酬。请看东门黄犬，更听华亭清唳，千古恨难收。何似鸱夷子，散发弄扁舟。　　鸱夷子，成霸业，有余谋。收身千乘，卿相归把钓渔钩。春昼五湖烟浪，秋夜一天云月，此外尽悠悠。永弃人间事，吾道付沧洲。（朱熹《水调歌头》）

不向长安路上行。却教山寺厌逢迎。味无味处求吾乐，材不材间过此生。　　宁作我，岂其卿。人间走遍却归耕。一松一竹真朋友，山鸟山花好弟兄。（辛弃疾《鹧鸪天·博山寺作》）

唱彻《阳关》泪未干。功名余事且加餐。浮天水送无穷树，带雨云埋一半山。　　今古恨，几千般。只应离合是悲欢。江头未是风波恶，别有人间行路难。（辛弃疾《鹧鸪天·送人》）

既难求富贵，何处没溪山。不成天也，不容我去乐清闲。短褐宽裁疏葛，拄杖横拖瘦玉，着个竹皮冠。弄影碧霞里，长啸翠微间。

醉时歌，狂时舞，困时眠。翛然自得，了无一点俗相干。拟把清风明月，剪作长篇短阕，留与世人看。待倩月边女，归去借青鸾。（荣樵仲《水调歌头》）

宋词中亦有大量的超脱功名富贵之作，前文已述及，此处不再一一列举和阐述。总之，宋代文人执着于生活中真善美的追求而看轻功名富贵等外界的束缚，因而获得了自适、追求休闲的生活并不是要求所有人都变成孤家寡人去过穷苦的日子，而是在这信息技术普及和经济全球化的时代，在这整个人类复杂多样的社会关系网络中，人们必须带着休闲的心境充分利用现代科技去体验我们这个星球的壮观和美丽，享受人类共同的蕴含真善美的文化财富的过程中，实现自由全面发展而获得内在愉悦和幸福，这样才可获得真正的休闲。真正休闲的人定能与社会和谐相处，而与社会和谐相处对于人的身心健康至关重要。"休闲提供的不是一条愤世嫉俗的现代意义上的逃避之路，而是一条回归之路，即返回到健康、平衡的知性上来，返回到一种崇高而和谐的状态上来，在这种状态中，每个人都会真正地成为自我并因此而变得'更好'和更

415

幸福。"① 拥有休闲进而拥有良好的人际关系，人们便能自由地徜徉于和谐的社会关系之中，并充分发挥和展现自己的潜能，实现自我的人生价值。拥有休闲生存状态和境界的人类会少了许多灾难，亦会变得越来越幸福、美好。

（三）人们在拥有平常心时完善自我、发展自我，懂得自我身心和谐之美好

目前社会处于转型时期，社会政治、经济体制的巨大变革，生活节奏的加快，对人们的心理承受能力构成了严峻的挑战。由前文所引数据可知，由于各方面的压力，导致了不同国家、不同年龄段的人都患有不同程度的心理疾病和精神疾病，且逐年呈上升趋势。个体的心理失衡导致人际的冲突，威胁社会公共安全的现象屡屡发生。尤其严重的是，我国近年社会的精英阶层屡屡出现英年早逝的现象，对此，卫生部首席健康教育专家洪昭光痛惜道："英年早逝谁之过？都是'躁'字惹的祸。"他还作了具体详细的阐述：

> 英年早逝谁之过？个人对健康、生命的漠视和糊涂是主要原因，但社会因素也不可忽视。男人四十，十面埋伏。在一个转型期的社会，物欲日盛，急功近利，人们思想浮躁、心情烦躁、工作急躁，整个社会处于阴虚阳亢的状态，反映到人的生物体内，必然导致交感神经与副交感神经的功能失调，造成一系列亚健康和生活方式疾病。
>
> 中年压力，原因不同。有因重任在肩，出于高度责任心的；有因学术研究，出于执着事业心的；有因利益驱动，出于利欲熏心的；还有纯因病于无知死于无心的。但不管原因为何，结局都一样：失去了健康，错错错；失去了生命，痛痛痛。②

"思想浮躁、心情烦躁、工作急躁"而导致英年早逝的精英由于缺乏休闲的理念，没有形成休闲和工作对于生命的个体是同等重要的价值观。导致身心疾病甚至死亡之"躁"，无论是出于责任心、事业心还是利欲心，

416

---

① ［美］托马斯·古德尔、杰弗瑞·戈比：《人类思想史中的休闲》，云南人民出版社2000年版，第119页。

② 洪昭光：《40岁登上健康快车》，漓江出版社2006年版，第21—22页。

"若其残生损性，则盗跖亦伯夷已"（《庄子·骈母》）①，没有君子小人高下之分。即便是为了工作、事业，"我们提倡艰苦奋斗，但苦不是目的。苦还是为了乐。"② 如果工作、劳动的结果只换来致残致伤甚至致死的躯骸，即使拥有了一笔数目可观的钱财，这样的劳作对于生命个体意义何在？对于家庭、社会又有多少幸福价值可言？

面对因物欲而躁动不安的社会现状怎么办？休闲可使人们拥有一颗平常心，可使人自我完善、自我发展。实现人的全面自由发展是休闲的价值指向。美国休闲学专家杰弗瑞·戈比教授认为："休闲是从文化环境和物质环境的外在压力下挣脱出来的一种相对自由的生活，它使个体能够以自己所喜爱的、本能地感到有价值的方式，在内心之爱的驱动下行动……"③ 休闲使人摆脱了"压力"获得了"相对的自由"，"在内心之爱的驱动下"做"有价值"的活动，它对人的全面自由发展是有益的。马克思认为："自由王国只是由必须和外在目的规定要做的劳动终止的地方才开始"，是在"真正物质生产领域的彼岸"。④ 因此，在物质生产领域人的能力总是只能有限地发展，而在艺术等精神活动领域，则能使人的能力发展得到充分和自由的实现。在普遍休闲的社会，人们享有充分发挥自己的一切兴趣、才能、智慧的广阔空间，在价值取向上直指人的最高和最本质的目的——人的全面自由发展。

由前文可知苏轼、辛弃疾、欧阳修、王安石、黄庭坚、晁补之等一大批士人都能以极其超脱的平常心态处迁谪逆境而写下了大量知足适性的休闲词篇。此处以少量诗词再次重现宋代文人的休闲心态以匡正今人的错误休闲观念。

417

黄庭坚《跋子瞻和陶诗》曰：

子瞻谪岭南，时宰欲杀之。饱吃惠州饭，细和渊明诗。

① （清）王先谦集解，方勇校点：《庄子》，上海古籍出版社2013年版，第103页。
② 于光远：《论普遍有闲的社会》，中国经济出版社2005年版，第83页。
③ ［美］杰弗瑞·戈比：《你生命中的休闲》，云南人民出版社2000年版，第14页。
④ 《马克思资本论》第3卷，人民出版社1975年版，第926页。

> 彭泽千载人，东坡百世士。出处虽不同，风味乃相似。

  此诗描写了苏轼的平常心态、养生之道。苏轼因得罪权贵一再被贬至边疆荒漠之地，但仍能保持乐观的情绪，"饱吃惠州饭，细和渊明诗"，心态平和，这与陶渊明的闲适南山的隐逸乐观具有相同的趣理。苏轼一生淡泊明志，乐观豁达，故而他能随遇而安，不卑不亢，直面多变的命运。苏轼早年"奋厉有当世志"，所著词文多流露出强劲的蓬勃向上的气息，展露出稳健、积极向上的心态。虽然在他前期的诗词中往往流露出不堪世事压迫而寻求解脱的感叹，但到了后期，则能够以更加通透的视角审视社会人生。在被贬谪时期，苏轼的日常生活颇为艰辛，但他面对青菜萝卜，也能甘之如饴，还专门写了一篇《东坡羹颂》，通篇洋溢着热爱生活、积极乐观的气氛。个中深蕴，就在于他拥有一颗平常心，时刻保持乐观旷达、随缘任运、超脱自如的精神状态。当人生旅程日渐艰辛时，他更是如此，"近来愈觉世路隘，每到宽处差安便"（苏轼《游径山》），如此而为，才能体悟到美妙的"闲中趣"（苏轼《蝶恋花·述怀》）。平常心态伴随苏轼一生，它不但开发了词人的智慧，激发了他的灵感，而且化解了许多不良情绪，松弛了紧张的神经，使得他保持着良好的心理状态，这极有利于苏轼的身心健康。这亦是苏轼即使面对"时宰欲杀之"的危险，仍能够饱食、赋诗的原因所在。苏轼此种有益于身心健康、和谐的平常心态，使他获得了自我完善、自我发展，使他成为词坛巨擘，亦使他的人格具有古今的典范意义，这对于今天累于物事的人们应该有更多的启发。

  黄庭坚《减字木兰花》曰：

> 新年何许春光漏。小院闭门风日透。酥花入坐颇欺梅，雪絮因风全是柳。  使君落笔春词就。应唤歌檀催舞袖。得开眉处且开眉，人世可能金石寿。

  此词描写了春天将近，词人拥有平和心态的休闲生活。上阕写新年过后，春天到来，即便是紧闭的小院也会透露进和风煦日。平日的"酥花"食品也要胜过梅花，柳絮随风飘飞犹如雪花纷纷。词人安然喜悦于此种平常的生活和景致。下阕便直抒词人的此种思想，他挥笔记下春天的到来，词人觉得这样的日子里最好的娱乐是欣赏歌舞。人生就是该开心的时候就要开心，只有保持愉悦的心境才能得到金石般的寿命。可见，平常心可使人获得身心的自由愉悦，可使人感到生活的美好，亦能增强人的生命意识。

葛长庚《水调歌头》曰：

> 有一修行法，不用问师传。教君只是，饥来吃饭困来眠。何必移精运气，也莫行功打坐，但去净心田。终日无思虑，便是活神仙。
>
> 不憨痴，不狡诈，不风颠。随缘饮啄，算来命也付之天。万事不由计较，造物主张得好，凡百任天然。世味只如此，拼做几千年。

此词亦在告诉人们平常心有助于人的身心和谐。拥有平和心态的人能够做到饥饿饮食、困乏安眠的自为修行，他一心洁净心田，不做多思多虑。这样的人，既不会愁眉苦脸，也不会奸险狡诈谋算他人，更不会去计较任何事，一切顺其自然。这样自会使自己犹如活神仙般地逍遥自在，获得身心的和谐，从而达于长生的目的。正如明代陈益祥《采芝堂文集》"六养"之养生要旨所云："流水之声可以养耳；青禾绿草可以养目；观书绎理可以养心；弹琴学字可以养脑；逍遥杖履，可以养足；静坐调息可以养筋骸。"[1] 拥有一颗平常心，即使是极微小的平常的细节，也能获得身心的自由愉悦，花鸟虫鱼皆可生趣，此便是掌握了休闲的真谛。

419

两宋休闲词中所体现的以及词人所拥有的休闲心态也许能促使当今物欲日盛、急功近利的人们懂得健康的重要、懂得珍惜可贵的生命，亦可懂得拥有与自然、社会、自我身心和谐相处的美好。宋代文人的休闲心态大可匡正今人的某些错误休闲观念。

---

[1]　四库存目丛书。

# 结　语

当今社会，商品经济以及城市工业化的飞速发展，带来了人与人之间的冷漠、疏离和不信任感，加上资源破坏、环境污染、食品污染、生态失衡，使得本已因物欲膨胀而躁动不安的人们更加抑郁困顿，这样，从自然、社会到个人便都呈现出不和谐的混乱状况，这既不利于个人的身心健康，亦不利于社会的稳步发展。而休闲则可以扭转这一系列的混乱状况。休闲可以促进人多方面的发展，从内在方面提高劳动者的素质。休闲是人体回归自然状态、消除工作紧张疲劳、恢复其体力和智力的过程，这对于增强身体素质十分有利，亦有利于提高人的文化素质；休闲"是一种使人成为人的过程"①，它引导人们思考生命的意义和价值，追求人与自然、与社会、与他人的和谐，对于人的思想道德素质的提升有促进作用；休闲还是一种自由愉悦的心灵体验，"人与自然接触，铸造人的坚韧、豁达、开朗、坦荡、虚怀若谷的品格，人与人会变得真诚、友善、美好，休闲还会促进人理性的进步"②，坚定人追求真、善、美的信念，达到人与自我、与他人的和谐，促进人形成良好的心理素质和高尚的思想品质。综上所述，两宋休闲词中便蕴含了现代休闲理念的广泛内容，词人们听歌、观舞、隐逸、游乐、垂钓、弹琴、作画，他们走出喧嚣的尘世，轻松自在地进入不计功名得失的自在自适的休闲境界。我们如能拥有了两宋休闲词中所蕴含的休闲心境，再加上当今可以自愿、自由的休闲社会环境，我们的生命就会像春花秋月一样有着美妙如歌的韵律。此便是两宋休闲词的真正价值所在。

---

① 马惠娣：《休闲：人类美丽的精神家园》，中国经济出版社 2004 年版，第 85 页。

② 马惠娣：《休闲问题的理论研究》，《清华大学学报》（哲学社会科学版）2001 年第 6 期。

# 主要参考文献

1. 谢思炜校注：《白居易诗集校注》，中华书局 2006 年版。

2. 朱金城笺校：《白居易集笺校》，上海古籍出版社 1988 年版。

3. 陈友琴编：《白居易资料汇编》，中华书局 1962 年版。

4. （宋）叶梦得：《避暑录话》，《丛刊集成》初编本。

5. 游国恩：《楚辞概论》，商务印书馆 1930 年版。

6. 过常宝：《楚辞与原始宗教》，东方出版社 1997 年版。

7. （宋）蔡襄：《蔡忠惠公文集》，四部丛刊本。

8. 石介：《徂徕石先生文集》，中华书局 1984 年版。

9. 郭绍虞校释，严羽著：《沧浪诗话校释》，人民文学出版社 1961 年版。

10. （宋）周密辑：《澄怀录》，上海古籍出版社 1995 年影印本（续修四库全书）。

11. （清）张思岩辑：《词林纪事》，成都古籍书店 1982 年版。

12. （清）徐釚编著：《词苑丛谈》，人民文学出版社 1988 年版。

13. 唐圭璋编：《词话丛编》，中华书局 1986 年版。

14. 龙榆生：《词学十讲》，北京出版社 2005 年版。

15. 吴世昌：《词林新话》，北京出版社 1991 年版。

16. 罗忼烈：《词学杂俎》，巴蜀书社 1990 年版。

17. 金循华、万玉兰编著：《词林遗事》，辽宁教育出版社 1986 年版。

18. 辞海编辑委员会编：《辞海》，上海辞书出版社 1980 年版。

19. （明）洪应明著，闫盼印编著：《菜根谭》，蓝天出版社 2006 年版。

20. （宋）俞文豹：《吹剑录》，郑子瑜：《中国修辞学史稿》，上海教育出版社 1984 年版。

21. 崔大华:《庄学研究》,人民出版社 1992 年版。

22. (宋) 孟元老著,伊永文笺注:《东京梦华录》,中华书局 2006 年版。

23. (宋) 苏轼:《东坡诗话全编笺评》,西南师范大学出版社 1996 年版。

24. (宋) 苏轼:《东坡志林》,三秦出版社 2003 年版。

25. 俞平伯:《读词偶得》,上海书店 1984 年版。

26. 李名方主编:《得体修辞学研究》,河海大学出版社 1999 年版。

27. (清) 王夫之:《读通鉴论》,中华书局 1998 年版。

28. (清) 赵翼著,王树民校证:《廿二史札记》,中华书局 2001 年版。

29. (宋) 范成大著,孔凡礼点校:《梅谱》,《范成大笔记六种》,中华书局 2002 年版。

30. (宋) 朱弁:《风月堂诗话》,中华书局 1988 年版。

31. (宋) 黄彻著,汤新祥校注:《巩溪诗话》,人民文学出版社 1998 年版。

32. (明) 卓人月著,徐士俊参评,谷辉之校点:《古今词统》,辽宁教育出版社 2000 年版。

33. 吴调公:《古典文论与审美鉴赏》,齐鲁书社 1985 年版。

34. (宋) 欧阳修:《归田录》,三秦出版社 2003 年版。

35. (宋) 周密:《癸辛杂识》,中华书局 1997 年版。

36. 钱锺书:《管锥编》(全五册),中华书局 1979 年版。

37. (东汉) 班固:《汉书》,中华书局 1962 年版。

38. [德] 海德格尔:《海德格尔诗学文集》,华中师范大学出版社 1992 年版。

39. (唐) 韩愈著,马其昶校注:《韩昌黎文集校注》,上海古籍出版社 1986 年版。

40. (宋) 罗大经著,王端来点校:《鹤林玉露》,中华书局 1983 年版。

41. 华钟彦注:《花间集注》,中州书画社 1983 年版。

42. 杨世明笺注:《淮海词笺注》,人民出版社 1984 年版。

43. (宋) 黄昇选:《花庵词选》,中华书局 1958 年版。

44. (南朝) 范晔:《后汉书》,中华书局 1965 年版。

45.（宋）刘克庄：《后村诗话》，中华书局1983年版。

46.（宋）陈师道：《后山谈丛》，影印文渊阁四库全书本。

47.［美］大卫·雷·格里芳编：《后现代精神》，王成兵译，中央编译出版社1998年版。

48. 王岳川：《后现代主义文化研究》，北京大学出版社1992年版。

49. 萧涤非：《汉魏六朝乐府文学史》，人民文学出版社1984年版。

50. 诸葛忆兵：《徽宗词坛研究》，北京出版社2001年版。

51. 高锋：《花间词研究》，江苏古籍出版社2001年版。

52. 何小颜：《花与中国文化》，人民出版社1999年版。

53.（宋）朱熹集注：《楚辞集注》，上海古籍出版社1979年版。

54.（宋）苏轼：《经进东坡文集事略》，四部丛刊本。

55.（唐）薛用弱：《集异记》，中华书局1980年版。

56. 张仲谋：《兼济与独善》，东方出版社1998年版。

57. 龙榆生编选：《近三百年名家词选》，上海古籍出版社1979年版。

58. 黄霖：《近代文学批评史》，上海古籍出版社1993年版。

59. 宗懔著，宋金龙校注：《荆楚岁时记》，人民出版社1987年版。

60.（宋）苏洵著，曾枣庄、金成礼笺注：《嘉祐集笺注》，上海古籍出版社1993年版。

61. 叶嘉莹：《迦陵论词丛稿》，上海古籍出版社1980年版。

62. 王玫：《建安文学接受史论》，上海古籍出版社2005年版。

63.（清）周济著，顾学颉校点：《介存斋论词杂著》，人民文学出版社1959年版。

64.（后晋）刘昫等：《旧唐书·白居易传》，中华书局1975年版。

65.（宋）陆游：《剑南诗稿》，四库全书本，（台北）台湾商务印书馆1986年版。

66. 李立：《看似逍遥的生命情怀——诗词与休闲》，云南人民出版社2004年版。

67.［美］韦斯：《快乐的自我：自我发现与心理调适实用方法》，刘培毅译，重庆出版社2004年版。

68. 喻松青编写：《老子》，中华书局1962年版。

423

69. 张燕婴译注：《论语》，中华书局 2006 年版。

70. （汉）郑玄注，（唐）孔颖达疏，李学勤主编：《礼记正义》，北京大学出版社 2000 年版。

71. （唐）李白：《李太白全集》，中华书局 1977 年版。

72. （清）何文焕辑：《历代诗话》，中华书局 1981 年版。

73. （宋）郭熙：《林泉高致》，文渊阁四库全书本。

74. （唐）柳宗元：《柳河东集》，人民出版社 1974 年版。

75. （唐）刘禹锡：《刘禹锡集》，中华书局 1990 年版。

76. （宋）王安石：《临川集》，吉林出版社 2005 年版。

77. （宋）王柏：《鲁斋集》，中华书局 1985 年版。

78. （宋）陆游：《陆放翁全集》，中国书店 1995 年版。

79. 王仲闻校注：《李清照集校注》，人民文学出版社 1979 年版。

80. 程千帆、吴新雷：《两宋文学史》，上海古籍出版社 1991 年版。

81. （战国）列御寇：《列子》，中华书局 1985 年版。

82. 吴相洲、王志远编：《历代词人品鉴辞典》，北京大学出版社 1996 年版。

83. 郭绍虞、王文生主编：《中国历代文论选》，上海古籍出版社 2001 年版。

84. 龙榆生：《龙榆生词学论文集》，上海古籍出版社 1997 年版。

85. （宋）陈亮著，夏承焘校笺，牟家宽注：《龙川词校笺》，上海古籍出版社 1982 年版。

86. 鲁迅：《鲁迅全集》，人民文学出版社 1982 年版。

87. 于光远：《论普遍有闲的社会》，中国经济出版社 2005 年版。

88. ［德］马克思、恩格斯：《马克思恩格斯选集》，人民出版社 1966 年版。

89. ［德］马克思、恩格斯：《马克思恩格斯全集》，人民出版社 2001 年版。

90. （宋）孟元老等：《东京梦华录　都城纪胜　西湖老人繁胜录　梦粱录　武林旧事》，中国商业出版社 1982 年版。

91. （宋）孟元老等著，周峰点校：《东京梦华录》（外四种），文化艺术出版社 1998 年版。

92. （宋）沈括：《梦溪笔谈》，中华书局 1957 年版。

93. 程不识编注：《明清清言小品》，辞书出版社 1993 年版。

94. 朱东润编校：《梅尧臣集编年校注》，上海古籍出版社 1980 年版。

95. 李泽厚：《美的历程》，天津社会科学院出版社 2001 年版。

96. 杜东枝编：《美·艺术·审美》，云南大学出版社 1990 年版。

97. ［德］黑格尔：《美学》，商务印书馆 1995 年版。

98. 李泽厚：《美学三书》，文艺出版社 1999 年版。

99. （晋）郭璞注：《穆天子传》，中华书局 1985 年版。

100. （宋）马令：《南唐书》，中华书局 1985 年版。

101. 李俊勇（疏证），（明）徐渭：《南词叙录》，江西教育出版社 2015
     年版。

102. ［美］杰弗瑞·戈比：《你生命中的休闲》，康筝译，云南人民出版社
     2000 年版。

103. 李新灿：《女性主义观照下的他者世界》，中国社会科学出版社 2001
     年版。

104. （宋）欧阳修：《欧阳修全集》，中国书店出版社 1986 年版。

105. ［德］康德：《判断力批判》，商务印书馆 1964 年版。

106. 李修生主编：《全元文》，江苏古籍出版社 1997 年版。

107. 彭定求等编：《全唐诗》，中华书局 1960 年版。

108. 曾昭岷等编：《全唐五代词》，中华书局 1999 年版。

109. 唐圭璋编：《全宋词》，中华书局 1965 年版。

110. 唐圭璋编：《全宋词》电子计算机检索系统，南京师范大学张成、曹
     济平研制，1991 年 9 月通过鉴定。

111. 北京大学古文献研究所编：《全宋诗》，北京大学出版社 1995 年版。

112. （宋）吴处厚：《青箱杂记》，中华书局 1985 年版。

113. 朱丽霞：《清代辛稼轩接受史》，齐鲁书社 2005 年版。

114. 周义敢、程自信、周雷编校：《秦观集编年校注》，人民文学出版社
     2001 年版。

115. （宋）周密：《齐东野语》，中华书局 1983 年版。

116. 王国维著，滕咸惠校注：《人间词话新注》，齐鲁书社 1986 年版。

117. ［日］胡伊青加：《人：游戏者》，人民出版社 1998 年版。

118. 吴灿华、詹万生：《人生哲学》，北京师范学院出版社 1987 年版。

119. ［美］托马斯·古德尔、杰弗瑞·戈比：《人类思想史中的休闲》，成
素梅等译，云南人民出版社 2000 年版。

120. ［美］马斯洛：《人的潜能与价值》，华夏出版社 2004 年版。

121. （宋）洪迈：《容斋随笔》，上海古籍出版社 1996 年版。

122. （清）永瑢：《四库全书总目》，中华书局 1965 年版。

123. （明）何良俊：《四友斋丛说》，中华书局 1959 年版。

124. 阎振益编导：《诗经》，中华书局 1963 年版。

125. 程俊英译注：《诗经译注》，上海古籍出版社 1985 年版。

126. （宋）阮阅：《诗话总龟》，人民文学出版社 1987 年版。

127. （宋）魏庆之：《诗人玉屑》，影印文渊阁《四库全书》本。

128. 缪钺：《诗词散论》，上海古籍出版社 1982 年版。

129. （唐）魏徵等：《隋书》，中华书局 1973 年版。

130. （宋）张唐英：《蜀梼杌》，中华书局 1985 年版。

131. （清）吴任臣：《十国春秋》，中华书局 1983 年版。

132. （西汉）司马迁：《史记》，中华书局 2006 年版。

133. （南朝·宋）刘义庆：《世说新语》，中华书局 2006 年版。

134. （东汉）许慎著，（清）段玉裁注：《说文解字》，上海古籍出版社
1988 年版。

135. （宋）邵博：《邵氏闻见后录》，中华书局 1983 年版。

136. （宋）陈元靓：《岁时广记》，中华书局 1985 年版。

137. （明）陶宗仪：《说郛三种》，上海古籍出版社 1988 年版。

138. （宋）陈元靓：《事林广记》，中华书局 1999 年版。

139. （宋）高承：《事物纪原》，中华书局 1989 年版。

140. （宋）蔡正孙：《诗林广记》，中华书局 1982 年版。

141. （明）张綖：《诗余图谱》，清乾隆十七年。

142.（宋）江少虞：《宋朝事实类苑》，上海古籍出版社 1981 年版。

143.（元）脱脱等：《宋史》，中华书局 1977 年版。

144.（明）陈邦瞻：《宋史纪事本末》，中华书局 1977 年版。

145.（清）徐松：《宋会要辑稿》，中华书局 1957 年版。

146. 丁传靖辑：《宋人轶事汇编》，中华书局 1981 年版。

147. 郭绍虞编著：《宋诗话辑佚》，中华书局 1980 年版。

148. 钱锺书选注：《宋诗选注》，人民文学出版社 1958 年版。

149. 张宏生：《宋诗》，上海古籍出版社 2001 年版。

150. 上海古籍出版社本社编：《宋元笔记小说大观》，上海古籍出版社 2001 年版。

151. 王水照等：《宋代文学通论》，河南大学出版社 1997 年版。

152. 苏晋仁、萧炼子校注：《宋书乐志校注》，齐鲁书社 1982 年版。

153. 唐圭璋编著：《宋词纪事》，上海古籍出版社 1982 年版。

154. 施蛰存、陈如江辑录：《宋元词话》，上海书店出版社 1999 年版。

155. 张思齐：《宋代诗学》，人民出版社 2000 年版。

156. 胡云翼：《宋词研究》，巴蜀书社 1989 年版。

157. 薛砺若：《宋词通论》，上海书店出版社 1985 年版。

158. 詹安泰：《宋词散论》，人民出版社 1980 年版。

159. 沈祖棻：《宋词赏析》，上海古籍出版社 1980 年版。

160. 谢桃坊：《宋词辨》，上海古籍出版社 1999 年版。

161. 沈家庄：《宋词的文化定位》，人民出版社 2005 年版。

162. 张惠民：《宋代词学审美理想》，人民文学出版社 1995 年版。

163. 史双元：《宋词与佛道思想》，今日中国出版社 1992 年版。

164. 黄杰：《宋词与民俗》，商务印书馆 2005 年版。

165. 程自信、许宗元：《宋词精华分类品汇》，中国青年出版社 1994 年版。

166. 朱瑞熙：《宋代社会研究》，中州书画社 1983 年版。

167. 周宝珠：《宋代东京研究》，河南大学出版社 1992 年版。

168. 刘方：《宋型文化与宋代美学精神》，巴蜀书社 2004 年版。

169. 王水照、朱刚：《苏轼评传》，南京大学出版社 2004 年版。

170. 邹同庆、王宗堂编校：《苏轼词编年版校注》，中华书局 2002 年版。

171. （清）王文诰编注，孔凡礼点校：《苏轼诗集》，中华书局 1982 年版。

172. 王水照、朱刚：《苏轼诗词文选评》，上海古籍出版社 2004 年版。

173. （宋）苏轼：《苏轼文集》，中华书局 1986 年版。

174. （宋）苏轼：《苏东坡全集》，中国书店出版社 1986 年版。

175. （清）王文诰：《苏文忠公诗编注集成总案》，巴蜀书社 1985 年版。

176. （宋）苏辙著，高秀芳、陆宏天点校：《苏辙集》，中华书局 1990 年版。

177. （宋）苏舜钦：《苏舜钦集》，上海古籍出版社 1981 年版。

178. 中国俗文学学会编：《俗文学论》，黑龙江人民出版社 1987 年版。

179. 李山：《诗经的文化精神》，东方出版社 1997 年版。

180. 谢晋青：《诗经之女性的研究》，商务印书馆 1930 年版。

181. 林语堂：《生活的艺术》，越裔汉译，陕西师范大学出版社 2003 年版。

182. 王水照等编：《首届宋代文学国际研讨会论文集》，复旦大学出版社 2001 年版。

183. 吴小龙：《适性任情的审美人生——隐逸文化与休闲》，云南人民出版社 2005 年版。

184. 洪昭光：《40 岁登上健康快车》，漓江出版社 2006 年版。

185. 北京大学北京师范大学中文系、北京大学中文系文学史教研室编：《陶渊明资料汇编》，中华书局 1962 年版。

186. 袁行霈笺注：《陶渊明集笺注》，中华书局 2003 年版。

187. （清）吴瞻泰辑：《陶诗汇注》，清康熙拜经堂刻本。

188. 戴建业：《陶渊明新论》，华中师范大学出版社 1998 年版。

189. 钟优民：《陶学发展史》，吉林教育出版社 2000 年版。

190. （宋）李昉等：《太平御览》，中华书局 2000 年版。

191. （唐）李肇：《唐国史补》，上海古籍出版社 1979 年版。

192. （宋）胡仔：《苕溪渔隐丛话》，人民文学出版社 1984 年版。

193. 龙榆生编选：《唐宋名家词选》，上海古籍出版社 1980 年版。

194. 唐圭璋、潘君昭：《唐宋词学论集》，齐鲁书社 1985 年版。

195. 上海古籍出版社本社编：《唐五代笔记小说大观》，上海古籍出版社

2000 年版。

196. 金启华等编：《唐宋词集序跋汇编》，江苏教育出版社 1990 年版。

197. 唐圭璋、缪钺等：《唐宋词鉴赏辞典》，上海辞书出版社 1988 年版。

198. 夏承焘：《唐宋词欣赏》，百花文艺出版社 1980 年版。

199. 夏承焘：《唐宋词论丛》，古典文学出版社 1956 年版。

200. 吴熊和：《唐宋词通论》，浙江古籍出版社 1985 年版。

201. 吴熊和：《唐宋词汇评》，教育出版社 2004 年版。

202. 刘永济：《唐五代两宋词简析》，中华书局 2007 年版。

203. 叶嘉莹：《唐宋词名家论稿》，教育出版社 2001 年版。

204. 杨海明：《唐宋词史》，天津古籍出版社 1998 年版。

205. 杨海明：《唐宋词与人生》，河北人民出版社 2002 年版。

206. 杨海明：《唐宋词美学》，江苏教育出版社 1998 年版。

207. 杨海明：《唐宋词纵横谈》，苏州大学出版社 1994 年版。

208. 杨海明：《唐宋词论稿》，浙江古籍出版社 1988 年版。

209. ［日］青山宏：《唐宋词研究》，北京大学出版社 1995 年版。

210. ［日］村上哲见：《唐五代北宋词研究》，人民出版社 1987 年版。

211. 刘扬忠：《唐宋词流派史》，人民出版社 1999 年版。

212. 王兆鹏：《唐宋词史论》，人民文学出版社 2000 年版。

213. 邓乔彬：《唐宋词美学》，齐鲁书社 1993 年版。

214. 张再林：《唐宋士风与词风研究》，人民文学出版社 2005 年版。

215. 沈松勤：《唐宋词社会文化学研究》，浙江大学出版社 2000 年版。

216. 王晓骊：《唐宋词与商业文化关系研究》，中国社会科学出版社 2004 年版。

217. 钱锺书：《谈艺录》（订补本），中华书局 1984 年版。

218. 朱光潜：《谈美》，广西师范大学出版社 2004 年版。

219. （宋）蔡絛：《铁围山丛谈》，中华书局 1997 年版。

220. 王明居：《通俗美学》，安徽教育出版社 1985 年版。

221. 周振甫：《文心雕龙今译》，中华书局 1986 年版。

222. （南朝·梁）萧统编，李善注：《文选》，上海古籍出版社 1986 年版。

223. （南朝·梁）萧统编：《文选》，岳麓书社 2002 年版。

429

224. （唐）温庭筠等著，曾昭岷校订：《温韦冯词新校》，上海古籍出版社
　　　1988 年版。

225. （宋）夏竦：《文庄集》，文渊阁四库全书本。

226. （元）马端临：《文献通考》，中华书局 2006 年版。

227. 胡问涛校注：《王昌龄集编年版校注》，巴蜀书社 2000 年版。

228. 王瑶：《王瑶全集》，河北教育出版社 2000 年版。

229. 王水照：《王水照自选集》，上海教育出版社 2000 年版。

230. 闻一多选：《闻一多选唐诗》，岳麓书社 1986 年版。

231. 刘晶雯整理：《闻一多诗经讲义》，天津古籍出版社 2005 年版。

232. （宋）欧阳修：《新五代史》，中华书局 1974 年版。

233. （宋）欧阳修、宋祁：《新唐书》，中华书局 1975 年版。

234. （宋）金盈之著，周晓薇校点：《新编醉翁谈录》，辽宁教育出版社
　　　1998 年版。

235. 王守昌：《新思潮》，东方出版社 1998 年版。

236. （宋）李焘编：《续资治通鉴长编》，中华书局 1979 年版。

237. （清）毕沅：《续资治通鉴》，中华书局 1999 年版。

238. 《辛弃疾词文选注》注释组：《辛弃疾词文选注》，上海人民出版社 1977
　　　年版。

239. （宋）释文莹：《湘山野录》，中华书局 1984 年版。

240. （清）李渔著，李竹君等注释：《闲情偶寄》，华夏出版社 2006 年版。

241. 夏承焘：《夏承焘集》，浙江古籍出版社 1997 年版。

242. 心理学百科全书编委会编：《心理学百科全书》，教育出版社 1995 年版。

243. ［瑞士］荣格：《心理学与文学》，生活·读书·新知三联书店 1987
　　　年版。

244. 张伯伟编：《稀见本宋人诗话四种》，南京大学域外汉籍研究所专刊，
　　　江苏古籍出版社 2002 年版。

245. 周发祥：《西方文论与中国文学》，江苏教育出版社 1997 年版。

246. 周晓虹：《现代社会心理学》，上海人民出版社 1997 年版。

247. 中国社会科学院语言研究所词典编辑室编：《现代汉语词典》，商务印

书馆 1978 年版。

248. ［法］罗歇·苏：《休闲》，商务印书馆 1996 年版。

249. 马惠娣：《休闲：人类美丽的精神家园》，中国经济出版社 2004 年版。

250. （南朝·陈）徐陵编：《玉台新咏》，四库全书本，华夏出版社 1998 年版。

251. （宋）洪迈：《夷坚志》，中华书局 1981 年版。

252. （宋）邵雍：《伊川击壤集》，学林出版社 2003 年版。

253. （清）刘熙载：《艺概》，上海古籍出版社 1978 年版。

254. 宗白华：《艺境》，北京大学出版社 1987 年版。

255. （清）叶燮：《原诗》，人民文学出版社 1979 年版。

256. 李剑锋：《元前陶渊明接受史》，齐鲁书社 2002 年版。

257. （唐）欧阳询著，汪绍楹校：《艺文类聚》，上海古籍出版社 1982 年版。

258. 尚永亮：《元和五大诗人与贬谪文学考论》，（台湾）文津出版社 1993 年版。

259. （清）王先谦集解，方勇校点：《庄子》，上海古籍出版社 2013 年版。

260. 崔大华：《庄学研究》，人民文学出版社 1992 年版。

261. （春秋）左丘明：《左传》，中华书局 2002 年版。

262. （宋）司马光等：《资治通鉴》，上海古籍出版社 1987 年版。

263. （宋）罗烨：《醉翁谈录》，古典文学出版社 1957 年版。

264. （宋）黎靖德编，王星贤点校：《朱子语类》，中华书局 1986 年版。

265. 郭彧译注：《周易》，中华书局 2006 年版。

266. 郑振铎：《中国俗文学史》，商务印书馆 2005 年版。

267. 袁行霈主编：《中国文学史》，高等教育出版社 1999 年版。

268. 中国社会科学院文化研究所编：《中国文学史》，人民文学出版社 1985 年版。

269. 刘大杰：《中国文学发展史》，上海古籍出版社 1997 年版。

270. 章培恒：《中国文学史》，复旦大学出版社 1997 年版。

271. 游国恩等主编：《中国文学史》，人民文学出版社 1964 年版。

272. 胡云翼：《中国词史大纲》，北新书局 1933 年版。

273. 黑兴沛、金荣权：《中国古代神话通鉴》，中州古籍出版社 1992 年版。

274. 马兴荣主编：《中国词学大辞典》，浙江教育出版社 1996 年版。

275. 方智范等：《中国词学批评史》，中国社会科学出版社 1994 年版。

276. 陈炯：《中国文化修辞学》，江苏古籍出版社 2001 年版。

277. 中国大百科全书出版社编辑部编：《中国大百科全书》，中国大百科全书出版社 1991 年版。

278. 乌丙安：《中国民俗学》，辽宁大学出版社 1985 年版。

279. 徐复观：《中国艺术精神》，广西师范大学出版社 2007 年版。

280. 马惠娣、张景安主编：《中国公众休闲状况调查》，中国经济出版社 2004 年版。

281. 冯天瑜等：《中华文化简史》，上海人民出版社 1993 年版。

282. 朱光潜：《朱光潜美学文集》，文艺出版社 1982 年版。

283. 杨海明：《张炎词研究》，齐鲁书社 1989 年版。

284. ［德］伽达默尔：《真理与方法》，译文出版社 1999 年版。

285. 严灵峰：《周秦汉魏诸子知见书目》，中华书局 1993 年版。

286. ［希腊］亚里士多德：《政治学》，商务印书馆 1996 年版。

287. 胡维希、陈盈盈：《追求生命的超越与融通——儒道禅与休闲》，云南人民出版社 2004 年版。

288. 王凯：《自然的神韵——道家精神与山水田园诗》，人民出版社 2006 年版。

# 后　记

十年前，我着手写博士论文时，写道：

人间。岁月。流年。我曾为它们的悠悠及匆匆而迷惘、惆怅。然而，当我把日月的光华永存心间，我的精神家园里安息了茂盛的松柏、常青的小草、四季的鲜花和碧绿的河水，以及清清河水上盛开的纯净、厚实的莲花，甚至河水清亮底部的丰盈水草、圆润河石以及畅游的鱼虾——拥有了如此自由、安宁的休闲境界，我真想将人生的每一段日子像宋人一样把它们当成节日来过，亦欢欣地懂得人生路的尽头不再是衰老和死亡。

2009 年毕业时，我写道：

感谢导师杨海明先生的不只是他的教诲、鼓励和耐心，还要感谢他让我悟出何谓休闲，因为先生朴实真诚的为人、渊博而润物细无声的专业教学风格、精益求精而不刻意为名求利的工作作风，以及简朴有序而富有情趣的生活习惯等便是对休闲的最简明最完整的解读。师母亦然。从先生学，不仅提高了我的学术修养，而且懂得了怎么去为人。论文完成以后，南京师范大学钟振振教授，不仅肯定了论文的学术价值，而且提出了许多宝贵的意见。感谢无声。

感谢我的同门师兄、师姐、师弟、师妹，几年来我得到了他们许多的无私帮助，使我在学业上克服了一系列的困难和疑惑。感谢我的儿子姜凌秋，十岁幼童开始江南江北陪读；感谢我的母亲，年逾七十江南江北随我迁徙；感谢我的爱人姜华忠，工作繁忙始终江南江北背负与奔波——他们因此亦多了很多不该有的寂寞时光，我深表谢意和歉意。我还要感谢我工作单位的领导和老师们，没有他们的支持，我也许无法完成我的学业。

山河苍苍，何以为谢？我只想与你们共享休闲的种种欢愉、幸福与吉祥。

十年后的今天，读博时曾经走累了我还驮在背上的儿子已读大二，他多思敏锐地畅游于音乐殿堂。爱人重新创业已三年。母亲在我的家园内外忙活走动。我闲暇独坐书斋，静赏后排邻人庭院里的四季榴树。榴花在四、五月开放，小酒盏似的榴花于葱郁的枝间红艳得迷人。花开一个多月，花下便有黄豆大的石榴了。石榴渐长到鸡蛋大、鹅蛋大的时候，那小小的榴花依然红艳地沉稳地向天而立，似乎要为它腋下的石榴尽可能多地迎接雨露，遮挡艳阳。榴花盛开三个月后，石榴已是它数十倍大，果子由青转红，它才开始依依不舍地一片片掉落。花谢后的花蒂处呈现六瓣莲花似的果蒂。一直到八月，还有默默盛开的榴花。佛祖所拈之花，我希望是榴花。"只有名花苦幽独"，榴花从不幽苦，它始终那么朴实、灿烂。冬天榴树叶落。

榴叶、榴花许是千儿八百年前两宋休闲词的物化。

张翠爱

2015 年 9 月